Elogios para

La

HIJA DE LA
CHUPARROSA

por

Luis Alberto Urrea

❋

"El lector solamente tiene que llegar al segundo párrafo de esta novela luminosa para entender que ha caído en las manos de un cuentista magnífico… Teresita Urrea era pariente del aclamado autor fronterizo que ha dedicado veinte años a estudios históricos para escribir esta novela. Pero si esta obra épica nos entrega la vida imposible de Teresita, al mismo tiempo la eleva a un nivel más alto que la vida normal. Urrea la presenta en forma más grande que la rebelión contra el poder del General Porfirio Díaz… Leer este libro es puro encanto…Urrea nos muestra los plenos poderes de Teresita en momentos preciosos… *La hija de la Chuparrosa* tiene un ritmo bello, inexorable, y tan lento como la vida real. El libro logra la levitación, a la gran manera de Gabriel García Márquez… Urrea nos deja agradecidos".

—Joanne Omang, *Washington Post Book World*

"Abrir las páginas de *La hija de la Chuparrosa* es semejante a un vuelo en un torbellino. Es un chubasco de descripciones tan sensuales que uno saborea, siente y escucha el despliego de eventos revelados contra el espectáculo de México en el siglo XIX. El lenguaje de Luis Alberto Urrea lanza un texto suntuosamente rico, creando una ficción poética y elevada a las alturas de un Gabriel García Márquez… Una obra brillante… Es la canción de tributo que Urrea le canta a su ascendencia mexicana y a la gente del presente. Cada página ha sido elaborada con artesanía fina, y la historia de Teresita acaba siendo poderosa, satisfaciendo hasta el alma del lector".

—Rudolfo A. Anaya, *Los Angeles Times*

"Brillante… panorámico… En este reposo de conflictos entre religiones y tensiones étnicas, disfrutamos un desfile de personajes desinhibidos, pinchudos, a veces cómicos… El clímax de la novela refleja vivamente la experiencia del inmigrante que busca pasaje seguro a un Nuevo Mundo, contando con sus seres amados tanto como con el destino… *La hija de la Chuparrosa* es una novela suntuosa, deslumbrante. Y no hay reseña que pueda criticarla justamente. En fin, sencillamente, uno tiene que leerla".

—Daniel Olivas, *Elegant Variation*

"Ha logrado algo extraordinario… Urrea ha creado una historia espléndidamente contada del triunfo del amor y, sobre todo, del triunfo de la esperanza".
—Stephanie Merritt, *London Observer*

"Sería fácil ponerle cualquier adjetivo que uno le avienta a las historias largas a *La hija de la Chuparrosa* de Luis Alberto Urrea. 'Grande'. 'Majestuosa'. 'Amplia'. Sin embargo, estos clichés elogiosos no alcanzan a tocar lo que Urrea ha hecho aquí. Nos rinde la historia de su legendaria antepasada en una maravillosa e inesperada manera, agradablemente arrojando las convenciones con una prosa sensual y con personajes que viven en la luz y el hedor de cada día… El gran logro del libro surge de la narrativa viva con prosa animada y límpida, que nos eleva sobre lo común sin divorciarnos de la realidad cruda de la vida mexicana del siglo XIX… Urrea es reverente con sus personajes mientras los trata irreverentemente. La población de *La hija de la Chuparrosa* es sumamente humana, seria y sonsa, sagrada y profana".
—Traver Kauffman, *Rocky Mountain News*

"Si te toca la buena suerte de una semana de vacaciones este verano, tienes que llevar *La hija de la Chuparrosa* contigo en tu viaje. Este libro es asombroso, un lugar embriagador donde te perderás… La historia estelar y sustanciosa te hará recordar los placeres de *Cien años de soledad*. Aquí, otra vez, el realismo mágico nos provee no solamente el escapismo, pero un camino que nos lleva hacia un entendimiento siempre más profundo de la condición humana… Los sentidos se emborrachan. Los olores suben y se cocinan e impregnan un calor totalmente inocente del aire acondicionado o de los automozadores antibacteriales. La prosa es comida suntuosa. Los sonidos se escuchan claramente… Con *La hija de la Chuparrosa*, Urrea ha logrado algo mucho más que un buen trabajo. Nos ha regalado una historia magistral".
—Karen Long, *Cleveland Plain Dealer*

"Una obra extendida, mágica… imponente, suntuosa, viva con poesía… Una novela ricamente diversa que opera en varios niveles simultaneos: es una crónica romántica de la propia familia de Urrea; es una alegoría religiosa del encuentro entre lo humano y lo divino; es una epopeya histórica que revela las raíces del México moderno; es una novela de la juventud y de la madurez, en la cual Teresita realiza su destino místico; es una historia que muestra una visión devastadora de las condiciones que prendieron la chispa de la revolución mexicana; y, finalmente, es un libro embriagado con las palabras, un ensueño visionario que constantemente nos asombra con su sentido de sensualidad y de profusas inundaciones… *La hija de la Chuparrosa* crea un mundo tan arraigado en misterio e impulsos contradictorios, tan rico en su poesía y en sus detalles, tan plenamente poblado con personajes bien iluminados e incidentes memorables, que a veces da la impresión que es tan sustancial como un viaje a… bueno, a México lindo".

—Larry McCaffery, *San Diego Union-Tribune*

"Una novela asombrosa escrita por un cuentista magnífico. Por medio de alguna brujería, Luis Alberto Urrea —que se ha ganado comparaciones a Gabriel García Márquez, a Juan Rulfo y a Jorge Luis Borges— ha utilizado su arte para combinar igual medidas de lo sagrado y de lo profano, y con ellos construir una hipnotizante y profundamente importante novela".

—Tim Davis, *BookPage*

"Íntimo y épico al mismo instante, triunfante y trágico, desolador y alegre… Urrea escribe con la gracia de un poeta… Sus descripciones de comida son tan suntuosas que sentirás un eructo en la garganta, y sus visiones de la naturaleza son especialmente voluptuosas… El autor inserta un sentido de humor desinhibido… Con *La hija de la Chuparrosa*, Urrea nos ha dado, sino un regalo de Dios, por lo menos un exquisito regalo de 'La Hija de Dios' ".

—Steve Bennett, *San Antonio News-Express*

"Las maravillas nunca cesan en esta novela, un extraordinario ejemplo de lo que puede ocurrir cuando una historia excepcional se concede a un escritor dotado. Luis Alberto Urrea ha creado una epopeya sumida en magia y tradición, en belleza y sufrimiento, en religión y pasión que se parece al verdadero México antiguo... Con una prosa espléndida, resplandorosa y sensual, Urrea rinde el mundo de los espíritus y el mundo del animal totalmente iguales y verídicos. Rico en su lenguaje, en su metáfora, en sus cuentos y personajes, el libro se basa en la vida de la tía de los Urrea. En un epílogo, Urrea revela que *La hija de la Chuparrosa* le tomó más de veinte años de investigaciones, viajes y entrevistas para completar su proceso de composición. Ahora sabemos que valió la pena". —David Hiltbrand, *Philadelphia Inquirer*

"Con *La hija de la Chuparrosa,* Luis Alberto Urrea vuelve a encender el 'boom' literario que empezó a chispear hace cuarenta años con los libros de Gabriel García Márquez... Urrea revela su historia en terminos sensuales que interpretan lo increíble hasta que lo creemos... Una historia verdadera contada con la licencia poética y el ritmo de un novelista supremo".

—Amanda María Morrison, *Austin American-Statesman*

"Al mismo tiempo fantástica y febril, surrealística y sobria, las quinientas páginas de la novela épica de Urrea son una celebración del realismo mágico... Con su mezcla de personajes intrigantes, imágenes vívidas, y su sentido de humor escabroso, el autor nunca pierde ni su balance ni su impetus. Si las medallas Olímpicas fuesen entregadas a los autores, Urrea se ganaría la medalla de oro". —Allison Block, *Chicago Sun-Times*

"Una novela enorme, cautivadora... Una saga que afecta el corazón —una historia de pérdida, de sufrimiento, de la alegría del amor, con el mismo sentido de poderes emocionales y el estilo de prosa agridulce del escritor norteamericano Larry McMurtry".

—Tom Lynch, *Newcity Chicago*

"Nada menos que milagroso… Urrea nos muestra una complejidad única en su representación de la gente que vive en esta tierra… La historia de la santa se cuenta aquí con tanto cariño y cuidado que es capaz de convertir en fanáticos a todos sus lectores".

—Leila Lalami, *Oregonian*

"Un manifiesto gracioso… El libro de Urrea imagina la historia de Teresita en forma amplia, con una mezcla de santificación izquierdista, *bildungsroman* místico, y un melancólico himno nacional. Urrea utiliza frases sencillas, cortas y musculosas; combina el humor bajo con la metafísica, los gorgoteos del cuerpo humano con los profundos y misteriosos anhelos del alma. Estas quinientas páginas vuelan con el brio dorado de transparencias en una lámpara mágica… Teresita es la santa que ahora tanto necesitamos".

—Stacey D'Erasmo, *New York Times Book Review*

"Exquisito… Teresita la inocente ejerce su sentido de asombro profundo hacia el nuevo mundo que descubre, y la mayoría de los lectores, en mi opinión, sentirán las mismas emociones durante la novela entera… El libro constantemente agita ese sentido de asombro con los sonidos, las vistas, los olores, las pasiones de la vida y de los días de Teresita; aparecen corriendo cuando el talentoso novelista los convoca".

—Alan Cheuse, *Chicago Tribune*

"Una obra maestra… Nada en esta reseña podrá expresar la riqueza ni la belleza salvaje de estas palabras… *La hija de la Chuparrosa* es una belleza, conmovedora, devoradora y agradable, una novela que absolutamente supera la forma. Con gusto esperaré por unos veinte años más si este autor me entrega otro libro que me pueda afectar tan profundamente".

—Lynda Sandoval, *Denver Post*

La familia de Teresita

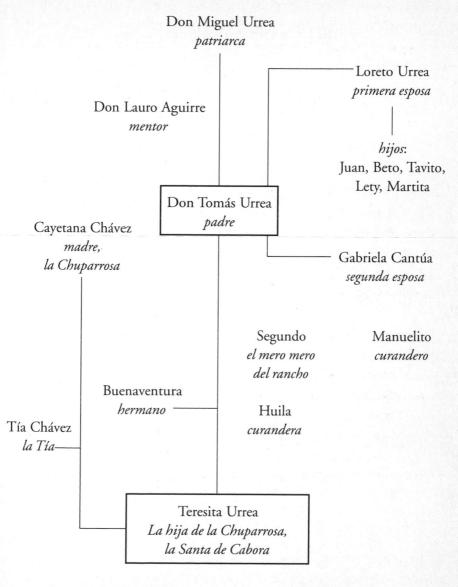

Don Miguel Urrea
patriarca

Loreto Urrea
primera esposa

hijos:
Juan, Beto, Tavito,
Lety, Martita

Don Lauro Aguirre
mentor

Don Tomás Urrea
padre

Cayetana Chávez
madre,
la Chuparrosa

Gabriela Cantúa
segunda esposa

Segundo
el mero mero
del rancho

Manuelito
curandero

Buenaventura
hermano

Huila
curandera

Tía Chávez
la Tía

Teresita Urrea
La hija de la Chuparrosa,
la Santa de Cabora

Teniente Enríquez
caballería de Mexico

Cruz Chávez
comandante
de los rebeldes

Padre Gastélum
el Cura

Otros Libros por Luis Alberto Urrea

ENSAYOS Y REPORTAJE

The Devil's Highway: A True Story

*Across the Wire: Life and Hard Times on the
Mexican Border*

*By the Lake of Sleeping Children: The Secret
Life of the Mexican Border*

Nobody's Son

Wandering Time

FICCIÓN

In Search of Snow

Six Kinds of Sky

POESÍA

The Fever of Being

Ghost Sickness

Vatos

La

HIJA DE LA CHUPARROSA

Una Novela

LUIS ALBERTO URREA

Traducido del inglés por Enrique Hubbard Urrea

BACK BAY BOOKS
Little, Brown and Company
NUEVA YORK   BOSTON

Little, Brown and Company
Hachette Book Group USA
1271 Avenue of the Americas, New York, NY 10020

Visite nuestra página Web www.HachetteBookGroupUSA.com

Primera edición en español: septiembre 2006
Publicado en inglés en 2005 por Little, Brown and Company

ISBN-10: 0-316-01434-6
ISBN-13: 978-0-316-01434-2
LCCN: 2006928632

10 9 8 7 6 5 4 3 2

Q-FF

Impreso en los Estados Unidos de América

Para Cinderella

La verdad es todo
No le temo a la verdad
La verdad no puede dar vergüenza

— TERESITA URREA

Para los tiranos, la verdad es la más terrible y
cruel de las ataduras; es como tener en el pecho un
hierro incandescente. Incluso produce mayor agonía
que un hierro al rojo vivo, pues éste sólo quema la carne,
mientras que la verdad quema hasta el alma.

— LAURO AGUIRRE

Libro I

EL INICIO DE LOS SOÑADORES

*Hija de Amapola, hija de Marcelina. De Marcelina nació
Tula, de Tula, Juana. Juana tuvo a Anastasia, quien tuvo
a Camilda. Camilda de Rosalío dio a luz a Nicolasa;
Nicolasa a Tolomena y Tolomena a Rocío. Rocío a Dolores,
quien tuvo a Silvia María. Silvia María a Dominga,
que tuvo a Epifanía que tuvo a Agustina y ésta a María
Rebeca, que tuvo a esa* puta *Cayetana que a su vez trajo
al mundo a Teresa, llamada "de Cabora".*

—Brianda Domecq,
*La insólita historia de la
Santa de Cabora*

Uno

AQUEL FRESCO DÍA DE OCTUBRE en que Cayetana Chávez dio a luz a su bebé, empezaba en Sinaloa la temporada en que las tormentas húmedas del verano dan paso finalmente a las brisas y las hojas muertas, mientras los pajaritos colorados planean por entre los corrales y a los perros les crecen nuevos abrigos de pelo.

En el gran rancho Santana, La Gente nunca había visto calles pavimentadas o iluminadas, ni un tranvía, ni un barco. Para ellos los escalones eran inventos de fuerzas ocultas, mientras que las escalinatas eran las primas malvadas de las escaleras y ambas debían de plano evitarse. Incluso las calles de Ocoroni, muy transitadas ciertos domingos cuando La Gente dejaba la seguridad de la hacienda para peregrinar rumbo a misa, eran de tierra o empedradas, nunca pavimentadas.

La Gente creía que en todas las grandes ciudades se veían puercos en las calles y que caudalosas corrientes de meados de mula atraían nubes de avispas histéricas y que todo estaba hecho de lodo y paja. A la pequeña Cayetana le llamaban "la Chuparrosa", aunque en La Lengua le decían "Semalú".

Ese día de octubre era el quince y La Gente había empezado ya los preparativos para la celebración del Día de los Muertos, distante de tan sólo dos semanas. Empezaban a preparar los platillos favoritos de sus muertitos. Tamales verdes para los fallecidos tíos que casi nadie recordaba, aunque el calor y las moscas dejaran a los tamales todavía más verdes. Había vasitos con tequila, o ron o rompope, siempre del gusto de los muertos. Como al tío Pancho le gustaba la cerveza, una tinaja de cheve aguada de Guaymas agotaba su efervescencia frente a la tétrica imagen del altar familiar.

Los trabajadores del rancho llevaban calabaza enmielada, dulces de nopal y guayaba, mermelada de mango, machaca de chivo y chorreantes quesos blancos, que les hubiera encantado consumir, pero que respetarían conscientes de que los inquietos espíritus andaban famélicos y ninguna familia podía darse el lujo de aliviar su hambre a costa de insultar a los muertos. ¡Jijos!, cualquiera sabe que estar muerto te pone muy de malas.

La Gente colocaba allí los cigarrillos de hoja de maíz que preferían los muertos, y si no podían comprar tabaco, los rellenaban con machuche, que ardía muy bien y sólo hacía toser al fumador un poquito. El dedal de la abuela, las viejas balas del abuelo, fotos de papá y mamá, el cordón umbilical de un bebé abrigado en una bolsa de punto de cruz. Ahorraban sus centavos para comprar pan de muerto y calaveras de azúcar con los nombres de los muertos que deseaban honrar, escritos con betún azul en la frente de las calaveras, aunque no supieran leerlos; también los reposteros eran analfabetos.

El alfabeto caía al vacío.

Tomás Urrea, el patrón del rancho, se reía junto con sus vaqueros de los errores gramaticales cometidos al escribir los nombres en las calaveras: Martia, Jorsé, Ovtablio. Los pícaros vaqueros se carcajeaban aunque la mayoría tampoco sabía leer, pero no fuera a creer Don Tomás que eran brutos, o peor, pendejos.

—¡Un verso! —anunció Tomás.

—¡Nooo! —exclamó su mejor amigo Don Lauro Aguirre, el gran Ingeniero que estaba de visita.

—Hubo una vez un joven de Guamuchil —recitó Tomás— que se llamaba Pinchi Inútil.

—¿Y? —preguntó Don Lauro.

—Todavía no le agarro bien la onda.

Tomás cabalgaba en su terrible corcel negro por entre la escarcha luminosa que despedían las estrellas y que pintaban de azul y gris pálido al rancho, como si del cielo hubiese lloviznado azúcar en polvo sobre los mangos y los mezquites. La mayoría de los habitantes de Sinaloa jamás había vagado más allá de 100 kilómetros; él había viajado más que nadie, 150 kilómetros, un recorrido épico emprendido cinco días antes, cuando él y su mayordomo, el Segundo, habían llevado hasta Los Mochis y más allá hasta el Mar de Cortés, a un escuadrón de colonos armados. Todo para recibir a Don Lauro Aguirre, quien llegó por barco del lejano Mazatlán, y con él trajo un cargamento para el rancho, cuyo transporte encargaron a una conducta de carretas con su escolta de caballería.

En Los Mochis, Tomás había visto ese legendario objeto llamado "el mar".

—Es más verde que azul —había notado a sus compañeros, ya todo un experto a primera vista—. Los poetas están equivocados.

—¡Pinchis poetas! —escupió el Segundo, que odiaba a todos los versificantes y los salmistas.

Habían ido hasta el muelle a recibir al Ingeniero. Éste saltó del bote haciendo grácil pirueta, feliz de encontrarse de nuevo entre los rústicos brazos de su *bon ami très enchanté*. Bajo el brazo, cuidadosamente envuelto en una manta, Aguirre llevaba un ejemplar empastado en piel del *Tratado sobre energía y magnetismo* de Maxwell. Según él, ¡ese escocés había escrito un clásico! Don Lauro tenía la molesta sospecha de que la electricidad, esa fuerza oculta; y el magnetismo, sin duda un poder espiritual, podían usarse para localizar e inclusive afectar el alma. Aguirre traía escondida en el bolsillo una maravilla aún mayor: un paquete de chicles Adams, de esos Black Jack de indescriptible sabor a licorice. *¡Nomás deja que los pruebe Tomás!*, pensaba.

Al Segundo el barco se le figuraba como un pájaro gordo con alas grises que después de devorar un pez, nomás estaba flotando ahí. Muy orondo, apuntó al barco y le dijo a un bato: "Es un pájaro gordo. Se tragó un pescado. Nomás anda flotando por ay". Encendió un puro y su sonrisa mostró dientes y encías taponados con hebras de tabaco.

El Segundo tenía cara de ídolo azteca, con ojos achinados y frente aplastada como las de los mayas. La nariz parecía una hoja de navaja curva y colgaba sobre un bigote caído, como los de los bandidos. Se creía guapo. Pero si hasta Aguirre se creía guapo, a pesar de tener esos cachetes rechonchos que se suponía eran la maldición de los Urrea. Trataba de sumir los cachetes sobre todo cuando lo comparaban con su amigo

Tomás Urrea. A Don Tomás se le habían desaparecido los cachetes, tanto que con luz de día los pómulos hacían sombra, como si fueran de guerrero indio. ¡Y esos ojos! Urrea tenía un brillo feroz en la mirada, encandilaba. A los hombres, su mirada les parecía desquiciante; a las mujeres, fascinante. Eran los únicos ojos verdes que Aguirre había visto en su vida.

—¡Ponte a trabajar, huevón! —dijo Tomás.

Los Urrea le pagaban generosamente a Aguirre por el privilegio de usar su educación para crear complejos planos hidrológicos y de construcción. Había diseñado redes de ventilación que alejaban los malos olores de los excusados revolucionariamente ubicados dentro de la casa. Incluso los había asombrado cuando construyó cañerías que acarreaban el agua hacia arriba.

Pensando en líquidos, no les llevó mucho tiempo tropezar con la famosa cantina "El Farolito". Ahí devoraron mariscos crudos, tan frescos que boqueaban cuando les caía el limón y la salsa picante, cubiertos de sal en grano que nomás tronaba cuando la masticaban. Unas mujeres encueradas se retorcían al ritmo de una tuba y un tambor. Aguirre hubiera querido sentir remordimiento por gozar de aquel espectáculo; ¡pero los hombres lo disfrutaban alegremente! El Teniente Emilio Enríquez, encargado de la conducta de carretas, llegó hasta su mesa.

—¡Teniente! —le gritó Tomás—. ¿Qué se dice por ahí?

—Señores —dijo Enríquez, apartando su espada para sentarse—. Hay disturbios en la Ciudad de México.

Aguirre tuvo que admitir que aquel soldado, con todo y ser un represor de los oprimidos, se veía apuesto y elegante con su túnica de adornos cobrizos y sus medallas.

—¿Cuál es el problema? —preguntó, siempre esperando escuchar que el gobierno había sido derrocado.

Enríquez se retorció el bigote y con un movimiento de cabeza ordenó al cantinero un tarro de espumosa cerveza.

—Grupos de inconformes han desenterrado otra vez la pierna de Santa Ana —suspiró.

Todo mundo rió de buena gana.

Hacía algún tiempo, un cañonazo le había volado la pierna al viejo dictador y la habían sepultado con honores militares en la capital.

—Cada año, alguien desentierra la pierna y la agarra a patadas —agregó Enríquez.

Tomás levantó su tarro.

—Por México —dijo.

—¡Por la pierna de Santa Ana! —declaró Enríquez.

Todos levantaron sus vasos.

—Los canadienses han creado una policía montada. Ellos sí controlan a sus indios —señaló Enríquez mientras se servía otro vaso de cerveza.

—¿Y a los bandidos? —preguntó Tomás.

El propio padre de Tomás Urrea había sido emboscado por unos bandidos camino a Palo Cagado. Los asaltantes eran unos desarrapados al parecer bajados de la sierra de Durango, que andaban tras la plata. Se decía que el padre de Tomás, Don Juan Francisco, llevaba barriles de monedas para pagar el sueldo de los trescientos trabajadores del rancho de miles de hectáreas que su hermano tenía al sur de Culiacán. Pero cuando los forajidos descubrieron que no llevaba plata, lo recargaron en un álamo y lo acribillaron noventa y siete veces. Tomás tenía nueve años en aquel entonces. Sin embargo, su odio creció tanto mientras que él también crecía en el rancho, que se convirtió en una verdadera fascinación, al grado de rumorarse que él mismo deseaba secretamente ser un bandido.

—No hace falta decirlo, señores, ¡a los bandidos también! —dijo Enríquez—. Aquí en México ya hemos arrancado un programa de policía rural para acosar a nuestros rufianes.

—¡Esos gringos siempre nos copian! —declaró Tomás.

—Los Rurales —brindó Enríquez—, La Policía Rural Montada.

—Por los Rurales —dijo Tomás.

Todos brindaron.

—Por los bandidos —dijo el Segundo.

—Y los apaches que aseguran mi trabajo —agregó Enríquez.

Bebieron cerveza tibia, orinaron en el patio trasero y les aventaron monedas a las bailarinas para que siguieran danzando. De repente, Tomás agarró una guitarra y empezó a cantar la triste historia de un muchacho que amaba a su maestra pero no se animaba a decirle nada. En lugar de declarar su amor, le escribía recaditos amorosos diarios y los escondía en un árbol. Cierto día, mientras escondía su recado le cayó un rayo al árbol y no sólo murió el pobre enamorado, sino que además se quemó el árbol con todo y recados. La maestra llegó corriendo al árbol justo a tiempo para presenciar el desastre. La canción terminaba cuando la melancólica maestra, solitaria y sin amor, arrancaba de su pelo las cenizas de aquellos recados que nunca leyó, apagaba la lámpara y se disponía a dormir sola una vez más. Las bailarinas encueradas se taparon sus impudicias y sollozaron.

Muy tempranito, partieron dejando atrás al espantosamente crudo cantinero y sus bailarinas, y comenzaron la larga cabalgata tierra adentro, hacia donde los cerros empezaban a elevarse y las iguanas crecían más que víboras de cascabel. Ya habían empezado a olvidar el color del mar.

Cayetana saludó aquel amanecer con una bebida caliente hecha a base de granos de café y granos de elote tatemados. Mientras la luz chorreaba del mar del este y salpicaba las ventanas de costa a costa, los mexicanos se levantaron y se dirigieron a sus millones de cocinas y fogatas con el fin de servirse su primera ración de café. Un verdadero maremoto de café avanzaba hacia el oeste y oscilaba de una cocina a otra, de una fogata a la siguiente, de una enramada a una cueva. Unos bebían el café en vasos gruesos. Otros lo sorbían de coloridos jarros, o de rústicas ollas de barro que se iban disolviendo conforme bebían su contenido, o incluso de conos hechos con hojas de plátano.

Café negro, café con canela, café con leche de chiva, café con un cono de piloncillo dorado derritiéndose adentro cual pirámide rodeada de una inundación negra. Café tropical, con un piquete de ron de caña que se enrosca adentro como víbora caliente. Café amargo de los altos que te espesa la sangre. En Sinaloa, café con leche hervida, con una capa de nata flotando encima como piel de ampolla reventada. Los que tienen mirada pesada se miran en los espejos redondos de sus tazas y contemplan sus negros reflejos.

Cayetana Chávez también levantaba su taza de café, recocido de los asientos de ayer, endulzado con miel de caña y rebajado con leche bronca de una vaca del patrón ordeñada a escondidas. Aquella mañana occidental todos los mexicanos soñaban el mismo sueño: soñaban que eran mexicanos; y serlo era el misterio mayor. Sólo los ricos, los soldados y algunos indios se habían alejado del hogar lo suficiente como para captar la terrible verdad: México era demasiado grande. Tenía demasiados colores, era demasiado ruidoso. La voz del Atlántico discrepaba de la del Pacífico. Una era aguda, acongojada, siempre reclamante; la otra era estridente, proclive a tornarse frenética. Los ricos, los soldados y los indios, sabían que el aire en el oriente estaba preñado de verde, con profusos aromas de fruta madura y flores, y de cerdos, de sudor y sal y lodo. En el oeste era púrpura profuso. Las pirámides se elevaban de los llanos polvorientos y de las selvas túrgidas. Serpientes tan largas como caminos rurales nadaban mansas entre las canoas. Los volcanes lucían sus sombreros de nieve. Bosques de cactos se elevaban más altos que árboles. Los chamanes comían peyote y volaban. En el sur, algunas tribus todavía andaban en cueros, sus mujeres llevaban flores rojas en el cabello, con falditas azules mientras sus senos colgaban libremente. Fuera de la gran Ciudad de México, comían tacos de hormigas con alas que se escapaban volando si no las devoraban rápido.

¿Pues qué eran? Los mexicanos eran todos indios diluidos, mezclados con leche como el café en la taza de Cayetana. Amedrentados por sus propias envolturas cafés después de la conquista y la inquisición, se coloreaban el rostro con talco, se cubrían la piel con perfumes, con sedas europeas y prendas americanas. Y sin embargo, con todo y sus gorras de castor y sus velos de encaje, los finos habitantes de las grandes ciudades sabían que nada se comparaba con el venerable plumaje de un quetzal. Ningún cacique anduvo jamás en la cúspide de algún templo cubierto con pieles de Jaguar. Crinolinas, sacos. Óperas, misas, *café au lait* servido en tacitas *demitasse* en reposterías de banqueta. Intentaban ahogar a los dioses con pantaloncillos de Nueva York y fondos parisinos. Pero de todos modos los fantasmas desterrados susurraban por los rincones y los sótanos. En la Ciudad de México, la grande y caída Tenochtitlán, por entre calles y edificios construidos con las piedras de la Pirámide del Sol, los caballeros caminaban con la cabeza ligeramente inclinada, como si escucharan el sorprendente murmullo de los aparecidos. Todavía hablaban mil lenguas —ciertamente español entre ellas— además de otro montón de canciones y gramáticas. México —el sonido del viento entre las ruinas. México, olas que se precipitan sobre la playa. México —las dunas, montículos de nieve, vapor que escapa del Popo. México, sembradíos de marihuana, tomate de vara, árboles de aguacate, agaves en la Villa de Tequila.

México...

Todo a su alrededor, en los arbustos, en las cuevas, en los precipicios de la Cañada del Cobre, en los pantanos y encrucijadas, se reunían los ancianos. Tláloc, dios de la lluvia, con los labios partidos porque los mexicanos ya no torturan niños para alimentarlo con la dulzura de sus lágrimas. Vituperado, Xipe Totec, tiembla de frío porque los sacerdotes ya no le quitan la piel a los sacrificados ni bailan sobre sus desnudas carnes para que la cosecha sea fructífera. Tonántzin, la diosa de Tepeyac, fue expulsada de su cima por la mismísima madre de dios, la Virgen de Guadalupe. El apabullante y feroz dios guerrero Huitzilopochtli. Incluso el amigo de los mexicanos, Chac Mool, se sentía solitario. Orejón, esperando llevar en su tazón sueños y esperanzas mientras pasa de la tierra de los mortales a la de los dioses, permanecía ahí echado de espaldas, esperando en vano el regreso del sacerdote emplumado. Otros ancianos se escondían detrás de los ídolos en las catedrales que los españoles construyeron con las piedras de sus templos destrozados. El olor de la sangre y del copal escapaba entre las piedras de sacrificio para mezclarse con el incienso y las velas. La muerte está viva, susurraban. La muerte vive adentro de la vida, mientras los huesos danzan dentro del cuerpo. El ayer está dentro del hoy. El ayer nunca muere.

México. México.

❉

El dolor pateó a Cayetana en el vientre. Soltó su taza. Sintió como una cascada de líquido bajando por sus tripas y la niña despertó. ¡Su vientre!

Apretó. Brincó. Apretó.

Primero creyó que eran las cerezas. Nunca antes había comido cerezas. De haber sabido que le darían chorro…

—¡Ay Dios! —exclamó.

Creyó que tendría que correr al monte.

Habían ido por ella ayer. Todo mundo conocía a las Chávez. A pesar de que el rancho Santana estaba dividido en dos grandes mitades —las milpas al sur y el ganado al norte— eran tan sólo cincuenta jornaleros y contando a los niños y a los abuelos no pasaban de 150. Todo mundo sabía que no debían molestar a la Tía, la mayor de las hermanas de Cayetana. ¡Jijos!, cualquiera prefería sacar con un palo una cascabel de la cuna de su niño, que pararse frente a la puerta de la Tía. Por eso, cuando llegaron del lado norte del rancho a avisar que se había suicidado uno de los primos de las Chávez, preguntaron por La Semalú.

¡Ay Dios! Cayetana apenas tenía catorce años, pero ya había aprendido que la vida es una larga cadena de problemas. De modo que se enredó el rebozo sobre la cabeza, se puso sus huaraches y comenzó su larga jornada en la oscuridad, antes del amanecer.

Mientras caminaba, pensó por qué La Gente le llamaba Chuparrosa. ¿Sería porque era chiquita? Pues todos eran chiquitos. Se sabía que los semalús eran pájaros santos que le llevaban las oraciones a Dios. También sabía que tenía mala fama, así que llamarla Semalú sonaba a broma. Les encantaba bromear. Cayetana escupió, no le hacía gracia aquello. Sobre todo ahora. ¡Pobre primo! Se había pegado un tiro en la cabeza. Sus padres murieron en una emboscada militar por el rumbo de Tehueco. A sus tíos los colgaron de unos mangos cerca de El Júpare, porque creyeron que eran yaquis prófugos. A los hombres los colgaban con los pantalones arremangados en los tobillos. Tanto ellos como ellas colgaban desnudos, como fruta. Algunos mexicanos coleccionaban cabelleras. Cayetana suspiró. Ella estaba sola en el mundo, excepto por su hermana. Se detuvo la panza con las manos y caminó por la brecha del norte. Los corrales estaban como a cuatro kilómetros. La niña pateó.

Todavía no, todavía no.

En realidad no le molestaba que le llamaran Chuparrosa. Horas más tarde, abría la puerta del jacal de su primo. Estaba acostado en el suelo. Le habían cubierto el rostro con un paliacate. Los huaraches estaban regados por ahí. Tenía los dedos de los pies morados. La sangre en el piso estaba negra ya. Todavía no apestaba, pero las moscotas andaban por todo su cuerpo, parando a frotarse las manos. Una pistola enmohecida estaba tirada cerca de su mano.

Los vecinos ya habían arrasado con toda la comida de su primo. Cayetana le cambió la pistola a un tipo por la chamba de cavar la fosa. La cavó junto a un maguey al lado de la cerca y ambos rodaron el cuerpo hasta allá. Le echaron tierra y después cubrieron con piedras la tumba, para que no lo desenterraran los perros.

Dentro del jacal, Cayetana encontró una cama y una silla, de madera y mecate. Había un machete debajo de la cama. Una muchacha embarazada que venía desde Escuinapa esperaba ahí. Cayetana no la conocía pero la dejó entrar porque la muchacha temía que si paría afuera, los coyotes se llevarían a su bebé. Cayetana aceptó las bendiciones de la muchacha, blandió a prueba el machete unas dos veces y le gustó cómo se sentía. Después emprendió el camino a casa.

El sol se estaba poniendo. No le agradaba eso porque le daba miedo la oscuridad. Además el camino era peligroso. La ruta serpenteaba entre álamos y sauces. Había grillos, ranas, aves nocturnas, murciélagos, coyotes y perros —cuyos sonidos la acompañaban cuando tenía que orinar en la oscuridad— y como desde que la niña había florecido dentro de ella orinaba a todas horas, pues se acuclillaba en medio del camino y mantenía el machete elevado, listo para matar a cualquier bandido o demonio que se atreviera a atacarla. El canto de un tecolote la hizo apretar el paso.

Al salir de un recodo vio la fogata de un campamento ahí al lado del camino. Estaba del lado sur y eso era buen presagio, pues el norte era la ruta de la muerte. ¿O sería oeste? Bueno, pero el sur estaba bien.

Junto a la fogata estaba un hombre con un tazón de madera. Estaba masticando algo cuando la vio venir. Un caballo la miró sobre el hombro del tipo, pero estaba más interesado en el contenido del tazón que en ella. A ella le gruñó el estómago y se le hizo agua la boca. No había comido en todo el día. Se hubiera escondido en el monte, pero ya la había visto el hombre.

—Buenas noches —saludó ella.

—Buenas.

—Ya está oscuro.

El tipo levantó la vista, como notando de pronto la oscuridad.

—Pues sí —asintió—, oiga no me vaya a dar con el machete.

—No se apure.

—Gracias.

—Es para los bandidos.

—¡Ah!

—Son cabrones —explicó—, me echo al primero que intente algo.

—Excelente.

—Y a los fantasmas.

Él empezó a comer.

—No creo que se pueda matar a los fantasmas.

—Eso lo veremos —dijo ella blandiendo el machete.

La fogata tronó.

—¿Qué come? —preguntó ella.

—Cerezas.

—¿Cerezas? ¿Qué es eso?

Le enseñó una. En la penumbra, parecía un corazoncito sangriento.

—Se dan en árboles —dijo él.

—¿Son malos? —preguntó ella.

Él se rió.

—Son malvados —le dijo.

—Ya me voy a mi casa —contestó ella.

—Yo también.

—¿Es tuyo el caballo?

—Sí, pero prefiero caminar.

—De seguro traes buenos zapatos.

—Traigo buenos pies.

Escupió una semilla y se echó otra cereza a la boca. Ella observó cómo se le hinchaba el cachete y cómo masticaba. Otro escupitajo; otra cereza.

—¿Están dulces? —preguntó.

—Sí.

Escupió otra semilla y oyó el gruñir del estómago de ella.

—Vas a dar a luz pronto —le dijo.

—Sí.

—Una niña.

—No lo sé.

—Una niña.

Le extendió el tazón.

—Come —le dijo.

El jugo de las cerezas, rojo, oscuro, se sintió en su boca como nada que jamás hubiera probado. Escupió una semilla.

—Me tengo que ir —dijo ella—, ya es tarde.

—Adiós —contestó él.

Cayetana agregó en La Lengua *Lios emak weye*, "que Dios te acompañe" y se perdió en la noche. Chistoso el tipo. Si algo sabía ella en la vida era que los hombres son chistosos.

Pasó mala noche con un dolor de estómago que le achacaba a la fruta del tipo aquel. La mañana trajo más tumulto en sus adentros. Creyó que podría llegar hasta las letrinas que Tomás había levantado entre las casas de los trabajadores y la Casa Grande del patrón, pero la niña decidió que era hora de aparecer y anunció su presencia a medio camino, donde un espasmo obligó a Cayetana a caer de rodillas y una extraña agua irrumpió y se vació en el suelo.

Dos

A LA HUILA LE CHOCABA que le tronaran las rodillas al levantarse. *¡Crac, crac!* Sonaba como mazo de ocote.

Se persignó, buscó su mandil y agarró su escopeta. La mochila donde llevaba las hierbas, los cuchillos y los trapos, ya estaba empacada y lista, como siempre. Se la colgó del hombro, retacó de tabaco su pipa, acercó a la vela un cerillo pelirrojo para encenderlo y chupó la lumbre aplicada al tabaco. Era un buen tabaco remojado con ron que le había robado a Don Tomás un día que fue a limpiar su biblioteca. Él sabía que se lo había robado pues varias veces lo fumó enfrente de él.

Los patrones le decían María Sonora, pero La Gente sabía que era La Huila —la flaca— su partera y curandera. A los patrones les decían Yoris —todos los blancos eran yoris y el peor insulto era decirles *yori bichi*, o sea "blanco desnudo". La Huila trabajaba para el *gran yori bichi*, vivía en un cuartucho detrás de la cocina del patrón, desde donde, según Don Tomás, manejaba al personal, pero La Gente creía que desde allí mandaba a los espíritus.

Esculcó en los bolsillos de su mandil en busca de su bolsita de medicinas. Era una bolsita de piel, pero se decía que era piel humana, arrancada de los huevos de un violador. Se rumoraba que ella misma la había arrancado allá en su pueblo de El Júpare. Cuando alguno de los pendejos que le ayudaban o una de las muchachas le daban lata, sacaba del mandil aquella espantosa bolsa ennegrecida y churida como verruga, y la aventaba para arriba y la cachaba, la aventaba y la cachaba, hasta que todos se callaban y se le quedaban mirando. Entonces les decía: "¿me hablaban?"

Se abrió paso hacia afuera de su cuarto detrás de la cocina, pasó a un lado de la mesa de lámina donde las muchachas picaban el pollo y salió por la puerta de atrás. Se detuvo sólo un momento para rezarle al creador;

como María Sonora le rezaba a Dios, pero como La Huila le rezaba a *Lios*. Dios tiene corderos y palomas; *Lios* tiene venados y chuparrosas. Para La Huila daba lo mismo. Se apresuró a dirigirse al jacal de Cayetana.

Cayetana oyó a los hombres riendo sobre sus caballos. Las voces atravesaban la cobija que usaba como puerta de enfrente. Estaba a gatas, pujando como perro. Algo le chorreaba por detrás de las piernas. Dos muchachas del pueblo arrodilladas ahí en la puerta le sobaban la frente y la peinaban con los dedos, mientras le ofrecían un trago de agua.

—¿Te duele?

—¡Mjjm!

No tenía ánimo para platicar.

—Te vas a aliviar, Semalú.

La llevaron hasta su petate, donde sudó profusamente, se enroscó y se quejó. Las muchachas nunca le habían visto entre las piernas a nadie, pero la Semalú se sentía demasiado mal como para que le importara lo que estuviera enseñando. Le miraron entre los pliegues pero les dio miedo que la criatura fuera a asomarse a hacerles caras. Se persignaron e hicieron la señal de la cruz sobre el vientre de Cayetana.

Cayetana gruñó.

Una de las chicas dijo:

—Creí que sería hermoso.

Pensó que ayudaría si le echaba en el vientre un chorrito de agua del jarrito, pero brincó y pataleó. Mejor le palmearon las manos.

—Ay viene La Huila, no te preocupes compañera, ay viene ya.

La Huila vio a los hombres a la escasa luz del amanecer, altos sobre sus caballos. Bueno no, el Patrón estaba alto, los otros a su lado parecían estar en cuclillas sobre sus monturas. El Patrón parecía jirafa en medio de burros. Brutos todos. La Gente le decía a Tomás "El Rascacielos" y ahí estaba junto al portón principal, acompañado de ese idiota amigo de él, Aguirre, y de su pistolero, el Segundo, esperando que llegara la mercancía. Bueno, a La Huila no le molestaba que llegara mercancía. Le gustaba el jabón de lilas, también ese polvo nuevo para limpiarse los dientes, el café enlatado y las mentas. De vez en cuanto disfrutaba de un caballito de anís y le agradaban las pantaletas de algodón. No le gustaban los jujubes. Al Rascacielos le encantaban. Compraba jujubes en sábanas de colores y luego les cortaba pedacitos que les daba a los caballos. Según La Huila, los jujubes te sacaban los dientes y si los chupabas se volvían asquerosos, se sentían en la lengua todos babosos como caracoles de tierra. ¡Malditos jujubes!, sentenció.

La Huila avanzó entre la polvareda hasta el jacal de Cayetana, que se veía chueco y vacío. De no saber que allí vivía una chica guapa, alguien ya lo hubiera tumbado a patadas para usar las paredes como leña de fogata. Sí, una chica guapa, pero montada y abandonada. La Huila sacudió la pipa para tirar las brasas y exclamó: "¡Malditos hombres!"

Apartó la mugrosa cobija-puerta y penetró en el jacal. De inmediato le dio el olor que siempre olía cuando llegaban los pequeñitos. Humo viejo de cocina, sudor, peste a caca y muchos otros olores mezclados. Gracias a *Lios* no apestaba a podrido ni a enfermedad. Las parteras trabajaban de muy diversas maneras, de acuerdo con su propio estilo, pero para La Huila todo empezaba con la nariz. Había sido testigo de cosas horribles en estos jacales y siempre era el olor el que anunciaba la muerte.

Dos niñas se abrazaban a su madre como changuitas.

—¡Tú, tráeme agua limpia! —ordenó La Huila.

Las plebes salieron corriendo.

—No tengas miedo, m'ija, ya llegó La Huila, la que trajo al mundo a tu mamá, la que te trajo al mundo a ti. Ahora La Huila también traerá al mundo a tu bebé.

—No tengo miedo.

La Huila dejó caer su mochila al suelo y luego se arrodilló. *¡Crac, pap!*

—Sí tienes miedo —le dijo.

Tres

TOMÁS ABRIÓ SU RELOJ DE BOLSILLO y exclamó:

—¡Qué pasó con la chingada conducta!

—Ay viene, patrón —dijo el Segundo.

Al Segundo le decían "El Ojo de Buitre", pues con ese pico gacho que tenía por nariz hasta parecía zopilote. Decían que podía ver cosas a tal distancia que ningún otro ser humano podía siquiera distinguirlas. Muy seguido veía puntitos lejanos que identificaba como un árbol o una vaca; o bien declaraba muy orondo: "¡Mira nada más! ¡Es Maclovio, y trae puesto su pinchi sombrerito colorado!" O bien "Esos indios parecen apaches".

"Ojo de Buitre", ¡como si le hicieran falta nombres! Se llamaba Antonio Agustín Alvarado Saavedra, hijo, es decir, que era el segundo del mismo nombre y de allí fue que se le quedó "el Segundo". Era hijo del "Caballero del Estribo", el mero mero del rancho grande de Don Miguel Urrea. Su padre había esculcado a cientos de mujeres que trabajaban en el rancho, en busca de concubinas jugositas para el gran hombre. El Segundo y Tomás habían crecido juntos y aunque no lo admitían eran casi hermanos.

—¿Los ves, Buitre? —preguntó Tomás.

—Todavía no.

—Entonces sí que están muy lejos todavía —notó Tomás.

Don Lauro estaba prácticamente dormido en la silla. Se inclinaba a la derecha en un ángulo de cuarenta y cinco grados.

—Ojalá no se caiga del caballo este cabrón —dijo Tomás.

—Pues haría buena impresión —agregó el Segundo—, pero en el piso, esa cabezota de seguro hace un pozo.

—Ya, ya —murmuró Tomás.

Tomás nunca se dormía en la silla. Comía en la silla, se paraba en la silla, vomitaba a caballo, y en 1871 copuló al trote del caballo. ¡Ajúa! ¡Que viva el amor! Algún día intentaría hacerlo a todo galope.

Todo mundo decía que era el mejor jinete de la región. Tanto en el rancho de miles de hectáreas de su tío Miguel, como en los restaurantes de Ocoroni, se hablaba de Tomás Urrea y sus caballos. La montura de aquel día era "El Mañoso", legendario por corajudo. El Segundo casi lo agarra a patadas esa misma mañana, pues le peló los dientes y trató de morderle la rodilla. Pero Tomás adoraba a ese caballo, confundiendo el odio casi patológico que el corcel sentía por el Segundo, con lealtad para sí mismo. Después de todo, nunca había tratado de morderlo a él.

—¡Ojo, Buitre! ¿Qué ves ahora?

El Segundo se encogió de hombros.

—¿Dónde anda el carretón?

El Segundo, lánguidamente, enrolló un cigarrillo.

—Quién sabe, patrón.

Se ajustó el sombrero, miró a lo lejos y aclarándose la garganta anunció:

—Veo un conejo y una ardilla. La ardilla anda agarrando una semilla. Hay pasteles de caca de vaca en medio del camino ya llegando a la loma, y parece que al moscón le encanta la caca. —Sacó un cerillo de la banda de su sombrero, lo talló contra la silla de montar, se encendió y prendió el cigarrillo—. Por allá por Los Mochis anda un pelícano volando al sur.

—¡Pinchi mentiroso!

—Discúlpeme patrón, el pelícano va rumbo al norte.

El Segundo echó una nube de humo. Tenía una expresión plácida en el rostro que sacaba de quicio.

El patrón hizo girar a su caballo.

—Esa clase de insolencia me deja perplejo —le dijo Tomás a Aguirre, quien ya se había despertado del todo y traía un hilo de baba en la barba.

En eso, se escuchó un tremendo grito de allá lejos. Todos voltearon.

—¡Qué fregados fue eso! —exclamó Don Lauro.

—Vamos a ver —respondió Tomás.

El Segundo estiró la pierna y le puso una bota en el cuello a "El Mañoso" para detenerlo.

—Pérense —les dijo—, no es más que una plebe que está pariendo.

Tomás le jaló la rienda a su montura e hizo una mueca.

—¿Cómo sabes? —demandó—. No me vayas a salir con que aparte de esos ojones tienes también orejas de coyote.

El Segundo sonrió.

—Es que vi pasar a la partera.

Tomás columbró la enramada de Cayetana.

—La Huila —dijo.

—Sí.

—¿De quién es ese jacal?

—Quién sabe —replicó el Segundo—, quién sabe.

Pero Tomás quería saber más. Quería saberlo todo. Más si se trataba de mujeres.

Siempre había querido ver nacer a un pequeño humano. Muchas veces vio vacas, caballos, cochis y perros salir patinando de sus madres. Una mujer no sangraría tanto, ¿o sí? El doctor en Ocoroni le había advertido que no le gustaría ver aquello, que a partir de ese momento le darían miedo las mujeres. Sólo las mujeres de los pobres y las indias, parían frente al doctor. Hasta el doctor se quedaba afuera del cuarto donde las mujeres Yori, como la Señora Urrea, daban a luz. Desde allá afuera escuchaba tras la puerta y gritaba instrucciones.

—¿De quién es ese jacal? —repitió Tomás.

—De alguna perrita —masculló el Segundo—. Esos peones, no hacen otra más que tener hijos.

Tomás deseaba dejar a sus compañeros e ir a ver qué estaba haciendo La Huila, pero el Segundo lo tocó en el hombro y le dijo:

—Patrón, ya diviso las carretas bajando la loma.

—No se te olvide Lauro, busca a las mujeres y míralas a los ojos —dijo Tomás—, el contacto visual es la clave.

❋

El carretón de los Urrea iba escoltado por el Teniente Enríquez y su tropa. El buen Teniente se sacó una mulita de entre sus ropas en cuanto vio a Tomás y su gente. Tomás y el Segundo también sacaron las suyas, Aguirre era el único que no llevaba alcohol.

—¡Por la pierna de Santa Ana! —gritaron todos y se empinaron las botellas.

Los gritos de Cayetana pasaron flotando rumbo al poniente.

—¿Están cuereando a alguien hoy? —preguntó Enríquez.

—No, no, es un parto —contestó Tomás abanicando la mano.

—¡Ah!, bueno —a Enríquez no le interesaban los partos.

La caravana consistía de doce carretas.

—¿No vienen mujeres? —preguntó Tomás.

—¡Mujeres! —Enríquez se quitó la gorra y se limpió la frente con la manga.

—Es que mi amigo el Ingeniero anda buscando el amor de su vida.

—Ah.

Tomás le había enseñado a Aguirre los secretos del amor cuando tenían once años y estaban en el internado en Culiacán. Como Aguirre era un escolapio flacucho de piernas largas, una pandilla de vagos de El Caimanero le tumbaron los lentes un día y lo zarandearon allá detrás de las mesas de los fruteros del centro. Tomás acababa de robarse unas calabazas enmieladas en el tianguis y andaba de vago por ahí, viendo si las muchachas de la escuela de monjas andaban en el atrio de la iglesia, para echarles unas flores a la pasada. Oyó a Aguirre lloriquear y al dar la vuelta a la esquina se encontró con el Fausto Hubbard y el "Popo" Rojas, que lo estaban pateando mientras él nomás se acurrucaba.

Tomás era el doble de grande que los plebes aquellos. Si algo había aprendido en la hacienda de Don Miguel era que debía proteger a los débiles. No porque a Don Miguel le importaran mucho los desprotegidos, pero algunos veteranos de La Gente le habían aconsejado eso y parecía el tipo de consejo que se debía dar a los jóvenes. Además, Tomás estaba tan metido con La Gente que Don Miguel le había puesto un apodo, le decía "Tomás Nariz de Apache". Pues con más razón, pues.

Así que Tomás se metió entre los vagos y los trompeó hasta que los hizo correr con patadas en las nalgas. Y fue entonces que descubrió a quién había salvado: Aguirre, en shorts, se revolcaba entre naranjas podridas y apachurradas.

Aguirre se le quedó viendo a sus ojos verdes y su copete castaño, y le preguntó:

—¿Eres alemán?

Qué interesante, pensó Tomás, el bato no sabe pelear y sin embargo ya notó algo que sólo su salvador sabía, que Tomás era visigodo. Bueno, no estaba seguro de qué era un visigodo, pero sabía que habían llevado a España el pelo rubio. La conexión estaba clara.

—¡Levántate! —le dijo.

Le quitó cáscaras y semillas de los shortcitos y lo condujo a la iglesia.

—Vamos a ir a ver a las muchachas —le explicó.

※

—¿Mujeres? —Enríquez se torció para mirar la caravana de carretas—. ¿Aquí?

—¿A poco no traen mujeres en la conducta? —insistió Tomás—, ¿Quieren que Aguirre muera virgen?

—¡Óiganme! ¡Un momentito! —protestó Aguirre sin que nadie le hiciera caso.

—Hasta mero atrás de la conducta viene un árabe —dijo Enríquez—, creo que trae a una mujer en la carroza.

—¡Fantástico! —se alegró Tomás—, ¡Vámonos!

Había entrenado a Aguirre en los escalones de la catedral de Culiacán, para que mirara los rostros de cada grupo de mujeres que encontrara. Contacto visual, esa era la clave. En cuanto hubiera contacto visual con una chica, Aguirre debía sonreírle. Si le sonreía ella también, era amor verdadero. Apenas tenían once y doce años, pero fijaban la mirada sin parpadear en aquellos límpidos misterios que inundaban los ojos de las chicas católicas de dieciseis, o hasta de diecisiete años, con sus faldas azules y blusas blancas.

Usó esa táctica durante quince años, pero aunque le sonrieron varias veces, ninguna sonrisa se convirtió en beso.

Juntos recorrieron la caravana de carretas. Detrás de la conducta encontraron en efecto una carroza conducida por un hombre más prieto que los mexicanos.

Enríquez dijo:

—Es el problemático árabe.

—¡Un árabe! —suspiró Aguirre, aquello era fascinante.

—Me llamo Antonio Swayfeta —dijo el árabe—, voy rumbo a El Paso, Tejas, la más hermosa ciudad del mundo.

El hijo de Swayfeta, sinquechado junto a su padre, se encogió de hombros. Para él, El Paso o Culiacán daba lo mismo. De repente, de atrás de la carroza surgió una misteriosa figura toda cubierta de negro, como una aparición de mediodía. Los caballos recularon.

—¡Ah caray! —exclamó Tomás.

Ese fantasma los espiaba por una rendijita entre la ropa.

Aguirre le sonrió a aquellos negros ojos ardientes.

Se llevó una sorpresa cuando las cejas del fantasma le hicieron señas danzando de arriba abajo.

—De modo que El Paso —le dijo a Swayfeta temeroso de haber cometido adulterio allí enfrente de él.

—¡Sí, sí!, las calles, los gringos, ¡la lana!

El fantasma produjo una mano de entre la ropa y alisó una arruga de la tela: Piel oscura, uñas rosas, un brazalete de cobre. A Aguirre le pareció que el brazalete escondía un mensaje. La mano desapareció.

—¿Has estado ahí? —preguntó para disfrazar su espionaje.

—No.

—¿Sabes dónde queda?

—No.

—¡Excelente! —dijo Tomás.

—Que encuentres el camino —le deseó Aguirre mientras retiraba su caballo.

—*Inshalá* —dijo Swayfeta.

—Pendejo —agregó el Segundo.

La caravana se apartó del portón avanzando al norte y los carretones de mercancía de Tomás se despegaron y cruzaron el portón. Tomás aventó la pierna sobre la silla y salió volando, aterrizando parado con los brazos levantados. Aplaudió feliz. Cada día era un descubrimiento, una maravilla; incluso aquí en las afueras de Ocoroni. Se levantaba cada mañana impaciente por saber quién se había muerto, qué había pasado, qué chamaca se había subido las naguas, qué bandido había sido colgado, o bien qué gringo, o soldado, o renegado, o ¡árabe!, pasaría por el rancho. Le ordenó al conductor del primer carretón que arrancara la lona para ver la mercancía.

Una máquina de coser Singer.

Latas de duraznos, peras y ciruelas en almíbar.

Rollos de tela.

Una caja de rifles de esos nuevos de repetición.

Mil cartuchos de balas largas.

Un costal de papas medio podridas.

Jujubes envueltos en papel encerado.

Diez kilos de azúcar.

Cinco enormes latas de manteca.

Una lata de comida instantánea para bebé, ¡el último descubrimiento de la ciencia!

Calzones de algodón, sombrillas, medias, pañuelos, un sombrero de paja con rosas de seda de adorno, talco para la cara, tres vestidos y cinco pares de botas a la rodilla para Loreto, la esposa de Urrea.

Una muestra del nuevo alambre de púas de Chicago.

Tocino.

Café.

Ollas y sartenes azules para cocinar.

Bolsas blancas de harina Pillsbury XXXX.

Un catálogo de Montgomery Ward.

Botellas oscuras de cerveza, botellas claras de tequila, botellas de colores con licores diversos, especialmente coñac, pues los caballeros sinaloenses se echaban su sorbo de coñac después de una buena comida. Había tambaleantes damajuanas de barro llenas de mezcal. Grandes hojas de tabaco envueltas en tela que semejaban gigantescos pañales.

Un inmenso bloque de sal de mar cristalina.

Entre los demás cartoncitos, bolsas y cajas, Tomás encontró un premio. Un juego de libros de colección de Julio Verne: *Vingt mille lieues sous les mers* y el más reciente, *Voyage autour du monde en quatre-vingt jours*.

—Tú traducirás —le dijo Tomás a Aguirre, quien estaba tratando de masticar un pedazo de jujube.

—¡Claro que sí! —respondió Aguirre mientras los gritos de sirena de Cayetana aumentaban y disminuían, haciendo bailar las orejas de los caballos. Allá a lo lejos, la bien envuelta novia de Swayfeta levantó la mano y dijo adiós.

※

La Huila se frotó rápidamente las manos para calentarlas. Tenías que tener manos calientes en este negocio si querías que saliera bien. Cayetana estaba acostada desnuda, su vientre lleno de rayas rojas como ríos secos en el desierto. La Huila ya había visto a dos mil más como ella. Le puso las manos calientes en el vientre y Cayetana pujó. La Huila sobó.

—Ya está —le dijo—, ¿se siente bien eso?

Cayetana sólo gruñó.

La Huila asintió.

—Calma —le dijo—, no te apures. —Tenías que hablarles como si fueran yeguas nerviosas—. No hay problema —le aseguró La Huila—, no hay por qué preocuparse.

—Mi hermana me dice puta —pujó Cayetana.

—¿Puta?

—Dice que soy una puta.

—Ummmm —La Huila giró y alcanzó una pasta de hojas frescas que luego aplicó en la apertura de Cayetana—. Lástima que no lo seas, ganarías buena lana, vivirías en una casa mucho mejor que esta.

—¿Entonces no soy una puta?

—¿Crees que eres una puta?

—No.

—Pues entonces no eres una puta. Empuja.

—¡Ay!

—¡Empuja!

—¡Ay, ay!

—Descansa.

—Pero Huila…

—Ahora descansa.

—Huila… me porté mal.

La Huila rezongó.

—¿Quién no?

—El cura dijo que era yo una pecadora.

—Él también lo es, ahora descansa.

Ah, qué muchachas, en cuanto les empieza el dolor están hable y hable. La Huila prefería a las viejas de veintinueve o treinta, esas que ya andaban en su sexto o séptimo plebe. Ésas se quedaban calladas. Para ellas el dolor no era un gran descubrimiento. En cambio estas muchachitas, creían ser las primeras en aguantar un calambrito, se volvían locas. Ay Dios. La Huila ya estaba muy vieja para esos trotes.

Oyeron un barullo afuera, voces de hombre, risas, cantos. Las ruedas del carretón que pasaba. Cayetana se incorporó.

—Son los hombres —dijo La Huila. Le dio unas palmaditas a Cayetana para recostarla otra vez—. No les hagas caso. —Se recalentó las manos y las movió en círculos sobre el vientre del bebé—. Un día, el mundo será gobernado por mujeres y las cosas serán diferentes —dijo.

Ese comentario pareció impactar a las mironas más que el parto mismo.

—¡Perdóname! —gritó Cayetana.

—¿Por qué?

—¡Por mis pecados!

—Ni que fuera cura, para eso tienes que ir a confesarte. Es hora de dar a luz.

—¡Huila!

La Huila metió las manos debajo de Cayetana y pensó por enésima ocasión que esto era como cachar un huevo cuando iba saliendo de la gallina.

—Ya llegó tu bebé.

Y en un momento que pareció eterno e instantáneo a la vez, Teresita rodó hacia el mundo. No lloró. Mientras La Huila le limpiaba la cara la miraba fijamente, como siempre. Pocas señales se le habían revelado últimamente y no esperaba ver una aquí, en ese pobre jacal, con esa pobre Chuparrosa. Y sin embargo la bebé tenía un triángulo rojo en la frente. Triángulos rojos. La Huila sabía que estaban reservados para los poderosos. Ella misma había sido marcada de esa manera.

Teresita abrió los ojos y se le quedó viendo a esa vieja.

—¿Quihubo? —dijo La Huila—, vete con tu mamá.

Colocó entre las piernas de la joven mamá unos trapos empapados en hierbas. Los trapos se tiñeron de rosa y La Huila los retiró y los cambió por otros nuevos.

Tenía té de manzanilla para limpiarle a Cayetana el conducto. También tenía un bote de tintura de raíz de algodón para parar el sangrado. El vervain abriría los negros pezones. Y mientras la bebé buscaba el pecho de su madre, La Huila untó a la joven con una calmante hierba mansa.

Luego, La Huila sacó un plátano de su mochila y lo peló sentada en el suelo.

—¡Ah, un plátano! —dijo. Le pegó tremenda mordida y lo masticó alegremente. Después rezaría oraciones de agradecimiento a Dios y a los santos patrones. Por ahora lo que le hacía falta era desayunar.

—¿Estás contenta, niña? —preguntó.

Las dos mironas se habían acercado a Cayetana y no se le despegaban a la bebé.

—¿Contenta? —respondió Cayetana. Nunca había relacionado esa palabra consigo misma—. ¿Contenta? ¿Qué se siente estar contenta?

—Bueno, creo que sí —contestó finalmente—, creo que sí estoy contenta.

La Huila se preguntó si se habría acordado Tomás de ordenar chocolates para el rancho. "¡Cómo me encantan los pinchis chocolates!" pensó. "¡Cuando las mujeres manden en el mundo, los palacios estarán hechos de chocolate!"

Nada dijo del triángulo rojo.

Cuatro

—¡AY DIOS, EL TIEMPO! —Cayetana se preguntaba una y otra vez qué pasó con el tiempo. Ese año, este año, hace casi dos años. Ya ni se acordaba de haber dado a luz, pero sí recordaba su resolución de no volverlo a hacer. Se tomaba todas las oscuras pociones que La Huila le preparaba para que la panza se le quedara hueca.

A sus dieciseis años, ya estaba en edad de casarse y de enfrentar la deprimente vejez de los veintes. Y sin embargo su destino parecía ser secundario. Los ancianos anunciaban la llegada del nuevo siglo y con él, el fin del mundo. ¡1900! No se podía imaginar esa fecha, con todos esos ceros. Los misioneros luteranos predecían que Jesús mismo cabalgaría desde el cielo en un corcel de fuego, y según ellos los muertos saldrían de sus tumbas y matarían a todo mundo. Un lipano errante había reunido a La Gente y les había dicho que la cosa no sería así: todos los blancos morirían y todos los indios y los búfalos muertos revivirían. Le había dado a

La Huila tres dientes de búfalo y le prometió que esas impresionantes bestias volverían. La Gente nunca había oído hablar de búfalos.

—No sabíamos que se hubieran ido —anotó Don Teófano.

—¿Qué les va a pasar a los mestizos como nosotros? —preguntó Don Nacho Gómez-Palacio. El lipano lo pensó un poco y dijo:

—Probablemente la mitad morirán. —La pregunta del día después de eso era ¿se van a morir la mitad de todos o la mitad de cada uno? Los consolaba imaginar que la mitad de abajo podría sobrevivir.

Cayetana no creía que viviría para ver el nuevo siglo, ¿cuánto faltaba? Contó con los dedos, perdió la cuenta y sentenció "es mucho tiempo". Su hija, gateando en el suelo, oyó su voz y dijo su palabra favorita, "gato".

—Calladita —le dijo Cayetana.

—¡Gato!

La niña había empezado a hablar temprano, y cuando hablaba casi siempre era esa palabra. Le decía "gato" a Cayetana, les decía gatos a los puercos, a los árboles y hasta a los cenzontles.

—¡Gato, gato! —gritaba la niña.

A sus cuatro meses, quería explorar, pero sólo había aprendido a gatear en reversa. Con la cara roja y el triángulo de la frente de color rojo carmesí encendido por el esfuerzo, se volteaba de panza y se salía de la enramada, pero en cuanto se daba cuenta de que estaba afuera, empezaba a berrear. A Cayetana le daba risa, no podía evitarlo, al fin había encontrado algo que la hiciera reír.

Pero los meados, la caca, primero negra, luego verde y después amarilla; y la basca, "¡ay Dios, fuchi!" La niña mamaba durante largas y babosas sesiones, para luego voltearse y huacarear una pasta caliente sobre la blusa de Cayetana. Eso no le hacía nada de gracia. Y darle el pecho, ¡ay, ay, ay! ¡Qué barbaridad! Ya tenía los pezones raspados, partidos. Le dolían constantemente los pechos que ya se habían endurecido. Y para acabarla, a la niña le habían crecido dientitos de inmediato, con los que mordía duro a Cayetana. La leche era también una desgracia, le corría por enfrente y le dejaba largas manchas sin que se diera cuenta, pero estaba segura de que los demás lo notaban y se burlaban de ella. La niña, la niña, siempre la niña. ¡Uy, la niña! ¡Tan linda! ¡Tan fuerte! ¡Mira cómo se me queda viendo! ¡Fíjate en ese triángulo rojo en su cabecita! Nada le decían a Semalú, ni buenos días siquiera, o cómo estás o cómo te sientes.

Cayetana se asomó por la cobija-puerta de enfrente y miró hacia el rancho. El maíz y el maguey ya estaban verdes hasta donde alcanzaba la vista. A lo lejos, el algodón, la calabaza y los frijoles se veían de color esmeralda, con flamingos y garzas caminando entre los surcos como copos de nieve. Claro que ella nunca había visto la nieve, pero la había oído mencionar y le gustaba repetir la palabra para parecer más culta y sabia.

Extrañaba estar allá pizcando chiles y sintiendo las manos hincharse cuando los jugos la enchilaban. La pesadilla del ardiente sol que te quemaba los ojos no era tan grave como la esclavitud de la maternidad. Miró a su hija y cedió. La niña estaba tirada en el suelo pataleando feliz, babeando una bola de trapo.

A veces sentía una sensación como de llanto, pero no de tristeza, sobre todo cuando amamantaba, después de superar el dolor y de que la niña cerrara los ojos, empuñara las manitas y empezara a chupar. Pero el amor era para ella una adivinanza, al igual que la felicidad.

Le puso a la niña Rebeca. Todo mundo coincidía en que los nombres son importantes, nomás mira a el Segundo. Cayetana creía que los nombres construían escaleras espirituales hacia los planos celestiales, al igual que las oraciones, de modo que con suficientes nombres se podía ascender a una posición de poder, como 'el Segundo'.

Inventó un estupendo nombre largo para su hija, pero como todavía no la bautizaba y no sabía escribir, se repetía constantemente el nombre para no confundirlo.

Niña García Nona María Rebeca Chávez.

—Afuera —dijo la niña—, ¿sí?

—No te vas a salir.

—¿Afuera? ¡Afuera!

—Calladita.

—¿Gato?

—No —dijo Cayetana.

La horrorizaba que el cabello de la niña empezara a mostrar rayos claros, casi rubios.

Cayetana trató desde un principio de arrancarle los pelos rubios que le salían, pero se desparramaron como yerbas, como incriminante evidencia, una combinación de los rizos de obsidiana de su madre con los lacios pelos dorados de Tomás. No se imaginaba qué pasaría si Tomás se fijaba en su pobre hija bastarda. Peor aún, ¿y si Doña Loreto, su elegante esposa, se diera cuenta?

Chela, a la que le decían la Tunita, estaba colgando la ropa a secar al sol sobre los matorros.

—Tunita —le habló Cayetana.

—¿Quihubo, Semalú? —respondió la Tunita, que tenía por su lado tres hijas.

—Yo recojo la ropa si me cuidas a la niña —le dijo Cayetana.

Tunita se limpió el sudor de la frente con la manga y le respondió "Bueno". Mandó a sus hijas corriendo al jacal de Cayetana y le pasaron por un lado como gansitos graznando.

—Gracias —le gritó Cayetana bajando el bordo para cruzar el arroyo. Se trepó a un árbol alto y desde allí divisó a Tomás y sus vaqueros jinetear a un pinto en los corrales. Le gustaba espiar a los hombres del rancho mientras platicaban, fumaban y reían. Se acurrucó entre los matorros y apartó de su cara una peligrosa rama con frutitas duras colgando como aretes.

El Segundo llegó seguido de un viejo sin sombrero.

—Jefe —gritó.

Tomás estaba sentado encima de la cerca carcajeándose porque el pinto había tumbado a otro vaquero. Así le gustaban los caballos.

Loreto le había regalado a Tomás un par de pantalones negros ajustados, con conchitas de plata a lo largo del costado. Traía un chalequito de cuero y una camisa blanca, con botas negras y espuelas plateadas y doradas. El sombrero era gringo, estilo Montana, que le había comprado a un vago que pasó por ahí con un destacamento que buscaba inútilmente al famoso cuatrero Heraclio Bernal, el Relámpago Sinaloense.

—Me veo demasiado bien hoy como para montar un caballo terco.

—Jefe, le traigo a alguien aquí.

Tomás miró de pasada al viejo. Se veía muy mal. Sus pantalones campesinos estaban todos raídos, traía los labios partidos, la espalda de la camisa estaba negra.

—Este cristiano anda muy mal —notó Tomás.

Saltó de la cerca y se acercó, pero el viejo apestaba y eso lo detuvo.

—Dile lo que te pasó —le dijo el Segundo.

—Ay, señores —dijo el viejo, tan acostumbrado a implorar ante los patrones de las haciendas que automáticamente retorcía entre sus manos un sombrero que no traía—. Mi historia es patética. —Sacudió la cabeza y a los vaqueros la mirada les pareció medio desquiciada. Cayetana se puso cómoda, ¡una historia!

Tomás le brindó una breve y obligada sonrisa.

—¿Entonces?

El viejo había llegado a pie del otro lado de la frontera de Sonora. Desde que nació, había vivido en su ranchería cerca del río Yaqui, hacía ya sesenta y seis años. Un día, unos militares le habían llevado unas escrituras del gobierno que probaban que sus tierras se las habían vendido a un gringo que pretendía criar borregos y poner una huerta de duraznos, aprovechando la irrigación del río Yaqui. Como el viejo se resistió, lo amarraron a una cerca y lo cuerearon. Después lo desterraron a pie junto con su esposa y ahora su ranchería era el hogar de un irlandés de Chicago.

Tomás y el Segundo nomás se miraron.

—¿Vienes desde Sonora a pie?

—Ehui.

—¿Cómo que ehui? —dijo el Segundo.

—Quiere decir "sí" en su lengua —le dijo Tomás.

—Estos indios —escupió el Segundo.

—¿Cuántos días?

—Muchos.

—¿Ya comiste?

—Nada desde hace días.

Tomás se puso las manos en las caderas.

—¿Y tu esposa, viejo?

—Se murió, señor, la dejé al lado del camino hace tres... ¡no! cuatro días.

Tomás chifló. Se quitó el sombrero y se lo puso al viejo. Se le hundió hasta más abajo de las orejas.

—Lo siento —le dijo.

Tomás tomó del brazo al viejo, se sentía como un palo cubierto de flan.

—¿Me puede ayudar? —preguntó el viejo.

—Claro, claro, aquí eres bienvenido.

—Mis heridas, señor…

Tomás volteó a ver la espalda de la camisa ennegrecida.

—A ver.

Entre el Segundo y él le despegaron la camisa de los verdugones que le dejó la cueriza. Se oyó un suave ruido de desgarre, se escapó un terrible vapor de peste y cataratas de gusanos blancos cayeron de su camisa.

El Segundo dio un salto atrás.

—¡Dios mío! —exclamó Tomás.

El viejo cayó de rodillas, como si la camisa y los gusanos hubieran sido lo único que mantuviera las heridas cerradas. De hecho, de inmediato brotó sangre que goteó de su espalda y cayó al suelo detrás de donde estaba arrodillado.

—Lleven a este peregrino con La Huila ahorita muchachos —dijo Tomás.

—Se va a morir —dijo el Segundo.

—Pues si se muere… pero no te vas a morir ¿verdad amigo? Estás muy fuerte y viniste de muy lejos como para morirte ahora ¡cabrón!… pero si se muere lo entierran bien ¡y lo entierran con todo y mi sombrero!

Ese gesto sería más interesante en las pláticas de los dormitorios y la villa de los peones que la pestilencia y los gusanos que salieron de la espalda del viejo.

Dos vagos trajeron una carreta y subieron al viejo murmurando: "despacio, ay la llevas, viejo". Se llevaron la carreta hacia la casa y el viejo agitó débilmente el sombrero mientras decía: "¡gracias, gracias!"

—Quisiera encontrarme con ese irlandés —masculló el Segundo.

—Lo que quieres es cuerear al gringo —dijo Tomás.

—Pos sí —agregó el Segundo.

Tomás sintió un picor en la cabeza. Su esposa Loreto, siguiendo el consejo de las sirvientas, le había dicho que si se ponía unas gotas de limón en el cabello, se le pondría aún más güero. Nomás que hasta ahora todo lo que había logrado era traer irritado el cuero cabelludo y un olorcito como a ensalada.

—¿Traigo el cabello más güero ya? —preguntó.

—No mucho —dijo el Segundo.

—No seas negativo.

Un jinete se aproximaba del lado oeste. Traía un sombrero de paja casi como un cono y una pobre escopeta amarrada con mecate en la espalda. Los huaraches también eran de mecate.

—¿Y ora qué? —se quejó Tomás.

Cayetana se volteó para observar la novedad y sus movimientos produjeron un ruido en los matorrales como el que hacía el viento al pasar entre ellos.

—Viene en una mula —dijo el Segundo.

Sombrero de paja y una mula, seguras bromas y carcajadas de los vaqueros.

—¡Don Tomás Urrea! —gritó el jinete.

Tomás avanzó hacia el recién llegado.

—A sus órdenes, caballero —le dijo.

Los plebes soltaron risitas. Caballero, ¡ja!, ¡arriero tal vez! Tomás los miró de reojo para callarlos.

—Traigo un recado para usted de su tío Don Miguel Urrea.

—¿Ah sí?

—Que ay vienen los Rurales.

—¡Los Rurales!

—La Policía Montada Rural Mexicana, sí señor.

—¡Qué cosas están pasando!

El jinete asintió.

—Noto un acento, no eres de aquí, ¿verdad?

—Soy de tierras cercanas a Pátzcuaro —contestó el jinete.

—¿De cuál pueblo?

—Parangaricutirimícuaro, señor.

Las risitas de los plebes de pronto cesaron.

—¿Cómo dijiste?

—Parangaricutirimícuaro —contestó el jinete.

Eso le ganó un fuerte aplauso de los presentes.

Mientras el jinete y su mula se regresaban rumbo a Ocoroni, Tomás empezó a hablar de su tema favorito. Siempre tenía algún tema favorito. Por ahora eran las abejas, que le fascinaban.

—Esos mormones en la tierra de Oota —le dijo al Segundo, que de inmediato pensó ¡ya va a empezar con las abejas otra vez!

Se subieron a la cerca. Los vaqueros volvieron a concentrarse en torturar al bravo pinto. Parecía como si los últimos dos arribos nunca hubieran sucedido.

—Sí, las abejas —dijo Tomás.

A todos les valían madre las abejas.

—Tienen abejas domesticadas.

—Sí.

—Abejas domesticadas tan dóciles como vacas, que dan miel y cera, ¿ves? Son mansitas. Creo que vienen si les chiflan los mormones.

—Qué milagro —dijo el Segundo.

En eso, otros dos jinetes se aproximaron. Ocoroni debe ser el centro del mundo, pensó Tomás.

—¡Ah! ¡Al fin llegan Los Rurales! —dijo Tomás.

Se veían tremendos los dos. Venían en grandes corceles, los adornos de plata de sus elegantes sillas reflejando los rayos del sol. Portaban trajes de charro completos, con todo y pantalones ajustados, estrechas chaquetitas caqui, paliacates colorados y amplios sombreros charros con incrustaciones de hilo de plata.

—¿Y estos pendejos qué van a hacer? ¿Cantar una serenata? —dijo Tomás.

Llevaban cartucheras cruzadas sobre el pecho y traían Winchesters en las alforjas. El Segundo pensó que esas espuelas eran las más grandes que había visto.

—Saludos —gritó Tomás.

Jalaron las riendas de sus monturas y clavaron la mirada en el patrón.

—Somos Rurales —dijo uno—. Me llamo Gómez y este se llama Machado.

Tomás inclinó la cabeza.

—¿Así que ustedes son los poderosos Rurales? —les dijo—. El Teniente de Caballería Enríquez nos dijo que iban a venir un día. ¡Hace dos años, amigos!

—Ya es Capitán Enríquez —dijo Gómez. Machado nomás se quedó sentado en su montura sin decir nada—. Es mejor que no nos vean —presumió Gómez, mientras Machado hacía una mueca despectiva.

—Me alegro por Enríquez —dijo Tomás—, ¿gustan desmontar? Tomen un poco de agua, o de tequila, ¿algo de comer?

Gómez sacudió su amplio sombrero.

—No tomamos cuando estamos de guardia —declaró—, además los Rurales no fraternizamos.

Fraternizamos, pensó Tomás, de seguro ni sabe qué quiere decir eso.

—Escoltamos a un prisionero.

—¿Ah sí? —dijo Tomás mirando a su alrededor.

—Ay viene en una carreta —dijo Gómez.

—¿Quién es?

—El Patón.

Los hombres se miraron. El Patón, ¿agarraron al Patón, el famoso bandido?

—¿Dónde vivía ese mentado patas grandes? —preguntó Tomás.

—En Guamuchil.

Todos recordaban el versito del patrón. "Hubo una vez un joven de Guamuchil que se llamaba Pinchi Inútil".

Todos soltaron la carcajada, para molestia de los Rurales. "¡Viva Guamuchil!", gritó uno. Gómez pensó que se estaban riendo de él y se llevó la mano al revólver. Poco ayudó Tomás cuando le dijo:

—Gómez, buen hombre, ¿dijiste que el Patón es de Parangaricutirimícuaro?

Las carcajadas empezaron de nuevo.

—¿De qué se ríen? Yo no oí nada chistoso —dijo Gómez.

Le parecía de pronto que ese Urrea olía a limones.

El Segundo dijo:

—Son pendejos estos cabrones.

Gómez percibió que él y el Segundo estaban cortados con la misma tijera. Asintió. ¡Esos ricos y sus vaqueros! Sonrió y dijo:

—Ya lo veo.

⚹

Poco después la carreta salió de la curva. Un Rural gordo conducía la carreta y manejaba las riendas de dos mulas de hombres caídos que parecían asentir con la cabeza a cada *clop clap* de sus pasos. La carreta era de cama plana y traía amarrado algo detrás, pero sin jaula ni prisionero encadenado.

—¿Y dónde está nuestro villano? —preguntó Tomás, todavía muy de buenas a pesar de la visita del peregrino engusanado.

—En la carreta —contestó Gómez, como si estuviera hablando con un bruto—. En un frasco.

—¡Demonios! —dijo el Segundo.

—¿En un frasco? ¿Es una broma?

"Nunca bromeo, Sr. Urrea. Le cortamos la cabeza al Patón y la metimos en un frasco de esos de químico, lleno de ron. Encendió un cigarrillo todo torcido. No estaba prohibido fumar.

—Estamos recorriendo la provincia para mostrarlo como ejemplo.

Los vaqueros se amontonaron. Nunca habían visto una cabeza cercenada. Cayetana quería ver para otro lado, pero como a todos los mexicanos, la muerte le traía un sentimiento de paz y alivio.

Gómez continuó:

—Que vea la gente, y los bandidos, que la cosa va en serio.

La carreta se acercó y en efecto pudieron ver bien amarrado un frasco grande de vidrio de los que usan los boticarios, cuya tapa también de vidrio se parecía a las torres de las iglesias rusas. Adentro se veía una asquerosa sopa de ron pálido en la cual flotaba la cabeza del Patón.

—¡Trae carne colgando! —gritó uno.

La cabeza estaba volteada como si el Patón estuviera observando el camino recorrido, como si recordara con gran nostalgia a Ocoroni y deseara algún día regresar. Un delgado encaje de carne rosada colgaba en hebras del muñón del cuello.

La carreta se detuvo, las mulas se estremecieron, el ron se meneó y la cabeza se volteó lentamente a ver el rancho Santana. Cayetana dio un gritito. Era el hombre que le había dado cerezas años atrás.

—No entiendo —dijo finalmente Tomás—, ¿si el tipo estaba patón por qué nos trajeron la cabeza?

Cinco

MIENTRAS SUMABA LA NÓMINA sentado en su oficina —¿cómo voy a alimentar a toda esta gente?— Tomás volteó la hoja de su gorda libreta y escribió su nueva palabra favorita: Parangaricutirimícuaro. Se tornaría en una de sus lecciones preferidas, sus hijos serían atormentados por años con la obligación de pronunciar esa palabra sin titubeos, para probarle a Tomás que habían dominado sus facultades oratorias. Incluso redactó un hilarante verso.

Hubo una vez un joven de Parangaricutirimícuaro que…
¡a la chingada qué!

Una sirvienta le habló desde la puerta.

—Patrón, ya es hora de la cena.

—¿La cena? —Miró por la ventana y vio que ya estaba oscuro. Había estado sentado ahí batallando con la débil luz de la lámpara y no se había percatado de que ya era tarde.

—Ya voy.

—Sí, señor.

Se fue ella dejando una nube de olor a canela.

Tomás se puso un fino saco que colgaba de un gancho en la pared y se roció unas gotas de agua de su palangana. Se alisó el pelo alimonado y se arregló los bigotes. Se sirvió una copita casi simbólica de ron en honor al bandido degollado y se dirigió al comedor. Al llegar se sorprendió pues la mesa estaba servida sólo para uno.

—¿Y mi esposa? —preguntó.

La chica acanelada reapareció y le dijo:

—No se siente bien, señor. Cosas de mujeres.

Asintió comprensivo. Esas cosas de mujeres al parecer eran terribles e impredecibles. El bebé se ha de estar moviendo adentro, pensó. Su primer hijo estaba ya dormido en una ingeniosa cuna mecedora que imitaba el vaivén del mar y estaba pintada de azul bajito, con conchitas marinas amarillas a los lados. Le pagaban a una cuadrada chamaca de Leyva para que se sentara a mecer al niño por la noche.

Tomás observó su cena. Las chicas encendieron las velas. Sorbió su ron.

Se preguntaba si el viejo de los gusanos habría sobrevivido, se le había olvidado preguntarle al Segundo.

Tomás miró a las sirvientas y a las cocineras y al comedor vacío con su larga mesa.

Brindó por todo eso.

—¡Salud! —dijo.

※

La niña estaba dormida en el petate, enredada en un rebozo. Cayetana estaba hecha bola en medio del piso, comiendo algo de arroz con pescuezo de pollo en un tazón de madera. Le esculcaba los hilos de carne de cada compartimiento vertebral, como si fueran un fantástico regalo en una fiesta de cumpleaños. Cuando estaba chiquita los pescuezos de pollo eran haciendas y ella era un gigante que se los arrancaba a los Yoris y se los comía mientras gritaban entre sus muelas.

Miró a la niña. Si no lo hacía ahora nunca lo haría.

Terminó de comer, se limpió los dedos en la falda y puso el tazón en la rústica mesa de madera que le había hecho un vaquero. A éste lo había traumatizado enterarse de que los cowboys americanos les decían a los vaqueros mexicanos "búcaros". Le daba tristeza, hasta se ponía filosófico y le había dado entonces un ataque de generosidad.

Las cosas de Cayetana estaban envueltas en la cobija-puerta de su enramada. Apagó las velas y levantó en brazos a la niña. Ni siquiera revisó los alrededores, nada había que revisar. Luego se fue apurada a la casa de su hermana.

※

—¡Oigan! —gritó Tomás.

Las muchachas corrieron a ver qué se le ofrecía. "¡Sí señor!", vociferaron con pánico. ¿Estaría echada a perder la carne? ¿Estaban frías las tortillas? ¿El café salió chirris?

—Llamen a La Huila por favor.

—¡Sí señor!

Atravesaron la cocina corriendo y tocaron a su puerta. Su cuartito estaba junto a la puerta de atrás de la casa.

—¿Qué? —contestó.

—Es que el patrón preguntó por ti —dijo la chica con olor a canela.

La Huila se acercó rengueando un poco a la mesa. Traía inflamada la cadera. En su mente podía ver los huesos; estaban al rojo vivo como los fierros con que removían las brasas de la chimenea. ¡Ni modo! Viejos los cerros y todavía reverdecen.

—¿Qué quiere? —le dijo.

Tomás le sonrió; de cierta manera, su insolencia le era correcta y atractiva.

—María Sonora —le dijo.

—Soy La Huila.

—¡Ah sí! La Huila, claro. Me siento solo.

La Huila se rascó la cadera y exclamó:

—¿Eh? —Miró el montón de comida de la mesa—. Pues si sigues comiendo así pronto vas a estar solo y gordo.

—¿Quieres? —le ofreció.

Ella arrastró una silla y se dejó caer en ella.

—¡Otro plato! —gritó.

Una chica entró trompicándose y puso un juego de cubiertos y un plato frente a La Huila, para luego salir corriendo de vuelta casi cayéndose.

—Te temen más a ti que a mí —dijo Tomás.

La Huila se sirvió café con cinco cucharadas de azúcar y un chorrito de leche hervida.

—A mí *me respetan* —le dijo.

Apuntó con la copita de ron y dobló el dedo para pedirle que se la pasara. Se la pasó. Le dio un sorbo.

Él se sonrió y le echó frijoles en su plato.

—¿Y a mí? —preguntó—, ¿me respetan?

Ella pescó con el tenedor uno de los bistecitos del platón, le arrancó una tira y la enredó en una tortilla. Comió. Metió en la sopa una tortilla enrollada, mordió la punta y masticó. Sorbió ruidosamente su café. Agarró con dos dedos un chile amarillo y le dio una mordida; de inmediato brotaron gotas de sudor en su frente. Recogió unos frijoles en una tortilla partida, se los comió y se chupo los dedos. Le encantó descubrir que había queso blanco de cabra en un plato, de modo que pellizcó una pirámide de queso, le sacudió el suero y se lo metió en la boca. Una cucharada de sopa, ¡con plátano! y con limón y chile y caldo de pollo. Gruñó.

Más café.

Finalmente levantó la vista y lo miró.

—¿Has hecho algo respetable? —le preguntó.

—Salvé al peregrino engusanado —contestó.

—Bueno, más bien me lo mandaste; yo lo salvé.

Tomás odiaba que masticaran con la boca abierta y La Huila masticaba como trituradora.

—Por cierto, ¿cómo sigue?

—Apestoso.

Volvió a sorber ruidosamente el café, se recargó, cerró los ojos y eructó casi en silencio, dejando escapar el gas por entre los dientes y sonando como zumbido de serpiente. "¡Ssssss!"

—¿Y a ti qué te importa si vive o si muere un viejo ranchero? ¿Por qué te interesas tanto en La Gente? Digo, aparte de las muchachas, pues ya sabemos por qué te interesan las muchachas.

Él se aclaró la garganta. Ese asunto de las muchachas mejor ni tocarlo. Pero todo lo demás, ¡al fin algo de qué platicar!

—La Gente —dijo.

—¡Eso dije! ¿Qué estas sordo?

—Don Refugio —finalizó él.

Don Refugio Moroyoqui nunca daba explicaciones. Aún cuando estaba enseñándole al pequeño Tomás cómo amarrar una reata, o cómo tallar palos derribados por el viento para hacer cachas de pistola, o incluso cuando le enseñaba a secar carne en tarimas para luego martillarla y hacer machaca, siempre se quedaba callado, hasta cuando estaba hablando. Un nudo sólo se podía amarrar de una manera. La vena de la madera permitía solamente una rebanada. Algunos caminos, a pesar de las apariencias, eran de un solo sentido. Don Refugio no hablaba de ríos secos.

Tomás andaba detrás del viejo indio y estudiaba sus mañas. Había aprendido a hacer preguntas directas como: "¿Qué es eso?" *Un martillo de bola.* "¿De dónde salieron esos huevos azules?" *Son de codorniz.* "¿Cómo se dice agua en la lengua?" *Bampo.*

A Don Miguel, el gran patrón, le parecía extraño aquello, aunque a él también le había enseñado un viejo indio a lazar vacas allá por 1820. Todos los niños aprendían de su viejo indio. Una vieja lavandera les enseñaba a todas las niñas a hacer té con hierbas. ¿A cuántos bebés habrían amamantado viejas nanas Guasaves o Tehuecos?

Don Miguel estaba demasiado ocupado administrando el rancho y criando a sus propios hijos como para preocuparse por la forma en que se entretenía Tomás. Don Miguel se daba por satisfecho si los indios mantenían a Tomás ocupado y no estorbaba.

Como fuera, nadie, ni siquiera Don Miguel, se hubiera atrevido a pedirle explicaciones a Don Refugio. Había sobrevivido Bácum y con eso bastaba para intimidarlos. Ya habían pasado diez años, pero los gritos todavía reverberaban por los valles. Las masacres no eran novedad, pero esa había sido infectada por un genio que arrastró por años la peste y los tronidos hacia las pesadillas de La Gente. Don Refugio era chaparrito y prieto como madera de nogal, con cabellos revueltos de color de nieve y bigotes blancos que colgaban sobre la boca, con las puntas amarillentas por el tabaco. Se veía frágil, pero había sobrevivido.

El pequeño Tomás andaba levantado desde la madrugada, como de costumbre, investigando todo. Un carromato de ruleta estaba estacionado allí afuera de la casa, con su aparato de apuestas montado verticalmente como un gran rehilete. Estaba parcialmente cubierto con una manta blanca y era fascinante; cualquier máquina parecía milagrosa entonces. Colillas de cigarrillo y botellas vacías de coñac estaban regadas desordenadamente por todo el carruaje. Tomás recogió unas botellas, una roja, dos verdes y una azul; y miró enseguida el mundo a través del vidrio de la botella azul. Luego escondió en los bolsillos unas colillas para compartirlas con el Segundo después de la comida.

Esos carruajes-casinos deambulaban por las haciendas llevándoles juego y bebida. No se atrevían a rodar por ahí de noche porque sus cajas fuertes atraían mortal atención; los bandoleros podían aparecer en cualquier momento con las armas disparando a discreción. Así pues, las carretas se amarraban al lado de la casa principal y la fiesta seguía toda la noche.

La caballería había pasado llevando unos prisioneros de la ciudad, cuando avistaron las luces y escucharon el barullo; ahora sus oficiales roncaban en los divanes del patrón. Sus malditos caballos estaban allí parados con la cabeza agachada, ahuyentando los mosquitos con chicotazos de sus colas. Uno de los jinetes estaba dormido aún montado en su caballo. Las mujeres prisioneras estaban desparramadas por el suelo, con una cadena que las ligaba de cuello a cuello. Como estaban cubiertas con los rebozos parecían bultos, o ganado esperando ser arriado hacia el mercado. Tomás las miró a través del vidrio azul. Sabía que las estaban llevando a Guaymas al norte o Culiacán al sur o a algún campo por ahí donde serían ejecutadas. Así eran las cosas, Tomás no sabía aún sentir lástima por ellas.

Mientras veía sus formas acurrucadas en la luz azul, divisó a Don Refugio que se acercaba a él.

Don Refugio había estado escuchando el barullo toda la noche, los estúpidos gritos y risas forzadas de los malditos yoris. A Don Refugio no le gustaban los gritos. Sabía que la diversión de los yoris podía convertirse súbitamente en algo más, de modo que era prudente mantenerse alerta.

Los soldados en Bácum habían reunido a los lugareños a punta de pistola. Patearon y empujaron a La Gente. Las puertas de la iglesia estaban abiertas, y como La Gente confiaba en Cristo, penetraron, creyendo que se les ofrecía refugio. Los soldados se burlaron, "alabado sea Jesús", dijo uno. Una madre en el extremo posterior de la multitud no pudo controlar los gritos de su hijo. El pequeño se revolvía y pateaba. Un soldado exclamó: "¡silencio!" Pero el niño no cesaba sus gritos. El soldado dio un paso al frente y estrelló la culata de su rifle en el rostro de la madre. Ella se desplomó como bolsa de ropa sucia y el pequeño, silencioso de repente, se agachó y movió la inerte forma.

Don Refugio dijo:

—Capitán, ¿puedo llevarme al niño para que no se desbalague?

Con un movimiento de mano lo autorizaron a recoger a la pequeña víctima. Tomó en sus brazos al niño. Reculó por entre la valla de nopales, una cerca de cactos de seis metros de altura, silencioso, sin espinarse nunca, y desde allí observó cómo los soldados atrancaron la puerta, cómo La Gente adentro empezó a llorar al darse cuenta de lo que les esperaba y cómo fueron arrojados por las ventanas baldes de chapopote ardiendo y los gritos y lamentos se volvieron chillidos dementes y frenéticos golpeteos mientras se incendiaban los 450 cuerpos.

Muchas veces le dijo a Tomás que Bácum le había enseñado una lección: que no sólo los pecadores estaban condenados a la hoguera.

Pero más que nada, Don Refugio hablaba con Tomás de martillos y herraduras.

Se acercó y preguntó:

—Muchacho, ¿qué hay aquí?

Tomás se encogió de hombros.

—Nada —le dijo.

Las muchachas se levantaron como caballos, impedidas por las cadenas de sus cuellos, tintineando y arrastrando los pies, mirando al suelo. Don Refugio vio que cada muchacha llevaba una venda mugrosa en el brazo izquierdo, enredada y pegada a un muñón. ¡Jesucristo! Ya había escuchado el rumor. Cueros cabelludos, orejas, narices, manos; las salaban y remitían en cajas de madera sin que nadie supiera a dónde iban a parar. Un hijo de perra en algún cuartel llevaba la cuenta de cada brazo y lo palomeaba en rojo. Sin duda su letra era hermosa. Don Refugio escupió. Maldijo.

Tomás se escurrió tras de él cuando se fue trotando.

—Vete.

—¿Por qué?

—Déjame.

—¿Por qué?

Don Refugio fue a su jacal y sacó arrastrando una tembleque silla de madera. Llevaba también una latita colorada.

—¿Qué hay en la lata?

—Vete de aquí.

—¿Pues qué te hice, viejo?

—Vete de aquí ahorita.

—¿Por qué estás enojado conmigo?

—No estoy enojado contigo.

Don Refugio se fue hacia un viejo álamo y colocó la silla a la sombra del árbol. Tomás se entretuvo tratando de dilucidar qué era lo que Don Refugio estaba haciendo. Ya era hora de ir a la chamba, no era hora de descansar bajo un árbol.

—¿Qué estás haciendo? —preguntó.

—Nada, aquí nomás sentado. Se me antoja un puro —le dijo—, ¿traes uno?

—Sí traigo.

Tomás sacó del bolsillo una de las colillas de los de caballería que había recogido.

—No deberías robar —le dijo Don Refugio—, tampoco deberías fumar —échalo pa acá.

Tomás se lo aventó "de culito de gallina". Se cayó al suelo y Don Refugio se levantó de la silla, se agachó, lo miró de cerca y le sacudió el polvo. Luego limpió el lado húmedo con la manga.

—Saliva de yori —dijo. Hizo una mueca de disgusto y Tomás sonrió.

Don Refugio aflojó la tapadera de la latita colorada y se echó en la cabeza un chorro de kerosene. Le salió un olor a junípero y a fiebre. Se metió a la boca la colilla de puro sacó un cerillo de palo y se le quedó mirando a Tomás que ya empezaba a gritar.

—¡Hey, muchacho! —le dijo—, no seas como tus padres. —Encendió el cerillo y la cabeza explotó en llamas.

La explosión derribó a Tomás. Se levantó y vio cómo Don Refugio se quemaba sin moverse, con la mano aún levantada sosteniendo el cerillo que se achicharraba. El álamo se incendió, el tronco se ennegreció, las ramas encima de la cabeza de Tomás tronaban y echaban chispas. Los chapulines sorprendidos explotaban en llamas y volaron del árbol como colas de cometa.

Tomás se incorporó y gritó. Pero los gallos seguían cantando, las gallinas y los guajolotes y los patos seguían haciendo su barullo matutino. Los perros ladraban, los burros rebuznaban. Los cuervos reñían. Pasó mucho tiempo antes de que La Gente lo escuchara. En la gran casa, el patrón y sus invitados ni se despertaron.

La Huila dejó enfriar el café. Se le quedó mirando con la boca abierta.

—¡Puta madre! —exclamó.

—Nadie sabe esa historia —dijo Tomás—, ni mi amigo Aguirre.

Él se reacomodó en su asiento, se talló los ojos.

—Entonces —le dijo—, ¿cómo la ves?

Ella le dio unas palmaditas en el brazo.

—¿Qué hay de postre? —preguntó.

Seis

LAS MUCHACHAS DEL RANCHO adoraban a La Huila. A cualquiera de ellas le hubiera encantado haber sido su hija, aunque La Huila era famosa por no tener hijos ni hombre. Se rumoraba que había perdido a su prometido en una de las grandes matanzas, pero nadie estaba seguro porque nadie se animaba a preguntarle. Su sombra podía extenderse a lo largo de todo el rancho cuando caminaba y los niños corrían a enfriarse los pies descalzos en la fresca oscuridad de su paso.

La Gente se asombraba a diario de que aquella santa mujer, con su rebozo amarillo y su escopeta doble, que traía las bolas petrificadas de un vaquero en su misterioso delantal, fuera sólo la sirvienta de Don Tomás y Doña Loreto. No podían imaginarse que esas manos que eran capaces de extraer niños del vientre, que podían ahuyentar a los malos espíritus de los dementes con sólo un huevo y un poquito de humo; las mismas manos que capaban puercos, hacían un té tan repulsivo para las lombrices solitarias que las obligaba a salir a tumbos de hombres y vacas; que esas manos sagradas recogieran los platos de los Urrea, que lavaran las camisas de los Urrea o sacaran los papeles manchados del "excúseme". Imaginar que la gentil Doña Loreto Urrea pudiera ordenarle algo a la grandiosa era tan terriblemente ofensivo para La Gente, que no soportaban ni pensar en ello. *Si naciste para burro,* suspiraban, *no puedes ser un águila.*

Cayetana pensaba en La Huila mientras caminaba en la oscuridad. La bebé pesaba mucho y a veces rezongaba y se agitaba. Cayetana murmuró: "No te despiertes, por favor no te despiertes".

Pasó entre los juncos del otro lado de los chiqueros. La vieja puerca gorda se incorporó trabajosamente y observó a Semalú pasar. Meció su nariz gorda y plana oteando el aire. Habiendo lanzado al mundo cientos de cochitos, la puerca reconoció a una madre y su pequeña al pasar. Gruñó un saludo suave.

Cayetana se detuvo ante la puerta de su hermana, se arregló un poco y tocó. La puerta se abrió arrastrándose y una de sus sobrinas la atisbó.

—Háblale a tu mamá —le dijo.

Aunque la casa era de un solo cuarto y Cayetana podía ver a su hermana la Tía claramente en el rincón, ésta preguntó:

—¿Quién es?

—Soy yo —respondió Cayetana—. La Semalú.

—Pinchi Cayetana —maldijo la Tía en voz baja, ya molesta por la idiotez que ahora seguramente se le había ocurrido a la fulana.

La Tía abrió la puerta y se le quedó viendo. Apenas tenía veintitrés años y sin embargo ya estaba vieja. Tenía tres hijos. Los dientes se le estaban pudriendo y le dolían todo el tiempo. Se fumaba cualquier clase de cigarrillo o puro que encontrara. Cayetana jamás había conocido a alguien que fumara tanto. La Tía, que nunca se cansaba de agotar cigarrillos, había desarrollado un hábito que a la vez fascinaba y horrorizaba a Cayetana. Usaba su propia boca como cenicero, con humo saliendo de su nariz como si fuera un extraño animal de esos de los cuentos que narraban los "cuenta-cuentos" junto a la fogata, antes de que sacudiera la ceniza caliente directamente en la lengua. Siseaba.

—Oye, Tía —dijo Cayetana aspirando profundamente y enderezando la espalda—. Me hablaron del otro lado del rancho para un trabajo.

—¿Trabajo? ¿Ahorita?

La Tía chupó humo y luego estudió la punta del cigarrillo, al parecer todavía no se formaba suficiente deliciosa ceniza.

—Sí. Hay una vaca embarazada, ¿sabes? Tengo que ir a ayudar.

La Tía administraba las cenizas. ¡Sssss!

—Mentiras —le dijo.

—¡No, es cierto!

—¿Cuándo vuelves?

—En la mañana, de veras.

—Dame a la niña.

La Tía le quitó el bultito a Cayetana y accidentalmente se le cayó el cigarro. No era más que tabaco viejo enrollado y sólo la colilla, pero al caer se rompió el papel y el tabaco se desparramó a sus pies.

—¡Chingado! —exclamó La Tía—, ¡la niña me lo tumbó de la mano!

—Perdón.

—¡Mira lo que hicistes, pendeja!

—Perdón, perdón.

—No vas a ir a trabajar, vas a putear.

—Yo…

—¿A quién vas a ver esta vez? ¿A otro yori?

Cayetana dio un paso atrás.

—Yo… alcanzó a decir.

—¡Lárgate! —tronó su hermana, y esa era la forma más grosera como La Gente podía pedirle a alguien que se fuera.

—Ya me voy —dijo Cayetana.

En el camino se detuvo a recoger sus cosas, que había escondido más allá del chiquero. Le daría miedo el camino, pero no era la primera vez que lo recorría. Bendijo a La Huila y pidió a los espíritus protección en su curso. Rezó una oración para su niña. Cuando llegó a la cerca, la fue siguiendo hasta el gran portón y de ahí tomó el camino rumbo a Ocoroni.

Caminó rápido. Nunca miró atrás. Sólo pensaba en cerezas. La cabeza de El Patón. Los muertos. Iba a caminar hasta dejar de pensar.

Siete

LOS NIÑOS DEL RANCHO se levantaron antes que La Huila, ahí estaban sentados en el suelo fresco de la entrada, jugando a las canicas, los que tenían, o con piedritas si no; mascando el chicloso anillo de una tortilla vieja, abrazando ingeniosas muñecas hechas de hoja de maíz retorcida, ignorantes de Dios o los espíritus; o dedicándose a matar palomas a pedradas con tiradores, para llevarlas luego a sus mamás, quienes las pelaban y cocinaban. Las pechugas de las palomas en los grasosos platos semejaban narices de indio cortadas por Rurales merodeadores. Los niños de los Urrea y Doña Loreto se levantaron al último.

Era un día brillante, el viento empujaba altas nubes de durazno con vientres azules y el olor a sal le llegaba a La Gente desde allá del invisible mar. La Huila había visto espectros cruzando los lejanos cerros, filas de muertos que iban rumbo a su casa. Otros habrían visto la pasajera sombra de las nubes sobre las lomas, pero a La Huila no la engañaban. Esas sombras eran comanches muertos y gringos fallecidos y algunos pocos mexicanos cabalgando en sus tristes caballos fantasmales. Algunos de esos pobres mal nacidos encontrarían el camino que llevaba al infierno. ¡Ni modo! Debieron haber sido mejores hijos para sus padres y mejores padres para sus hijos. ¡Cabrones! ¡Ay Dios! La Huila había desgajado una naranja y la había dejado bajo su árbol especial. Nunca estaba de más dejarle un bocadillo al creador. Y no solo una cebolla podrida de la que te estuvieras deshaciendo. A La Huila no le molestaba que los coyotes se comieran la ofrenda en cuanto terminaba sus oraciones y se retiraba. ¡Quién sabe si no estaría Dios usando los dientes de los coyotes para masticar los regalitos!

Se mecía como el péndulo del reloj de la casa grande, mientras su cadera mala cantaba en sus adentros. Llevaba el rebozo cubriéndole la cabeza, su negro cabello marcado con rayos blancos estaba recogido en un apretado chongo —ningún hombre la vio jamás con el pelo suelto. La Huila sabía que aún a su avanzada edad, flaca y con la barriga suelta y hueca sobre las pedregosas caderas, si un hombre la miraba con el cabello suelto lo avasallaría el deseo por ella. Un amor que nunca moriría. ¡Bola de güeyes! Las muchachas del rancho decían que se podían ver estrellas en el cabello de La Huila. Ella guardaba celosamente el devastador secreto como acto de caridad.

¡Ah! Pero cómo le dolía la espalda cuando se inclinaba para pasar los cercos.

Cuando estaba doblada pasando la pierna entre los alambres, con la falda apretada para que los vaqueros no le vieran los calzones, vio a la chica alta tirada en el suelo. La Huila fue a verla.

—Niña —le dijo.

La chica elevó la mirada y la vio. Andaba descalza, como todos los niños de la villa. Las piernas las tenía cosidas a piquetes de zancudos, raspones y hoyos donde se había arrancado las garrapatas. Ningún niño usaba ropa interior hasta que pasaban de los siete años de edad, se sinquechaban donde fuera y se recogían las corrientes ropas para hacer charcos en el polvo.

—¿Qué andas haciendo?

—¡Hormigas! —dijo la chica—. ¡Ando viendo hormigas!

La Huila se acuclilló y finalmente vio las hormigas. Bueno, su vista ya estaba cansada. Ni siquiera había notado las hormigas.

—Mochomos —dijo La Huila.

—Ehui —contestó la chica.

De modo que sabía hablar la lengua.

—No pareces india, chamaca.

—¿Cómo son las indias?

La Huila se rió.

—Como nosotros —le dijo.

La chica se encogió de hombros y volvió a la tarea de ver las hormigas.

—¿Quién es tu mamá? —preguntó La Huila.

—La Chuparrosa. Ya se fue.

—¡Ah! Entonces eres Nona Rebeca Chávez.

—Soy Teresa.

La Huila se le quedó mirando.

—Me acordaba de otro nombre.

Teresa rodó los ojos y volteó a ver a La Huila. Traía sucia la cara y tenía mugre en la barbilla.

—La Huila —dijo.

—Sí.

—Te he visto en la iglesia —dijo la niña.

—¿Ah sí?

—El Padre nos contó de Santa Teresa, ¿te acuerdas?

—Sí, ¿qué no fue la que voló? ¿La que olía a flores?

—Ella amaba a Dios más que nadie en el mundo y Dios la dejó hacer milagros. Ahora soy yo la que quiere a Dios más que nadie en el mundo. Me cae bien Santa Teresa, voy a ser como ella.

La Huila sonrió.

—Tú no quieres a Dios más que yo —le dijo.

—Dios te quiere tanto como a mí —contestó Teresita—, pero yo lo quiero más que tú, de veras.

—Mira nomás —dijo La Huila—. Pues qué bueno.

—Sí, muy bueno.

—Entonces no mates a esas pobres hormigas.

—¡Ay Huila! ¡Si no las estoy matando, estoy rezando por ellas!

La Huila se rió.

—Ta bueno, pues —le dijo—, buena suerte.

—Gracias.

Teresita se volvió a seguir mirando las hormigas.

—Se me hace que eres más como San Francisco que como Santa Teresa —dijo La Huila.

—No —respondió Teresita—, él es muchacho, yo soy muchacha.

La Huila se volteó para continuar su camino pero luego hizo una pausa y dijo:

—¿Cuántos años tienes, chamaca?

—Seis.

—¿Y te va bien desde que se fue la Semalú?

—No, Huila.

Esta vida se hizo para soportarla, no para disfrutarla, pensó La Huila. La alegría es para los ricos y los yoris. La Huila se apretó el rebozo. Si naciste para clavo, tendrás que ser martillado.

—Sé fuerte…, Teresa.

—Sí soy.

La Huila se alejó caminando y sólo una vez volteó hacia atrás.

La Tía sólo tenía un blanquillo.

—¡Un pinchi huevo para todos ustedes cochis gordos! —gritó.

Los niños ya sabían que tenían que decir "sí mamá". Mandó a su hijo a la huerta de mangos a robarse una iguana de los Urrea. Tal vez eso podría ganarle unos chicotazos, pero no estaba segura, ni modo que fuera tan malo como robarse una gallina. ¿Y qué podía hacer? Cuando el chavalo regresó con un lagarto verde que se retorcía y los azotaba con la cola, La Tía sacó su oxidado cuchillo de carnicero para cortarle el pescuezo, Teresita se escurrió de su pequeño sitio y salió corriendo por la puerta. No entendía por qué, habiendo mangos y duraznos, pitahayas y ciruelas y sobras de frijoles de los platos de los vaqueros, La Tía nunca encontraba nada qué comer.

Inclusive una vez el Segundo, el vaquero grandote y malora, le había enseñado cuáles flores eran comestibles. Aunque estaba prohibido robarse las calabazas del huerto, a nadie le importaba si se atascaban de pétalos amarillos. De seguro les daría risa, dirían que parecía venado.

La Tía había perdido hacía mucho toda esperanza de saber de Cayetana, y menos aún recibir algún día una carta con dinero adentro. "¡Pinchi putilla!" Le había dejado a esa pinchi mestiza en su casa y ni siquiera había tenido la decencia de traer un kilo de frijoles o una gallina. Nada. ¿Qué se suponía que debería hacer? ¿Poner a cocer piedras?

Teresita se asomó a la puerta y encontró a La Tía revolviendo una olla. La Tía estudió la ceniza de su cigarro y la sacudió en la lengua. ¡Ssss!

—¿Qué quieres? —preguntó.

—¿Es eso la iguana?

—¿Qué diablos crees que es, idiota? ¿Vistes alguna otra comida por aquí? ¿O qué crees, que maté a mis hijos para hacer guisado y dártelo?

—No, Tía.

—¡*Ay sí, no Tía!*

—Oye Tía, ¿yo soy india?

—Somos La Gente.

—Pero ¿yo qué soy?

—Un cochito que come demasiado.

—Tía…

—No me vengas con estupideces. ¿Qué soy, qué soy? ¿Qué pregunta es esa?

—Nomás quiero saber, Tía.

—Pos si tienes tanta curiosidad ve pregúntale a tu buena amiga La Huila, ¿qué no ves que estoy ocupada?

¡Ssss!

—¿Sabe bueno, Tía, digo, el cigarro?

La Tía estudió el retorcido cigarro y sonrió.

—Esta madre es lo único bueno en mi vida —dijo.

❉

Teresita había aprendido a adormilar el cuerpo por la noche. Le dolían las nalgadas y moretones cuando se acostaba —a La Tía le gustaba nalguear y no titubeaba en usar la cuchara de palo. Teresita tenía que controlar las partes traviesas de su cuerpo, que se negaban a quedarse quietas a la hora de dormir. Cada noche, se concentraba primero en los pies, cansados de caminar todo el día sobre piedras y el suelo caliente. Les ordenaba: "¡pies, duérmanse!" Pero los pies eran el menor de sus problemas —dormir los pies es fácil. Poco a poco sentía cómo un resplandor dorado se extendía sobre los dedos, envolvía los tobillos y el dolor era reemplazado por el leve hormigueo del sueño. Una vez que los pies estaban adormilados, era capaz de subir el resplandor por sus piernas, desparramándolo sobre las áreas adoloridas como si fuera ungüento. "¡Piernas, duérmanse!" Y las piernas también se dormían. "¡Caderas, vientre, duérmanse!" Ahora el resplandor estaba adentro de ella, tibio como una comida completa, pesado en la panza y vibrando un poco con los latidos de su corazón. Subía hacia arriba por todo su cuerpo y bajaba por los brazos. Las manos eran las más latosas, esas gemelas maloras, siempre incitándose mutuamente a portarse mal. Tenía que enojarse con ellas, regañarlas un poco a fin de lograr que dejaran de moverse nerviosamente y jalaran y rascaran. "¡Manos!" "¡Ya les dije que se durmieran!" Las manos daban tanto trabajo que ella misma caía rendida de sueño poco después, cansada y felizmente entumecida.

❉

El día que Teresita se dio a la tarea de descubrir quién era, se dirigió casualmente al mismo árbol frutal en el que su mamá se había recargado una vez. Las manos de Teresita buscaron los mismos sitios en donde Cayetana se había agarrado al tronco, miró hacia el mismo corral donde Tomás había estado sentado junto con los mismos vaqueros. El Segundo estaba doblegando a un jamelgo bronco y maloso, los chavalos reían, gritaban y agitaban los sombreros para ahuyentar al bronco si se acercaba demasiado a la cerca. Sobre la cabeza de Teresita las chicharras asaltaban las ramas más altas de aquel árbol frutal y cachondeaban las velludas redondeces del fruto.

El siguiente acontecimiento de aquel día se anunció a sí mismo con un siseo.

—¡Pssst!

Primero creyó que La Tía la había encontrado y se estaba comiendo su cigarro. Pero al mirar vislumbró la parte superior de un sombrero vaquero sobre la orilla del canal de riego. Parecía como si el sombrero flotara solo, o estuviera sostenido por un fantasma.

—¡Hey! —dijo el sombrero.

—¡Qué!

De pronto debajo del sombrero apareció una cara pecosa sobre un flacucho cuello, revelando que el sombrero era ridículamente grande para tan pequeña cabeza. A Teresita se le figuraba que si no fuera por las orejotas del chavalo, el sombrero se le caería hasta la barbilla.

El chavalo asintió una vez, luego movió la cabeza apuntando al corral, y después hizo una "O" con la boca.

Ella repitió: —¿Que qué?

El chavo agitó las cejas y luego apuntó con la barbilla hacia el corral.

Ella suspiró desdeñosamente y se regresó a su lado del árbol. ¡Qué muchacho tan raro y tan grosero! Ella deseaba ver otra vez a Don Tomás. Don Tomás jamás le había dirigido la palabra, pero sí le guiñó el ojo una vez cuando iba ella a la iglesia. Él no iba a misa nunca, pero acompañaba a su fina esposa e hijos a la iglesia y luego se pasaba la mañana sentado en la plazuelita de Ocoroni, comiendo fruta rebanada con chile en polvo, que servían en conos de papel encerado.

—¡Oye tú!

—¿Qué?

—¡Chamaca!

Ella miró hacia el otro lado del tronco. La cabeza del chavalo subía y bajaba, el sombrero se reflejaba en el agua verde del canal. Parecía un espectáculo de títeres.

—¿Ése es él? —dijo.

—¿Él?

—Que si ése es él, dije; Él, tú sabes, el Rascacielos. El Patrón.

—Sí es —contestó ella.

—Ya sabía yo.

El muchacho tornó la mirada hacia Don Tomás y se le quedó viendo embelesado. Teresa nunca había observado una mirada así. Decidió averiguar.

Se acercó al canal, se acuclilló enseguida de él y le picó con el codo.

—¡Órale! —le dijo él—, ¡cuidado!

Se alejó de ella como media pulgada.

—Tú no eres de aquí —dijo ella.

—Ni maiz. No soy de aquí ni de ningún lado.

—¿De Ocoroni?

—No. —Escupió.

—De modo que eres qué, ¿salvaje? —A ella le encantó.

—Correcto —dijo sarcástico—, soy salvaje, como ese cuaco bronco, que no se te olvide.

Miraron juntos a los vaqueros.

—¿Qué andas haciendo por aquí? —preguntó ella al cabo de un rato.

—Vine por él, por Urrea —se puso en la boca una ramita como si fuera cigarrillo y agregó—: Ese hijo'e puta es mi padre.

—¡No!

—Sí.

—¡Que no!

—¡No seas tonta!

Teresa volteó a ver a Don Tomás. En ese momento él pasó la pierna sobre el riel y se bajó de la cerca con un salto, casi pirueta, aterrizando con los brazos en alto y luego haciendo una reverencia, mientras los vaqueros aplaudían.

—Ahora chavos —anunció—, me voy a mi casita a tomarme una cervecita y a recibir unos ricos besitos de la boquita de mi mujercita.

—Para que hagan juego con tu pitito —dijo el Segundo.

Los muchachos le chiflaron mientras se alejaba.

Teresita le dijo al flacucho chavalo del sombrero: —Espérame aquí.

Como cincuenta metros adelante de Teresita, la figura de Don Tomás se veía disminuida, parecía un muñeco. Ella levantó la mano para divisar mejor y en perspectiva le pareció que podía sostenerlo en un puño. Eso la hizo sonreír.

Él estaba preocupado. Ella sentía todo alrededor de él. Con cierta gente sólo percibía vagas sugerencias de color, y eso si los miraba de reojo. Así le pasaba a veces, pero cuando le preguntó a La Tía por qué veía esas penumbras, se ganó una patada y una mirada fiera. No volvió a preguntar.

La preocupación le chorreaba a Tomás del sombrero como si fuera humo. Junto con esas nubes moradas venían ciertas desconcertantes vibraciones que, por razones que no podía explicar, le parecían como si salieran de un limón. Él, mientras tanto, se quitó de un jalón el sombrero, y una onda policromática se elevó en espiral hacia el cielo. La onda tembló cuando se pasó la manga de la camisa por la frente y luego él se apresuró escalones arriba hacia el porche y desapareció en las sombras de la Casa Grande. La puerta azotó al cerrarse.

Teresita sabía que no le era permitido seguirlo. Sabía que si pillaban a un empleado dentro de la casa habría serios problemas. Pero no iba allí a robar. Simplemente entraría y lo llamaría, y cuando respondiera le diría que necesitaba hablar con La Huila. Tal como le había dicho La Tía.

Pisó el primer escalón con su pie descalzo y apretó para probar su resistencia. Parecía lo suficientemente sólido. Los únicos escalones que había subido en su vida habían sido los de piedra de la iglesia. Subió y subió los escalones hasta llegar al porche sin problema. Le maravilló la tecnología de la perilla de la puerta. Era sin duda un objeto fino, con su brillante latón, con su forma ovalada hecha con algo blanco que podría ser una piedra, o una gran perla o eso que llamaban marfil. Agarró la perilla y jaló. Nada pasó. Empujó. Trató de girarla y se escuchó un *clic* que la asustó, luego la puerta pareció abrirse por sí misma y ella avanzó siguiendo su trayecto hacia el interior, las bisagras engasadas silenciosas y fluidas, y de repente ya estaba adentro.

Se asombró al constatar que el piso no era de tierra y se detuvo fascinada por la duela que pisaba. En el pueblo, la gente rociaba jugo de limón en el suelo para humedecer el polvo y aromatizar el ambiente. Pero este piso era mucho más que cualquier arena jugosa. También brillaba, como si tuviese encima una fina capa de agua del arroyo.

Y la atmósfera olía a perfume, no a limones. Teresa cerró la puerta tras de ella e hizo inventario de las maravillas allí presentes. No sabía cómo le llamaban los yoris a esas nerviosas alas blancas que pendían en las ventanas, pero eran como gasa y se podía ver la luz a través de ellas, como si estuvieran hechas de alas de palomilla o de cenizas.

Las paredes eran blancas. Sobre ellas se deslizaban las cachoras verdes, que desaparecían detrás de la profusión de pinturas de burros enmarcadas. Eran los melancólicos trabajos de Doña Loreto, cada imagen distintiva por los enormes y húmedos ojos de cada burro, indicativos de dolor y nostalgia por tiempos mejores. Velas y lámparas de aceite proyectaban trémula luz, a pesar de ser pleno mediodía. Teresita pensó que tal vez debería apagarlas de un soplido, para ahorrarle al patrón el costo del aceite y las mechas.

Extendió el pie y tocó con él una gruesa alfombra. Nunca había sentido algo así. Avanzó y al posarse sobre la alfombra se le hundieron los dedos en la afelpada superficie. Diseños en dorado y rojo zigzagueaban por el borde, y el rico tono azul de la alfombra lucía rosas y parras misteriosamente entretejidos.

Una mujer aparentemente de prisa apareció de repente y dijo:

—¡Oye tú, chamaca, ve a tirar esto y trae otro! —le puso en mano una bacinica rebosante y desapareció pasillo adentro.

—¡Fuchi! —exclamó Teresa, y la depositó en el sofá más cercano.

Un leve latido le llamó la atención. Miró a su alrededor buscando el origen del extraño sonido. Vio una alta torre de madera en un rincón que tenía una angosta puerta de vidrio, así como un péndulo dorado que se mecía brillante adentro. Se acercó a ese raro árbol cuadrado y contempló su faz. Una luna azul parecía flotar a través de la cara, seguida de un sol amarillo y arremolinado. No entendía los números, así que aquellos símbolos nada significaban para ella. Puso las manos sobre la columna de madera y sintió sus latidos. Acercó la oreja para escuchar aquella maravilla.

Tomás salió apresurado de su oficina, agitando una carta de crédito sobre su cabeza, presto a llamar a alguien que fuera a buscar al Segundo y consciente de que todavía traía puestas las espuelas y de que Doña Loreto no admitía espuelas en la casa, cuando se detuvo patinando al percatarse de la presencia de Teresa, inmersa todavía en su comunión con el gran reloj.

—¡Cómo fregados te metiste aquí! —reclamó.

Ella lo miró serenamente.

—Lo seguí —dijo. Se volteó enseguida a ver el reloj y dijo: —Este árbol tiene corazón.

Él nomás parpadeó. La miró más fijamente. Se le hacía conocida. Si Loreto la veía ahí, con esos pies mugrosos en la alfombra… ¡Híjole!

—¿Se puede saber qué estás haciendo?

—He estado hablando con este árbol, pero no me contesta.

Él sonrió.

—Debe ser un árbol muy grosero —dijo ella.

Él se rió y se acercó al reloj.

—Supongo que tienes razón —dijo—, los relojes son groseros.

—¿Es un reloj?

—Sí, es un reloj de pie.

A Teresa pareció encantarle esa información.

Él pensaba que debía mandarla cuerear o algún otro castigo, pero en lugar de eso se metió la mano al bolsillo de su chaleco. Sin saber bien por qué, le dijo "mira", sacó su reloj de bolsillo y abrió la tapa. Se escuchó un fragmento de una pieza de Mozart. Ella se quedó boquiabierta.

—¡Es un reloj! —exclamó Teresa.

Él rió de nuevo.

—Toca la música otra vez.

Cerró la tapa y la reabrió.

—Cuidado —le dijo ella—, cuando crezca como el otro no te va a caber en el bolsillo.

Que divertida criatura, pensó Tomás.

Teresita miró a su alrededor.

—Patrón —dijo.

—Sí, dime.

—¿Dónde están las gallinas? ¿Duermen aquí?

—No, no, duermen en el gallinero.

—¿Las gallinas tienen casa? —susurró.

Él notó que la bacinilla estaba encima del sofá y levantó las cejas. Por lo visto el servicio de su casa se estaba desmoronando. Tendría que hablar seriamente con las muchachas, tan pronto como terminara de lidiar con la pequeña invasora. Palmeó las manos dos veces y la apurada mujer de antes surgió del pasillo diciendo:

—¿Sí?, señor.

—Esta jovencita al parecer se perdió y terminó aquí en la casa, por favor dale un vaso de jugo frío y luego acompáñala afuera.

La sirvienta se le quedó mirando a Teresa con los ojos como platos.

—Me gusta el jugo —dijo Teresita.

—Pues entonces hoy es tu día de suerte —agregó Tomás.

La sirvienta se acercó para agarrar a Teresita del brazo.

—Señor —dijo Teresa.

Él volteó a verla.

—¿La Huila vive aquí?

Él se inclinó hacia ella y le dijo:

—¿Huila? ¿Para qué quieres a La Huila?

—Tengo que preguntarle algo.

Él se acuclilló frente a ella, cuidando no ensartarse las espuelas en las nalgas.

—¿Qué le quieres preguntar?

—No sé quién soy —dijo ella—, mi Tía me dijo que La Huila sabe quién soy.

Tomás miró fijamente el rostro de esa extraña niña. Luego elevó la mirada hacia la sirvienta y de vuelta a Teresita.

—¿Cómo te llamas? —le preguntó.

—Teresa.

—Muy bien Teresita —dijo incorporándose—. Vamos a buscar a La Huila. Vamos a investigar quién eres.

La tomó de la mano y la llevó a través del pasillo hacia la cocina.

—¿Hay galletas? —dijo ella—, a mí me gustan las galletas.

Él volvió a reír.

A Teresita le asombró ver enormes cazuelas negras colgando de ganchos en las paredes de la cocina. La Tía contaba solamente con una olla grande, una ollita de hojalata toda desportillada y una sartén. En cambio aquí había de todo, sartenes, ollas del tamaño de tazas de café, cazos tan grandes como tinas de baño. Había un aro de metal en el techo y a su alrededor colgaban más cazuelas de otros ganchos.

Tomás miró para todos lados y preguntó:

—¿Dónde anda Carmela?

—¿Carmela la cocinera? —preguntó a su vez una de las muchachas.

—Ésa. ¿Está enferma?

—Ya no trabaja aquí, señor —dijo la chica—, se fue desde hace tres años.

Se quedó parado ahí, tratando de ocultar su sorpresa.

—Ah —dijo.

Teresita miraba todo con la boca abierta. Una red llena de cebollas se balanceaba de un gancho metálico, amarillo como sebo. Debajo de esa galaxia de cazuelas y cebollas estaba una mesa blanca de metal. Era donde las muchachas partían las gallinas y la carne con enormes cuchillos de carnicero que colgaban en fila de clavos a lo largo de la pared.

Tomás acercó una silla a la mesa y ayudó a Teresita a subirse. La exhausta muchacha del pasillo midió un cucharón de agua de tamarindo de un jarrón de barro y lo sirvió en un vaso. Luego colocó el vaso enfrente de Teresita.

—Gracias —dijo Teresita.

—Galletas por favor —agregó Tomás.

Trajeron un plato con dos cochitos gordos de pan de jengibre en una servilleta doblada. Teresita constató que entre los ricos hasta la comida merecía una cobija. Le arrancó una pata al cochito de una mordida y masticó.

—Gracias —le dijo a Tomás.

—De nada, lo hago con gusto —contestó él.

Se estrecharon la mano.

—Tengo que regresar a trabajar —dijo él—, pero las muchachas te atenderán. Muchachas, llamen a La Huila por favor. —Palmeó a Teresita en el hombro y le dijo—: Vuelve a visitarme.

Lo oyeron tararear caminando por el pasillo.

La sirvienta arrugó la nariz y después fue atrás de la cocina, donde estaba el cuarto de La Huila, y tocó a la puerta.

Ocho

UNA VEZ, MIENTRAS DESAYUNABAN, Tomás le contó a La Huila su sueño de la noche anterior: se había caído del techo del granero y cuando estaba a punto de estrellarse, había empezado a volar. Y voló y voló a una altura de treinta centímetros, como si estuviera escurriéndose sobre una corriente de agua bajita, sólo ocasionalmente tocando el fondo para impulsarse. Luego, cuando se deslizaba sobre los campos de tomate y algodón, se había encontrado a una giganta vestida de blanco con una falda roja, y había nadado por debajo de la falda y subido por las piernotas blancas. Como Loreto estaba en el piso de arriba, se animaba a decir esas barbaridades; las barbaridades eran, después de todo, la especialidad de los ingeniosos caballeros sinaloenses.

La Huila le había contestado contándole un desconcertante cuento basado en cierta perturbadora evidencia de que la carne era sueño y la muerte el despertar. Luego le exigió revelar detalles que él no estaba dispuesto a discutir, no mientras comía huevos revueltos. ¿Había llegado a penetrar las partes nobles de la giganta? Y si así había sido, ¿era aquello carnoso o un vacío estrellado? La Huila no cedía.

—No fui yo la que tuvo ese sueño —decía—, ni soy yo la que anda paseándose por ahí con el chile en la mano. Tomás casi escupe el café.

—¡Huila! —gritó con su más afrentoso tono. Aparentemente sorda, ella exigió un reporte de todos los lugares de la vida de él donde se hubiesen revelado los números cuatro y seis.

De ahí en adelante, Tomás tuvo buen cuidado de mantener en secreto sus sueños.

Ahora, La Huila contempló a la pequeña que comía galletas y pensó dos veces cómo debía proceder. ¡Ah!, la mismísima Santa Teresa. Muchos oídos estaban siempre atentos en la casa de los Urrea. Aunque se veía a leguas que esa niña tenía el cabello de la Chuparrosa —a pesar de los rubios rayos color de fresa— el resto de ella era sin duda de Tomás. La Huila atisbó la cocina. Las muchachas no le despegaban la vista a la chamaca, aunque seguían trabajando y haciéndose ojitos unas a otras. De seguro, pensaban todas, se ganó una riatera y su familia será acusada de una seria ofensa por haberla dejado entrar a la casa. En algunas haciendas allí mismo en Ocoroni, acribillaban a los intrusos e incluso a sus padres y madres.

La Huila también se preguntaba cómo era que la chavala andaba en la cocina y no en el patio. Tomás, pensó, es muy blandito. O a lo mejor, sin sospecharlo siquiera, la había reconocido como su hija. Si hubiese estado atento habría visto sus propios ojos mirándolo a él. Pero los yoris no percibían las cosas ni siquiera cuando estaban enfrente de sus narices. Se la pasaban muy ocupados tratando de ver más allá del horizonte.

—Teresita —le dijo.

—Sí.

—¿Te gustan tus galletas?

—Mucho.

—No, cuando un adulto te hace una pregunta debes contestar con cortesía y dar las gracias. —Era obligación de los niños aprender.

Teresita le miró los labios, observó las delgadas arrugas que concurrían en la base de la nariz.

—Las galletas están buenas, gracias.

—Muy bien.

La Huila se terminó su café.

—Dame una mordida —le dijo. Teresita extendió la galleta hasta la boca de la vieja—. Gracias —le dijo.

—De nada —contestó Teresita, que ya había aprendido la primera lección.

La Huila se levantó.

—¿Puedo hablar contigo? —preguntó Teresita.

—Vamos a caminar —dijo La Huila.

❉

La Huila llevaba una gran canasta de mimbre.

—Tengo antojo de agua de jamaica —dijo.

Teresita le siguió el paso mientras caminaban entre los árboles.

—Nunca he probado el agua de jamaica.

—¿Nunca?

—No.

¿Pues qué esta gente nunca le había enseñado nada?

—¿Qué bebían en la casa de La Tía?

—Agua. Nada.

—Con razón no sabes quién eres —dijo La Huila—. A la gente le gusta eso. —Se agachó y apuntó entre los alambres de un cerco—. Es la flor de jamaica. —Fueron allá y La Huila dijo—: Corta las flores, llenaremos esta canasta para luego ponerlas a secar al sol.

Teresita cortó una roja flor de jamaica de las ramas inferiores. Lamió la gota de néctar que le salió. La Huila se sonrió, ella había hecho lo mismo cuando niña.

—Cuando las flores se sequen las herviremos con algo de azúcar. De ahí saldrá el agua de jamaica.

—¿Cómo cuánta azúcar?

—¿Cómo cuánta te gusta?

—Mucha.

La Huila sonrió.

—A mí también —dijo—. Entonces le pondremos mucha azúcar. Y le hace falta porque es como esta pinchi vida, ¡taan ácida! Te reseca la boca. Tienes que andar buscando el dulce con la lengua.

Esa fue la segunda lección para Teresita.

Más tarde ese día, Teresita regresó al jacal de La Tía. Le había guardado un cochito a su tía, que ya empezaba a desmigajarse pero todavía estaba entero. Los cansados pizcadores de algodón arrastraban los pesados costales de borra de los polvorientos campos, con las espinadas manos sangrientas y llenas de costras. Los pizcadores de chile traían los ojos llorosos y las narices moqueando, los párpados hinchados por el efecto del picante jugo. Los carniceros estaban hechos bola debajo de un álamo, apestosos a sangre y manteca, pasándose las tres y el jarro de pulque. "¡Adióooos!" exclamaron. Teresita respondió "Adiós". Sólo los sinaloenses dicen adiós en vez de ¡quihubo! al encontrarse.

Don Teófano, milusos y a veces desollador de mulas, pasó por el sendero llevando a cuestas tres tablas, iba rebotando cuando las tablas rebotaban, llevando el ritmo arriba y abajo al caminar. "Adiós", le dijo ella. Él levantó la mano para saludar, pero rápidamente la regresó al notar que las tablas se le estaban resbalando. Su fuerte sudor olía casi igual que las chorreadas tablas de pino. Don Teófano se abrió pasó y se perdió en la distancia, dejando atrás una nube de aguarrás y pino.

Teresita observó a las chamacas mayores: unas llevaban tinajas balanceadas en la cabeza; otras, las cansadas lavanderas, olorosas a jabón y sales, sus manos y pies hervidos hasta quedar de color blanco como hongos y los cabellos rebeldes escapando de la apretada pañoleta; la cocinera nocturna ya en camino a la Casa Grande, con sus mejores prendas, las que usaba para ir a la iglesia, y los desgastados huaraches —sus únicos zapatos decentes los llevaba en la mano— se dirigía apresuradamente al trabajo. "¡Adiós!" Teresita sabía que el novio de la cocinera de noche, que era uno de los vaqueros del Segundo, estaría ahí a las diez de la noche para encontrarla a la salida y acompañarla a su casa, a siete puertas de la de La Tía.

—¡Adiós!

Quienes tenían niños enfermos o viejitos moribundos, los sacaban al suave atardecer. Ya se habían pasado todo el día encerrados en sus agobiantes casas y esa era la única oportunidad de disfrutar de una brisa fresca. Una viejita arrugada estaba allí acurrucada en una carretilla, enredada en su rebozo como si fuera un perrito. Jóvenes amarrados a la silla con mecate se retorcían y levantaban las paralizadas manos para apuntar a los pájaros con sus nudillos. Cataratas de baba les corrían por la barbilla, y reían y se carcajeaban de los cuervos, de los burros, de los niños traviesos y del sorprendentemente enrojecido sol. Las mamás se destramaban los cabellos rebeldes con cepillos duros. "¡Adiós!" les dijo Teresita y todos respondieron "¡Oos!" y "¡doos!" y "¡aus!" y le extendían la mano al pasar.

Y ahí estaba el Segundo, enconchado en su montura y observando todo con una sonrisa en los labios. "¡Adiós!" le dijo ella al vaquero grandote. Su oscuro sombrero giró hacia ella y un dedo se elevó hasta tocar el borde.

Teresita le había contado a La Huila que La Tía le decía puta a su mamá.

—Eso no está bien —le dijo La Huila.

Y que La Tía también a ella le decía puta.

—Eso es un pecado —dijo La Huila.

Teresita abrió de un empujón la puerta del jacal. La Tía estaba sentada en la única silla junto a la mesita. Los tendidos de Teresita estaban hechos bola, repegados a la pared. Los hijos de La Tía andaban afuera.

—Se me antoja un cigarro —dijo La Tía—. ¿No viste alguna colilla tirada por ahí?

Teresita meneó la cabeza.

—No, Tía, pero te traje otra cosa.

Se sacó de la bolsa el cochito, le sacudió la pelusa y se lo dio a su tiíta.

—¿Eh?

La Tía sonrió por un segundo. Agarró el cochinito, de una mordida le arrancó la cabeza y cerró los ojos. Sabía que debería guardarles un pedazo a sus niños, cualquier madre lo haría, pero le dio otra mordida. Los niños todavía estaban chiquitos, les hacía menos falta la galleta que a ella. ¿O no se merecía ella un pedacito de galleta después de toda la mierda que era su vida? Bueno, nomás otra mordidita —¡ah cabrón!— ya se acabó el cochinito.

—¿No traes otro?

—No, Tía.

La Tía tamborileó los dedos en la mesa.

—¿De dónde lo sacastes? —preguntó. Estaba pensando en que a lo mejor la Tunita tendría un cigarrillo. Sabía que algunas mujeres cambiaban besos por cigarrillos con los vaqueros, pero ella no iba a hacer eso, nada de besos.

—La Huila me lo dio —dijo Teresa.

—¿Dónde vistes a La Huila?

—Fui a buscarla.

La Tía se le quedó mirando.

—¿Cómo que fuistes a buscarla?

—Tú me dijiste que le preguntara a La Huila quién era yo, así que fui y le pregunté.

—*¡Cómo que fuistes a buscarla!* ¿A dónde? ¿Fuistes a donde trabaja? ¿Estaba ella de visita con alguien?

—No.

La Tía la estaba asustando un poco. Traía aún las surrapas del cochito en la comisura de la boca. Le brillaban demasiado los ojos. Se inclinó sobre Teresita y la agarró de los brazos.

—¿Entonces dónde? ¡Dime!

—¡Pérate, Tía! Fui a buscarla allá, a la Casa.

La Tía se paralizó. Su mirada se perdió más allá de Teresita. Luego volvió a verla a los ojos.

—La Casa —murmuró.

La soltó.

—Pinchi idiota —dijo—, ¡Aah cómo serás bruta!

—Es que yo…

—¡Cállate! —La Tía se jalaba los cabellos—. ¡Cállate! —Se volteaba en todas direcciones, como si buscara una salida secreta en alguna pared—. ¡Pendeja!

Su niño cruzó el umbral. Se giró hacia él y gritó: —¡Salte de aquí pendejo!

Él miró brevemente a Teresita y salió meneado.

La Tía agarró su pesada cucharota de palo.

—¡Tú, pinchi babosa! —le dijo.

—¿Tía?

La Tía la agarró de los cabellos cuando trataba de escapar y se enredó la mano en ellos, formando un doloroso nudo que puso en tensión el cuero cabelludo de Teresita.

—¡Ay, ay! —gritaba—, ¡Ay!

Y la cuchara le cayó encima.

Se despertó cuando azotó contra el suelo.

La Tía la había sacado y arrojado sobre la cerca del chiquero.

—¡Si te vas a portar como cochi, entonces vive con los cochis, ya me tienes harta!

La Gente no hizo nada. Se metieron a sus jacales y bajaron la cobija-puerta. La Tía metió a los niños. Teresita rodó y se levantó. La caca de puerco le escocía los moretes.

La Tía reapareció.

—¡Y no te me mueras! —le dijo—, ¿me oyes? ¡Nomás eso me faltaba, más problemas de esos!

La burda puerta azotó detrás de ella.

Teresita sintió como si miles de mochomos se le hubieran subido. Le hormigueaban los brazos y las piernas; inquietas patitas tocaban sus nervios como cuerdas de guitarra. Se le cerraron los ojos.

Luego cayó al vacío. Cayó por entre la tierra, por entre las piedras, hacia el profundo nada del firmamento. Cayendo, hasta donde el cielo mismo se empequeñecía y cabía dentro de su ojo. Cayendo por su ojo hacia el sitio donde los sueños se endurecen como roca y se transforman en el suelo.

Corredores de llamas.

Cuartos de obsidiana.

Sus días se le revelaron, del vientre a los juegos infantiles y de allí hasta más allá de ella misma, a mujer, a espejos. Círculos de luz pasaban entre casas desconocidas. Brotaron chispas en su interior, su mente flameó como bengala, giró cual rehilete, fuego, remolino, chispas.

Rebozo apretado como niño envuelto sobre su cabeza, tinaja balanceada encima, cabalgando su cráneo como a un burro.

Balas gordas, frías como cachoras, frías y grasosas, frías patinando en su propia grasa hacia los cargadores de los rifles, y manos, manos prietas que jalan las palancas—

—ropa lavada tendida sobre las piedras, espuma que desciende, abajo, río abajo, islas blancas de espuma, bajando —una bola de masa de maíz torteada por manos femeninas, tomando forma, un disco solar, carne del sol—

—bajando—

—borra de álamo bajando—

—La Huila caminando entre los árboles—

Bajando—

—La Chuparrosa, aunque no recordaba haberla visto, sabía quién era. "Mamá", susurró, mientras La Chuparrosa contemplaba la lluvia sobre un mar picado, bajando.

En el sueño viajaba muy lejos.

Nueve

LA HUILA SE HABÍA SENTADO en una roca y estaba pelando una naranja con su navaja, la cáscara se había enrollado y caído al suelo en una sola interminable pieza. La Huila habló. *Mira chamaca, tu mamá era la joven más linda de todo el rancho. Podía hacer que los pajaritos se le posaran en los dedos. De veras. Y le decían La Chuparrosa, Semalú, y hablaba La Lengua pero aprendió yori cuando empezaron los problemas y su familia fue diezmada. Tus abuelos eran buena gente. Pobre gente. Tu abuela era chistosa y tenía el Don, heredado de su propia madre. ¿Qué cuál Don? El único Don que hay niña, darles vida a las plantas y trabajarlas. Ése Don. Tu abuelo era católico, pero tu abuela era seguidora de las viejas tradiciones. Ella era maya, y su madre era yaqui. Tu abuelo era tehueco y los soldados lo colgaron de un árbol antes de que tú nacieras.*

¿Tu padre? ¡Aah, tu padre! Todavía eres demasiado joven para escuchar esa historia. Pero busca a La Huila luego, cuando ya puedas oír lo que tengo que decirte, y entonces te contaré acerca de tu padre. ¿Sueñas con que sea un príncipe? ¿O un rey? Lo que sí puedo decirte es que tu padre no es mala persona,

sólo tontito. Pero hasta los curas son medio sonsos. Tu padre es un hombre amable y tiene muchas cualidades. Incluso es dueño de muchas cosas maravillosas que un día podrían ser tuyas.

¡Ah! Y es muy, pero muy guapo.

Teresita permaneció despierta, acostada contra el flanco fragante de la puerca. El vasto corazón de la vieja cerda latía muy dentro de ella, como el incansable *tic tac* del reloj de pie que había visto en la Casa Grande. Parecía que había sido semanas atrás. La vieja puerca, echada de lado, perezosamente le ofreció sus ocho pezones a esa cochita humana y luego se amodorró muy contenta al sentir el calor de la niña en su vientre y costado. Dormida se le movió una pata pues soñaba que había encontrado una puerta rota en la gran despensa del otro lado del camino, y en su sueño se acercaba velozmente porque había allí camotes que devoraba mientras el montón de cochitos se arremolinaban a su alrededor.

Teresa había intentado atraer el resplandor del sueño como defensa contra el dolor de sus moretes, pero era inútil. Tortas de zancudos aterrizaban en sus piernas, pero casi ni los sentía chuparle la sangre. El pesado aire sobre su cabeza ahorcó la celestial luminosidad, pero unos lentos relámpagos palpitaban rojos y dorados allá muy lejos en el oeste, sobre la zona invisible. La luna andaba arriba partida y anaranjada, y una estrella solitaria ardía en el límite del resplandor lunar. Teresita se recargó en la puerca e intentó ver los fantasmas —las viejas decían que los podías ver por el rabillo de tu ojo— pero cayó en cuenta de que las sombras que revoloteaban arriba eran sólo chinacates.

—¡Hey!

Miró ella a su alrededor en la oscuridad.

—¡Oye tú!

Miró por encima de la puerca.

—¿Quién es?

—¡Yo!

—¿Quién?

—¡Yo!

Él se incorporó. Era otra vez el chavalo flaco que había visto con aquel ridículo sombrerote.

—¡Yo! —dijo—, ¡El Buenaventura!

A pesar de que estaba entumecida de las piernas y de la espalda, y de que le dolía el cuerpo apaleado, soltó una risita.

—¿Qué clase de nombre es *buena suerte?*

—¡Es MI nombre! —le contestó.

Se quedó parado entre las yerbas y los matorros; el sombrero le brillaba con tonalidades grises a la luz de la luna. Tenía los brazos más largos que las mangas, de modo que las muñecas le colgaban por fuera de los arrugados puños de la camisa.

—¿Estás bien? —le preguntó a ella.

Ella se soltó llorando.

—¡Hey! ¡No llores! —le dijo.

Trató de acercársele pero una rama le tumbó el sombrero. Se agachó a levantarlo y luego se lo ensartó en la cabeza. El gesto la hizo reír otra vez. Lloraba y reía al mismo tiempo, limpiándose la nariz con el vestido. Él se inclinó al lado de la cerca y se le quedó viendo.

—¡Fuchi! ¡Apesta!

—¡Ya sé!

—¡Salte de ay!

—¿Y a dónde voy?

Él recargó los brazos en la barra.

—Vi lo que pasó —le dijo—, vale más que te vayas antes de que despierte.

—¿Estabas ahí?

Él sacó una pistolita toda flacucha.

—La próxima vez le disparo.

—¡No, Buena Suerte, no!

—Soy un forajido, ¿sabes? ¡No me da miedo balacear gente! —Blandió la pistola y trató de verse feroz—. ¡Soy un pistolero!

—No.

Se volvió a meter la pistolita en la cintura.

—Tú nomás avísame si quieres que le meta un tiro a algún cabrón —le dijo. Se sentó recargado en el chiquero—. ¡Me los acabo! —dijo.

Ella se sentó de su lado de la cerca, de espaldas a él, sin nada entre sus espaldas excepto una tabla. Empezó a llorar otra vez.

—¡Qué pinchi vida! —dijo él. La miró sobre su hombro—. ¿Cómo te dicen?

—Teresita.

Él se estiró sobre el hombro y le ofreció algo.

—Mira, prueba esto.

Teresita extendió la mano y él le depositó en ella un pedazo de dulce de hierbabuena. Se lo metió en la boca y los dos se quedaron callados chupando sus dulces.

—Me lo robé —dijo él finalmente.

Y más al rato: —¡Pinchis zancudos! ¡Vámonos!

—No sé si me pueda levantar.

Él se incorporó, brincó sobre la cerca, empujó a la puerca con una bota y miró a Teresita.

—A mí me han pegado varias veces, a ti sólo te dieron unas nalgadas, sí te puedes levantar.

—Que no puedo.

—Ta bueno, pues.

Se agachó, la levantó del suelo y se la echó sobre el hombro.

Pujó y echó aire por la nariz.

—¿Te orinastes?

—Discúlpame.

Le extendió su sombrero y le dijo:

—Detenme esto.

Se las ingenió para trepar la cerca sin soltarla.

La puerca le preguntó:

—¿Grunm?

—¿A dónde te llevo?

—No sé.

—Vale más que te decidas.

—Llévame con La Huila.

—¿La bruja?

—No es bruja.

—Es una bruja desgraciada.

Teresita lo azotó con su propio sombrero.

—¡Que no es bruja!

—Uff —gruñó él y se dirigió hacia afuera.

Sus manotas la agarraron de los tobillos y allá fue ella rebotando de cabeza sobre sus hombros.

—Estás gorda —le dijo.

Ella lo volvió a azotar con el sombrero.

—No me obligues a disparar —le advirtió.

Pasaron bajo las intensas sombras de los duraznos.

—Me quiero morir —le dijo ella.

—No, no quieres.

—Quiero a mi mamá, quiero a mi papá.

—Eso es lo que quiere todo mundo.

La casa era un gran bulto negro metido en la noche. Ninguna luz brillaba en las ventanas. Él se agachó y la deslizó de su hombro como si fuera un saco de frijoles.

—La casa de tu papá —le dijo—, me lo saludas.

¿Papá? pensó ella.

—No te vayas.

—No me puedo quedar.

—Nomás un ratito.

El se acuclilló junto a ella y miró hacia la casa.

—Estos ricos —dijo—, ni tú ni yo les importamos.

—Él no es así.

—Todos son así.

Él agarró unas piedritas.

—¿Dónde duerme la bruja?

Ella apuntó. Él se dirigió a la oscura ventana enseguida de la puerta trasera. Saludó con el sombrero a Teresita y luego recogió un puño de piedras para aventarle al vidrio de la ventana. Tiró una y se agachó de inmediato, pero no pasó nada. Tiró más piedras pero nada. Escogió una piedra más gorda y la aventó duro: se estrelló contra la pared al lado del vidrio y sonó como balazo. "¡Hijo de puta!" se oyó la voz de La Huila desde adentro. "¡Quién jijos de la chingada anda en la ventana!" El Buenaventura aventó otro puño de piedras, un cerillo se encendió adentro y la temblorosa luz amarillenta de una lámpara se filtró por entre las cortinas. "¡No te muevas, cabrón, no te muevas! ¡Traigo mi escopeta y te voy a meter los dos cañones!" El Buenaventura fingió reír alocadamente, con las manos en la barriga y sacudiéndose de un lado a otro. "¡Nomás espérate ahí y verás! ¡Ay vengo! ¡Ay vengo ya y en cuanto salga vas a ver!" Él brincaba como chango y hacía reír a Teresita. Siguió bailoteando hasta que el cerrojo de la puerta tronó fuerte. Entonces se dobló casi a la mitad y se arrancó corriendo hacia los matorros diciendo adiós con la mano.

La puerta se abrió azotando y La Huila surgió, con los cabellos enredados, la lámpara en la mano y la escopeta en la otra, girando en todas direcciones.

—¡No te escondas desgraciado!

Teresita llamó:

—¡Huila!

La escopeta viró hacia ella. La Huila levantó la lámpara y entrecerró los ojos.

—¿Quién es?

—Por acá —dijo Teresita.

—¿Qué quién es?

—Soy yo, vieja —llamó Teresita—, la hija de La Chuparrosa.

La Huila soltó los gatillos dobles de su escopeta y la recargó en la pared. Se bajó del pequeño porche y dijo:

—¿Niña?

—Por aquí.

La Huila apuntó la lámpara y se acercó.

—¡Ay, no! —dijo—, ¿Qué te hicieron?

—Me cuerearon.

—Sí, de plano sí que te cuerearon.

Levantó a Teresita en un brazo. Teresita enredó las piernas alrededor de la vieja, y cabalgó sobre su cadera hasta la casa. El Buenaventura, que observaba desde los matorros, asintió cuando vio cerrarse la puerta y extinguirse la luz. Luego corrió hacia el porche y le robó la escopeta a La Huila.

—Parece que no me voy a escapar de ti —dijo la vieja.

Sentó a Teresita en la blanca mesa metálica de la cocina. Estaba fría al tacto, pero ayudaba a aplacar los dolores de los moretes y raspones.

—¿Te miaste?

—Sí, Huila.

—Ay niña —dijo La Huila, meneando la cabeza—. No importa qué te pase, nunca te miés porque entonces saben que te ganaron. He visto a hombres hechos y derechos miarse en los pantalones de puro miedo cuando los amarran al poste. Los he visto dejar correr el agua cuando les ponen la soga al cuello. El miedo te mata dos veces y además le da gusto a tus enemigos. —Levantó las tapaderas de varias ollas y olfateó el contenido—. ¡Por eso no me gustan los pinchis perros! Se arrastran y se mean nomás para decirte que tú eres su amo, ¡ja!, nosotros no tenemos amos, así que nada de miarse.

—Te lo prometo.

—Bueno.

La Huila sacó un poco de agua de un balde y se acercó a la fogata, que era sólo un montoncito de carbones apilados. Luego puso el agua en una olla, la colgó de un gancho de fierro ennegrecido y construyó una pequeña pirámide de ocotes debajo. La lumbre prendió cuando le sopló.

—Nadie pone la lumbre como La Huila —dijo.

Doña Loreto había ordenado a Guaymas unos pasteles de cereza. Llegaron en cajas planas de madera y nomás uno se había echado a perder —ahí estaba vivo todo engusanado en su anaquel, de modo que Loreto lo mandó al chiquero. Pero los otros seis estaban bien, La Huila tomó un cuchillo largo, cortó un pedazo chorreado y lo depositó en un plato que puso en la mesa al lado de Teresita. Luego le dio un tenedor.

Teresita primero olió el pastel. Era rojo. Por algún motivo que no entendió, aquello le recordaba a su mamá.

—Come.

—Sí, Huila.

Teresita empuñó el tenedor con la mano y partió un pedazo de pastel que se metió en la boca.

—Ay Dios —dijo La Huila.

—¿Qué?

La vieja le quitó el tenedor a Teresita, le abrió la mano, le torció la muñeca y volvió a colocarle el tenedor en la mano, no en el puño sino en los dedos.

—Así se agarra el tenedor —le dijo.

—¡Ah!, y no tienes que comerte todo el pastel de una mordida, no te lo van a robar. Y mastica con la boca cerrada. Si quieres vivir con los burros, come como los burros; pero si quieres vivir con la gente, come como la gente. Masticas como si estuvieras batiendo leche para hacer mantequilla.

—Sí, Huila.

—¿Quieres leche?

—Si, por favor.

—¿Más pastel?

—Sí, por favor.

—Bueno, me voy a comer un pedacito de pastel yo también.

Entre las dos le rasparon el fondo al plato del pastel.

—Me duele —dijo Teresita.

—Pues sí.

La Huila limpió el lodo prieto del chiquero que cubría las heridas.

Había enredado cuasia machacada en un pedazo de lona y luego la mojó en el agua caliente de la olla colgada del gancho.

—Estate quieta.

—¡Ay!

La Huila sentía —¿qué? ¿Qué era lo que sentía en las puntas de los dedos? Tal vez era un destello de las chispas doradas, un súbito oleaje de calor que atravesaba la piel.

—Haz eso otra vez.

—Yo no hice nada.

La Huila extendió las manos con las palmas para abajo y le puso las palmas encima a Teresita.

—Caliéntalas —dijo La Huila.

Teresita ni lo pensó, les ordenó a las palmas que se calentaran y de inmediato se le pusieron calientes a La Huila.

—Mira nomás —dijo La Huila.

Jaló una silla y se sentó, mirando a Teresita. Esculcó su mandil en busca de una colilla de puro, y encendió una con un cerillo pelirrojo de cocina.

—Siempre tengo las manos calientes —dijo Teresita.

—Ya veo.

La Huila sonrió. Nunca se sabía dónde aparecería El Don. Hasta Dios tenía sus bromas.

※

Loreto entró a la cocina vestida de una bata larga blanca con adornos de encaje en el pecho, y con la abundante y esplendorosa cabellera suelta en una nube. Los aromas que llegaban a Teresita eran como niebla de la costa, efluvios de naranja, Lila y jengibre. Nunca había visto Teresita dientes tan blancos.

La Huila permaneció con la cabeza inclinada y dijo:

—Doña.

Aunque era cruel con Tomás, a Loreto le tenía especial deferencia, un amor que ningún hombre entendería. Loreto sabía las reglas impuestas a la mujer sin alivio visible, la eterna desesperanza de quien sospechaba con razón que su hombre era de cientos más, ninguna tan adorable, tan limpia, tan estricta; y conocía muy bien las agonías del lecho de parto.

—Escuché voces —dijo Loreto recogiéndose el cabello—. Por un momento creí que se había metido un fantasma, o un bandido.

Teresita le sonrió a aquella aparición.

—Hola —dijo Loreto.

—¿Te limpias los dientes? —preguntó Teresita.

Loreto no supo qué contestar, así que simplemente respondió "sí".

—Tuvimos un problemita —dijo La Huila.

Loreto se inclinó a ver de cerca los muslos lacerados de Teresita.

—¡Ay Dios! —exclamó—, ¿quién hizo esto?

—Mi tía —dijo Teresita.

—Pero, ¿por qué habría de hacer algo así?

—Porque me metí a tu casa en la mañana —dijo Teresita.

La Huila no dijo nada. Hubiera querido que se callara la escuincla. Pero Dios había acomodado el escenario y tenía ya planeado el desenlace. La Huila apenas estaba aprendiendo a dejar correr el destino sin inmiscuirse.

Loreto se sentó en la silla de La Huila.

—Supongo que fuiste muy atrevida, mira que meterte a la casa sin permiso.

—Me andaba buscando a mí —dijo La Huila.

Loreto levantó una ceja y se inclinó hacia Teresita.

—La Huila —dijo—, ¡Eres muy, pero muy atrevida! ¡Con razón te metistes en líos!

A Teresita se le salió una risita. Loreto sonrió y se quedó mirando esos curiosos ojos. Observó los dormilones párpados, el medio gacho ojo izquierdo. Le parecían tan familiares. Y esa nariz afilada, y esos labios con su pucherito.

Volteó hacia La Huila. Su rostro era elocuente, aunque no abrió la boca. La Huila se quitó una hebra del vestido, miró alrededor de la cocina y suspiró. Cuando al fin encontró la mirada de Loreto nada más se encogió de hombros.

Loreto conocía los rasgos faciales distintivos de los Urrea. Era ella algo más que esposa y amante de Tomás. Era tradición en las haciendas preservar la sangre, la línea familiar, por eso se casaban primos con primos. A las esposas las seleccionaban como a una buena yegua, por el aspecto y por la sangre. Don Miguel, el gran patriarca, soñaba con procrear una larga línea de Urreas que lo fueran por ambas descendencias. Soñaba con un libro de bautismos que dijera: Fulano Urrea Urrea Urrea Urrea. Loreto era esposa y prima. Había visto esos labios toda su vida.

Preguntas terribles ardían en su interior, dudas espantosas y pesados pesares, pero no los expresaba, no los pensaba.

Se levantó. Acarició a Teresita en la cabeza. Se sentía cinco años más vieja cuando se levantó que cuando se sentó.

—Por supuesto que te quedarás aquí con nosotros —dijo—, te traeré una bata de dormir y luego nos acostaremos todos. Vamos a levantarnos tarde, comeremos un buen almuerzo y nos olvidaremos de esta noche.

Cuando salió de la cocina, su aroma seguía colgado del aire estático y poco a poco se fue desvaneciendo hacia la nada.

Teresita no podía creer que se usara un bonito vestido rosa para acostarse, pero más la sorprendieron las prendas interiores. La Huila la había obligado a limpiarse con una esponja, con especial atención a ciertas zonas, como las nalgas y el fundillo. La Huila le lavó personalmente los pies. A Teresita le asombró que al terminar de lavarse el agua quedara del mismo color que una taza de espumoso chocolate. No tenía idea de que estuviera tan sucia.

Tenía las piernas todavía temblorosas y adoloridas, de modo que La Huila la cargó hasta la cama. Teresita nunca había sentido las sábanas. Pasó las manos por ellas, deslizó las piernas sobre la deliciosa blancura y disfrutó la fresca limpieza del tejido. La Huila sacó la bacinilla de por debajo de la cama y le dijo:

—Si tienes que miar, mea aquí, pero si tienes que hacer caca ve afuera. ¡No quiero estar oliendo caca toda la noche! —Apagó la vela de un soplido—, bueno, lo que queda de la noche —rezongó.

A Teresita la emocionó sentir el peso de la vieja caer a su lado en la cama. La cama se hundió y rechinó. Teresita se quedó esperando que se rompiera, pero no sucedió. La Huila se volteó de lado. Teresita se quedó boca arriba.

—¿Está bien la almohada? —preguntó La Huila.

—Sí —respondió Teresita—, está suavecita.

—Me gusta una buena almohada —dijo La Huila, e inmediatamente empezó a roncar.

Teresita se quedó allí acostada como si flotara en una nube.

Creía estar dormida pero no lo estaba.

Esta vez soñó con un gran valle lleno de flores azules. Iba descalza. Tres viejos miraban a distancia. Eran de La Gente. Reconoció la piel de nuez y los ropajes blancos y los sombreros de palma. Uno de los viejos levantó la mano y la saludó. Tenía una vocecita —apenas lo oía. Le gritó una misteriosa palabra: "Huitziltepec".

Él apuntó.

Ella se volteó y vio una loma cubierta de flores.

Caminó más allá de la loma. Le dolían los pies por las piedras del suelo, el sendero se dirigió a un arroyito de agua clara y la corriente le refrescó los pies y las piedras eran amarillas y púrpura y redondas como huevos. Le agradeció al suelo su piedad.

En la cima descubrió una piedra blanca.

Se sentó.

Escuchó un canturreo sobre su cabeza. Miró hacia arriba: una chuparrosa hecha de firmamento descendió de los cielos. Era demasiado pequeña como para distinguirla a simple vista, y sin embargo podía verla. Su pechuga azul reflejaba el mundo mientras descendía. Sus alas eran blancas, hechas de escritura. Aunque no tenía palabras, ella las reconocía. Las alas de la chuparrosa tenían escritura escrita con pluma de ganso.

Se posó en su rodilla. Estaba de espaldas. Volteó a la izquierda. Cuando la encaró, llevaba una plumita blanca en el pico. Supo que debía alcanzarla y la Semalú se la dejó en la mano.

Pronto, los gallos empezaron a cantar.

※

Teresita abrió los ojos.

La Huila estaba rezando de rodillas frente a un bajo altar recargado en la pared. En él se veía una imagen de la Virgen de Guadalupe junto con un gran crucifijo de madera. Había piedritas, conchitas, manojos de salvia, incienso y un nido de avispas. A cada lado del crucifijo estaban unas figuritas de los santitos de La Huila. Teresita reconoció a San Francisco porque llevaba palomas en los hombros y en la cabeza. A un costado del altar estaba un solitario vaso de agua.

—¿Huila? —dijo ella.

La vieja levantó un dedo.

Teresita esperó.

Cuando terminó de rezar, La Huila cruzó los brazos a su alrededor y se levantó.

—¿Sí, niña?

—¿Para qué es el agua esa?

—Es el alma —dijo La Huila—, es el alma limpia de pecados.

—¿Es tu alma?

—Ojalá fuera, niña —La Huila se estiró— ojalá fuera.

Levantó la enlodada bata de Teresita. Parecía, a la luz de la mañana, terrible y rascuacha y sucia. Teresita sintió vergüenza de repente.

—Esto no va a servir —dijo La Huila.

Se fue hacia la casa. Teresita salió de la cama y miró a Jesús en la cruz. Tímidamente tocó el vestido de la Virgen. Tomó el vaso y le dio vuelta, mirando el sol a través del vidrio. Se veían pequeñas basuritas flotando en el agua que se movían al darle vuelta al vaso.

Cuando La Huila regresó, Teresita le dijo:

—Creo que se te pasaron unos pecaditos.

La Huila le había traído un vestido de la hija de Loreto. Se lo deslizó por encima de la cabeza.

—Qué bonita —le dijo.

Teresita posó.

La Huila sacó un cepillo y a pesar de sonoras protestas procedió a destrabarle a Teresita los numerosos nudos que traía en el cabello.

Luego la hizo ponerse unos huaraches. A Teresita le chocaban, pero La Huila insistió.

—Las damas —le dijo—, usan zapatos.

—Pues entonces no quiero ser una dama.

La Huila asintió.

—Lo que no quieres ser es una dama vieja como La Huila.

Teresita se probó los huaraches arrastrando los pies en el piso de mosaicos de barro.

—Huila —le dijo—, ¿cuántos años tienes?

La Huila se quedó pensativa.

—Debo andar por los… debo andar por los cincuenta años.

Teresita se quedó asombrada ante esa gran torre de años, pero no dijo nada y siguió a la vieja a la cocina.

La Huila le sirvió una taza de café, le echó cinco cucharadas de azúcar, un chorro de leche hervida y lo revolvió. Se sirvió lo mismo ella también. Comieron bolillos remojados en el café. El café ablandó el pan hasta dejarlo como pudín, así que La Huila lo sorbió ruidosamente, como una mula en el corral. Luego comieron plátanos y migajas duras de pan dulce.

La Huila se guardó un bolillo en la bolsa y dijo:

—Vámonos a rezar.

—Ya rezaste.

—¡Ah! —exclamó—, nunca se termina de rezar.

Abrió la puerta negra y se quedó ahí parada.

Al rato gritó:

—¿Quién chingados agarró mi escopeta?

En el sitio sagrado La Huila le enseñó a Teresita cómo encender la salvia y el incienso en su vieja concha marina, así como la forma en que debía girar a los cuatro vientos al hacer la ofrenda del humo.

—Es fácil orar en la mañana —le dijo—. Así puedes empezar por el este y después nomás das vuelta a la izquierda cada vez que oras.

Itom Achai recibió el humo de La Huila, parecía estar de buenas esa mañana.

Partieron el bolillo en dos y lo dejaron encima de una roca.

—¿No debíamos haberle traído café a Dios? —preguntó Teresita.

Esto agarró a La Huila desprevenida. ¿Tomaba café Dios? Y si lo tomaba ¿le gustaba negro? ¿O con azúcar y leche? Eran cosas que al fin y al cabo Él había creado. Obviamente a Dios le gustaba el vino —sólo vino tinto— ¿pero café? Eso era un verdadero misterio. Y todo mundo sabía que Dios aceptaba el tequila —Dios amaba los magueyes ¿no?— y el tequila estaba hecho de plegarias a la Virgen María, cuando el jugo estaba todavía blanco lechoso y lo colaban con telas blancas sacramentales —y el tequila era un líquido transparente y era bien sabido que Dios amaba un buen líquido transparente por todo su poder simbólico— pero el café ameritaba estudio.

La Huila produjo una rara confesión ese día:

—No sé.

Se regresaron caminando al caserío de los jornaleros. La Gente andaba ya afuera de sus casas. Cuando vieron venir a La Huila, y a Teresita —que apenas anoche se revolcaba en el chiquero pero que ahora lucía radiante con su vestido yori —y con *zapatos*— La Gente se retiró y se encerró en sus casas.

—¡Espérense!

Tocó la puerta de La Tía.

Cuando ésta abrió y vio que era La Huila, dio unos pasos atrás.

—¡Buenos días! —declaró La Huila y se abrió paso hacia el interior, luego azotó la puerta.

Se tardó un poco. Teresita esperó. La enorme puerca sacó el hocico por entre las tablas de la cerca y olfateó el vestido de Teresita. Ella le rascó la húmeda trompa.

Cuando volvió a salir, La Huila sonreía benignamente. "¡Buen día!" anunció hacia adentro como si se estuviera despidiendo después de tomar el té. Palmeó a Teresita en el hombro y le dijo "tengo mucho qué hacer". Se retiró cantando suavemente. Teresita volteó a ver hacia la casa. Ahí estaba La Tía parada con el rostro muy pálido. Tenía un hilillo de sudor en el labio superior y parpadeaba velozmente, como si una fuerte brisa le soplara en la cara.

—¿Quieres…? —empezó a decir La Tía. Tragó gordo—. ¿Quieres comer algo?

—No gracias, Tía —le dijo—. Ya desayuné en la Casa Grande.

Pasó enfrente de su tía rumbo a la casa.

La Gente miró a La Tía.

—¡No me miren! —exclamó.

Pero sabía que La Huila la había maldecido; para siempre jamás todos la mirarían fijamente, como fantasmas, y nadie diría nunca ni una palabra.

Diez

EL INGENIERO DON LAURO AGUIRRE llegó envuelto en una nube de polvo y ruido. Iba conduciendo una pequeña calesa jalada por un bonito corcel negro. Gómez y sus rurales lo miraron a través del portón del rancho, y luego siguieron su camino en busca de vagabundos qué corretear.

Tomás recibió a su viejo amigo montado en su enorme palomino "El Tuerto". En realidad al Tuerto no le faltaba un ojo, aunque el nombre lo sugiriera; lo que pasaba era que tenía la molesta costumbre de jalarse para un lado y para contrarrestar esa deriva le pusieron un parche en un ojo, de modo que en efecto veía solamente con uno de los ojos bizcos. Claro que eso significaba que iba ciego del lado derecho, lo cual obligaba a Tomás a usar las espuelas frecuentemente para evitar que se despeñara o se cayera en algún canal. Pero una vez controlado, El Tuerto era una estupenda montura, más alto que los demás caballos del rancho, con el esplendoroso cabello de una cortesana francesa. Cualquier otro ranchero seguramente lo habría confinado a caballo de tiro, o de plano lo hubiera matado, pero Tomás le había visto la pinta de inmediato.

—Si fuera mujer —le dijo una vez al Segundo—, me casaba con él.

—Ta claro, patrón —contestó el Segundo—, ¿a quién no le gustan las güeras?

Aguirre dirigió su calesa hacia la casa y Tomás cabalgó a su lado, deleitándolo con historias de las maravillas cotidianas que acontecían en su vida. "Sí, sí", repetía Aguirre, "sí, sí". La Huila se cruzó en su camino, cargando bajo el brazo su nueva escopeta. Ni siquiera lo vio, nomás se siguió de frente caminando penosamente.

—La curandera —comentó Aguirre.

—Ésa es.

—Parece que anda de malas.

—¿Cuándo no?

—Oye Urrea, mi querido cabrón, desde hace tiempo te quería preguntar, ¿hay indios por aquí? ¿Tienes prietos trabajando contigo?

—Claro —contestó Tomás—, es su tierra. —Luego ponderó lo que había dicho y se corrigió—: *era* su tierra.

—¿Son apaches?

—No.

—¿Yaquis?

—Unos cuantos. Estamos muy al sur como para que haya muchos yaquis.

—¿Entonces qué son?

Tomás dejó escapar aire por entre los labios.

—Quién sabe. Deja ver, hay ocoronis, creo que algunos pimas vagabundos, o seris —si son seris, andan muy lejos de su casa. Sé que hay tehuecos y guasaves en la bola. Los guasaves vinieron de Culiacán buscando trabajo. También tenemos mayos.

—¿Mayas? —se admiró Aguirre—, ¡Yo creía que los mayas eran de muy al sur! ¡Gente de la selva! ¿Pues qué no es aquí territorio de los bárbaros chichimecas? ¿Los hombres perros que destrozaron templos y pirámides? ¿Hay ruinas mayas aquí?

Otra pinchi lección.

—¡No son mayas pendejo! ¡Son may-*os!*

Aguirre llegó hasta el frente de la casa, bajó las riendas en el asiento y pisó la palanca del freno.

—¡Ora tú! —resolló—. No hay por qué ponerse delicado.

Para cuando Tomás pensó en alguna respuesta insultante con que contestar, el Ingeniero ya estaba tocando la puerta de la casa y llamando a Loreto.

Adentro, Loreto ya había reunido a los niños. Aguirre nunca notaba a los niños, pero se percataba de que eran varios. Ni los había contado, ni se acordaba cómo se llamaban. "Ah sí, sí, me da gusto verte, ¿cómo estás?" les decía, como Cura repartiendo ostias o saludando después de Misa. Avanzó hasta donde estaba Loreto, le tomó las manos y exclamó.

—¡Sigues tan bonita como los duraznos en flor de la primavera!

Enseguida la desconcertó y deleitó al mismo tiempo, llamándola en italiano *fiore di pesca.* Elevó sus manos y las besó, husmeando su fragante piel. ¡Era Loreto! ¡Brote de azúcar tibia rociada de canela y vainilla! ¡Ángel de Ocoroni!

—¡Ay Dios! —susurró ella.

—¡Aguas! —advirtió Tomás, para recordarle que estaba atento, recurriendo a una ancestral y honorable costumbre de la antigua Iberia, usada por las sirvientas cuando se aprestaban a arrojar por el balcón los húmedos restos de las bacinicas.

—¡Discúlpame! —dijo Aguirre, no sin oler una vez más la mano: ¡ajo y tocino!—. Siempre pierdo la cabeza en presencia de tu adorable esposa. —Loreto sintió una oleada de agradable bochorno teñirle las mejillas, pues al confesarse incapaz de contenerse en su presencia, no sólo se estaba disculpando de cualquier pensamiento adúltero, sino que además la había hecho sentir inexplicablemente halagada, y de paso había también elogiado a Tomás como el hombre más macho de la región —el hombre que había conquistado a esa extraordinaria muestra de belleza y gracia, la deliciosa Loreto. Aguirre se regodeó en su pequeña victoria y se irguió orgulloso ante todos.

Tomás le palmeó la espalda, lo cual era la señal para que todo mundo se retirara hacia otra área de la casa, mientras más recóndita mejor.

—¿Quién te puede culpar, mi adorado hijo de la chingada? —dijo Tomás, pero insinuando que sí lo culparía —para siempre— si alguna vez los labios rozaban algo más que la mano. Llevó a Aguirre hasta su estudio y sirvió brandy. Aguirre se arrellanó en un sillón rojo con oro colocado junto al librero, aceptó la copa y brindó en silencio con su amigo.

—Me da gusto que estés aquí, viejo amigo —dijo Tomás.

—Temía perderme tu fiesta —comentó Aguirre—, la cosa está difícil por los caminos.

—¿Viste bandidos?

—Sólo los que andan vestidos de oficiales de gobierno.

—Comentarios como esos te pueden costar el cuello —dijo Tomás.

—¿Ah sí? ¿Qué hay espías aquí en tu casa?

Tomás sonrió.

—Los bandidos ya están todos muertos —le informó Aguirre—. Y muchos indios también. Los americanos están comprando tierras en Chihuahua y Sonora, así como hipotecas en la Ciudad de México —Abanicó la mano frente al rostro—. Hay *department stores*.

—¿Qué es eso?

—Alemanes que venden sacos y trusas y cazuelas y juguetes, todo en una misma gran tienda.

—¿No venden carne?

—No.

—¿Ni bistec?

—No, nada de carne.

—¿Qué clase de tienda no vende carne?

—¡Tomás, por Dios, presta atención! Es una tienda de departamentos.

—¿Entonces qué venden?

—Ya te dije lo que venden.

—Pero nada de carne.

—Correcto.

—Calzones alemanes.

—Bueno, es un decir.

—¡Ah!

—En otras palabras, venden cosas.

—Ah.

—Es muy americano.

—Sin carne —dijo Tomás—, será el fin de los ranchos.

—¡No, no! —agregó el Ingeniero—, habrá tiendas departamentales de carne.

Tomás levantó su copa.

—Brindemos entonces por el futuro.

Una chica entró con unos vasos aflautados llenos de ceviche y un tazón de deliciosas ostras llamadas "patas de mula". Tomás las había ordenado a Los Mochis. Los mariscos llegaron metidos en túneles escarbados en bloques de hielo, que estaban enredados en costales y enterrados en aserrín. Además del ceviche les llevaron un vaso de vidrio lleno de palillos, un platito con rodajas de limón, otro con sal gruesa y un recipiente con salsa borracha.

Aguirre de inmediato agarró con un palillo una pata de mula, la empapó en limón y empezó la difícil tarea de masticar el recalcitrante molusco. Tomás no se quedó atrás, sorbió pescado en jugo de limón de su vaso y se llevó directamente a la boca una cucharada de salsa borracha. Se puso colorado y le empezó a escurrir la nariz. Aguirre usó la técnica de echarle salsa al ceviche y llenar la cuchara con un gran trozo. Se le llenaron de lágrimas los ojos. Ambos sudaban profusamente.

—¡Chingue a su madre! —dijo Tomás, pero lo dijo como dicen los hombres, cual lamento asiático, *¡Ingue asu mare!*

—Sí —concordó Aguirre—, está muy sabroso.

El Segundo se apareció por ahí y exclamó:

—¡Patas de mula!

—¡Éntrale!

Cuando el chile le llegó a la lengua, el Segundo murmuró: —¡Hijo de su madre!

Picaba tanto que no había palabras para describir aquella maravilla.

Se hizo una prolongada pausa antes de que Aguirre hablara de nuevo.

—Esta elección te va a afectar, mi imprudente amigo.

Tomás asimiló el comentario calladamente.

El gran dictador de México, el presidente vitalicio, General Porfirio Díaz, el Gran Don Porfirio, que una vez fuera el héroe de la liberación, aliado del inmenso Benito Juárez —pinchi indio, General para acabarla— había sido seducido por el poder, dijo Aguirre. La Gente señalaba que el dictador se había "blanqueado" en cuanto accedió al palacio presidencial de la lejana Tenochtitlán, convirtiéndose en pícaro alacrán.

Díaz había enviado a sus tropas a matar indios y rebeldes, mientras vendía la nación a cambio de costales de oro europeo y yanqui; ahora estaba apretando el puño con que tenía agarrados a los estados que rodeaban a Sinaloa. Su reino era tan absoluto, que tenía su propio nombre de pila: El Porfiriato.

Díaz mandó a sus hombres a competir en las elecciones para así controlar cada estado, pero en Sinaloa ganó otro, con la ayuda de Tomás y los masones. El General desde su Palacio en la capital Azteca, ordenó al ejército ir a Culiacán y realizar un recuento de votos. Como por arte de magia el resultado revirtió la victoria de sus contrincantes.

—¡Díaz se ha tomado Sinaloa! —sentenció Aguirre.

—¿Estás seguro? —preguntó Tomás.

—Sí lo estoy.

—¿Eso significa que estamos en problemas?

—Así es.

El Segundo los miró y se encogió de hombros.

—Cuídate —le advirtió Aguirre—, de acciones punitivas. De venganzas. Fíjate si decomisan tierras por razones oscuras, si algunos políticos opositores desaparecen entre Ocoroni y Guaymas —se hará sigilosamente; como si hubieran hecho un viaje al más allá. Trágicos accidentes, o misteriosos asaltos por ignotos bandidos que destruyen ciertas residencias de los alrededores.

Tomás se frotó el rostro.

—Bueno —dijo. Asintió pensativo, siempre había tenido temor de arruinar el rancho, y ahora, precisamente con aquel gesto que según él lo preservaría eternamente, tal vez lo había destruido totalmente.

Se inclinó hacia Aguirre y susurró: —¿Venden miel en esas tiendas departamentales que mencionas?

—¿Miel?

—¡Claro que sí, miel! ¿No te he contado de mis experimentos con abejas y miel dorada?

Tomás se dirigió a su escritorio y produjo una vela que estaba decorada todo alrededor con pequeños hexágonos.

—¡Es un panal de abeja! —exclamó.

—Enrollado como burrito —observó el Ingeniero.

—La miel es la gran industria —suspiró Tomás volviendo a su asiento.

Poco después, empezaron a dibujar diseños de nuevos y más científicos panales de abejas, con todas las líneas curvas y torcidas, pero posibles gracias al brandy.

Once

SIEMPRE QUE HABÍA ESCÁNDALO en el rancho, Teresita era parte activa. Se juntaba con una pandilla de pequeños rufianes y unidos, azuzaban a los toros en los corrales, se subían a los árboles, o apedreaban a los rurales desde sus escondites en los matorros. Teresita ya sabía montar a caballo, aunque sólo con las sillas de los vaqueros. Éstos disfrutaban su inquieta compañía y le enseñaban pícaros corridos con sus guitarras. Ella tocaba, mal, la guitarra, y podía cantar rolas acerca de la triste saga de vacas solitarias y bandidos y malvadas mujeres que dejaban a sus novios destrozados y borrachos en innumerables cantinas de Yucatán a Nogales. Últimamente, Teresita favorecía un juego que consistía en agarrar a un pobre burro como tobogán, encaramando hasta seis plebes en el lomo para luego deslizarse por la cola e inmediatamente volver a subirse al atribulado animal. De esa manera se divertían largo rato, mientras el burro disfrutaba imaginando que los proyectaba a todos sobre la cerca de una patada.

Aquella mañana, cuando La Huila fue por Teresita, todavía no amanecía. Llevaba su nueva escopeta de dos cañones, así como sus objetos en las bolsas del delantal: tabaco, una navaja plegable, su apocalíptica bolsa de hombre, cerillos, un puño de yerbas, un hueso y tres dientes de búfalo. Iba fumando la pipa que le había regalado Don Tomás, con tabaco curado en licor que para ella era tan sabroso como el pastel.

Se encaminó a la puerta de la morada de La Tía y tocó tres veces.

—¿Quién es? —gritó La Tía.

—La Huila.

Por un momento no hubo respuesta.

—¿Qué quieres?

—A la muchacha.

Otra pausa.

Se abrió la puerta y apareció Teresita.

—Ya es hora —dijo La Huila.

Teresita la tomó de la mano y juntas se alejaron.

Pasaron un pantanoso charco de meados de burro y caminaron de prisa entre los jacales de los peones. La escopeta de La Huila se balanceaba de un lado a otro como antena de abeja reina, en busca de malosos. A su alrededor, se percibían los apagados ruidos de las mujeres que empezaban el día abriendo paquetes de papel encerado o de estraza, las más pobres desataban hojas de elote. Arrojaban a la sartén granos de café verde, con un puñado de azúcar si la tenían, para que al quemarse ésta dorara el café. El chispeante y oscuro olor llenaba el aire, dulce y amargo a la vez.

Todas esas mujeres, pensaba La Huila, son Madres de Dios. Ésas flacas, ésas sucias y molachas, ésas embarazadas y descalzas. Ésas con problemas de sangre y ésas que nunca amamantaron y cuyos hijos yacen fríos en la tumba. Ésas viejas olvidadas, demasiado débiles para trabajar. Ésas gordas que se pasan el día entero ordeñando. Ésas tullidas que van por el mundo atadas a una tabla, ésas estériles, ésas casadas, ésas abandonadas, ésas putas, ésas hambrientas, ésas ladronas, ésas borrachas, ésas mestizas, ésas que aman a otras mujeres, ésas indias y estas pequeñas que se enfrentan a un mañana desconocido. Madres de Dios. Si no fuera pecado, se enfrentaría a Dios y le preguntaría por qué.

—La Virgen se le apareció a tu gente —dijo La Huila.

—¿Mi gente?

—Ah sí, los mayos vieron a la virgencita antes de que llegaran los curas.

Teresita se detuvo y miró fijamente a su maestra en la oscuridad.

—¿Qué pasó?

La Huila chupó su pipa. Estaba buena, muy buena.

—Fue antes, antes de ti y antes de mí.

Teresita se quedó atónita ante esa revelación: Había habido un tiempo anterior a La Huila.

—La madre de Dios se les apareció a un grupo de guerreros que andaba de caza en el desierto. Miraron para arriba y ahí estaba ella, bajando del cielo.

Teresita ahogó una exclamación.

—Iba ella, me imagino, vestida toda de color púrpura. A la madre de Dios le gusta el púrpura. Entonces bajó del cielo y se les apareció, y se quedaron asombrados, temblando de miedo.

—¿Qué hicieron?

—Corrieron a esconderse entre los matorros.

—¿Y ella qué hizo?

—Pues, tuvo un accidente.

—¿Qué le pasó?

—Aterrizó en un nopal.

—¡Noooo!

—Pues sí. La madre de Dios se quedó atorada encima de un enorme nopal, y los guerreros empezaron a apedrearla y a tirarle flechas, pero no le dieron. Es que nunca antes habían visto a una yori, y menos una yori que volaba, o una espléndida criatura como ella. Así que trataron de matarla. ¡Mira que los hombres son pendejos!

Teresita se cubrió el rostro con las manos.

—¿Y luego qué pasó?

—Pues entonces la madre de Dios les habló a los guerreros desde encima del nopal.

—¿Qué les dijo? ¿Qué les dijo?

—Les dijo: ¡Tráiganme una escalera!

Teresita exclamó:

—¿Que qué?

—Que le llevaran una escalera, eso les dijo. Alabado sea su nombre.

Teresita soltó la carcajada. También La Huila.

—Es cierto —dijo ésta.

Siguieron su camino.

—¿Después qué hicieron? —preguntó Teresita.

—¡Me imagino que fueron por una escalera!

El sol estaba asomándose.

—Mira —le explicó—, así funciona el cielo. Son muy prácticos. Acá andamos buscando rayos de luz, relámpagos o arbustos ardientes, pero Dios es un obrero, como nosotros. Acuérdate de que Él hizo el mundo, ¡no contrató a una bola de indios para que le hicieran la obra! Dios tiene manos de trabajador. Recuerda que los ángeles no traen arpas, traen martillos.

Teresita se sentó en una piedra mientras observaba a La Huila, que iba de planta en planta conversando con ellas. De hecho le dijo "buenos días"

a un miserable arbusto de membrillo. Teresita no pudo evitar soltar una risita. La Huila le lanzó una irritada mirada y luego se volteó hacia el árbol otra vez.

—¿Me prestas tu fruta? Prometo comerla con gratitud y después la niña y yo desparramaremos las semillas por ti allá a la orilla del arroyo. ¡Tus hijos vivirán mucho más que tú! —Sacó la navaja, cortó un gordo membrillo, lo rebanó y le dio a Teresita unas rebanadas—. Me gusta el membrillo —dijo mientras devoraba el acre fruto que le arrugó los labios—. Guarda las semillas. Me puse de acuerdo con el árbol, tenemos que respetarlo —Era posible que La Huila estuviera haciendo teatro, pero funcionó.

—¿Las plantas te contestan? —quiso saber Teresita.

La Huila se estiró e hizo una mueca. El sol naranja estaba incendiando los cerros con delgadas de cobre líquido. Las codornices corrían entre los matorrales, guiando a una fila de bebés que parecían cuentas de un rosario.

—Todo habla —dijo La Huila.

—Nunca lo he oído.

—Porque nunca escuchas.

La Huila apuntó con la pipa a su alrededor.

—Vida, vida, vida —dijo, refiriéndose a todo lo que veía: árboles, cerros, piedras.

—¿Hay vida en las piedras? —inquirió Teresita.

—Todo es luz, pequeña, las piedras están hechas de luz. Los ángeles atraviesan las piedras como tu mano pasa entre el agua.

Teresita se preguntaba si en ese momento estarían unos ángeles atravesando la piedra en la que estaba sentada.

—Cada piedra viene de Dios y si sabes buscarlo, Dios está en cada piedra.

Era una plática muy extraña, según Teresita.

—¿En una piedra?

—Así es.

—¿En una… en una abeja?

—Claro.

—¿En un taco?

—Muy viva ¿no?

La Huila estaba furiosa. Una tortilla, hecha con el sagrado maíz, hecho de lluvia y suelo y sol, esa tortilla, redonda como el mismo sol, ¿Acaso no estaba Dios en la lluvia? ¿No vino el maíz de Dios? ¿Y el sol? ¿Era el sol un accidente insignificante en el firmamento? ¿Una bola de luz que no significaba nada? ¡No! ¡Sólo un hereje podía ignorar la presencia de Dios en el Sol!

Y la carne del chivo, y las flores que el chivo se come, y los chiles en la salsa, y el guacamole, y las manos de la buena mujer que torteó las tortillas y las rellenó con carne ardiendo; y el fuego, y el hogar, y la casa donde arde el hogar, y las generaciones que precedieron a la mujer que hizo el taco. ¡Sólo un idiota no ve a Dios en una comida!

—Si estás tan ciega que no puedes ver a Dios en un condenado taco —exclamó—, ¡entonces de veras estás ciega!

Teresita dijo: —¿Entonces todo es Dios?

—No seas pagana —dijo La Huila—, Dios es todo. Aprende a distinguir la diferencia.

—Tengo sueños, Huila.

—Todos tenemos sueños, niña.

—Pero yo sueño una Chuparrosa hecha de cielo.

—¡Ah!

—Era tan pequeña que no se apreciaba, pero yo la podía ver.

—¿Ah sí?

—Y aterrizó.

—Pues claro.

—Y se volteó a verme y traía una pluma en el pico.

—¿Cómo que una pluma?

—Sí Huila, una pluma blanca.

—¿Segura que era una pluma blanca? Esto es muy importante, niña.

—Era blanca.

—¿Y hacia qué lado se volteó, a la izquierda o a la derecha?

—A la izquierda.

—¡Ah!

—¿Es algo bueno, Huila?

—La izquierda es la dirección del corazón. ¿Sabías? El corazón está al lado izquierdo.

—Yo creía que el corazón estaba en medio.

—A la izquierda. Por eso los anillos de bodas se llevan en la mano izquierda, ¿ves? Del lado del corazón.

—Bueno, pues la chuparrosa se volteó hacia el lado izquierdo.

—¿Y qué hizo con la pluma blanca?

—Me la puso en la mano.

—Muy bien, excelente.

—¿Qué significa, Huila?

—Pues —las chuparrosas son mensajeras de Dios.

—¿De veras?

—¿No lo sabías?

—Pues no.

—¿Qué, nadie te enseñó nada?

—Sólo tú, Huila.

—¡Ay mija! Bueno, el caso es que son mensajeras. Nos traen mensajes del Cielo acá a la tierra. También llevan nuestras peticiones hasta el oído de Dios. ¿Ves? Entonces la chuparrosa vino del cielo.

—¿Y la pluma?

—Las plumas son sagradas. Una pluma blanca —yo diría que esa fue la clave.

—¿La clave de qué?

—Pero niña, pues la clave de lo que sea. Espíritu, cielo, no sé qué. Fue tu sueño, no el mío.

Era suficiente educación para un día.

La Huila la acompañó de regreso a casa.

※

A la mañana siguiente, Teresita observó cómo La Huila recogía hojas y retoños y los ponía en un morral de tela que colgaba de su hombro.

Más conversaciones, entre otras cosas, pedir perdón a una planta de clavo por ser tan ambiciosa.

Cuando terminó el ritual, colocó el morral en el suelo y exclamó:

—Ahora viene tu lección.

—Estoy lista, Huila.

—Tienes que aprender a sentir la vida en las cosas.

—¿Cómo que sentir?

—Sentir. Quien trabaja con plantas, las conoce. Pero ¿y si no la conoces? Entonces debes saber cómo sentir su fuerza vital. Te dirá quién es, o por lo menos te dirá de quién es pariente.

—¿Por qué?

—¿Y si es venenosa? ¿Y si, por ejemplo, a ese cabrón del Segundo le da chorro?

Teresita rió de buena gana. La Huila se había referido a la diarrea por su nombre campirano, el chorrillo.

—De modo que el pobre del Segundo trae mierda en los pantalones…

—¡Huila!

—… y viene contigo para que lo cures. Tendrías que correr a escoger las plantas medicinales con las cuales hacer un té que le tapone el culo…

—¡Ay Huila!

—… pero andas en algún lugar nuevo y no sabes cuáles plantas son cuáles. ¿Lo ves? No hay a quién preguntarle y el Segundo está echándose más pedos que una vaca enferma…

—¡Por Dios, Huila!

—… entonces es urgente que encuentres la planta correcta. Tienes que salir y *sentir* su vida, así podrás saber cuál puede curarlo y cuál lo enfermaría aún más.

—¿Lo sentiría en el corazón?

—¡Óyeme, yo no soy el cura! ¿No se trata de sonar como monja! Digo que tendrás que sentirlo, *sentirlo*. —Le agarró la mano a Teresita y le pasó un dedo por la palma—. Sentirlo con tus manos.

—¿Pero cómo?

—Ahorita te enseño.

Caminaron a través del terreno donde habían sembrado y cosechado algodón, del cual sólo quedaban tallos truncos. Llegaron hasta un matorro de creosota, que era uno de los heraldos del desierto no muy lejano al norte. El mismo que se conocía como Hedionda.

—La hedionda sirve para entrenar —dijo La Huila—, tiene una fuerte vida adentro, cualquiera la puede sentir, hasta los yoris.

—¿De veras?

La Huila asintió.

—Nunca le enseñes a los yoris lo que te voy a enseñar. Ya nos robaron mucho. No les des nuestra alma. Pero esto que te voy a enseñar sí puedes compartir con ellos. Todo mundo debería saber esto.

Tomó las manos de Teresita y las colocó encima del arbusto. Teresita tocó las hojas. La Huila retiró las manos.

—No tocar —le dijo.

Teresita permaneció inmóvil. A veces era mala idea preguntarle algo a La Huila, como ahora. La vieja volvió a poner las manos encima del arbusto, como a diez centímetros de las hojas.

—¿Ahora qué? —dijo Teresita.

—Espérate.

Pasaron algunos minutos.

—¿Cómo cuánto tiempo me espero?

—Podría ser toda la noche.

Teresita nomás suspiró.

—¿Tienes las manos calientes? —preguntó La Huila.

—Siempre traigo las manos calientes.

—Has esto.

La Huila aplaudió tres veces, luego se frotó las manos rápidamente. Teresita la imitó. La Huila puso las manos otra vez sobre la planta.

—Ya —dijo.

Teresita extendió los brazos. Nada.

—Cierra los ojos —dijo La Huila.

—Pero no siento nada.

—No hables, ¡siente!

—Pero Huila…

—¡Siente!

Después de otro interminable minuto, La Huila le ordenó aplaudir de nuevo. Aquello era extenuante. Teresita aplaudió tres veces, frotó, extendió las manos, ya pensando en lo agradable que sería alejarse de la vieja loca y volver a jugar con sus amigos a resbalarse por la cola del burro. Pero entonces sucedió.

Ahogó una exclamación.

El feúcho arbusto empezó a empujarle las manos. Era como si un humo frío estuviera saliendo de las hojas. Humo helado. Niebla. Y se enrollaba en sus manos suavemente, tratando de levantarlas. Ella se rió.

—Ya lo sientes.

—Sí.

Abrió los ojos. Se llevó las manos al pecho. Miró intensamente el pequeño matorro de hedionda. Era como otros muchos, casi invisible, una hierba sin importancia. Una plantabasura que sólo ensuciaba el paisaje. Ni las vacas se la comían. Al pie de la rama había hierbitas meciéndose con la brisa, y las huellas de las codornices formaban una Y en el polvo ocre. En la oscuridad se ocultaban diminutos botones azules, y más allá moraban cactos con flores coloradas. En los cauces de los arroyos, los brotes de melones rastreros se retorcían alrededor de mangos silvestres. Girasoles. Dientes de león. Todo eso entraba por los ojos de Teresita, se sintió mareada con tanto color. El color le llenó la boca como agua de jamaica.

—Todo habla, niña —dijo La Huila.

Teresita se estaba riendo.

—Todo está cantando.

Uno de los misterios que La Huila manejaba era que "no siempre se puede entender, a veces se tiene que aceptar".

—Yo quiero entender —contestó Teresita.

—Sólo Itom Achai entiende de veras. Nuestra tarea es asombrarnos. Asombrarnos y obedecer.

Teresita se preguntaba cómo podía obedecer aquello que no entendía.

La Huila le dijo a Teresita que se perforara las orejas. A Teresita le encantó que La Huila se interesara en aumentar su belleza. Pero a La Huila no le interesaba si era bella o no. La Huila le dijo:

—Debes perforarte las orejas para demostrarle a Dios que ya no estás sorda. No sólo has estado ciega hasta ahora, sino también sorda. Abre hoyos en tus orejas para mostrarle a Dios que están abiertas y estás lista para escuchar. A Dios no le interesa si eres bonita. —Pero de todos modos le dio dos hermosas arracadas para que las usara después de que terminara el ritual.

Doce

LOS MISTERIOS DE LA CASA GRANDE eran tan indescifrables para La Gente como las órdenes de La Huila lo eran para Teresita. Órdenes, ideas, planes y caprichos giraban como constelaciones sobre sus cabezas. Hasta La Huila se confundía de vez en cuando ante el mundo de los yoris. En ocasiones recurría al Segundo cuando su propio entendimiento le fallaba. Ya entre los dos, generalmente encontraban algún patrón.

El sábado en la mañana, el Segundo cabalgó hasta el pueblo, detuvo su corcel a media calle y se puso a fumar tranquilamente hasta que los peones se acercaron y se le quedaron viendo. La Huila se dejó venir rápidamente desde su escondrijo secreto y también lo miró fijamente.

—¿Saben qué? —dijo él.

El miedo los invadió de inmediato. ¿Por qué habría de hablarles el Segundo? ¿Iba a haber reatazos? ¿Había habido una matanza? ¿Regresaban los apaches? ¿Habían despedido a todo mundo? ¿Había estallado la guerra? Un misionero menonita había recorrido los ranchos una vez diciendo que Jesucristo regresaría, a lo mejor se había adelantado.

—Ya se fueron los bandidos —dijo—, menos en el norte.

Ah, el norte, a nadie le gustaba el norte.

—Los guerreros indios también se fueron ya. Menos…

—En el norte —murmuraron al unísono.

El Segundo se acomodó en la silla y provocó el rechinido de la baqueta. Teresita estaba parada enseguida del caballo del Segundo, lo agarró de la bota y lo miró. Hizo girar la espuela que sonó como campanita navideña.

El Buenaventura estaba escondido en la espesura, ocupado en sacudirse las mordelonas hormigas mochomas.

—Los bandidos, como que los extraño —dijo el Segundo—. ¿Han oído hablar de La Carambada?

—No.

—Esta historia es verdad.

La Tía se echó ceniza en la boca y golpeó impaciente el suelo con el pie. Aquello era una pérdida de tiempo.

—Pues La Carambada es mi bandida favorita —dijo él—. Asaltó carretas y coches. Llevaba una enorme Colt 45 y cuando despojaba a los pasajeros del oro y hasta de los pantalones, los formaba en fila y se sacaba una chichi. —La multitud nomás pujó—. De veras. Les enseñaba a los hombres la chichi y luego les apuntaba a la cabeza y les decía *¿qué te parece cabrón?* —La Gente se miró incómoda. La Huila tomó nota mental: La Carambada, heroína de México. El Segundo soltó la risa—. ¿Se imaginan a todos esos idiotas tratando de encontrar algo qué decir?

—Espero que haya baleado a varios de ellos —dijo La Huila.

El Segundo sonrió.

—¡Qué mujer! —dijo—. A lo mejor hay otras como ella allá en el norte.

Don Teófano dijo: —Discúlpenme pero tengo chamba.

—Pues hoy no tienes que trabajar.

—¿Por qué no? ¿Qué ya llegó la Semana Santa?

—No, el Patrón les dio el día libre.

—¿Pero para qué?

—Para reflexionar.

—¿Sobre qué?

El Segundo tiró el cigarrillo.

—Tienen que decidir sobre su destino.

—¿Destino? —dijo Don Teófano.

—¡Destino! —dijo La Huila.

El Segundo les contó muy serio su versión de la complicada historia de las recientes elecciones y de la debacle del candidato sinaloense y cómo había caído inesperadamente en manos de Don Porfirio. El Buenaventura se arrimó disimuladamente, más interesado en las espuelas y la negra silla y las pistolas del Segundo, que en la historia.

—¿Y eso qué tiene que ver con nada? —preguntó.

—Don Tomás ha estado reunido con Don Miguel y el Ingeniero Aguirre desde hace varios días —dijo el Segundo.

Aguirre. El Segundo y el Buenaventura se lanzaron miradas despectivas. Al Buenaventura le dio tanto gusto que casi se pone a bailar un jarabe.

—Ya decidieron que hay que evacuar el rancho. Sobre todo Tomás y Doña Loreto y el ganado y los caballos y los vaqueros. Nos vamos a tener que ir a algún lugar seguro. Andan buscando al Patrón. Se lo van a chingar —comentó.

—¿Irnos? —dijo La Huila, todo esto era novedad para ella—, ¿Irnos a dónde?

El Segundo se volteó en la silla, con un gesto dramático para beneficio de la audiencia. Miró a la distancia en dirección a la casa, más allá de los árboles.

—¿A dónde crees?

—¡Al norte! —exclamó Teresita. Gracias a las enseñanzas de La Huila, se había acostumbrado a contestar adivinanzas.

Todos se mecieron, se tocaron el corazón y la frente.

—*¡Al norte!*

El Segundo asintió lentamente.

—Al norte, a Sonora. Tienen que decidir quiénes irán con nosotros. Tienen hasta mañana. Vayan a la iglesia, recen y decidan.

Hizo girar a su caballo.

—Los que se atrevan a hacer este viaje tendrán trabajo al llegar a Sonora. Los que se queden tendrán un nuevo Patrón. —Espueleó su montura y se despidió diciendo—: Buenos días.

—¡Segundo! —le gritó La Huila.

Se detuvo y miró hacia atrás.

—¿A dónde en Sonora? —reclamó ella.

—Don Tomás tiene una mansión en Álamos. Es una ciudad. Loreto y los niños se irán para allá. Los demás nos iremos a uno de los ranchos. Probablemente a Cabora.

¡Cabora!

Nadie había oído esa palabra.

Saborearon la extraña palabra mientras el Segundo se alejaba.

Cabora...

Hasta los que no oyeron la explicación del Segundo se enteraron antes del desayuno de lo que había dicho. Por primera vez, las vidas de los trabajadores del rancho iban a cambiar. Saber esto los llenó de nostalgia hasta por los más insignificantes detalles que hasta entonces habían desdeñado. No conocían otra vida, ni otro lugar, y ahora tenían que cambiar.

—Desperdicié el tiempo —sentenció Don Teófano y luego se fue a contemplar el estanque. No se había fijado en un timbirichi en treinta años. Estaba seguro de que no los vería en Sonora.

La Tía se dejó caer en su hamaca temblando.

La Huila se dirigió a la Casa Grande. ¡Sonora! ¡Por Dios que había mucho qué hacer antes del viaje a Sonora! Tenía que empacar sus santitos, sus yerbas, robarle más tabaco a Tomás, conseguir más cartuchos para su escopeta. ¡Sonora! ¡Los yaquis!

Teresita se fue con el Buenaventura.

—¿Te vas a ir? —le preguntó él.

—Sí, claro.

—Yo también me voy.

—Qué bueno.

Por todo el rancho La Gente parecía estar tan desorientada como niños, o como changuitos. Hasta los vaqueros andaban por los rincones, tratando de lazar los postes de la cerca y acariciando el mecate, como si las reatas estuvieran destinadas a convertirse en obsolescencias de un pasado lejano. El domingo, vieron al Segundo jugando con unas niñas a "Salta la Piedra".

Para el lunes, ya había hombres cerrando el rancho. ¡Esos patrones no perdían tiempo! Las cosas se hacían solas, o dirigidas por agentes invisibles. Las herramientas y bienes se colocaban en cajas, las semillas en costales. Desenterraban árboles frutales y los montaban en carretones, con las raíces envueltas en cobijas viejas mojadas a baldazos.

Cada amanecer, las mujeres barrían los pisos de tierra, seguras de que podían estar viviendo la última mañana del mundo. El polvo salía flotando suavemente por las puertas. Se ponían a meditar en el suelo. Hasta La Tía dijo un día:

—Polvo, creo que lo mencionan en los salmos.

El Padre Adriel llegó esa semana y procedió a bendecir con agua bendita todo lo que se encontraba, hasta quedar exhausto. Bendijo los carromatos y las carretillas. Bendijo los burros y las mulas, los caballos y los chivos. Hasta bendijo a las puercas. También bendijo los azadones, las palas, las hachas, los niños, los sombreros, los metates, los zapatos. No bendijo las pistolas, pero sí los rifles.

—Los rifles cazan venados —dijo—, pero las pistolas matan hombres. —Tomó confesión sentado en el establo.

Cuando vio a Tomás le preguntó:

—¿Te quieres confesar, hijo?

—Mire Padre —replicó—, lo único que confieso es que no creo en la confesión.

Los huevos y las tortillas eran otra causa de asombro. Los sinaloenses habían oído que los sonorenses cometían un inconfesable pecado: comían tortillas DE HARINA. ¡De harina! Todo mundo sabe que las tortillas se hacen de maíz. Así que admiraban tristes sus espléndidas tortillas, que servían como cuchara y tenedor y hasta servilleta al mismo tiempo. Sus humildes tortillitas de maíz, con la piel despegada y esas sabrosas manchas quemadas, resultaban ser parientes mucho más leales que algunos hermanos. Mucho después de pelearse con un hermano o de enterrar a una hermana, todavía era posible embarrar con frijoles refritos una tortilla de maíz. Y si no tenías frijoles, con sólo ponerle sal a una tortilla tenías una estupenda comida. ¿Cómo vas a comer sal en un taco de harina? ¿Qué no dijo el Padre Adriel que eran *la sal de la tierra?* Nadie sabía qué quiso decir, pero evidentemente se refería a la tortilla.

Durante un buen tiempo los hombres ya no pateaban a los perros. En cuanto se dieron el lujo de sentir esa bondad, otras emociones los invadieron en cascada. Muchos quedaron convencidos de que estaban gravemente enfermos de algo tan espantoso como el gusano del corazón o el no menos aterrador mal de ojo. Hacer el amor se volvió algo tan apabullante que se les doblaron las flautas. Los hombres temían que un llanto tan fuerte los arrasaría, que ni los huesos los sostendrían. Pero las mujeres en cambio querían amor a todas horas. Ahora que serían arrancadas de sus hogares, querían ser aplastadas contra el suelo y amasadas como masa en el comal, querían sentir cómo los flancos rocosos de la tierra se iban ablandando a causa de ese misteriosos movimiento que hace que la tierra se abra y las devore. Se levantaban las enaguas y ofrecían a sus hombres la dulce promesa de sus muslos, pero las únicas mordidas que recibían eran de las pulgas. Los hombres se limitaban a bajar la cabeza y acariciar a sus perros.

Los vaqueros no se estaban tan preocupados. Ellos nomás hacían girar de vez en cuando una espuela, o esculpían sus nombres en alguna pared. Ellos sí estaban dispuestos a ofrecer sus servicios a las frustradas mujeres del pueblo. Ellos sí pateaban alegremente a los perros.

Libro II

CUANDO AL CIELO SE LE OLVIDÓ LLOVER

Debe decirse que lo que más poderosamente llamó la atención de La Gente fueron las cualidades morales e intelectuales de la chica. Porque incrementaron el poder de sus virtudes, de su alma; y al mismo tiempo estas condiciones permitieron a La Gente ver en ella a una santa, una mensajera celestial. Esas cualidades morales e intelectuales contradecían palpablemente la atmósfera de vicio e ignorancia en que se había criado.

—Lauro Aguirre
La Santa de Cabora

Trece

TODO MUNDO se preparó para la partida.

El Segundo le prestó cincuenta pesos al Buenaventura. También le dio al plebe un cuaco destinado a trabajar en el trapiche y lo encargó de arriar vacas y mulas y caballos hasta la lejana Sonora.

—Tu pistola vale madre —sentenció el Segundo.

—Voy a comprar otra.

—Ni trabajando un año podrías pagarme el préstamo de cincuenta pesos y además comprar una pistola nueva —le dijo el Segundo.

—Me voy a poner a chambear.

—¿Y mientras ahorras para comprar otra pistola cómo le harás?

—Pos si la pistola no dispara los agarro a cachazos.

El Segundo se rió.

—¿A quién vas a agarrar a cachazos?

—A todos.

—Eres muy machito, cabrón —le dijo.

Agarró del armario una Colt toda oxidada y se la metió en la funda. Luego aventó el arma sobre la vieja y raída silla del Buenaventura.

—Órale —le dijo—, vas a tener que trabajar dos años para pagarme.

—También necesito balas.

—¡Uuhh! Dos años y medio.

Tomás y Aguirre subieron a Loreto y los niños a la calesa que iba para la casa de Don Miguel.

—Luego te escribo —le prometió ella, en un gesto simbólico, dado que no habría a dónde escribir. Sin embargo, Tomás no se hacía tonto en materia de romance, ni siquiera con su esposa, de modo que se comprometió diciendo: —No me iré a dormir cada noche hasta que llegue tu carta, mi cielo. ¡Y aún después de que llegue no dormiré, me la pasaré aspirando tu perfume y besando tus preciosas lágrimas de entre las páginas!

El Segundo le picó las costillas a Aguirre con el codo e inclinó la cabeza para subrayar las apasionadas palabras de su jefe.

—Es suave el hijo de puta —murmuró.

Loreto hizo aletear un etéreo pañuelo blanco sobre su ligeramente inflamada nariz, como si fuera una palomilla atorada. Se sentía secretamente satisfecha: había acabado para ella la pestilencia de las vacas y los caballos. ¡*Au revoir,* pintorescos vaqueros! ¡*Adieu* cerdos, indios, alacranes y polvo! De ahora en adelante, sus hijos y ella vivirían en una ciudad, con calles empedradas, con señales de tráfico, con escuelas, tiendas, sombrillas, vajillas. ¡Y restaurantes! ¡Tiene que haber restaurantes en Álamos! Ya se veía ella arrellanada en un sillón de hierro forjado, sorbiendo algún té exótico, mientras a su alrededor todo mundo se expresaba en la intoxicante manera típica de Lauro Aguirre.

Loreto se frotó los ojos suavemente cuando la calesa empezó a avanzar. Todos agitaron las manos hasta que la distancia los fue disminuyendo proporcionalmente, menos el Segundo, quien los acompañó hasta que superaron las lomas.

—¡Finalmente! —sorprendió Tomás al Ingeniero—, ¡Somos libres!

El Segundo apoyó el sentir de su Patrón a través de una piadosa frase.

—Las damas y los niños no están hechos para las penurias del viaje.

Aguirre notó que montones de mujeres y niños estaban muy atareados desarmando sus hogares y amarrando sus magras pertenencias en carretillas.

Habían estudiado la ruta durante varios días. Don Miguel había ordenado a la Ciudad de México detallados mapas topográficos, impresos en brillantes colores sobre papel encerado y que colgaban pesadamente sobre la orilla de la mesa del comedor. Aguirre los atacaba con reglas diversas y dibujaba figuras inútiles con un compás de plata. A Tomás y el Segundo les parecía que el sendero estaba claramente marcado. Rodearían el extremo oeste de la Sierra Madre, siempre rumbo al norte hasta encontrar un paso que permitiera virar a la izquierda hacia la seguridad de la ciudad mineral de Álamos, o dar la vuelta a la derecha y penetrar las tierras silvestres de los ranchos Urrea. Desde antes de que se entregaran los mapas en la casa, el gran patrón había marcado con lápiz negro el indefinido imperio de la Confederación Urrea del norte: Cabora, Santa María, Las Vacas y Aquihuiquichi.

—¡Dios mío! —exclamó Aguirre—, eres dueño de todo el mundo.

—¡Cuatro ranchos! —dijo Tomás—, ¡Soy dueño de cuatro ranchos!

—Y una mina de plata —le recordó el Ingeniero.

El Segundo sonrió, mientras se dedicaba a devorar casi todas las botanas que llevaban los cocineros. Comió nanchis, machaca de pescado, cochinitos, taquitos fritos, rebanadas de naranja rociadas con sal con chile, ciruelas, mollejas de pollo. Agarró dos tazas de café y se quedó allí parado con una taza en cada mano, sorbiendo de una y otra alternadamente. Iba a ser rico, pensaba. ¡Cuatro ranchos! De seguro encontraría el modo de quedarse con uno.

Aguirre en cambio pensaba en la mina de plata. Con su capacidad como ingeniero, ¡muy pronto estarían sacando unos pedazotes de metal! Se asentaría en la fina ciudad de Álamos, donde asistiría a los más elegantes bailes en compañía de Loreto. Más tarde financiaría una revolución con sus riquezas.

—Álamos —se burló Tomás—, es un pueblo para mujeres y curas. Yo me quedo con los caballos.

—Eres un caballo —contestó Aguirre.

—¿Minas? —agregó Tomás—, ¡Yo no voy a pasarme la vida metido en un agujero con las nalgas de fuera! Prefiero las vacas, la tierra, los toros.

—Sí, sí —comentó Aguirre gesticulando con la mano y marcando el mapa con el compás mientras anotaba misteriosos comentarios en su libreta—. Tú y tu caballo son igualitos. Eres un mongol.

—Más bien es un apache —dijo el Segundo pegándole una gran mordida a una tortilla rellena de mole.

※

A pesar de que los mapas estaban bastante detallados, mostraban grandes lagunas donde el norte era aún desconocido, como si toda una región hubiera sido borrada. Los blancos espacios vacíos daban miedo, sobre todo aquellos que aparecían identificados como "territorios desconocidos". Otras áreas estaban marcadas en amarillo y mostraban la no mucho más tranquilizante leyenda "Desierto", que significaba al mismo tiempo desierto y desolado. Era un continente oscuro. Y todo a lo largo de la parte superior, los mapas mostraban un espacio vacío llamado "Los Estados Unidos Norteamericanos".

Hasta los nombres de los diversos lugares eran inquietantes. Sonaban extraños, siniestros, esos nombres del norte parecían traducirse en violencia, en sobresalto, cual recordatorios de los despreciables chichimecas. Nombres que traían a la mente imágenes de bárbaros, de hordas cadavéricas que asechaban desde la fantasmal cantera que aislaba las inexploradas arideces. Viejos dioses seguramente se refugiaban bajo torturadas alturas, espíritus terribles de tiempos anteriores al cristianismo, enterrados en sus tumbas y sin embargo soñando con volver a hacer el mal. Si Tomás no hubiera sido un escéptico, se hubiera persignado.

Tomás le leyó al Segundo los nombres en voz alta, porque no sabía leer y porque eran aún más escalofriantes si en lugar de quedarse en el papel como hormigas aplastadas, su sonido los dejaba colgados del aire cual avispas revoloteando.

Bavispe.
El júpare.
Cócorit.
Huatabampo.
Tomóchic.
Temosachic.
Tepache.

Teuricachi.

Nacatóbari.

Motepore.

Aigamé.

—¿Seguro que no hay un sitio llamado Tilichi? —preguntó burlesco el Segundo, lo cual provocó risas generales al traer a mente el significado local de la palabra, es decir, pene.

Impertérrito, Aguirre trazó una ruta segura en el mapa.

Saldrían de madrugada el lunes —esperaba avanzar como unos treinta kilómetros el primer día.

—Misa de despedida mañana —anunció Aguirre.

—Yo no voy a misa —replicó Tomás.

—Pues yo tampoco.

—Eres un monstruo protestante.

—Y tú eres un pinchi ateo.

—Me voy a coger —intervino el Segundo.

Viajarían al norte hacia El Fuerte, donde cruzarían el río Fuerte en un vado. De ahí hacia los valles de los mayos y luego a las primeras tierras de los yaquis. Seguirían las rutas occidentales de las faldas de los cerros para cruzar más tarde otro gran río, el Navojoa.

Pasarían la linda ciudad de Álamos en una ruta que lleva a Guaymas a través de las desoladas tierras del noroeste. Por allí, como a setenta kilómetros de Álamos y más de doscientos al sureste del puerto de Guaymas, encontrarían el rancho de Cabora en un llano bien irrigado.

La Gente amarró sus miserias, sorprendida por una escasez que probó ser mucho peor de lo que suponía. Se hacían cruces ante el tiempo que llevaba empacar nada. Las mujeres se encontraban trémulas, los hombres ocultaban con la manga sus sollozos. "El norte está lleno de fantasmas", se lamentaban.

Tristes sacos de frijoles iban amarrados a los sufridos lomos de los burros. Un bote de vinagre por acá, un costal de sal o azúcar por allá. Cuchillos, vestidos rasgados.

※

Tomás se paseó por la plazuela mientras La Gente y los vaqueros asistían a misa. Los álamos y los olmos tenían blanqueado el tronco hasta la mitad de su altura. Las piedras y las bancas también estaban pintadas de blanco. Aguirre dormitaba en una de las bancas.

—¡Pinchi flojo!

Tomás compró un cono de fruta que incluía mango, papayo, naranja y coco rebanado. Le espolvoreó sal con chile encima y empezó a pescar los cuadritos de fruta con un palillo. Estaba tan aburrido que sintió alivio cuando sonaron las campanas de la iglesia y la bola de hipócritas se abalanzó a salir de la nave, los hombres poniéndose otra vez los sombreros y las mujeres quitándose los tapados de la cabeza. Enanos que se escabullían llenos de la misma venalidad con la que habían entrado. Falsarios que trataban de lucir piadosos a los ojos de los demás. Y ese desgraciado Padre Adriel, indudablemente echándole el ojo a las jovencitas del pueblo y creciendo debajo de esa bata que más parece falda. Era todo puro teatro para tratar de engañar a un Dios por siempre ausente, a ver si se le escapaban sus pecados. Tomás hizo bola el cono y lo arrojó irritado a los matorrales. Luego se encaminó a los escalones de la iglesia, donde vio al maldito papista ese acuclillado frente a Teresita.

—¿Te has estado juntando con La Huila, mi niña? —dijo Adriel.

—¿Juntando?

—Estudiando con ella.

—Pues sí, Padre.

—Mucho cuidado, niña —la regañó—. Los modos de los herejes son muy peligrosos. Ya van muchos que creen andar con ángeles y despiertan con demonios.

—¿Que qué?

—Mira, el diablo no es un monstruo. No lo ves venir porque se disfraza y se ve muy bello.

—¿Cómo?

—Después de todo el diablo es un ángel de luz. La Estrella de la Mañana. No te dejes conquistar por el lado hermoso del mal.

—¿La Huila es mala? —se asombró.

—¿La Huila es hermosa? —irrumpió Tomás.

Adriel se incorporó.

—¡Ah! Tomás.

—¿Más propaganda, Padre? —dijo Tomás—. ¿No le bastó con la misa para retorcerle la mente a esta jovencita?

Teresita se les quedó viendo con la boca abierta.

—¡Vete a jugar! —le dijo Tomás.

—Bueno.

Se fue rápidamente.

—Estoy protegiendo de Satanás a los inocentes —dijo Adriel.

Tomás le palmeó el hombro.

—¡Qué noble! —le dijo—, ¿Tienes alguna sugerencia para mí?

—No te mires al espejo —contestó el Padre.

Tomás soltó la carcajada.

Le extendió la mano.

Adriel la miró por unos instantes y luego la tomó.

—Te voy a extrañar, pinchi Padre —dijo Tomás.

—Yo también.

—¿No quieres venir a Sonora?

—¡Ay no! —dijo Adriel—. Allá es territorio de los jesuitas. La compañía de Jesús se hará cargo de ti.

Se estrecharon de nuevo las manos y luego se quedaron allí parados, mirando al suelo.

—¡Bueno! —dijo Tomás finalmente.

—Pues sí.

—Ya es hora.

—Pues sí, bueno, que Dios te acompañe.

Tomás sorprendió al cura al decir:

—A ti también, Padre, a ti también.

Extendió la mano derecha, tomó del brazo al cura y le dio un leve apretón.

Avanzó hasta media calle y se devolvió. Se acercó a los escalones donde permanecía el joven cura y le dijo:

—¿Padre?

—Sí.

—¿Me contestarías honestamente si te hago una pregunta?

Adriel pensó que podía ser uno de sus trucos, pero de todos modos le contestó:

—Si puedo.

Tomás suspiró.

—Todo esto… —empezó—, Alguna vez…

—¿Qué Tomás?

—¿Nunca te cansas de toda esa religión? ¿No es agobiante?

El Padre Adriel ponderó la pregunta por unos instantes. Se cruzó de brazos y después se llevó un dedo a los labios.

—Mira amigo —confesó—, nadie está más harto de la religión que los curas.

—Gracias —le dijo.

—De nada.

Volvió a bajar los escalones.

—Si se te ocurre —siguió diciendo—, ora por nosotros.

Adriel lo miró alejarse.

Todavía alcanzó Tomás a gritar por encima del hombro:

—¡Pero si le hablas de mí a Dios, por favor sé amable!

Los que irían al desierto y las cosas que llevarían eran:

Tomás.

El Ingeniero Lauro Aguirre.

La Huila.

Tres cocineros, dos mucamas y una nodriza. Tres lavanderas. Los niños.

Antonio Alvarado "el Segundo" con una runfla de vaqueros y pistoleros. También Guerrero y Millán —dos mineros de El Rosario, por si a Tomás se le ocurría emprender una nueva aventura. Llevaban caballos prestados, Millán, el bien parecido y famoso por su ferocidad y Guerrero, el del cabello largo, más largo que el de los indios; iban borrachos.

El Buenaventura montaba su jamelgo.

La caravana incluía cuarenta de los mejores caballos, trescientas cabezas de ganado, veintitrés perros, un gato encimado en una carreta, trece puercos, veinte chivos arriados y seis solovinos, tres toros cebú, un ejército de mulas rejegas, alegres burros, impávidos bueyes, patos, guajolotes, gallinas, gallos en jaulas de tela de mimbre, corajudos y semi calvos gansos, una tortuga en una tina, así como una llama que nadie sabía de dónde había salido.

Y La Gente.

Catorce

LOS CARRETONES DEL RANCHO iban detrás del carruaje de la Casa Grande y más atrás seguían más de cincuenta carromatos sobrecargados. Un conductor iba dirigiendo cada carretón y carromato, incluso la carreta de La Huila, que estaba a cargo de Don Teófano. Había también una carreta-cocina, con un cocinero encargado, de modo qué las muchachas de la casa no tuvieran que trabajar horas extras.

Los carretones llevaban camas, estufas, máquinas de cocer, armas, sal, carne seca, trigo, maíz, varios kilos de frijoles, pescado salado, camarón seco, chiles, costales de azúcar morena, ollas, sartenes, jabón, tinas, agua, vinagre, aceitunas, arroz, plátanos verdes, limones, naranjas, dulces, tabaco, medicinas, las numerosas variedades de hierbas de La Huila, cebollas, ajos, ropa, guitarras, machetes, trompetas, pericos enjaulados, muñecas, rifles, huaraches, ropa interior, miralejos, cartas de amor, la biblioteca de Tomás empacada en cajas, picos, palas, hoces, yunques, riendas, arneses, una mecedora, el gran reloj de pie.

Batallando para mantenerse al paso de ese mercado de pulgas móvil, venían los andrajosos niños que sabían montar, unos en pony, otros en viejos caballos de tiro, uno incluso cabalgando sobre un enorme cerdo; y Teresita en su burro.

Sobre los bordes del día se derramaba mercurio, quemando los cerros.

Don Tomás cabalgaba a la vanguardia, erguido sobre la silla de su montura, sintiendo en la espalda como dardos las miradas de toda su gente. Nunca se había sentido tan solo.

Hasta mero al último venía una carreta plana, cuyo conductor estaba cubierto con una tienda de campaña. Era el bato de Parangaricutirimícuaro. Su carga eran siete panales de abejas zumbantes. Tomás había inventado un dispositivo que las mantenía tranquilas, disfrutando del viaje. Era un aparato que les arrojaba humo de marihuana. El conductor traía los ojos rojos y una sonrisa tonta; de vez en cuando se agachaba y se abanicaba el humo hacia la cara.

Hubo caídas. Caballos que se tropezaron, peones que se cayeron de sus carretas y se descalabraron. Diez vacas se escaparon y corrieron en estampida entre los sauces. Una rueda que se le salió a un carretón.

Unos vaqueros columbraron al mediodía un coyote que corría por un arroyo seco y se lanzaron a perseguirlo, tirando balazos como si anduvieran tras del diablo. Aunque asustaron a las vacas ya no podían detenerse, allá iban como locos, como perros rabiosos, sólo que al final regresaron con su amo con la cola entre las patas, pues ni uno logró atinarle al coyote.

Los cerros que pasaron bloquearon la vista del rancho, cada uno nostálgico por lo que más disfrutaba, seguro de que ya no lo volvería a ver. Mango fresco, el seis de enero, día de los Santos Reyes; el Día de los Muertos, el tejuino, esa exótica bebida de maíz fermentado. Granos de café tostados, hacer el amor entre los cañaverales, o en el establo, o a la orilla del estanque.

En realidad sólo lograron avanzar catorce kilómetros ese primer día, pero cuando pararon a acampar se sentían como si hubieran recorrido más de cien. Podían haber caminado de regreso a casa y hubieran llegado antes de la media noche, y sin embargo se sentía como si estuviesen en la más lejana tierra extranjera. Estaban pálidos y pintados de gris por el polvo del camino, la nube de polvo que levantaron permaneció allí mucho después de que se detuvieron, de hecho los rebasó empujada por la brisa nocturna hasta tres veces más allá de donde acamparon.

Los cuervos espiaban desde las alturas, atraídos por los olores y el barullo, saltando de árbol en árbol y espiándolos a través del follaje. Los zopilotes a su vez volaban en círculos atentos a la presencia de los cuervos y admirando la hipnótica presencia de toda esa carne a su vera, que ya se imaginaban muerta, putrefacta, proyectando la delicia de la podredumbre. E invisibles e imperceptibles a sólo cinco kilómetros al norte, tres cadáveres sonreían bajo tierra, acribillados por los rurales para quitarles su escaso oro y sus botas, apenas sepultados y a medio devorar por los gusanos y los escarabajos, por los gatos monteses y las zorras; esos tres tiesos viajeros vibraban al paso de la gente, sacudiéndose como si se carcajearan, sus amarillas bocas siempre abiertas, en mueca de aparente hilaridad dentona.

Y en los troncos de los árboles viejos, entre las piedras de los secos cauces de los arroyos, enterrados en el polvo junto con los guijarros destrozados por los cascos de los caballos, yacen las flechas de olvidados cazadores, proyectiles que erraron el blanco durante mañanas calurosas, o que pasaron por el pecho de algún jinete Guasave, hermanado en polvo con el propio arquero ejecutor y desparramado por doquier; flechas que derribaron venados para alimentar esposas e hijos, todos idos, esparcidos en el polvo que levantado por el viento se mete en los ojos y provoca lágrimas, lágrimas que corren por las mejillas de Teresita.

Tomás, muy adelantado, preocupado y débil, se detuvo cabizbajo. Levantó una mano y en obediencia a la señal, el grupo se reunió a su alrededor. El Segundo y sus vaqueros arriaron automáticamente al reticente ganado hacia una hondonada al sur. Las carretas formaron un círculo alrededor del Patrón, con el cocinero al centro, junto al carruaje de Loreto. Todos los carretones y los carromatos se acercaron todos a Tomás, como capas de hogar que aislaban el resto del mundo. Fuera, más allá del anillo de carretas, las abejas se agitaron y abandonaron sus panales, recorriendo con delicadeza las flores del campo y sorbiendo la humedad de la hierba. Todos desmontaban, todos preguntaban. "¿Dónde estamos?" Las fogatas ya estaban encendidas, el humo se elevaba por doquier, las guitarras sonaban, la oscuridad era sólo una sugestión, un azul goteo de sombras despeñándose de las lomas del oeste, y un morete que se extendía desde el este sobre la epidermis del firmamento.

Los niños llevaron sus corceles hasta el extremo más lejano del campamento. Los más cuidadosos amarraron sus animales a carretas o a árboles. Los otros nomás soltaron las riendas donde cayeran y se fueron a buscar a sus mamás llorando y pidiendo comida. Estaban todos quemados por el sol, con la garganta reseca por el polvo y las nalgas adoloridas.

Teresita estaba tan aporreada por el largo lapso pasado a lomos de su burro Pánfilo, que casi no podía caminar. Se abrió paso entre las carretas, observando las diversas familias, saludando amigos, acariciando perros, oliendo olores. Desenredó aquel laberinto hasta llegar al campamento de La Huila. Ésta se encontraba sentada en su silla, con una almohada bajo las sentaderas.

—Me duelen las nalgas —dijo. Teresita se desplomó a su lado. Don Teófano había encendido una pequeña fogata y estaba haciendo café en una cafetera azul con puntos blancos.

—¿Por qué tenemos que sufrir así? —se quejó una mujer.

Don Teófano respondió:

—Si naciste para yunque tienes que aguantar muchos fregadazos.

Todos asintieron.

—Si naciste para clavo no hay por qué insultar al martillo —agregó.

Más movimientos de cabezas.

—Si…

—¡Ya pues, hombre! —lo regañó La Huila.

Picó a Teresita con el pie.

—Tráeme el garrafón.

—¿Cuál garrafón?

—El garrafón que quiero, ya sabes cuál.

Teresita se levantó y fue a ver en la carreta. En efecto había un garrafón bajo una cobija. Lo agarró y se la llevó a la vieja.

—Para todo mal, Mezcal —dijo destapando el garrafón—, y para todo bien, también.

La Gente rió de buena gana y exclamaron:

—¡Ay Huila!

Se echó un trago y pasó el recipiente. Las risas pronto se generalizaron y Don Teófano le pasó a Teresita un jarro de café humeante, enriquecido con leche de chiva y azúcar. Las fogatas tronaban a su alrededor. Teresita se recostó, escuchando los dichos que de repente circulaban entre todos. "Poco veneno no mata", "Es mejor ser pobre y feliz que rico y preocupado", "La miel no se hizo para los hocicos de los changos".

Se escuchó cierta agitación y de pronto apareció Tomás.

—¿Todos bien? —preguntó—, ¿Todo mundo en una pieza?

—Sí señor —contestó La Gente, desviando la mirada—. Gracias a Dios estamos bien.

—Huila —le dijo, obviamente contento de verla—, ¿cómo la estás pasando?

—Por mí no se preocupe —contestó.

Tomás le puso a Teresita la mano en la cabeza.

—Empaqué tu reloj —le comentó.

Ella se rió encantada.

—Me da gusto.

—Bueno —dijo él—, voy a las otras carretas.

—¡Buenas noches! —dijeron al unísono—. Buenas noches y adiós.

Para sorpresa de Teresita, el Buenaventura iba siguiendo a Tomás. Lo había procurado todo el día sin encontrarlo entre el intenso tráfico. Le dijo:

—Buenaventura ¿qué hiciste?

Él llevaba un traje que le pareció a Teresita el más deplorable que jamás hubiese visto. Los pantalones eran brinca-charcos, el saco le quedaba apretado, y el sombrero bombín parecía tortuga echada sobre su cabeza. Era simplemente horrible.

Pero él la saludó muy elegantemente tocándose el sombrero.

—Conseguí trabajo.

Se quedó muda, con la boca abierta.

Él le sonrió y luego se inclinó para susurrar: —Y adentro.

—¿Te aceptaron adentro?

Se levantó las faldas de su ridículo saco.

—Ah no, pues.

Se sacó enseguida una muñequita de entre las ropas y se la aventó a Teresita.

—Te la robaste.

La Huila se hizo como si no oyera.

Él rodeó a Teresita y se alejó hacia la penumbra entre las carretas. Todavía sacó la cabeza hacia la luz, le apuntó a ella, le guiñó un ojo y desapareció.

Tomás había tendido su saco de dormir junto a la fogata. Se recargó en la silla de montar, se quitó las botas y dejó que los calcetines absorbieran el calor de las brasas. Bebiendo sorbitos de brandy y fumando un puro, miró a Aguirre y preguntó:

—¿Qué hicimos?

—Hiciste lo que tenías que hacer —dijo el Ingeniero.

Tomás le sirvió otro chorrito de brandy a su amigo.

—Salud, cabrón —brindó.

—Salud —respondió Aguirre chocando la copa con la de Urrea.

—Por una vida nueva, Lauro.

—Por un México nuevo.

El Segundo se arrimó y se acuclilló a su lado.

—Ingeniero —dijo—, Patrón.

—Buenas noches.

—Buenas.

Tomás le ofreció un trago. El Segundo se echó atrás el sombrero y sonrió.

—Me da pena —dijo—, pero me la aguanto. —Se empinó la botella y pujó un poco—. ¡Ah!, está re bueno. —Le devolvió la botella al Patrón—. Ya está todo arreglado —informó finalmente—. Habrá guardias toda la noche. La Gente ya está asentada. Ta todo bien.

—Gracias, Segundo —dijo Tomás.

—Nomás haciendo mi chamba —contestó el Segundo. Se incorporó, se sacudió los pantalones y agregó—. Si no me necesita me voy a dormir.

Le dijeron adiós.

—Que sueñes con los angelitos —le dijo Aguirre.

El Segundo volteó y les aconsejó:

—En la mañana, sacudan sus botas antes de ponérselas, hay alacranes.

Poco después, vacía ya la botella, los amigos se arroparon y durmieron un sueño profundo, pero adolorido.

Quince

EL SIGUIENTE DÍA FUE todavía más lento que el primero. Estaban cansados, muinos, medrosos, aburridos, somnolientos, aporreados; masticando tierra, iban dejando una monumental peste a desperdicios y a meados, a sudor y grasa rancia, a puerco y a caballo, a mal aliento de mamíferos, a cuero de perro, excremento de diversos tamaños y tonalidades, basura ardiendo, frijoles, carbón. El éxodo recomenzaba más lentamente que como había empezado. Las carretas se formaron rechinando, chocando unas con otras. Los niños se caían, vaqueros crudos se resbalaban de sus sillas y los pateaban sus propios caballos. Las vacas intentaban regresar a Ocoroni. La operación entera se tambaleaba cual serpiente descabezada.

El tercer día empezó bien, pero se hundió en el caos al llegar al Río Fuerte. Fiel a su nombre, la corriente era fuerte. Contrariamente a lo esperado, estaba crecido a pesar de que ya había pasado la temporada de lluvias del verano. Las carretas y carromatos se atascaban en el lodo y luego la corriente empezaba a voltearlas. Los vaqueros lograron azuzar y arriar entre silbidos y chiflidos al ganado hasta que cruzó el río, pero las carretas se quedaron atascadas. Las vacas y los caballos salieron como un kilómetro río abajo. Aguirre contrató una panga que estaba amarrada a unos álamos en ambos lados del torrente. El proceso fue lento pues la panga sólo podía pasar una carreta cada viaje. Tomás le pagó al panguero en parte con monedas, y le completó con frijoles, una mula y un rifle.

Agotados, se quedaron en la orilla opuesta viendo cómo la panga pasaba una a una las carretas. El trabajo se llevó veinticinco horas, pero las últimas dos se fueron únicamente en la labor de convencimiento intentada por Aguirre y Tomás, para que el panguero les creyera que podía pasar los panales de abejas sin que su vida peligrara. Exigió que a él también le echaran humo de marihuana y sólo accedió cuando lo cubrieron totalmente con un traje de manta y malla.

—Con toda esa ropa, si te caes de la panga te vas a ahogar —le advirtió Tomás, pero ni se cayó ni se ahogó.

Acamparon en pares allí mismo y se quedaron dormidos junto a las achocolatadas y barullentas aguas del Río Fuerte. Sonaban dementes, poseídas. La Gente jamás había oído aguas tan siniestras.

※

Antes de acostarse, unos rurales procuraron a Tomás. Le preguntaron si había algún doctor entre ellos. Por supuesto La Huila era tanto o mejor que un médico, así que Don Teófano enganchó otra vez las mulas a la carreta y La Huila se encaramó. Aguirre y el Segundo fueron con ellos rumbo al oeste.

Por allá bajo el rojo techo explosivo del atardecer, se toparon con una aldea diminuta llamada San Xacinto. No era más que un puño de jacales desparramados, así como las ruinas de adobe de lo que una vez fue la tienda. Sólo vigas rotas y ennegrecidas quedaban medio enterradas en los muros de barro.

—Apaches —dijeron los Rurales.

—Observen las tendencias de los salvajes —comentó Tomás.

Hacia los alrededores de San Xacinto, si es que un pueblo compuesto de siete casuchas esparcidas en un polvoriento kilómetro podía tener alrededores, se veía un abandonado jacal de barro con techo al parecer hecho de tablones, hojas de palma y de plátano. La Huila creyó ver costales de frijoles tirados en el suelo frente al jacal, pero luego se percató de que eran cadáveres.

El Segundo soltó un silbido.

La Huila se asomó al jacal. Adentro había un humeante brasero lleno de carbones cenizos. Meneó la cabeza y se persignó.

Luego se dirigió a uno de los Rurales.

—Señor —le dijo—, el curandero trató de hacerles una limpia.

—¡Pues qué buena limpia! —dijo él—. ¿Qué clase de limpieza pudo matarlos a todos?

—Pues, no se dio cuenta de que el carbón podía envenenarlos. La casa estaba bien cerrada cuando llegaron, ¿verdad?

—Sí, estaba cerrada.

La Huila elevó al cielo las manos.

—Trataba de curarlos y los mató.

El Rural dijo:

—Pues espero que le hayan pagado bien, le quitó a la familia todas las preocupaciones.

Por todo el camino de regreso La Huila oró por los muertos y por el alma del inexperto curandero. No le correspondía a ella resolver si esas acciones ameritaban ser condenado al infierno. Mucha de La Gente creía que los muertos regresaban después de morir. Iba a estar atenta a ver si lo veía por ahí.

※

La Huila había estado enseñándole a Teresita a soñar.

Los soñadores, afirmaba La Huila, eran muy sabios; y mucha medicina se descubría en sueños. Pero no era fácil aprender a soñar, o al menos a soñar más allá de los limitados confines de un sueño de campesino. No tenía mérito soñar con comida, o que te persigue un monstruo muy lentamente por los cerros, o que puedes volar como mariposa. Tampoco es muy notable soñar que estás en la iglesia encuerado, que todo mundo te mira el trasero, pero que el cura aún no se ha percatado de tu situación y tienes esperanzas de escaparte antes de que te descubra. Todos soñamos eso.

La Huila se refería a algo totalmente distinto, a un sueño que nadie puede explicar. Como soñar que cruzas hacia el mañana o que visitas ciudades lejanas a pesar de nunca haberlas visto. Como Teresita nunca había ido a una ciudad, sólo podía imaginárselas altas y brillantes como montañas de cuarzo, llenas de yoris apurados por alcanzar el tren, aunque tampoco había visto jamás un tren. La Huila los describía como bueyes, sólo que negros y terribles, con ruidosas campanas en la cabeza y lumbre en la panza, y que gritaban y escupían humo con chispas.

—Sí sueño —se quejaba Teresita.

—Pero no esta clase de sueños.

—¿Y cómo voy a saber si es un sueño de esa clase?

La Huila nomás sonrió.

—Niña —le dijo—, cuando sueñes un sueño que no es sueño, lo sabrás.

Soñar un sueño que no es sueño, pensó Teresita. Otra de las adivinanzas de La Huila, no tenía sentido.

—Todos —decía La Huila—, tienen esos sueños. Hasta los incrédulos. Hasta los que no están aprendiendo lo que tú estás aprendiendo.

Bueno, ¡hasta los yoris! El chiste está en que no todos saben cómo entrar al sueño y trabajarlo. Se tiene que hacer, no hay de otra, porque sin los sueños no podemos conversar con El Secreto, así de simple.

El Secreto. ¿Cuál secreto?

Cuando te despiertas llorando, dijo La Huila, es porque estuviste allí. Cuando te despiertas riendo. Cuando los muertos te visitan. Cuando pierdes un bebé y sueñas que conociste a un joven extraño que te llega con su tacto, estuviste allí. En ese caso no sólo estuviste allí, sino que además conociste el alma de tu bebé. Cuando sueñas con chuparrosas. Cuando tu amado está lejos y por un instante puedes ver el cuarto donde se encuentra, has estado. Cuando vienen por ti tus ancestros y te llevan de viaje a otro pueblo. Cuando tu difunto padre te perdona, cuando tu madre muerta te abraza. Cuando te despierta un extraño olor en tu recámara, un perfume, o un humo, o un aroma de misteriosas flores, es que has estado allí. Puede que despiertes con rocío en la falda, o plumas en las manos. Aún puedes sentir un beso en los labios.

—Los ángeles viajan por esas regiones —dijo La Huila—, y las almas. Dios puede hablarte allí.

Don Teófano advirtió:

—O el diablo.

La Huila asintió.

—O el diablo.

Todo eso le sonaba muy complicado a Teresita. Sintió que La Huila esperaba demasiado de ella, y no era la primera vez. Ya empezaba a desear olvidarse de ser una chica, y más aún de ser una curandera. Soñaba despierta que se divertía vestida de vaquero, cabalgando en un gran caballo con el que saltaba cercas, perseguía bandidos, vadeaba ríos y disparaba alegremente su pistola de seis tiros.

Aunque se sentía culpable, a veces no se acercaba a la carreta de La Huila en todo el día. Se quedaba a comer con la familia de Antonio Alvarado Cuarto, dejándose chiquear por la amiga de su madre, Juliana Alvarado, escuchando las historias de cómo era su madre; preguntándose si así era una familia.

Ya iban al norte de El Fuerte, en esos desconcertantes territorios donde aprendieron una alarmante lección: el paisaje que tanto los asustaba se parecía mucho al que habían abandonado. Poco a poco, las montañas se adueñaron del terreno. Ya estaban aprendiendo a viajar, de suerte que las mañanas eran más expeditas y la travesía más segura. Para cuando el paisaje en verdad empezó a cambiar ya estaban preparados, conscientes del mejor espaciamiento entre jinetes y de la ubicación correcta de los fusileros, y duchos ya en la formación del circular campamento.

A pesar de todo, los carretones gemían y se quejaban, en un lastimero coro similar al de las almas que arden en el infierno. El río había hinchado los ejes y éstos raspaban el chasis de madera que los sostenía. Cuando la grasa se gastaba, los rechinidos se prolongaban y se tornaban insoportables. Una bruma azul se empezó a desparramar entre la caravana, alguien preguntó: "¿Huele a quemado?" En ese momento, el tercer carro en la fila estalló en llamas provocadas por el eje sobrecalentado.

—¡Ah caray! —exclamó el conductor—, ¡Ah qué caray!

—¡Bájate de ay, idiota! —le gritaron los vaqueros mientras vaciaban sus cantimploras en la conflagración, para luego cabalgar en círculos acarreando agua en sus sombreros. El conductor reaccionó finalmente, desenganchó el buey de la carreta y ésta se convirtió en una fogata.

—Caramba —dijo sacudiendo la cabeza.

En algún sitio cruzaron hacia Sonora.

Gradualmente, el aire cambió a su alrededor. La pesada humedad de Sinaloa se fue drenando de la atmósfera hasta que cierta noche, inesperadamente, empezaron a estornudar y a sonarse frecuentemente, y había sangre en sus ropas. Es que nunca habían respirado aire tan seco, salían chispas del cabello de las mujeres y de los gatos, como si estuviesen todos encantados. El Segundo se emparejó con la montura de Tomás y le comentó:

—Patrón, los hombres traen piedras en las narices.

—Es este viento —dijo Urrea—, te reseca los mocos.

El Segundo entendió, por alguna razón, que después podía resecarte el alma.

Todos observaban todo. Era como si se hubieran pasado toda la vida con los ojos cerrados y ahora de pronto los abrieran. Cada piedra en el camino parecía tan nueva como el lodo y los guijarros del Génesis.

Vieron cactos tan grandes como gigantes, con la atormentada figura de almas del purgatorio que imploraban piedad elevando los brazos al cielo. Vieron restos esqueléticos de carretas destrozadas pudriéndose al sol, pasaron por y alrededor de, paupérrimos pueblos donde los niños huían de ellos aterrorizados o los perseguían hambrientos. Los perros luchaban con sus perros.

Pasaron un arroyo poco profundo, cuyas aguas parecían alejarse de las ruedas de las carretas, mientras reflejaban la luz y con ella proyectaban elaboradas imágenes sobre los vientres de los animales. Teresita saltaba inquieta de aquí para allá en la carreta de La Huila, admirando cada nuevo detalle de aquella extraña tierra. Un llano florido cubierto de amarillo. Una mancha de girasoles más altos que los caballos. Un enorme nopal tan grande como un árbol.

—¡Tráiganme una escalera! —dijeron al unísono Teresita y La Huila. Unos formidables toros negros encerrados en su corral. Un sorprendido venado arrancando a toda velocidad, perseguido por una muchedumbre de perros maullando en coro. Ráfagas de mariposas salían de los frijolares como si hubieran pintado el viento y luego se hubiese fraccionado en miles de astillas blancas.

—Siéntate, niña —la regañó La Huila—. Los otros niños no andan revolcándose como gusanos, ¿verdad?

Y más tarde:

—Teresa, te vas a caer y te vas a romper el cuello!

Pero Teresita no se podía estar quieta. La Huila también estaba inmersa en la mañana, hipnotizada por el vaivén de la carreta, por las caderas y los senos de las montañas, por el calor del sol. La Huila se sentía como si tuviese diecisiete años cuando todavía no llevaba la carga de conocer las medicinas y las curaciones. Estaba bailando en brazos de su primer amor, el aliento de él caliente en su oreja, bañados ambos por la luz naranja de la luna creciente. Mientras se fumaba su puro, recordaba sus manos, lo recordó desnudo, lo sintió vibrar dentro de ella como si un gran latido se hubiera metido entre sus piernas… ido ya, perdido desde hace treinta años largos. Convertido en polvo. Pero vivo en su pecho, extrañamente vivo en su cuerpo, como si su tacto se hubiera tatuado en su piel, amor fantasma.

—¡Niña! —bufó—, ¿Qué te dije? —suspiro—. ¡No me vengas con llantos si te caes y te matas!

La Huila. Traqueteando por la mañana como pequeña locomotora de carne, dejando detrás remolinos de humo en el aire fantasmal. Y entonces escucharon el quejido de miles de zumbantes alas aproximándose.

⚜

La carreta de La Huila se encontró con una dramática escena al salir de una curva en el camino.

El carruaje de Doña Loreto estaba detenido al lado del sendero y Don Tomás contemplaba curioso la escena sentado de lado en su caballo. Don Lauro Aguirre tenía unas antiparras colgadas frente a sus ojillos. El Segundo había desmontado y se encontraba agachado mirando al Buenaventura, que pataleaba y gritaba rodando en el suelo abrazado a su cabeza.

Lanzaba maldiciones, el famoso sombrero bombín tirado fuera de su alcance.

La caravana se encontró de frente con una nube de *bitachis*. Las avispas habían descendido sobre el camino en una nube dorada que se expandía y se contraía como si respirara. Por algún motivo, se abrieron sobre los jinetes de vanguardia y luego se cerraron como puños sobre la cabeza del Buenaventura. Le cocieron a piquetas la cabeza y se alejaron velozmente hacia el oeste, sobre el llano amarillo.

—¡Abejas! —dijo Tomás—, a mi me pican cada semana.

Lauro y él murmuraron entre sí mientras el Buenaventura sollozaba y maldecía.

La Huila hizo que Don Teófano acercara la carreta. Se inclinó sobre el extremo y tomó la mano del Segundo para ayudarse a bajar.

—Ya estoy más vieja que el sol —dijo.

—Las abejas domésticas —dictaminó Tomás—, no deberían picarle a un joven como este.

El Buenaventura dejó escapar un puchero y enseguida lanzó un patético lamento.

—¡Válgame Dios! —exclamó Tomás—, ni que le hubieran disparado a este cabrón.

—No es más que un plebe, compadre —dijo Don Lauro—, sus heridas son urticarias.

—¿Son qué? —preguntó Tomás.

—¿Cómo dijo? —agregó el Segundo.

La Huila se inclinó sobre el joven.

—Mueve las manos —le pidió.

—No.

—Quítate las manos de la cara.

—¡No!

—Desgraciado —le dijo.

Le retiró las manos de la cara.

—Muy bien —dijo ella.

Le sujetó el mentón y giró su cabeza a un lado y otro. Le limpió con la manga las lágrimas y los mocos de la cara. Los piquetes estaban rojos e inflamados.

—Me duele —le dijo.

—Nacistes para sufrir —contestó ella—, sólo te queda aguantar.

Tomás levantó las cejas viendo a Aguirre. Éste asintió con la cabeza.

La Huila le dio unas chupadas a su puro, se lo sacó de la boca y lo usó para dar énfasis a sus palabras.

—Llora si quieres, está bien. —Acercó el puro al rostro del muchacho, que gritó presa del pánico. Los caballos dieron un paso atrás.

—¡Me vas a quemar! —chilló.

Teresita observaba todo desde la carreta, invadida de un raro éxtasis que no la dejaba moverse, casi ni respirar.

Pero La Huila no quemó al Buenaventura.

Le apretó en cada piquete la parte húmeda del puro, la ensalivada, sosteniéndolo allí un momento antes de pasar al siguiente, dejando en cada roncha una pintura café semejante a una acuarela de flores.

De inmediato, el Buenaventura dejó de llorar.

—Admirable —dijo Aguirre.

El Buenaventura se sentó. —Ya no me duele —confesó.

—Es el jugo del tabaco —explicó La Huila mirando a Don Lauro—, muy bueno para piquetes de bichos. —Hizo un gesto de dolor, se llevó las manos a la parte baja de la espalda, se estiró hasta hacer tronar la cintura—. ¡Ay! Mi espalda se está oxidando.

El Buenaventura se levantó de un salto.

—¡Hey! ¡Ya no me duele! —se alegró.

—No te laves la cara —le ordenó ella.

El Segundo le ofreció a La Huila su brazo para acompañarla de vuelta a la carreta.

—¿Puedo ofrecerte mi brazo? —le preguntó.

—¡Cómo fregados no! —respondió.

El desfile continuó.

En un ruinoso campo de pasto blanco, cientos de cuervos les hacían caravanas una y otra vez, graznando, agachándose, una y otra vez.

Los viajeros se persignaron.

Un rumor corrió, que había en el camino un árbol cargado de cadáveres amarillentos, con los cuellos rotos formando una espantosa L pero nadie lo había visto, aunque sí vieron las ruinas de una iglesia que había explotado, y parado enfrente de los restos, un viejo loco que traía una camisa blanca sin pantalones, con el miembro largo y sobresaliente colgándole al frente, y una mancha de algo negro como sangre seca en el vientre.

Luego, las montañas le cercenaron la base al firmamento oriental. Los cazadores trajeron venados lánguidos y sangrientos atravesados sobre las sillas. La Huila contó la vieja historia del cazador Yoem, que flechó una venada y le siguió el rastro de sangre hasta un estanque, donde estaba una doncella con el seno perforado por su flecha. La Gente asintió y suspiró. Era verdad, la pura verdad. Llamaban al venado por su ancestral nombre de la antigua lengua: *tua maaso*.

Vieron castores, un león en una roca. Águilas y gavilanes volaban en picada por las terribles cañadas, las víboras de cascabel hacían vibrar las ruinas. Pequeños demonios que el Patrón llamaba *coatimundis* les clavaban esas infernales miradas, meneando sus colas rayadas al correr, soltando risitas. La Gente se persignaba constantemente. Espíritus y criaturas inverosímiles los acechaban y espiaban y escapaban del barullo que dejaban a su paso. Lobos rojos y grises, osos peludos y jaguares. Capas crecientes de montañas se elevaban ante ellos, alturas de donde podían explotar miles de apaches en cualquier momento, o con soldados o bandidos o americanos. Diablos durmiendo la siesta en las cuevas ocultas susurraban sus nombres, gemían en la oscuridad y vomitaban chinacates. Las rocas eran azules, o rojas, o negras, o doradas; luego azules otra vez, café, blancas —¿sería nieve? ¿Podría eso ser nieve? Millán, el minero del lejano Rosario aseguraba que era caca de aves marinas, pero nadie le creyó. ¿Cómo iba a haber pelícanos en la sierra?

Perros rabiosos corrían por ahí, levantando nubecillas de polvo cuando se revolvían y gruñían; giraban de lado a toda velocidad y se mordían los flancos con las espumosas mandíbulas.

Rostros con lentes miraban desde los amarillos acantilados, grabados en la cantera o pintados con jugo rojo de bayas, las bocas abiertas en perenne bostezo o apretadas en iracundas líneas, desvanecidas con el tiempo pero aún furiosas, al paso fugaz de los peregrinos.

Los curiosos partieron boñigas resecas por el sol y en su interior encontraron unos huesitos entre la pelusa. El diente amarillo de un tejón, diminutas calaveras, una mano con cinco dedos que semejaba una mano humana, con largas uñas oscuras más pequeñas que la uña del dedo gordo de La Huila.

—Un coyote —dijo ella—, se comió un diablo.

Se alejaron de prisa, con las exhalaciones encerrando breves oraciones, pequeñas como los huesitos. "¡Jesucristo!", mascullaban, "Ave María purísima". La Huila tomó la diabólica manita y la envolvió en un pañuelito que se puso en el bolsillo del delantal.

Las lechuzas los visitaban de noche. Algunos creían que las lechuzas eran brujas. Otros pensaban que se trataba de ángeles de la muerte. Unos creían que eran los espíritus inquietos de los difuntos. Los vaqueros estaban seguros de que las lechuzas eran lechuzas.

Un día, el Buenaventura le trajo a Teresita el más maravilloso objeto de todos. Todavía traía las manchas de tabaco en los cachetes, cual enormes pecas. Llevaba apuñada una piedrita, y en ella estaba impresa la figura de un pez. Teresita la tomó, la miró fijamente, la talló y la lamió.

—Es un pez piedra —dijo el Buenaventura.

La Huila le echó un vistazo, exclamó: —¡Es un milagro de Dios! —y luego se persignó, lo cual empezaba a ser la señal favorita de aquel éxodo.

Don Teófano dijo:

—Es cosa del diablo —y también se persignó.

Los viejos afirmaron que era reliquia del diluvio.

Aguirre la declaró evidencia ejemplar de las esculturas chichimecas.

Para el Segundo, no había duda de que era hechura de una bruja.

Tomás simplemente se alejó, pidiendo que no lo molestaran con tonterías.

El Buenaventura dijo:

—Yo creo que es una semilla de pescado.

—¿Que qué? —se rió Teresita.

—La voy a echar en una botella con agua a ver si retoña.

—¡Los peces no retoñan!

—¿Y si retoña? —insistió—, ¡Me voy a hacer rico!

—Ya eres rico y ni lo sabes —dijo La Huila.

El Buenaventura se vio su arrugado traje e hizo una mueca de disgusto.

—¿Qué se siente traer zapatos? —preguntó Teresita.

—Es como tener los pies en la cárcel —contestó el Buenaventura.

Ella le hizo una cara también.

La Huila, que ya no andaba descalza nunca, dijo:

—No está tan mal, puedes pisar espinas y ni lo sientes.

Teresita sonrió.

—Para eso se hicieron los huaraches.

—Es cierto —concordó la vieja—, pero los zapatos son más duros, tus dedos están protegidos, la parte de arriba de los pies también.

—Es como tener pezuñas —agregó Teresita.

Continuaron el camino rumbo a las tierras altas de los indios, se veían como pulgas en una cobija arrugada. El río Navojoa era ancho pero menos profundo que El Fuerte y el Segundo descubrió un buen vado, cerca de otra panga. Acamparon allí y contemplaron a las carretas cruzar el río como extrañas naves cuadradas, mientras los vaqueros jugaban a las cartas con unos gringos que habían viajado al sur buscando robarles a unos cuatreros los caballos que a su vez les habían robado a ellos. Las hojas de los árboles se estaban tiñendo de amarillo, espectáculo maravilloso para ellos. Primero amarillo, luego rojo y después caían como palomillas, girando en el aire.

❊

El campamento nocturno se estableció esta vez en un llano árido. Tres indios entraron al campamento y llamaron a Tomás para pedirle algo de comer. Les dio carne con frijoles y papas en platos de peltre, así como sesos fritos con huevos revueltos. Comieron con las manos y pedazos de tortilla. Bebieron cocoa —les dio risa. Cuando terminaron estuvieron fumando con los hombres, luego se levantaron y dijeron *Lios emak weye,* y se perdieron en la noche sin decir palabra.

Teresita tradujo:

—Que Dios los acompañe.

Tomás les gritó: —¡Que Dios los bendiga! —pero no contestaron nada. Se encogió de hombros—. Si es que Dios existe, no hace daño darle por el lado.

Teresita y La Huila se encaminaron a su campamento tomadas de la mano.

—Son espías —dijo La Huila.

Los picos se llenaron de noche, con las puntas flameando anaranjado y luego del imposible color de cobre líquido. Un rojo como de grave infección se extendió sobre los acantilados y los arroyos, pesado pero al mismo tiempo fluido, hasta que se derramó púrpura sobre los llanos, ahogando las carretas una a una, trepando por las patas de los caballos hasta que sólo los lomos estaban iluminados, cual islitas oblongas en un mar poco profundo. De caballo a caballo, la noche conquistó la pradera. Las fogatas se prendieron parpadeando, hasta que las estrellas arriba y el fuego abajo, se miraban iguales, como si hubieran tendido a secar una rebanada de cielo para comérsela en la mañana.

Por todo el llano el rancho de los Urrea estaba acampado, entre tiendas de campaña y cobijas tendidas sobre las sombras de fantasmas del pasado. Aguirre no sabía que se había acostado precisamente donde una vez la pandilla de los Glanton puso a secar una fila de cabelleras saladas; el mismo lugar donde comerciantes de conchas marinas provenientes del Mar de Cortés durmieron en 1764, a un paso del sitio donde el líder de ese grupo estuvo copulando calladamente con su tercera esposa; exactamente el mismo punto donde unos españoles que andaban buscando El Dorado se detuvieron a descansar antes de tropezar con un montón de yaquis y morir perforados y destazados, torturados hasta el final con lumbre y cuchillos y espinas y hormigas.

La excelente tienda de campaña de Loreto, que ahora servía como cocina de Tomás, estaba ubicada sobre las tumbas de infantes aniquilados por la tos ferina que sepultó allí a unos misioneros jesuitas. De haber sabido que estaba durmiendo encima de una antigua letrina, el Segundo se hubiera ofendido. Sólo La Huila tendió su manta sobre el suelo limpio, sin huesos, ni fantasmas, ni nada de coito o sueños rancios que se pudren en la tierra.

Tomás llevó de la mano a una chica hasta la falda de los cerros. Se la había presentado Millán, el minero de Rosario, que trataba de quedar bien con el patrón. No tenía ni un pelo de tonto. Tampoco la chamaca, así que se levantó las enaguas para que Tomás pudiera escalar con la lengua por sus piernas, morenas y dulces como caramelo y al mismo tiempo ácidas, saladas, almizcladas, sedosas y frescas entre la cálida brisa, tan refrescantes como el sorbete que se comió allá en Culiacán cuando era estudiante. La muchacha se asombraba al constatar que una parte tan insignificante de ella podía poner de rodillas al poderoso patrón. Era tal vez la más hermosa chica en aquellas planicies, y sin embargo él no sabía su nombre ni le interesaba saberlo. Presionó el rostro contra la fragante ropa interior de la chamaca, y jaló la tela de algodón sobre las puntiagudas caderas, más abajo de la suave curva de su vientre, hasta topar con la niebla de su oscuro vello, que le hizo cosquillas en la cara. Apretó la boca contra su monte, aspirándola, probándola como si fuera un perro, mientras las faldas le caían sobre la cabeza y ella lo jalaba hacia su intimidad, abriendo las piernas, rodeándolo con su belleza, ofreciendo su más preciado regalo, ese sabor, ese olor, su secreto.

Teresita estaba acostada a unos tres metros de los pies de La Huila. La carreta se elevaba sobre la cabeza de la curandera, como si fuera la más grande cabecera del mundo, con la Tierra misma por colchón. Trémulos bultos resollaban y roncaban a su alrededor.

Teresita se acurrucó y se cubrió con la cobija hasta la barbilla. Le dolían las nalgas, pero no tanto como el primer día. Le ardían los muslos y las pantorrillas de tanto rozar la gruesa pelambre del burro. Tenía el cuello y las mejillas quemadas por el sol. El duro suelo hacía que le doliera la espalda.

Suspiró.

Se concentró en sus piernas, como tantas otras veces, y un resplandor se encendió en esa área, esa sensación de miel dorada que jalaba de quién sabe dónde. Lo jaló suavemente, cubriendo las piernas, hormigueando levemente, drenando el dolor mientras el resplandor llenaba cada tejido en su cuerpo.

No había forma de saber cuándo empezó a soñar. Ni siquiera sabía si en verdad soñaba. Le parecía haber estado acostada viendo las estrellas un rato, cuando vio algo de reojo. Muy arriba, un breve y extraño parpadeo, un punto de color gris cruzando frente a las estrellas.

El punto creció ante su mirada, se tornó sólido, más colorido, hasta que cayó en cuenta de que era La Huila, que bajaba del cielo como por una escalera.

Se incorporó de prisa y se talló los ojos.

La falda de La Huila se extendió a sus espaldas —iba fumando su pipa y el humo se desparramó detrás de ella impulsado por la árida brisa. Bajó paso a paso en espiral, descendiendo de algún lugar muy arriba en la noche, entonces vio a Teresita y le sonrió.

—¡Huila! —susurró Teresita.

—Niña.

—¿Qué estás haciendo?

—Ando volando.

Teresita se tapó la boca con las manos.

—No deberías mirarme, es mala educación ver a la gente volar —la regañó La Huila—, mira para allá.

Teresita volteó hacia las tiendas de campaña y vio unos flacos hombrecitos vestidos de blanco, que corrían entre los bultos dormidos.

—¿Quiénes son? —preguntó.

La Huila flotó encima de la carreta mirando su cuerpo dormido en el suelo.

—Son los yaquis —dijo—, los indios están soñando con nosotros otra vez.

La Huila se agachó y agarró sus hombros, se estremeció como si hubiera pisado agua helada y se jaló hacia su propio cuerpo. El cuerpo pateó una vez y se dio la vuelta. La Huila estaba adentro, escondida de La Huila. Teresita la vio dormir.

El cuerpo dijo:

—Buenas noches, niña.

—Buenas noches vieja —contestó Teresita—, ¿Estoy soñando?

—Sí.

La Huila empezó a roncar.

Teresita se quedó sentada muy pensativa, invadida de la extrañeza de todo aquello. Miró a su alrededor: fogatas moribundas, los soñadores yaquis apareciendo y desvaneciéndose, los cuerpos dormidos, las blancas tiendas cual pálidas pastillas. Volteó y fijó la mirada. Había un parchecito fosforescente en el aire, como rocío. Vio allí gente con periódicos y libros. Leyendo… supo que estaban leyendo acerca de ella. Se inclinó hacia la luz y les vio los rostros. Los lectores estaban muy lejos y sin embargo también los vio ahí a su lado. Saludó diciendo "¡Hola!", pero se encontraban demasiado avanzados en el tiempo para escucharla.

Más tarde despertó.

Dieciséis

ACAMPARON EN UN BUEN VALLE. Un arroyo bajaba de los cerros escoltado por álamos. Un viejo tronco caído sobre la corriente había formado una represa y el estanque que lo precedía era de agua verde clara y fresca. Las ramas del árbol caído habían retoñado y una fila de arbolitos brotaba del dique podrido. Gordos peces negros nadaban lánguidos en el estanque y el agua que se vertía sobre el viejo tronco regaba una ancha franja de pasto y flores silvestres.

Teresita detuvo su burro enseguida del caballo de Aguirre y elevó la mirada hacia él.

—Ingeniero —le dijo—, ¿en qué año estamos?

—En el 1880 —le contestó.

—¿Es buen número?

No sabía aún que los yoris contaban los números de manera distinta que La Gente, y que no tomaban en cuenta los cuatros y los seises, los sietes o los nueves.

Aguirre lo pensó unos segundos y replicó:

—¡Es el año del éxodo! —Y se quedó muy satisfecho. Ella se fue a ver a La Huila para preguntarle qué quería decir esa palabra.

Sus vidas estaban cambiando todos los días del viaje. Lo que no sabían era que el mundo mismo también estaba cambiando. Al norte el General Sherman acababa de declarar cansadamente que "la guerra es el infierno". Los colonos de Oklahoma andaban robando tierras de los indios, igual que los yoris en México. De hecho las compañías americanas que no estaban dedicadas a robarse los territorios indios iban avanzando hacia el sur adquiriendo vastas extensiones de tierra que les otorgaba el régimen de Díaz.

Thomas Edison estaba experimentando con filamentos de combustión prolongada. Wabash, Indiana, acaba de convertirse en la primera ciudad de la historia en ser iluminada totalmente con luz eléctrica. En menos de un año, Nueva York seguiría su ejemplo. George Eastman había patentado el primer rollo de película.

Los irlandeses aportaron al mundo la palabra *boycott*. Francia ocupó Tahití. La empresa Singer vendió 539,000 máquinas de coser, para reemplazar sus modelos más antiguos, y uno de esos flamantes aparatos estaba ya esperando a Loreto en la gran residencia de Álamos, como regalo de los Urrea de la lejana Arizona. La primera llamada telefónica fue efectuada por Alexander Graham Bell.

En Nueva York se empezaron a vender los panecillos ingleses de la marca Thomas. La tonelada de hielo costaba cincuenta y seis dólares y se vendieron 890,364 a países tropicales como México. Se inventó el queso crema Filadelfia.

Fue junto al estanque verde de las truchas que notaron por vez primera a los peregrinos. Don Tomás decretó dos días de descanso para alimentar a los animales, arreglar los ejes y hacer un poco de caza y pesca. Los vaqueros se dieron a la tarea de sacrificar venados, codornices, tortugas y pescados. En todos los campamentos se veía carne humeando y chisporroteando sobre braseros improvisados. Se escuchaban cantos y risas mezclados con los sonidos del ganado. Tomás estaba recostado a la sombra de los alamitos salientes del tronco-dique, viendo subir el humo, absorbiendo la musicalidad de su rancho móvil y saboreando la delicada carne de una trucha.

—Las truchas —dijo La Huila, lanzando escupitajos a izquierda y derecha—, están llenas de espinas.

Diversos caminantes pasaron el campamento en grupos pequeños. Nunca aceptaban las ofertas de hospitalidad. Según el Segundo, eran una bola de cabrones mal educados pues rechazaban su ron y sus frijoles. Después de que varios grupos pasaron igualmente ajenos, empezó a azuzarles los perros y a apuntarles con el rifle para hacerlos correr.

—Vamos con el Mesías —gritó un desarrapado indio, como si eso explicara todo.

—¿El Mesías? —se asombró el Segundo—, ¿Cuál Mesías?

—¡Chepito!

—¿Y quién chingados es Chepito?

—¡El Niño Chepito, el Mesías!

La Huila escuchó esto con gran interés.

Con que el Niño Chepito ¿eh?

—Iré a investigar ese tal Mesías —declaró solemnemente.

—Ay Huila —dijo Tomás—, ha de ser uno de esos pendejos con trucos de magia que alborotan a los demás pendejos.

—Ya veré —contestó ella.

¿Un Mesías? —cuestionó Aguirre—. Un hereje si acaso. ¡El anticristo! No puede haber más que un Mesías.

La Huila le echó el ojo.

—Sí, bueno —dijo.

Algunos miembros de la comunidad del rancho ya habían empezado a caminar rumbo a los cerros. Iban ya convertidos antes de haber visto a Chepito. Tomás observó esto muy alarmado.

—¿Por qué se van? —preguntó a La Huila.

Ella se encogió de hombros.

—Curiosos —dijo—, tú en su lugar, ¿vivirías así?

—¿Así cómo?

La Huila meneó la cabeza.

—Vuelvo mañana —agregó—. No me dejen.

Se puso a juntar sus cosas para el viaje, su escopeta y unos cartuchos. El viejo Teófano cargó su escopeta también y se echó al hombro unos tendidos. Teresita se les unió sin ser invitada.

—¿A dónde vamos? —preguntó.

—A los cerros —contestó La Huila—. A un lugar que le dicen Salsipuedes.

Sal, si puedes. Para Teresita, aquel era el más ingenioso nombre jamás dado a un lugar.

Teófano hizo una mueca y sacudió la cabeza.

—Está loca esa gente del desierto y la montaña —exclamó—, ¡en Sinaloa no tenemos Mesías!

Se fueron caminando siguiendo el sendero trazado por el paso de los peregrinos. Había multitud de interesantes cosas a lo largo de la ruta. Un huarache abandonado. Un trapo sangriento. Unas mechas amarradas a un árbol, seguramente una manda dejada para algún santito —alguna mujer que daba su cabello a cambio de la salud de un infante, o de su pareja. La Huila vio también imágenes desechadas de antiguos Mesías a los que La Gente había vuelto la espalda.

Llegaron a un pequeño campamento compuesto por siete mexicanos alrededor de una fogata. Teresita se sorprendió al ver a La Tía ahí en cuclillas con sus hijos.

—¡Tiíta! —exclamó.

La Tía sonrió.

—¿No es maravilloso? —dijo.

A Teresita le pareció muy extraña, como si fuera parte de un sueño. Su mirada derivó más allá de la presencia de Teresita, y cuando ésta volteó a ver qué era lo que estaba mirando, no había nada allí.

—¿Qué es lo que te parece maravilloso Tía?

—¡La liberación!

Los peregrinos agachados al lado de La Tía aplaudieron y dijeron: "¡Amén!"

La Tía se levantó y aventó a la lumbre la colilla.

—La liberación —repitió.

—Adiós —dijo La Huila y jaló del brazo a Teresita—. Está loca. No le hagas caso, niña, vamos a ver con nuestros propios ojos.

—Deberíamos devolvernos —dijo Teófano.

—No seas cobarde —murmuró La Huila.

Continuaron ascendiendo y luego el sendero se bifurcó hacia una cañada profunda. Antes de que lo vieran, les dio el olor del campamento. Una pestilencia a sudor y humo subía de la cañada. Los arbolitos de piñón parecían retorcerse en la mortecina luz del atardecer, y el humo se enroscaba en sus ramas como banderitas. No se habían percatado de lo cerca que estaban cuando se toparon de repente con el campo. No era muy grande, pero sí desordenado. Pedazos de carretón y mulas sueltas poblaban el fondo de la cañada y cabañas con techo de una agua a punto de desplomarse se desparramaban entre carretas descompuestas y tiendas de campaña. Se habían reunido como trescientos peregrinos. La Huila se estiró y alcanzó a ver al Bendecido, sentado en un pequeño escenario, rodeado de una multitud. Parecía ser un gordito sentado en un cojín con las piernas cruzadas.

La Huila tomó de la mano a Teresita y la jaló hacia la multitud, Don Teófano cubriendo la retaguardia con su escopeta cruzada sobre el pecho. La gente se apartó sin oponer resistencia y los dejó pasar; extasiados y con la mirada perdida canturreaban y se mecían sobre los pies, ocasionalmente murmuraban "Amén" y soltaban risitas. A Teresita se le pararon los cabellos de la nuca.

Ya más cerca del escenario, unos bailarines giraban y giraban. Había tres hombres acostados boca abajo en el suelo, uno de ellos se estremecía y temblaba como si sintiera el azote de un ventarrón.

—¿Necesita ayuda ese hombre? —preguntó La Huila.

Una mujer le contestó:

—No hermana, es que ha visto a Dios.

—¡Ah cabrón! —dijo La Huila.

Niño Chepito se apreciaba sentado sobre un pedacito de alfombra, a la sombra de un árbol destartalado. El escenario lo elevaba un metro y medio. Su larga cabellera estaba enredada detrás, detenida con listones rojos. Tenía una generosa papada. Llevaba pantalones de manta blanca y una colorida camisa bordada con imágenes de pájaros, cactos, montañas y venados.

—Si Dios está en todas partes, hijos míos —estaba diciendo—, entonces también está en todo. Y si está en todo entonces está en mí, está en mí, y entonces yo soy Dios.

Unas flautas de madera estaban chiflando, varios tambores latían como corazones.

—Soy el Dios de este mundo, hijos míos. La última vez que vine me mataron en la cruz. He regresado a esta carne para conducirlos a la verdad.

Un bailarín pegó un grito y luego se desplomó —pataleó en el suelo.

—Se va a miar —predijo La Huila.

Y se meó.

Chepito siguió su monótono parloteo. Era evidente que ya llevaba horas hablando. Tal vez días. Todo mundo estaba dormido de pie.

—Dios no es Dios, Yo soy Dios. El Dios que hizo el mundo. El que los manda ahora, ése Dios yori, es el malo. Este mundo es un engaño. ¡Sólo adorando al Niño Chepito se acabará esa malvada encarnación! ¡El hombre blanco morirá! ¡Entonces resucitarán los muertos! ¡Habrá un diluvio y una nueva capa de tierra de diez metros de profundidad dará vida a nuevo maíz y nuevas flores! ¿No les dije del diluvio? ¿No les prometí la reencarnación de los muertos? ¡Los venados engordarán con las flores y ofrecerán a los creyentes su dulce carne!

—¡Niño Chepito!

—Chepito, Chepito.

—Los yoris deben morir. Los mestizos deben morir. Los ángeles devorarán esas almas que el Niño Chepito jamás conducirá a la salvación, hijos míos, ¡no!

—¿Nos podemos ir ya? —preguntó Teófano.

—La muerte es vida —decía Chepito—. ¿Qué no ven? La muerte es vida. La muerte es vida.

El redoblar de los tambores se aceleró. Voces cantaron al ritmo.

La Huila miró fijamente al Mesías por un momento y luego meneó la cabeza.

—¡Vámonos! —dijo.

Mientras se abrían paso de regreso a través de la multitud, la gente los tocaba, agarraban sus ropas tratando de detenerlos pero sin fuerza, débilmente, diciendo: "¿A dónde van?" y "Los ángeles negros los esperan fuera del valle para consumirlos".

Teresita se asustó cuando vio a La Tía llorando abiertamente, levantando las manos al sol y gritando:

—¡Muerte! ¡Muerte! ¡Muerte!

La Tía a su vez vio a Teresita y se abalanzó hacia ella, le echó los brazos alrededor y la besó en la mejilla.

—¡La muerte! —susurró—, ¡El Niño Chepito nos lleva a la muerte!

Teresita se soltó del abrazo de La Tía y corrió al lado de La Huila.

Volteó a ver a La Tía que cayó de rodillas y hundió en la tierra el rostro, restregándolo de un lado a otro. Los tambores desaceleraron otra vez hasta adoptar un ritmo cardíaco y la voz de Chepito se tornó débil y seca, como el canto de un cuervo en la distancia.

Diecisiete

AUNQUE ALGUNOS SE QUEDARON entre los extasiados y liberados peregrinos del Campamento Angelical del Niño Chepito, la mayoría de La Gente pronto estuvo descansada y lista para continuar el viaje. Ya se habían acostumbrado al camino y al terreno y al cielo abierto. Ya tenían la disciplina de levantarse en la madrugada, encender cada vez más pronto sus fogatas y cocinar rápido los alimentos, para luego abordar sus carros y alinearse ordenadamente y sin chistar. Cual niños en un salón de clases, todos habían encontrado su lugar en el conglomerado y no se salían de él. Disfrutaban ese nuevo sentido de organización. El rancho Urrea se había transformado una vez más, esta vez para formar una espiral que los enredaba y hacía girar hasta abrirse y arrojarlos fuera de cada campamento formando una larga fila. Estaban ya sincronizados como hormigas.

—A lo mejor en Cabora la leche es dulce como miel —sugería Don Teófano.

—¿Y si es la miel es la que sabe a leche? —contestó una vieja.

—Pos no creo que me gustara, Comadre —sentenció él.

Todos votaron: La leche dulce era mejor que la miel lechosa.

—¿De donde salió eso de la tierra de la leche y la miel? —preguntó Teresita un día.

—De la Biblia —dijo La Huila.

—¿Puedo leerla?

—El cura puede —dijo La Huila—, nosotros no.

—¿Por qué no?

—Porque no.

—Los curas van a la escuela a leer ese libro —agregó Don Teófano.

—¿Y nosotros por qué no podemos?

—Porque no somos curas.

—Pero dijiste que nuestro trabajo es sagrado. Hacemos medicina y les rezamos a los santos y a la Virgen y a las cuatro direcciones.

—No estés fregando, niña.

—¿Qué no somos como curas?

—¿Quién?

—Las curanderas.

—Tú no eres una curandera, niña.

—Pues mujer medicinal.

La Huila río de buena gana.

—¿Mujer? —dijo—, pero si apenas eres un broto. ¡Y cuando seas mujer *tampoco vas a leer ese libro!*

—¿Pero por qué no?

—¡Ay niña, las mujeres no pueden ser curas! Ya déjate de tonterías.

Teresita nomás se quedó sentada ahí, mirando.

—¿Sabes leer?

—¿Pero estás loca, chamaca? ¿Por qué habría de saber leer?

—Pero…

—Leer es cosa de hombres —dijo La Huila—, así como tener bebés es cosa de mujeres, los libros son cosa de hombres.

—Pos será cosa de hombres blancos —alegó Don Teófano—, porque yo no sé leer.

—No, es cosa de hombres ricos —corrigió La Huila—, ¿A poco el Lauro Aguirre está más blanco que tú?

—Y Doña Loreto —preguntó Teresita—, ¿sabe leer?

La Huila sacudió la cabeza.

—El Patrón le lee. Le lee de los libros, o de los periódicos si cree que le va a entender.

Teresita se rió con ganas. ¡Qué estupidez!

—Estás aprendiendo lo que debes aprender —dijo La Huila—, ¿Para qué quieres libros? ¿Para qué quieres aprender las burradas de los yoris?

—Pues quiero.

—¿Para qué? —preguntó riendo la vieja—. ¿Quieres ser presidente de la República?

—¿Por qué no? —insistió Teresita—, podría ser.

—¡Dios del cielo! —suspiró La Huila.

Teresita se quedó pensativa. Después de toda esa discusión acerca de Dios, tanto batallar para entender sus secretos, ahí estaba un libro escrito por Él para ser estudiado, ¿de veras creían que no lo leería? Miró a La Huila, la mujer adulta más perfecta que hubiera conocido. La de los puros, la de la escopeta, la que traía en su mandil una horrible bolsa hecha de huevos de hombre. La fuente de poder. Y sin embargo imperfecta debido a unas reglas estúpidas dictadas por algún hombre yori. Se imaginaba a ese hombre, quien quiera que fuera, viajando en uno de esos trenes fantasmas de los que tanto se hablaba, inventando reglas y leyendo periódicos. Miró a los ojos a La Huila, se dio la vuelta y lanzó un escupitajo sobre el borde de la carreta.

—¡Muchacha! —gritó la vieja, pero Teresita ya había saltado fuera de la carreta.

Corrió al lado con la pura viada y luego paró y desamarró su burro. Lo montó diciendo:

—¿Quieres que sea tan bruta como el Pánfilo?

El burro movió las orejas al escuchar su nombre y trotó hacia un lado, dirigido por Teresita entre los carros y carretones, peatones, jinetes, vacas, hacia el exterior del hato de ganado, donde podía flanquear a las reses más lentas y creerse vaquero.

—Pues voy a aprender a leer —dijo en voz alta.

Pateó al burro en las costillas, el animal reparó una vez y luego arrancó al galope, con las largas orejas extendidas hacia atrás pegadas al cráneo.

—¡Órale Pánfilo! —le ordenó.

Poco después se encontró al Segundo. Cuando se emparejó con él, su cabeza apenas alcanzaba la altura de las botas. El Segundo bajó la vista y la mirada de ella clavada en él lo sorprendió.

—¿Qué? —dijo él.

—¿Qué hay en los libros?

Se rascó la cabeza y se encogió de hombros.

—Historias, supongo, ¿poemas? Algo así.

—¡Quiero aprender a leer! —gritó ella.

Él se rió.

—Pero tú eres una muchacha —le dijo—. Además, *yo* no sé leer, no es cosa para gente como nosotros.

—Huummm —acicateó su montura y se alejó.

Libros, pensó el Segundo, ¿qué se le iría a ocurrir después?

Cuando Teresita se encontró con el Buenaventura le dijo también que quería aprender a leer. Él le dijo:

—¡Tú eres india y las indias no leen! Si no les enseñan a leer a las muchachas blancas, cuantimás a una indita como tú.

La despidió con un movimiento de la mano.

Teresita aflojó la rienda y se fue quedando apartada del grupo, dejando al Pánfilo derivar hacia un lado, lo que desconcertó momentáneamente al animal. La falta de comando en la rienda lo hizo comprender finalmente que podía bajar la cabeza y pastar tranquilamente. Lanzó un profundo suspiro y arrancó un grueso mazo de dientes de león.

Teresita se relajó y contempló al grupo pasar. La carreta de La Huila ya iba doblando la curva. Los carretones y caballos y carretas rechinaban al paso. No quería llorar. Se quedaría aquí hasta morir de hambre, hasta morir sola y que los zopilotes la destazaran. Nadie se enteraría de su destino.

O tal vez vendría un guerrero a salvarla.

Sí, un guerrero de una de una de esas fieras tribus del norte. A lo mejor podría unírseles, olvidar que alguna vez habló español. Aprender a cazar. Casarse con un joven de la tribu. Desaparecer. Al fin que a nadie le importaba.

Se quedó allí sentada encima del Pánfilo hasta que todo el hato pasó, y los vio empequeñecerse en la distancia, desapareciendo al rodear la curva hasta que el único rastro de su paso fue una nube de polvo y un apagado ruido. La última en desaparecer fue la carreta de las abejas. El abejero iba cómodamente reclinado y al pasar saludó con un abanicar de mano.

El Pánfilo levantó la cabeza por un momento y miró a su alrededor. Volteó a ver a su jinete y emitió un ronquido.

Un poco más tarde, cuando todo se volvió silencio, Teresita recogió las riendas y arrió al burro con los talones. El animal retiró el hocico de las deliciosas yerbas y caminó por el sendero con la cabeza flotando.

—Van a ver —prometió ella—, van a ver todos.

Un coyote escondido entre la hedionda ladró y aulló.

El Pánfilo empezó a trotar.

⁂

Muy adelante, por lo menos diez kilómetros más allá, Cabalgaba Tomás flanqueado por el Ingeniero Aguirre.

—Oye, tú que eres viajero mundial —dijo el Patrón.

Aguirre espetó algo que sonó como:

—¡Ja! ¡Tejas y la Ciudad de México no son el mundo!

—Para el efecto son parte suficiente del mundo —agregó Tomás—. Lo que tengo curiosidad por saber son las diferencias entre Sinaloa y el norte. ¿Qué opinas querido hijo de puta?

—Me he ganado cierta reputación por mi amplio repertorio de opiniones.

Tomás sonrió:

—Aunque también es cierto que eres insufrible e irritante, así como famoso por tu actitud de pontífice, interminables alegatos y posturas obvias.

—Eres un cabrón.

—De todos modos quiero saber si en tu experiencia hay diferencias notables entre nosotros y el chingado norte.

—¡A ver! —dijo Aguirre, como si se tratara de un tema demasiado amplio para cubrirlo de una vez—. Las diferencias, ¿por dónde empiezo?

—Empieza por donde sea.

Aguirre lo miró pensativo.

—¿Has notado mi estimado Urrea —le dijo—, que ustedes los sinaloenses son patanes provincianos?

—No.

—Pues sí, son patanes, y aquí te va un ejemplo, ya que preguntas. En Sinaloa, te habrás dado cuenta de que tienen el hábito de agregarle a cada nombre un prefijo, "el" o "la". Tú mismo le dices a tu amada consorte *"La* Loreto".

—¿Y?

—*El* Lauro —dijo Aguirre tocándose el pecho.

—¿Y?

—*La* Huila, *El* Segundo. Esa peculiar chamaca es *La* Teresita.

—¿Y?

—Pues que está mal dicho, es incorrecto, un barbarismo, pareciera como si se dieran ustedes un aire de real singularidad. *El* Tomás Urrea ha llegado. *El* Lauro Aguirre está aquí.

—¿Qué no habla así todo mundo?

Aguirre sacudió la cabeza.

—¿Pues qué nunca has leído un libro? —preguntó.

—Los libros son una cosa y hablar otra —arguyó Tomás—. En los libros nunca dicen *chingado* por ejemplo; chingado Aguirre.

—Espérate y verás, imbécil. Lo escribirán cuando la mente del pueblo sea libre. Pero nunca verás que se refieran a alguien como *El* Tomás, pendejo.

Tomás cabalgó en silencio un rato, pensativo.

—Muy interesante —dijo.

—Me lo imaginé —contestó el Lauro.

Clop, Clop, Clop.

—Fíjate cómo los norteamericanos no usan género en su idioma — declaró Aguirre.

Horrorizado, Tomás dejó escapar el aire entre los dientes.

—¿No usan *el* ni *la?* —dijo.

Aguirre, muy orondo ante esa demostración de sabiduría que causó asombro, agregó:

—No, ellos usan otra palabra: *the.*

—¿Cómo en té?

—¡No dije té, sino *the!*

—¿No distinguen masculino de femenino?

—¡*The!*

—*C'est bizarre, mon ami!*

—¡Los gringos son hermafroditas! —se lamentó Aguirre.

Durante los últimos kilómetros habían notado inmensas columnas de humo sobre los cerros al frente.

—¿Qué crees que es eso? —preguntó Tomás.

Se detuvieron, sacaron sus mapas y estudiaron el terreno.

—¿Podría ser un volcán?

—No aparece en el mapa —dijo Aguirre—, a lo mejor es un incendio forestal.

Luego, conforme se acercaban el humo se fue ennegreciendo y condensando. El Segundo, que vio la columna de humo antes que los demás, se adelantó hasta alcanzarlos y saludó tocándose el sombrero.

—Gente —les dijo.

—A ver, ojo de zopilote —dijo Tomás—, ¿qué tienes que reportar?

—Pues mirando ese humo…

—¿Qué ves?

—Pues humo.

—Eres una fuente de información —dijo Aguirre. Detuvo su montura y sacó un grande y pesado mapa de las alforjas. Los otros dos se arrimaron y ambos lanzaron sobre el mapa un pedazo de sombra provocado por sus sombreros—. Miren —dijo Aguirre—, ya estamos cerca del rancho.

El Segundo miraba a la distancia.

—Hay cuervos —dijo—, hay muchos cuervos volando en círculo alrededor del humo ese.

—¿Aquí es Cabora? —le preguntó Tomás al Ingeniero.

—Creo que es ese valle adelante —contestó su compañero—, me parece que ya llegamos.

Tomás se volteó en la silla y divisó a la distancia la caravana.

—Dejamos un poco atrás a las carretas —dijo—, no quiero llegar al rancho antes que ellos.

—Luego nos alcanzan —comentó el Segundo.

Olían el humo cuando el viento soplaba en su dirección por encima del cerro.

Aguirre propuso:

—Mira, vamos a acercarnos para echarle un ojo, miramos la gran Cabora y de paso investigamos el incendio.

Tomás sacudió las riendas y su gran corcel negro movió la cabeza y avanzó al paso.

—Vamos, pues —dijo.

—¡Jefe! —gritó el Segundo—, déjeme traer gente armada, estamos en territorio yaqui, no hace daño ser precavido.

—No nos hacen falta pistoleros —respondió Tomás—. En todo el tiempo que llevamos en el camino los únicos indios que vimos fueron pordioseros y niños, no hay peligro aquí. —Su caballo pareció meter cambio y avanzar un poco más rápido, aumentando la velocidad gradualmente al acercarse a la cuesta.

Aguirre se fue detrás.

El Segundo dijo:

—Deberíamos llevar rifles.

Teresita vio una carreta estacionada al lado del camino. Un arriero gordo estaba sentado en ella, con el blando sombrero untado en la cabeza cual pastel desinflado, con parte de las destartaladas alas pegadas al rostro por el sudor. Llevaba seis mulas que agachaban y levantaban la cabeza, gruñendo y mordisqueando sus tirantes. Unas mantas cubrían polvorientas montañas de mercancía amontonadas detrás del arriero, que iba armado hasta los dientes: tenía una escopeta atravesada en las piernas, dobles cananas le hacían cruz en el pecho, y en una funda colgada al lado del freno de pie, llevaba un rifle.

El tipo se asomó a un costado de la carreta y escupió tabaco.

—¿Es todo?

—¿Todo qué?

—Todo el hato de ganado que llevan, ¿ya pasó todo?

—Sí señor, yo venía al último.

Ella estaba sentada en su burro observándolo.

Él sacó un largo cuchillo del cinturón y con él cortó un pedazote de tabaco y se retacó la boca. Baba café le corría por el labio y llegaba hasta la barba gris. Se inclinó y volvió a escupir: le falló por poquito a Teresita. Traía una cicatriz colorada que le partía la mejilla derecha y que iba desde el ojo hasta la barbilla. Se perdía al llegar a los pelos de la barba y allí donde se metía los pelos eran blancos.

Levantó el cuchillote y dijo:

—¡Buuu!

Luego se rió.

—No me asustas —dijo Teresita.

Él se rió aún más.

La amenazó con el cuchillo.

—¡Uy! —le dijo—, ¡Uy! ¡Uy!

A ella le pareció que se comportaba como tonto.

Guardó el cuchillo.

—¿A dónde vas? —le preguntó él.

—A Cabora.

—¿A Cabora? Nunca he oído hablar de Cabora.

—Es nuestro nuevo rancho.

—¡Tú no tienes ningún chingado rancho, pinchi indita! ¿Qué eres, una india? —sacó el cuchillo y se lo llevó hasta el cráneo— ¡eyyyy!

Se volvió a reír.

—Eres india —le dijo—, ¿no eres india?

—Adiós, señor —contestó ella.

Los adultos deberían aprender a comportarse.

—¡Hey! —le dijo él—, ¿Ves esto? ¿Lo ves? —apuntaba a su propia cara—, ¿Qué eres, apache, yaqui? ¿Ves esta cara? Los yaquis me hicieron esto, ¿cómo la ves?

Movió el cuchillo a lo largo y ancho del rostro, haciendo sisear los labios.

—Fueron yaquis —dijo—, ¡querían mi ojo! —Escupió —le pasó a ella por encima de la cabeza y aterrizó en el suelo—. ¿Qué eres, yaqui?

—Adiós, señor —repitió ella. Espoleó al pequeño Pánfilo en las costillas que de un ronquido entró en acción y se alejó trotando.

—¡Los yaquis! —le gritó todavía el arriero—, ¡Les cortan los pies a la gente y luego los hacen caminar hasta que mueren desangrados! ¡Pequeña salvaje! ¡Ven acá! Los yaquis cuelgan al revés a los hombres para que la cabeza les quede en la fogata, ¡yo lo vi! ¡Les tateman los sesos! ¡No te vayas que no he terminado todavía!

Ella azotó la rienda para hacer al burro arrancar al galope.

Lo último que escuchó del arriero fue la risa. No se sintió tranquila hasta que alcanzó a La Huila.

⁂

Tomás llegó a la cima mucho antes de que Aguirre y el Segundo pudieran alcanzarlo. Al principio no estuvo seguro de qué era lo que estaba viendo. Pero poco a poco comprendió. Su corcel danzaba en círculos. Tuvo que luchar para controlarlo.

Se quitó el sombrero y se abanicó la cara con él, tratando inútilmente de apartar la peste de aquel humo. Echó la pierna derecha sobre la silla y desmontó. Después puso en tierra una rodilla y se quedó mirando aquello. Arrancó una varita de zacate y se la metió en la boca.

El Segundo llegó a todo galope y desmontó entre una nube de polvo.

—¡Dios mío! —exclamó.

Aguirre llegó al trote y apenas ahogó una exclamación.

—De seguro nos equivocamos —dijo—, no… no puede ser este el valle.

Tomás se incorporó, tiró la vara de zacate.

—No nos equivocamos —dijo.

Sacó su revolver y revisó el cargador, estaba cargado. Miró al Segundo.

—Vete por la gente armada —le ordenó.

Dieciocho

LOS JINETES SE ESPARCIERON por el risco, eran vaqueros y pistoleros a sueldo, ambos con sus Winchesters en la mano. Uno era francés y llevaba una carabina Henry de largo alcance, cuyo cañón octogonal lanzaba reflejos azules a la luz del sol. Apuntó hacia abajo su mira de caza, hacia el valle, pero el Segundo ya había constatado que era demasiado tarde.

Cabora estaba a la entrada de un valle que daba paso a una inmensa planicie, tan extensa que no se veía el fin. La cuadrícula formada por las milpas y pastizales terminaba en los amarillos y ocres del desierto más allá. Montañas al este, cerros al oeste y al norte. Verdes cauces de arroyos cicatrizaban el terreno. Y hacia el centro, bajo una corona de humo tormentoso, flanqueadas por una fea mancha negra, se encontraban las ruinas de lo que una vez fue el rancho.

Las carretas de Sinaloa se amontonaron detrás de la cumbre, con los jinetes a la vanguardia, todos asentados en la hondonada como agua. La Gente iba y venía sin saber qué había del otro lado, sólo alcanzaban a ver la columna de humo. Se persignaron e instintivamente buscaron sus hachas, cuchillos y viejas armas. Pronto se pasó la voz y se fueron enterando de que el rancho había desaparecido. "Se acabó Cabora", les decían.

Más arriba, Tomás montó su caballo.

Él y el Segundo cabalgaron valle abajo con Aguirre en la retaguardia. Los jinetes se desplazaron a sus espaldas, todos con las armas listas.

Los edificios principales aún ardían, con las paredes desplomadas y nada más que la chimenea erecta. Las cercas caídas, algunas cabezas de ganado desparramadas por ahí, los establos quemados, los dormitorios de los peones hechos cenizas. Habían matado a los perros y sus cuerpos yacían al lado del camino, cual piedras jaspeadas y reblandecidas. El cuerpo de un hombre se mecía sobre un poste como ropa lavada, sangre espesa y negra lo cubría todo, sus pantalones rasgados, con una flecha clavada en el trasero. Las moscas zumbaban como alambres al viento, con un tono agudo, un himno terrible.

Tomás tronó los dedos y apuntó al cadáver.

—¡Llévenselo de aquí!

Un cochi chillaba y se revolcaba atravesado por varias flechas, convertido en un puercoespín de agonía, las flechas raspando y tronando cuando se revolcaba gruñendo lastimosamente. El Segundo sacó su pistola y le disparó una vez directo a la cabeza. Aguirre pegó un brinco.

—Por Dios —dijo.

El Segundo le ordenó a un jinete que arrastrara el puerco a la carreta de cocina.

Se encontraron un cuerpo chamuscado en las ruinas de la primera cabaña quemada. Era negro y rojo y café y amarillo y blanco, pero más negro. Tenía la boca siempre abierta en un grito silencioso, que algunos prefirieron pensar parecía un bostezo, y unos pocos creyeron que era risa. Los puños estaban duros como esculturas, elevados al firmamento, y las piernas no eran más que huesos negros levantados como si pudieran escalar las columnas de humo hasta llegar al cielo.

No había ni un caballo.

El tiro se había colapsado, las piedras del borde atoradas en su garganta. Se veían intestinos colgando como guirnaldas de las ramas de los álamos más cercanos a las ruinas de la Casa Grande. Nadie podía identificar si eran dentros humanos o de algún animal los que se doraban al sol. Y sin embargo el molino de viento seguía girando, con sus hojas dibujadas contra el horizonte violeta, y su rítmico rechinar sonando fantasmal en aquel silencio sepulcral. Las pacas de heno humeaban. Los cerros se veían lilas en el atardecer, pero las milpas lucían negras a la distancia. Los hombres se taparon boca y nariz con sus paliacates, para protegerse de la peste mortal.

Tomás desmontó rápidamente y se dirigió a los restos triangulares del destruido establo. Salió con un niño en los brazos. El pequeño estaba cubierto de sangre. Aunque estaba vivo, su cabeza parecía hecha de una tela que ondeaba sobre sus hombros. Una vieja herida se había secado hasta formar una dura costra.

—¡Llévenselo a La Huila! —dijo Tomás—, y un jinete arropó tiernamente al niño en su abrigo y se fue galopando en busca de la curandera.

Los cuervos se habían retirado.

Aguirre señaló un traje vacío tirado en el suelo, como si alguien se hubiera escapado de su propia ropa.

Vieron un zapato de mujer con un vaso de leche roto adentro.

Un muerto flotaba en un colchón en el aguaje, como si fuera un marinero soñando con el retorno a casa. Miraron como el colchón se fue inclinando lentamente hasta hundirse, con la mano del muerto saludando una última vez antes de desaparecer bajo las aguas. Se sorprendieron al escuchar muchas ranas. En realidad los sorprendía escuchar lo que fuera. Se imaginaban que el valle estaría mudo, pero había muchos sonidos. A lo lejos se oyó un perro ladrar. Las moscas continuaban con su sinfonía de vientos. De repente se escucharon gallinas, el tronido de las fogatas, grillos, pichones y los cuervos engordando con el festín de carne tatemada y riéndose entre los árboles. Luego lentamente, se empezó a escuchar el lamento de unos sollozos humanos.

※

Los sobrevivientes fueron apareciendo poco a poco, algunos solos y otros en parejas. No había Urreas entre las víctimas, la familia se retiró para dejarle el espacio a Tomás. No, ellos no, ellos estaban cómodamente instalados en la gran residencia de la ciudad, ajenos a la terrible destrucción acaecida en el rancho. Los únicos parientes que los recibieron en el rancho eran los viejos fantasmas, desplazados de sus tumbas por la violencia.

Tomás quedó muy impresionado cuando de los juncos que rodeaban el aguaje, salió un hombre al que le faltaba un ojo. Igual que el loco que vieron en el camino, no traía pantalones y su camisa blanca estaba cubierta de sangre. Pero era otra cara la que se veía bajo la sangre, la marca del hoyo donde debía estar el ojo recogía la luz solar y Tomás podía ver el interior de su cabeza. Tuvo que desviar la mirada y cubrirse la boca con la mano.

—¡Yaquis! —aulló el hombre—. ¡Salieron del suelo como demonios!

—Ayúdenle a este hombre —ordenó Tomás.

Inexplicablemente, del tronco de un álamo salió una mujer. Primero sacó un brazo, luego el torso y finalmente las piernas. Luego aparecieron dos niños tomados de la mano. Los que los vieron primero no podían creer sus ojos y se los tallaron meneando la cabeza. ¿Habrían estado ahí parados desde endenantes? ¿Sería que la gran destrucción los había vuelto invisibles? Más gente salía de las grietas en el suelo, otras de la huertita, de atrás de los agaves donde se habían acurrucado como conejos o armadillos, mimetizados con el terreno, respirando levemente y aferrados a la tierra.

—Yaquis —decían todos.

—Llegaron al amanecer, gritando como diablos. No montaban caballos. Vinieron corriendo, a pie, brincando como venados, volando como buitres.

La Casa Grande había sido una obra notable, construida de madera y adobe blanqueado. Las paredes se habían cuarteado y desplomado, manchadas de negras sombras provocadas por el fuego, el calor de las brasas todavía tan intenso que no era posible acercarse. Charcos de cobre y latón líquido mostraban en el porche dónde habían estado las perillas.

—¡Miren esto! —gritó Aguirre.

Los interiores de la casa se hallaban desparramados como las tripas del árbol, rotas y arrojadas con tal furia que todavía daba miedo, aunque ya hubiera pasado mucho tiempo desde que los asaltantes habían huído. Pedacería de vidrio, loza rota, sillas y mesas quebradas, almohadas destripadas que tosían plumas al aire, ropa hueca como fantasmas, camisones masacrados. Libros asesinados aleteaban tirados en el suelo.

Aguirre estaba parado al lado de un mullido sillón. Amontonados cuidadosamente sobre él estaban todas las cruces y los crucifijos de la Casa Grande. También se veía allí una Biblia y una estatua de la Virgen de Guadalupe, junto con una estatuilla de San Francisco de Asís.

—Respetaron todas las imágenes religiosas —dijo Aguirre.

—Son católicos —agregó Tomás.

—¿Estás hablando en serio?

—Sí.

Se acercó a uno de los sobrevivientes.

—¿Dónde están mis vaqueros?

—Huyeron.

—¿Y mis trabajadores?

—Corrieron.

—¿Quién estaba al mando?

—Nadie.

—¿Qué más puedes decirme?

—Llegaron a pie. Se llevaron las vacas y los caballos. También se llevaron algunas mujeres.

—¿Yaquis?

—Yaquis, Patrón. Yaquis. —El hombre apuntó al oeste—. Viven por allá, no muy lejos, como a quince kilómetros.

—¿Que qué? ¿Los conocen?

—Ah sí, los conocemos bien.

Aguirre intervino:

—¿Entonces por qué? ¿Por qué hicieron esto?

El Hombre se encogió de hombros.

—Dijeron que tenían hambre —agregó.

Tomás le palmeó el brazo.

—Ya vienen las carretas —le dijo—, les darán de comer.

—¿Oiga señor?

—Sí, dime.

—¿Se enojaría usted si renuncio a mi puesto?

Tomás se alejó sin responder.

—El Segundo levantó la chamuscada foto enmarcada de algún desconocido Urrea.

—¿Y ahora qué? —le preguntó a nadie.

⁂

Las carretas y carretones superaron rechinando la cumbre y empezaron el descenso rumbo al valle. La Huila, arrodillada en su carreta cuidaba al débil pequeño envuelto en cobijas, cuyos ojos se nublaban ya. El niño se estremeció, lanzó una última exhalación y se desplomó. A La Huila se le reveló una imagen, la de una sábana que al tenderla sobre la cama se infla y parece flotar momentáneamente, para luego aterrizar, dejar escapar el aire y terminar exánime. Así se había ido la criatura.

¿Cuántos muertos quedaron en su camino? No sabía el número. Todos aquellos que murieron de fiebre y viruelas a falta de pastillas yoris. Las tristes madres que murieron gritando, con sus bebés ya fallecidos adentro. Vaqueros muertos con balazos en el corazón. Miró cómo Teresita contemplaba el cuerpecito, y musitó una oración porque la muchacha aprendía en ese momento la terrible verdad: Que no era posible salvarlos a todos —sólo podías salvar a unos cuantos— los demás estaban condenados de antemano, como tú misma, a convertirse en polvo antes de que pudieras estar lista. Cubrió el rostro del infante con un lienzo.

La reconstrucción había empezado de inmediato. Comenzó con los vaqueros escarbando tumbas y enterrando los cuerpos carbonizados. Al otro lado de aquella planicie, La Huila organizaba a los cocineros y el Segundo colocaba dos vigías que montarían guardia día y noche al lado de la tienda, con sus rifles cargados y preparados. Teresita se quedó cerca de La Huila, por si acaso regresaban los asaltantes. Los cocineros derretían manteca y ponían a hervir agua en grandes peroles equilibrados entre grandes rocas sobre fogatas. Para la cena prepararon caldo de ajo, con todo el pan duro que les había sobrado flotando en el grueso caldo de carne, sazonado con sal y pimienta, las blanditas cabezas de ajo nadando como pescaditos. Y comieron arroz con pollo, las gallinas frescas combinadas con las aves cazadas por los vaqueros en el monte, cocido todo con arroz y un puñito de azafrán. Por la mañana se desayunarían nopalitos con frijoles refritos en manteca de puerco, y los últimos huevos que les quedaban. Olía como si hubiera fiesta.

Parado sobre los restos achicharrados de los escalones de la Casa Grande, Tomás alcanzaba a ver las fogatas de su gente a lo largo y ancho del valle. Descendió y se encaminó a la improvisada tumba raspada del duro terreno más allá del muro de piedra que serpenteaba hacia el molino de viento, todavía rechinando al girar impulsado por el seco viento. Del suelo brotaba agua verde, escupida por un viejo tubo hacia unas canalejas oxidadas, de donde los caballos bebían a su paso errante por la arena y el polvo, sin arrieros, solos o en grupos, como si se interesaran en el destino de aquella casa, curiosos por saber más de la batalla.

Los hombres clamaban venganza. El aire tenía un sabor de vendetta. Murmuraban, maldecían, gritaban su furia, hablaban de los cochinos indios, de los salvajes. Y sin embargo Tomás se preguntaba por qué no había más cadáveres. ¿Cómo era posible que los yaquis hubieran dejado escapar a tantos?

La planicie de Cabora estaba vacía, seca. Era el primer desierto que experimentaban los sinaloenses, y los atemorizaba. No había resguardo, sólo unos cuantos árboles rompían la monótona aridez, y más allá las montañas eran violentas y salvajes, sin nada verde que suavizara su perfil. Los colores eran elementales, tonalidades vivas que les hablaban de cobre y de sangre. El lugar era malvado, de eso estaban seguros, y este ataque era sólo el primero. "Guerra", mascullaban.

—Mataron a las mujeres y los niños —oyó Tomás a un vaquero lamentar.

Aguirre se le unió en los escalones.

—Que en paz descanses —dijo.

Tomás asintió.

—Es un día negro, amigo.

Tomás apuntó con la mano.

—Cuatro tumbas —señaló.

—Sí.

—Cuatro.

—Sí, cuatro.

—¿Pero por qué no son diez, Lauro? ¿Por qué no son cien?

—Porque… —empezó a decir Aguirre, pero se interrumpió—. No lo sé.

—Fue una partida de guerra yaqui —agregó Tomás—, bien pudieron acabar con todo el valle, estoy seguro.

—No puedo asegurarlo, tú eres el experto en esa materia. ¿Yaquis? —Se encogió de hombros—. Bueno.

Enrollaron unos cigarrillos y se pusieron a fumar. Al terminar, Lauro habló así:

—¿Qué onda con esos yaquis? Casi me convenciste cuando bromeabas diciendo que eran católicos.

—No era broma. —Tomás apoyó la mano sobre el hombro de su amigo y le contó una historia mientras caminaban.

※

Cuando los españoles acabaron con los aztecas se vinieron al norte, como tú sabes. Querían expandir la Santa Fe, pero en realidad buscaban oro. Y estuvieron muy contentos en Sinaloa, no te engañes, total si no había oro al menos había plata. Encontraron océanos de plata cerca de Rosario y Escuinapa. Pero claro que deseaban encontrar las legendarias siete ciudades de oro que habían andado buscando desde los Andes hasta estas latitudes. Cíbola.

Tomás pateó hacia una de las tumbas un guijarro, en un gesto distraído pero amable. Aguirre lo contempló con gran ternura.

Tarde o temprano los españoles llegarían hasta acá. Era inevitable. Les llevó trescientos años aceptar que no existían esas ciudades de oro. Pero los indios de estas tierras eran ladinos, así que los pobres y hambrientos guasaves los convencieron de que había grandes templos de oro más al norte, en la tierra de los mayos. Y por supuesto *mayos* sonaba como *mayas* y los españoles se lanzaron a descubrir los imaginarios templos y pirámides y esculturas. Pero sólo descubrieron a los mayos.

Cuando llegaron los setecientos españoles vestidos con armaduras e irradiando la peste de uno o dos o hasta tres años sin bañarse, los mayos quedaron anonadados. Hicieron lo único que les quedaba, mintieron igual que los guasaves. Apuntaron al norte y exclamaron:

—¡Ah sí! ¡Los templos de oro! Están allá en las tierras de los yaquis. Vayan allá con nuestros hermanos yaquis más al norte de estos valles, en las márgenes del río Yaqui, y de seguro compartirán con ustedes su oro. Díganles que nosotros los mandamos.

Y allá fueron los españoles.

Los yaquis eran por supuesto primos de los mayos. Incluso hablaban una variante de la misma lengua cahíta. Pero esas dos tribus eran como las hormigas negras y las rojas. Las negras son trabajadoras y pacíficas, mientras que las rojas son guerreras que si te ven en su loma te atacarán y harán todo lo posible por matarte. De modo que los españoles marcharon al norte, directamente al valle donde los yaquis ya los esperaban. Y el líder de los conquistadores pronunció las rituales palabras, algo así como:

—En el nombre del Rey de España y por la gracia de Dios Todopoderoso, venimos a traerles el Evangelio de Jesucristo Nuestro Señor. ¡Ah! Y ¿dónde está el oro? —Claro que los yaquis los atacaron despiadadamente y los mataron a todos.

Tomás se rió.

Aguirre comentó:

—No se me hace chistoso.

—Pues sí lo es si eres yaqui.

El sol se estaba poniendo rápidamente.

Aguirre miró a su alrededor, traía un crucifijo en una mano y la otra la tenía apoyada en el revolver que llevaba encajado en el cinturón. A su juicio, las barrancas y los cerros que los rodeaban estaban llenos de yaquis. Algunos comanches o hasta sioux seguramente pululaban por allí. Se imaginó de repente que una masiva alianza pan-indígena lanzaba un apabullante ataque sobre todo el continente y que empezaban la limpieza racial acabando con él mismo.

—A ti te cae bien esta gente —comentó.

—Son un gran pueblo.

—Pero son matones.

—También nosotros.

—Pero…

—No hay nada más mortífero que un misionero, ¿o no Aguirre? —Le dio una palmada en la espalda a su amigo—. Nada más peligroso que La Iglesia.

—Pero dijiste que eran católicos —musitó.

—Y lo son. Mira, por alguna razón los yaquis les permitieron a unos Jesuitas establecerse aquí. Había ocho pueblos yaquis que fueron convertidos en misiones. Y —tal vez Dios, ese viejo bromista, entró en acción— los jesuitas los dejaron seguir con sus rituales paganos junto con las nuevas costumbres romanas. Imagínate, Lauro, la danza del venado en plena misa, o una Semana Santa nativa.

—Habrá quien considere eso como pecado, como herejía.

—¡Pecado! ¡Chin! —Tomás apretó el paso y Aguirre tuvo que apresurarse para alcanzarlo—. ¿Y por qué no fue pecado incorporar rituales romanos en una religión judía? Si existe Dios, ¿de veras crees que habla latín? No seas tonto hombre. Fue genial que los Jesuitas manejaran a esta gente así. Y cuando los expulsaron de México dejaron su religión ya arraigada aquí. Ahora ya están de regreso.

Avanzaron hacia la bola de vaqueros, tropezando con los inquietos caballos en la oscuridad. El olor a aceite para pistolas se colgaba de los cuadriles de los animales y el picante aroma de la piel mezclado con el del sudor y diversas formas de temor, se desprendía de los hombres como humareda de cigarrillo.

—Jefe —saludaron algunos sorprendidos al verlo deslizarse entre ellos.

—Muchachos —les contestó dando palmadas en una rodilla aquí o en una pierna allá. Cuando estuvo en medio de todos, se detuvo. Todos se quedaron quietos, nadie se movió.

Fue el Segundo el que habló primero.

—Y entonces, ¿qué vamos a hacer?

—¿Yo? Yo me voy a ir a dormir —contestó Tomás.

Diecinueve

A LA MAÑANA SIGUIENTE, mientras Tomás preparaba las instrucciones del día, Teresita iba de campo en campo observando a La Gente alistar sus desayunos.

La Huila les había mandado a los hombres platones de frijoles y nopalitos revueltos con huevo hasta las ruinas de la casa. Algunos de los lugareños aportaron unas raras tortillotas de harina y los hombres arroparon sus frijoles en pedazos de lo que parecía ropa o tela mojada. Para el Segundo, las tortillas de harina estaban talistes y eran poco apropiadas para hacer tacos, pero poco a poco se fue acostumbrando y para el tercer burrito ya las estaba disfrutando. La capa de manteca que traían untados le sabía placenteramente grasosa.

Tomás permaneció fiel a sus tortillitas de maíz. Había un límite para el grado de concesiones que estaba dispuesto a hacer.

Casi todos comieron frijoles. Refritos o cocidos con manteca de puerco. Unos comieron bolillos empapados en el café. Los trabajadores mineros de Rosario —Guerrero y Millán— frieron los últimos plátanos verdes. Millán meneaba una rodaja de plátano frente a la braqueta e invitaba a todo mundo a darle una mordidita. Y los huevos que echaban sobre manteca hirviendo desparramaban su sonido como si fuera agua derramada sobre piedras. Todo el mundo olía a comida y Teresita pasó de una deliciosa nube de aromas a la siguiente, con el estómago cantando y burbujeando y con las mandíbulas cosquilleándole de hambre.

En la fogata de La Huila, ésta se sinquechó con un plato de peltre equilibrado entre las rodillas y cuchareó con un pedazo de tortilla un puño de nopalitos con huevo. El pedazo triangular de tortilla de la mano derecha hacía las veces de cuchara y el de la izquierda empujaba la comida hacia la primera. Sabía usar cucharas y tenedores, pero no lo hacía frecuentemente.

La Huila colocó enfrente de Teresita un tarro de café —las natas de la leche hervida se hacían bola en medio al levantarlas el vapor. Teresita lo levantó con ambas manos y sorbió. La vieja ya le había revuelto sus tradicionales cinco cucharadas de azúcar. Teresita levantó las natas con los dientes y las masticó. Después del desayuno ayudó a lavar platos. Luego se puso a azotar cobijas y a sacudir vestidos. Estuvo muy ocupada hasta el almuerzo, pero antes de que tuviera tiempo para echarle un vistazo a las sartenes a ver qué comerían, llegaron los jinetes.

Ahí venía otra vez el Segundo, acompañado de Don Tomás. El Ingeniero lucía su traje a cuadros y su más simple sombrerito. Dos vaqueros cubrían la retaguardia.

Tomás llevaba un platón vacío, apoyado sobre el cabezal de la silla de montar.

La Huila se levantó.

—Buenos días —les dijo ella—, ¿Les gustó el desayuno?

Tomás le aventó el platón a uno de los trabajadores que estaba al lado de ella.

—Estuvo bueno —dijo—, gracias.

Ella saludó llevándose la mano a la cabeza.

—¿Qué decidiste? —le preguntó.

Tomás se peinó los bigotes con los dedos.

—Nos quedamos —dijo—, hay que reconstruir.

Se levantó un murmullo, aunque no era posible dilucidar si de temor o de complacencia.

—Pues habemos algunos que no nos queremos quedar —dijo La Huila—, esto está embrujado.

—¡Ay María Sonora! —suspiró él—, ¿No será que crees que todo Sonora está embrujado? ¿Qué no hemos visto cosas raras durante todo el trayecto desde Sinaloa? ¿Embrujado? —Su risa resonó como ladrido. Los otros jinetes se rieron con él—. Tengo varios ranchos. Puedo mandar a algunos a trabajar en Aquihuiquichi, y otros a Santa María, ¿está bien así?

La Huila asintió.

Más murmullos corrieron.

—Y tú vas a reconstruir Cabora —observó La Huila.

—Muy pronto —contestó él—. Pronto. Pero el Ingeniero Aguirre se va a quedar a cargo del rancho en mi ausencia. Delego en él toda mi autoridad —lo obedecerán sin chistar, como si hablara yo mismo.

Luego, mientras cabalgaba rumbo a los cerros, Tomás recordaba los temores, las quejas, los alegatos. La Huila discutió con él y La Gente le rogó que no se fuera. Pero ya se había pasado la noche alegando con Aguirre y el Segundo. Había rebatido todos los argumentos de sus vaqueros, aunque no pegó los ojos en toda la noche.

—¡Por el amor de Dios, idiota, llévate unos hombres armados! —imploró Aguirre.

—No.

—Eso es un suicidio, Patrón —alegó el Segundo—. No te vayas solo. Por lo menos deja que te acompañe yo.

—No.

—¡Te van a matar! —gritó Aguirre.

Tomás sentía que los yaquis tenían que respetar su arrojo si cabalgaba hacia ellos sin el respaldo de pistoleros a sueldo. Y si no quedaban impresionados, por lo menos evitaría que murieran más de sus hombres. Además, los yaquis no eran buenos jinetes, como los apaches o los comanches, estaba seguro de poder superarlos a caballo y al fin y al cabo llevaba dos pistolas, una escopeta y un rifle Winchester en bolsas colgadas de la silla de montar. Era capaz de abrirse paso a balazos si fuera necesario. O caería disparando.

—Soy buen católico —bromeó—. Se me unirán rezando el rosario.

Su partida había sido casi inadvertida. Tomás agarró sus armas de fuego y se puso un enorme cuchillo de caza en la parte de atrás del cinturón.

Llevaba sus pantalones negros con concha, unas chaparreras de baqueta y un gran sombrero. En las alforjas iban dos sacos de pesos de oro para pagar el rescate de las mujeres secuestradas. Había cabalgado hacia el lado opuesto del rojo amanecer.

Cuando llegó a Álamos esa tarde, le encantó ver cantinas y restaurantes y árboles. Le dio unos cacahuates a un perico que estaba en un obelisco. Comió chorizo con huevo, calabaza y papaya, un platón de arroz cocinado en salsa de tomate con rodajas de cebolla morada encima; café con leche hervida y tres piezas de pan dulce. Por si acaso el chorizo le daba soltura, compró en la botica unos polvos, junto con siete puros y una lata de tabaco —había leído en algún lado que a los caciques indios les gustaba el tabaco. Dejó su caballo en un establo y se dirigió al hotel de enfrente a la plazuela. Rentó un cuarto y pagó por un baño. Se sumergió en el agua caliente y se quitó a estropajazos el olor a vaca. Cuando salió, el agua de la tina parecía sopa.

—Soy un puerco —comentó.

Sacó de su mochila unos pantalones limpios y una camisa blanca, se cambió, se miró en el espejo y se alisó el cabello. Bajó al bar y se aventó un caballito de tequila con limón, para luego sentarse a jugar póquer. Le pagó al cantante tres canciones y después se dirigió a la casa de sus primos, donde tomó té y acarició niños. A media noche regresó a su habitación, se acostó en la cama de plumas y durmió cual cansado ángel. Se levantó de madrugada, se vistió y bajó a desayunar fruta, bolillos, un bistec de jamón con chiles verdes y cuatro huevos.

Se compró unas botas duras, se cortó el cabello y se puso a esperar que abrieran el telégrafo. Le mandó a Don Miguel una corta nota que leía: *¡Se quemó Cabora! Reconstruiremos. Yo negociaré con los renegados. Aguirre y Segundo a cargo del rancho.*

En el camino fuera del pueblo se detuvo en La Capilla, la gran casa de los Urrea, y se asomó a ver sus finezas. Las sirvientas se pusieron nerviosas. Le guiñó un ojo a una linda plebe de Nogales y le dijo:

—¡A ti de seguro te volveré a ver! ¿Cómo te llamas?

—Yoloxochitl —contestó.

Le pareció maravilloso, se montó en la silla y salió al trote rumbo a los territorios desolados.

⚜

Los trabajadores de Cabora le habían dicho que la Villa de los guerreros se encontraba como a quince kilómetros, pero había el pequeño detalle de que no sabían en qué dirección. Las opciones conformaban un arco de más de ochenta kilómetros. Cabalgó rumbo a Bayoreca, un pueblito minero que era el único rastro de civilización fuera de Álamos. Al menos podía comenzar por ahí. Interrogó a cuanto viajero con aspecto indio se encontró. Nadie sabía cuál tribu yaqui era responsable por el ataque, ni menos cómo se llamaba su Villa. Le dijeron que tal vez en Bayoreca encontraría información. Con suerte hasta podría encontrar a algunos de los atacantes, pues los yaquis acostumbraban emplearse en las minas, donde le sacaban provecho a su inmensa fuerza física para jalar los carros de metal hasta afuera de los tiros.

Era una jornada de un diá y Tomás llevaba sus tendidos enrollados detrás de la silla. Las provisiones eran carne seca enchilada, un bote de frijoles con tapón de corcho, bolillos, una bolsa de baqueta llena de arroz cocido, un pedazo de tocino envuelto en papel encerado, así como unas cervezas. También llevaba un costalito con granos de café tostados y molidos. Las tres cantimploras colgaban de la silla. Sartenes, platos y la cafetera hacían mucho ruido al chocar unos con otras. Tenía una buena provisión de balas y sus infalibles jujubes.

El mundo estaba mudo a su alrededor. Mudo y vasto. Sin el freno que significaban el ganado y los peones, se sentía livianito, como plumas al aire. Podría volar si el viento lo empujara correctamente. Nunca había ponderado cuán grande era aquella tierra. El cielo parecía más grande aún. Con todo y su inmensidad, la Tierra no era más que la delgada capa de caramelo que cubre un flan, y el firmamento se elevaba conformando una altísima cúpula que se esparcía por siempre.

Los cuervos se veían tan pequeños a la distancia como las cenizas de su cigarrillo. Casi no alcanzaba a escuchar sus cantos. El silbar del viento acallaba sus voces, como si las hubiesen doblado y guardado bajo un doblez del cielo.

Más arriba, el sendero ascendía las faldas de los cerros. Había agave, ocotillo, creosote, mezquite. Vio flacos jacales todos chuecos, como inclinados ante el viento. Niños encuerados con las nalgas blancas por el polvo alcalino. Tres tumbas a la orilla del camino; cruces blancas sin letreros y piedras también blanqueadas, como si les hubiera nevado en aquel calorón. Las moscas le molestaban la nariz y la boca. Se jaló hacia arriba el paliacate para cubrirse la cara, y los pobres hombres que lo veían se encogían temerosos, seguros de que ese bandido grandote había descubierto sus pecados e indiscreciones, la mala hora que llegaba al fin; y por tanto se agachaban y enconchaban esperando los balazos. Pero ya se había ido alejado en su negro corcel El Cucuy, sin más huella de su paso que el eco agonizante del sonar de sus cascos; nada de tiros, ni una palabra.

Barcazas de montaña descendían por el camino —filas de burros cargados a capacidad con equipo, máquinas y herramientas envueltas en lona y conducidas por aburridos hombrecitos con varejones, gente molacha, prietos, descalzos, con desparramados pies que parecían baqueta frita de tan amarillos y cuarteados. Saludaban a Tomás con una inclinación de cabeza al pasar, echándole una mirada furtiva a sus armas y desviando la mirada de inmediato.

—¿Falta mucho? —les preguntaba.

—No mucho —respondían.

Superó la cima del risco y contempló el abigarrado y derruido pueblo de Bayoreca. Un pueblo de humo y talco. Tiros de mina, borrachos esparcidos por los callejones como ropa desgarrada, perros muertos, tendederos. Estaba asqueroso. Olía la peste a tres kilómetros de distancia.

Veinte

TOMÁS HABÍA DEJADO la tienda de campaña reservada para Doña Loreto, y La Huila con su equipo la invadieron de inmediato tendiendo sus cobijas sobre los catres. Don Lauro armó su cama bajo un álamo enseguida de las ruinas de la casa. Ubicó la cabecera metálica y el marco de los pies con una mesita de noche al lado, un rifle recargado en la mesita y una carrillera colgada de la cabecera, que en realidad parecía una cerca de fierro negro, toda llena de barrotes y postes; y durmió allí plácidamente arrullado por la brisa nocturna.

Cuando despertó en la mañana, había gallinas paradas en la cabecera, cacareando bajito y ronroneando como gatos rotundos. Los trabajadores de Cabora habían huido después del ataque, dejando vacíos sus jacales y destartaladas casuchas allá atrás de los corrales y establos, lo que permitió a los peones llegados de Sinaloa escoger lugares. El caserío era prácticamente idéntico al que dejaron, es decir, dos filas chuecas de jacales con unas letrinas de cartón apestando la retaguardia y más atrás los chiqueros. La callecita incluso contaba con el mismo estanque lodoso de miados de burro. Los nuevos habitantes se repartieron en el mismo orden que guardaban antes. Don Teófano, el asistente personal y arriero de La Huila, empezó del lado izquierdo de la calle, al extremo oeste. Le gustaba verse como el guardián y centinela de la villa, aunque se necesitaba explotar en su puerta un cartucho de dinamita para despertarlo. Cada familia se agachaba humildemente para cruzar el umbral de su nueva morada, se acostaban en las cuiltas de paja y adoptaban como propias las pulgas de los previos ocupantes. Pronto bautizaron el caserío con el mismo nombre que su antiguo barrio, El Potrero.

Los que sobraban —vaqueros y aquellos que ya no alcanzaron jacal— se refugiaban en los pocos establos que sobrevivieron el fuego, o se metían a dormir debajo de las carretas. Teresita dormía con La Huila. Los alacranes se deslizaban por las paredes, saliendo sigilosamente de las palmas y ramas que los viejos trabajadores usaron para tejer los techos. También las cachoras poblaban las paredes, curiosas criaturas de repulsivos colores que se la pasaban haciendo lagartijas y luego corrían por la madera y ladrillos en fiera competencia.

El Ingeniero Aguirre se había hecho cargo de Cabora. ¿Cómo reconstruir la Casa Grande si no tenían madera? La respuesta era el adobe. Tenían barro y tierra, lodo y paja. Algunas vigas, negras de quemadas pero todavía sólidas. Músculos, manos y pies.

Barrieron los carbones y la ruina de la Casa Grande y a Aguirre le dio mucho gusto constatar que los cimientos estaban buenos. Los ladrillos habían resistido el fuego y las vigas de madera eran muy densas, no ardían. El porche y los escalones se veían bien y la chimenea con su torre seguía allí. Mientras la mitad del equipo se dedicaba a recoger lo que todavía servía, el resto arrancó tablas de las cercas y de la parte posterior de los establos y desmanteló unas de las casetas para herramientas, para luego hacerles marco a una larga fila de ladrillos de adobe. Ahí estaban tirados en el suelo como pasteles de chocolate. Teresita y los demás plebes jugaban a danzar sobre la mezcla de barro y paja para irla amasando, mientras el lodo se les metía entre los dedos.

En las casetas desmanteladas, el Ingeniero descubrió una carga de tubos de cobre y se dedicó toda la tarde a diseñar un sistema de acueductos que llevara el líquido desde el molino de viento hasta la casa, pasando por en medio de El Potrero. Cuando terminó de tender la tubería, ésta formaba cuadros que los niños aprovecharon para sus juegos. El agua goteaba ininterrumpidamente hacia unos barriles colocados en el lado más próximo del callejón del Potrero, y luego bajaba en cascada hasta un vasto recipiente de barro al lado de la cama de Aguirre, que con ello creaba una atmósfera agradable y fresca para leer acostado, cubierto con la sábana de flor de maíz de La Huila para protegerse de los zancudos. Esa noche, cuando apagó su lámpara, se quedó admirando el vívido firmamento, la inmensidad de las estrellas azul-blancas, esas extrañas estelas dejadas cuando los meteoritos le bajaban el cierre al cielo. A la luz de un cerillo, consultó su pequeño atlas de las estrellas, revisando las misteriosas formas del zodíaco. Cuando salió la luna sobre los lamentables dientes de la sierra, Aguirre abrió un portafolio de piel que conservaba en la mesita y sacó un telescopio de latón para observar las cañadas y cañones de la luna, así como los cráteres y océanos muertos. Los europeos siempre habían distinguido en la superficie de la luna la figura de un hombre, lo cual había aprendido cuando estuvo en El Paso. Sus padres en cambio creían ver a un conejo y eso era lo que veía él todas las noches, una liebre erguida sobre sus patas traseras, con las orejas planchadas hacia atrás, aparentemente dándole mordiscos a la orilla del fantasmal satélite.

※

A veces Teresita se quedaba viendo leer a Aguirre parada un poco más allá del alcance de la luz de su lámpara.

La Gente creía que estaba bastante loco, durmiendo así a la intemperie en la camota de Urrea, con gallinas encaramadas en su cabecera y perros vagabundos reunidos a su alrededor, cada noche en números mayores —con su pijama blanca, su telescopio, sus libros y su fuente de barro burbujeando ruidosamente toda la noche. Cuando el gato del establo decidió que lo amaba por encima de todos los hombres y Aguirre lo autorizó a dormir con él en su cama, todo mundo se escandalizó. Pero a Teresita le parecía fascinante.

Las auras de color que rodeaban a La Gente habían retornado, todavía tenues, pero al mismo tiempo cada vez más nítidas. Teresita estaba empezando a ver cosas, tal como La Huila había predicho. Pero no era algo mágico, apenas estaba llegando a la edad de apreciar lo que nunca antes había notado. Por ejemplo, recientemente había empezado a notar que los toros empujaban por detrás a las vacas. Luego percibió que los caballos también empujaban a las yeguas. Y cuando le comentó a La Huila lo que había notado, ésta la jaló para detrás del establo y le contó lo que los animales estaban haciendo. Y Teresita pegó un grito de horrorizado gusto, y se habían carcajeado juntas como niñitas.

Y La Huila le enseñó a ordeñar vacas, pues hasta entonces sólo había ordeñado chivas. Y la Huila le dijo:

—Todavía no tienes tetas, pero te van a crecer. Las mías, hija, ¡las mías cuelgan tan guangas como las de la vaca! Donde empiezan se ven grandes, pero más abajo están sólo alargadas.

—¡Bendito sea Dios! —río nerviosamente Teresita ante esa plática atrevida.

Teresita no se había fijado en cuántos trabajadores del rancho tenían los dientes picados, o que les faltaran piezas, o que tenían la quijada chueca o se les habían churido los labios donde les faltaban dientes. No notaba el número de rencos a su alrededor —las lesiones en tobillos y pies, las piernas retorcidas por accidentes o enfermedades. Tres hombres distintos tenían estropeados los brazos ahí en El Potrero —dos brazos chuecos como ramas de árbol, y una mano a la que le faltaban la mitad de los dedos y estaba toda engarrotada. Había ojos blancos y tuertos y bizcos y pizpiretos. Los vaqueros estaban todos chaqueados, algunos incluso habían perdido el dedo gordo o el índice. Estaba ella asombrada. El mundo sufría más heridas de las que jamás se hubiera imaginado.

Unos perros corrían sobre tres patas.

¿Qué estaba pasando?

Gallinas muertas yacían en los gallineros siendo desmanteladas por millones de insectos.

Le preguntara a quien le preguntara, aunque fuera mucha gente, incluso a La Huila o a los omnipotentes vaqueros, nadie podía explicarle por qué existía el sufrimiento, por qué había dolor y muerte y pena en el mundo. Le enfrucía de frustración escuchar que el sufrimiento y la enfermedad eran "la voluntad de Dios". O la filosofía vaquera que se limitaba a señalar que la vida era dura y debías nada más apretar los dientes si te dolía y no quejarte, o si de plano el dolor era demasiado, te ibas al monte a esperar que pasara, como si fueras un coyote herido o un tigrillo de la montaña. Esas explicaciones le provocaban también frustración. La peor era La Huila. Teresita estaba aprendiendo, para su enorme sorpresa, que la vieja no sabía todo. De hecho existían misterios que eran demasiado

profundos hasta para anciana y a Teresita no le satisfacía la cara de serenidad que adoptaba La Huila ante lo desconocido. No se atrevía a decirlo
en voz alta, pero no le bastaba con quemar incienso o cedro u otras yerbas, ni arrodillarse o hacer la señal de la cruz con agua bendita sobre la
frente, ni rezar un rosario o cantar las ancestrales canciones del venado o
hacer una ofrenda a los cuatro vientos. ¿No desesperaba a La Huila for-
mular preguntas que nunca eran contestadas? ¡Ah! Pero ya se sabía de memoria la explicación que daría la vieja: *Hay preguntas que no se hacen. Hay
preguntas que no se hicieron para ser contestadas.*

Teresita vagaba en un una nube de visiones. Aguirre, en su camota allá
en la arena, con su lucecita trémula y sus pilas de libros, tal vez no era el
más grande misterio de Cabora, ni de la gran Sonora que se extendía más
allá del zaguán. Pero de que era desconcertante…

❊

Una mañana, Aguirre se levantó al amanecer. Las gallinas estaban de
guardia encima de él; por experiencia había aprendido a voltearlas de
modo que el trasero diera hacia afuera y el suelo más allá de la cabecera
estaba tupido de caca. Cinco perros se amontonaban a los pies de la
cama, dormidos unos encima de otros, con las patas desparramadas
como si estuvieran borrachos, con las orejas abanicando sin orden cual
alitas leves. Las garrapatas les colgaban gordas como bayas. Teresita estaba sentada en el colchón acariciando al gato.

Por alguna razón, Aguirre soltó de exabrupto:

—¿Perdón?

—Buenos días —dijo ella.

Él se tapó con la sábana hasta la barbilla.

—B-buenos días —tartamudeó.

—¿Qué lees en la noche?

—Últimamente he estado releyendo El Quijote —le dijo. Las gallinas
cacarearon. Los perros se rascaron. Aguirre pensó que aquella era una
muy peculiar escena.

—¿Puedo verlo?

—¿Qué? ¿El libro?

Asintió.

Él se incorporó y trató de asentarse el cabello con las manos. Se pasó los dedos por el bigote. Bebió un sorbo de agua de una taza de barro. Luego bajó la taza y tomó el libro, le dirigió una sonrisa como si se tratara de un viejo amigo y se lo ofreció a ella.

El libro se sentía pesado. La cubierta era de piel suave. A Teresita le gustó la sensación que le quedó en los dedos. Las letras eran de oro brillante.

Tocó el título con un dedo.

—¿Qué es esto?

—El título —le explicó él—, *Don Quijote de la Mancha.*

Ella tocó la primera corta palabra.

—¿Esto?

—Dice Don.

—Don. ¿Como Don Tomás?

—O Don Lauro —agregó él, queriendo recordarle su propio status. La muchacha se dirigía a él con una extraña familiaridad. Apenas podría calificarse de respetuosa.

—Don —sonrió y le pidió—: Dime las otras letras.

—D-O-N —masculló él, mirando por todos lados para asegurarse de que nadie estuviera atestiguando esa ridícula clasecita de lectura.

—¡D! —suspiró ella—, ¡O! ¡N! ¡Don!

Luego se rió complacida, era su primera palabra, había aprendido a leer una palabra.

Él le quitó el libro, lo hojeó rápidamente hasta encontrar lo que buscaba.

—¡Ahí! —le dijo, mostrándole la página—, Mira allí —y le apuntó a una línea.

—¿Cómo dice ahí?

—Urrea.

—¿Dónde?

Apuntó a las letras.

—¿Es Don Tomás Urrea?

—No, no, eso pasó hace cien años, pero es uno de los ancestros de Don Tomás Urrea.

—Entonces ¿hay un Urrea en este libro?

—Así es, y Don Quijote afirma que es muy poderoso.

—¿Hay un Urrea en cada libro?

Aguirre se rió.

—¡Cielos! No —agregó.

—Gracias —dijo, saltando de la cama—, debería levantarse, Don Lauro, ya es tarde.

Bajó el libro, le dijo adiós con un movimiento de mano, y luego se arrancó corriendo entre un concierto de ladridos.

Veintiuno

APARENTEMENTE PERDIDO EN LAS ROJAS planicies, con su larga sombra confundida con los atormentados vericuetos de los cactos negros y el ocotillo, apareció el solitario jinete. Su sombrero proyectaba un óvalo de sombra sobre su rostro, y su cuchillo metido en la base de su espinazo lanzaba destellos donde se asomaba por debajo de su funda de cuero de venado. Cuando se cruzaba con caravanas se tocaba el sombrero a guisa de saludo, y si encontraba viajeros solitarios o grupos de indios, sacaba el rifle y lo mostraba atravesado en el regazo.

Tomás había probado víbora de cascabel con una pequeña banda de cazadores apaches, agachado junto a ellos alrededor de una fogata. Traían unos pantalones bombachos y llevaban un paliacate amarrado en la cabeza. Tenían grandes y atractivas narices, así como ojillos papujados. Las pieles de las víboras estaban tendidas al sol y la rosada carne de tonalidades violeta pálido, estaba asándose en la lumbre metida en palos. Comían pedazos que cortaban con los cuchillos y le apuntaban a Tomás con ellos señalándole la fogata y riendo burlescos. "Cabrones", exclamó. Todos sabían, sin tener que decirlo, que igual de divertido sería ponerlo a asar a él sobre las brasas. Los apaches murmuraban entre sí y reían, tallándose la cara y sacudiendo la cabeza en muda burla del tonto hombre blanco. Les caía bien. Les hizo café. Les gustaba ese gesto. Cuando llegó la hora de partir, amarraron una víbora de cascabel gorda a un mecate y se la colgaron del pescuezo. Lo rodearon blandiendo, amenazantes, los cuchillos entre risas y él sacó el rifle y les apuntó juguetonamente también. Todos pensaron que aquello era hilarante.

Durmió esa noche al lado de la brecha. Amarró el garañón a un palo verde. Había oído hablar de esos árboles, pero era la primera vez que los veía. No parecían tener mucho en materia de hojas. Los troncos eran verdes y tan tiernos, que pudo tallar sus iniciales con la uña: T. U. Sacudió el cascabel para ahuyentar a las jabalinas y los coyotes. Luego descubrió una saliente sobre el arroyo y debajo de ella media cueva, donde extendió sus tendidos sobre la arena fresca bajo cubierta. Reunió y amontonó ramas y esqueletos de chollas que semejaban troncos huecos con ventanitas. Encendió una fogata, orinó en un hoyo, y cocinó los cuadriles de un conejo que había matado, cuyas largas patas traseras parecían muslos de pavo. Le embarró algo de sal a la carne y se la comió, aunque adentro todavía estaba medio cruda, rosita. Hirvió el café y le agregó una generosa porción de Ron. Para el postre tenía jujubes.

Mirando el firmamento trató de rezar, pero se sintió hipócrita.

A la mañana siguiente, cabalgando por la brecha llegó hasta el portón de una hacienda, La Paloma. DON WOLFGANF SIEBERMANN, PROP. Decía el letrero. GANADO, MAGUEY, HENEQUÉN, ALGODÓN. Se aventuró más allá del alto arco sobre el camino, sobre el cual estaba clavada una calavera de vaca. A lo largo de los postes había herraduras en fila. Tomás recordaba haber oído a Don Miguel mencionar a los Siebermanns —a Don Wolf le decían a escondidas "El Alemán".

Vio un grupo de vaqueros a la distancia, reunidos en un parche de deslumbrante aridez y rodeados de caballos apáticos.

Trotó hacia allá.

Voltearon a verlo.

Eran diez, seis armados con palas. Entre ellos, un montón de tierra recién escarbada y al lado otro montón pegado a un pozo profundo.

—Buenos días —saludó Tomás—, soy Tomás Urrea, de la hacienda de Cabora.

Se le quedaron viendo apoyando los brazos en las palas.

—Don Tomás —dijo uno de ellos saludando con una inclinación de cabeza.

A Tomás le parecían extrañamente taciturnos.

—Ando rastreando unos yaquis renegados.

Se miraron unos a otros.

—¿Yaquis? —dijo el que parecía ser el líder—. Muy mal asunto.

—Me quemaron el rancho —comentó Tomás—. No sería malo advertirle a Don Wolf que tenga cuidado.

—Gracias por la advertencia, Señor.

Se le quedaron mirando en silencio.

—Pero no hemos visto yaquis por aquí.

Tomás se asomó al pozo.

—¿Algo más? —preguntó el capataz.

—No, no —Tomás parpadeó. Algo se movía adentro del pozo—, Gracias, ya me voy.

—Buen día —lo despidió el hombre.

Los excavadores agarraron sus palas y se agacharon a continuar la tarea.

—¿Puedo preguntar en qué proyecto están trabajando?

—Mire Don Tomás —contestó el capataz—, hemos estado escarbando desde la madrugada —se limpió el sudor de la frente—, usted es Patrón, ya sabe cómo está la cosa. Si el Patrón lo ordena, todos obedecemos sin preguntar nada.

—Admirable actitud —reconoció Tomás—, pero, ¿qué les ordenaron? Digo, si no les importa la pregunta.

El capataz soltó la pala y se dirigió a su caballo. Sacó una cantimplora de la silla y bebió un trago de agua tibia.

—Pues —dijo—, es un asunto laboral y esos nunca terminan.

—Ya lo sé —asintió Tomás—, nunca se acaban los asuntos laborales.

—Sí, señor. Pues, como le decía —se limpió la boca, bebió otro trago, suspiró, tapó la cantimplora—, Don Wolf es muy estricto, como debe ser con esta gente. Son una bola de buenos pa nada. Si les suelta la rienda siempre hay problemas.

—Es cierto —aportó uno de los excavadores. Aventó al pozo una palada de arena; salió una nube de polvo.

—Resulta que el otro día se enamoraron dos peones —continuó el capataz. Se encogió de hombros—, esos peones cogen como animales. Pero Don Wolf cuida de la manada, de las vacas, de los caballos y de los trabajadores también. Así que cuando es tiempo de boda, Don Wolf procura que se den los mejores apareamientos, ¿ve? Tiene un ojo infalible para escoger a las parejas.

—¡Es un criadero! —exclamó el excavador.

Más tierra cayó al pozo.

—Pos a esos dos les negaron permiso para juntarse, pero ni modo, Señor, como quiera fueron y se casaron.

Tomás sintió un escalofrío bajarle por la espalda.

El capataz hizo un gesto señalando el montón de tierra más lejano.

—Allá quedó ella.

El otro dijo:

—Don Wolf quería que antes de que enterráramos al bato, viera cuando la enterrábamos a ella.

Tomás entendió entonces: era un pie lo que se agitaba entre la tierra dentro del pozo.

—¿Lo enterraron vivo?

Todos pararon de escarbar y se le quedaron viendo inexpresivos.

—Sí, Señor.

—A ella primero. El bato luchó como perro —dijo el capataz—, pero pues, no seremos machos pero somos muchos, no pudo con nosotros. De todos modos nos tardamos un buen rato. Para cuando acabamos de cubrirla de tierra, el pobre ya se había rendido. Con ella enterrada, cuando lo echamos a él en su pozo casi ni se resistió.

Tomás preguntó:

—¿Puedo comprar el contrato de ese hombre?

—¿Quiere salvarlo?

—Traigo dinero, puedo pagar un buen precio.

El capataz meneó la cabeza.

—No, yo creo que no —dijo.

—Aparte ya dejó de moverse, yo creo que ya se murió —agregó el enterrador.

—¿Lo ve? —dijo el capataz—, Ya pa qué.

Tomás giró y se alejó rumbo al portón.

—¡Amor eterno! —gritó el enterrador—. Estarán juntos toda la eternidad.

Las palas emitieron su metálico lamento atareadas en empujar kilos de tierra dentro de aquella tumba solitaria.

Tomás apoyó la mano en el rifle, pero luego lo pensó bien, agarró las riendas y espoleó a su garañón para alejarse de allí de prisa y continuar su camino hacia las perversas lomas de los yaquis.

Veintidós

UNOS DÍAS MÁS TARDE, cuando entre un tremendo traqueteo llegó el Segundo con una caterva de carretas llenas de madera, así como una docena de trabajadores montados en caballos y mulas, nadie había tenido noticias de Tomás. Los límites inferiores de las flamantes paredes de la nueva casa ya estaban delineados con cordel y unos cuantos ladrillos habían sido tendidos. Aguirre había trazado los planos de una gran casa de adobe de dos pisos, con el porche convertido en veranda. Quedaba cerca de un arroyo y cuando se apareció el Segundo, por allá andaba el astuto Ingeniero planeando drenajes y canalejas en trazos dibujados a lápiz. Estaba seguro de que la solución era usar tubería de cobre.

El Segundo puso a sus hombres a trabajar —había que reparar las cercas, atender las vacas, cavar pozos. Tomás quería que se abriera un nuevo estanque para el ganado, y a pesar de que el Segundo no agarraba una pala ni en sueños, las órdenes se cumplirían pues esos muchachos llegados de Álamos estaban prestos para la labor. Muchos eran mineros, ya estaban impuestos.

Aguirre fue convocado y juntos recorrieron el terreno allende del potrero, hasta identificar una hondonada que fácilmente podía profundizarse y ampliarse —sus muros naturales formarían los lados de un estanque triangular. Acordaron edificar un muro al extremo sur para convertir el vallecito en una represa, con un vertedor que la conectara con el viejo estanque. Aguirre empezó de inmediato a calcular el potencial de bombeo del Molino de Viento. Llenó de números los márgenes de su cuaderno —¿y si le ponía lobinas o truchas al laguito? ¿No les aseguraría eso suministro de pescado fresco cada viernes?

—Tiene la cabeza muy ocupada —le dijo el Segundo a Teresita, quien había seguido a Aguirre como uno más de sus perros.

—D-O-N —dijo Teresita—, forman la palabra Don.

—¡Fíjate nomás! —dijo el Segundo. Luego se dirigió hacia el establo. Aunque ya apretaba el calor, el Segundo pensaba quitarse las botas y dejarse caer en un montón de paja. Se detuvo y exclamó—: ¡Oye niña!

—¿Qué pasó?

—Aprende a escribir *el Segundo*.

—Voy a preguntar cómo se escribe.

—Bueno —y se alejó.

Teresita corrió de regreso con Aguirre.

—Ingeniero —le pidió—, enséñeme otra palabra.

—¿Qué nueva palabra te interesa? —sin levantar la vista de sus interminables cálculos.

—Mi nombre.

Ahora sí elevó la mirada. Vaya que era persistente aquella diablilla. Pero ni modo de negarse, la petición era razonable.

La llamó con un abanicar de mano. Tomó un palo y se acuclilló.

—Fíjate bien —le dijo. Rascó la tierra hasta formar una T—. T —pronunció marcadamente. Ella repitió el sonido. La "E" fue dibujada y pronunciada enseguida, para después seguir con todas las letras de su nombre.

—Te-re-sa —dijo ella—, suena como una canción.

—Supongo que sí.

—Don Teresita.

—¡No, no! *Doña* Teresita, ¿ves? —Trazó la palabra en la tierra—. Es femenino, no masculino, Teresa.

Se rieron ambos de buena gana pues cayeron en cuenta de que no se trataba precisamente de una dama de alcurnia.

—Don Lauro —dijo ella extendiéndole la mano.

—Doña Teresita —contestó tomándola por los dedos e inclinándose.

La Huila estaba parada detrás de ellos.

—¿Qué diablos están haciendo? —les dijo.

Sin saber por qué, a Aguirre le dio un ataque de pánico y dio un salto atrás.

—Yo... —balbuceó.

—¡Me está enseñando a leer! —dijo Teresita—, ya sé escribir mi nombre.

La Huila pasó sobre los garabatos en el suelo y los contempló.

—Parece como que unas gallinas anduvieron por aquí —dijo, borrando todo con el pie y agregó—: ¡Tú! —apuntó a Aguirre—, Tú lees.

—Sí.

—Entonces puedes dar clases.

—Supongo que sí, aunque nunca lo he hecho formalmente.

—Mañana es domingo —sentenció la Huila—. Tú, Lauro Aguirre, nos darás Iglesia.

—¡Óigame Madame, yo no soy cura!

—Tú lees, pos lee el libro del cura.

Tomó de la mano a Teresita y se la llevó.

Así fue que el Masón Aguirre se convirtió temporalmente en el cura de Cabora. La Gente se aposentaba en bancas y piedras, o se sentaban en el suelo con las piernas cruzadas si no había más. Aguirre les leía el salmo 23, lo cual confortaba a La Gente, aunque solicitaban la traducción a términos vacunos, pues casi ninguno había visto jamás un cordero. Aguirre, no muy convencido de su capacidad para reescribir las escrituras, a pesar de que tampoco las aceptaba como documentos históricos verídicos, hacía de tripas corazón para declarar "el Señor es mi vaquero".

Don Lauro, siendo Don Lauro, pronto se entusiasmó con su papel de Ministro. Propició reuniones de salón por las tardes, a fin de dar clases de historia y filosofía. Diariamente, a las tres, se juntaban cerca de su cama, bajo el árbol, y escuchaban lecciones sobre magnetismo animal, el zodíaco o las maquinaciones políticas del régimen de Díaz. En una clase que Aguirre había intitulado *Las curiosas, pero verídicas, maquinaciones de Papantzín, hermana de Moctezuma, en el más allá que conocemos como Cielo, en compañía del gran arquitecto del universo llamado por los católicos Jesucristo.* Don Lauro les contó de aquellos tiempos cuando el gran sacerdote de los aztecas había percibido señales del próximo fin del mundo. Había cometas en el firmamento y espíritus llorosos por las calles; en efecto, explicó, ese terrible fantasma mexicano conocido como La Llorona, se les apareció originalmente a los aztecas en sus callejones. Su calendario llegaba a su final cíclico, el temido Nemontemi, la era entre eras, empezaba. Mensajeros llegaban de la costa con terribles noticias de grandes aves marinas blancas que yacían sobre las olas y encima de aquellas aves de blancas alas venían los favoritos de Quetzacóatl, dioses barbados que retornaban de la tierra del amanecer. Hoy, se entendía que esas aves eran barcos y los supuestos dioses eran simples españoles. Pero los temores en Tenochtitlán, centro del único mundo, eran grandes en aquellos ancestrales días.

Y Papantzín, la hermana del Rey Moctezuma, guardaba cama, enferma de fiebre y debilidad. Tan débil estaba, que eventualmente falleció. Y después de su muerte se fue al cielo.

Teresita se sentaba siempre al frente de la audiencia, con la barbilla apoyada en los puños escuchando atenta.

—Papantzín le dijo más tarde a Moctezuma lo que vio, ¡porque Papantzín resucitó de entre los muertos! ¡Sí! Papantzín fue regresada del otro mundo con una advertencia —¡una advertencia para la población respecto de las consecuencias de un gobierno injusto! —Aguirre se aclaró la garganta y continuó—. A Papantzín la recibió en la tierra de los muertos un hombre blanco con una túnica blanca. —La Gente se persignó. Reconocían la referencia a Jesús—: La llevó entre valles y llanos donde vio ella ríos y palomas. —Todo mundo asintió—. Pero el Señor la condujo a un valle oscuro y terrible que estaba lleno de huesos. —Todos gimieron—. ¡Huesos! ¡Huesos humanos! ¡Calaveras! Y le dijo: *Contempla a tu gente,* porque el Señor le advirtió a Papantzín que su pueblo sería destruido por medio de su propia ignorancia. Sus creencias los acabarían. Y Papantzín despertó en su tumba.

Todos inclinaron la cabeza.

—¿Se imaginan? ¿Pueden visualizar la deisidaimonia de los aztecas cuando ella resucitó?

La Gente pensó *¿qué dijo?*

—Al principio nadie se atrevía a acercarse a la tumba por miedo a que ella fuera un fantasma, un demonio enviado a hacerles daño.

Teresita se apretó la cara con las manos.

—¿Y luego? —exclamó, pero no oyó nada en respuesta, pues La Gente se estaban levantando y volteando y luego se escuchó el ruido de cascos y caballos resoplando y después corrieron todos hacia fuera a ver al patrón.

Aguirre bajó el libro y musitó:

—Mira pues.

Sentía alivio de que su amigo hubiese regresado, al parecer en una pieza. También sentía irritación porque su perorata había sido interrumpida. Y lo invadió la alarma cuando constató que a Tomás lo seguían unos indios.

≹

Tomás montaba su garañón y les sonreía. Tanto él como su caballo estaban pintados de amarillo por la capa de polvo que los cubría. Más tarde, La Gente comentaría que ya no era el mismo patrón, que era distinto del que había partido. Algo en él había cambiado durante esos días que pasó cabalgando solitario.

Los indios que los seguían lucían ceñudos y taciturnos, y a sus espaldas, las mujeres y los niños que habían secuestrado comenzaron un coro de lamentos y contra lamentos mientras La Gente danzaba y saltaba loca de alegría. Desmontaron y corrieron entre la multitud como gallinas descabezadas, con los brazos en alto, aunque en realidad no les había pasado nada ni conocían a nadie y sus cabañas eran ahora los hogares de unos extraños. Ya estaban en casa y eso era lo único que les importaba. Se mezclaron con sus semejantes y fueron absorbidos. Los vaqueros llegaron al galope y los perros ladraron. Aguirre se abrió paso entre los recién llegados, se estiró para alcanzar a Tomás y le estrechó la mano.

—Bienvenido —le dijo.

—Se ve bien —comentó Tomás mirando a su alrededor—. Buen trabajo.

—Claro que sí —reconoció Aguirre con una inclinación de cabeza.

Ya había girado una orden: unos trabajadores estaban descargando una cama de una carreta y la estaban armando cerca de la de Aguirre, bajo el mismo álamo. Dejaron junto a la cama un jarrito de barro con agua fresca del molino, y para cuando Tomás se fuera a acostar, ya tendría en su mesita un plato con cubiertos y biznagas junto con el agua.

Tomás divisó la sierra en lontananza, sacudió la cabeza y bajó la mirada.

—Huila —dijo escueto.

—Señor —contestó ella—, a sus órdenes.

—Y tú —le dijo a Teresita.

Ella bailó los dedos.

El Segundo se acercó. Sus piernas pandas de tanto montar le daban un aire como de marino que se mece con el vaivén de un barco.

—Patrón —dijo.

Tomás le sonrió.

—Anduve allá —le dijo.

—Así es —asintió el Segundo. Lo había visto en su rostro—. Y te gustó.

—¿Ah sí? —respondió Tomás.

Tuvo la intención de contarles todo respecto de su viaje. Del indio loco que lo guió hasta la villa de los guerreros. De cómo ese corredor encuerado que traía unos cuernos de venado amarrados a la cabeza había corrido en reversa, gritando y parloteando y riéndose de él. De cómo el corredor había acelerado y se había detenido de repente agachándose y abriéndose el trasero y enseñándoselo a él, al tiempo que emitía los más groseros ruidos. De cómo el corredor se mió en la brecha, luego se agarró la panza con las manos e hizo la mímica de estarse riendo de Tomás. Y de cómo cuando se cansó de reírse empezó a hacer una pantomima de llanto, tallándose los ojos con los nudillos y apuntando a Tomás y llamándolo claramente "yori chillón".

De cómo el corredor lo guió hasta la villa y cómo los lugareños salieron armados y le gritaron al corredor, y éste hacía cabriolas y patinaba y atravesó toda la villa hasta el otro lado, sin hacer pausa más que para menearle el trasero a Tomás antes de irse bailando hasta desvanecerse.

Quiso decirles de los combatientes que se quedaron atónitos cuando pasó cabalgando entre ellos, algunos corriendo hacia él, golpeándolo con sus garrotes, amenazándolo con los machetes. Cómo su garañón se había mantenido imperturbable en medio del torbellino, para luego danzar en el mismo lugar, moverse de lado y para atrás, formando cuadros simétricos en medio del pueblo, con los guerreros retrocediendo medio medrosos y medio divertidos ante ese yori loco y su caballo endemoniado. Cómo el anciano Cacique del pueblo se había aparecido luciendo un crucifijo, hablando en español; hubiera querido decirles cómo hablaron de muchas cosas.

Quiso hablarles de las estrellas. De los amantes en aquellas infernales tumbas. De los apaches y su víbora tatemada.

Pero supo de repente que no les diría nada. Siempre se había considerado un hombre indomable, y ahora de pronto descubría que era medio coyote. Había experimentado en las últimas semanas lo que era ser de verdad indomable. Y que el coyote estaba condenado a vivir enjaulado en su status social. Tomás no imaginaba cómo podría liberarse.

Esos yaquis no fueron de mucha ayuda. Habían entendido desde el principio al coyote que llevaba adentro. Ellos eran en parte águila, en parte chuparrosa y en parte culebra. Nunca habló con sus mujeres, pues los yaquis conocían su verdadera naturaleza y estaban conscientes de que ya los amaba, así como del giro que ese amor tomaría en cuanto oscureciera y las chicas se retiraran a sus casas. Les caía demasiado bien como para matarlo, pero también apreciaban demasiado a sus mujeres como para permitirles que se casaran con un yori, así fuera un yori rico. Así que se sentaron a platicar con él y le contaron de sus vidas. De la destrucción de su tierra, de la invasión yori, de la hambruna que desfiguró a sus hijos y postró a los ancianos, de masacres y colgados, de torturas y asaltos. De villas enteras abandonadas a la fuerza obligados por los soldados, de familias arrojadas al mar, de niños atravesados con ramas de árbol pudriéndose abandonados, de los que sirvieron de alimento a los tiburones, o que murieron aplastados por los cascos de los caballos. De cabelleras cortadas a solitarios viajeros para vendérselas al estado. Del miedo.

Después de que aprendió a entenderlos y de que negoció la liberación de sus rehenes, decidió llevar consigo a algunos de ellos hasta Cabora, a fin de que pudieran explicar sus razones ante los líderes de su gente. Pero él no haría ninguna defensa de su propio caso. ¿Quién podría escucharlo? ¿Quién lo comprendería?

Con un gesto indicó a los yaquis que desmontaran. Se bajaron de sus monturas y se quedaron parados, con los pies planos sobre el suelo. El anciano se adelantó. Tomás se deslizó de su caballo y se paró junto al anciano.

La Gente calló. Teresita se abrió paso hasta el frente, se recargó en la cadera de La Huila, y observó. El anciano la miró y dijo en La Lengua:

—Te conozco. Te vi cuando la vieja andaba volando.

Ella levantó una ceja.

El anciano se aclaró la garganta y dijo en español:

—Sentimos mucho haber quemado su rancho.

La Gente volteó a verse unos a otros: La Huila miró al Segundo, el Segundo miró a Aguirre, Aguirre miró a Teresita, ésta miró a Tomás. Luego La Huila miró a Don Teófano y él miró a alguien más.

—Creímos que estábamos en guerra con ustedes —continuó el anciano.

Se encogió de hombros.

—Estamos en guerra con todo mundo.

Se cruzó de brazos. Todo este hablar con yoris y mestizos, ¡*puff!*

—¿Saben qué? Estamos en guerra con todo el que no habla cahíta. Algunos de ustedes sí hablan como seres humanos y con esos no estamos en guerra. No los mataríamos aunque volviéramos a quemar el rancho.

—¡Pues qué gran alivio, cabrones! —masculló La Huila.

Todos se rieron, hasta el anciano yaqui.

—Creímos que estábamos en guerra con el Rascacielos este —dijo refiriéndose a Tomás—. No lo conocíamos, pero lo habíamos visto en sueños. Creímos que todos esos yoris eran lo mismo.

Tomás le ofreció un puro. Lo aceptó y encendió con la lumbre de un cerillo que le acercó el Segundo. Rezongó las gracias.

—¿Por qué nos atacaron? —preguntó Aguirre.

—Teníamos hambre.

—Vacas —agregó otro.

—¡Vacas! —dijo el Segundo.

—Hambre —repitió el anciano. Creyeron que estaba muino. Unos pocos creyeron que era tonto. Pero él simplemente no estaba de humor para perder tanto tiempo dando explicaciones a unos *yoris bichis.*

—Aguirre —dijo Tomás—, ¿cuánto piden los curas por diezmos?

—Recomiendan que se de un diez por ciento de las ganancias a los pobres, mi querido Urrea.

—Diez por ciento —repitió Tomás—, de ahora en adelante Cabora aportará diez por ciento de sus cosechas y de su ganado a los yaquis. Si tenemos cien vacas, se llevarán diez.

El anciano miró a su gente. Todos asintieron. Se sacó el puro de la boca y solamente dijo: —Bueno.

—Tu gente no pasará hambre mientras estemos aquí —siguió Tomás—, y los terrenos de los ranchos Urrea serán siempre refugio para ustedes. Aquí en Cabora, en Aquihuiquichi, en Santa María. Ustedes nos protegerán de ataques indios y nosotros los protegeremos de los soldados.

El anciano asintió. Él y Tomás se estrecharon las manos.

—Les quiero enseñar algo —dijo Tomás a La Gente.

En el grupo yaqui había una mujer. Según Tomás era muy bella, pero para él casi todas las mujeres eran bastante bonitas. Ella cabalgaba hacia la retaguardia del grupo y nunca le había dirigido la palabra. Llevaba el cabello largo y suelto, cubriéndole los lados del rostro. Había desmontado y estaba calladita detrás de los hombres yaqui. Tomás estaba seguro de que ella haría entender a su gente.

—Chepa —dijo—, por favor.

La llamó con un movimiento de la mano y ella se aproximó.

—Esta es Chepa —declaró.

El anciano le susurró algo, ella asintió y luego él fue levantándole el cabello hasta dejar en evidencia que le faltaban las dos orejas. Debajo del cabello sólo había unos repulsivos muñones, arrugados y blanquizcos.

—Hombres blancos —dijo el líder yaqui.

Luego le bajó el cabello, giró sobre sus talones y se alejó. Cada indio hizo exactamente lo mismo y todos lo siguieron. Tomás y La Gente se quedaron viéndolos caminar a través de aquella planicie ardiente, dejando atrás los caballos que se habían robado, sus figuras ondeando entre las oleadas de luz, disminuyendo hasta aparentar romperse en pedazos, con las cabezas y los corazones zambulléndose en el plateado firmamento hasta que no eran más que granitos de pimienta que al poco tiempo se desvanecieron.

Por siempre jamás repetiría Aguirre que ese día, en ese lugar, digan lo que digan otros, empezó la revolución mexicana.

Libro III

LA MIEL Y LA SANGRE

Sin la amenaza de los ataques indios, Don Tomás se dedicó a desarrollar los ranchos, ayudado por generosos préstamos de su tío. Era un demonio para el trabajo, podía pasarse días montado en su silla supervisando con asombrosa energía los trabajos de su cuadrilla de construcción. Las mejoras en Cabora se realizaron en lado sur del Arroyo Cocoraqui, con vista a un paredón de unos ocho metros de altura... con bajas represas de derivación a lo largo del arroyo, esos terrenos podían ser irrigados... Don Tomás usó un buen número de indios para desmontar esa área y luego mandó llamar a Lauro Aguirre.

—William Curry Holden,
Teresita

Veintitrés

LAS ABEJAS VOLABAN desde treinta colmenas alineadas en un amplio arco a lo largo del límite sur de Cabora. Otras diez en sus respectivas cajas se habían ubicado en el lado externo de la cerca allá en Aquihuiquichi. Las cajas eran de madera de pino, pintadas de blanco y elevadas sobre gruesas patas de roble. Los inclinados techos eran de latón y estaban anclados contra el viento por medio de ladrillos de adobe que sobraron de la gran reconstrucción de la hacienda. El fondo de los panales era de madera fuerte, resistente a la putrefacción. Cada colmena constaba de nueve panales con una separación de dos centímetros entre ellos, y cada panal tenía paredes construidas a base de hexágonos de cera que se iban llenando lentamente de miel.

Cuando el día era fresco, las abejas flojeaban en los pasillos de sus casas formando somnolientas pandillas, que sólo porque tenían que hacerlo, regresaban a su labor. Al principio era difícil imaginar hasta dónde iban en busca de flores que proporcionaran néctar y polen. Desde arriba, Cabora parecía ser un desierto. Pero las hondonadas allende el arroyo estaban verdes a causa de la irrigación. Allí podían verse largas filas de milpas, base de una pequeña industria del maíz y sus hojas, para tamales, muñecas y hasta cigarrillos. El grano proporcionaba tortillas para trescientos trabajadores, lo que sobraba iba a dar como alimento a las vacas y cerdos; y el resto se vendía en los ranchos y las villas cercanas. En época de cosecha, los carretones desfilaban cargados de maíz rumbo a las villas y pueblos yaqui y mayo bajo acuerdo con Tomás. La Gente fermentaba el maíz para producir la apestosa pasta que llamaban *tejuno,* cuyo consumo llevaba a pleitos y cuchilladas y vómitos y borrachos tirados en el suelo dormidos.

Al lado de las milpas se veían plantíos de alfalfa y clavo. Esa cosecha también alimentaba caballos y ganado, mientras que las flores servían para alimentar a las inquietas abejas. Frijoles y chícharos se maduraban también en sus vainas. Había guayabos y plantas de jamaica.

Todo a lo largo del río Yaqui podían encontrarse árboles de durazno y chabacano. También de membrillo. Algunos manzanos. El mezquite abundaba. Al sur de Cabora Tomás tenía plantada media hectárea de lavanda. Daba una miel muy sabrosa y Tomás hacía experimentos que agregaban su curioso olor en una pomada y aceites destilados. Su más reciente proyecto era una plantación de fresas. En viejas y oxidadas latas de comida se improvisaban macetas con geranios blancos, colocadas junto a casi todos los jacales.

Tomás había leído en algún lugar que a las abejas les gustaban las margaritas, así que plantó una profusión de ellas junto a los alisos y las capuchinas y las maravillas, así como por también, por supuesto, cubrió los muros y las cercas con madreselva. Podía percibir cuando las abejas estaban fabricando miel con las margaritas, porque daba olor a tierra, a oscuro. En cambio la miel salida de durazno o clavo olía dulce; la de lavanda despedía un aroma como de brisa primaveral; la madreselva alegraba particularmente a La Gente, porque atraía a las sagradas chuparrosas y en tanto hubiera chuparrosas todo iría bien.

Todavía más lejos, en las estériles arideces más allá del arroyo y el molino de viento, el desierto producía su propia floración. Hasta el pequeño cacto llamado peyote florecía, no se diga los nopales y los escasos saguaros, verdaderos guardianes del norte. Florecillas silvestres hacían erupción por sí mismas sin ayuda de Tomás. En verano llegaban las lluvias y empezaba el mágico espectáculo de las ranas que brotaban del suelo. Las ranitas salían disparadas de la arena, parpadeando alegremente sus ojitos amarillos, alborotadas por el tamborileo de las primeras gotas de lluvia. Inmediatamente después surgían las florecillas silvestres.

Caléndula del desierto, senecio, hibisco, cenizo, artemisa, cálico, percal y nama.

Si sabías dónde buscar, aquello era una verdadera selva en miniatura. Las abejas sabían dónde buscar. También La Huila.

Fagonia, cosahui, alfilerillo, duende, cuncuna, guinagua, zarza, jécota, tepopote.

Las cajas que contenían las colmenas quedaban a la altura de un hombre chaparro. El jacal del colmenero no quedaba muy lejos, a lo lejos se parecía a las casas de El Potrero donde vivía La Gente, pero estaba pintada de blanco y tenía tela de alambre en las ventanas para que no se metieran las abejas. Trajes de colmenero colgaban de clavos por parte interior de la puerta, y sombreros con velos cocidos el ala estaban amontonados en la mesa de trabajo. Afuera en las casetas guardaban espátulas y marcos vacíos y rebanadas de cera y cuchillos y guantes y esas peculiares bombas para soplar humo. Por tres lados de la casa crecían plantas de marihuana.

Tomás conocía tan bien a sus abejas y ellas lo conocían tan bien, que nunca usaba velo. Desde que había realizado su épica visita a las tierras de los yaquis, tenía toda su confianza depositada en sus abejas. Loreto, encantada de estar en la pretenciosa residencia de Álamos, se gastaba una fortuna en la adquisición de manteles de encaje y botas de raso, así como esas horribles calcetas que hacía ponerse a sus hijos, como principitos de un cuento para idiotas. Loreto no se había dignado a visitar Cabora. No tenía interés en escuchar historias dolorosamente groseras y crueles del ataque o de las patéticas condiciones que imperaban en los dominios de los salvajes.

Desde que empezaron la reconstrucción, Loreto le había dado un quinto hijo. Ahora todos los niños Urrea estaban juntos en la ciudad, aprendiendo a leer y a sumar. Nunca habían castrado un caballo o marcado una vaca. A veces, Tomás daba gracias por ello. Tampoco habían dormido jamás en el suelo y el hijo mayor, Juan Francisco II, todavía no sabía tirar. Leticia y Martita, las hijas, ayudaban en el quehacer, aunque esas labores estaban cubiertas perfectamente por las lavanderas, cocineras y mucamas. Leticia ganó un concurso de belleza y Martita tenía la piel muy blanca y unos enormes ojos lúcidos. Alberto era un chico contento, bien amado por Loreto. Era todo músculo: Tomás gustaba de luchar con él y sentir su duro pecho tensarse tratando de levantarlo. El bebito, Tavito, nació con una sonrisa en los labios.

Una vez al mes, el Patrón cabalgaba hasta "La Capilla", como le decían a la casa de Álamos. Se bañaba, se untaba toda clase de menjurjes y eaux de toilette, aguantaba estoicamente las elegantes comidas con finos cubiertos y delgados platos, en compañía de pomadosos empresarios y sus polveadas esposas —cada uno con el dedo chiquito de la mano apropiadamente extendido al tomar las copas o tazas. Nadie comía con tortilla en la casa de Loreto. Nadie comía chicharrones ni tomaba cerveza. Después de una de esas interminables comidas, Tomás les daba las buenas noches a sus hijos, luego tomaba la delicada mano de Loreto y la conducía al segundo piso, donde se le encaramaba y cumplía con sus deberes conyugales. Por primera vez en su vida, su mente se ocupaba de otras cosas mientras le hacía el amor a su esposa. Y cuando ella sollozaba "¡Ah! ¡Ah! ¡Eres tremendo mi amor!", se volteaba para otro lado tratando de contener la risa. Todo se sentía como ensayado en Álamos. Como si esas polveadas señoras le hubieran dado a Loreto un manual para enseñarle la exquisitez. Y para acabarla, como si lo castigara por haberle hecho el amor, lo arrastraba a misa los domingos, para lo cual él se mostraba más reticente que los niños. No pasó mucho tiempo antes de que a él se le ocurriera un plan. El Segundo lo acompañaría en sus visitas y mientras Tomás estaba actuando con ingenio y cortesía en La Capilla, el Segundo andaría de pisteando con las putas al otro lado de la población. El arreglo consistía en que el Segundo iría por Tomás a la casa de madrugada, alegando asuntos urgentes en el rancho. Obviamente era sólo una maquinación, pero ya se estaba acostumbrando a que las cosas de sociedad requieren dramas y pantomimas como esas.

De plano las abejas eran mejor compañía que los humanos.

Cuando iba a visitar las colmenas, armado con un galón de agua endulzada con el cual iba llenando sus platitos, sentía que lo reconocían y lo saludaban con genuino afecto. Hervían de entusiasmo y en efecto parecían reconocerlo, abanicándolo con sus alitas y acariciando su cara con sus patitas. Nunca le picaban.

Llevó medio kilo de miel a cada villa india. Soñaba con aumentar el número de colmenas hasta trescientas. Quinientas. Un día, desecharía caballos y vacas y sólo arriaría grandes hatos de abejas.

Amapolas doradas, malvarosa del desierto, linaza, tecomates, menodora, geminado, oro del desierto, fantasmilla, chuparrosa.

Los vaqueros no comprendían qué se traía Tomás con ese asunto de las flores y tampoco confiaban en los insectos. Según ellos, las abejas no eran más que malvadas bestezuelas que les picaban a las vacas y a los caballos en el cuadril y provocaban estampidas alocadas por las nopaleras. Que se vayan a la fregada las abejas, mi hermano.

Los esperaban a que regresara de sus excursiones a las colmenas y se le quedaban mirando con algo de asco al contemplar la penca hinchada de miel que traía en la boca, la miel escurriéndole por la barbilla y las abejas muertas pegadas en los labios. Él a su vez los miraba aún masticando cual oso famélico y mascullaba:

—¿Qué?

⁂

Entre las colmenas y el Arroyo de Cocoraqui estaban unos plantíos de heno, henequén y tomates. Más allá se elevaban unos álamos y entre éstos se ubicaban los chiqueros. Al norte empezaban los grandes corrales y el complejo de establos. Al oeste estaban los pastizales donde el ganado vagaba. Al este de los corrales estaba El Potrero. Entre los establos y la casa grande había unos dormitorios, donde los vaqueros roncaban y jugaban a las cartas, que tenían una cocina pegada al lado este. La nueva planta procesadora quedó muy al este, de suerte que la peste no llegara hasta la casa. Tomás había diseñado una fábrica de manteca, velas, goma y aceite. Al oeste de la casa grande se hallaba la casa del Caballero de Estribo, el mero mero. Allí moraba, según él como sultán, el Segundo. Contaba con comodidades sorprendentes, como sofá y camas, cocinero y una chamaca que ponía a hervir su ropa y la tendía a secar. Las instrucciones giradas en el Palacio del Segundo eran sencillas: tiene que haber café todo el día, a toda hora. Café y galletas y muchos frijoles. Nada de miel. Abundante cerveza. El ineludible Buenaventura se auto invitaba frecuentemente y se las ingeniaba para terminar posesionado de la cama para huéspedes, sin que existiera ni la más mínima insinuación de que fuese bienvenido. Al Segundo le caía en gracia el Buenaventura, como igual lo divertían los perros que se robaban huevos. Notaba la cara de Urrea que tenía el muchacho y pensaba oscuros pensamientos, hasta que una noche en que bebieron demasiadas botellas de cerveza el Buenaventura soltó el secreto y el Segundo se fue a dormir no muy sorprendido que digamos. Pero se alegró porque un hombre de verdad nunca debe ser sorprendido.

En el margen del arroyo estaba la Casa Grande. Estaba ubicada a cinco kilómetros de las colmenas pero aún así las abejas batallaban muy poco para encontrarla. Reconstruida con adobe y madera de pino traída de la sierra Tarahumara de Chihuahua, la residencia tenía dos alas que se extendían a ambos lados del área habitacional central, a la cual se accedía a través de un patio de piedra aislado del resto del rancho con dos portones de madera. En medio del patio Tomás plantó un ciruelo, rodeado de bancas y un par de fuentecitas que conformaban una especie de recepción, donde La Huila y otros visitantes podían sentarse. La casa estaba pintada de blanco como las adoradas colmenas de Tomás, y el techo era de tejas mexicanas rojas, inclinadas para que la lluvia resbalara hacia las canalejas, las cuales se vaciaban en una pilas de piedra que Aguirre había colocado en cada esquina, de suerte que durante la temporada de lluvia podían colectarse y almacenarse cientos de litros de agua. Sobre el muro de adobe que corría a través de la entrada al Patio, La Huila plantó unos geranios en macetas. Un alto nopal se erguía hasta una altura de cinco metros, al lado oeste del portón. A la izquierda del portón, es decir al lado este, una serie de entrepaños estaban llenos de madreselva, maravilla, chícharo y ginagua. Tres escalones llevaban hasta la puerta principal, compuesta de dos hojas de roble grabadas con el árbol y el lobo del escudo de armas de los Urrea. Cada puerta tenía una ventanita con barrotes de hierro, para ver quién estaba tocando, o para disparar sin exponerse si los indios atacaban. El gran camino de Álamos pasaba ahora por enfrente. Los gallineros estaban en todos lados.

☀

La Huila se había hecho vieja. Ni modo de evitarlo. Se sentía más cansada cada día y los días se iban haciendo más cortos y más largos al mismo tiempo, interminables cada tarde cuando el calor arreciaba, pero reducidos a unas cortas horas cuando se trataba de dormir. Sentía que los huesos de su espalda estaban enmohecidos, el dolorcito en la cadera, el sordo dolor en aquel nudo seco de su vientre. Sentía los ojos siempre resecos, pero su mirada era húmeda, como si tuviera los ojos llenos de lágrimas o alguna película los cubriera. La vida cambiaba, que es lo que siempre sucede con la vida.

Le había agregado otros objetos sagrados a su altar como resultado de estudiar el desierto. Allí estaba la preocupante vaina de lo que los curanderos llamaban la garra del diablo. La primera vez que la vio, creyó que era una calavera de rata malvada con cuernos. Había encontrado un bebé de víbora de cascabel momificado que guardaba al lado de su vaso de agua-bampo. Ese talismán era demasiado potente como para permitir que se apartara de una muestra transparente de sustancia de alma como aquella. Tomás le regaló su cascabel Apache también. Ella sabía que esos méndigos yaquis de aquí tenían un acuerdo con las cascabeles, así que era muy prudente tener a la mano su medicina. Además conservaba un tarro de miel de Tomás al lado de la cama, pero sólo porque le gustaba comérsela a cucharadas. Pero no se podía negar que su transparencia ameritaba meditación y oraciones —La Huila sabía que todas las sustancias transparentes, especialmente si son pegajosas y dulces como en el caso de la miel y aparte es producida por abejas, tenían que tener algún significado oculto y un uso sagrado. Nomás que se sentía muy cansada como para dilucidarlo.

En el piso frente al altar había unas calaveras del desierto. Conocía a algunos curanderos locos que conservaban calaveras humanas en sus hogares, pero eso era cosa de demonios. ¡Dejen que el diablo les caiga una noche y los agarre dormidos! ¡Cabrones! ¡Sigan con sus cosas! No, ella nomás tenía calaveras de coyote al parecer muy sagradas y vivillas, así como una calavera de jabalina, con todo y esos afilados colmillos que brotan anaranjados de la huesuda quijada. Esos cochitos apestosos eran los verdaderos espíritus libres de esa tierra, de modo que los estudiaba cuidadosamente para ver si podía llegar a un acuerdo con ellos. Una mañana había caminado rumbo al desierto en busca de un lugar sagrado donde quemar sus hierbas y conversar con Itom Achai. Cuando rodeaba un matorro de hedionda, de repente se le vino encima una jabalina que salió roncando y levantando polvo desde su escondite, La Huila pegó un salto y se dio un sentón en el suelo lanzando floridas maldiciones, mientras la puerca se echaba a correr despavorida, con la colita girando como hélice. Y todavía alcanzó La Huila a levantarse justo cuando salía el resto de la familia porcina, los cuarenta y ocho, con un gran barullo que la llevó de nalgas al suelo otra vez, el corazón golpeándole las veteranas costillas. A lo mejor guardó la calavera de jabalina nomás en venganza.

¡Ah! Y la chavala. La Huila observó el florecer de esos capullos que traía en el pecho todavía plano. Más aún, notó que los vaqueros se fijaban en el crecimiento de aquellos capullos. Teresita había cabalgado con ellos en sus sillas, había brincado en sus literas, cantó con ellos sus canciones con sus guitarras. En alguna ocasión la había visto vomitar después de que uno de ellos la convenció de masticar un pedazo de tabaco. Y su rostro cada año se parecía más al del pinchi Tomás. La Huila no sabía qué hacer ante todos esos cambios, así que la mandó a trabajar a Aquihuiquichi, como a medio día de viaje al norte. Le encomendó a Teófano que la acompañara y la cuidara. Él dejó con mucha reticencia su nueva cabaña y convenció a una sobrina de que fuera con él para que le cocinara.

La Huila había dejado de reglar desde hacía mucho. Pero sentía la sangre venir en la muchacha, la sangre con todo su poder, bajando a través de la chica como las inundaciones en el arroyo. Todos los chamanes sabían cuando la luna estaba próxima. Las luces de las muchachas brillaban más. Sus alientos acarreaban aromas de flores distantes. Azul, cobre, colores de fuego flotaban sobre sus cabezas y algunas doblaban el mundo a su paso. Era como mirar a través de un vidrio curvo. Las mariposas y las chuparrosas, incluso las abejas, sabían también cuando una muchacha estaba llegando a sus días santos.

Cada mañana, La Huila rezaba por Teresita.

Todo estaba listo. Se talló los ojos, agarró su serpiente-momia. Algo iba a suceder.

Veinticuatro

COMPARADA CON LA CAPILLA y Álamos, Cabora era rústica. Pero comparado con Cabora, Aquihuiquichi era prehistórica. No tenía casa grande. El terreno era pedregoso y severo. Su molino de viento tronaba y pujaba noche y día, y no lograba chupar más que chorrito cafesoso que los caballos, ganado y trabajadores recolectaban de las oxidadas canalejas enterradas en la arena bajo tres mesquites retorcidos. Como no había allí un Segundo que mantuviera a los trabajadores ocupados, nadie le daba mantenimiento a los edificios y los rudimentarios establos. Los chivos entraban y salían libremente a los jacales. La basura se amontonaba entre las edificaciones, y los puercos andaban por todos lados aportando su peste al desorden.

Teresita dormía en el jacal de Don Teófano y su sobrina. Para ella aquello era un exilio. El jacal estaba ligeramente elevado en comparación con las otras doce casitas. Estaba ubicada entre dos enormes peñascos pálidos, que mantenían fresca la casa al proyectar su sombra sobre ella la mayor parte del día, y lo único bueno, aparte de que Teófano mantenía el lote impecable, era que la estructura conservaba el fresco acumulado de la noche hasta ya entrada la mañana. En el invierno, cuando el desierto se tornaba frío, las rocas irradiaban calor solar hasta en la noche. Los peñascos también protegían contra el viento. Según Teófano, los peñascos convertían el jacal en un fuerte, pues en caso de ataque de los indios sólo tenía que defender el frente y la retaguardia. Claro que esas piedrotas eran también refugio de víboras de cascabel, de modo que Teresita aprendió a caminar con cautela al salir por la puerta del frente. No era raro encontrar por la mañana tres o cuatro serpientes tomando el sol lánguidamente sobre las rocas a ambos lados de la casa.

Don Teófano colgaba una cobija vieja como división entre el lado de Teresita y el que ocupaba él con su sobrina. Cuando Teresita se cambiaba de ropa, él siempre se salía respetuosamente de la casa. Cada noche, se esperaba afuera hasta que ella apagaba su vela y se acostaba, para entonces entrar y quitarse sus huaraches. Nada más se quitaba, dormía vestido. El día de baño, una vez al mes, la sobrina ponía a hervir el agua y llenaba una tina de las de lavar ropa, mientras Teresita se quedaba afuera, escandalizada de que Don Teófano estuviera desnudo allí adentro. También le daban ataques de risa nerviosa.

Los brazos de Teresita eran musculosos por la ordeña y por tanto trabajar con el azadón en los sembradíos de frijoles. Había descubierto que tenía una especial afinidad para los nacimientos, una vez que una desesperada gata de establo embarazada recurrió a ella cuando le llegó la hora. Teófano quería ahogar a la gata, pero Teresita hizo un berrinche y cubrió al animal con su propio cuerpo, luego se la llevó a su lado del jacal. Don Teófano quedó tan molesto que en ese momento se cambió con su sobrina a una bodega que estaba al pie del montículo que alguna vez tuvo frijoles. Cuando la sobrina se metió con un vaquero, el hombre se fue a vivir con ellos y Teófano tuvo que soportar la indignante situación de escucharlos haciendo el amor en la oscuridad.

Teresita ayudó a la gata a traer al mundo cinco gatitos. En unos meses ya se los habían comido los coyotes y la madre se regresó al establo a cazar ratones y a pelear con el gato atigrado que reinaba en aquel lugar. Teresita había descubierto su vocación. Se había preguntado muchas veces cuál sería su trabajo. La Huila la había entrenado y educado para después mandarla a que fuera una campesina en el terregal. Abandonada. Pero ya no, no estaba sola, no le faltaba rumbo.

Primero se encargó de los nacimientos de potrillos. Luego introdujo la mano en vacas embarazadas para acomodarles las largas piernas a becerritos nonatos. Ayudó a las chivas a expulsar chivitos mojados y resbalosos. Para cuando su propio cuerpo se preparaba para empezar sus años fértiles, las mujeres de Aquihuiquichi empezaron a pedirle que acompañara a las parteras encargadas del doloroso nacimiento. Éstas estaban conscientes de que todavía no era tiempo de mostrarle el Misterio que acontecía entre las piernas. La Huila les cortaría la cabeza si se enteraba. Pero no pusieron objeción a que presenciara el dolor y oliera el olor del nacimiento, o a que cargara a los recién nacidos.

Teófano finalmente se montó en su mula y se fue para Cabora. Llegó hasta el portón de la casa grande y allí se quedó parado, temeroso de entrar. Estuvo afuera durante dos horas, con el sombrero en la mano, observando detenidamente la puerta principal. Se abrió. Salió una joven con una palangana llena de agua enjabonada. Tiró el agua sobre las raíces del ciruelo.

—Señorita —la llamó él. Ella se hizo sombra con la mano sobre los ojos y lo miró—: La Huila, por favor. —La joven se metió a la casa y veinte minutos después salió La Huila. En cuanto vio a Teófano hizo una mueca de disgusto. Eso era, sin embargo, un saludo caluroso tratándose de La Huila. Y él lo sabía.

—Entra —le dijo.

—¡Noo!

—¡Ándale entra! Tómate un café.

—No, no —rechazó—. Yo no.

Ella bajó los escalones.

Le ofreció un purito negro que sacó del delantal. Él sonrió. Se lo metió en la boca. Ella prendió un cerillo tallándolo en el muro y le prendió el puro.

—Gracias.

Después de un rato, ella le dijo:

—¿Y entonces?

—Es la chamaca —contestó—, Ya está atendiendo partos.

—¿Tan pronto?

—Sí.

La Huila suspiró.

—¡Chin! —masculló.

La mañana del sábado parecía un buen momento para dormir tarde y no para irse de viaje a caballo. El orgullo impedía a Tomás viajar en carreta como si fuera viejita o un repartidor de maíz, pero ya se había perdido la visita semanal a Loreto y los niños la vez pasada y si se aflojaba esta mañana fallaría otra vez.

Realizó tambaleante las labores rutinarias de la madrugada. Una visita al asombroso excusado de agua inventado por Aguirre y ubicado en un agradable closet: Aguirre se las había ingeniado para diseñar un dispositivo que hacía caer el agua del techo y limpiaba la taza. Pidió agua caliente y una sonrojada muchacha se la llevó. Afiló la navaja pasándola varias veces por la correa y se rasuró auxiliado por un espejito redondo. Bajó a desayunar, tomó café.

Tocaron a la puerta.

—¡Ya voy! —gritó.

Era el Segundo.

—¿Listo? —preguntó Tomás.

—Patrón —empezó el Segundo.

—¡Qué! —interrumpió Tomás.

—No sé.

—¿Qué demonios te traes ahora?

El Segundo miró a su alrededor. Tomás se asomó al patio. Ese perrito callejero llamado Buenaventura estaba encorvado allí.

—Patrón, tú me dijistes que te reportara todo.

—Cierto. Y ese cabrón ¿qué se trae? —preguntó Tomás.

El Segundo suspiró.

—Reportar TODO, ¿verdad?

Tomás asintió viendo al Buenaventura.

Éste apuntó hacia arriba con el mentón.

—Patrón —agregó el Segundo—, todo es un gran misterio ¿no?

Tomás volteó a verlo.

—¿Qué chingados dices, Segundo?

—*Todo* incluye lo bueno y lo malo ¿verdad?, por el bien del rancho.

—Adiós —le dijo Tomás cansado del jueguito y trató de cerrarle la puerta en las narices.

Pero el Segundo dio un paso al frente y le susurró al oído:

—Se llama Buenaventura… ¡Urrea!

—¡Chin!

—¡De veras!

—¡Chingada madre!

—Pregúntale.

Tomás lanzó una mirada fulminante al Buenaventura.

—¿Quién es tu mamá? —le espetó.

—La Quelita.

—¿Quelita qué?

—Angelita la tortillera de Ocoroni.

Tomás parpadeó desconcertado.

—¡Ah cabrón! —balbuceó.

—Anduvistes con ella hace dieciséis años.

—¡Ay chingado! —se lamentó Tomás.

Sabía perfectamente cuándo había andado con ella.

—¡Vivía en una casa azul! —agregó el Buenaventura.

Tomás le echó al Segundo de recuerdo su más venenosa mirada.

Luego le dijo al Buenaventura:

—Recuerdo bien la méndiga casa.

El Segundo se excusó:

—Disculpe, Patrón.

Se quedaron allí estáticos con la mirada perdida, cada uno en diferente dirección.

Después de un rato, Tomás suspiró, se talló la cara y dijo:

—Supongo que deberían entrar a tomar café, caballeros —invitó.

Veinticinco

—¡MIRA PUES! —dijo La Huila cuando entró al jacal.

Teresita pegó un brinco. Una vela parpadeó en la mesa y una hoja de papel y lápiz se veían en su resplandor. La Huila se acercó a ver el papel. Repetidas varias veces estaban las letras TERESITA.

TERESITA.

—Ya estoy aprendiendo —dijo Teresita.

La Huila tentó la página y se sentó.

—¿Hay agua? —preguntó—. Tengo sed.

Teresita le trajo una taza de barro con agua y la vieja sorbió mientras buscaba con la mirada el altar. No había altar. No había santos. Sólo una cruz hecha de dos varas de álamo cruzadas.

Ramitas de salvia colgaban de las vigas junto con otras yerbas.

—¿Qué es eso? —preguntó La Huila.

—Lavanda.

—¿Para qué sirve la lavanda?

—Huele bien.

A La Huila se le dispararon las cejas hacia arriba. Sorbió más agua.

—Párate —le pidió a Teresita.

Se paró.

—Ya estás grande.

—Sí.

Teresita agarró el lápiz y se embrocó sobre el papel. Agregó otras letras yori a la hoja. Luego giró el papel y le mostró a La Huila lo que había escrito. La vieja se agachó y entrecerró los ojos enfocando. Decía HUILA.

—¿Qué es?

—Es tu nombre.

Como primera reacción La Huila quiso agarrar el papel y hacerlo bolita, pero titubeó, lo volvió a tentar con el dedo.

—¿Esta qué es? —preguntó apuntando a la H—, ¿Esa que parece escalera?

—Es la letra H.

—Tráiganme una escalera —dijo, y ambas se rieron.

—Muy interesante —agregó—, ¿me puedo quedar con él?

Teresita aceptó con un movimiento de cabeza. La vieja dobló el papel y se lo guardó en el mandil, entre los dientes de búfalo y los huesitos y las balas.

—Has estado asistiendo a nacimientos.

—Pues sí.

—Con las parteras.

—Sí.

—¿Qué te pareció?

Teresita cerró los ojos y sonrió.

—Es… maravilloso y también terrible. Adoro a esas mamás, con sus terribles vientres, su fuerza. También adoro a los bebés.

—¿No te da miedo?

—Claro que sí.

—La sangre.

—Terrible.

—El sufrimiento.

—Espantoso.

La Huila asintió.

—Pero eso es lo que quieres hacer ¿entonces? —dijo—, ¿Traer jóvenes al mundo?

—No.

—¿Entonces qué?

—Quiero evitarles sufrimiento.

La Huila se apoyó con ambas manos en la mesa.

Se miraron largo rato y sonrieron sin motivo. La vela se estaba acabando. Una luz anaranjada pintaba parte del cuarto y sombras café se apoderaban de los rincones.

—Muy bien —dijo finalmente La Huila—, hay que ir con el maestro.

—Pero si tú eres mi maestra.

—Estamos en otra tierra, niña, es otro Ángel el que cuida el desierto. Tenemos que encontrar al maestro de estas tierras. Nos iremos en la mañana.

—Bien.

—¿Tienes una cama donde pueda dormir esta noche?

—Usa la mía.

—¿Y tú?

—Me criaron en el suelo, Huila.

Se arrodillaron y rezaron mientras la vela se extinguía. Teresita condujo a La Huila a su cama.

Loreto abofeteó a Tomás.

Había llegado con el Buenaventura. Se le había metido en la cabeza que lo mejor para todos era hablar claro. Un ajuste de cuentas. Pero la escena de confesión y comprensión que se había imaginado se estrelló con la realidad.

—¡Cómo pudiste! —reclamó entre sollozos ella, y luego corrió a encerrarse en su habitación. Juan Francisco II, su hijo mayor, lo miró con indignación y un sentimiento de traición. Le dio la espalda a su padre y se alejó.

—¡Chamaco! —le gritó—, ¡Regresa acá inmediatamente!

Pero, por supuesto, el Juan ya iba saliendo a la calle por la puerta de enfrente. Loreto regresó y arrojó al piso diez de los libros de Tomás.

—Mi amor —dijo éste—, ¡Fue sólo una indiscreción!

—¡Mal nacido!

—No sé qué estaba pensando.

—¡Eres un animal!

—No fue nada.

—¿Cómo te atreves a decir eso? ¿Me traicionaste por nada?

—Bueno, supongo que en aquel tiempo sí era algo, pero…

—¡Aah! ¡Entonces sí fue algo para ti! ¿La amabas? ¿Amabas a tu indita puta?

Una taza de té salió volando a gran velocidad y se estrelló en la pared, desparramando pedacitos de porcelana como explosión de supernova.

—¡Ni te creas que no sabía!

—¿Sabías qué?

—*Ni. Te. Creas. Que. No. Sabía.* ¡De tus putas! ¡De tus interminables aventuras con cuanta campesina mugrosa te abriera las patas!

—¡Loreto! Óyeme, ¡cuidado con lo que dices!

—¿Te echaste también a las puercas y vacas, cabrón?

—¡Loreto! ¡Qué lengua!

—¿Qué lengua? ¿Dónde metiste tu lengua? ¿En el culo de alguna campesina?

—¡Pero Loreto! ¡Qué diablo se te ha metido!

—¡Hipócrita!

Él extendió los brazos en un patético intento por abrazarla.

Ella volvió a abofetearlo.

—¡La vergüenza! —gritó—, ¡Me has avergonzado cada día de mi vida!

—¿Vergüenza? —se sorprendió diciendo a voz en cuello—, ¿Quién te compró todo lo que tienes?

—Mi tío Miguel —le respondió—, Urrea —agregó como si él no supiera a quién se refería.

Atónito, Tomás se sentó.

—No estás siendo justa —dijo.

—Prueba que miento.

Cruzó los brazos y lo miró satisfecha, como un cazador que acabara de abatir a tiros a un león.

—Trabajé como un burro —se quejó él—, como un burro.

—Sí, y de seguro tienes las rodillas sangrientas de tanto pedir préstamos de rodillas.

—¡Dios mío!

Se ocultó el rostro entre las manos.

—Me usaste —dijo Loreto—, y usaste mi vientre también, tú… ¡fracasado!

—¡Ay Dios!

—¡El Patrón! ¡El Jefe de la hacienda! ¡Qué bonita esposa! ¡Qué lindos hijos! A propósito, ¿ya supiste que se ha estado *cogiendo a todas las piojosas putas del rancho?*

—¡Ya basta! —sentenció él.

—¡Ah, no! —sacudió la cabeza—, ¡Qué va, mi cielo, si apenas voy comenzando!

—¿Qué pretendes hacer?

—De ahora en adelante —contestó ella con la nariz aleteando espléndidamente y las mejillas ardiendo entre tonalidades rojo carmesí—, vas a dormir en el sofá. ¿Ves mis piernas? —señaló levantándose las enaguas—, ¿Las ves? —Él miró a su alrededor para asegurarse de que nadie estaba atestiguando la lamentable escena, pero los sirvientes estaban todos hechos bola detrás de la puerta de la cocina, ahogando la risa con los puños—. Estas piernas —susurró Loreto—, jamás se volverán a abrir para ti.

Él bajó la cabeza.

—Pude haber mentido —dijo al fin—. Pude haber guardado en secreto la existencia del muchacho.

Loreto se agachó y lo miró a los ojos.

—Ese fue tu error —remató.

Los tres jinetes se dirigieron a la salida del pueblo. Tomás iba muino. El Buenaventura dijo:

—Bonito día, ¿verdad papá?

Tomás giró en la silla gritó:

—Cállate el hocico pinchi mal nacido!

El Buenaventura volteó a ver al Segundo y le hizo una mueca como de sorpresa y pesar. El Segundo sabía que mejor no decía nada. Nomás sacudió la cabeza y mantuvo la mirada al frente.

Los caballos presintieron el pesado ambiente y con las cabezas gachas adoptaron un paso lento, a ritmo funerario. Lanzaban largos y patéticos suspiros y ni se molestaban en voltear a ver las florecillas del camino. Su depresión les impedía considerar las sabrosas ofertas a su lado.

—Tratas de ser bueno y te castigan —dijo Tomás.

Su caballo concordó por medio de un largo resoplido.

—¡Mujeres!

—¡Pinchis mujeres! —aportó el Buenaventura.

Tomás sacó la pistola y le apuntó.

—Una palabra más y…

Volvió a meter la pistola en la funda y continuó su camino.

Les llevó casi toda la mañana llegar al crucero. Tomás admiró el enorme álamo que daba sombra al restaurante de Cantúa.

—Vamos a comer —decidió de repente—, la vida no se ha acabado.

El Segundo, siempre oportuno, repitió las sabias palabras.

—La vida no se ha acabado, Patrón.

—Sí… sí, supongo que continúa.

El Buenaventura se acercó a ellos y sonrió. Tomás levantó un dedo y expresó:

—¡Sshh!

Amarraron los caballos y entraron al establecimiento. El restaurantito estaba solo, excepto por las moscas. El Señor Cantúa dormitaba en una silla de madera, pero en cuanto entraron se despertó de un ronquido y saltó de la silla.

—¡Don Tomás! —dijo animado—, ¡Nos honra con su presencia!

—No se puede pasar por aquí sin detenerse a probar sus productos.

—Muy bien, muy bien —parloteaba Cantúa limpiando la mesa—, es usted muy amable.

Se sentaron.

Tomás oyó un ruido y volteó a ver la puerta de la cocina, que se abrió apenitas y por la rendija asomó un impresionante ojo. ¡Aquellas pestañas!

Un cabello rizado se paseó sobre el ojo. Parpadeó. ¡Las pestañas eran como jardines! La puerta se cerró de golpe.

El Segundo estiró el pie debajo de la mesa.

—¿Sí? —dijo.

—El Señor estaba diciendo algo —mencionó.

—¿Sí?

Cantúa explicó:

—Nada más mencioné que me parecía curioso que esta misma mañana pasó una carreta de su rancho y se detuvieron a comer.

—¿Una carreta? —dijo Tomás—, ¿De mi rancho?

Cantúa se encogió de hombros.

—Sí, una carreta, era la vieja loca esa, la bruja.

—¿Huila?, ¿En una carreta?

—Sí, esa misma, Huila.

Tomás se le quedó viendo al Segundo.

—Qué raro —dijo.

—Tomaron la desviación hacia Álamos.

—De seguro se equivoca, maestro —dijo Tomás—. Nosotros vinimos por ese camino y no vimos a nadie.

—¡Disculpe! Quise decir que se fueron rumbo al norte.

—¿Qué?

—Rumbo a Arizona.

—¡Ah cabrón! —dijo el Segundo.

—¿Quién más iba con La Huila?

—Un viejo conducía la carreta.

—Teófano —adivinó el Segundo.

—No sé —comentó Cantúa—, no lo conozco. También iba una chamaca y dos vaqueros.

—¿Se llevó dos vaqueros hasta Arizona? —dijo Tomás. Se frotó la barbilla y agitó las manos—. Sí, bueno, sabrá Dios por qué Huila hace lo que hace. Ahorita no tengo tiempo de ocuparme de eso.

Cantúa aguardó.

—¿Qué tienes de comer? —preguntó el Segundo.

—Hay un cocido muy sabroso.

—Perfecto —dijo Tomás—. Nos trae muchas tortillas.

—Claro.

Cantúa hizo una breve reverencia y se apresuró hacia la cocina. Tomás estiró el cuello y alcanzó a echarle un vistazo fugaz al trasero de la muchacha antes de que la puerta se cerrara.

—¿Qué es eso de *cocido?* —preguntó el Buenaventura.

—Es una sopa, güey —le dijo el Segundo.

—¡Órale, no me digas güey.

—Perdón, ¡pinchi güey!

Tomás agregó:

—Pinchi güey pendejo.

El Buenaventura echaba chispas.

—A mí no me gusta la sopa —sentenció.

—Tiene carne y papas —dijo Tomás—. Te va a gustar.

—Que no me gusta la sopa.

—¡Trae zanahoria! ¡Cebolla! ¡Elote!

—¡Me asquea!

—Oye baboso —dijo el Segundo—, no seas ignorante.

—¡Me encanta ser ignorante!

Tomás tamborileó los dedos en la mesa.

—Huila usó una carreta —murmuró.

—¡Mujeres! —dijo el Segundo.

Cantúa llegó con una cafetera de barro.

—Oiga maestro, ¿quién es esa en la cocina?

Cantúa sonrió.

—¿En la cocina?

—La muchacha, sí, en la cocina.

—¡Ah!… —Una sonrisa nerviosa.

—Mire Señor Cantúa, yo sólo quería saber su nombre, no era mi intención faltarle el respeto.

—Vetarro —le espetó el Buenaventura—, ¿No cree que Tomás Urrea sabe cómo hablarle a las mujeres?

—Si vuelves a abrir el pico te agarro a reatazos —le dijo Tomás.

El Señor Cantúa se secó el sudor de la frente con su toallita blanca.

—Esa chica de la cocina viene siendo mi hija, Gabriela.

—¿Gabriela? —Tomás se entusiasmó y la llamó—: ¡Gabriela! ¿Puedes salir un momento?

El Señor Cantúa suspiró. Don Tomás tenía fama en cosas del amor. Se pintó una sonrisa forzada en el rostro. Que fuera lo que Dios quisiera.

Ella empujó la puerta y dijo:

—¿Papá?

—Está bien, Gaby —dijo Cantúa—, sal un momentito.

Se encaminó hacia ellos limpiándose las manos en el delantal que llevaba amarrado a la esbelta cintura. El Buenaventura le echó un silbido apreciativo y el Segundo le picó las costillas con el codo y nomás meneó la cabeza.

—Tú eres Gabriela —dijo Tomás, levantándose y haciendo una leve reverencia.

—Yo soy.

—Un nombre angelical —engoló la voz—, para una joven angelical.

Ella lo observó sin sonreír.

—Yo soy Tomás Urrea.

—Sí, ya sé.

—¿Ya sabes?

—Todos lo conocemos, Don Tomás.

—¿Y entonces por qué no te conocía? —le meneó el dedo al Señor Cantúa—. Qué guardadito se tenía a este ángel, maestro.

—Es que estuve ausente —dijo ella—, estudiando.

—¿Fuiste a la escuela? —se admiró Tomás.

—Sí, Don Tomás, estos son tiempos modernos, las mujeres van a la universidad.

Ella sonrió un poquito.

—Magnífico —murmuró Tomás.

—Discúlpeme, pero tengo mucho trabajo.

Tomás hizo otra reverencia. El Buenaventura y el Segundo se levantaron respetuosamente cuando la chica se retiró.

—¡Ah chingado, Cantúa, qué guapa! —dijo el Segundo.

Cantúa asintió y volvió a suspirar.

—Les traeré la sopa.

Y la trajo.

Ya en camino a casa. Tomás pronunciaría de vez en cuando "¡Gabriela!" y los otro dos, sabiamente, sólo asentían.

Veintiséis

LA HUILA DIJO:

—Ay viene el hechicero.

Los había llevado rumbo al norte hasta el desierto del Pinacate. Los dos guardias armados estuvieron perplejos casi todo el viaje, pero todo era preferible a clavar clavos y construir cercas o arrastrar vacas muertas hasta la planta procesadora. Casi olvidaban que eran vaqueros. Don Teófano dirigió la carreta hacia donde le indicó La Huila. Pidieron direcciones a campesinos pobres en sus jacales de lodo y paja en medio de aquella ardiente planicie. La Huila parecía seguir un mapa mental hecho de sueños y cuentos que los apartó del camino principal y los llevó por veredas y brechas que casi le rompen los ejes a la carreta. A Don Teófano le preocupaba la falta de agua, pero La Huila los llevó a un estanque siguiendo a las mariposas y las chuparrosas hasta toparse con un timbirichi.

Los mapas de La Huila estaban dibujados sobre el firmamento también, según descubrió Teresita.

Aunque le molestaba el sol que le quemaba la piel más que a La Huila o Teófano, Teresita disfrutó del viaje. Mantuvo el rebozo amarillo cubriéndole la cabeza y así pudo admirar a los correcaminos y las tarántulas y las lagartijas a ambos lados del sendero.

Cuando al fin encontraron la casa del maestro —aunque para Teófano era sólo otro jacal de lodo— La Huila declaró:

—Ya llegamos—. No había nadie allí. Acamparon cerca, —los guardias tuvieron que acampar en una loma, lejos del hogar del santón— y allí esperaron dos días. La Huila miraba hacia el este—. Vendrá del amanecer —les aseguró.

El tercer día, regresó el chamán.

Se acercó de prisa inmerso en una tormenta de polvo amarillento como azafrán, su caballito sólo un punto debajo de él. Las ondas calientes hacían bailar su imagen, que aparecía y desaparecía. A veces su caballo se desvanecía en un abanicar de luminosidad, y sólo distinguían su perfil, pequeño a la distancia, con una camisa roja, en apariencia flotando como si volara. Su cauda de polvo se elevó detrás de él como el humo de un incendio forestal.

Jaló las riendas y se detuvo abruptamente, desmontó al tiempo que su nube de polvo lo alcanzaba, así que se abrió paso como si partiera unas cortinas etéreas.

—Se llama Manuelito —dijo La Huila.

El cabello le caía hasta más debajo de los hombros. A Teresita le sorprendió constatar que era alto, tanto como Don Tomás. Esperaba ver un chaparrito encorvado, como los pizcadores de tomate de La Gente. Su camisa era roja y el trapo amarrado en la cabeza también. Traía un arete colgando de su oreja izquierda, con una pepita de oro en el extremo. Rodeaba su cuello una cuerda de la que pendían colmillos y guijarros y una cadena con una cruz de plata. Llevaba un trapo grueso de color azul oscuro amarrado a la cintura. Las botas eran negras y le llegaban hasta las rodillas. Un largo cuchillo se apreciaba en su vientre, encajado en un cinturón de piel que se confundía con el trapo de su cintura.

Se arrancó el paliacate rojo de la cabeza y se sacudió el polvo.

—Manuelito —dijo La Huila.

Él acarició a su caballo y le secó el sudor con el paliacate.

—Soy La Huila —le dijo—, del rancho de Cabora.

Él se limitó a asentir.

—Huila —le dijo al cabo—, La flaca.

—Pues ya ni tanto —respondió ella.

Él se rió.

—Vinimos —declaró La Huila.

Él movió la cabeza de arriba abajo y siguió secando su caballo.

—¿Para qué?

—Necesitamos tus enseñanzas.

—¿Para quién?

—Para la chamaca.

Él miró a Teresita.

—Es blanca.

—Soy india —le dijo Teresita.

—¡Tú no eres india!

Le dio la espalda. La Huila ya se sabía la rutina. Los curanderos siempre te rechazaban al principio. Usualmente tenías que pedir tres veces.

Manuelito se acercó a Teresita y se le quedó mirando. Le levantó el cabello y lo observó a contra luz. Luego le tomó la mano —el gesto brusco, pero el tacto suave.

—Blanca —dijo—. La poquita sangre india que tienes se te saldrá con tu primer mes.

Teresita pateó el suelo.

—Soy muchas cosas —le dijo—, ¡pero te diré que ya sangré y todavía soy india! —El énfasis lo dio blandiendo el dedo en su cara.

Manuelito asintió.

—Puedo enseñarte —le dijo—, ¿tienes hambre?

En su interior, el jacal estaba adornado con cobijas de colores colgadas de las paredes. Había entre ellas una gran cruz hecha de esqueletos de cholla y costillas de saguaro. Una pluma de gavilán colgaba de un brazo y del otro una de lechuza. También el piso estaba cubierto de tapetes. Esculturas de pájaros talladas en madera llenaban las repisas.

—Me gustan los pájaros —dijo Manuelito.

En medio de la mesa, una escultura de un cacto floreciente, pintado de verde, con pequeñas toques de blanco para semejar espinas. La única flor que sobresalía de la corona era de cinco pétalos rojos, con el centro amarillo. De la flor surgía una chuparrosa que estaba adherida a ella por el pico. Tenía seis alitas. Manuelito apuntó a las alas y dijo:

—Busqué una forma de expresar movimiento en la madera. Es una buena talla.

En la cama estaba una guitarra. Teresita la levantó y la empezó a tocar.

Les sirvió un sabroso estofado de chivo con tubérculos del desierto y salvia. Don Teófano devoró su porción tan rápido que le dio dolor de estómago. Manuelito les ofreció tazas de té de hierbabuena.

—¿Qué quieres aprender? —preguntó.

—Plantas —dijo La Huila—. Quiere aprender a curar.

Él se recargó y se frotó la panza.

—Eso es una gran responsabilidad. ¿Cómo cuántas plantas conoces?

—Como unas treinta.

Él suspiró.

—Un buen yerbero conoce cientos de plantas. Un hechicero tiene que conocer por lo menos mil, para empezar.

Ella se quedó atónita.

—¿Cómo cuánto tiempo se lleva?

—No mucho. Una y media vidas podrían bastar.

—¿Puedo tomar más estofado? —preguntó Teófano.

—Con confianza, sírvase.

—Pero yo soy muy aguzada.

—Ser aguzado no siempre cuenta en cuestiones del espíritu. —Y agregó—, Tú eres una chica fuerte, y también eres un chico alocado.

¡Un chico alocado! La impactó tanto esto que nomás se quedó viéndolo y sonrojándose. ¿Qué clase de insulto era aquel?

—¿Te insulté?

—No.

—Eres un niño, ¿no lo sabías?

—¿Por qué soy un niño? —preguntó con los dedos de los pies doblados de la tensión.

Manuelito respondió.

—¿Por qué tengo yo el cabello largo?

—No sé.

—Adivina.

—Eres indio.

—También soy mujer. —Se echó un trago gordo de té—. ¿Por qué crees que usamos el cabello largo? Es porque entre gente los hombres acostumbramos honrar así a nuestras hermanas, y a la mujer que llevamos dentro. ¡Y ya sabes que somos los más fieros guerreros del mundo! ¡Mis hermanos son capaces de destripar vivo a un enemigo y hacerlo que vea cómo devoran los perros sus entrañas!

—¡Dios mío! —dijo Don Teófano—, ¡Esos canijos indios!

—¡Y todavía le prenden fuego y se carcajean de sus gritos!

—Espero que no se les ocurra venir de visita mientras estemos aquí —dijo Teresita.

Manuelito se rió.

—Pero de todos modos somos hombres y mujeres al mismo tiempo. Mis hermanos pueden ser tan tiernos como las madres con sus hijos; y por otro lado las mujeres pueden luchar como tigres, ¿ves? Todos somos una mezcla de cada uno. El verdadero poder surge cuando alcanzas el correcto equilibrio. Créeme cuando te digo que tu lado femenino es el mejor, pero también eres un hombre.

Le puso la mano en el rostro.

—Nada de eso significa que no seas muy bella.

Teresita adoró a Manuelito.

※

Se quedaron dos semanas. Él le enseñó lo que podía compartir con otros y lo que no debía compartir. Le contó que tenía mujer y tres hijos en una ranchería a no más de tres días de viaje de allí, pero que a ella no le gustaba la medicina y prefería vivir cerca de la madre y abuela de él y sus respectivos esposos, al pie de unos riscos que según él se llamaban "El Espinazo del Diablo".

—De allá llegaste.

—Así es.

—Yo creía que habías estado en una guerra o que cabalgabas con una cuadrilla.

—No, me la pasaba comiendo pastel de chocolate con leche bronca y tratando de hacer un tercer hijo.

—Haz una hija.

—¡Me encantaría hacer una hija! ¡Ya me anda por regresarme! ¡Tengo tanto qué hacer!

—Manuelito —le advirtió, adoptando la posición de maestra momentáneamente—, ¡cuidadito con que te oiga tu esposa llamarle a eso *trabajo!*

Los dos se rieron.

Le fue contando cuentos mientras paseaban. Entretanto, La Huila y Teófano flojeaban y bromeaban y se contaban mentiras y jugaban cartas. Los guardias se pasaban el día cazando conejos y dormitando. Traían unas botellas de tequila escondidas y echarse unos tragos los motivaba para dormir largas siestas.

Manuelito condujo a Teresita a la sombra de un destartalado árbol de flores amarillas. Se sentaron en el suelo de grava y multitud de hojitas y pétalos amarillos les llovieron. El árbol estaba congestionado de abejas. Manuelito se quedó callado. Teresita también. Él apuntó con las cejas hacia arriba, a las abejas. Ella escuchó. Podía oír los cuerpos de las abejas rozando las flores. Poco después, Manuelito empezó a chacotear. Teresita se contagió. Al rato ya parecía como si el zumbido de las abejas fuese lo más cómico que jamás hubieran escuchado. *Les agarró el tonto,* no dejaban de reír a carcajadas. Ocasionalmente se codeaban y ello desataba otro ataque de risa. Siguieron riendo hasta que los ojos se les llenaron de lágrimas y jadeaban tratando de recuperar el aliento. Al final, de espaldas en el suelo y abrazándose el torso para amortiguar el dolor en las costillas, Manuelito dijo:

—Pasaste.

Teresita aprendió a caminar a paso lento acompañando a Manuelito. Se pasaron días enteros recorriendo el desierto, mientras él le iba contando todo acerca de las plantas que encontraban, y cómo eran, cuáles le gustaban más y cuáles odiaba. También identificó las plantas que eran sus parientes. Cuáles te podían provocar pesadillas. Le enseñó a distinguir qué plantas matan y cuáles curan. Casi siempre andaba descalzo.

—Me gusta estar en contacto con mi madre —le explicó.

Teresita lo sorprendió con un arma secreta propia: papel y lápiz. Dibujaba las plantas en los cuadernos y escribía los nombres y detalles pertinentes. A Manuelito lo asombraba aquello. La hizo enseñarle a escribir su nombre, y ella le mostró las letras. Agarraba el lápiz empuñándolo y hacía garabatos hasta que le salía su nombre, después de lo cual se inflaba de orgullo. Colgaron en una pared el papel. Para cuando terminó sus estudios, Teresita tenía más de doscientas plantas enlistadas en sus cuadernos.

—¿Por qué me perforo la oreja?

—¡Yo sé, yo me sé esa, La Huila me dijo!

—Dime.

—¡Te perforas la oreja para mostrarle a Dios que ya no estás sordo! ¡Que estás presto a escuchar!

Lo sorprendió.

—Muy bien —le dijo—. Ahora dime esto ¿por qué me perforo la oreja izquierda?

—Eso no lo recuerdo.

—Porque el lado izquierdo es el lado del corazón.

—Entonces, si es el lado del corazón…

—Entonces le muestro al Creador que estoy de verdad presto a escuchar.

Teresita asintió.

Continuó.

—A los cristianos no les gusta el lado izquierdo, pero a los indios sí. Los cristianos se han olvidado de su corazón. Cuando una curandera te abraza, si el abrazo es sincero te colocará el corazón contra tu cuerpo, y para eso te moverá hacia un lado. ¿La Huila te abraza así?

Teresita se rió.

—La Huila no abraza a nadie.

—Pues peor para ella —dijo—, deberías enseñarle.

Caminaron un poco.

—¿Te has fijado cómo abrazan los yoris? —le preguntó usando la palabra de La Lengua—. Nunca juntan sus corazones. Se inclinan al frente y apenas se tocan con la parte superior de sus pechos, con las nalgas sacadas al aire. Ninguna de las partes importantes se tocan. Luego se palmean las espaldas, ¡Pat, pat, pat! ¡Un, dos, tres! ¡Después se van!

A partir de ese día, Teresita siempre abrazó a todo mundo con el lado izquierdo pegado a sus pechos, dejando que las partes importantes se tocaran si así lo querían.

Cuando llegó la hora de irse, Manuelito estaba sentado en el suelo con las piernas cruzadas, pintando flores azules en su guitarra. Luego se la extendió a Teresita. Ella abrazó el instrumento y sollozó.

—Te dije que ibas a llorar.

—Eres un malvado.

—Es cierto.

Se quitó la cruz que le colgaba del cuello y se la colgó a ella.

—Recuérdame.

Ella bajó la guitarra y le echó los brazos al cuerpo sollozando.

—Te voy a extrañar —dijo entre pucheros.

Él le acarició el pelo con su manota colorada. Le parecía que sus dedos eran palos que se deslizaban entre sus cabellos. La cabeza de ella se apoyaba en el pecho de él.

—¿Es esto amor? —preguntó llorosa.

—Sí.

—¿Cómo puedo saberlo?

—Escucha mi corazón.

Volteó la cabeza y pegó la oreja al pecho de él, se escuchaban gorgoritos y quejiditos. Tal vez porque en el desayuno comió frijoles refritos. Ella sonrió.

—Gracias —le dijo ella.

Él le acarició la cabeza.

—Ya vete.

Cuando se subieron a la carreta La Huila dijo:

—¡Gracias!

Él dijo adiós moviendo la mano.

—¿Te podemos pagar por tus servicios? —le preguntó.

Él sacudió la cabeza.

—Ora por mí cuando te acuerdes.

Teófano condujo la carreta hacia la salida.

—¡Ah! ¡Y pórtense bien! —los despidió Manuelito.

Teresita gritó:

—¿Te volveré a ver?

No contestó.

Don Teófano dijo:

—¡Órale! —y las mulas se arrancaron.

Veintisiete

EL INGENIERO AGUIRRE HABÍA construido un enorme tanque-boiler blanco en el techo de la casa. Cada mañana había que bombear con fuerza a través de una palanca improvisada con el mango de un hacha, para que el agua fuera subiendo poco a poco desde un tiro en el patio hasta llenar el tanque. Una de las muchachas que ayudaban en la cocina empezaba el día trabajando la palanca y asimismo terminaba la jornada. La única manera de saber que ya se había llenado el tanque era rebosándolo, de suerte que el chorro que corría por el techo era la señal de que había alcanzado su capacidad. El líquido sobrante chorreaba hasta las canalejas y luego caía en los barriles de almacenaje que Aguirre colocó en cada esquina. De allí, se podían regar las plantas con sólo abrir una llave. La casa grande de Cabora era una maravilla de ingeniería.

Otras tuberías corrían hacia la casa. Dos conducían agua hasta los fabulosos excusados científicos, y otra hasta el fregadero de la cocina. Quien quisiera usar el excusado hacía girar una manivela en sentido contrario a las manecillas del reloj, para que el agua llenara el tanquecito colocado encima de la taza. Después de eso, era sólo cosa de jalar la cadena y una sorprendente cascada barría con todo en la taza, por la tubería de desagüe y finalmente hasta el arroyo, donde hacía las delicias de las salamandras y sapos y culebras. Sin que nadie supiera cómo, un enorme bagre se había colado hasta el estanque del arroyo, donde creció muy saludable nutrido por los productos orgánicos recibidos de los excusados. Una vez cada tres semanas, un poco afortunado trabajador iba a abrir el desagüe para que los desechos corrieran arroyo abajo. A pesar de eso, el inmenso bagre se aferraba al estanque y jamás era arrastrado por la corriente. Estaba consciente de las excelentes condiciones en que moraba y no iba a permitir que una corrientita lo desplazara y privara de los obvios beneficios de consumir ese constante suministro de nutrientes.

A pesar de su tentador tamaño, a nadie se le ocurrió jamás pescarlo.

Al Buenaventura lo agarraron una noche encabronado tratando de romper la palanca de madera de la bomba. Tomás nunca le perdonó haber causado la ruina de su matrimonio. Por ello el Patrón no lo dejaba entrar a la casa. Ni siquiera le estaba permitido entrar al patio y eso de veras lo encanijaba pues adoraba las ciruelas del árbol de Tomás. El pobre estaba seguro de que lo castigaban por haber nacido.

La noche que lo pescaron con las manos en la masa, se lo llevaron arrastrando de una oreja hasta la puerta de la casa. Tomás le clavó la mirada por unos instantes y luego anunció que su castigo consistiría en correrlo de Cabora por un mes. La sentencia fue dictada con la solemnidad de un rey del Antiguo testamento. "¡Desterrado a Aquihuiquichi!" Los vaqueros de inmediato lo montaron en su caballo y lo mandaron al galope.

El Segundo se perdió todo el drama. Andaba en su casita, vestido con una bata de baño de seda dorada y unas pantuflas de suave piel. Si alguien lo hubiera visto en esas condiciones, se hubiera visto obligado a ejecutar a balazos al peligroso testigo. Pero nadie lo vio. Tomaba brandy de zarzamoras. Afortunadamente nadie vio eso tampoco. Lo probó y le gustó, ¡vaya que le gustó! Además levantaba el dedo meñique al beber.

—¡Espléndido!, querida —dijo en voz alta—. Este aperitivo está simplemente adorable. ¿Gusta paté? —Uno de los gatos de establo estaba sentado en el sofá observándolo con una mirada aburrida.

Tomás, después de exiliar a su hijo, estaba sentado a la mesa con Aguirre. Otro desayuno de rancho. Ya estaba cansado de bistec con huevos y frijoles y tortillas. Se preguntaba qué comían en Francia o en el recién descubierto Japón.

—Mi querido Ingeniero.

—Mi adorado hermano Tomás.

—Me caes bien, pinchi Lauro.

—Y tú también, mi amigo, ¡eres a todo dar!

—¿Dormiste bien?

—Como difunto —contestó Aguirre.

Tomás se daba cuenta vagamente de que ya estaba usando con Aguirre las mismas formas cortesanas que usaba con Loreto.

Hablaron de ingeniería y de la situación política contemporánea, mientras las muchachas les traían flor de calabaza frita con huevos. Le rociaron encima queso de cabra y chorizo que destilaba grasa líquida anaranjada. Obviamente hubo también frijoles machacados y fritos con manteca de cochi. Cerros de tortillas para acompañar.

—¡Estupendo! —exclamó Aguirre.

—Aquí se come bien —comentó Tomás, al tiempo que le pegaba una

enorme y crujiente mordida a un chile güero. De inmediato se le enroje-
cieron los ojos y estornudó. El picante le limpió los senos nasales a base
de estornudos en fila, ¡yachú! ¡yachú! ¡jijos! ¡qué bueno está! El sudor empezó a correr por su frente.

Atacó de nuevo el chile.

La Huila entró viéndose horrible.

—¡Salud!

—¡Gracias!

Limpiándose los bigotes con una servilleta, notó que La Huila no se
había peinado.

—Tengo que sonarme —dijo Tomás.

—Sí, los chiles te sacan mocos —notó La Huila.

Ese absurdo intercambio pasaba por conversación casi a diario en la
Casa Grande. Por supuesto Tomás ansiaba que Aguirre lo visitara. Todos
los demás a su alrededor se limitaban a ofrecer sabiduría profunda del
tipo de "el café está caliente, a menos que se haya enfriado".

Después del milagro que había resultado ser Manuelito, Teresita esperaba
que las cosas cambiaran y que no volvería a ser confinada a su jacal. Pero
La Huila la mandó para acá en un parpadeo y aquí estaba.

Se la pasaba recorriendo el rancho en busca de yerbas que comparaba
con sus dibujos. Cuando a la sobrina de Don Teófano le dieron terribles
cólicos menstruales, Teresita consultó sus notas y preparó una poción
medicinal efectiva.

Menstruación difícil:
Abrótano
2% infusión
Hojas y tallos
Destilar 15 minutos
Tres tazas al día

—Abrótano, abrótano —repetía una y otra vez caminando en círculos, como si decir la palabra pudiera conjurarla. Al final, cabalgó cinco kilómetros por entre un bosque de cactos hasta la Villa de Ojo de Chivo, donde una vieja curandera le vendió una bolsa de abrótano. La sobrina hizo muecas cuando se bebió la medicina, pero después de la tercera dosis cesaron los cólicos. A la mañana siguiente ya había pasado la crisis y la sangre fluía como agua.

Teresita atendió otros dos partos. Una muchacha traía el ombligo tan salido que parecía un dedo moreno. Se le veía una raya oscura en medio del vientre y la panza estaba muy hinchada, parecía una pirámide. Así no iba a llegar el bebé. La pobre plebe se revolcaba y lloraba y así estuvo por más de veinticuatro horas, hasta que la partera se quedó dormida a su lado. Llegó Teresita, quitó a la partera que seguía roncando, y observó la dolorida apertura del canal. La chica estaba fuera de este mundo por el terrible sufrimiento, pujando y quejándose. Teresita no sabía qué hacer, así que le puso las manos entre las piernas y se las separó para poder ver qué había allí adentro. Se sorprendió al ver un piecito blanco. Supo de inmediato que aquello estaba muy mal. Metió los dedos y sintió la piernita retirarse hacia las profundidades oscuras de la madre. Sólo se le ocurrió ponerse a rezar.

Cuando despertó la vieja partera, ya había amanecido. Se encontró a Teresita arrodillada entre las piernas de la parturienta, rogando por un milagro que nomás no llegaba. La madre se había dormido y ya no despertaría.

La lavaron, la enredaron en una sábana y continuaron sus plegarias. Teresita buscó al marido, que era de La Gente de Palo Cagado, un peón venido desde Ocoroni. Lo abrazó y le susurró la terrible noticia, mientras él sollozaba con la cabeza en su hombro. Era diez años mayor que Teresita. Juntos la enterraron y colocaron dos cruces de palo en el montículo.

Después de ese terrible suceso Teresita se encerró en casa. Se dedicó a secar plantas que había recolectado y penetró con la mirada los ojos de las víboras de cascabel. Pensó en su madre por aquellos días. Le parecía raro que el recuerdo de su mamá la invadiera ahora. Pero no podía evitar preguntarse dónde andaría Cayetana, qué estaría haciendo. Su recuerdo permaneció con ella hasta que una noche la soñó. Cayetana lucía un gran sombrero de paja de ala ancha. Llevaba una sombrilla y caminaba por las calles de una gran ciudad. Mientras esperaba para cruzar la calle, retumbaba el sonido de los tranvías al pasar. Había altos edificios a su alrededor y parvadas de pichones volaban haciendo redobles al efectuar sus piruetas.

Era la clase de sueño del cual La Huila le había advertido. Lo supo porque despertó bañada en lágrimas. También lo supo porque ella no había visto nunca una ciudad, ni un tranvía, ni un edificio alto. Pero los reconoció en cuanto aparecieron en su sueño.

Teresita estaba encantada porque el Buenaventura reapareció.

—¡Oye! —le dijo—, creciste.

—Tú también.

Él sonrió y se chupó los dientes.

—¿Puedo dormir aquí?

—¿Sería eso correcto?

—¿Por qué no? —preguntó él saltando de su caballo—. El pinchi Urrea me corrió. ¡Gracias papá! —y se adentró en la casa.

—La gente va a murmurar.

—¿Por qué? ¿Qué no eres mi hermana?

Teresita se asomó por la puerta y agregó:

—¿Que qué? ¿Qué dices?

Él se acostó en la cama de ella deteniéndose el sombrero con la mano.

—¡Si serás bruta, chamaca! ¡Pero si todo mundo sabe quién es tu papá! Se tapó los ojos con el sombrero.

—Nomás mírate en el espejo, hombre.

Poco después, empezó a roncar.

Teresita resolvió caminar hasta el jacal de Don Teófano. Estaba esperando afuera.

—¿Hay algo sobre Cabora que deba yo saber?

—¿Cómo qué? —contestó el viejo.

—Algún secreto que nadie me haya dicho, por ejemplo.

Él abrió la boca, titubeó y luego la volvió a cerrar.

—¿Quieres decir lo que me imagino que quieres decir?

Teresita se limitó a exclamar:

—¡Ay Dios!

Veintiocho

UN MOCOSO DE UNOS diez años de edad llegó a Cabora cabalgando por el camino principal, gritando:

—¡Las abejas, las abejas!

Tomás estaba parado al lado del camino platicando con el Segundo, cuando el plebe rayó su montura y gritó:

—¡Las abejas!

—¿Qué tienen las abejas?

—¡En el restaurante de Cantúa hay miles de abejas! —gritaba el chamaco, sobre un nervioso y casi frenético cuaco.

—¿Cómo son esas abejas?

—¡Son pilas de abejas negras! ¡Están en una esquina del techo! ¡Dice Cantúa que si puede ir de volada!

Tomás dio una palmada.

—¡Es un enjambre! —gritó—, ¡un enjambre desbocado! —agregó agarrando del brazo al Segundo.

—¡Qué milagro! —observó el Segundo.

—¡Arráncate de vuelta y diles que ya voy! —le gritó Tomás al plebe. Se metió la mano a la bolsa y sacó una moneda que le aventó al mensajero—, ¡ay te va! —le dijo.

El chavo le dijo "¡gracias!", hizo girar a su caballo y partió a toda velocidad de regreso.

—¡Mira nomás cómo va volado ese cabrón! —dijo Tomás.

Corrió hacia la casa a cambiarse los pantalones, se amarró la cartuchera con dobles pistolas (a la Gaby de seguro la impresionaría eso) y se enjaretó su muy fregón sombrero tejano. Ponerse uno de esos enormes sombreros mexicanos de paja sería restarle seriedad al asunto, resultaría cómico.

—¡Aguirre! —gritó—, ¡Aguirre dónde andas!

—¿Eh?

—¿Estás despierto?

—¿Que qué?

—¡Las abejas!

—¿Cómo?

—¡Las abejas, se soltó un enjambre furioso!

Ya iba saliendo por la puerta de enfrente antes de que Aguirre pudiera contestar. Lo único que había cerca era un burro que el jardinero había cargado con trozos de ramas podadas al ciruelo y algunas enredaderas. Tomás descargó el animal y se montó en su lomo de un salto. Lo arrió hasta lograr que avanzara al trote y lo dirigió hacia la barraca del encargado de los panales. Las piernas le rebotaban sin control pues tenía que mantenerlas levantadas para que no arrastraran por el suelo.

El abejero de Parangaricutirimícuaro estaba dormido, todavía bajo los efectos del saco de marihuana que se había fumado la noche anterior. Sin perturbarlo, Tomás subió a la carreta del abejero una caja de colmena y una bomba de humo. Por si acaso agregó unos guantes y una tela cubrecara. Les chifló a unos vaqueros para que trajeran una recua para la carreta y llegaron con un caballo blanco que amarraron rápidamente. Tomás se subió y chicoteó al caballo para que arrancara. Para entonces. Aguirre ya estaba parado enfrente de la casa tallándose los ojos; tuvo que dar un salto atrás cuando la carreta pasó a toda velocidad.

—¡Las abejas! —le gritó Tomás sobre su hombro—, ¡Las abejas!

Traqueteando se apresuró por el camino sin disminuir la velocidad, hasta que llegó al establecimiento de Cantúa. Su primera impresión fue de deleite al columbrar a Gabriela muy apartada del restaurante, con unas toallas blancas en las manos y el rebelde cabello amarrado a sus espaldas. Azotaba agitadamente las toallas sobre su cabeza cada vez que se acercaba una abeja. Era tal su frenética actividad, que hasta las mariposas y los timbirichis se alejaron aterrorizados. El cabello era como una cascada que se desplomaba hasta alcanzar la parte superior de su redondo trasero.

Es como un durazno fresco, pensó Tomás.

Cantúa se encontraba apostado cerca de la esquina del edificio, mirando al techo que sólo se elevaba unos tres metros. Una nube de abejas revoloteaba sobre su cabeza y Tomás alcanzaba a escuchar el zumbido desde el camino. Cantúa estaba doblado por la mitad, como si sus preocupaciones lo hubiesen partido en dos. Se apretaba las manos.

—Son muchas abejas —dijo Gabriela.

Tomás se bajó de un salto mirando de reojo si Cantúa lo estaba observando y presto hizo una caravana al tiempo que buscó la mano de la muchacha. Ella se cambió de mano la toalla. ¡Qué elegancia!, pensó él. Le tomó la mano y le besó los dedos.

¡Caramelo!

¡Canela!

¡Cajeta!

—Este lindo día se acaba de tornar más adorable desde que te vi.

Los piropos eran una de las especialidades de los sinaloenses. Muchos romances empezaban con un bien armado y mejor dicho piropo.

Ella dejó que le tomara la mano un rato más, y luego la retiró suavemente. Los dedos de ella se deslizaron por entre los de él.

¡Aah!

¡Tomás se irguió cuan alto era!

—Eres encantador —le dijo ella.

—Por el contrario —contestó él modestamente—, soy un hombre sin gracia, cualquier elegancia mostrada hoy fue inspirada por ti.

Ella clavó la mirada en el suelo.

—No soy más que una cocinera —ofreció ella abriendo la puerta para que el ritual siguiera.

Muy bien. Muy bien, él podía estar a la altura de las circunstancias.

—Eres la esencia de la primavera hecha mujer —señaló—, jamás he visto algo tan puro como tu mirada. Si tengo alguna gracia es sólo reflejo de tu encanto.

Ella suspiró y parpadeó.

Cantúa se acercaba.

Era hora de jugársela.

—Gabriela, perdona mi atrevimiento. Apenas te conozco. —*¡Apresúrate, ya viene el papá!*—. Pero cuando te admiro me convenzo de que ahora sí puedo creer en Dios.

Ella se puso la mano sobre el corazón.

—Bendíceme —susurró él.

—¡Don Tomás! —gritaba Cantúa—, ¡Hay cinco kilos de abejas en las paredes!

Estaba frenético.

Tomás agitó la mano y dijo para beneficio de Gabriela:

—¡Mi querido y noble maestro Cantúa! Para eso estoy yo, disponible a cualquier hora del día o de la noche, considero un honor cuidar de usted y de su preciosa y santa Gabriela. —Inclinó el sombrero hacia ella, que se sonrojaba furiosamente—. Me he enfrentado solo a campamentos armados de yaquis, mi querido Señor Cantúa. He cabalgado cientos de kilómetros desde Sinaloa, desafiando los peligros del camino. ¡Yo cultivo abejas, no les temo! Permítame rescatarlo.

Se volteó hacia ella.

—Y a usted, por supuesto —ronroneó como gato.

Lo siguieron hasta la parte sombreada de la esquina y allí, como si fuera extraño un torrente de lava, estaba una borbolleante rebanada de abejas amontonadas unas sobre las otras encima de la pared. El peso mismo del montón de insectos estaba haciendo que se deslizaran lentamente hacia abajo, aunque las abejas de más abajo trataran de aferrarse a la madera. Pero las que se caían volaban hacia arriba del montón y se agregaban de nuevo.

—Es un enjambre —explicó Tomás—. En medio de esa colonia encontraremos a la abeja reina, andan buscando un árbol hueco o un establo abandonado para formar una nueva colmena. Han recorrido grandes distancias y están considerando seriamente acampar en su pared a fin de tomarse un respiro y pasar la noche.

—¡Es tan inteligente! —susurró a su padre Gabriela.

—Sin embargo —continuó Tomás—, igual pudieran escoger el interior de su restaurante para establecerse y entonces sí que tendría usted problemas. Por ahora las abejas son sus huéspedes y créame que sabrán comportarse. Pero si se meten al restaurante entonces usted será su huésped y la verdad es que son muy malas anfitrionas.

—En ese caso, ¿qué pasaría?

—Me temo que tendría usted que quemar el restaurante.

A Cantúa se le escapó un lamento.

—Pero no se desespere, mi buen —dijo Tomás—, para eso estoy aquí.

Encendió su confiable bomba de humo de marihuana y abrió la caja de colmena, que tenía diversos compartimentos de cera adentro, listos para albergar un nuevo panal. Tapó al caballo con una lona para protegerlo de los piquetes y luego condujo la carreta hasta la esquina, debajo y al alcance de las abejas. Les echó una humareda. ¡Olía bien! ¡De veras que olía a todo dar! Él mismo aspiró una gran bocanada. ¡El día había resultado perfecto! Bombeó grandes cantidades de aromático humo.

Le sonrió a Cantúa.

Con gran cuidado, como si estuviera cachondeando a una joven de edad escolar, metió la mano en el enjambre.

—¡Ay Dios! —dijo Gabriela.

Cantúa se persignó.

—¡Nunca había visto algo así! —señaló.

Tomás acarreó puños de abejas narcotizadas hasta su nuevo hogar, y repitió la maniobra una y otra vez, en una de esas le ofreció a Gabriela un puñado de insectos, pero ella dio un gritito de miedo y se escondió detrás de su padre. Tomás sonrió encantado, se sentía dueño del mundo —¡qué buen humo era aquel!— y agregó las abejas a las demás. Usó su sombrero para despegar las pocas que quedaban en la pared, las cuales volaron perezosamente hasta reencontrarse con sus compañeras en el flamante panal.

—¡Es tan competente! —suspiró Gabriela.

—Ya olieron a su reina —notó Tomás—. Ahora irán hacia ella.

Cerró la caja y abrió la puertita de entrada, a fin de que las abejas remanentes pudieran encontrar su camino.

—En menos de una hora ya estarán todas adentro —dijo.

Cantúa lo miró con genuina admiración.

—¿Puedo invitarte a comer? —le preguntó.

—Nada más un café, por favor.

Cuando iban entrando, Gabriela dijo:

—Nunca había visto tal acto de valentía.

—Con tal de evitar que te pasara algo malo, soy capaz de cualquier cosa —declaró Tomás.

—¡Ay Don Tomás, qué cosas dice!

—¿No te pareció suficiente con eso? Créeme, ponme a prueba, Gaby. —Se quedó ahí parado, con el sombrero en la mano, tan alto que su cabeza casi rozaba el techo—. Lo que sea —agregó—, en tu honor.

Cantúa trajo el café. Ya no le quedaba ponerse muino, sólo podía sentarse allí y hacerla de chaperón. Tomás se retorció los bigotes y sonrió inexpresivamente. Esa marihuana, pensó, le ponía brillo al día.

—¿Sabes qué? —soltó—, siempre sí tengo hambre, ¿tienes pan dulce?

Gabriela saltó.

—Yo voy, papá.

Le lanzó una rápida mirada a Tomás al pasar y se las ingenió para revolotear la falda al cruzar el umbral.

—¡Híjole, Cantúa! —dijo Tomás.

—Por favor —respondió éste—, pórtate como un caballero.

❋

Para cuando llegó Aguirre al restaurante, Tomás ya había devorado todas las piezas de pan dulce y le estaba entrando a un plato de machaca.

Gabriela había frito la carne seca revuelta con huevo y la había servido con un montón de nopalitos al lado.

Cuando Aguirre llegó, Tomás le ofreció:

—¡Ingeniero! ¡Cómete una tortilla de harina!

—¿Pues qué no desayunaste? —le preguntó Aguirre.

—Pues sí, pero de repente me dio hambre.

Quién sabe de dónde, pero Tomás tenía allí un grupo musical compuesto de dos violines y un contrabajo, quienes tocaban canciones populares acompañando a una vieja que bailaba descalza en una esquina. Cantúa dirigía la "orquesta" con una cuchara de peltre azul con blanco. Gabriela espantó una gallina que se había metido, atraída por el escándalo.

—Además —dijo Tomás—, si la comida fue preparada por la mano de mi Gabriela, ¿cómo no comerla?

—Ay, Tomás.

Aguirre pensó, ¿*mi* Gabriela? Y luego pensó, ¡eh qué Tomás!

—¿Qué pasó con las abejas?

Tomás desestimó el asunto con un batir de mano.

—Las abejas ya están a salvo en su colmena, Aguirre. Eso es ya historia antigua. ¡Ahora estamos celebrando! ¡Por mi cuenta!

El mocoso mensajero de antes salió de la cocina con un apaste de frijoles.

—Come cabrón —le dijo Tomás—. La vida es bella.

Aguirre se sentó.

Llegaron cinco viajeros y de inmediato se lanzaron sobre la comida que tan generosamente pagaba Tomás en un gesto de magnanimidad.

Aguirre le sonrió a Gabriela.

—¿Me das agua, por favor?

Ella le arrugó la nariz pero se levantó de todos modos y fue a la cocina a traerle agua.

—¡Qué nariz!, ¿verdad Ingeniero?

—Su nariz es… elocuente —respondió después de titubear buscando la palabra correcta.

La vieja bailadora sacó a Aguirre a bailar. Él se resistió negando con enfáticos movimientos de manos, pero Tomás lo empujó. La hilaridad inundó el recinto cuando Aguirre arrastraba los pies dando vueltas atrapado por las garras de la vieja, que no le daba respiro. No se veía muy contento que digamos. Su evidente molestia provocó más y más fuertes risotadas.

Era tal el barullo en el restaurante de Cantúa, que nadie escuchó el ruido de las ruedas del carruaje, el elegante carruaje de Doña Loreto Urrea, que pasaba acompañada de todos sus hijos y hasta del cura, rumbo a Cabora.

Veintinueve

VIAJARON DE REGRESO lentamente y, como de costumbre, cautelosamente.

En Sinaloa las tarántulas eran lúgubres y gordas, con patas coloradas y brillantes. En cambio las tarántulas norteñas eran del color del café, flacas y aparentemente nerviosas. Tomás había atestiguado la presencia de nuevas especies de vinagrillos y alacranes, esos horribles bichos armados de tenazas y colmillos hinchados y una peste insoportable. Le sorprendía constatar su obsesivo avance por el camino a Álamos. Los minúsculos y malvados matavenado, todos amarillos, anaranjados y negros como los grillos de Jerusalén —La Gente les decía "Niños de la Tierra"— pero que a diferencia de aquellos tenían desproporcionados colmillos y temperamento indigesto, se atrevían a retarlo levantando amenazadoramente las patitas delanteras y desplegando esos temibles colmillos, incluso giraban siguiendo su avance si los rodeaba paras ver cómo reaccionaban.

—Espero que tus benditas abejas me respeten y no me piquen —dijo Aguirre.

De la parte posterior de la carreta se escuchó un murmullo de satisfacción.

—Las abejas están bien ahumadas —le aseguró Tomás—, son mansitas.

—Pues yo no les tengo confianza.

—Las abejas son mejores que los humanos.

Tomás volteó a ver a su barbado amigo, subiendo y bajando encaramado ahí en su caballo de manera poco elegante, como si estuviera ensartado, con las diversas partes de su cuerpo medio amarradas a la silla. Hasta el sombrero le rebotaba, cual tapadera de cazuela hirviendo.

—Las abejas son excelentes ingenieras —dijo Tomás—, mejor que tú. Son muy buenas trabajadoras —indudablemente mejores que los pinchis flojos que tengo de peones—. Además las abejas son tan bravas como los guerreros indios. Y de remate hacen miel. Como te digo, son muy superiores a nosotros, mi estimado amigo.

Aguirre divisó algo adelante.

—¿Qué es eso? —dijo interrumpiendo la perorata entomológica de su amigo Tomás.

—¿Eh?

Tomás enfocó la vista en la lejanía del camino. Al parecer había dos calesas paradas frente a la casa grande.

—Todos los días pasa algo interesante —suspiró Tomás.

Azuzó al caballo para que acelerara el paso hasta un trote rápido, y para su mayor preocupación divisó al Segundo parado allí en el camino. Éste se veía molesto. Tomás soltó la rienda y se paró para gritarle:

—¿Qué pasó?

El Segundo apuntó a la casa con un giro del mentón.

—Ella —dijo escueto.

—¿Cuál ella? —gritó Tomás.

—Ella La Grande.

—Loreto —concluyó Tomás bajando la cabeza aprehensivamente.

—Y ella —agregó enigmático el Segundo.

—¿Quién?

—Ella.

Tomás se le quedó viendo.

La Huila estaba sentada junto al ciruelo, acompañada por Teresita.

—¿Ella La Huila, o ella la chamaca?

—Ella las dos.

El Buenaventura se acercó silbando alegremente.

—Ora sí ya está completo mi día —se quejó Tomás—. ¿Y tú qué quieres?

—Nada.

—Entonces, ¿qué andas haciendo?

—México es un país libre.

—Pero este es MI rancho.

—¡Ya lo heredaré! —dijo el Buenaventura encogiéndose de hombros—. Tengo derecho a revisar mis intereses.

—¡Chingada madre! —exclamó Tomás—. Nomás no te metas.

El Buenaventura iba a contestar, pero lo detuvo Aguirre levantando un dedo en mudo editorial al desmontar y cruzar el portón.

La Huila dijo:

—La chamaca tiene que hablar contigo.

Teresita empezó a incorporarse.

—Después —sentenció Tomás dirigiéndose a la puerta principal.

Teresita se volvió a sentar.

—Buenos días —dijo Aguirre.

Teresita se levantó otra vez.

—Buenos días —respondió al saludo y se sentó de nuevo.

—Oye Aguirre —dijo La Huila—dile a Tomás que luego queremos hablar con él.

Aguirre se tocó el ala del sombrero, pensando que La Huila también se estaba portando muy imprudente.

Adentro, Doña Loreto se paseaba inquieta en la sala. Miró a Tomás y recorrió un anaquel con el dedo enguantado, en mudo y elocuente gesto pues lo retiró lleno de polvo. Sacudió críticamente la cabeza y palmeó las manos para sacudirse el polvo. Se quitó los guantes. Los niños jugaban subiendo y bajando las escaleras ruidosamente, gritando y aullando como invasores yaquis.

—¡Por favor! —se quejó Tomás.

Juan Francisco se deslizó por el pasamano e inmediatamente volvió a subir los escalones a toda velocidad. Sonaba como el trueno precursor de una tormenta. Los ruidos del piso superior presagiaban una catástrofe, aunque sólo eran el resultado de los saltos y brincos de y hacia los diversos muebles y las camas.

—Qué rústico es todo —calificó Loreto.

Ojeó algunas de las revistas de ingeniería que Aguirre tenía encima de la mesita.

—Tu casita silvestre.

Ese último comentario crítico, ese despectivo calificativo dedicado a la casita de campo, a ese hogar en despoblado, pegó en blando y sacó sangre, como una de esas cortadas con papel.

De repente, Tomás sintió que su día se ensombrecía aún más, cuando de la cocina surgió un cura comiendo pan dulce.

—Hijo mío —saludó éste.

—¿Y tú quién eres?

—Soy el Padre Gastélum —se presentó el cura—. Vengo de Zaragoza. —Pero lo pronunció al estilo castellano, de suerte que sonó "Dsaragodsa".

¡Un cura español, nada más y nada menos! Tomás sacó su paliacate y se secó el sudor de la frente. Aquello se había puesto peor que cualquier hostil villa india.

—¿Por qué viniste? —le preguntó a Loreto—. Nunca habías mostrado ni el más mínimo interés en el rancho.

—Vine nada más a constatar si tenías a tus putas en la casa —contestó dulcemente Loreto.

Aquella parecía una sorprendente declaración tomando en cuanta la presencia del cura, pero Gastélum el de "Dsaragodsa" ni se inmutó, continuó devorando una cantidad de pan que habría costado más de tres pesos.

Aguirre intentó una de sus estratagemas con Loreto, tomándole la mano y exclamando apasionado:

—Loreto, como siempre, luces tan fresca como una mañana de primavera —y le besó los nudillos.

—Usted no es católico —comentó Gastélum, con lo cual detuvo abruptamente el caballeroso gesto del Ingeniero.

—¿Perdón?

Loreto retiró la mano y se alejó cual malévolo banco de niebla.

—Me limité a apuntar, como dato histórico, que no es usted católico —dijo el cura—, como simple punto de referencia para mis informes.

—¿Informes?

—¡Sí, claro! —agregó el Cura—. Soy los ojos y oídos del Vaticano en Sonora. ¿No lo sabía? A diferencia de ustedes los protestantes, nosotros sí tenemos un Santo Padre interesado en el bienestar de sus hijos. Mi deber es informar. Nombrar nombres y contar acontecimientos. —Sonrió. Siguió masticando.

—¿Santo Padre? —dijo Aguirre sólo por decir algo.

—¡El Papa, pendejo! —susurró Tomás.

—¡Ya lo sé! —masculló Aguirre.

Pero ya se había retirado Tomás siguiendo a Loreto.

El Padre Gastélum agregó:

—Tenemos un segundo padre, tal vez no tan santo —¡je, je!, disculpe mi ligereza— otro padre en la Ciudad de México, ¡ejem!

Se miraron.

Aguirre dijo:

—Y usted rinde informes.

—Así es.

—A Porfirio Díaz.

—Nuestro líder.

—El dictador.

—Esas son palabras que pueden ser peligrosas.

—Son la verdad.

—¿Tienes, hijo mío, una visión clara de la verdad?

—¡Cuando se trata de ese ladrón y asesino en la Ciudad de México, sí la tengo!

—Tomo nota.

—¿Me está amenazando?

—Yo sólo sirvo a Dios… y a la república.

—Pues yo sólo sirvo a Dios… ¡y a la libertad!

—¡Ah, la libertad! Claro, Lucifer y sus ángeles caídos hablaban de algo muy parecido.

—¡Me lleva la!…

—Tal vez te lleve, hasta el infierno, estaré pendiente de las puertas a ver si pasas por ahí.

Aguirre se puso rojo.

—¿Comparte el gran Don Tomás tus ideas revolucionarias?

Aguirre consideró que sería demasiado peligroso contestar a esa provocación.

—Ya veo.

Nada se le ocurrió a Aguirre.

—Tomaré tu silencio como confesión —agregó Gastélum—, qué interesante.

Todo lo que le vino a la mente a Aguirre fue ofrecer:

—¿Quiere más pan dulce?

—Ay sí.

—¿Más café?

—Gracias, hijo, creo que sí.

En otra parte de la casa el drama continuaba.

—¡Loreto! —le gritaba Tomás.

Ella estaba en la recámara del piso inferior, admirando el sombroso excusado de agua. Jaló la cadena y observó fascinada cómo el torrente barría con todo en la taza.

—¡Pero qué delicia! —decía admirada.

Mientras tanto, los niños parecían estar totalmente dedicados a destruir todo lo que se toparan a su alcance. Algo se quebró con gran estruendo arriba.

—¡Con una chingada! —maldijo Tomás.

Subió a grandes zancadas los escalones.

—¡Juan! *¡Juan!* ¡Juan Francisco!

—¿Sí, Papá?

—¡Vete ahorita para abajo y llévate a los demás!

Y bajaron en irritada procesión, Juan, Lety, Martita, Alberto y Tavito.

Su padre los miró con rabia, ¡qué clase de monstruos eran!

—¡Pa fuera! —les gritó.

Los niños salieron en tropel. Cuando los vio La Huila afuera, le dijo a Teresita, "espérame", y se precipitó hacia la casa. Los niños se le quedaron viendo a Teresita parados alrededor del ciruelo.

Súbitamente, como si fuera uno de esos muñecos que saltan de una caja, se apareció el Buenaventura y le dijo a Juan:

—Quihubo pinchi puto?

—¿Quién, yo?

—*¿Quién, yo?* —se burló el Buenaventura.

—¡Aguas con lo que dices!

—*¡Aguas con lo que dices!*

—¡No me remedes!

—*¡No me remedes!*

—¡Dije que aguas, cabrón!

Teresita se levantó a tratar de intervenir, pero era demasiado tarde.

El Padre Gastélum estaba en la cocina, en noble pose ante los cocineros mientras degustaba las diversas viandas que le ofrecían. Los mexicanos sabían desde tiempos inmemoriales que era posible regatear un lugar en el cielo, así que consideraban una inversión darle al cura rebanadas de queso blanco con chilitos encima, flautas fritas, naranjas con sal con chile, dulces diversos, así como jícamas con limón y sal. Cuando le llevaron una charola con chocolates franceses, aceptó gustoso acompañarlos con un buen vaso de coñac. A las muchachas les encantó que el cura hiciera la señal de la cruz sobre cada plato y sobre ellas también.

La bendición de los chocolates. La bendición del queso de cabra. La bendición del puro habano.

Mientras tanto, en otra habitación Loreto abofeteaba a Tomás.

Él masculló una grosería.

Le abofetearon la otra mejilla.

Levantó la mano…

Aguirre se incorporó.

La Huila, que lo miraba todo, aplaudió. ¡Esto se estaba poniendo mejor de lo que se esperaba!

Tomás bajó la mano.

Aguirre se volvió a sentar.

Loreto aventó una taza de café.

Tomás nomás gruñó cuando el bólido se estrelló contra la pared.

La agarró por los brazos y la sacudió una vez.

Aguirre se levantó otra vez.

La Huila se sentó.

Loreto se escabulló del cerco de Tomás, agarró una jarra de limonada y la lanzó dando vueltas y desparramando guirnaldas verdes hasta fragmentarse contra el aparador donde las piezas de porcelana explotaron en ruidoso concierto.

Ella se rió.

Aguirre se sentó.

La Huila se paró.

—¡Me da risa! —dijo Loreto—, ¡Me da risa!

—¿Crees que a ti te da risa? —contestó Tomás—, ¡Es a mí al que le da risa! ¡Ja, ja, ja! —se abrazó la barriga—, ¿Oyes cómo me gana la risa?, ¡ja, ja, ja!

—¡Eres una bestia!

Loreto se soltó sollozando.

Aguirre se levantó.

La Huila se acercó a Loreto.

Aguirre regañó a Tomás.

—¡Pero hombre! —le dijo.

—¡El amor es una guerra! —sentenció Tomás.

—¡Animal! —sollozó Loreto en el hombro de La Huila.

La Huila le lanzó miradas asesinas a Tomás.

—¿Tú también? —le reclamó él.

Un gran barullo hizo erupción a todo lo largo y ancho de la casa. Chillidos, lamentos, gritos destemplados, patadas en el piso. El Segundo llegó de pronto y le espetó a su jefe:

—¡Apúrate, Patrón!

—¿Y ora qué?

Corrió hacia fuera y se topó con el espectáculo de Juan Francisco y el Buenaventura enredados en lucha libre rodando por el suelo. Uno lograba liberar la mano y le daba de puñetazos al otro, hasta que se la atrapaban y rodaban otra vez. Los vaqueros formaban un círculo a su alrededor, aplaudiendo y aullando y echando porras a uno u otro. El polvo se elevaba por doquier. Juan había logrado quién sabe cómo arrancarle la pierna al pantalón del Buenaventura, pero éste ya le había destrozado la chamarra a aquél. Tomás no lograba dilucidar cuál lo hacía sentir más orgulloso, o cuál lo encabronaba más. Se metió en medio del pleito, los agarró del cuello y los separó. Se apartaron pateando y escupiendo y maldiciendo, pero en cuanto los soltó se lanzaron uno contra otro como atraídos por un imán, y de nuevo cayeron al suelo enredados en furioso abrazo como gatos.

A Tomás le tocó un puñetazo en la cara como premio por sus esfuerzos pacificadores. Notó que los buenos pa nada chavos estaban apostando.

—¡Ya, pues, cabrones! —los regañó, separándolos una vez más. Sintió que le sangraba la nariz como producto del anónimo trompadón que le había tocado.

—¡No insultes a mi hijo! —le reclamó Loreto.

—¡Dejen de pelear!

—¡No lastimes a mi niño! —gritó Loreto, y se lanzó sobre la espalda de Tomás martilleándolo con las manos.

—¡Segundo! —llamó Tomás.

El Segundo intervino y agarró a Loreto, muy consciente de que nunca más tendría la oportunidad de tocar a la señora de la casa, así que dejó que se le resbalara accidentalmente la mano hacia los senos de la dama, hazaña que le rendiría jugosamente cuando la platicara a los muchachos alrededor de una fogata. La jaló apaciguándola:

—Ya, ya, Doña, calma.

Los combatientes trataban de recuperar el aliento, doblados con las manos sobre las rodillas. El Buenaventura escupió sangre. Ambos chillaban de puro coraje.

Juan apuntó al Buenaventura.

—Él empezó.

—Tu culo.

—¡Hey! —gritó Tomás.

El Buenaventura escupió otra vez.

—¡Tu culo en brama, culero!

Tomás lo sacudió por el cuello.

—¡Párale! —le advirtió.

El Buenaventura se soltó de un jalón.

Loreto se le escapó al Segundo y corrió hacia su hijo. Juan Francisco rechazó el abrazo de su madre, apuntó al Buenaventura y acusó.

—¡Este cabrón dijo que es tu hijo!

Se hizo un silencio total.

Los ojos de Loreto se tornaron rendijas, aún más pequeñas que como las había tenido durante el enfrentamiento en la casa.

—¡Ahora lo saben todos! —dijo—, ¡mi vergüenza está completa!

Tomás pensó ¡me lleva!…

Todo mundo parecía haberse dado cita allí. La Huila estaba allí al lado y a Tomás le preocupó ver el rictus de su boca.

Tomás usó el recurso de los pillos: soltó una risotada.

Aguirre se acercó con una expresión de duelo en el rostro.

—Pero papá —dijo Juan—, ¿cómo es posible?

El joven saltó a una calesa cercana y se alejó de prisa. Aguirre, galante como siempre, montó su caballo y fue por él.

El Buenaventura apuntó a Teresita.

—¡Pues yo no soy el único! ¡Mírenla a ella!

Loreto volteó a verla.

De haber podido, Teresita se hubiera escondido en un pozo.

El Buenaventura seguía retándolos:

—¡Es su hija! ¡Su hija! ¿Qué les parece?

Loreto musitó:

—¡Lo sabía!

—¡Ay Dios! —dijo Tomás.

—Y tú —le dijo Loreto—, ¿no lo sabías?

Tomás deseaba tener a la mano un cigarrillo, quería desaparecer y encontrarse de nuevo en el restaurante de Cantúa, mirando a Gabriela. Se metió las manos a los bolsillos.

—Ya nada me importa —sentenció.

Loreto reunió a sus chavalos y se dirigió a su calesa. Pudo más en La Huila el sentimiento de solidaridad femenina que el gusto por las desgracias yoris, de suerte que se encontró subiendo a la calesa de Loreto justo cuando ésta azotaba a su caballo. Tomás las vio partir por el mismo sendero seguido antes por Juan Francisco y luego Aguirre. Se quedó solo en medio del camino.

Inesperadamente, el Padre Gastélum salió apurado por la puerta principal gritando "¡Qué, qué!" Al percatarse de la situación, corrió hacia la carreta de las abejas, se subió y arrió al caballo para seguir a Loreto.

—¡Mis abejas! —gritó Tomás.

El Segundo, vuelto a ser el respetuoso empleado de siempre, se llevó a los vaqueros.

Tomás penetró al patio pateando macetas, en un despliegue de furiosos giros de brazos y patadas, maldiciendo a diestra y siniestra y rompiendo todo lo que encontraba a su paso. Tumbó ciruelas a manotazos embarrándolas en las paredes de adobe de la casa. Cuando al fin se cansó, se quedó allí acezante, con la cabeza inclinada y el cabello en la cara.

Entonces vio que Teresita estaba sentada en su banca.

—Sigues aquí —observó.

—Sí, señor.

—Nomás tú te quedaste.

—Al parecer.

Se incorporó y se quitó los cabellos del rostro.

—¿De veras eres hija mía?

—Eso dicen.

Se arrastró hasta la banca y se sentó a su lado.

—¿Y tu mamá?

—Cayetana, la Chuparrosa.

Él se frotó la cara y gruñó.

Tomás señaló la solitaria abeja que investigaba las ruinas de las macetas.

—Son mejores que la gente —dijo.

—¡Ah!

Se quedaron allí sentados.

—¿Crees que regresarán?

—No muy pronto.

—No.

Poco después, lo dijo:

—Hija.

Ella volteó.

—¿Sí?

—¿Puedo decirte hija, o tú también estás furiosa conmigo?

—Sí puedes, yo no estoy enojada contigo.

—¡Qué alivio! Todo mundo está enojado conmigo.

Ella le palmeó la rodilla.

—No te preocupes, estas cosas pasan, la vida sigue su curso.

Él suspiró.

—Tienes razón.

Ella dobló las manos sobre su regazo.

—Me he portado muy mal —dijo él—, no era mi intención, pero así resultó.

—Sí, ya vi.

Se rieron.

—¿Y ahora qué hacemos?

—No sé… papá, ¿te puedo decir papá?

—¿Por qué no? ¿Por qué fregados no?

Se paró.

Le ofreció la mano.

—Como sólo estamos tú y yo —le dijo a ella—, ¿por qué no entramos y disfrutamos de mi casita campestre?

Ella aceptó su mano y él la ayudó a levantarse, como todo caballero haría por una dama. Nadie nunca le había ofrecido la mano a Teresita. La aceptó de buen grado y se levantó.

—Gracias —le dijo.

—Todavía tengo aquel reloj de pie que tanto te gustó —le dijo mientras subían los escalones—. ¿Y qué no te gustaban mucho las galletas? —preguntó—. Me parece recordar que tenías marcada preferencia por las galletas —le dijo cerrando la puerta principal a sus espaldas.

Treinta

TOMÁS TENÍA CIERTAS EXIGENCIAS para con su hija. El curso de estudio comenzó ese mismo día.

Asunto A: Baños.

Tomás hizo que le prepararan un baño en la tina grande del lavadero. Abrió algunos de los baúles de Loreto que habían traído de Ocoroni. Le dio a Teresita jabones, shampoo y lociones cuando entró al vaporoso cuarto con la cocinera. Teresita nunca se había bañado en una tina y estaba asombrada y encantada de sentir cómo el agua cubría todo su cuerpo. Sales de baño y fragantes aceites fueron derramados en la tina y crearon el milagro de las burbujas. Vio como sus piernas se desvanecían en una montaña de espuma. La cocinera le echó un tecomate de agua en la cabeza a Teresita y luego le lavó el cabello con shampoo francés. Desde afuera, Tomás instruyó:

—¡Las damas se bañan cada semana!

Asunto B: Arreglo personal.

La cocinera torturaba a Teresita durante media hora con un cepillo para el cabello. Le amarraba los cabellos con rojos listones de seda. La hacía levantar los brazos y le ponía nubes de talco perfumado en las axilas, para después hacerla repetir la operación en sus partes privadas. Le dieron un cepillo de dientes y una latita con polvos dentífricos grises traídos de Londres. Teresita estaba acostumbrada a lavarse los dientes con polvo de carbón y miel con hojas de hierbabuena. Se cepilló los dientes y escupió, y se avergonzó cuando la cocinera se llevó el agua espumosa para tirarla en el arroyo. El colorete en sus mejillas la hacía ver como si fuera cirquero. Las cremas y los polvos la transformaban en una chica blanca. Y el delineador alrededor de sus ojos le daba un aire como de hipnotizadora.

Asunto C: Ropa interior.

Teresita estaba molesta porque le dieron las calzonetas de Loreto. Accedió a usar los ridículamente largos calzones pero se negó terminantemente a usar faldillas. Una cosa o la otra. Después de todo, era su cuerpo.

Asunto D: Ropa apropiada.

Los baúles de Loreto produjeron vestidos. Las empleadas de la casa los arreglaron para que le quedaran a Teresita. Ella escogió una falda amarilla con una blusa blanca y un rebozo verde sobre los hombros. Lo que de plano no le gustó fueron los sombreros y rechazó sin miramientos el que la cocinera le había escogido, pequeño y con un velito.

—Parece un pastel podrido lleno de telarañas —dijo.

Y el ancho sombrero de paja la hizo soltar una carcajada.

—¡Ese es un sombrero para un mariachi borracho!

Asunto E: Zapatos.

Cuando Tomás la vio, le silbó apreciativamente.

—¡Te ves hermosa! —Pero cuando le vio los dedos sobresaliendo de los sucios huaraches, se indignó—. ¡NO, NO, una señorita no debe mostrar los dedos de los pies nunca!

—¿Qué tienen de malo mis dedos?

—¡No, no! Eso no se hace. ¡Y mira nomás esos huaraches!

—¿Y que tienen de malo mis huaraches?

—Pues que están horribles, simplemente horribles.

La enviaron de nuevo al vestidor, donde fue sometida a la tortura de meterle los pies dentro de unos duros zapatos.

—¡Esto no me gusta! —declaró.

Los duros tacones sonaban en el piso como si fueran pezuñas de mula. Cuando Tomás no la veía, Teresita se quitaba los zapatos y volvía a andar descalza.

Asunto F: Buenos modales a la hora de comer.

Ya no le era permitido apuntar con el tenedor o el cuchillo. Tampoco masticar con la boca abierta. Menos aún sorber ruidosamente los líquidos. Pero se negó a levantar el meñique cuando bebía algo.

Asunto G: Comportamiento adecuado a la hora de dormir.

Se la llevaron a su recámara en el ala oeste de la casa, que estaba pintada de blanco. Aparentemente, la habitación la habían construido a la buena de Dios, pues tenía siete paredes. Algunas de ellas eran muy angostas, como si los albañiles hubieran aventado un montón de adobes al azar para conectar dos planos que no hacían esquina. La puerta y los visillos eran azules. Eso sí le gustó a Teresita.

El cuarto tenía dos ventanas, una en la pared que daba al sur y una en la que daba al oeste. Tenía una mesita con dos sillas y un ropero para guardar su ropa nueva; Tomás ya no le permitiría vestirse como campesina en esta casa. En una esquina, un aguamanil con una bandeja pintada con escenas bucólicas de algún pueblo suizo. Una jarra blanca con agua y jabón.

La cama estaba cerca de la ventana del oeste. Tenía cabecera de hierro forjado. Una pila de almohadas. Nunca antes había tenido una buena almohada. Se sentó sobre la cama y le agarró el tonto, riéndose sola cuando se dio cuenta de lo blandito que estaba el colchón. Se quitó los zapatos y deslizó los pies sobre la suave colcha.

Dos grandes vigas cuadradas atravesaban el techo. Un poco más abajo, haciendo ángulo, había una tercera viga, chamuscada, que había sido rescatada del fuego que acabó con la construcción original. Se paró en la cama y se colgó de ella, meciendo sus piernas.

Le dieron camisones rosas y blancos. Tal vez estos yoris tenían miedo de andar desnudos en sueños y de que los indios vieran sus secretos.

¡Pantuflas! Ni siquiera en la noche se libraría del tormento de usar zapatos. Los yoris se quitaban los zapatos y las botas, suspiraban y se quejaban de lo cansados que tenían los pies, hasta los remojaban en agua con sal y hacían que alguna criada se los frotara. Y luego se ponían otros zapatos para estar *¡cómodos!*

Asunto H: Conversación apropiada.

Se suponía que Teresita no debía discutir los nacimientos, los problemas de mujeres o los detalles médicos a la hora de comer. Estos asuntos, discutidos discretamente, se podían abordar en el estudio de Tomás, a donde la llevaba después de cenar para tomar una copita de brandy o coñac, mientras le leía libros y periódicos. Después de todo, Tomás estaba profundamente fascinado por lo que pasaba debajo de las faldas de las mujeres de todo el mundo. Cualquier pequeño detalle de la biología femenina le hacía brillar los ojos.

También se suponía que la joven formularía preguntas sobre las extrañas cosas que imaginaba Edgar Allan Poe. Tomás disfrutaba escuchando sus opiniones sobre los acontecimientos y problemas cotidianos.

En su segunda noche en la casa, Tomás le ofreció un traguito de brandy. La hizo toser y atragantarse. El le pegó suavemente en la espalda. Ella no aceptó probar un cigarro.

—El tema de esta noche es Buenaventura. Yo lo veo como una responsabilidad.

—¿Por qué, Papá?

—¡Porque es medio hijo de la chingada!

—Es que ha tenido una vida muy difícil.

—¿Y se supone que por mi culpa? ¡Mejor no contestes!

—¿Tú qué harías con él?

—¡Lo mandaría a la chingada!

—¿De veras?

—¡Lo quiero lejos de Cabora! Hay que tomar las medidas necesarias.

—¿Por qué no intentas tenerle compasión?

Aspiró el humo del cigarro y se le quedó viendo.

—La compasión es tu mejor virtud, Papá, acuérdate de los yaquis.

Tomás sonrió. ¡Los yaquis!

—Hmmm.

Tomó otro sorbo, fumó y echó una columna de humo al aire. El reloj de pie empezó a sonar.

—Bueno. Pero no lo quiero en mi casa. Para mí, no es más que un vaquero. ¡No significa nada para mí!

Teresita sabía que sólo eran poses, pero La Huila le había enseñado a dejar que los hombres se desahogaran, que dijeran lo que quisieran.

Tomás agarró un libro forrado en piel y dijo:

—Esta noche le toca a la historia de Arthur Gordon Pym, de Poe.

Ella cruzó las piernas debajo de su cuerpo, en parte para ocultar que traía otra vez los pies descalzos.

—¿Está horrible? —le preguntó.

—Claro que sí, bastante.

Asunto I: Montar apropiadamente.

Ya no podía nomás levantarse las faldas y montar a pelo. Tomás casi se desmaya de la impresión al verla abrir las piernas y montar a horcajadas. Eso era indecente. Teresita fue instruida en el insultante y absurdo pero apropiadamente femenino modo de montar de lado en una silla, con las enormes faldillas y faldas de terciopelo, así como las botas hasta la rodilla, colgando por un lado del aburrido caballo como apéndices atrofiados.

Asunto J: ¡Absolutamente prohibido escupir o picarse la nariz!

Asunto K: Bajo ninguna circunstancia se puede hacer mención a su situación mensual.

Asunto L: Mascotas.

Después de que la descubrieron con un puerquito en su recámara, seguido del gato del establo y tres perros, se le prohibió tener mascotas dentro de la casa. El puerquito, leal y enamorado, la esperaba en los escalones del frente todos los días. A Tomás le dio por patear a la pequeña bestia, pero al final se encariñó con él. Seguido le llevaba pedacitos de comida de su desayuno. Fue Tomás el que le puso el nombre de *General Urrea*.

Asunto M: La Gente.

Aunque Tomás reconocía su profunda conexión con los trabajadores y los vaqueros, se le pidió que evitara andar por los dormitorios o en El Potrero, el pueblito de los trabajadores. No estaba bien visto que la hija del patrón anduviera en esos lugares. Ignoró por completo esa orden. Para sus adentros, eso le gustó a Tomás.

Asunto N: Romances.

¡Por supuesto que no!

Asunto O: Los empleados.

No importaba cuantas veces le gritara Tomás, no podía quitarle la costumbre de prepararse sus propias comidas; y lo peor, de servirles a las criadas y a las cocineras. A veces hasta lavaba los platos.

Asunto P: Hierbas.

Se le permitía recolectar sus condenadas ramas siempre y cuando las colgara a secar en su propio cuarto y no en la cocina.

Asunto Q: La Iglesia.

—¿Misa? —había gritado Tomás—. ¡Me lleva la…

Hizo arreglos para que uno de los problemáticos curas de Gastélum dijera misa en el establo todos los domingos. Teresita le ordenó que asistiera, pero Tomás se pasaba todos los domingos en la mañana con las abejas. ¡No iba a hacer que se arrodillara todos los domingos en el establo! ¡No enfrente de un loco célibe! De todos modos accedió a incluir alguna ocasional lectura de la Biblia en sus sesiones literarias después de la cena. Aguirre era bastante útil en sus visitas, pues parecía que se sabía el infernal libro tan bien como sus textos de ingeniería, y él y Teresita podían pasarse aburridas horas discutiendo a Elías y a Lucas y una bola de pendejos hebreos mientras Tomás tomaba brandy y pensaba en Gabriela.

Asunto R: La Huila.

Si La Huila regresaba algún día de atender a Loreto, Teresita tendría acceso exclusivo a ella y fuera lo que fuera que La Huila tuviera que hacer, tendría precedencia sobre cualquier cosa que Tomás tuviera planeada.

Asunto S: Matrimonio.

Algún día. No muy pronto. En su momento Tomás haría los arreglos, incluyendo la identidad del novio.

—¿Y yo no tengo nada qué decir al respecto? —preguntó Teresita.

—Claro que sí. Podrás decir "acepto" el día de la boda.

Asunto T: Cahíta.

Tomás le pidió que hablara solamente en español. Teresita no podía complacerlo.

Asunto U: Licor.

Teresita podía tomar, si quería, siempre y cuando estuviera con su padre. Ella no quería.

Asunto V: La biblioteca.

Teresita le pidió que la dejara leer cualquier libro que hubiera en la biblioteca. ¡Qué infamia! ¡Habrase visto! Tomás se horrorizó al saber que había sido el mismo Aguirre, esa serpiente, quien le había enseñado a leer y a escribir. Le llevó a Teresita tres días de enojado silencio forzarlo a acceder a su petición. Lo primero que leyó fue la *Crónica de la conquista de la Nueva España*, de Bernal Díaz del Castillo. No estaba muy interesada en leer a Julio Verne, el preferido de Tomás. Aún traducido, le parecía aburrido y más bien lectura para chamacos. Empezaron a pedir libros por correo. Juana Austen, las Hermanas Bronte.

Asunto W: Escuela.

Las únicas escuelas estaban en Álamos o en Tucsón. Ella no quería ir a la escuela. Tomás no quería que se fuera. Entre Tomás y Aguirre diseñaron un curso de aprendizaje para que lo añadiera a sus estudios de campo y su trabajo en sueños. A veces, mientras dormía leía libros en bibliotecas distantes. En sus sueños, el francés y el alemán eran fáciles de leer.

Asunto X: Acerca del Tiempo de Soñar.

Tomás prefería no saber ni enterarse de nada tratándose de sus peculiares entusiasmos oníricos y sus aventuras astrales.

Asunto Y: Amistades.

A Teresita le estaban permitidas todas las amistades que quisiera, siempre y cuando fueran: a) femeninas y b) de su nueva clase social. Las muchachas de El Potrero no eran invitadas a la Casa Grande. Pero las muchachas de las haciendas y de los pueblos de los alrededores podían serlo. Una princesa india de alguna tribu como los cheyennes o los sioux podía ser recibida con pompa y ceremonia, pero una muchacha india de El Potrero no sería admitida. Josefina Félix, su primera amiga, la visitaba seguido. Dormía con Teresita tres veces a la semana. Tomás casi se cae de la silla cuando vio llegar a Teresita de una de sus cabalgatas acompañada de Gabriela Cantúa.

—¿Papá, se puede quedar a dormir Gabriela?

—¡Dios mío! —le contestó.

—¿Y cómo están sus abejas? —le preguntó Gabriela.

Asunto Z: Loreto.

Se le pidió a Teresita que fuera cordial y respetuosa con la Doña, lo cual no era un problema para ella, ya que toda La Gente quería a Loreto y pensaban en ella como una Gran Madre, más o menos como la Virgen de Guadalupe.

Treinta y uno

TERESITA DORMÍA EN SU GRAN cama entre Josefina y Gabriela. A los diecinueve, Gabriela era la mayor de las tres. Josefina tenía dieciséis y era llenita y sonriente, de piel oscura y con un lunar a un lado de la nariz. Teresita, habiendo cumplido quince, era un año mayor de lo que había sido su madre cuando la trajo al mundo.

—Estoy enamorada de tu papá —le confesó Gabriela.

—Yo también —dijo Josefina.

—Ustedes y todas las demás —les dijo Teresita mientras se arropaban y murmuraban—. Y tu, Fina, estás enamorada de todos los vaqueros.

—Ay, sí, es cierto —asintió Fina.

—No, Teresa, quiero decir que lo amo.

—¿Lo amas como quererlo, o lo amas como lo amo y quiero tener sus hijos? —preguntó la Fina.

—Quiero tener sus hijos.

—¡Ay, Dios!

—¡Ay! —dijo Teresita.

Risas.

—¿Y ahora qué voy a hacer?

—¡Cásate con él! —le dijo la Fina.

—¡Ya está casado, tonta!

—¡Ah! Se me olvidó.

Teresita suspiró, miró a Josefina y le hizo una cara.

—La Gaby va a ser mi madre.

Las tres soltaron la carcajada.

Teresita se volteó a ver a la Gaby y le extendió la mano.

—Hola, mamá, ¿cómo te va?

—Hola, hija, ¡limpia tu cuarto!

Se rieron con más ganas todavía.

Un piso debajo de ellas, Tomás golpeó en el techo de la biblioteca para que se calmaran. Iba a tener que añadir al currículum de Teresita la hora de dormirse como algo no negociable. Oyeron su voz venir de las escaleras.

—¿Tengo que subir a ponerlas en paz?

—Ay, sí, papacito, ven por favor —Gabriela arrulló.

Eso las hizo comenzar a reír de nuevo y sólo oyeron cómo Tomás azotaba la puerta, derrotado y enojado.

Después de un tiempo, se calmaron y se tendieron de espaldas, sintiendo cómo la casa se quedaba silenciosa. La luz de la luna las iluminaba, haciendo que las sábanas se vieran plateadas en la oscuridad. Una leve brisa movía las cortinas. Teresita había puesto unas hierbas a quemar en un braserito para ahuyentar a los zancudos. Vieron los rojos rescoldos del fuego dibujar figuras en las paredes. Las hierbas secas de Teresita colgaban de las vigas en atados aromáticos. Estas eran las mejores noches que tendría, acostada entre sus dos mejores amigas, todavía ciega a lo que habría de venir.

—Llévanos a un viaje —le dijo Josefina.

—¿De veras quieren?

—Sí.

Gaby asintió.

—Sí, llévanos —le dijo.

—¿Están seguras?

—Claro que sí.

Había descubierto algo nuevo durmiendo con sus amigas. Se había dado cuenta de ello unos meses atrás. Una noche simplemente supo que podía capturar los sueños de ellas y dirigirlos. No podía explicar cómo había sucedido o por qué. Pero si se concentraba, podía llevar a las muchachas en viajes, como si anduvieran volando en el aire.

—¿A dónde iremos esta vez?

Josefina se estremeció.

—No sé.

—La última vez fuimos al mar y vimos barcos llenos de luces —dijo Gaby.

—Ay, sí, la gente estaba bailando —suspiró Josefina.

—Yo sólo he visto el mar en nuestros viajes de noche —confesó Teresita.

—Yo también. ¿Y tú, Gaby? —preguntó Fina.

—Yo ya vi el mar. Vamos seguido a Guaymas. Es como lo vimos en el sueño. Puedes oler la sal en el aire y siempre hay brisa.

—Fue más que un sueño, de verdad estuvimos allí —les dijo Teresita.

—Te creo —le dijo Josefina.

—Tal vez —dijo Gaby.

—Nunca he visto una ciudad —expresó Teresita.

—Yo tampoco —dijo la Gaby.

—¡Yo sí he estado en una ciudad! —les presumió la Fina.

—¿En cuál ciudad has estado? —le preguntó la Gaby.

—¡En Álamos!

La Gaby se rió.

—Ay, cómo eres tonta, Fina. Álamos no es una ciudad. Es un pueblo. Las ciudades son grandes, ¡París es una ciudad!

Josefina suspiró:

—¡París!

—Nueva York, o la Ciudad de México.

Teresita sonrío.

—Las ciudades son como cien pueblos todos juntos.

—¡Mil pueblos! —murmuró la Gaby—. Una ciudad es como los barcos que vimos, con muchas luces y avenidas hasta donde alcanzas a ver.

—¿Y tú cómo sabes?

—Nomás lo sé.

Cientos de luces, murmuró Teresita cerrando los ojos. Buscó las manos de ellas bajo las sábanas. Ellas pusieron sus manos en las suyas. La Fina enredó sus piernas en la pierna de Teresita. Aunque Teresita le aseguraba que no se caería, siempre le daba miedo volar.

Las tres se tomaron de las manos.

Teresita dijo:

—Pies, duérmanse. Anden, tuvieron un día duro, duérmanse.

Continuó así y ellas se adormilaron mientras Teresita hablaba. Lentamente, el suave colchón empezó a sentirse como si se evaporara bajo ellas. Empezaron a sentirse más ligeras. Al principio lo sentían en sus espaldas, pero luego la sábana se desprendió como si la estuvieran tendiendo y volaron.

—Nos estamos elevando, ¿lo pueden sentir? Ahora somos más ligeras que las bolitas de algodón. Siéntanlo, la tierra se aleja. Hemos estado prisioneras en el suelo, pero ahora nos suelta. Sí, el aire nos mueve libremente. Somos como el agua, el aire es como agua. Somos agua. Somos nubes. Somos aire.

Y entonces flotaban por encima de las olas de aire, suspendidas en el vacío, sostenidas por su frescura, su amor. El aire las amaba, lo podían sentir.

—¿Son ángeles? —preguntó Fina.

—Shhh —le dijo Teresita.

El aire pasaba por sus cabellos como agua. Se estaban moviendo.

—Mantengan los ojos cerrados, sólo un momento más. No vean.

Los sonidos se extendieron a su alrededor y debajo de ellas. El encierro del cuarto de repente se sintió como si se abriera a los vientos y había ecos de agua de río corriendo allá abajo. Las voces de los perros eran tan leves como las de los grillos.

—Vamos al Sur —dijo Teresita.

Sintieron cómo viajaban hacia el sur, como llevadas por un fresco arroyo en una arboleda.

—Ya pueden ver.

Abrieron los ojos.

❋

La biblioteca brillaba con tonos de rojo, dorado y café, a la luz de las lámparas de aceite.

—Estoy enamorado —le dijo Tomás a La Huila.

—Cuéntame algo que no sepa —le contestó ella.

La Huila tomó uno de los cigarros de Tomás sin pedirlo y lo encendió. Tomás ya no estaba como para quejarse de las acciones de la vieja.

—No, es en serio.

—Dijiste que era en serio con la tortillera y la chica de la leche.

—Eso no era amor.

—Sí, ya sé.

—¿Y ahora qué hago?

—Pórtate como hombre.

—¿Eh?

—Pórtate como hombre. Si la quieres, defiéndela. Enfréntate a su padre y a tu esposa. Deja de quejarte como pinchi muchachita y pórtate como hombre. Si quieres a la muchacha, quiérela. Y luego aprende a ser mejor de lo que eras antes.

Tomás asintió.

—Porque francamente, en mi opinión, eres un total fracaso como hombre.

La Huila se fue del cuarto.

Él se quedó ahí sentado. Las muchachas ya estaban quietas allá arriba. La mujer que él quería estaba durmiendo con su hija ilegítima. Tomás suspiró y cerró los ojos. Si Dios existía, de seguro iba derechito al infierno.

❋

Cuando abrieron los ojos, vieron la inmensidad de las estrellas. Gabriela movió la cabeza y vio la orilla de una nube mientras pasaba enfrente de ella. Las muchachas se voltearon suavemente en el aire hasta que quedaron viendo hacia la tierra. La Sierra se levantaba y caía en azules ondulaciones de piedra. La nieve en los riscos se veía violeta a la luz de la luna.

—Miren.

Hacia el oeste se veía el océano Pacífico.

Las nubes las envolvían. Pasaban a través de ellas. Sus párpados brillaban con la luz de la luna. Y así se fueron hacia el sur, tan alto que podían ver los pueblos pasar debajo de ellas como pequeñas manchas de luz en el suelo, como si una taza de luz de vela se hubiera derramado en un mantel. Una bandada de pájaros pasó a lo lejos, chiquitos como mariposas, grises en la más profunda oscuridad de México. Más nubes y luego, al dispersarse, una enormidad de brillo. Tremendas extensiones de luz. Mil, diez mil lucecitas en líneas y avenidas extendiéndose hasta las negras montañas.

—Calles —dijo Teresita.

Sí, calles. Ahora veían los carruajes pasando por los bulevares. Edificios, casas, parques oscuros. Canoas en los canales. Se escuchaba la música de una plaza lejana. Humo de leña. La canción llegaba hasta sus oídos. Voces. Trompetas. Cayeron a la tierra enredadas en los aromas de la ciudad: Perfume, cigarros, carbón, vapor, basura, agua, caballos, carne asada.

Sus pies tocaron los fríos adoquines.

—La Ciudad de México —dijo Teresita.

Mi amigo Cantúa…

No, así no servía.

Cantúa, ¡hijo de puta!

¡No! ¡No! Eso sería si fuera Aguirre, pero no Cantúa.

Mojó de nuevo la pluma y se inclinó a escribir de nuevo.

Mi estimado amigo, Honorable Señor Cantúa,

Me encuentro en mi biblioteca, preocupado por los inexplicables caminos por los cuales transitan la vida y el corazón. Créame cuando le digo que en ningún momento pensé faltar al respeto ni a usted ni a su encantadora hija cuando empecé a visitarlos regularmente. Confieso que tenía el ojo puesto en la muchacha. Usted me perdonará. Pero mi querido maestro, maestro del burrito en chile verde y los tacos de carne adobada. Usted, señor, es el padre de un ángel. Y yo, su humilde servidor, he sido presa de sus encantos.

¡Ah! Virginal e inmaculada soltería. La defenderé hasta la muerte. Entienda que yo también soy padre. No tocaré ni uno solo de sus cabellos, ¡lo prometo por Dios y la Virgen! Ay, la cabeza me da vueltas y me duele el corazón. Quisiera que no fuera así, pero no lo puedo evitar. La amo, señor. Amo a Gabriela.

Perdóneme la indiscreción. Pero usted no sólo es padre, señor, también es un hombre.

¿Podríamos reunirnos a la mayor brevedad para arreglar este asunto? Por supuesto, acataré lo que usted diga, ya que es el padre de ella.

Ciertamente, si pudiéramos llegar a un arreglo familiar entre los Cantúas y los Urreas, la hacienda estaría a su disposición y usted se beneficiaría de su riqueza.

Espero su pronta respuesta de rodillas, una mano en el corazón y la otra levantada suplicante hacia Dios.

Muy sinceramente y fielmente suyo,
Quedo esperando su comprensión y su
Misericordioso juicio,
Su Futuro Hijo,

Don Tomás Urrea
La hacienda de Cabora, Sonora

Haría que el Segundo la entregara en la mañana.

⁂

Las muchachas se le quedaban viendo a los tranvías. Caminaron entre las sombras de la gran Catedral en la Plaza Mayor. Y tarde, se sentaron a la orilla de un canal en Xochimilco y mojaron sus pies en los antiguos caminos de agua de los aztecas.

Veinte años después, aunque Gabriela Cantúa y Josefina Félix nunca habían estado en la Ciudad de México, no tendrían ningún problema para señalar en un mapa todo lo que habían visto y paseado.

Treinta y dos

EL SEÑOR CANTÚA ERA, como todos los restauranteros, un filósofo. Estaba consciente del hecho de que nadie puede atravesarse en el camino del destino. ¿Quién sabía de los secretos del corazón, o los secretos de la historia o de los designios de Dios? La verdad es que Cantúa estaba cansado del camino a Álamos, cansado de los vagabundos apestosos y los temidos Rurales que comían sus tacos de chivo. Estaba cansado de preocuparse por Gabriela. Tenía otros hijos allá en su casa, cerca de la costa, y una esposa a la que casi no veía porque la ciudad costera era más segura que estos terribles lugares donde él buscaba fortuna. Y ahora Tomás Urrea le ofrecía una forma de liberación. Después de todo, Gabriela era casi una solterona. Ciertamente, pensaba, el señor Urrea le ofrecería un precio justo por la novia. Tal vez suficiente para abrir un restaurante en Guaymas, con ventanas abiertas que dieran al mar. Atún, camarones, ostiones y cerveza. Una hija feliz en una hacienda. Imagínate, una Cantúa manejando una hacienda. Y con los otros cuatro o cinco hijos y su esposa felices en la playa. Todo mundo rico. ¿Quién era él para entrometerse cuando los milagros caían del cielo? Agarró un lápiz y le sacó punta con un cuchillo de cocina.

※

Mi querido y estimado y muchas veces bendito por nuestro señor Misericordioso, noble y valiente líder y brillante ejemplo para nuestra gente, Don Tomás:

Me honra usted y a la vez me sorprende con su carta en la cual profesa su amor por Gabriela. Debemos encontrarnos y discutir el destino de Gabriela, mi hija. Ninguna riqueza puede igualar el valor que ella tiene para mí. Ningún precio se acercaría siquiera a lo que ella vale.

Sin embargo, podríamos hablar de arreglos, los cuales, sin alcanzar nunca siquiera un pequeño porcentaje de su gracia eterna y divino valor, tendrían que ser generosos. Estará usted de acuerdo, por supuesto. Cualquier cosa menor que una pequeña fortuna sería una afrenta para mi querido ángel. Sólo pienso en su amada madre y su tranquilidad. Sabiendo de su gentileza hacia mí, mi amada esposa y mis queridos hijos, ¿cómo podría Gabriela no sentirse verdaderamente amada? Amada y apreciada. Por usted, mi querido Don Tomás. Gracias a Dios y ¡viva México!

Su humilde servidor y compañero padre de familia,
Señor Cantúa (del restaurante)
(Padre de Gabriela).

P.D. Una mirada en sus luminosos ojos, mi amigo y usted se sentirá tan mareado como si hubiera probado ambrosía del cielo. Renunciará a todas las demás por mi Gaby, Don Tomás, se lo aseguro.

※

Cuando Tomás terminó de leer la carta, llamó a La Huila y se la leyó.

—¿Qué está haciendo este tipo? ¿Vendiendo un caballo?

Como muestra de respeto, Tomás mandó al Segundo y al encargado de las abejas de Parangaricutirimícuaro en una carreta cargada con media res recién destazada, un barril de jabón, tequila en cántaros de barro y una bolsa de monedas de oro para los gastos en que Cantúa pudiera incurrir durante las celebraciones venideras.

—¡Ah, cabrón! —decía Cantúa aplaudiendo de contento—. ¡Ah, cabrón!

La Gaby se subió a la carreta y se fue a Cabora, pensando que no se quedaría mucho tiempo, pero una noche con Teresita se ligó a otra noche con Teresita y luego a una tercera. Después, Tomás le ofreció tener su propia recámara. Y de repente ahí estaba.

Después de una semana, a Tomás le parecía como si Gabriela siempre hubiera estado allí. Finalmente, en secreto, hicieron el amor. Parecía que su olor siempre había estado en los dedos de Tomás, su ácido olor a moras; y que su largo cabello siempre hubiera estado en su almohada y el sabor de ella en sus labios. Todos sabían que algo tenía que pasar, pero nadie sabía qué sería. Nadie sabía el momento en que se desataría o la naturaleza de la furia de Loreto, pero todos sospechaban que más tarde o más temprano ella explotaría. Todos la sentían crecer durante los meses transcurridos después de su catastrófica visita al rancho y ahora, con este terrible desacato, Tomás había encendido el detonador fatal.

La Huila fue la primera en ver el carruaje llegando al rancho. Los sirvientes, sin querer observar el incidente, corrieron hacia la casa. Aguirre se había ido de nuevo, en alguno de sus viajes al norte, si no, se hubiera acomodado los lentes y allí hubiese estado observando la escena. Los perros corrieron a esconderse debajo de las bancas del patio, aunque ella todavía se encontraba como a un kilómetro de distancia.

Todos veían el negro carruaje venir a través de la planicie. Venía muy rápido, como cuervo enloquecido, envuelto en una nube de polvo. Todos sabían, aún sin verla, que Loreto llevaba las riendas. Su furia volaba como un gran viento por encima del carruaje. Tomás, con el brazo en los hombros de Gabriela, estaba parado enfrente de la casa viendo. El Segundo se escabulló con rumbo a la planta de jabón. Prefería soportar la peste de la grasa derritiéndose, que las iras de Loreto. Y Huila, mas vieja de lo que jamás hubiera soñado, apoyada en un bastón que dentro de un año se convertiría en una muleta, estaba sentada a la sombra del ciruelo en la banca amarilla pintada con azules chuparrosas, regalo del señor Cantúa.

—Ay, ay, ay —se quejaba, escarbando la tierra entre los ladrillos con su bastón. Aunque apenas podía dejar de sonreír, se lamentaba—. Mira qué cosas —y agitaba la cabeza.

Ella siempre había sabido, por supuesto, que los hombres eran idiotas. Y Tomás era el jefe de todos los pendejos. Sus tonterías la habían entretenido desde siempre. Pero de repente entendió que las mujeres también eran idiotas. Que toda la gente bajo el sol era tonta. Desperdiciando vidas. Oliéndose unos a otros entre las piernas como si fueran perros, deslizándose en círculos mientras se les iban los días. Toda la vida era un sueño, al menos eso era lo que le habían enseñado. La carne es el sueño del alma. Ella quería a Tomás y también quería a Loreto, y la nueva, Gabriela, era mas dulce que la miel. Pero si este era un sueño, quería despertarse.

Teresita, un poco amedrentada por la llegada de Loreto, se quedó atrás, un poco lejos de todos, viendo el pequeño vehículo brincar y ladearse en el camino. Vio los oscuros arcos iris en el aire encima de él. Al ver a La Huila en la distancia, pensó que se estaba riendo, pero era una risa nueva, amarga como el café quemado.

Gabriela estaba avergonzada pero se sentía fuerte. Amaba a Tomás y Tomás la amaba a ella, y cuando el amor llegaba no había nada que nadie pudiera hacer. Era rápido y era fuerte y si no fuera bueno, seguramente Dios no hubiera permitido que tuviera tanto poder. El poder del amor la mareaba. Tomás le decía cosas que harían desvanecerse a cualquier mujer. "Hablas muy bonito", le había dicho una noche y por alguna razón eso le había encantado a Tomás. Mamaba de ella como un bebé, diciéndole poemas, canciones, discursos. Cualquier cosa, ella disfrutaba de cualquier cosa que saliera de sus labios. Capítulos de algún libro, reportajes del periódico, pasajes de la Biblia, todo era música para ella. Su acento refinado, sus palabras rimbombantes, palabras que ella ni siquiera sabía lo que significaban. Su asombro cuando ella se desvestía, la manera cómo estudiaba su vientre, el vello cerca de su ombligo y el modo en que se llevaba los pechos de ella a la boca, y la manera que tenía de recorrer su espalda, suspirando al mismo tiempo, como si nunca hubiera estado en presencia de algo tan sagrado. La hacía reír y la hacía llorar. Y las quemantes sensaciones que traía a su cuerpo, la contracción de su vientre y la explosión como relámpago en su carne, como si la oscuridad dentro de ella riera y gritara, su piel y todo su cuerpo cantando, eso también la hacía llorar. "Ay, mi amor, mi amor", le decía ella sobre su hombro, como si no pudiera contener una tristeza tan grande que se convertía en alegría. "Nunca pensé que sentiría estas cosas. ¡Es un milagro! ¡Es tremendo este amor!"

Y después de amarse, dormían entrelazados. El envolvía sus largos brazos y sus piernas alrededor de ella, con la mano apartando su cabello, su cabeza enterrada ahí, oliéndola mientras soñaba. Antes del amanecer, se despertaban haciendo el amor. Él ya se encontraba dentro de ella, moviéndose lentamente, y ninguno de los dos todavía despierto. Y cuando Tomás se despertaba, también lloraba.

Ella vivía en el rancho desde hacía unas cuantas semanas, pero ya era totalmente suyo. Se lo había ganado. Lo veía en la cara de Tomás. En su sonrisa. En su risa. En el gesto de delicia que hacía cuando se encontraba encima de ella. Su amor estaba predestinado. Ella estaba preparada para enfrentar cualquier horror que viniera. Por su hogar. Por su hombre.

Rechinando, con las ruedas escupiendo pedazos de piedra, el negro carruaje patinaba de lado y se bamboleaba. Los dos caballos arrojaban espuma por la boca, sus azotados flancos brillantes de sudor.

—¡Hijo de puta! —le gritó Loreto, su voz haciendo eco por todo el sobresaltado paisaje, vaqueros y vacas, ruiseñores y caballos, niños y perros asombrados por los gritos. El cabello de Loreto estaba enredado, como una explosión alrededor de su cabeza. Se le levantaban las faldas, mostrando sus blancas piernas.

La Huila golpeó el suelo tres veces con su bastón, como si estuviera aplaudiendo.

El brazo de Loreto se levantó y tronó el chicote.

—¿Qué me has hecho ahora?

Tomás extendió los brazos frente a él.

—¿Qué me has hecho ahora?

Su índice se desdobló y apuntó a Gabriela.

—¿Ésta es?

Tomás se enderezó y trató de calmarla:

—Mi amor…

—¡No me llames de ese modo! —le gritó Loreto—. ¡No enfrente de ella!

Los vaqueros se empezaron a reír cubriéndose la boca con las manos. Para los hombres, esto era más divertido que tirarle a los coyotes o ver cómo un jinete cabalgando a pelo era tirado al suelo. Millán, el otro minero de El Rosario, se agarró el bulto entre las piernas y lo apretó.

—Perra —les dijo a sus compañeros. Ellos se alejaron. Millán los ponía nerviosos.

Tomás sabía que tenía que dominar la situación o nunca más podría llamarse *hombre* a los ojos de sus empleados.

—¡Yo soy el Patrón y hago lo que me da la gana!

Hacía gestos al tiempo que gritaba.

—¡Aquí mando yo!

—Con que tú eres el que manda ¿eh? ¿Mandaste a esta puta a tu cama?

Él le gritaba y ella también le gritaba; él le volvía a gritar. Acusaciones y recriminaciones enrarecían el aire. Él no era un hombre; ella era menos que una mujer. Y no era una esposa; él nunca fue un verdadero esposo. Si ella hubiera sido una buena esposa no hubiera habido necesidad de Gabriela. Si él hubiera sido un buen esposo, un hombre de cualquier clase, ella no se hubiera alejado de él. Continuaron así, con todo mundo viéndolos, hasta que el chicote tronó de nuevo. Tomás lo agarró en el aire, se lo arrancó de las manos y lo tiró al suelo.

Los mirones estaban atónitos.

—¡Tú! ¡Vete de mis tierras!

—Tomás...

—Vete de mis tierras. ¡Ahorita! ¡Lárgate! ¡Y no regreses nunca!

La Gente estaba estupefacta. Contarían esta historia una y otra vez, en la cena, en el desayuno, tomándose una taza de café, en los campos, en sus camas. El patrón corrió a Doña Loreto del rancho. La desterró de Cabora. No le importó lo que la Iglesia dijera. Si la veía de nuevo en Cabora, se divorciaría de ella. Después de todo sí era muy macho. Era todo un hombre, decían, con cierto respeto que antes no se había ganado. Hubiera sido mejor si le hubiera pegado, decían los hombres. Las mujeres no decían nada.

La cara de Tomás estaba de un rojo que no habían visto nunca.

Gabriela, humillada y amedrentada, se metió a la casa y se refugió en su cuarto. La Huila se paró y murmuró:

—Tomás... —pero él no escuchaba nada. Zarandeaba de las riendas a los caballos de un lado a otro, como si quisiera luchar con ellos, morder sus cuellos como lobo salvaje. Y levantó el chicote para amenazar a Loreto, casi la golpea, pero se contuvo y le ordenó una vez más que se fuera, que se fuera y no regresara nunca.

Aventó la cuarta hacia adentro del carruaje y azuzó a los caballos, viéndolos alejarse.

Nadie se le acercó.

Mientras la gente se dispersaba, Millán le dijo al Buenaventura:

—Hasta hoy, yo creía que no tenía huevos.

El Buenaventura se alejó rumbo a la planta de jabón. Millán se volteó y vio a Teresita adentrarse en la casa.

Treinta y tres

DONDE LOS VIEJOS RÍOS del desierto forcejeaban con la árida tierra, donde el Gila se desvanecía, donde el yaqui y el mayo cortaban hacia Guaymas y el mar, y el viejo padre Colorado surgía hacia su desembocadura en el Mar de Cortés, el desierto se tomaba verde. Por ciclos de tres años, los sembradíos se marchitaban o crecían, desenrollaban las hojas o se ennegrecían y se secaban. Las tierras yaquis, siempre fértiles y vibrantes, estaban llenas de cuervos; los ibis seguían a las vacas entre las hileras de plantas, comiéndose los insectos que se alborotaban al paso del ganado, que siempre estaba pastando. Y donde un arado yaqui cortaba la tierra, los blancos pájaros seguían al granjero y atrapaban más grillos, gusanos y escarabajos de la línea abierta en el suelo. Algunos de los pueblos hacían lo que siempre habían hecho, sembrar campos comunitarios de maíz, frijoles, tomates o chiles, melones, calabazas, que crecían cerca del agua. Estas milpas se veían verdes a la luz del amanecer, con la tierra bajo sus raíces consciente de su deber.

El ejército se llevaba a los yaquis de los pueblos desprotegidos y los conducía hacia el mar. Nadie sabía a dónde iban, familias enteras se desvanecían en la noche. El diablo, decían los chamacos, era gringo. Tomás sabía que esas historias eran verdaderas. Él había cabalgado por lo profundo del norte, dentro de territorio indio, más allá de Aquihuiquichi. Por allá vio a una patrulla de soldados llevando una hilera de yaquis caminando hacia el desierto. Vio al Capitán Enríquez entre la caballería y espoleó su caballo hacia su viejo amigo.

—¡Oye! —le habló Tomás.

Enríquez se volteó en su silla y le sonrió.

—¡Don Tomás! —le dijo.

Los viejos amigos se estrecharon la mano.

—¿Qué es esto? —preguntó Tomás.

—Mal negocio —contestó Enríquez—. Mal negocio.

—¿A dónde los llevan?

—Mejor ni preguntes.

Tomás vio a los cansados yaquis irse arrastrando los pies.

—¿Y sus tierras?

—Mal negocio, mi amigo —repitió Enríquez.

No quería hablar.

Luego llegó un hombre montado en un caballo pinto. Las polainas estaban oscuras de suciedad y grasa y sangre y sudor. Se acercó a ellos y Tomás lo olió. Llevaba el largo rifle erguido frente a él como lanza. Su sombrero estaba rasgado y caído. El cochambroso jinete llevaba un collar de huesos. Madejas de cabellos ondeaban al viento alrededor de su silla. Saludó ligeramente a Tomás.

—Enríquez, ¿a poco son esas…?

—Cabelleras —le contestó Enríquez.

—¡Pero por Dios!

Enríquez apretó el brazo de su amigo.

—Vete a tu casa, Tomás. Esto es mal negocio y es mejor que ni te enteres.

Tomás miro a los ojos de su amigo y encontró en ellos un paisaje desolado.

—Vete a tu casa y atranca las puertas.

Enríquez hizo girar a su caballo y se alejó, siguiendo al cazador de cabelleras. Tomás se les quedo viendo hasta que se fundieron en la tierra y no se vieron más.

La Huila había encontrado otro bosquecillo de álamos debajo del risco, al otro lado del arroyo que pasaba por la Casa Grande. Los hombres de Aguirre planeaban hacer una represa sobre el arroyo, pero La Huila se había puesto fuerte y cuando Aguirre vino a quejarse, ella lo estaba esperando con su escopeta y su talega de tabaco y le había dicho Yoribichi e hijo de puta. Como no era tonto, Aguirre emprendió estratégica retirada y cambió el proyecto para realizarlo arroyo abajo, donde el agua no ahogara los árboles de La Huila. La primera vez que Teresita visitó ese lugar, La Huila le había apuntado a las enredaderas de trompetilla que escalaban los arbustos y los troncos de los árboles.

—A las chuparrosas les encantan estas flores. Las veo todas las mañanas. Dios puede alcanzarme aquí.

La segunda vez, Teresita se levantó las faldas y se quedó viendo sus pies. Tanto tiempo de usar calcetines y zapatos había hecho que sus pies se volvieran blancos. Se veían suaves, como si no estuvieran crudos, no cocinados.

—Nuestros poderes vienen de la tierra —le dijo La Huila—. Itom Achai nos manda la vida a través del suelo. ¡Mira las plantas! ¿Por qué tienen raíces? ¿Tienen las raíces en el aire?

Teresita sonrió y agitó la cabeza. Ya podía recitar lo que La Huila le decía hasta dormida.

—Mira a los yoris. Con sus zapatos, botas, carretas, pisos, ya ni se acuerdan de la tierra.

La Huila se plantó con las piernas separadas y flexionó ligeramente las rodillas.

—Párate sobre la tierra. Siéntete dentro de ella. Una vez que te conectas a la tierra, nada puede moverte. Ni un huracán, ni mil vaqueros.

Se meció.

Teresita pensó que La Huila quería ir al baño.

—Ándale. Hazlo.

Teresita se agarró al suelo con los dedos de los pies, metió los talones dentro de la arena y luego las plantas y las orillas. La Huila ya había tratado antes de enseñarle esta lección básica de poder. Teresita había visto que funcionaba, cuando La Huila retaba a los vaqueros para que la movieran. Dos y tres a la vez lo habían intentado pero no lo conseguían. Esto causaba gran hilaridad entre los chamacos y los viejos, ver a la vieja aguantar los esfuerzos de hombres hechos y derechos.

—En la tierra, estoy en la tierra. Dilo.

—Estoy en la tierra.

—Y la tierra está en mí.

—Y la tierra está en mí.

Respiraban hondo. Sentían sus pulmones llenarse de cielo y dejaban escapar las oscuras nubes de adentro de ellas. Luego se conectaron a la tierra.

—Levanta los dedos y presiona con los talones.

—Me siento medio simple.

—Parte de ser curandera es que te sientas simple.

Teresita estaba frente a ella escarbando en la tierra con los pies.

—Ahora empuja la tierra con la parte de adentro de tu pie, todo hasta el talón. Tienes picos en los talones, como la horca. Dos en la parte de adentro, dos en la parte de afuera. Conecta los dos de la parte de adentro de tu talón. Empújalos hacia la tierra. Y entonces ya tienes raíces, niña. ¿Lo ves?

—Raíces. En mis talones.

—Sí, plántalas profundamente en el suelo. Tus raíces.

La Huila exhaló escandalosamente por la nariz.

—Siente la tierra, mantén la integridad de tu corazón. Mantén tu espina dorsal alineada. Deja que tu corazón brille. Calmada, no te esfuerces. El hombre blanco siempre tiene que esforzarse. Tiene que estar moviendo los músculos. Sé suave, sé como el agua. El agua es suave y es la fuerza mas poderosa sobre la tierra.

El sol de Sonora penetraba a través del follaje y le quemaba la cabeza a Teresita. Los cuervos se reían de ellas en la distancia. Una nevada garceta cruzó por el cielo, buscando al ganado para aterrizar.

—Deja que tus rodillas se balanceen un poco. Así, conéctate. La fuerza de la tierra subirá por tus piernas y sentirás cómo une tus rodillas. ¿Lo sientes? Ahora siente las raíces en la parte de afuera de tus pies. Empuja los talones tan profundamente como puedas. Ahora el resto de tus pies. Ahora estás en la tierra. Otro flujo de poder subirá por la parte de afuera de tus piernas. Siente como sube. Pronto no habrá nada que pueda moverte.

—¿Nada me va a lastimar? —preguntó Teresita.

—No fue eso lo que te dije. Siempre habrá algo que nos pueda lastimar, niña. Lo que te dije fue que nadie tendra más poder que tú.

—Creo que empiezo a entender.

—Lo dudo.

Vieja loca.

Teresita meneó la cabeza.

—Bueno. No entiendo.

—La gente siempre quiere entender todo. ¿Entiendes cómo funciona el sol? No, pero sale todos los días, lo entiendas o no. ¿Entendemos cómo hace la planta una uva y cómo la uva hace vino? No. No necesitas entender nada de eso. Lo que quiero es que lo recuerdes y lo creas.

—Lo voy a recordar.

—¿Y lo crees?

—No sé.

—Eso es la fe. La fe, como la gracia de Dios, es un regalo. Es una de esas adivinanzas que nadie puede entender, niña. Dios te da el don de creer en Él. Si no puedes creer en Dios, ¿entonces cómo te va a castigar por tu incredulidad?

—No sé.

—Claro que no lo sabes. Es un misterio.

Teresita se quedó pensando un momento.

—Fe —dijo finalmente.

—Correcto. Cree, nunca vas a recibir explicaciones.

—Y si no puedo creer, ¿entonces qué pasa?

—Entonces Dios manda viejas tontas como yo a tratar de ayudarte —le dijo La Huila. Se tomaron de la mano y caminaron de regreso al rancho.

※

La Huila le había mostrado cómo el hueso del hombre penetra la cavidad de la mujer.

—Una cosa fea —le había dicho—. Parece un cuellote de pavo

cocido. Pero se siente bien allá adentro. —Y ahora La Huila sabía que Teresita estaba lista para ayudarle en los nacimientos.

Entre La Huila y Manuelito, ya le habían enseñado todas las hierbas. Conocía las plantas más básicas. Pero Teresita sabía que el trabajo era mucho más que hervir té, o hacer curaciones con raíces. La Huila había insistido en que estaba muy chava para aprender el trabajo. Hasta ahora. Teresita supo por qué. La Huila estaba cansada. Por primera vez en su vida necesitaba ayuda. Así como Gabriela había reemplazado a Loreto en la Casa Grande, así veía Teresita cómo ella iba tomando el lugar de La Huila.

Llegaron a un jacalito en las afueras de El Potrero. Adentro, una muchacha gritaba como si estuviera siendo azotada y a Teresita se le erizaron los cabellos de la nuca. La muchacha estaba acostada, con las piernas hacia arriba y muy abiertas y el vientre subiendo y bajando, temblando. La Huila le untó un ungüento entre las piernas que pintó de amarillo su vagina. La colchoneta debajo de ella estaba mojada y manchada y del líquido se desprendía calor, como si alguien hubiera hecho té entre las piernas de la joven. No había mucho vello, la cabecita del niño se asomó y su negra melena llenó el hueco. Sangre. Teresita tragó gordo.

—¡Ay, Dios! ¡Duele, duele mucho! —se quejó la muchacha, al tiempo que se agarraba de la tierra con las dos manos.

La Huila le dijo:

—¿Lo ves? Siempre buscamos a nuestra madre.

La Huila cantaba, murmuraba, llamaba al niño a salir. Cuando la muchacha gritaba, La Huila aplaudía tres veces y se frotaba las palmas vigorosamente, calentándolas. Ponía las manos sobre el vientre de la madre y la sobaba.

—Calma, calma, niña, siente mis manos, siente el calor —le decía suavemente.

La Huila pidió su cuchillo.

Teresita buscó en el morral y sacó un delgado cuchillo, tan afilado que brillaba. La Huila hizo que Teresita separara las piernas de la muchacha y con dos movimientos rápidos cortó el canal del parto. La sangre salpicó y el niño se precipitó hacia fuera, con la cara hacia abajo, junto con otros fluidos, hasta las manos de la vieja. El bebé nadó, se cayó, subió. Teresita no sabía qué estaba haciendo el bebé, simplemente que era grandioso. Ahí, retorciéndose, con la cara roja, como cubierta de cera, con sus pequeños puños luchando y pegándole a su nuevo mundo. La mamá lloraba, Teresita lloraba, el bebé lloraba y La Huila murmuraba.

—Shhhh. Shhhh. Calma, shhh.

La Huila le ordenó a Teresita que aplicara una cataplasma al canal de parto mientras ella limpiaba al bebé.

—¡Mira el tamaño de sus huevos! —dijo La Huila.

Usó el cuchillo para cortar el cordón. Anudó el extremo aún pegado al niño y el resto lo puso en un trapo blanco. El pequeño estaba sobre el pecho de la madre para cuando la placenta se extendió por la arruinada colchoneta.

Al día siguiente, atendieron un parto de gemelos.

Arrodillada al lado de La Huila, Teresita aprendió todo lo que necesitaba saber acerca del dolor y el asombro. Días y noches gritando de dolor y miedo, el oscuro júbilo cuando la piel se rompía y los intestinos se desbordaban, el apestoso olor del nacimiento llegaba hasta las muchachas. Teresita sacaba los rosados cuerpecitos, observaba a La Huila cortar los cordones y ponerlos en pequeños envoltorios para las madres. Aprendió la verdad del Misterio. Aprendió que los milagros son sangrientos y algunas veces vienen embarrados de lodo. Aprendió que las mujeres son más valientes que los hombres. Más valientes y más fuertes. Aprendió que tal vez un día ella también se abriría como una ventana y eso no la mataría.

En cierto momento, después de haber amarrado el cordón con pabilo y limpiado la criatura con hojas y trapos, La Huila le dio un codazo a Teresita y ella se inclinó y dijo su primera oración de nacimiento, murmurando en el oído del recién nacido, que aún recordaba las estrellas:

—Tu trabajo es sobrevivir.

Conectada a la tierra, entendió las palabras. Eran terribles y ciertas.

La Huila tenía sus propios rituales, su propio modo de hacer las cosas. Extrañamente, había ido perdiendo interés en los espíritus, las plantas, la medicina. Le dolía el cuerpo y sus pensamientos eran calmados y melancólicos. Se volvió más impaciente, era capaz de golpear a las criadas con su bastón cuando se comportaban tontamente. Amenazaba a Tomás con el bastón cuando era grosero con Gabriela. Sabía que los secretos más profundos estaban listos para ser transmitidos a Teresita, aunque tal vez todavía no estuviera lista para recibirlos. Algunas mañanas estaba segura de que el mundo estaba ardiendo, hasta que se tomaba el café con pan y olía las flores. Soñaba con su amante muerto tantos años atrás. Se le aparecía con seis flores blancas. La chuparrosa volaba encima de su cara y el olor que se desprendía de sus alas era de salvia ardiendo, y de cedro. Vio a su madre pasar frente a ella, caminando por el otro lado de un río. El tiempo de La Huila se aproximaba. Sus oraciones cambiaron en esa temporada y pedía perdón por sus errores, pedía ser digna de morir.

—Ya casi nunca veo a Teresita —se quejaba Tomás.

Tomás era feliz a la hora del desayuno. Ciertos días, tenía a toda la familia reunida a la mesa y la Gaby se sentaba a su derecha. Al otro extremo, frecuentemente estaba el ingeniero Aguirre. Teresita y La Huila se sentaban a un lado de la mesa y Cantúa y el Segundo al otro lado. Fina Félix iba seguido, la sentaban en una esquina y ella le hacía caras a Teresita. El Buenaventura nunca era invitado. Tomás era ahora, finalmente, el Gran Hacendado. Entretenía a su nueva familia con historias y echadas, gesticulando con su taza de café o con tortillas dobladas escurriendo frijoles y huevo. El rancho era un gran éxito, las minas eran productivas. A pesar de su rabia y su desgracia, Loreto, en Álamos, no parecía estar dispuesta a renunciar a él. Los sacerdotes le habían asegurado a Loreto que la que se condenaría no sería ella, sino Tomás. La Gaby le quitaba comida de su plato y le decía melosa "Ay, Tomás" y "Ay, mi amor" haciéndole caras a Teresita, como Fina.

—Estamos ocupadas —le dijo La Huila.

—Ocupadas, ¿haciendo qué?

—Cosas de mujeres —le respondió La Huila.

La Casa Grande del rancho reflejaba los buenos tiempos. Había sido construida y reconstruida en secciones. El cuarto grande, primer proyecto de Aguirre después del ataque yaqui, era ahora una fortaleza de piedra. En la esquina occidental se levantaba la nueva torre de piedra con la habitación de Teresita en la parte más alta y rendijas para rifles en los visillos, así como almenas desde donde los francotiradores pudieran disparar. Aguirre lo había convencido de que un ataque del gobierno podría darse en cualquier momento. Díaz tenía buena memoria y mejor alcance.

Y ahora la segunda ala de la casa estaba casi terminada y la tercera ala comenzada.

Aunque estuviera alegre, aunque oliera a su bienamada en sus dedos, aunque disfrutaba de los extraños humores de su hija, de su forma de tocar la guitarra cuando cantaban a dúo en el portal, lo que hacía aullar a los perros; Tomás se sofocaba cada día dentro de esas paredes. Le resultaba inconcebible que Teresita pudiera ir a alguna parte sin él, mucho menos adentrarse en el paisaje salvaje que los rodeaba para hacer algo tan grotesco como atender un parto. Pero la vieja era incansable. Se enojaba, negociaba, rogaba, sugería, exigía, explicaba, hasta que Tomás no podía tolerar el sonido de su voz. No aceptaba que las acompañara una guardia. Su única concesión era la compañía del viejo Teófano.

—Casi nunca salimos del rancho —le decía—. Y si salimos, Teófano nos cuidará.

—Si algo le pasa a Teresita…

—No le va a pasar nada.

Teresita se quedaba a un lado de su silla, mirando al piso. El Segundo y Aguirre pensaron que se estaba poniendo muy atractiva.

—¿Y tú? ¿Qué quieres?

—Quiero ir, papá.

Y le preguntaba a Gabriela:

—Y tú mi amor, ¿Qué opinas?

—Ay, Gordo —le decía. Había dado en llamarle Gordo y él la llamaba "su flaca"—. Déjala ir, es su destino.

—¡Ja! Destino.

Tomás no creía en cosas como el destino. Superstición, decía. Aún así, lo que había pasado entre él y Gabriela… podría describirse como destino. Se mesó los cabellos. Suspiró. Le hizo un gesto a Teresita para que se acercara. La besó en la cabeza.

—Haz tu trabajo.

—Bueno, está hecho, pues —decía La Huila.

Se iban y mientras trabajaban, La Huila le enseñaba a Teresita todos los secretos que podían ser enseñados. La instruyó sobre la sangre y el tiempo de la sangre, del poder derivado de ella, de la fuerza que traía con ella. Le enseñó de la extraña dualidad de indefensión y enormes poderes de una madre grávida, con vida creciendo en su vientre. Le enseñó a Teresita palabras secretas y oraciones peligrosas. Se arrodillaban juntas en la grava y rezaban; se levantaban al amanecer y rezaban. La Huila la bendecía con humo, le untaba aceites, la bañaba desnuda en una tinaja del desierto, verde de algas y con pescaditos del color de las monedas. Le daba a Teresita alimentos secretos y se la llevó a hablar con las víboras de cascabel.

—Tienes poder —le decía La Huila.

Teresita, normalmente quieta, le confesó:

—Hago que Fina y la Gaby vuelen.

—¿Ah sí?

—A veces las llevo a las ciudades. En la noche.

—Ten cuidado. Estás en peligro y también los que te rodean están en peligro. Has escogido un camino lleno de peligros. Ten cuidado. Ten cuidado de los hombres, de los espíritus oscuros, del poder, del amor. Ten cuidado de las plantas, de tus propias emociones, de tu orgullo. De demonios, ángeles, mentiras, ilusiones, sexo, hasta de Dios mismo; ten cuidado. Cuídate de tu padre. Cuídate de mí. Cuídate de Gabriela, de La Gente, del Buenaventura, de los vaqueros. Ten cuidado de ti misma.

⚜

El primer temblor le llegó a Teresita por esos días.

Era una mañana como cualquiera otra. Habían dormido hasta tarde. Tomás hacía el amor tan seguido con Gabriela que a veces quedaban rendidos hasta las diez u once de la mañana. La hacienda marchaba sola, el Segundo sabía qué hacer, los trabajadores sabían qué hacer, hasta el Buenaventura sabía lo que había que hacer. Algunos de La Gente se ofendían por el amor de Tomás por la Gaby, pero la mayoría pensaba que era gracioso. "El amor es lo último que muere", solían decir los viejos, pero La Gente lo había cambiado por "El amor es el último que se despierta en la mañana".

Hasta La Huila estaba dormida. Ella y Teresita habían atendido un parto difícil que había durado tres días. La madre tenía tanto dolor que nada había ayudado a calmarlo. Hierbas, té, sebadas de panza, nada. Fue una sesión terriblemente larga. La Huila y Teresita casi se dormían paradas. Y algo extraño había ocurrido, tan extraño que Teresita se despertó más temprano, cuando La Huila todavía seguía dormida. Despierta en el patio, miraba el cirudo y rezaba. La noche anterior, cuando llegó a temer que la madre moriría del dolor, Teresita había sentido el viejo brillo nocturno en sus manos. Fue extraño, pues no le había pedido a sus manos que se durmieran, pero se sentían doradas. Y calientes. De repente, sintió que debía ponerle las manos en el vientre a la parturienta. Colocó las palmas sobre el abdomen y la madre se quedó con la boca abierta. Teresita podía sentir que el calor se intensificaba en sus manos. La madre suspiró.

—¿Qué estas haciendo? —le preguntó Huila.

—Quitándole el dolor —le contestó Teresita. Pero no parecía ser ella la que hablaba, parecían las palabras de alguien más saliendo de su boca.

La madre suspiró de nuevo.

—Caliente. Miel. ¡Siento como si me estuvieran poniendo miel caliente!

Y entonces el bebé nació.

Ahora, Teresita se preguntaba qué era lo que había sucedido. Se veía las manos. Se veían igual que antes. No se sentían extrañas, no le cosquilleaban. Las olió, se las frotó ligeramente, flexionó los dedos.

Y oyó la voz de Dios.

La Voz le dijo:

—¿Crees en mí?

—¡Sí creo!

La Voz le dijo:

—Si crees, párate.

Ella se paró.

La Voz le dijo:

—Camina alrededor de la casa hasta que yo te diga que pares.

Ella fue hasta la reja, dio vuelta hacia el este y caminó apresuradamente alrededor de la casa.

La Huila salió una hora más tarde. Se rascó la cabeza, buscó una ciruela madura y vio a Teresita pasar por la reja. Estaba sudando, con el cabello pegado a la frente.

Un rato mas tarde, pasó de nuevo.

—¿Niña? —llamó La Huila. Fue hasta le reja y le gritó—: ¡Niña!

Teresita se perdió por la esquina. Caminaba apresuradamente alrededor de la casa. Seguro que pasaba por el arroyo en la parte de atrás. La Huila salió y se paró en el camino. Pasaron varios minutos y Teresita reapareció. La Huila corrió hacia ella.

—¡Niña! —le gritó.

Agarró a Teresita y forcejearon.

—¡Suéltame!

—¿Qué estás haciendo, niña?

—¡Dios me dijo que caminara alrededor de la casa!

—¿Quéee?

—Dios me dijo que caminara alrededor de la casa. Ahora suéltame.

—¿Pero estás loca?

—¡Suéltame!

Trató de soltarse de la vieja, pero La Huila era demasiado fuerte para ella. Sacó a Teresita del camino y la llevó forcejeando hasta la banca del patio.

—¡Tengo que ir! ¡Suéltame!

—¡Teresa! ¡Para!

—¡Dios no me ha dicho que pare! —le gritó Teresita.

Luego sus párpados se abrieron y cerraron rápidamente y se puso rígida. Se recargó en la pared y empezó a temblar, como si un viento helado la hubiera golpeado súbitamente.

—¡Tomás! ¡Por favor! ¡Alguien!

Teresita seguía temblando.

Después de diez días, Teresita reapareció por la puerta principal de la Casa Grande de Cabora. Parpadeó en la intensa luz del patio. Había estado encerrada en su cuarto, durmiendo y muy callada cuando estaba despierta. Todos pensaron que se había vuelto loca, o que había sido víctima de alguna brujería. Gabriela y Tomás corrieron a saludarla, pero era como si estuviera ciega y no los viera.

—Dios me habló. Su voz es como la de un hombre joven —les dijo.

La Huila le dio un beso en la mejilla y la mandó de nuevo a su cuarto. Teresita subió las escaleras hasta su recámara. La Huila vio a Tomás y a Gabriela y se puso un dedo sobre los labios. Ellos se regresaron adentro y les dijeron a las criadas y a las cocineras que dejaran de trabajar y se fueran. Acallaron toda la casa y cuando llegó la noche, todos se fueron a dormir temprano y sólo hablaron en susurros, con cuidado de no hacer ruido. Cuando Teresita se despertó, le arrimaron grandes platos de comida. Tomó leche y agua de tamarindo. Comió bistec y nopales fritos, frijoles y papas cocidas en caldo de pollo.

Tortillas y queso y lechuga con limón. Luego La Huila se le unió y comieron pudín y pastel.

Tomás le dijo:

—Bueno, ¿qué fue lo que te dijo Dios?

Ellas se le quedaron viendo hasta que él se volteó para otro lado. Nunca volvió a hablar de eso.

Treinta y cuatro

TAL VEZ EN LO PROFUNDO de su corazón, Tomás no quería que nadie fuera impetuoso si él mismo no podía ser libre. Aún ahora, muchas noches dormía debajo del álamo, cerca de una pequeña fogata, con la cabeza en su silla de montar y solamente su delgada frazada entre la espalda y el duro suelo de Sonora. Cuando Gabriela lo llamaba, como era un fino caballero, dormía a su lado en la vieja cama suave de los Urrea, aspirando sus delicados aromas, el jabón en su cabello. Escuchando sus suaves ronquidos y suspiros. Era particularmente caballeroso cuando iniciaba sus avances, los cuales frecuentemente comenzaban ofreciéndole una flor arrancada del jardín de La Huila afuera de la casa. Una florecita y una sonrisita y ella le decía "Ay, Tomás" o "Mi chiquito". Ella sospechaba, con razón, que "Gordo" no era un nombre apropiado para jugar al amor.

Cuando se iba a Álamos, un lugar que le seguía pareciendo delicioso a pesar de su preferencia por la vida al aire libre, su conducta era todavía más fina. Escoltaba a Loreto como si fuera el más fiel de los esposos. Usaba sus trajes oscuros y sus chalecos dorados, con cadenas atravesadas en su vientre plano, y enceraba sus bigotes hasta que los enroscaba hacia fuera y hacia arriba, atrevidos y pesados como los de cualquier bandido. Cambiaba sus botas por brillantes zapatos planos, los cuales siempre se lustraba en la esquina cerca de la iglesia y en sus días más elegantes, llevaba un bastón con una pepita de plata en el mango.

No faltaban ese tipo de adornos, pues Álamos estaba en medio de la tierra de la plata y las minas de Urrea tenían bastantes vetas. Aún despúes de que Tomás le enviara a Don Miguel su parte de las ganancias y después de pagar a los mineros, sobraban pepitas. Y oro. Santa María de Aquihuiquichi producía cosechas de henequén y maíz y sus reses formaban considerables hatos que el Segundo conducía a Álamos y Guaymas y hasta la frontera americana, en donde los arizonianos y los tejanos las compraban en Nogales y Tucsón, o a veces en el lejano El Paso.

Los proyectos de Aguirre utilizaban trabajadores de cada uno de los asentamientos del arroyo, y hombres de los pueblos yaquis venían a trabajar. Traían troncos de las lomas; tablas ya cortadas venían desde los aserraderos en Tejas. Construcciones de adobe brotaban cerca de cada una de las presas que Aguirre había diseñado.

Así, en unos cuantos años, Tomás se había vuelto poderoso. Ahora era un verdadero patrón, un hombre, no un muchacho. Tenía su biblioteca. Gracias a Aguirre, tenía agua corriente en su blanca casa. Llevaba una vida fina y así sería hasta que muriera. Pocos cambios. Unas cuantas aventuras. Siempre habría los emocionantes pero aburridos imponderables de un rancho, por supuesto. Tormentas y heladas, olas de calor y sequías. Robo de ganado, coyotes que se llevaban a los chivitos. Los hombres serían heridos y algunos hasta morirían, y los partos difíciles pondrían en peligro la vida de finas yeguas y los indios en El Potrero se pondrían inquietos o perezosos, poseídos por los demonios o enfermos. Loreto tendría más hijos. Su Gaby también tendría hijos. Teresita, Dios no lo quiera, encontraría un hombre con quien casarse y también tendría hijos. Pero todo sería, lo sabía desde ahora, tan familiar como la cara de su reloj de pared. La vida seguiría su curso, en círculos, hasta que una mula lo pateara en la cabeza o hasta que se acostara por última vez en su colchón de plumas o algún vaquero borracho lo balaceara por alguna disputa relativa a su salario. Era lo mismo, siempre lo mismo.

Frecuentemente suspiraba, seguido se sentaba y contemplaba la misteriosa Sierra Madre de Occidente, deseando poder dejar todo en manos de Aguirre. Deseando ver a los indios tarahumaras y sus legendarias carreras de cien kilómetros; deseando un oso, que su piel apestosa envolviera las ancas de su mula; deseando plumas de águila, ataques de leones, ver a un lobo rojo, o una batalla a balazos. Pero Aguirre no entendía estos impulsos. Constantemente clamaba por acciones políticas, por la "verdadera aventura" de la revolución. Tomás no podía hacer que Aguirre entendiera la terrible verdad: si comenzaba una revolución en México, los campesinos los atacarían a ellos primero. Las cabezas de Urrea y Aguirre serían montadas en palos picudos y juntas se pondrían negras en el sol. Sus ojos alimentarían a los primeros cuervos de la revuelta.

En Álamos había gente sofisticada y hasta artistas, pero le había prometido a Loreto que no la avergonzaría enfrente de su recién encontrada sociedad. No habría debates de librepensadores. Ni borracheras. Ni queridas. En Álamos jugaba a ser formal, tomando a Loreto del brazo y caminando con ella por las calles que se parecían a las de España. Apenas podía contener el impulso de balacear los faroles. Nadie en Álamos lo comprendía, ni siquiera su esposa. Especialmente su esposa. El padre Gastélum parecía calificar sus pensamientos como sediciosos, si no es que satánicos.

En Cabora, el Segundo se había acomodado en su propio mundo; Aguirre, convencido de que Díaz lo estaba persiguiendo, pasaba más y más tiempo escondiéndose en Tejas. Y Gabriela no quería saber nada de la vida al aire libre, de aventuras o de guerra. Gabriela había venido a un hogar fino con su verdadero amor y nada más le interesaba. Teresita era su compañera. Algunas veces pasaba días enteros hablándole de Díaz, o de las cosas del rancho, o de caballos o de historia. Tomás no tenía con quién discutir acerca del último poeta o el más reciente escándalo aparecido en el periódico, dependía cada vez más de las respuestas de Teresita. Ella pasaba horas en la biblioteca y ya tarde, cuando La Huila le traía las pantuflas a Tomás y mientras sorbía su brandy, él prendía una lámpara de aceite y le ofrecía a Teresita algún tema para iniciar una discusión, como si fuera un juego de ajedrez. Tendría que enseñarle a jugar ajedrez también, pensaba. Le decía, por ejemplo:

—Sor Juana Inés de la Cruz... injusta con los hombres, ¿no crees?

Y ella suspiraba profunda y exasperadamente:

—Ay, papa, ¿Cómo puedes decir eso? —y se enfrascaban en la discusión. Ella hizo a un lado Ivahoe. El leyó a Marco Aurelio y trató de ganarle cuando ella defendía los salmos. Voltaire la escandalizaba y a él le encantaba. Ahora lo único que faltaba era que no se anduviera quitando los condenados zapatos.

Tomás se brincó las trancas del corral y encontró a Teresita en el establo, cepillando a su caballo favorito.

—¡Condenada! —masculló.

Para ser un hombre que no creía en el infierno, la mandaba allá con inusitada frecuencia. Teresita soltó una risita; ahora ya sabía que La Huila y Tomás le demostraban su afecto con maldiciones.

—Estás parada en la caca del caballo.

—Después me limpio.

—¡Ay, Dios!, ¿qué voy a hacer contigo?

—Agárrame si puedes —le dijo mientras se montaba en el caballo—. Gordito.

Sus faldas se le subieron indecentemente hasta las caderas.

—¡No! —le gritó él, aunque ya estaba sonriendo pues ésa era otra de las constantes batallas entre ellos.

Teresita todavía insistía en montar como hombre, con las piernas a horcajadas, abiertas indecentemente y agarrándose de los flancos del caballo mientras galopaba alocadamente por el llano. Ni siquiera usaba silla, mucho menos iba a sentarse de lado con las rodillas cuidadosamente juntas.

Las damas no galopaban.

Las damas no... brincaban cercas, que era precisamente lo que ella hacía cada vez que se le escapaba.

Inclinándose sobre el cuello del caballo, Teresita se fue entre los caballos del corral. Su poderosa montura salió disparada y ella parecía cabalgar en el aire, como si estuviera lista para volar sobre la casa como un halcón, por entre los postes. Sus faldillas se veían blancas en el sol.

Tomás corrió hacia fuera y se quedó viendo a los vaqueros que le chiflaban con aprobación o animándola.

—¡Imbéciles!

Luego le arrebató las riendas de un caballo al vaquero mas cercano, pateó la reja para abrirla y metió un pie en estribo de la bestia que ya trotaba, un pie en el arriba y el otro saltando en el suelo hasta que se montó y corrió tras de ella, tan rápido que se le cayó el sombrero.

Los hombres observaban y meneaban la cabeza, todos ellos enamorados de Teresita y todos conscientes de que no había quién pudiera alcanzarla.

٭

Pasaron como bólidos la cuadrilla que trabajaba en el arroyo. Aguirre se dió un sentón en el suelo y una sección del marco en el que trabajaba se cayó, al soltarla los sorprendidos trabajadores para quitarse del camino de los caballos enloquecidos.

—¡Cabrona! —le grito Tomás. Y así siguieron, para abajo por las veredas y para arriba por el arroyo, sobre las lomitas y entre los árboles agobiados por el calor. A su paso, los animales saltaban apartándose, brincando por los arbustos o explotando en el sol. Las faldas de Teresita se levantaban tras de ella como una indecente bandera. Ella se frenó para que él la alcanzara, pero antes de que pudiera regañarla se arrancó de nuevo y Tomás espoleó a su montura y se fue cabalgando al lado de ella en el valle sereno, los caballos al mismo paso, con sus cuellos echados hacia delante y los ojos como locos; a Tomás le ganó la risa. Reía y reía mientras cabalgaban, con Cabora perdida de vista, frente a ellos sólo la salvaje Sonora y sobre ellos el cielo sin fondo, padre e hija liberados, empequeñeciéndose en la distancia mientras el polvo los cubría, visible sólo la polvareda de su paso, silenciosa, desvaneciéndose, libre sobre la tierra.

Treinta y cinco

SUS PODERES CRECÍAN AHORA, como su cuerpo. Nadie sabía de dónde venían esas extrañas cosas. Algunos decín que le habían salido después del viaje con La Huila al desierto. Otros decían que venían de alguna otra parte, de un lugar profundamente interno que nadie podía tocar. Que habían estado ahí siempre. Dentro de los jacales, Teresita y La Huila siempre encontraban el mismo cuadro: los hombres afuera, fumando y nerviosos y las mujeres agachadas adentro, alrededor de la vívida pieza central, la madre, expandida, con el abdomen inmenso y reluciente en la luz de la fogata. Teresita rezaba, se inclinaba hacia adelante y cuchicheaba. Movía sus manos en círculos sobre la panza de la mujer, haciendo ruedas de una a otra, y luego hacia fuera, alejándose la una de la otra, dando vueltas mientras murmuraba, girando como si revolviera agua, como si hubiera metido las manos en una tina y estuviera mezclando agua caliente y fría, revolviendo, con los dedos doblándose como si estuviera apuntando hacia el vientre, al tiempo que mascullaba una y otra vez.

—Sí —decía Teresita—. —Sí y la madre se atragantaba y jalaba aire profundamente.

—¡Ahh! —exclamaba la madre y se llevaba las manos al vientre, a las costillas—, ¡Ahh! —Entonces Teresita le ponía la mano en el estómago a la mujer y preguntaba—: ¿Se fue el dolor?

—Sí —contestaba ésta.

Las mujeres la adoraban. Era ella el secreto sagrado de las madres y muchas de las hijas en la planicie fueron bautizadas con el nombre de Teresa. Pronto, Teresita llegó a ser más buscada que La Huila y la vieja se sorprendía al verse relegada a mera suplente de la muchacha, sólo atendiendo los nacimientos que Teresita no podía ver por falta de tiempo. Cien niños nacieron de la miel de aquellos vientres.

También fuera de los cuartos de parto, La Gente percibía cuánto había aprendido de La Huila. Teresita se paraba quieta, conectada a la tierra, y retaba a los hombres a que la movieran. "Vengan, debiluchos", les decía. Las otras muchachas del rancho se reían y se carcajeaban con ella. Los muchachos, ahora más crecidos y despertando al deseo, se unían a los juegos con la esperanza de tocarla. El Buenaventura les rezongaba y se mantenía alejado, sin impresionarse y molesto ante toda la atención que Teresita era capaz de acaparar cuando se le pegaba la gana.

—¡Muévanme si pueden! —los retaba.

Y el Segundo la agarraba de la cintura y la jalaba, pero no lograba moverla. El pequeño Antonio Cuarto, sobrino del Segundo, grande y fuerte pero todavía un poco más chaparro que ella, la agarraba de las caderas y juntos la empujaban y jalaban, pero sus pies ni siquiera se deslizaban en el suelo. Los niños que los miraban se reían y aplaudían y chiflaban hasta que el Segundo, con la cara roja, se rendía y dejaba su lugar a otro que se atreviera.

Millán se adelantó y le dijo:

—¡Yo te voy a mover!

—¡Ay sí! Muy grande el hombre —se burlaba ella riendo con sus amigas. Él se acercó, le puso las manos en los senos y la empujó. Ella le quitó las manos. Él se las puso en las costillas y la empujó de nuevo. Ella se sentía como una viga de madera. Millán rebotó y le volvió a agarrar los senos al inclinarse.

—Para con eso —le dijo ella al oído. Él se rió, se alejó un poco y escupió. Todos se rieron de él, las muchachas burlándose, moviendo los dedos como pequeños cuchillos, cantando "¡lero-lero, lero-lero!" Él se encogió de hombros. Todos los vaqueros recordaban esos juegos y los cuentos de las mujeres y cómo cuando los pateaban las mulas o se machucaban los dedos con martillos o eran balaceados o acuchillados, iban por Teresita como niños buscando a sus mamás. La Huila era todavía la que curaba huesos rotos y metía hierbas en los agujeros de bala, pero ahora era Teresita la que veía sus ojos y les susurraba, pasaba una mano sobre sus frentes o sus corazones y los hacía sentir relajados y tranquilos.

—Pobres muchachos, no les gusta el dolor —decía sonriendo Teresita.

—¡Muchachos! ¡Qué demonios saben ellos del dolor! —contestaba invariablemente La Huila.

Los hombres le tomaban las manos y se las besaban, felices de que les aliviara sus dolores. Un día, ella le quito un terrible dolor de espalda al señor Cantúa y él se fue feliz en su carreta, a poner un puesto de camarón a la orilla del mar turquesa. Pero había gente que no estaba contenta. En confesión, cuando el padre Gastélum se sentaba en los establos para recibirlos, algunos criticaban sus actos paganos, sus poderes ocultos. Uno de sus detractores era el Buenaventura. Aunque no era un fanático religioso, estaba espantado por su comportamiento. Chacoteaba con los niños indios, luego cantaba sucias canciones y corridos con los vaqueros. Cabalgaba indecentemente y se llevaba con Gabriela, la ramera intrusa. Si alguna mujer tenía derecho a vivir en la casa grande de Cabora era su propia madre. Deberían haber mandado por ella, traerla de Ocoroni. De hecho, el ala que habían construido para Teresita debió haber sido para ella. La biblioteca debió haber sido suya. Las muchachas que trabajaban en la cocina y las recamareras y las lavanderas todas debían haber sido suyas.

El otro detractor era Tomás.

Le había permitido mantener sus intereses indígenas y sus exploraciones con La Huila. Sentía que era justo permitirle que se educara en los modos de los indios. Era un complemento razonable de sus estudios en la biblioteca. Aguirre le había enseñado bien. Podía discutir de política mejor que cualquier hombre del llano. Tomás estaba orgulloso de ella. Pero este otro asunto, esa extraña reverencia que algunos le demostraban. Eso era simplemente inaceptable. Sus tareas espiritualistas, esos juegos con los hombres; esas cosas lo alarmaban profundamente. De por sí, los condenados nativos siempre estaban listos para seguir a algún Mesías o vidente. Los indios en los Estados Unidos se estaban levantando de nuevo, los apaches no podían ser controlados y una guerra con los yaquis aquí en México se veía cada día más cerca. Todo lo que necesitaba era que Gastélum o alguna otra puta del Presidente Díaz le mandara decir que Teresita se creía un Mesías femenino. Ella se negaba a creer que había espías observándolos por todas partes. Y se negaba a aceptar la carga de ser una Urrea. Teresita era muy especial como para ensuciarse las manos trayendo hijos al mundo con hierbas y hechizos tontos. Tomás había empezado a ver a Teresita como la gran patrona. Teresa Urrea, cabalgando entre cientos de peones, como una reina. La primera mujer capaz de tomar las riendas de los vastos intereses de la familia. Lo podía visualizar.

Podía suceder, aunque pareciera imposible.

Últimamente, Tomás ya no conducía los hatos, no levantaba cercas ni domaba caballos salvajes. Ya no mandaba con la pistola o el látigo o un garañón. Hasta el Segundo trabajaba en interiores. Tomás mandaba en Cabora con una pluma. Manejaba el ganado y los vaqueros y las cosechas, con tinta. Con su pluma, sus libros de contabilidad, su ábaco. Tomás sacaba cuentas. Y cuando los números dictaban un cambio en el trabajo, llamaba a un empleado y le ordenaba los cambios necesarios, que de inmediato se hacían. Había periodos, a veces de varios días, en que Tomás no sentía el sol en su cabeza. Una mujer, pensaba, podía hacer este trabajo. Y sonreía. Una mujer tal vez lo haría mejor que él. En sus sueños, se veía a sí mismo libre, cabalgando a ver a sus mujeres al regreso de largos viajes. Regresando de San Francisco, en compañía de Aguirre y tal vez del Segundo, puede que también de Buenaventura, ese muchacho larguirucho. Su hija, la Reina de Cabora, estaría esperándolo, con su bienamada Gaby amamantando a un heredero y allá en la ciudad, Loreto. Lo podía oler.

Tomás no creía las historias acerca de Teresita, pero sabía que La Gente sí las creía. De alguna manera, ella había encontrado la forma de hipnotizarlos a todos. Ahora, si pudiera encauzar las energías de Teresita a manejar el rancho, en lugar de toda esta tontería india. Yacía despierto en las noches con la carga de su preocupación. Discutía con Gabriela. Bebía hasta muy tarde, se quedaba viendo su vaso.

Gabriela, como la nueva señora del rancho, no tenía libertad para jugar con los niños, animales o jóvenes. No podía cabalgar con Teresita, o nadar en las condenadas lagunas del arroyo. Tenía que comportarse como una madre, una fina criatura mas tierna y valiosa que los demás. Seguido, como en este día, se quedaba en el patio abanicándose y cosiendo, mientras La Huila roncaba a la sombra del ciruelo. Ella no le temía a La Huila como los otros, pero sabía que nunca le revelaría ningún secreto. No le enseñaría siquiera cómo hacer un té curativo. Gabriela quería aprender algo más que buenos modales, corsés, medias, poner la mesa. Una de las muchachas salió de la casa y le dijo:

—Señora, ¿quiere sopa de pollo con arroz o caldo de papas?
—Hubiera querido maldecir, como lo hacía Tomás, pero eso no le estaba permitido.

—Me encantaría una sopa de pollo.

Fuera de las paredes del jardín, se oyó la voz de Teresita guiando a los chamacos en una canción.

Fina Félix y Teresita jugaban a las carreras alrededor del establo y luego sobre una de las cercas caídas. Brincaban como caballos, y luego galopaban en círculos. El Buenaventura las veía con gesto desdeñoso. Tenía recargada la espalda contra la pared del establo y su pierna derecha doblada, con el tacón de la bota encajado en un agujero detrás de él. Había aprendido a fumar. Se colgó de la boca un cigarillo de hojas de maíz y masculló:

—¡Dios mío! —para sí mismo—. Malditos salvajes —murmuró. Se suponía que debía estar trabajando, pero al diablo con el trabajo. Su hermana nunca trabajaba. Todo lo que hacía era correr como idiota con los niños indios, sobarles las cabezas y murmurar tonterías en sus oídos. Agitó la cabeza. Teresita estaba enseñándoles alguna mierda yaqui. Ellos cantaban y ella los dirigía.

—Qué bonito —dijo.

Ella volteó a verlo.

—Indios en pie de guerra.

Ella dejó de cantar.

—Hola, hermano —le dijo.

Teresita estaba dolida por el cambio en el Buenaventura. Se había vuelto distante, luego corajudo y no sabía por qué. A veces le daba miedo. Él se puso dos dedos detrás de la cabeza, como si fueran plumas.

—Uhh, uhh —cantó.

Los niños se miraban uno al otro. Algunos se rieron, pero otros vieron al suelo, sin saber qué hacer.

—No hagas eso —le dijo Teresita con una sonrisa.

El brincó en un pie.

—Uhh, uhh, heya, heya.

—Buenaventura...

Fina Félix había dejado de reír. Se levantó y se sacudió la falda.

—Eres malo. Malo y estúpido.

—Y tu eres gorda —le contestó Buenaventura.

—¡Cállate! —le ordenó Teresita.

Él se puso la mano izquierda sobre la cabeza e hizo un puño con la derecha. Levantaba los pies burlándose de ellos, danzando en círculos, gritando:

—¡Soy un indio! ¡Soy un yaqui! ¡Uh, uh, uh!

Teresita alzó una mano hacia él y le gritó:

—¡Para ya!

Y el Buenaventura se congeló. Su cuerpo se quedó rígido. Su brazo izquierdo apuntaba hacia el sol y el otro lo tenía apretado contra el corazón y no podía bajar la pierna que estaba en el aire y la otra pierna no lo podía sostener. Se cayó, con la cara torcida en su gesto odioso. Se revolvía en el suelo, pateaba, lloraba extrañamente. Los niños corrieron, gritando. Fina se alejo de Teresita, con los ojos abiertos y asombrados. El Buenaventura, tieso como palo, se revolcaba en el suelo presa de espasmos, echando espuma por la boca abierta. Teresita cayó de rodillas por un lado de él.

—¡Ay, Dios mío! ¡Dios mío! ¡Buenaventura! ¿Qué he hecho?

Los ojos de Buenaventura la veían, llenos de lágrimas que le corrían al tiempo que intentaba apartarse de ella, aterrorizado. Rodaba y pateaba en el suelo, con la lengua de fuera. Jadeando. Haciendo gorgoritos.

—¡Llamen a La Huila! ¡Ahorita! —gritó Teresita.

Fina Félix corrió a la casa y despertó a La Huila de su siesta. Luego salió del patio y se fue corriendo. Corrió hasta que pudo cerrar la puerta de su propia casa detrás de ella y esconderse debajo de su cama.

Vinieron corriendo, primero Tomás, con Gabriela detrás. La Huila ya no podía correr. Caminaba detrás de ellos tan rápido como le era posible, apoyando su bastón en el suelo disparejo. Llegaron hasta donde estaba Teresita inclinada sobre el Buenaventura gritando:

—¡Lo siento! ¡Lo siento mucho!

El Buenaventura parecía estarse muriendo de alferecía, la espalda se le arqueaba más y más. Sus ojos, locos de terror, los miraban y su boca estaba llena de tierra, su lengua lodosa. Tenía palitos pegados a las mejillas, en los labios. Le colgaba paja del cabello. Se quejaba y lloraba. Teresita se volvió hacia ellos y les dijo:

—No lo puedo componer.

Tomás le gritó:

—¿Qué le hiciste? ¿Qué le hiciste?

—No sé, yo… ¡nada!

Gabriela se llevó la mano a la garganta y dio un paso atrás. La Huila los empujó, arrojó su bastón y se arrodilló, quejándose. Empujó a Teresita a un lado y le dijo:

—¡Quítate!, no estorbes.

Teresita se acercó y trató de tomar la mano del Buenaventura, pero él se la quitó, produciendo unos quejidos lastimeros. La Huila se volteó hacia ella con una mueca.

—Te dije que tuvieras cuidado —le espetó.

—¿Yo qué hice?

Tomás la agarró por la espalda del vestido y la levantó del suelo. Gabriela podía escuchar la tela desgarrarse. Tomás hablaba con los dientes apretados:

—¿Qué le hiciste a tu hermano? —Levantó un puño como si fuera a golpearla, pero Gabriela brincó, se interpuso entre ellos y le detuvo el brazo.

—¡Gordo, Gordo!, ¡no!

Teresita cerró los ojos para recibir el golpe, pero aunque luchaba con Gabriela, Tomás no podía pegarle. La aventó al suelo.

—¿Qué es lo que pasa contigo? —le gritó.

Ella se dobló, puso la cabeza en el suelo, se agarró de la tierra. Teresita sabía cómo humillarse. Esperó las patadas con los ojos cerrados.

La Huila les dijo:

—Consigan una tabla, hay que llevarlo adentro.

Algunos de los empleados se habían acercado a ver qué pasaba y Tomás les apuntó. Dos de ellos fueron al establo a buscar una tabla que aguantara el peso del Buenaventura. Regresaron corriendo con un tablón grande. Lo pusieron en el suelo y La Huila y los hombres rodaron el cuerpo tieso del Buenaventura sobre el tablón, lo amarraron con un cinto y el delantal de La Huila.

—Rápido, llévenlo a la casa, a la cocina, que las muchachas pongan agua a calentar, ¡apúrense!

Lo levantaron y se lo llevaron corriendo a la casa mientras él seguía gritando. La Huila se enderezó. Tomás le alcanzó su bastón. La Huila vio amenazadoramente a Teresita por un momento y luego se apresuró hacia la casa.

Tomás apuntó a su hija y le dijo:

—Ya basta, ¿entiendes? ¡Ya es suficiente!

Ella volteó hacia arriba para verlo, con tierra en la cara, el cabello suelto y Tomás se sorprendió. Parecía un animal, sólo por un instante tenía cara como de coyote o de zorra, con las lágrimas formando líneas extrañas de colores a través del polvo en sus mejillas.

—¡Ya estuvo bueno! —le dijo—. ¡No más! ¡Nada de trucos, nada de magia, no más basura india! ¿Entiendes?

Ella asintió, escondiendo el rostro para evitar su furia.

—¡No lo voy a permitir ni un momento más! ¿Estás loca? ¿Sabes lo que puede hacernos el gobierno? ¿Sabes…? —Se alejó de ella—. ¡Pendeja! —le gritó, aunque no hubiera querido ser tan duro, no hubiera querido usar ese término tan vulgar para ella. Empujó a Gabriela a un lado y se fué, maldiciendo y moviendo la cabeza.

La Gaby se quedó ahí, viendo a Teresita. De repente, tuvo miedo.

—¿Necesitas ayuda? —le preguntó.

Teresita negó con la cabeza.

Se levantó y se sacudió el polvo como pudo. Se limpió las lágrimas y el polvo de la cara con las palmas y se fue caminando silenciosamente entre los mirones, cruzando el largo patio, hasta la puerta de la casa.

Atendieron al Buenaventura toda la noche en la mesa grande de la cocina. Daba unos gritos terribles cuando se retorcía con los espasmos. La Huila le echaba agua fresca, le amarró las extremidades a la mesa y le puso unas hierbas en la boca. Tomás y la Gaby trabajaban a su lado, sobándole la frente, deteniéndole las piernas. Nadie había visto nunca nada parecido, a excepción de los perros rabiosos enloquecidos antes de que los vaqueros los mataran a balazos. La Huila quemaba salvia por encima del Buenaventura, le untaba aceites en la frente. Rezó el rosario y le hizo un limpia completa, sacándole los males de las entrañas. Le desabrochó los pantalones y le puso un emplasto apestoso en medio de las piernas. Gabriela se cubrió la cara. Finalmente, cuando el sol comenzaba a salir, el Buenaventura se calmó. Su mano apuñada se relajó y suspiró. El arco de su espalda se enderezó hasta que quedó derecho sobre la mesa. Comenzó a roncar.

—El muchacho va a vivir —dijo La Huila.

Nadie vino por ella al día siguiente. No desayunó, ni comió, ni cenó. Sólo bebió agua de la jarra de su aguamanil y se sofocó en el calor atrapado detrás de sus visillos. Era un accidente que no alcanzaba a comprender y todos actuaban como si hubiera sido deliberado. Teresita había sido traicionada antes, por su madre, por su Tía y sus primos. Pero esto, ser traicionada por su hermano, y por La Huila, Tomás y la Gaby… Se pasó la mano por la cara. Estaba fea, fea y llena de granos. Su cuerpo esquelético y pálido y horrible. Le salía la panza, se le veían las costillas y su trasero era tan aguado y feo como el de La Huila. Ahora todos sabían el monstruo que era. Todo el tiempo la habían visto como a un monstruo. La única que no se había dado cuenta era ella misma. Este era el día en que sus peores temores se habían realizado. No importaba lo que hiciera, no importaba a quién le ayudara o cuál dolor calmara, no sería recompensada. No importaba cuánto bien intentara hacer en el mundo, Teresita de repente se dio cuenta de que siempre estaría sola.

Se levantó antes del amanecer. Oyó a todo mundo roncar y luego se fue por el pasillo. Estaba afuera en el llano antes de que nadie se despertara. Evitó la arboleda sagrada de álamos de La Huila y encontró un lugar sagrado para ella. Rezó, aún sabiéndose indigna de que Dios la escuchara. Esperó hasta que las chuparrosas empezaron sus rondas y les contó sus tristezas. Ellas zumbaban alrededor de su cabeza, murmuraban y cantaban sus canciones, canciones demasiado rápidas como para ser escuchadas por el oído humano, canciones que llegaban a ella como besos en el viento. Las abejas le rondaban los ojos, los labios. Los grillos se colgaban de su rebozo y sonaban como campanitas. Las cigarras se levantaron del suelo y sonaron sus carapachos y gritaron a su alrededor mientras ella caminaba. Los coyotes la seguían. Las liebres se escondían en los arbustos de creosota y la miraban pasar. Las chureas la seguían desde atrás, como guardia de honor, moviendo sus colas, volteando a verla mientras corrían por los arbustos. El desierto estaba vivo a sus pies. Las víboras de cascabel levantaban sus cabezas y sacaban las lenguas a su paso, pero no cascabeleaban. Los tréboles floreaban. Y ella siguió caminando, sola, durante horas. Caminaba llorando por su hermano, rezando por el perdón, rezando para ser digna de la gracia de Dios. Caminó hasta que el sol la mareó y tuvo que recostarse a la sombra de un mezquite, tragando aire caliente como si fuera agua y a ratos durmiendo, con sueños desencajados.

※

El Buenaventura se alivió despacio. Aunque el brazo se le había bajado de encima de su cabeza, aún estaba débil y las manos le temblaban. La pierna izquierda le dolía y cojeaba. Cojearía por muchos años. Estaba calmado, cortés. Se dirigía a Tomás como "Señor" y a la Gaby como "Doña". No hablaba para nada con La Huila. Cuando veía a Teresita, agachaba la cabeza o se iba de la habitación.

Un día, Tomás mandó por Teresita. Una de las muchachas de la cocina tocó la puerta y la llamó:

—¿Teresita? El Patrón quiere que vayas a la biblioteca, por favor.

Cuando Teresita abrió la puerta, la muchacha se sobresaltó y salió corriendo. Bajó las escaleras. La Gaby le sonrió, extendió la mano y tomó la de Teresita. Ella pasó como en un sueño. Ya no la invitaba a su cuarto. No había vuelto a ver a Fina Félix desde aquel horrible día. No volverían a dormir a su lado. No habría más viajes. Se fue por el fresco pasillo de piedra y entró a la biblioteca. La Huila dormitaba en el sofá chico de cuero, con su muleta recargada en la rodilla que empezaba a resbalarse. Tomás estaba en su sillón, fumando un delgado cigarro. Parado enfrente de él estaba el Buenaventura. Vestía su mejor traje café y agarraba su sombrero con las dos manos. El sombrero se agitaba.

—Por favor repite lo que acabas de decir —dijo Tomás.

—Señor, quisiera que me diera permiso de irme a Aquihuiquichi. Yo… quisiera irme del rancho.

—Ay, Buenaventura, no te vayas, por favor —le dijo Teresita.

Él dio unos pasos para alejarse de ella.

—Mi enfermedad me impide montar y cumplir con mis tareas… Creo que sería mejor para mí si me fuera.

—Yo te quiero mucho —expresó Teresita.

Su hermano dejó caer el sombrero y extendió sus manos trémulas frente a él.

—¡Por favor!

—Está bien, está bien. Es suficiente —dijo Tomás. Apuntó a Teresita—. Nunca más.

Se volvió hacia Buenaventura.

—Vete.

※

Comía en su cuarto. A veces salía en las noches, después de que todos se habían dormido y corría por los campos iluminados por la luna. Los coyotes la cuidaban, corriendo invisibles a su alrededor, llamándola. Y los muertos también corrían a su lado. La llamaban, los ancianos perdidos y los niños asesinados, las abuelas masacradas y los guerreros ejecutados. La llamaban, cantaban con los coyotes, entonaban himnos que sonaban, en la oscuridad, como el viento lejano entre las hojas, como agua corriendo por un arroyo, como los gorjeos de ciertos pájaros migratorios casi olvidados. Cuando creía que Dios podía oírla, le preguntaba: "¿Por qué me has abandonado?" La única respuesta que recibía era el viento seco de medianoche.

Libro IV

LA CATÁSTROFE DE LA SANTIDAD

Me trajeron a una india para que la curara. Tenía una pierna paralizada y ya hacía un año que no caminaba. Le puse las manos sobre la parte paralizada y le dije que caminara. ¡Pobre mujer! Le daba miedo intentarlo. Se encogió y lloró, pero insistí. Dio un paso temblando, luego otro y otro. Cuando se convenció de que podía caminar, corrió de regreso, elevó los brazos al cielo y gritó: —¡Santa Teresa! Y fue así como empezaron a llamarme.

—Teresita,
The New York Journal

Treinta y seis

EL MUNDO SIGUIÓ RODANDO, para La Gente y El Patrón, indios y yoris, mareados en la noche y a punto de cambiar para siempre. La caballería de México persiguió a un pequeño ejército de mayos leales a Moroyoqui que se habían unido a un grupo mayor de yaquis inspirados por las enseñanzas de Cajemé. La cacería llevo a las fuerzas montadas a través de las colinas cercanas a Navojoa y las planicies alrededor de Cabora. Oscuros jinetes pasaban por el rancho a altas horas de la noche y el ejército mandaba espías para ver si Tomás estaba ayudando al enemigo. Fue observado alimentando a bandas de indios, pero no se pudo probar que las gentes de Moroyoqui hubieran visitado Cabora.

La Gente se pasaba los rumores. La caballería había atrapado a siete jinetes y los había torturado cruelmente en el llano. Los vaqueros contaban terribles historias de cómo los soldados habían sujetado a los jinetes y otros soldados con unos cuchillotes les habían cortado los pies a los indios y los habían hecho caminar durante kilómetros hasta que se caían y cuando esto sucedía los mataban a balazos.

En esta nube de temores y leyendas Teresita se recuperaba. Después de que el Buenaventura se fue del rancho, ella se ocupó de sus estudios. Después de las oraciones y las ofrendas en el sitio sagrado de La Huila, pasaba las mañanas visitando a los enfermos. Comía temprano y era entonces que platicaba y bromeaba con Tomás y la Gaby. No parecía deprimida o retraída. No siempre les parecía particularmente seria. Aun así, ya no salía a cabalgar y nunca tocaba aquella guitarra pintada con flores azules. Después de comer, se retiraba a su habitación a tomar la siesta. Nadie sabía de sus pensamientos en su cuarto blanco. Nadie la veía cuando se quedaba viendo el reflejo de su cara en el espejo. Una cara que no le gustaba. Su cabello, que gustosamente hubiera cambiado por la cascada de rizos de la Gaby. Nadie la veía arrancar flores secas y hojas de sus matas colgantes y apretarlas entre sus dedos, con los ojos cerrados, aspirando su aroma. Nadie nunca la había besado. Se acostaba en su cama en aquellas ardientes temperaturas y trataba de calmar su corazón, su cuerpo, trataba de dejar que la ola de calor pasara sobre ella y no la aplastara. Atrancaba su puerta y se acostaba desnuda, con toallas mojadas en su vientre y su pecho. Se abanicaba y trataba de soñar. Pero las siestas de tarde no llegaban. Cuando le llegaba su menstruación, sentía profundos nudos de dolor en el vientre y doblaba paños y les entreveraba lavanda, pero no ayudaban a quitarle el dolor. En esos días no parecía ella. Muchas veces sus ojos estaban cansados y le dolían. La luz le molestaba y se ponía un trapo húmedo sobre los ojos, doblado para evitar el sol. Cuando tenía dolores de cabeza podía ver extrañas redes de luz. Los sonidos despertaban oleadas de color en su cabeza. Algunas veces olía aromas extraños, y si se movía, el dolor de cabeza se prendía de su cráneo y la enfermaba del estómago y hacía sentir sus cansados ojos como si se le fueran a salir de las órbitas y rodarle por las mejillas.

Teresita nunca había visto un tren, pero había traído al mundo 107 niños. Nunca había visto una ciudad, como no fuera en sueños, pero había enterrado cinco madres y tres niños nacidos muertos. Nunca había visto un hombre negro, o un chino, aunque había oído que existían y una vez había visto una litografía de un africano en una de las revistas americanas de Tomás, el *Overland Monthly*. Y todavía no había visto el mar. Teresita nunca había caminado en una calle pavimentada. Hasta las calles de Ocoroni eran de tierra o empedradas. Nunca había escuchado ninguna música que no fueran corridos y una vez, en la distancia, una tambora tocando en la vieja casa del rancho. Fue una agradable sorpresa para Tomás cuando le sugirió que contratara un mariachi para que viniera a tocar a la hacienda. Tomás pensó que era una petición para alegrarse, pero para ella era una exploración científica. El mariachi Gavilán se vistió con sus mejores galas y se reunió en el portal y empezó un increíblemente alto concierto que atrajo a La Gente y a los mestizos de varios kilómetros a la redonda. Los pantalones de los músicos estaban bordados a lo largo de las piernas y sus anchos sombreros eran los más grandes que nadie había visto jamás. Teresita sonrió y se rió a carcajadas y hasta se levanto las faldas y bailó con su papá.

Tomás le susurró al Segundo:

—¿Lo ves? Está muy bien.

Teresita nunca había probado los panqueques, las moras, el helado, o el chicle. No podía imaginar el root beer o el espagueti. Nunca había visto un globo de aire caliente. Nunca había mirado por un telescopio. Nunca había oído hablar de cosas como museos, zoológicos, el polo norte. Nunca había visto un puente grande. Nunca había estado en las montañas, aunque las había visto toda su vida. Nunca había visto un barco, excepto en sus vuelos de noche, que ahora parecían tan lejanos y casi olvidados. Nunca había conocido a un doctor. Nunca había tenido frío. Nunca había visto un edificio de más de dos pisos. Si sabía tan poco, si no había visto casi nada, ¿por qué entonces, en sus sueños La Gente le llamaba Reina del Mundo?

✳

Los viernes en la noche, no importaba cuán cansados o adoloridos de trabajar estuvieran, los vaqueros y La Gente empezaban a tomar y armar relajo. El Segundo armaba una cantinita en el portal de los dormitorios. Los hombres compraban botellas y el ocasional barril de cerveza en el antiguo albergue de Cantúa (ahora manejado por el *güero* Astengo, se había convertido en una cantina, "Alma de mi Gente"). El Segundo revendía el barril sacando una ganancia mínima. La idea era que hubiera pachanga, no ganar dinero. Pero el dinero no caía mal, y era mejor perder diez centavos extra en un trago que perder la cabellera con uno de los demonios mercenarios gringos cazadores de cabezas, o ser asaltado por bandidos, o por los Rurales. Quién sabe lo que podría pasar en el mundo. Cabora era lo suficientemente grande para todos ellos y hasta un aburrido lugar de trabajo se veía mejor a la luz de una fogata, y pintado con tequila y cerveza, se veía más fresco.

Detrás de los corrales se improvisaban bailes los viernes en la noche.

Tomás tomaba del brazo a Gabriela y caminaban hasta allá para ver a La Gente levantar nubes de polvo. Cuando andaba de buenas, les pagaba la música. Muchos viernes mandaba por un becerro para que lo tatemaran. Las tortilleras formaban filas en las sombras, con su incesante palmear de manos que parecía llevar el ritmo de la música. Estos sinaloenses trasplantados extrañaban sus verdes tierras. Extrañaban los campos de pepino, de marihuana, las granjas de tomates y las hectáreas de chiles verdes y amarillos moviéndose en sus verdes arbustos. Extrañaban la lluvia. Extrañaban el romance. En Sonora no había nada que se comparara con el indeleble baile del amor que se encontraba en Sinaloa.

Y Millán, el otrora minero de Rosario, tal vez el pueblo más romántico de México, extrañaba estas cosas más que nadie. Millán sentía que las mujeres de Sonora olían diferente. Seguido robaba sus ropas de los tendederos para olerlas y olían mal, como a ganado. Tal vez era la comida o el agua lo que las hacía apestar. Ciertamente no había nada más puro y limpio que las aguas del río Baluarte, el río de su niñez, que corría verde al pie del gran cerro Yauco. Millán se ponía nostálgico cuando pisteaba. Llenaba una bolsa con piedras y se la colgaba de la cintura. Cuando todos estaban bailando, se iba a lo oscuro a matar perros y gatos con una resortera de cuero. Después de abrir cuatro o cinco cráneos se sentía más calmado, relajado. Si bebía lo suficiente después de eso, ya podía dormir.

Fue el Segundo quien le hizo a Tomás la propuesta.

—Jefe, necesitamos una plazuela.

—¿Necesitan qué?

—¡Necesitamos una plazuela!

—¡Para que!

—¡Para el amor!

No tuvo que decirle más a Tomás. En Sinaloa, cada pueblito tenía una plazuela con su kiosco y algunos árboles con los troncos pintados de blanco. Cada plaza tenía una vereda a lo largo del perímetro, con bancas blancas. Los viejos se sentaban en las bancas a disfrutar la caída de la noche, las campanadas de la iglesia y la aparición de los murciélagos que se alimentaban de los muchos insectos que eran atraídos por las luces de gas de las lámparas. Estas plazuelas eran lo que hacía falta en el desierto de Sonora. ¿Cómo iba a comenzar el gran ritual si no había dónde hacerlo?

—¡Bueno, pues pónganse a darle! —les dijo Tomás.

Segundo, Teófano, tres muchachos de Culiacán y el cojo Buenaventura (quien había comenzado un cauto reconocimiento de sus viejos lares) echaron abajo los rieles del nuevo corral de los burros y las mulas, el lugar donde Lauro Aguirre había dormido alguna vez. Tan pronto como La Gente los vio pintando los troncos de los viejos árboles y acomodando piedras en un gran trapezoide, inmediatamente supieron lo que estaban haciendo. "¡Una plazuela!", decían. Hombres y mujeres se olvidaron del cansancio, se apresuraron a los corrales y barrieron, sacaron yerbas, palearon arena para tapar los viejos miaderos. Construyeron maceteros con llantas viejas de las carretas y las llenaron con granzas de café y cáscaras de huevos y tierra y boñigas de vaca y plantaron rosas y geranios. Pronto se hizo evidente que se iba a necesitar un kiosco. Tomás llamó a algunos campesinos y sacó algunos carpinteros que habían hecho los marcos y las puertas de la casa. Inmediatamente armaron los cimientos del kiosco usando cuerdas, como les había enseñado Aguirre.

El Ingeniero no pudo disfrutar de su trabajo. Cuando armaban el kiosco, dos Rurales llegaron a la reja del patio de enfrente de la casa y preguntaron por Don Tomás. Aguirre, que ya se había comido la mitad de un burrito de chorizo con huevo, se levantó y siguió a Tomás para ver qué querían. Por alguna razón que no pudo determinar, se frenó al tiempo que Tomás abría la puerta. Se quedó escondido en el pasillo, presintiendo algo grave en el aire.

El Rural dijo:

—¿Conoce usted a un tal Lauro Aguirre, señor?

Tomás se paró en el sol y mintió:

—¿Lauro Aguirre? Déjeme pensar. Es que atiendo a muchos invitados.

Aguirre se recargó contra la pared.

El Rural se aclaró la garganta y dijo:

—Simplemente tenemos curiosidad por saber si el Ingeniero Aguirre se encuentra aquí en este momento.

Tomás respondió:

—¿Aquí? ¿Ese Aguirre? No lo creo, mi querido oficial.

Aguirre se asomó por una rendija.

—¿Dónde puede estar?

—Pues no lo sé, señor. Creo que hay un Aguirre que va seguido a Álamos. Un ingeniero. Hmmm. Estoy seguro de que gente de su clase se encuentra en las ciudades, no aquí en un humilde rancho ganadero. Si necesita bisteces, tengo bisteces. Mil cabezas de ganado, pero ni un sólo ingeniero.

Se habían quedado en sus monturas. No le creían a Tomás, pero tampoco podían registrar la casa así nomás.

—Bueno. Si lo ve, por favor mande alguien a informar a los Rurales. Nos gustaría… hablar con él.

Los Rurales saludaron levemente y voltearon a sus caballos.

—Buen día.

Tomás respondió:

—Buen día, y ¡viva México!

Adentro de la casa, tomó a Aguirre de los brazos y le dijo:

—Ya te chingaron, paisano.

Empacaron las cosas de Aguirre y le pusieron un absurdo traje de vaquero con un sombrero grande y Tomás le proporcionó un grupo de jinetes para que lo cubrieran y salieron en la noche con rumbo a la frontera de Arizona. Una vez allá, Don Lauro Aguirre se cambió con ropa decente y abordó una diligencia para su infortunada jornada hacia El Paso, tal vez los tres días más incómodos de su vida.

Al llegar, inmediatamente fundó un periódico.

El kiosco era solamente una caja con un triste techo sostenido por cuatro postes, pero una vez que fue pintado de blanco, fue suficiente. Como flamingos emigrantes en marea baja, una tarde las muchachas aparecieron, flotando fuera de sus jacales al caer el sol. Unas muchachas del rancho de Félix, como a kilómetro y medio de distancia por el camino a Álamos, también se les unieron. Los viejos sentados en las bancas estaban encantados de ver el final del día animado por la presencia de las jovencitas vestidas con sus mejores ropas. Los muchachos del Segundo encendieron antorchas alrededor de la plaza. Las muchachas se reían y se tomaban de la mano o se abanicaban. Venían en faldas pálidas, como flores de diente de león. Iban acompañadas de sus madres y tías, todas ellas felices con el paseo.

—¡Adióoos! —les decían al pasar los muchachos a las muchachas que habían visto hacía quince minutos, como si no las hubieran visto en una semana.

—Buenas tardes. Don Porfirio. Don Chentito. Don Teófano —saludaban las tías.

—¿Esa es tu sobrina? —los viejos graznaban.

—Sí, es mi Alma.

—¡Es mi pequeña Emilita!

—Es mi sobrina, la bella Iris Violeta.

—No cesan las maravillas —decían los viejos.

¡Todo era tan civilizado!

—¡Adiós!

—¡Adiós!

—Y a ti también adiós, Iris Violeta.

—Y adiós a usted, don Fulgencio Martínez.

Todo estaba bien en el mundo.

Las muchachas y sus acompañantes daban vueltas en el sentido contrario de las manecillas del reloj hasta que aparecían los muchachos, vaqueros y ayudantes del rancho y chaparritos pizcadores de chile paseando en huaraches y botas y zapatos de domingo. Todos los cabellos estaban bien peinados y engomados. Las cabezas les brillaban como brasas. "¡Allí vienen los pendejos!" gritó un viejo y todos se rieron y chiflaron e hicieron ruido con sus bastones. En cuanto veían a los muchachos, las tías se ponían serias y no sonreían durante el resto de la tarde. Esto era un gran placer para ellas. Vigilando los ojos y las manos de estos perritos, para que no hicieran nada indebido con las personas que les habían sido encargadas. Los muchachos iban por la parte de afuera, como por programación genética, y empezaban todos a girar en el sentido de las manecillas del reloj, encontrándose constantemente con las sonrojadas muchachas. Siempre caminando hacia ellas, siempre alejándose de ellas; en esas miradas al pasar los romances se encendían, se desvanecían y se acababan.

Yaquis que venían de quién sabe dónde, se acomodaban fuera del círculo y empezaban a tocar sus pequeños violines. Doña María y la tía Cristina, dos mujeres trabajadoras sin tiempo para tonterías, ponían una mesa de tacos al final del paseo y un puesto de tortas al comienzo. El Segundo se llevaba su cerveza a la plazuela. Teresita no hubiera ido, pero varias de las muchachitas que eran demasiado jóvenes para andar en el paseo, le pidieron que les ayudara a hacer limonada. La hicieron en la cocina de Tomás, con el escuadrón de chamacas riéndose todo el tiempo. Ubicaron su puesto entre dos bancas ocupadas por viejos. Después de cerca de una hora, Fina la convenció de que fueran a pasear y tan pronto como lo hizo, empezó a sonreír y a abanicarse con el abanico de papel de Fina. Coqueteaba. Supo lo que tenía que hacer tan pronto como empezó a caminar. Teresita estaba encantada al escuchar sus primeros cumplidos románticos en el paseo.

Carlos R. Hubbard, del Real de Minas, le dijo:

—¡No sabía que Dios permitía que los lirios florecieran de noche!

En el otro lado de la plaza, Antonio de la Cueva, de Piedra Castillo, dijo:

—Muchachos, ¿se fijaron si ese ángel tenía alas?

César González, aunque era jesuita y estaba en el seminario, expresó:

—Si escribo hasta que de los dedos me queden sólo los huesos, algún día podré crear un poema tan adorable como tu caminar.

Fina le pegó con el codo. Al otro lado de ella, la bonita Emilia Zazueta se rió fuerte.

—Tienes pegue —le dijo Fina.

Esto era sorprendente para Teresita.

Por un tiempo, cada viernes y sábado en la noche se convertían en una pequeña fiesta. La Huila pensaba que era ridículo, o por lo menos eso decía. Aun así, ella era la primera en conseguirse un lugar en las bancas cuando el sol empezaba a ponerse.

※

A Teresita le gustaban esas noches de viernes y sábado. Algunas veces caminaba con la Gaby, pero los piropos nunca iban en dirección de ésta, pues sería suicida piropear a la mujer del patrón, así que caminar con la Fina era más divertido. El muchacho Arroyo —que les vendía zapatos a las mujeres del rancho cuando no estaba escribiendo novelas incendiarias acerca de muchachos granjeros sorprendidos por sentimientos románticos entre ellos mismos— caminaba con ellas, para ver a los vaqueros. Hasta él le echó un piropo a Teresita.

—Si me gustaran las muchachas, sería todo tuyo.

Doroteo Arango, un joven de Durango que andaba de visita, le dijo:

—¡Daría nueve caballos, diez vacas y una bolsa de oro por un beso de tus labios!

—¡Ay, tú! —le contestó la Fina.

Teresita les decía a todos estos muchachos "Pancho", pues no sabía quiénes eran algunos de ellos y "Pancho" le parecía gracioso a Fina.

—Gracias, Pancho —le dijo a Doroteo Arango.

Él inclinó su sombrero.

El primer Rudolfo Anaya, del lejano Llano Estacado y en un viaje para comprar caballos, dijo:

—Las kachinas te han bendecido, Teresa.

Ella se volteó y caminó y lo vio circular entre el grupo.

—Gracias, Pancho.

Fina se rió.

—Qué muchacho tan guapo —dijo Teresita.

—Todos están muy guapos —le respondió Fina.

—Bueno, ese es un Pancho que me gustaría volver a ver. —Teresita buscó a Anaya al encontrarse de nuevo con el grupo de muchachos, pero parecía haberse desvanecido. Mientras se esforzaba por encontrarlo, se topó cara a cara con Millán. Éste se le atravesó en el camino y ella se tuvo que parar.

—Tus chichis saben a azúcar, ¿no? —le preguntó.

—Discúlpeme —le contestó ella.

Caminó sólo media vuelta, tratando de alcanzar a Fina, pero se sintió mal. Se salió y se fue a la banca de La Huila y se sentó por un lado de ella y puso su cabeza en el hombro de la vieja.

—Los piropos son idiotas —le dijo.

Para mantener la integridad de la plazuela entre semana, Tomás tuvo que crear un nuevo puesto en el rancho. Don Teófano fue nombrado Jefe Encargado de las Plazuelas.

Treinta y siete

LA HUILA YA NO SE levantaba temprano. Por primera vez en su vida, dormía hasta después del amanecer. Ya no se arrodillaba para rezar ni iba a su huerto a saludar al Creador y a los Cuatro Vientos. Cuando La Huila se despertaba, se quedaba acostada, a veces hasta por una hora, como si sus sueños se hubieran apoderado firmemente de ella y la retuvieran. Cuando finalmente se levantaba, lo hacía despacio, como en un extraño trance. Siempre había sido malhumorada, pero esto era diferente. Ahora estaba inalcanzable.

Una mañana, cuando Teresita estaba terminando de desayunar, La Huila apareció en la cocina. Fue hasta Teresita y le tocó el hombro.

—Muchacha —le dijo.

Luego se fue al otro extremo de la mesa y le echó cinco cucharadas de azúcar a su café, desmenuzó los bolillos y los echó en la taza y sorbió el mejunje dejando que el café le rodara por la barbilla. Teresita le pidió a una de las muchachas de la cocina que le limpiara la cara. La muchacha se paró enfrente de la vieja con un trapo y como pajarito le limpiaba el café y el pan aguado de la barbilla.

—Ustedes creen que ya estoy vieja. Viejo el viento y todavía sopla.

—Si, Huila —le contestaron las dos.

—El mar es viejo y todavía hace olas.

—Yo nunca lo he visto —dijo Teresita.

—Ni yo —dijo La Huila.

Parecía que se estaba durmiendo.

Teresita, todavía inquieta, decidió dar un paseo afuera.

Otros se levantaban temprano en Cabora. Tomás, aunque ya no necesitaba levantarse al amanecer, se despertaba por la fuerza de la costumbre. Ahora que la hoguera de hacer el amor con la Gaby se había abatido un poco, como todos los fuegos se van apagando poco a poco, aunque estaba todavía brillante, todavía tibio, pero ahora más seguro y sin amenazas de quemar la casa; se quedaba en cama pensando qué hacer. Los libros y las cuentas no eran como los caballos y las vacas. No tenían que ser alimentados o cepillados, no tenían que ser amansados, o cabalgados, o marcados. Las cuentas se quedaban en un escritorio esperando su pluma. Muy seguido se entregaba a la dulzura de los brazos de Gabriela. Se podía perder en ella como si anduviera cabalgando por las lomas. Su aroma lo calmaba, casi como para dormirse de nuevo.

Los vaqueros también se levantaban temprano. A menos que fuera domingo y estuvieran en los brazos de alguna muchacha de El Potrero, los vaqueros ya se estaban poniendo las botas cuando la oscuridad se iba desvaneciendo. Aparte de la necesidad de trabajar y su curiosidad sobre lo que traería el día, no tenían ningún deseo de quedarse acostados en el nebuloso ambiente de los dormitorios, oyendo a los demás quejarse y bostezar y maldecir, aspirando el olor a queso de sus tiesos calcetines. En camas de madera, literas de tres en tres, sin ventanas propiamente dichas —pues las dos que había tenían que estar cerradas para evitar que se metieran los zancudos y las moscas— se despertaban y ponían los pies en el suelo o en el aire y se ponían sus botas y caminaban por el piso de madera, recargándose uno en otro, palmeándose la espalda o empujándose al tiempo que mascullaban alguna maldición. Encendían cerillos que sonaban como uñas que rascaban sus bigotes y salían al alba, listos para comer, muchos de ellos miando el suelo a los lados de la puerta, la mitad de ellos haciendo lazos con las sogas o probándose charreteras. El galerón del comedor estaba como a cuarenta metros de los dormitorios y después de batallar para abrir la puerta chueca, ocupaban las largas mesas, las cabezas inclinadas sobre las tazas de peltre con café recocido, azules platos con frijoles, huevos, puerco, chilaquiles, queso, fruta. Después de tres tortillas cada uno, estaban listos para empezar a presumir y decir mentiras.

Millán se levantó antes que los demás. Presumía de cierto grado de limpieza. Era uno de los pocos hombres que usaba agua de colonia y tenía la costumbre de pagar por tomar un baño en uno de los jacales, donde la vieja llenaba su tina de lavar de estaño con agua tibia. No le importaba mostrarle todo a la vieja. Se paraba frente a ella y le sonreía, viéndola como mantenía los ojos apartados, pero no resistía la tentación de verlo. Le encantaba verla desatinar. Se quitaba los pantalones antes de que ella se escapara del cuarto, y le preguntaba suavemente si se los podía lavar, extendiéndoselos mientras su mano medio cubría su miembro, aunque el sabía y ella también, que se lo estaba enseñando. Ella tomaba los pantalones y se apuraba a salir. Algunas veces, las nietas lo espiaban detrás de la cobija que la vieja colgaba en el jacal, y él se tocaba fingiendo no verlas. Le encantaba hacer un espectáculo para las chiquillas. Una de ellas parecía como de once años. Millán ya tenía planes para ella.

Esa mañana, se había escabullido del dormitorio para matar gatos y se había acercado a la Casa Grande para echar un vistazo a la ropa interior de Gabriela Cantúa en los tendederos. Las criadas habían colgado sus inmecionables cerca de la casa, detrás de una pared de sábanas, pero

Millán sólo necesitaba un vistazo para despertar sus deseos. Sonrió y se pellizcó por encima de los pantalones. Le gustaba la perra del patrón, pero a la que no podía sacar de su mente era a Teresita. Todos le decían güera, pero no era ninguna pinchi rubia. Su pelo era casi tan oscuro como el de él. Cabrona. Hija de Urrea. Pensaba que era mejor que todos. Hija de una puta, había oído decir. Su mamá siempre le había dicho: de tal mata, tal flor.

⁕

Siguió a Teresita hasta la arboleda.

⁕

Afuera, entre el polvo y las cascabeles, Teresita decidió rezar de nuevo. La Huila le había enseñado muchas hierbas medicinales. Encendió la salvia y se la untó y encendió la hierba dulce y ofreció el humo al cielo y desmenuzó tabaco y otras hierbas y también las ofreció. Rezó por Gabriela, su amada amiga que quería tener niños con Tomás. Rezó por Loreto, quien cargaba sola el apellido de la familia en la ciudad. Oró por Tomás, para que se curara de esa terrible fiebre que lo llevaba a tratar de refrescarse con los cuerpos de mujeres extrañas. Rogó por La Huila, quien se aproximaba rápido a su hora de descanso. Por La Gente, que peleaba por sus vidas y sus tierras. Rezó por la tierra. Por el Buenaventura. No rezaba por sí misma. La Huila le había enseñado: "Bendita eres cuando rezas por otros. Es una vergüenza que reces por egoísmo y ambición".

Además, ¿Qué podía pedir para ella? Ya había pedido perdón una vez y La Huila le había enseñado que pedir perdón al Creador dos veces era una ofensa. Teresita no sabía si rezar para recibir un novio era malo o no, pero le daba miedo preguntarle a La Huila. ¿La soledad era egoísmo? De seguro La Huila le diría que sí. Decidió rezar por algún muchacho solitario que deseara que alguien lo amara, que el Creador permitiera que ese muchacho, si era amable y gracioso y podía tocar la guitarra y cantar y posiblemente montar a caballo, encontrara una muchacha que lo amara.

Cuando terminó, se sentó en una piedra laja y se soltó el cabello. Lo mantenía trenzado cuando había alguien viéndola, pero aquí, sola con los cuervos y los ruiseñores y las ardillas, se lo dejó caer y volar. La brisa se metía por las largas madejas y le refrescaba el cuero cabelludo. Se estremeció. Se levantó la falda y las aborrecidas faldillas y dejó que el sol le quemara las piernas.

Un arroyito pasaba por aquella arboleda y ella metió los pies descalzos al agua. Vio cómo el sol formaba líneas temblonas y triángulos en su piel. Observó cómo escapaban nubes de sedimento por entre sus dedos y eran llevadas por el agua. Soñó que iba volando con el hermano cuervo, sobre una tormenta de junio al pasar sobre la tierra. Hubiera querido quitarse toda la ropa y recostarse desnuda en el arroyo y dejar que el agua corriera por su cuerpo. Pero por supuesto eso no estaba permitido. A ninguna mujer se le perdonaría hacer algo tan descarado. Las muchachas se podían bañar juntas en el río, en grupo, con las tías apostadas en las rocas y entre los árboles, listas para apalear con sus bastones a cualquier espía. Pero esa desnudez habría de ser estrictamente para bañarse, no para disfrutar. Una mujer desnuda, sólo por el goce de su cuerpo, aunque nadie pudiera verla… Teresita sabía que eso sería imperdonable para siempre. Bueno, pues. Había escarabajos nadando en el agua. Abejas y avispas se paraban en las orillas del arroyo y pellizcaban el lodo, tomaban agua. Las mariposas se posaban en la grava y abrían y cerraban sus alas, desenrollando sus lenguas para saciar su sed. Teresita masticaba tallos de trébol, sintiendo lo ácido del jugo en su lengua.

Millán la observaba. Veía su espalda y se quedaba mirando su trasero, cómo se ananchaba al sentarse, con el suelo empujándolo hacia arriba. Observaba cómo hacía círculos, óvalos, forma de fruta cuando ella se movía.

※

A Millán le gustaba decir:

—Las mujeres mexicanas son como perros, pero las indias son como vacas.

⁂

Tomás sorbía su café mientras observaba a Gabriela comer. Ella cortó cuidadosamente una media luna de melón y la puso entre sus labios. Sacó suavemente la lengua y tomó la fresca pulpa para metérsela en la boca. No podía creer que ella fuera real. Era más bien como un sueño, como un cuento de esos que los viejos cuentan a los jóvenes. Lo volvía loco con cualquier sonrisa o puchero. Ella dormía en la cama de él, no a su lado sino alrededor de él, con sus aromáticas piernas y brazos envolviéndolo, su boca contra la garganta, su hermosa mata de pelo sobre su cara, su torso. Él besaba su cabello. Lo apuñaba y lo besaba, lo respiraba. Tomaba su ropa interior y también la besaba. Cuando ella se bañaba, él olía sus ropas. Ella lo miró y le hizo una cara cerrando los ojos. ¡Dios mío!, pensó. No sabía qué era lo que lo volvía más loco: su vientre o la cálida fricción de sus muslos; sus nalgas o sus axilas.

La Huila entró del jardín tambaleándose y jaló una silla de la mesa con un chirrido.

—Buenos días —dijo Tomás.

—Hnmf.

—Buenos días, ¿cómo amaneció? —preguntó Gabriela.

La Huila se encogió de hombros.

—Café —dijo.

Las cocineras se apresuraron a traerle una taza. Tomás vio a Gabriela y levantó una ceja. Gabriela sonrió.

—Andamos muy platicadores, ¿no? —dijo Tomás.

—Ay, Gordo —lo regañó Gabriela.

La Huila sorbió café. Le temblaba la mano.

—¿Y mi condenado pan?

—Ya se lo comió —le dijo la cocinera.

—Quiero más.

—Ay va —dijo una de las muchachas.

—Huila, estoy enamorado —dijo Tomás.

Gabriela se sonrojó.

—El amor y la mortaja del cielo bajan —dijo La Huila.

Tomás y Gabriela se miraron el uno al otro.

—Bueno —dijo Tomás.

Volvió a su café.

La Huila dijo:

—Cada chango a su mecate.

—Ya veo.

La Huila mojaba su pan y se lo comía. Apuntó a la Gaby.

—Oye tú, ¿dónde está la muchacha?

—¿Teresita?

—¿Dónde está?

La Gaby movió la cabeza.

—No la he visto, debe estar afuera orando.

La Huila levantó la cabeza de la taza. Sus ojos estaban nublados, con los bordes blanco-azulados. Se quedó viendo por encima de la cabeza de la Gaby. La vio una vez a los ojos. Luego dijo: "¡Ay, Dios!" y se cayó lentamente. Cuando dio en el suelo, hizo un sonido seco, como costales vacíos arrojados al piso de un establo.

Teresita agarraba agua con las manos y se la echaba en las piernas. Se enroscaba por las rodillas rodaba por sus canillas en chorritos. Se sobaba las rodillas y el agua se sentía deliciosa en sus muslos. Sonrió y echó la cabeza para atrás, dejando que el sol le diera en el cuello. El suelo ya se sentía caliente y enterró los dedos en él. Enrolló los dedos de los pies en la grava de la orilla y sintió los animalitos del agua pasarles por encima, picarle los tobillos y luego irse.

Pensó en La Huila.

—Tráiganme una escalera —musitó. Eso la hizo reír.

Se acostó lentamente, puso la espalda en la buena tierra y la sintió presionarla hacia el cielo. La tierra siempre te ofrecía al cielo. Te levantaba, y La Gente siempre pensaba que te jalaba. Había tréboles sobre su cabeza, como si fueran árboles.

La Huila, pensó.

Cerró los ojos. En algún sitio las chuparrosas hacían sus sonidos como besos.

La Huila.

De nuevo. ¡La Huila!

Teresita abrió los ojos.

—¡La Huila! —exclamó.

Agarró sus zapatos y se levantó rápidamente y echó a correr hacia la casa. Millán estaba entre ella y los árboles. Le sonrió. Ella se medio agachó, sintiéndose como un gato montés, segura de que podría saltar por encima de él, saltar a los árboles y correr alejándose de él. Millán respiraba profundo. Sus ojos brillaban de alegría.

—¿A dónde vas? —le dijo.

Treinta y ocho

TERESITA ESTABA INERTE. La sacudió y su cabeza se movió como si le hubieran roto el cuello. Le acomodó las faldas alrededor de las piernas y volteó para todos lados. No llevaba dinero. ¡Chin!…

Millán se sentó en cuclillas y vio a su alrededor. No era nada bueno eso de matar a la hija del patrón. Bueno, pues a la chingada. Si regresaba al establo podía sacar uno de los caballos buenos y llegar a medio camino hacia el río Mayo antes de que se dieran cuenta de que se había ido. Lástima que no hubo tiempo suficiente para esconderla.

El colapso de La Huila levantó una ola de temor por todo Cabora. La Gente en los campos se apresuró a volver en cuanto se enteraron. Recogieron a sus hijos y los escondieron en sus jacales. Observaban el cielo para ver si illegaba de las montañas del este algún oscuro jinete, ahora que su protectora había caído. Cuando ella se desmayó, Tomás aventó la silla hacia atrás y tomó la vieja cabeza en sus manos, levantándola, como si pudiera darle vida clavando su mirada en la de ella. La Gaby se congeló con las manos sobre la boca, temerosa de tocar o acercarse a la vieja. Las cocineras gritaban y gimoteaban y algunas de ellas corrieron hacia fuera antes de que Tomás pudiera pararlas, gritando alarmadas:

—¡La Huila se cayó! —Se sentía como si un eclipse hubiera comenzado, como si partes del sol hubieran sido mordidas, como si la boca del diablo no pudiera contener su hambre de luz.

—¡La Huila está muerta! —gritaban.

—¡No está muerta, con una chingada, ¡ayúdenme! —gritaba Tomás.

Pero, ¿quién lo iba a ayudar? La Huila era a la que hubiera acudido en una crisis semejante y ahora la gran curandera estaba desmayada en el suelo, babeando, con el cabello escapándose de la trenza.

—¿Qué hacemos? —dijo una de las muchachas.

Tomás se volvió hacia Gabriela. Ella agitó la cabeza violentamente y extendió las manos en gesto de impotencia.

—No sé —le dijo.

—No sé —le respondió él.

—Y yo tampoco —dijo la muchacha— ¿Le echo agua en la cara?

Tomás se encogió de hombros.

—Tápala —le dijo la Gaby.

—Buena idea, mi amor, dame una cobija.

Las muchachas se salieron de la cocina y regresaron con el rebozo de La Huila. Tomás lo envolvió sobre el pecho de la vieja.

—Hay que llevarla a su cama —dijo la Gaby.

—Sí, mi amor.

Tomás y dos de las muchachas la levantaron. Tomás sintió que podía haberla estampado contra el techo, pues pesaba menos que un ramo de yerbas. La Gaby los guió mientras ellos se arrastraban de lado, tratando de levantar los brazos inertes de La Huila, que le caían por los lados y se atoraban en los muebles y las puertas. La Gaby abrió la puerta del cuarto

de La Huila. El grupo se detuvo un instante, ya que ninguna de las muchachas había cruzado nunca ese umbral. Tampoco Tomás. Pero pasaron,
las muchachas agachando la cabeza como si hubieran entrado a una iglesia, y la depositaron en el angosto catre. La Huila abrió los ojos una vez,
cuando le pusieron la cabeza en la almohada y emitió un sonido horrible,
como gorgoreando y silbando en su garganta.

Tomás le apretó la mano entre las suyas.

—No te preocupes —le dijo, sintiéndose tonto. Volteó hacia la Gaby
y le dijo:

—Cómo quisiera que Aguirre estuviera aquí. Él sabría qué hacer.

—Teresita —murmuró La Huila.

Gabriela dijo:

—¡Teresita!

Tomás, como si hubiera sido idea suya, grito:

—¡Teresita!

Y los vaqueros salieron destapados en sus caballos a buscar a Teresita,
la única que sabría qué hacer para salvar a La Huila.

El Segundo nunca olvidaría lo que vio cuando entró a la arboleda.

Las sombras eran suaves, rodando y agitándose como olas. El clavo
había florecido y las abejas se movían sobre el suelo como rescoldos de
algún fuego. Telas de araña ondeaban en las ramas de los árboles, como
las velas de los barcos que había visto en Los Mochis muchos años antes.
Iguanas del tamaño de perros lo observaban desde la sombra. El arroyito
se veía verde al correr a lo largo del doblez de la tierra que era el piso de la
arboleda. Y ahí, tirada sobre su espalda, estaba Teresita. Le tomó sólo un
instante verlo todo, pero después le pareció como si hubiera estado viéndola durante una hora.

Su cabeza yacía en el agua, que le llegaba hasta las orejas. El Segundo
podía ver los pequeños aretes de oro en el agua, la sombra de vello oscuro
en la línea de la mandíbula. Su largo cabello ondeaba en el agua, como

sangre que fluyera con la corriente. Sus ojos estaban ligeramente abiertos, así como sus labios. Le salía sangre de la comisura de la boca y de la nariz. Sus piernas estaban desnudas y el frente de su vestido desgarrado. Sus palmas estaban volteadas hacia arriba y sus dedos estaban enroscados. Tenía espasmos leves, sacudiendo sus pies como lo hacen los perros cuando duermen y sueñan que persiguen a los conejos. Su boca se abría y se cerraba. Pero lo que más miedo le dio fueron las mariposas. Mariposas de color azul con blanco y rojo con amarillo se habían posado sobre ella. Había mariposas en sus brazos abiertos, agitando sus alas como si quisieran levantarla hacia los árboles. Había mariposas haciendo un círculo en su abdomen. Sobre sus ojos, abrían las alitas y cubrían sus cejas. Una chuparrosa solitaria volaba cerca de su mano izquierda y luego voló en un instante perdiéndose de vista entre los árboles, yéndose en un relámpago de verde brillante y azul metálico. Se arrodilló a su lado y la tomó en sus brazos. El agua se escurrió del cuerpo de ella y le mojó los pantalones.

—No te mueras —le murmuró— ya llegó el Segundo.

La cargó hasta su caballo y la acostó sobre la silla con la cara para abajo. El cabello colgaba por el otro lado y el caballo se le quedaba viendo. El Segundo se alzo sobre el estribo y la tomó de nuevo en brazos para acabar de montarse. "¡Ándale, cabrón!", le dijo al caballo y lo guió con las rodillas mientras trataba de acunarla del mismo modo que lo hubiera hecho con un potrillo recién nacido.

Cabalgó de regreso a la casa con Teresita en los brazos. Podía sentir su respiración, pero ella no emitió ningún sonido. Su cuerpo vibraba: pensó en las cuerdas de una guitarra. Cuando entró su caballo por el portón principal y el patio del ciruelo, La Gente dio un tremendo alarido que creció y creció y trajo a Tomás corriendo.

Suavemente tomó a su hija de los brazos del Segundo y la cargó hacia adentro. La Gente sintió que la noche se acercaba rápido ahora. Corrieron a encender velas. Los vaqueros estaban abriendo barrilitos de mezcal y emborrachándose de tristeza.

La Huila ya estaba olvidada.

Treinta y nueve

VELOZ COMO RAYO, Millán cabalgaba hacia el sur, su caballo cubierto de espumoso sudor. No durmió esa primera noche. Entró a una cantina en el camino viejo de regreso hacia el río Mayo y todos los indios flacos de ahí lo vieron con malos ojos, creyéndolo tal vez un verdugo o un bandido que hubiera ido ahí a quemar sus chinames. Compró bacanora, horrible y apestoso, pero era lo más barato que pudo encontrar. Le supo a rayos, le dio asco. ¿Sabrían lo que había hecho? ¿Qué chingados les importaba a éstos lo que hubiera hecho? Sus manos temblaban al contar unas monedas para pagar. Ay, Dios, Don Tomás seguramente lo iba a matar. "Otro" ordenó. El cantinero le sirvió un poco en un caballito. Aguantó la respiración y se lo bebió de un jalón. Tosió. ¡Si pudiera llegar a Rosario! Tendría que evitar Ocoroni, por supuesto. Pronto necesitaría un caballo fresco; este se le iba a morir en cualquier momento. No se le había ocurrido robar dinero del dormitorio y la muchacha no llevaba nada en las bolsas del vestido. Agachó la cabeza. Se robaría un caballo. No le iba a ir peor que como estaba ahora. ¿Culiacán? ¿Podría ir a Culiacán? Probablemente no. Rosario. Dulce Rosario. Si no se acercaba a Seferino Urrea, primo de Don Tomás, entonces los Millanes de Rosario le ayudarían. Todo lo que tenía que hacer era irse al sur, a Escuinapa y cruzar el puente a Nayarit. Nayarit, ¡si pudiera llegar a Nayarit! ¡A Tecuala o Acaponeta! Los indios se le quedaban viendo. "¡Qué!" les gritó. Ellos posaron la mano en sus machetes. Corrió hacia la puerta. Un relámpago rasgó el silencioso cielo y el oeste se puso rojo como carne abierta y los coyotes aullaron y juguetearon y él azotó y azotó a su caballo tratando de llegar a casa.

El Segundo sacó sus tendidos y se fue a dormir a la casa de su hermana Juliana. Se negó a comer los primeros dos días y luego sorbía caldo de pollo servido en tazas de café. Varios de los vaqueros lo vieron sentado afuera de la puerta en un banco torcido de madera, besando patitos amarillos, ocultándoles desconsoladamente la cabeza debajo de sus bigotes. En ausencia del Segundo, Tomás se vio forzado a mandar a alguien más a Álamos a traer un doctor. El Buenaventura regresó a Cabora y se fue a la casa abandonada del Segundo. Doña Loreto mandó telegramas a Tucsón solicitando los servicios de un doctor gringo. Luego envió un telegrama a El Paso, para que Aguirre supiera de las tragedias del rancho. Fue a la iglesia y arregló que se rezara un novenario para Teresita. Gabriela iba y venía del cuarto de Teresita al cuarto de La Huila, inútil y aterrorizada, poniendo trapos húmedos sobre ambas frentes. Tomás estaba sentado debajo de su ciruelo y bebía. Fina Félix dijo que sus gallinas habían puesto huevos negros.

Teresita yacía de espaldas, perdida en su inconsciencia, pálida e inmóvil. Las únicas señales de vida eran su respiración superficial y su mano izquierda, que se curvaba lentamente y se la llevaba a la boca, haciéndola puño ahí. Le hablaban, la sacudían, le susurraban dulcemente en su sueño, pero ella no se despertaba, no sonreía. Los moretes se extendieron por su piel, en su cara, su cuello, en las costillas y la espalda. Tomás se sentaba a su lado y le tomaba la mano que no apuñaba y le leía de sus libros favoritos, pero ella no sonreía ni daba señal alguna de estarlo escuchando. Gabriela le besaba las mejillas, la frente, sus labios calientes y secos. Ni se movía. En la mañana y en la noche, la Gaby tomaba un cepillo de plata y le cepillaba el cabello y cuando salía más sangre de la nariz de Teresita la limpiaba con papelitos rosas que parecían, ya arrugados, rosas en botón en el basurero. Sus párpados se abrieron y quedaron a mitad del camino. Podían ver el iris y la pupila, enrollándose hacia arriba y hacia abajo, como si estuvieran sueltos de su cuerpo, deslizándose en su cráneo.

—¿Qué será lo que ve? —susurró Gabriela.

—Nada, no ve nada —respondió Tomás.

Y el doctor, cuando llegó de Álamos con el Buenaventura y una enfermera, lo repitió:

—No ve nada. Está como muerta.

El Buenaventura estuvo a punto de tocarla.

❉

La Huila se despertó y pidió ver a Teresita. Tomás y el doctor hicieron una camilla con escobas y cobijas y la llevaron al cuarto. Estaba demasiado débil como para levantarse, pero levantó la cabeza y vio a Teresita, dejando escapar un suspiro de tristeza, su voz seca como polvo en la cosecha. Sollozó y extendió una mano hacia Teresita. Luego se recostó y parecía estar dormida. La llevaron de vuelta a su cama y la acostaron. Ella ordenó a las muchachas que mojaran trapos en agua y ciertas hierbas y se los pusieran en la cara a Teresita.

❉

El doctor de Tucsón llegó a los cinco días. Era un americano rubio y grandote, con muy poco cabello; consultó con el médico mexicano, los dos inclinados como garzas sobre el cuerpo de Teresita. Su cabello había crecido tanto que le llegaba a los pies. Nadie sabía cuándo había sucedido aquello. La Gaby le acomodó la cabellera a los lados del cuerpo. Los doctores constantemente tenían que alzarle el pelo o hacerlo a un lado cuando la examinaban. No podían forzarla a tomar líquidos. Sus labios no se separaban y cuando trataban de darle agua, le chorreaba por los lados. Su piel estaba seca, tenía los labios partidos. Su corazón, secándose con ella en el desierto, se debilitaba cada día más, casi mudo. Los dos doctores estaban siempre con ella, con sus estetoscopios, tratando de encontrar un latido. Cuando le ponían un espejo frente a los labios apenas lo empañaba con su aliento. Su cuerpo se endureció, tieso como tabla de pino, todos sus huesos afilados contra la piel que se encogía.

※

Uno de los muchachos le dijo al Segundo que Millán se había llevado un caballo y no había regresado.

—¿Cuándo?

—Hace como una semana.

El Segundo fue por dos apaches. No le dijo nada a Tomás ni a nadie. Cabalgaron duro y rápido, porque el Segundo sabía que Millán trataría de regresar a Sinaloa. Y cuando regresó, sus ojos se veían negros con algún secreto terrible y La Gente dijo que traía dos orejas en un paliacate y las había depositado en la mesa del patrón sin decir nada, había caminado hasta la casa de su hermana y se había dormido durante dos días seguidos. Regresó en un caballo diferente del que se había llevado. Dijeron que había cabalgado en tres caballos que agotó hasta matarlos persiguiendo a Millán. Los apaches no pararon cuando regresaron, se fueron de Cabora sin mirar atrás. La Gente los vio y cuchicheó teorías terribles sobre lo que había pasado. El Segundo estaba muy tranquilo después del largo viaje. Solamente una vez dijo algo y los que lo oyeron no supieron si estaba hablando de la persecución o si simplemente estaba borracho. Estaban pisteando, en espera de que estuviera lista una barbacoa de puerco en horno de tierra; el Segundo se sinquechó con ellos, tomando de una botella de güisqui americano. En medio de la parranda había dicho:

—Si cuelgas a un hombre de cabeza sobre una fogata, los sesos le hierven hasta que la cabeza le explota. —Como nadie dijo nada, bebió mas güisqui y dijo—: Buenas noches. —La Gente lo vio irse hasta su casita y cerrar de golpe la puerta.

※

Por doce días, Cabora durmió como dormía Teresita. Los cortadores de maguey dejaron sus machetes colgados en los clavos y se quedaron en sus jacales. Los vaqueros dejaron que el ganado anduviera por el llano, hambriento, sediento y polvoriento. Los únicos que seguían activos eran Tomás y los doctores, y cuando éstos le dijeron que no había esperanzas para su hija, Tomás montó su garañón y cabalgó frenético hasta la villa de Bayoreca, luego se fue hasta los cerros, más tarde hacia Navojoa y de regreso. Lloró y maldijo donde nadie pudiera oírlo.

Cuando volvió, llamó al Segundo.

—Quiero que me hagan un féretro. Quiero la mejor madera y la más suave seda. El Segundo agachó la cabeza y sólo dijo:

—Sí, Patrón.

Cuando salió por la puerta de enfrente, tuvo que empujar a un grupo de campesinos, vaqueros y lavanderas. Todos los niños de la villa de los trabajadores estaban jugando en el patio. El Buenaventura estaba en una esquina, recargado en la pared. Tenía un cigarro en la mano, al modo de los jinetes, con la brasa oculta en la palma, como cuidándola de un ventarrón. Levantó las cejas hacia el Segundo en silenciosa pregunta. El Segundo meneó la cabeza.

᠅

El doctor americano, como no podía hacer nada, empacó sus cosas y se fue. En el treceavo día, Tomás se despertó de un sueño terrible de fuego y gritos. Apretó los puños en sus sienes y volteó a ver a la Gaby. Ella dormía en camisón blanco, su grueso cabello repelado y amarrado con un listón rojo. Le quito el listón y ella abrió los ojos. Los ojos de Tomás estaban húmedos de la pena. Ella sonrió y le puso la mano en la mejilla.

—Todo va a estar bien —le dijo—. Ven, déjame enseñarte.

Tomás se puso encima de ella. El cuerpo fuerte de ella lo sostuvo. Hicieron el amor.

La Huila se despertó con hambre. El Segundo le pagó al carpintero en Bayoreca tres veces más de lo normal. El viejo accedió a trabajar sin parar y entregar el féretro de cedro y pino aromático, forrado de seda de color plata pálido, en dos días. El Segundo cabalgó de regreso al rancho, recogió al Buenaventura y se adentraron en las montañas.

Tomás, como La Huila, pensó que finalmente podría comer algo. Se sentó a la mesa y comió mango cocido con una cuchara. Luego se tomó una taza de café y devoró tres huevos fritos con frijoles y chorizo. Comió tortillas y queso blanco de cabra. Una rebanada de melón. Una segunda y una tercera taza de café con churpias y dulce de nopal. Alguien le trajo el periódico de Álamos de la semana anterior y se sentó a leer mientras su deliciosa Gabriela picaba un huevo tibio y bolillo tostado y tomaba su té favorito, de canela. Una de las recamareras se acercó a la mesa tímidamente y se quedó ahí parada. A Tomás le llevó un instante darse cuenta. La vio por encima del periódico y le dijo:

—Sí, ya te puedes llevar los platos, gracias. —Volvió a su periódico. Ella permaneció ahí parada.

—¿Señor?

—¿Sí?

—Teresita, señor.

—¿Sí?

—Esta muy blandita.

Dejó el periódico.

—¿Cómo?

—La señorita Teresita se ha puesto muy blanda.

—¿Cómo que blanda?

—Sí, señor, toda aguada en su cama, como desmayada.

Se puso rápidamente de pie y corrió escaleras arriba. El cuarto estaba turbio y oscuro. Ella estaba sobre su espalda, con los brazos sueltos y cayendo por los lados de la cama. Tenía miedo de acercarse.

—¿Teresita? —musitó.

El cuarto estaba tan silencioso que parecía estar relleno de algodón.

—¿Hija?

Cruzó hasta ella, se sentó en la silla y tomó su muñeca. Estaba suave. Fría. Su mano estaba flácida. La apretó buscando el pulso, pero el río de sangre en su interior se había detenido. Tomás pegó el oído al pecho de Teresita, pero su corazón se había callado. Fue hasta el pasillo y llamó al doctor, quien subió con su maletín, se arrodilló a un lado de la cama y escuchó; la tocó y le puso un espejo frente a los labios. La boca estaba poniéndose azul. Tocó sus parpados con un instrumento de metal: ni se movió.

—¿Doctor?

La Gaby estaba en la puerta con las manos en la boca. El doctor suspiró y luego cruzó los brazos sobre su pecho. Fue hasta Tomás y le puso la mano en el hombro.

—Teresita está muerta.

Cuarenta

QUÉ QUIETO ESTÁ TODO.

Ella podría haber adivinado que la muerte sería tranquila, pero esto era una inmovilidad que se sentía como la madrugada, tal vez después de una tormenta de nieve, aunque ella nunca hubiera visto una tormenta de nieve cuando estaba viva.

Estaba segura de que ahora sabía lo que era la nieve.

—¡Ah, un venado!

El venado salta en una tierra verde que antes no estaba ahí. Flores. Ella las sigue. El venado se fue y hay agua enfrente de ella: pececillos dorados.

El Coyote bebe en el estanque y la mira con ojos amarillos y felices. Ella ve como se le eriza la piel. El coyote ve a la derecha y ella sigue su mirada y ahí esta la Madre a la sombra de un árbol.

—¿Me trajiste una escalera? —le pregunta a Teresita.

Se ríen. Se abrazan.

Ninguna otra madre la ha sostenido en brazos.

Árboles que nunca ha visto giran sus hojas plateadas, púrpuras y doradas que caen y se levantan como mariposas.

Ve a los tres viejos yaquis de sus sueños caminando en la distancia.

—¡Son muy entrometidos! —dice la Madre.

El camino hasta el humilde hogar de Itom Achai es corto. Él tiene un jardincito. Su puerta está abierta. Hay luz saliendo por las ventanas. Él sale, lleva una línea azul pintada en una mejilla.

—¿Me conoces? —le pregunta.

—Dios —dice ella arrodillándose.

El extiende su mano y la pone de pie.

Su cabello es una larga trenza de caídas de agua, almizcle, cometas. Ella ve águilas en su ojo. Cuando Él habla, ella escucha música y risas.

—Toma esta taza, hija —le dice en Cahíta.

—¿Tú hablas La Lengua? —pregunta ella.

—Hablo todas las lenguas, soy el Padre de todos.

Ella sonríe.

La taza que él le entrega tiene adentro reflejos de estrellas.

—Bebe, tienes sed.

Ella bebe.

—Tengo un regalo para ti —le dice Él.

Dios le hace el cabello para atrás y le entrega una rosa.

Cuarenta y uno

LA MUERTE ERA algo que La Gente entendía. No es que estuvieran felices de que Teresita hubiera muerto. Sentían sin embargo alivio de que alguien, fuera quien fuera, hubiera muerto. La racha de miedo se había acabado. Finalmente podían llorar con verdadero sentimiento, y llorando podían planear sus velorios y sus oraciones y coser sus vestidos y arreglar las reuniones. Podían soñar con la belleza del funeral, pues seguramente el Patrón organizaría un sepelio que rivalizara con las mejores bodas. Todos estaban de acuerdo en que las bodas eran el mejor entretenimiento del rancho, seguidas por las Primeras Comuniones y Confirmaciones (presididas por el sombrío padre Gastélum), y luego las fabulosas fiestas de las quinceañeras, en las cuales las muchachas se vestían de virginal blanco y bailaban con señores mayores que les daban dinero y regalos. Sin embargo, secretamente, los funerales eran por mucho el pasatiempo favorito de Cabora. Las grandes muestras de dolor, como los piropos, eran arte. Furtivamente, en los oscuros rincones de sus jacales, La Gente ya estaba practicando desmayos, contorsiones y suspiros taciturnos. Ya en los grupos en la noria, en el tejabán de suministros, había gente que decía: "Yo era quien mejor la conocía".

Dentro de la Casa Grande reinaba el caos. Tomás sentía como si hubiera perdido el piso, como si su casa se hubiera inclinado hacia un lado y sus botas no pudieran encontrar apoyo en la duela o los mosaicos. Caminaba de pared a pared, de puerta a puerta, enderezándose, agarrándose de las esquinas para mantenerse en pie. Su insomnio regresó en esos días. La cama le parecía muy caliente, muy angosta; y se movía entre la tristeza de la casa en su camisón blanco como fantasma, salía al patio de enfrente y cortaba ciruelas del árbol. Se quedaba viendo a las estrellas tirado en los duros bancos de madera.

Gabriela andaba callada en su pena, recordando las noches en que había dormido al lado de Teresita y le había murmurado sus secretos, y había cerrado sus ojos y volado. Su cuerpo ahora estaba sediento de volar de nuevo. Era como si siempre hubiera vivido en el desierto y hubiera probado el agua una vez. Ahora no había manera de probar esa agua de nuevo.

La Huila se hundió una vez más en el silencio. El cuerpo de Teresita pasó la primera noche en su cama, la blanca sábana cubriéndola hasta el mentón, los visillos cerrados con aldaba, con una solitaria vela ardiendo en una esquina.

⁂

En la mañana, las mujeres fueron por el cuerpo. Se lo llevaron y lo cargaron suavemente hasta la cocina. Lo acostaron en la mesa grande de metal. Gabriela ya había mandado uno de sus vestidos con las costureras, quienes primero vinieron y midieron el cuerpo para asegurarse de que el vestido le quedaría bien a Teresita para el funeral. Luego las mujeres le quitaron la ropa y la dejaron desnuda. Llevaron palanganas de agua tibia y lavaron el cuerpo con paños doblados y esponjas color naranja. Se aseguraron de que la cara quedara muy limpia y rezaban al tiempo que aseaban el cuerpo, cantando palabras sagradas sobre los restos, purificándolos ritualmente para emprender la larga jornada, rogando a Dios y a los santos que tuvieran misericordia de su alma. Cuando terminaron de bañarla, presionaron toallas blancas contra su cuerpo para secarla. Luego cubrieron su desnudez con ropa interior y un chal. Gabriela vino entonces, con sus cepillos y sus peinetas. Cepilló el cabello de Teresita hasta que brillaba a la luz de la cocina. Usó sus mejores peinetas para recogerle el cabello, lo aseguró con pasadores y le pidió a una de las muchachas que le ayudara a hacerle una trenza gruesa, misma que acomodaron por un lado del cuerpo. Las costureras volvieron y ajustaron el vestido sobre el cuerpo, batallando un poco por las extremidades tiesas. Cuando se fueron, Gabriela regresó con cremas, polvo y pintura de labios. Maquilló el pálido rostro, cubrió los moretes. Le delineó los ojos, le pintó los labios color de rosa y puso un poco de colorete en las gélidas mejillas.

Cuando ya estaba pintada, empolvada, peinada y vestida, llevaron el cuerpo a la sala. Los vaqueros habían sacado casi todos los muebles y habían acomodado una mesa de madera en el centro, cubierta con una manta blanca tejida de ganchillo. Una almohadita de satín estaba en un extremo, para apoyar su cabeza. La luz de veladoras iluminaba el cuarto. En la mañana, abrirían las dobles puertas para que los dolientes pudieran pasar a verla. Esa noche, el velorio comenzaría con grupos de gente turnándose para cuidar el cuerpo y rezar rosarios. Tomás y la Gaby tomarían el primer turno.

El cuerpo de Teresita fue recostado en la mesa. Le acomodaron las manos como en oración y se las pusieron sobre el pecho. Luego se las envolvieron en un rosario, de manera que se viera como que estaba rezando en su muerte. El rosario mantenía sus manos juntas. La Gaby le acomodó la trenza sobre el hombro para que descansara sobre las manos implorantes.

☀

El cuerpo de Teresita pasó el segundo día en la mesa de la sala en compañía de los murmullos de los dolientes, hasta las tres de la mañana, cuando apagaron las velas y lo dejaron solo.

☀

Los dos mejores combatientes fueron enviados al pequeño panteón donde las victimas del ataque yaqui y tres vaqueros y cinco niños estaban enterrados. Cavaron un agujero perfecto para Teresita, asegurándose de que los bordes y las esquinas estuvieran tan parejos como si hubieran sido cortados con cuchillo. La pila de tierra a un lado del hoyo también estaba acomodada con flancos piramidales a la luz de la mañana.

El féretro llego después del desayuno. Venía en la parte de atrás de una carretita, cubierto con tela para mantener sus brillantes costados libres de polvo. Tomás y el Segundo ayudaron al carpintero a llevar el ataúd hasta el cuarto donde estaba el cuerpo en la mesa. Las viejas hacían turnos cuidándolo, rezando, encendiendo velas. El carpintero se tropezó cuando vio la cara blanca de Teresita. Cuando pusieron el cajón en el suelo se persignó.

Quitaron la tela de la caja de madera y admiraron el excelente trabajo. No se veía ni un solo clavo. La madera brillaba porque la habían pulido varias veces con cera. La seda del interior estaba asegurada con tachuelas y formaba un abollonado suave de tela. Tomás dio su aprobación con un movimiento de cabeza, acariciando la madera.

☀

El cuerpo de Teresita pasó la tercera noche en compañía de amigos y familia. La Gaby estaba sentada ahí, y Fina Félix. Juliana Alvarado llegó tarde y el papá de la Gaby, el señor Cantúa, vino desde Guaymas. El viejo

Teófano, Jefe de Plazuelas, murmuró un rosario ya entrada la noche. A las tres, el Buenaventura se paró en la esquina más alejada de ella y se le quedó viendo a la cara. Y en la mañana, las mujeres del rancho regresaron a rezar por ella en su último día.

Cuarenta y dos

ESE ÚLTIMO DÍA ENCONTRÓ a Teresita en compañía de cinco mujeres que rezaban. El sol ya se estaba poniendo en el cielo de occidente y cuatro ancianas estaban arrodilladas alrededor de la mesa. La Fina Félix estaba sentada en una silla cerca de la puerta. Las mujeres rezaban al unísono, pidiendo a la Virgen que bendijera a Teresita. Ninguna de ellas la vió abrir los ojos. Siguieron rezando como por un minuto más, ciegas a todo lo que no fueran sus manos entrelazadas, ofreciendo el dolor de sus rodillas a Jesús, como un regalo, una ofrenda a cambio de la entrada de Teresita al cielo.

—Madre de Dios —dijo una voz vieja. Y todas respondieron—: Ruega por ella.

Teresita se sentó.

—¿Qué están haciendo? —les preguntó.

Una erupción de mujeres salió gritando del cuarto, una explosión de rosarios y velas, una estampida.

—¡Dios nos guarde!

—¡Está viva!

—¡Los muertos caminan!

Fina Félix, por segunda vez en su vida, salió corriendo sin parar hasta llegar al rancho de su padre.

Los animales también pegaron la carrera. Los burros patearon. Las mujeres salieron por las puertas tropezando unas contra otras muy apuradas y gritando. Los muchachos se cayeron de sus caballos. Las gallinas, presas de pánico a causa de los gritos de las mujeres, volaban por todo Cabora en un frenetismo de plumas y cacareos.

—¡Los muertos! —gritaban las mujeres.

Los vaqueros salieron tambaleantes de sus siestas, sacaron las pistolas y empezaron a balacear las tumbas del diminuto cementerio gritando:

—¡Maten a los muertos! ¡Maten a los muertos!

Las mujeres se desmayaban.

Tomás cruzó la puerta a toda velocidad, con su pistola en la mano. Vio a sus hombres disparándole al panteón y empezó a disparar él también.

—¿Dónde están? ¿Dónde están esos hijos de puta?

El Segundo también le entró a los disparos con ambos cañones de su escopeta.

—¡Apaches! —gritó.

—¡Rurales! —respondió Teófano haciendo tronar su viejo revolver.

—¡Los muertos! ¡Los muertos! —lloraban las viejas.

—¡Jesús, María y José, los muertos!

—¿Qué? ¡Qué! —gritó Tomás mientras recargaba su arma.

—¡Ave María Santísima, Purísima! —testificó la tía Cristina, la señora de las tortas.

El Buenaventura corrió hasta Tomás y le preguntó:

—¿A qué le estamos tirando?

—¡No sé!

—¡Teresita! —decía una de las mujeres hincada en el suelo y dándose golpes de pecho, levantando polvo.

Tomás se le acercó, con la pistola apuntando hacia un lado. La sacudió, mirándola a los ojos.

—¿Qué fregados está pasando?

—¡Está despierta!

—¿Quién?

—Ella —la mujer apuntaba a las puertas de la sala mortuoria.

—No.

—¡No chingues! —dijo el Buenaventura.

Tomás fue tambaleándose hasta la sala, se le soltó la pistola y luego se desplomó. Teresita estaba sentada en medio de la mesa, sin parpadear, con una mirada curiosa mientras revisaba el cuarto. Vio las velas, al féretro, a Tomás.

La Gaby entró detrás de él. Enseguida llegaron el Segundo, unos niños, Teófano, el Buenaventura.

—¿Qué pasó? —preguntó Teresita.

Tomás nomás farfullo.

—¡Oh, no! ¡No! ¡Estás bromeando!

Teresita bostezó.

—¿Por qué estoy en esta mesa?

El Buenaventura chifló, Gabriela se sintió mareada y se recargó en el marco de la puerta.

—Es tu velorio —le dijo Tomás.

—¿Mi velorio?

—¡Sí, ¡estás muerta!

—¿Yo?

—¡Jesucristo! —dijo el Segundo.

Ella se le quedó viendo al féretro.

—¿Y esto? ¿Qué es esto, papá?

—Es tu caja.

—¡No!

Ella meneó la cabeza.

—Pues no tengo intención de dormir aquí.

Miró a Tomás con una expresión dulce.

—Pero alguien se va a morir pronto. Entonces lo podrán usar. Habrá funeral dentro de cinco días.

Se acostó y cerró los ojos.

—Fue un largo viaje —suspiró.

Y entonces hasta Tomás se persignó.

La llevaron a su cuarto.

Tenía un frío terrible. A su paso el aire se sentía como cuando meten una barra de hielo a la casa. No parpadeaba. Su cabeza se movía sobre el cuello como una máquina que iba registrando los extraños detalles de la casa. La familia no sabía que podía ver a través de ellos. Para ella, sus cuerpos eran como sombras, les bailaban los huesos adentro y ella podía verlo, como cuando ves las piernas debajo del vestido si estás a contraluz. Y todavía más adentro profundamente, la médula en sus huesos brillaba como hilitos de fuego. Sus calaveras tenían un coágulo de luz, como rescoldo de carbón. La médula ardiente hacía que sus huesos brillaran dentro de la carne como delgadas lámparas de luz rosa.

—Estoy cansada. He venido de muy lejos. ¿Alguna vez han estado allí?

Tomás tosió. ¿Cómo debía reaccionar el padre de una muchacha resucitada? ¿Debía regañarla? ¿Castigarla? En su cuarto, ella se acostó sobre su cama. Se quedó viendo al techo y no hizo caso de su padre lloroso, ni de la trémula Gaby ni de las aterrorizadas muchachas de la casa.

—Tengo sed —dijo.

Le trajeron agua. Se la empinó. Le trajeron otro vaso. Lo agarró con las dos manos y también se lo empinó. Luego cerró los ojos. Parecía muerta, sólo que respiraba. Se salieron de su cuarto, volando por las escaleras y se escondieron en diversas partes de la casa, corriendo las cortinas y bajando las persianas, sin poder hablar de lo que había sucedido, temerosos de enfrentar el día.

La mañana siguiente la encontró sentada en su silla en la esquina de su cuarto. Todavia vestía la mortaja. Cuando la Gaby trató de ayudarle a quitársela, Teresita le apartó lánguidamente las manos. Cuando le trajeron comida dejó los platos en el suelo sin tocar. Tomó más agua. Estaba callada.

—Realmente esto ya es demasiado —dijo Tomás.

※

—Voy a ver a La Huila —dijo Teresita.

Tomás había estado parado en el otro lado del cuarto, viéndola mirar hacia el espacio, de modo que cuando ella habló dio un brinco.

—Huila no esta bien —le respondió.

—Sí, ya sé.

—¿Estás suficientemente fuerte para hacerlo?

—¿Fuerte? —dijo ella sin mirarlo.

Fue hacia ella y le tomó las manos. Lentamente, ella volteó a ver sus manos con frialdad, como si fuera una cachora que cruzaba frente de ella.

—Puedo ver tus huesos —le dijo.

Tomás le soltó los fríos dedos.

—Hija.

—¿Soy tu hija?

Se sintió ofendido. Se alejó de ella. Se metió las manos en los bolsillos.

—Me das miedo.

—Voy a ver a La Huila.

※

Gabriela la tomó del brazo y Tomás del otro. La llevaron escaleras abajo y por el pasillo.

—Tu vientre está maduro —le dijo a la Gaby.

Le abrieron la puerta y Teresita atravesó el umbral como si estuviera ciega. Llevaba las manos frente a ella, palmas hacia fuera, con los dedos ligeramente curvos, como si estuviera sintiendo el aire que lo encapsulaba todo, como si percibiera los colores a través de su piel.

El cuarto olía a viejo. A almizcle. Había polvo y muerte en el aire. Los otros se quedaron en la puerta, como si tuvieran miedo de respirar aquella nube apestosa. Teresita no pareció notarlo. Entró y cerró la puerta tras de ella.

La Huila, seca como un esqueleto en el catre, se movió cuando oyó que atrancaban la puerta. Estaba dormida, su vieja barbilla mostraba unos cuantos pelos blancos. Teresita puso la mano en la cabeza de la vieja, luego se sentó en la esquina. La Huila se movía y roncaba. Abrió los ojos, volteó la cabeza en la almohada. Sus ojos se entrecerraron, luego se desorbitaron.

—¡Dónde están las gallinas!

—No hay gallinas, vieja.

—¡Quién está haciendo la cena, pues!

—Lo de la cena ya esta arreglado.

—Nadie corta las gallinas tan bien como yo.

—Sí, tú eres la mejor para las gallinas.

La Huila dio un resoplido y vio a su alrededor.

—Tú.

—Sí, soy yo.

—¿Ya estoy muerta?

—No.

—¿Esto es el cielo?

—Difícilmente.

—¿Eres un espíritu?

—Todos somos espíritus.

—¿Regresastes para llevarme al cielo?

—No.

—¿Al infierno?

—No. A donde vas tienes que ir sola, nadie te lleva.

—¡Pues eso no me hace gracia!

—Ni tú ni yo establecemos las reglas.

—Las cosas serían muy diferentes si así fuera.

—Estoy viva, no me dejaron allá.

La Huila se volvió a recostar y suspiró.

—Bueno, eso está muy bien.

—Me dijeron que tenía todavía trabajo por hacer.

La Huila asintió.

—Les gusta mantenerte ocupada.

La Huila pareció dormitar por un rato.

—Tráeme una escalera —dijo de repente.

Ninguna de las dos se rió.

Estuvieron calladas un rato.

—He visto gente volver antes. Una vez, cuando era niña.

Teresita asintió.

—¿Voy a regresar, como tú?

—No lo creo.

La Huila tosió.

—¿Me puedes ayudar a no morirme?

—No.

—¿Me voy a morir ahora?

—Sí.

Se quedaron calladas.

—No me quiero morir.

Teresita cerró los ojos.

—Sí, ya sé.

—¿Duele?

—No.

—¿Me va a dar miedo?

—Ah… no.

Teresita podía oír a su padre cuchicheando con la gente del otro lado de la puerta. Había gente gritando todavía por toda la casa. Podía escuchar a la simple de la Fina Félix llorando y moqueando.

—¿Te acuerdas cómo es cuando una niña tiene que irse a dormir? ¿Cómo los niños pelean y negocian? ¿Cómo piden que les cuenten un cuento, o lloran o de repente tienen que sed, todo porque no se quieren ir a dormir?

—Sí.

—Pero tú sabes que ya es hora. Por la razón que sea. Que ya es la hora de dormir de la niña. Que ya es tarde, o se tiene que levantar temprano en la mañana, o que está enferma. Tienes que dormirla, a veces en contra de su voluntad.

—Sí.

—Así es con Dios y con nosotros. Dios nos tiene que mandar a dormir y nosotros no queremos dormirnos todavía.

La Huila tragó gordo. Se sintió terriblemente triste.

—¿Me va a gustar estar muerta? —le preguntó a Teresita.

Teresita abrió mucho los ojos.

—¿Te gustó estar viva?

La Huila se quedó pensando.

—Sí —respondió a la postre.

—Entonces disfrutarás tu muerte.

La Huila sonrió. Cerró los ojos.

—Eso no está tan mal —dijo.

Le hizo un gesto para que se acercara. Teresita tocó con las rodillas la orilla del catre de La Huila. Tomó las manos de ésta entre las suyas.

—Quisiera que pudieras quedarte. Te voy a extrañar mucho.

Podía escuchar el débil latido del corazón de La Huila a través de los huesos y la delgada piel de su mano. La sangre de La Huila estaba fría y circulaba lenta, se veía casi azul en sus venas. Apretó la mano de Teresita.

—Te van a enterrar en mi caja.

La Huila le sonrió.

—Me parece bien.

Teresita rezó. La Huila debió quedarse dormida pues empezó a roncar un poco y a mascullar entre sueños. Teresita sabía que esos sueños estaban llenos de sus padres muertos, de sus hermanos y hermana muertos, de su amante muerto. Todas las puertas se abrían ante ella, todos los pasillos limpios, las lámparas encendidas. La puerta del jardín de La Huila se abría. La vieja dio un brinco.

—¿Niña?

—Aquí estoy —murmuró Teresita.

—¿Quieres mi escopeta?

—No.

—¿Quieres mi talega de tabaco?

—No, gracias.

—Ya sabes dónde están mis hierbas.

—Sí.

—Úsalas.

—Así lo haré.

La Huila emitió un suspiro seco y profundo. Extendió la mano y puso tres objetos duros en la mano de Teresita.

—¿Qué es esto?

—¡Dientes de búfalo! ¡De hace mucho tiempo!

La Huila cerró los ojos.

—Estoy cansada —dijo.

—Sí, ya lo sé.

—¿Ya me puedo ir?

Teresita se inclinó y besó a la vieja en la mejilla.

—Vete. Todo está bien.

Le acarició el cabello.

—Tranquila, mujer, tu trabajo ya está hecho.

Una lágrima rodó por la mejilla de Teresita.

—Trajiste cosas buenas a este mundo.

—¿Tú crees?

—Viviste con honor.

—¿De veras lo crees?

—No te preocupes. Duérmete. Cuando despiertes verás a los venados.

Los párpados de La Huila se estremecieron.

—Duérmete, te quiero mucho. Duérmete.

La Huila se quedó tiesa. Sus ojos se abrieron una última vez. Luego se fue.

Cuarenta y tres

YA VENÍAN EN CAMINO. No se hubiera notado al principio y no se hubiera notado para nada si no sabías dónde buscar. La noticia se esparció hasta allá lejos por el llano adentrándose en la serranía. Venían en grupos pequeños a ver a la muchacha muerta en vida. Entre los jacales de los trabajadores se podían ver algunos cuerpos acurrucados en las sombras. Había una extraña lavando ropa con las muchachas de la casa. Algunos niños desconocidos merodeaban cerca de los grupos, observando la casa.

Cuando Tomás salía a caballo a atender algún asunto en el campo, no miraba hacia abajo, no reconocía la presencia de extraños en sus tierras. Pero observaba cuidadosamente, de reojo, estudiando caras y movimientos, andares y pasos, como un loco acumulando datos para alguna nueva teoría fabulosa sobre el mundo, prueba maniática de las fuerzas y complots que pululaban en su cabeza, infiltrándose en su rancho. No quería que supieran que los estaba observando, aunque sentía que lo observaban. No sabía qué querían, qué males traían con ellos, que designios siniestros.

Bien podían haber venido a matarla, a intentar saldar alguna deuda cósmica. O a lo mejor venían porque deseaban casarse con ella, o porque querían acariciarla, o simplemente seguirla. Nadie sabía que estaba desquiciada, sentada en su cuarto como un maniquí, mirando las infinitas profundidades de la esquina entre dos blancas paredes, viendo demonios y ángeles y hablando terribles tonterías acerca de huesos y sueños. Lo que sí era seguro era que estos tipos supersticiosos andaban hambrientos de milagros.

Tomás no podía explicar científicamente la resurrección de Teresita, pero sabía que tenía que haber una explicación, una explicación razonable. Pero esta gente que veía la faz de Jesucristo y la Virgen María hasta en tortillas quemadas, eran una chusma que esperaba con frenesí que sucediera algo, cualquier cosa, algo que hiciera su mundo más especial. Querían creer que había algo más, algún cielo que estaba esperándolos después de que terminaran sus vidas, vidas transcurridas trabajando como idiotas. Y al parecer estaban convencidos de que Teresita podría de alguna manera acercarlos a este mito. Sabía que habría que pagar un alto precio cuando descubrieran que, después de todo, era simplemente humana.

Se encajó su pesado Colt en los pantalones y se lo acomodó atravesado en su estómago, azul oscuro y frío, con la culata de palo de rosa como un chorro de sangre en su abdomen lista para ser empuñada. Y en una funda colgada de su cadera izquierda, un gran cuchillo con mango de hueso, brillante y filoso, cerca de su mano.

Habían transcurrido varios días desde que enterraron a La Huila. Teresita se había quedado en el patiecito cerca del ciruelo, sin interesarse en el sepelio de la vieja. Lauro Aguirre hubiera sido el orador perfecto para pronunciar algunas palabras sobre la tumba, pero andaba en El Paso, tratando de incitar la revolución mexicana desde los seguros confines de los Estados Unidos. Publicaba panfletos y escribía artículos incendiarios denunciando al presidente Díaz y si hubiera venido al funeral, él mismo hubiera sido candidato para ser enterrado al lado de la vieja. En cambio Tomás había mascullado algunas trivialidades religiosas que recordaba vagamente, y había echado un puñado de tierra y piedras en la tumba. Sonaron en la madera del ataúd como un puño tocando la puerta y La Gente reculó, no fuera a ser que se levantara La Huila, como Teresita, y empezara a regañarlos a todos. Pero ese era día de que los muertos se quedaran muertos.

Cuando los Urrea regresaron del entierro, encontraron a Teresita boca abajo sobre las losas. Pensaron que ahora sí se había muerto y empezó una lloradera, pero cuando llegaron a su lado vieron que solamente estaba dormida. Sus manos estaban encogidas bajo su cuerpo y su cara de espaldas al sol.

—No puedo aguantar esto —dijo Tomás.

La Gaby le secó el sudor de la frente con un paliacate.

Teresita abrió los ojos.

—Estás despierto cuando duermes y despertar es como dormir —declaró.

Ellos nomás movieron la cabeza, la tomaron por los brazos y la levantaron. Ni se resistió.

—El mundo es frío, todo es de hielo, ¿no ven cómo todo se esta derritiendo? —dijo ella poniendo las manos en la pared.

—¡Llévensela de aquí, no puedo escuchar más! —les dijo Tomás.

Se la llevaron a su cuarto y la acostaron. Se levantó inmediatamente y se fue a sentar en su silla, con la mirada vacía. Tomás entró al cuarto y se recargó en la pared.

—Se ha vuelto loca.

Gabriela no dijo nada.

—Vivir es morir —anunció Teresita.

Se alejaron de ella.

—La carne es sueño.

—Váyanse —musitó Tomás.

—¿Papá? Dios y yo somos amigos.

Se retiraron y cerraron suavemente la puerta con aldaba, no fuera a salirse y le pasara algo malo.

Tomás estaba sentado a la mesa. No podía comer nada. Sorbía un vaso de espesa agua de tamarindo y con una cuchara sacaba pedazos de una rebanada de papaya. Gabriela tomaba café y comía un huevo pasado por agua que estaba en un pequeño porta huevos de plata.

—¿Está encerrada en su cuarto?

—Sí, mi amor —le dijo la Gaby.

—Bueno.

—Esto no puede seguir así.

—No, pues.

Y Teresita se apareció a su lado, recargándose en su hombro izquierdo.

—Papá.

Tomás pegó un brinco, tirando el agua. Vio caer el pesado vaso y dar en el suelo, romperse en seis pedazos iguales y expandirse, lanzando los vidrios en todas direcciones, la cafesosa esencia de tamarindo brotó en gruesas sogas de fluido, chispeante, cada chispazo formando nuevos brotes en el suelo, como un ramo floreciendo en otro ramo. No podía oír nada.

—¿Papá?

La Gaby se levantó de su silla y se salió de la cocina mientras Tomás asentía, viendo el jugo extenderse sobre el piso de barro.

—Prepárate, papá.

—¿Para qué? —murmuró Tomás viendo los pies descalzos de Teresita. Los dedos sucios, negros de tierra.

—Vienen unos jinetes.

Las cocineras escuchaban todo, listas para reportar a los peregrinos lo que decía la muchacha muerta.

—¿Ah sí?

Tomás vio la cara triste y delgada de Teresita. Cejas negras. Pensó que la Gaby debía enseñarle a sacárselas antes de que se le juntaran.

—Teresa, no hay jinetes.

—Jinetes, un hombre herido.

—¿Es una profecía?

—Sí es.

—Ya veo.

La tomó por el codo. Podía fácilmente romperle los huesos como nueces.

—¿Cómo te escapaste de tu cuarto? —le preguntó.

—No estaba prisionera.

Trató de alejarla de la mesa pero no pudo moverla.

—¿Por qué no descansas un rato?

—Jinetes. Mañana en la mañana. No vas a tener tiempo de comer.

Liberó su brazo de la mano de Tomás y se fue por el pasillo. Él la siguió. Ella abrió la puerta de enfrente y se fue hasta el ciruelo. Se acostó bajo su sombra y pareció quedarse dormida. Él se siguió hasta la pared del jardín y desde ahí la observó, con una mano en la pistola. No había nadie. El rancho lucía vacío, como si una plaga hubiese venido del llano y acabado con todos. Los bordes de las edificaciones se estaban cuarteando. El adobe se descarapelaba con el viento, las paredes se estaban haciendo polvo en el interminable ciclo de los días.

❊

A la mañana siguiente Tomás pidió huevos fritos con frijoles para desayunar. En cuanto le pusieron el plato enfrente, el estruendo de jinetes retumbó por la casa. Aventó la servilleta y corrió por el pasillo mientras afuera se escuchaban voces de alarma. Sacó su revólver y salió. Dos jinetes en acezantes caballos daban vueltas enfrente de la reja del patio, y uno de ellos gritó:

—¡Vienen dos más en la carreta!

Una mula le había dado una patada en la cabeza a un trabajador yaqui. La carreta llegó rechinando y los hombres sacaron al herido que venía convulsionando y lo pusieron en el suelo. Se retorcía y echaba espuma por la boca, se quedaron mirándolo en su agonía. Le salía sangre de la herida de la cabeza. Ellos se encogían de hombros, escupían. ¿Qué más podían hacer? No tenía remedio.

Teresita se acercó sin que la llamaran. Caminó por entre los hombres, apartándolos a empujones. No dijo nada. Se hincó y agarró tierra del suelo. Escupió en la tierra y la amasó en las manos, haciendo lodo rojo. Se inclinó hacia el trabajador y le untó el lodo en la frente, diciendo una oración. Primero sus pies y luego sus manos dejaron de agitarse. Se volteó de lado, se agarró la cabeza y abrió los ojos. Sacudió la cabeza, sonrió, se levantó. Estrechó la mano de Teresita.

—¿Qué te dije? —le dijo Teresita a Tomás.

Él se metió de nuevo a la casa.

❊

Uno de los jinetes se aposentó en la cocina y se comió un plato de frijoles. Esa noche se emborrachó y se compró una puta. No pensó en el milagro, ni se lo mencionó a sus amigos o a sus mujeres, y cuando más tarde le preguntaron ni siquiera se acordaba. El otro jinete vivía en el rancho y esa noche le contó a su esposa las extrañas cosas que pasaban en Cabora: habían traído a un hombre ya sin cerebro y Teresita le había echado lodo en la cabeza vacía y el hombre se había levantado y danzado. Había fuego en los ojos de Teresita. Al día siguiente, la mujer les platicó a otras a la hora que lavaban. Su esposo había llevado el cadáver de un hombre decapitado a la tumba de la muerta Teresita, en Cabora. Un misterioso anciano yaqui les había dicho que enterraran al hombre al lado de la tumba de la joven bruja y tres horas mas tarde, ella se había levantado de su tumba con el hombre en brazos, ¡y éste tenía una cabeza nueva hecha de barro rojo! Diez mujeres escucharon la historia. Estas diez la contaron como otras treinta veces, y de estas treinta emanaron trescientas diferentes versiones, colándose por el arroyo, deslizándose por las riberas de los ríos Yaqui y Mayo.

Los curanderos se encaminaron a Cabora donde esperaban ver a Teresita, la muchacha muerta y resucitada. En el camino se encontraron con una banda de lipas que iban para la sierra. Entre ellos iban dos muchachos retorcidos y pálidos de fiebre. Durante el encuentro a la luz de una fogata, los ancianos contaron a los lipas acerca de la muchacha yaqui que se había levantado de entre los muertos y que había llenado la cabeza de un guerrero con barro regresándole la vida y al mismo tiempo enseñándole los secretos de la tierra. Ahora ese guerrero podía hablar con los venados y entendía las palabras de las avalanchas y de las tormentas de arena.

El líder de los lipas ordenó a su gente que siguieran a los ancianos hasta Cabora.

❄

Teresita no soño que venían. No vio a los ancianos ni a los lipas. No vio a don Antonio Cienfuegos guiando su carreta hacia ella desde los cerros, trayéndole a su agonizante esposa. No vio a Pancho Arteaga, el bandido de la frontera, venir a consultarle lo de la bala alojada en su nalga izquierda. No soño con las prostitutas Petra y Paloma viniendo de Guaymas en un carretón con sus granos de viruela, o a la familia García procedente de las minas de plata con su padre en una angarilla, o a la madre sin nombre que caminaba por el desierto con su hijito muerto enjaretado en el hombro envuelto en una cobija hecha jiras.

Enderezó el brazo de un tullido.

A menos que alguien le diera algo de beber, no se acordaba de tomar agua o jugo. No todavía había comido nada sólido.

—Si no crees en Dios, no crees en el amor —le dijo a su padre.

—¡Amor! ¿Y qué de la muerte? ¿Qué del hambre, las enfermedades? ¿Qué de tus amados yaquis masacrados en la sierra?

—El amor es duro, no suave.

Fue a los dormitorios de los vaqueros y posó sus manos en un hombre que tenía llagas en las piernas. El hombre suspiró. Le dijo a Gabriela:

—La virgen es tan alta como yo. Me advirtió que el amor causa más dolor que la guerra.

Ese día, Gabriela notó el olor a rosas que emanaba de Teresita. La llevó a su cuarto, llenó la tina y baño a Teresita. Después de que la secó, el olor era todavía más intenso.

—La virgen todavía se ríe de lo de la escalera —le dijo Teresita.

Cuarenta y cuatro

FUE COMO UN AMANECER. Se despertó un día y volteó la cabeza hacia una esquina de su cuarto. Ahí, su mesa de trabajo estaba llena de potes y talegas de cuero. Arriba, de las vigas, colgaban sus hierbas secas. Y como si fuera cualquier otra mañana, se hizo una prueba.

Centaurea: hervirla para hacer un tónico para quitar la fiebre.

Jojoba: disminuye la inflamación.

Verbena: tranquiliza a los pacientes, impide que la sangre se derrame.

Adormidera: detiene los espasmos.

Ruda: es el primito malcriado que insulta a las lombrices y las hace salir de los intestinos.

Sonrió, disfrutando el examen. Las madrugadas eran sólo para ella. Se quedaba acostada y ejercitaba su memoria.

Estramio: la "Hierba del Diablo". Olor horrible, fruta en forma de huevo, se rompe en diez cápsulas. Cuarenta gramos de hojas hacen un té lo suficientemente fuerte para matar al hombre más grande. Secadas al sol, enrolladas como cigarro, estas mismas hojas alivian el asma, los dolores de ojos, la epilepsia y la consunción.

Podía olerse algo, pero era un olor extraño. Era como de… ¡rosas! Qué raro. Ella nunca usaba perfume. Se olió las axilas. Aroma de rosas. Qué suave. Las muchachas, o tal vez la misma Gaby la habían bañado. Seguramente le habían puesto crema de rosas. O tal vez le habían rociado colonia tomada de la recámara de la Gaby. Pero ¿a qué horas? Se sentó abruptamente y tuvo que inclinarse sobre las rodillas para evitar un repentino mareo. Cuando se le pasó, se levantó y fue hasta el aguamanil que estaba en una esquina. Tomo la jarra y vertió agua en la palangana blanca con el borde azul, se amarró el cabello y se lavó los dientes. Luego se lavó la cara. Se le puso el cuero de gallina. Caminó hasta los visillos cerrados de su ventana y se agarró de las jaladoras, calientes por el sol. Era un pequeño ritual que ella tenía, un truquito para detener el día, cerrando los ojos y esperando un momento antes de abrir la ventana. Y así hizo una pausa antes de proceder a dejar entrar el día.

Ya estaba abriendo los visillos cuando lo percibió, y fue demasiado tarde, la luz del sol en sus ojos la encadiló. Sus párpados se abrieron lentamente y se quedó sin aliento. Ante ella había una multitud. Había gente caminando por todo Cabora, el gentío se extendía desde las puertas del portal de enfrente hasta las lejanas colmenas. Las caras se volvieron hacia ella. Todo movimiento se detuvo. Cientos de dedos se levantaron apuntando hacia ella. Los peregrinos se hincaban. Había viejitos en camillas en el suelo. Chamacos corrían y gritaban. Vio soldados sentados en sus monturas. Los ruidos de gente cocinando se apagaron. Todo se quedó tan quieto que no comprendía cómo era que no había escuchado el ruido antes.

—¡Ahí está! —gritó alguien.

—¡Ahí! ¡En la ventana!

—¡Teresita! —gritó una mujer.

—¡Cúrame! —gritó otra.

—¡Santa Teresa! —gritó otra más.

Se apartó de la ventana y se recargó en la pared, el aroma de rosas invadía su camisón. De repente se dio cuenta, horrorizada, de que el olor emanaba de su propia piel. Su sudor de alguna manera se había transformado en agua de rosas. La Huila estaba muerta. Y ella misma estaba muerta. Y ahora viva. Se volvió a marear. Apoyó las manos en la ardiente pared. Recordó la voz de la Madre, antes de que la mandaran de vuelta, diciendo:

—Este regalo te damos, lo tienes que llevar de regreso a los niños. No debes sacar provecho de él, sólo darlo generosa y libremente.

Y ella había gritado:

—¡No me hagan regresar!

—Tu trabajo no ha terminado.

—¡Déjenme quedarme aquí con ustedes!

—Tienes que regresar.

Y cayó dentro de su apestoso cuerpo. No era en sueños, estaba regresando. El aleteo en sus venas se derritió de nuevo en carne y lentitud de sangre. Sus dedos se deslizaron dentro de sus propios dedos como si fueran guantes vacíos. Vio los golpes que la habían derribado. Vio la caja y la fría cara de La Huila.

—¡No! —dijo.

Y la visión se expandió. Se vio a sí misma, inerte y despidiendo un dulce aroma a rosa. Y las muchachas la bañaban en la tina de estaño y el agua salía también oliendo a rosas. Todo lo que tocaba olía como a un fresco botón. Y las muchachas, después de llevarla a acostar, pusieron el agua de la bañera en botellas y las vendieron a los peregrinos. Y ahora los peregrinos la olían a ella. Se tomaban su agua sucia, se bendecían a sí mismos en la frente con su olor. Cientos de extraños se pasaban su olor unos a otros y lo usaban para hacer la señal de la cruz mientras las botellitas iban de mano en mano.

—Yo no pedí esto —musitó—. Por favor no me hagan esto.

Pero supo que ya estaba hecho.

Se apartó de la pared y se asomó a la ventana.

—Teresa, ¡ayúdame! ¡Ten compasión de mí! —gritó un hombre tullido.

Y sentía lástima. Quizás era todo lo que tenía.

—Iré con ustedes, les he traído un regalo —les dijo.

Los peregrinos que sorbían su esencia de las botellitas estaban siendo tocados de manera extraña. Probándola como si nunca la hubieran visto, con la esperanza de verse bendecidos mientras pensaban en la piel desnuda que el agua había tocado, sus lenguas recibían el polvo y el perfume. Aquellos que la habían olido, probado, que se habían rociado con su agua, sentían que la poseían. Ahora ella era su amante, su santa, su madre, su amiga. Ya era muy tarde para regresar a su antigua vida.

Y esos peregrinos habían seguido viniendo a Cabora, los ladrones, los gitanos, los curiosos, los locos. Revolucionarios y espías daban vueltas por los corrales. Los apaches andaban por el arroyo. Prostitutas venían a ser absueltas para emprender una nueva vida o para abrir las piernas en los establos y los dormitorios de los vaqueros o en los jacales. Los yaquis esparcían pétalos de rosa que habían guardado de sus ceremonias de Pascua. Los asaltantes de caminos se mezclaban con los creyentes y los fanáticos, primero para robar a los peregrinos, pero más tarde algunos de ellos se convertían y arrojaban sus pistolas al arroyo, donde los apaches rápidamente las recogían. Los borrachos dormían a la sombra de la cocina. Muchos olfateaban el aire para ver si olía a rosas. Otros peleaban con los puños o los cuchillos revolcándose entre el ganado. Una vez apuñalaron a un toro hasta que lo mataron y luego lo dejaron ahí hasta que se pudrió.

Algunos estudiantes de preparatoria de Álamos bebieron sus primeros mezcales y mataron a un burro a pedradas sólo por diversión. El álamo debajo del cual había dormido una vez Aguirre, fue derribado y una vez en el suelo cortado a machetazos para usarlo como leña y sus ramas peladas las usaron para construir enramadas. Las gallinas que habían dormido sobre Aguirre fueron sacrificadas y devoradas. La cerca alrededor de la milpa se cayó. Los caballos, los niños, y los viejos borrachos aplastaron las plantas de maíz. Los hambrientos pelaban las mazorcas y las hervían en fogatas alimentadas con la madera del álamo y los postes de las cercas. El extenso jardín de hierbas de La Huila se marchitó bajo una constante lluvia de orina de los transeúntes. Su cilantro se acabó en dos días, rociado con salsas y sobre frijoles acedos para disfrazar el sabor. Su salvia no era usada para frotamientos sino untada en carne de chivo, o en gallinas robadas y carne de iguana.

—No se preocupen, ahora estoy con ustedes —les dijo Teresita.

Se cubrió la cabeza con el rebozo en señal de respeto al sol, tal como La Huila le había enseñado años atrás.

※

—¿Dónde está Lauro Aguirre? —preguntó Teresita comiendo su tercer plato de huevo con nopales.

Tomaba café negro, jugo de naranja, jugo de tamarindo. Había comido queso amarillo y mango y papaya y guayabate. Partía pedazos de tortilla y devoraba los huevos con ellas.

—¡Esto está delicioso! ¡Podría comer lo mismo todo el día!

Tomás se mantenía alejado de la mesa, con la mano en la culata de su pistola, mirándola. Se le había olvidado peinarse. Los vaqueros lo habían despertado para reportarle que unos peregrinos de Chihuahua habían matado un caballo y lo habían descuartizado más allá de las rejas del este. La Gaby estaba sentada al final de la mesa y miraba fijamente a Teresita.

—Aguirre está en Tejas —dijo Tomás.

—¿Haciendo qué, papá?

—Sin duda fomentando la revolución.

Teresita agarró otro bocado de frijoles. Se limpió los labios con la servilleta. Se chupó los dedos.

—¿Y cómo la fomenta?

—Tiene ahora un periódico y en él publica noticias políticas.

—¡Política! —exclamó ella.

Tomás le echó una mirada a Gabriela.

—Sí.

—Me encanta la política, papá. Escribiré para el periódico del tío Lauro.

—¿Y tú qué sabes de política?

—Dios le dio esta tierra a esta gente. Otros quieren estas tierras y se las están robando.

Se empinó la taza de café y la puso sobre el plato vacío.

—Política —repitió.

※

Los peregrinos destruyeron la plazoleta. No pudo Don Teófano impedir que patearan las piedras pintadas de blanco, ni que se robaran las bancas, o que rompieran el kiosco para hacer leña. Aplastaron las jardineras con las ruedas. Las ramas más bajas de los álamos fueron peladas y quemadas en tres días. En una semana el espacio estaba lleno de tiendas de campaña y enramadas.

El Segundo y sus hombres descubrieron dos tiradores del gobierno en el bosquecillo de álamos donde Teresita había sido atacada por Millán. Los amarraron, les confiscaron los rifles Hawken y los arrastraron hasta la Casa Grande, donde el Segundo y Tomás los juzgaron de manera sumaria. Tomás votó por dejarlos libres.

—Diganle a sus amos que esta vez los perdonamos.

—Pero los próximos hijos de puta que se acerquen por aquí no tendrán tanta suerte —agregó el Segundo.

Se los llevaron hasta medio camino a Álamos, donde los bajaron de los caballos y los desataron.

—No vuelvan —les dijo el Segundo.

Ese día, Tomás ordenó la construcción de una capillita al lado de la casa grande. No podía dejar que Teresita anduviera deambulando por el rancho sin protección y ella no quería guardias y tampoco dejaba de rezar en las mañanas o lo que fuera que hacía en el maldito bosquecillo de álamos de La Huila. Ordenó traer cajas de brandy y tequila. Fumaba. Gritaba a los albañiles que se apuraran. ¡Rápido! Acaben la condenada capilla. ¡Pero ya!

Y la noticia se esparció sin importar cuántas cercas parchara Tomás, ni cuántas paredes ordenara construir, cuantas capillas edificara en aquel cuarteado suelo. Venían desde las orillas del mar. Llegaban por tren sobre las nuevas vías de Arizona a Guaymas, rentaban carretas y venían al este. Se filtraban desde los altos picachos y las oscuras cañadas de la sierra. Comían nopales, culebras, cuervos. Perros y pan seco. O no comían nada. Traían la sagrada harina de maíz, o el polen sagrado, o tabaco sagrado, o traían rosarios y Biblias, agua bendita, cascabeles, calaveras de venados, bultos medicinales. Venían con armas, venían desnudos. Traían a sus agonizantes y a sus muertos. Jalaban camillas con viejas arrugadas cuyas rodillas apuntaban hacia el cielo. Arrastraban sacos con niños hinchados atrapados en el yute como focas heridas. Enredaban sus verdes y pestilentes extremidades en hojas de plátano, en vendajes asquerosos, en sogas de mecate, se amarraban los aplastados brazos a sus costados, hacían cabestrillos de ropa y mandiles viejos. Envolvían sus pies rajados y renqueaban. Se ponían hierbas en las órbitas de los ojos donde habían sido baleados o apuñalados, donde el alambre había rebanado sus ojos y la infección o los gusanos les habían hecho perder la vista. Sus encías cafés y rojas sangraban cuando pronunciaban el nombre de Teresita. Dejaban sangre y vendajes, pus y dientes, abandonaban a sus muertos y sus desechos a lo largo de los caminos y las veredas que iban a Cabora, hileras como serpientes en el polvo donde mil pies se apuraban y marchaban incansablemente para estar cerca de Teresita. Los soldados abandonaban sus puestos y se mezclaban con los peregrinos.

Dos mil peregrinos se reunieron en Cabora para integrar el primer campamento. En dos semanas, el número aumentó a cinco mil. Un mes más tarde, el conteo iba en siete mil quinientos peregrinos y mil doscientos cincuenta vendedores, curiosos, fugitivos, soldados y prostitutas. Reporteros encontraron el rancho infestado con diez mil acampados. *El Monitor* reportó con cierta alarma que Teresita estaba predicando puntos de vista "extremadamente liberales". Se le citó diciendo: "Todo lo que el gobierno hace es moralmente equivocado". Un Coronel del ejército, Antonio Rincón, tomó prisioneros a doscientos yaquis, hombres, mujeres y niños y se los llevó en el barco de guerra "El Demócrata" para después tirarlos al mar entre la boca del río Yaqui y el puerto de Guaymas, donde todos perecieron. En el palacio presidencial en la Ciudad de México, el presidente Díaz leyó acerca de semejante atrocidad en el periódico de Lauro Aguirre en El Paso. El artículo había sido escrito por Teresa Urrea.

Cuando el grupo de reporteros mexicanos llegó a Cabora, se quedaron asombrados de ver aquella hedionda y humeante masa de cuerpos. Los había enviado Díaz, alarmado por los problemas con los yaquis en el norte y habiendo recibido más y más noticias inquietantes de la "Muchacha Santa", esa escritora de propaganda. De conformidad con sus instrucciones, habían viajado al norte para escribir una serie de artículos satíricos acerca de la fanática Juana de Arco gañana y sus harapientos seguidores en su reino de arena. Les habían dicho que encontrarían un jacal desvencijado con salvajes alrededor danzando desnudos y blandiendo lanzas. Pero Cabora era una gran propiedad y la Casa Grande se erguía blanca tras las paredes de adobe. Había un portal a lo largo de la casa y al oeste, una capilla redonda con techo de teja roja superaba un poco la altura de la casa. Una pequeña cruz de madera sobresalía del techo. Parecía un faro colgado de una isla en medio de un mar de carne humana.

El líder de la expedición, un escritor político de cierto renombre en la Ciudad de México, estaba completamente calvo. Cuando el Buenaventura lo condujo con Don Tomás, se encontró con un hombre frenético que iba de un lado a otro del rancho al parecer sin sentido de dirección.

—¿Qué quiere? —le espetó Tomás.

—Hemos venido a ver a la Santa.

Tomás le echó una mirada de machete.

—¡En este rancho no hay ninguna chingada santa!

Después publicaron en *El Imparcial* que había dicho:

—¡Sólo voy a creer que mi hija es una santa cuando le haga crecer cabello en su @#$ cabeza!

Habiendo sido recibidos así en Cabora, los reporteros se mezclaron con la masa de gente y se encontraron parados enfrente del portal en donde Teresita atendía a los peregrinos. Ella los saludó cortésmente y los invito a pasar. Se quedaron con ella durante varias horas. Cuando escribieron sus artículos, alarmaron al presidente Díaz aún más, pues alabaron las virtudes de Teresita y reportaron varios milagros realizados en su presencia. Incluso sugirieron que el gobierno atendiera los derechos de los nativos en el asunto del robo de la tierra y el genocidio que estaba teniendo lugar a lo largo de los valles de los ríos Mayo y Yaqui. Pero la parte de la historia que le gusto más a La Gente fue la que se refería al reportero calvo. Antes de dejar el rancho, procuró a Tomás. No le dijo ni una sola palabra. Solamente se inclinó hacia el patrón y se tocó la pelusilla que recién había aparecido en su cabeza y se rió.

Cuarenta y cinco

SE LEVANTÓ CON LA FRESCA de la temprana mañana. Ya no podía ir al lugar sagrado a rezar o quemar salvia. En lugar de eso, se quedaba mirando por la ventana a la sombra de las masas arremolinadas afuera de su casa, como si los cerros se hubieran arrastrado hasta allá en la oscuridad y estuvieran ahí respirando. Primero se lavaba los dientes, porque sentía que no estaba bien rezar con la boca sucia. Se arrodillaba en la oscuridad, encendía velas y rezaba. Su altar estaba vacío, sin santos. El vaso de agua de La Huila estaba a la derecha del crucifijo. Una pequeña foto de la vieja estaba a la derecha del vaso en un marco de plata, no como santo, sino como recordatorio de todo lo que había aprendido. Más a la derecha del crucifijo, después de las escasas veladoras metidas en sus vasos de vidrio, había una figura de la Virgen de Guadalupe, parada en su Luna, con rosas en su manto. Teresita no le rezaba a ella, aunque si le gustaba darle los buenos días. Eran las cuatro y media de la madrugada.

Después de sus dolorosas oraciones, dolorosas porque sus rodillas protestaban de estar prensadas contra los mosaicos del piso, se levantaba, iba a su aguamanil y se lavaba. Ya no le gustaba darse largos baños de tina por miedo a que las sirvientas se llevaran el agua y la vendieran. Tomó una lámpara de petróleo y la llevó a la cocina, donde desayunó algo ligero con las cocineras. Últimamente no comía carne. Hasta el pescado le hacía sentir mal. A veces comía huevo pues le encantaba degustarlos revueltos con nopales y salsa. Pero más que nada comía sopa de fideos en caldo con plátanos. Le gustaba el pan sopeado en el café, tal vez unas rebanadas de queso de cabra y mango cocido. Guayabas, ciruelas, papaya cuando había, pitahayas y tortillas con mantequilla.

A las seis saludaba a Tomás y Gabriela y frecuentemente ayudaba a servirles el desayuno. Después se retiraba a la biblioteca de Tomás y se encargaba del correo, esperando encontrar cartas de su querido "tío" Aguirre. Desde su despertar no había tenido tiempo para leer literatura. Hubiera querido leer a Mark Twain, ¡chamacos traviesos! Eso hubiera sido muy divertido, pero parecía que nunca tendría tiempo. A menudo abría las Sagradas Escrituras al azar para ver cuál sería el mensaje de Dios ese día. Tales directrices aleatorias ocasionalmente la confundían. Levítico 14, por ejemplo, con la orden de matar un cordero y poner la sangre en la oreja de alguien y en el pulgar de alguien más. ¿Qué es esto, Señor? No le decía nada a Tomás de esos pasajes arcanos. Después de que Dios le había hablado a través de las Sagradas Escrituras, iba afuera y saludaba a los que estaban reunidos frente a su puerta. Normalmente el día comenzaba con peregrinos que habían ido hasta allá para estrechar su mano y desearle lo mejor. Le traían regalos, una gallina, una canastita de galletas, algún ídolo de piedra, una pepita de oro, uno de esos panes con figura de cochinito (a ella siempre le habían gustado los cochinitos), un burro, cinco pesos envueltos en alguna chira, un mechón amarrado con un listón que le ofrecían a ella como manda para obtener las bendiciones de Dios, la cobijita de algún niño muerto, que era el objeto de más valor para la madre. Teresita aceptaba todos los regalos, aún aquellos que eran lo más querido. Sabía que dar era muy importante. Si no aceptaba sus regalos, estaría rechazando al donante. Así, el Segundo se comía las galletas; las monedas y el oro eran para Tomás, ella no sabía qué hacía él con eso. Ni quería saber.

A veces el padre Gastélum aparecía en el portal en estas mañanitas. Teresita sabía que la observaba buscando irregularidades o herejías. No lo defraudaba. Cuando empezaba a predicar contra los curas él se ponía rojo y apuntaba en sus cuadernos. Ella predicaba desde su portal:

—Para Dios, las religiones no son nada, no significan nada. Porque las religiones positivas no son otra cosa que palabras, palabras sin sentimiento. Las religiones son prácticas, se enfocan en la superficie de las cosas y afectan solamente a los sentidos, pero no llegan al alma ni salen del alma. Por esa razón, esas palabras y prácticas no le llegan a Nuestro Padre. Lo que nuestro Padre quiere de nosotros son nuestras emociones, nuestros sentimientos. Exige amor puro y ese amor, ese sentimiento, solamente se encuentra en la práctica generosa del amor, de la bondad, del servicio.

—No somos nada comparados con nuestro Padre. Sin duda alguna, las palabras pronunciadas por nuestros labios no llegan ni siquiera a nuestros corazones. ¿Cómo podrían llegar a oídos de Dios? ¿Cómo esperamos amar a Dios si ni siquiera amamos a nuestros vecinos? ¡Ni siquiera vemos a Dios! ¡Una nube negra lo oculta de nosotros!

Al igual que los protestantes, que ellos llamaban "los Aliluyas", La Gente gritaba: "¡Amén!"

—Hagamos el bien, amémonos los unos a los otros. Esta es la única religión. Hagamos a un lado el odio y amémonos. Si, hermanos y hermanas, hacer el bien es la única oración que Dios requiere. ¡A trabajar!

Gastélum gritó:

—¿Y qué de los sacerdotes? ¿Qué de la misa?

—Los sacerdotes sólo aman porque eso les ha sido ordenado.

—¿Cómo te atreves a decir eso?

—Yo no necesito que Roma me diga cómo amar a mis semejantes.

Esa mañana, Tomás invitó al buen padre a pasar a tomarse un café y leer las últimas revisitas que habían llegado.

—Ay, hija —le dijo a Teresita mientras el ofendido cura pasaba a la salita de estar. Teresita extendió su mano hacia la multitud.

—Esto, padre, es la verdadera iglesia.

El volteó a ver a los pordioseros, gentuza asquerosa, agonizante, tullida, demente; vio a los cuatreros y los bandidos, las prostitutas y los niños idiotas amarrados a los árboles, vio a los chuecos y a los criminales; a los indios y los campesinos y los bastardos gordos de Arizona que arreaban desesperadamente a sus hijos enfermos. Más allá, soldados y Rurales observaban desde sus caballos. Varios borrachos estaban tirados entre los arbustos.

—Maravilloso —dijo, al tiempo que azotaba la puerta.

Para las nueve de la mañana las sanaciones habían comenzado. Una muchacha de Guaymas con desecho de sangre. Teresita vio un brillo en su vientre del tamaño de una manzana. Frotó el estómago de la muchacha y le rezó un Padrenuestro al oído. Algunos se rieron.

Ceguera.

—¡Pero usted no tiene ojos! —dijo al hombre.

—Pensé que usted podría darme ojos nuevos.

—¡Pero usted dejó los suyos en una cerca de alambre de púas!

El hombre agachó la cabeza.

—Estaba borracho y cabalgando en lo oscuro.

—Lo lamento, no puedo hacer nada.

—Bueno, está bien.

Un hombre con un brazo torcido, producto de una patada de mula. Viejas heridas de bala en la espalda. Tuberculosis. Tristeza. Embarazos que necesitaban una bendición. La multitud era tan grande que Tomás había contratado asistentes para controlar el flujo. Teresita se sentaba en una silla de la cocina en el portal y los ayudantes traían a los sedientos toda la mañana. Tos con sangre. Diarrea. Heridas infectadas en la pierna. Dolor. Más dolor. Dolor en el abdomen. Bultos en los senos. Pezones arrojando un fluido claro. Dientes podridos. Sangrado rectal.

—¿Necesita verme el fundillo? —preguntó el hombre.

—No, gracias, su descripción es suficiente.

Un niño que no podía pararse ni hablar. Una niña muerta envuelta en un costal.

—Madre, no la puedo despertar —le dijo Teresita.

—¿Pero me la puede bendecir?

—Vamos a bendecirla juntas.

Llamó al Segundo y sus muchachos para llevar a la madre y la bebé al cementerio y ayudarle a enterrarla. Para el mediodía, le dolían las caderas, rodillas y espalda de tanto doblarse desde su silla. Se levantaba penosamente y se estiraba. Extendía las manos hacia la multitud y los bendecía.

—Al rato regreso.

Le aplaudían, gritaban su nombre. Algunos tiraban flores a sus pies. Después de unas pocas horas, regresaba por más de lo mismo.

Algunas noches Teresita terminaba tan adolorida que cojeaba. Su garganta estaba seca. El jugo de fresa siempre le encantaba, especialmente si tenía piezas de fruta flotando. Hablaban o cantaban o se leían uno al otro hasta la hora de la cena, a las nueve. Teresita se sentaba y escuchaba las noticias del día mientras Tomás agitaba el periódico y renegaba. Cenaba fruta y comía rápido. Se acostaba a las nueve y media. Frecuentemente se sorprendía de haberse acostado sin haber rezado, pero estaba muy cansada como para levantarse y hacerlo.

Los domingos se sentaba en el patio y disfrutaba viendo las flores. Luego se iba a su cuarto y abría el tintero y tomaba su pluma. De otra manera, sólo le alcanzaba el tiempo para escribir antes de acostarse, y tenía que hacerlo a la luz de una vela y seguido se quedaba dormida recargada en la mesa. Los lunes un muchachillo llevaba sus artículos a Álamos y de ahí los enviaba por correo a Tejas.

Cuarenta y seis

LOS TIGRES DE LA SIERRA habían salido del pueblo de Tomóchic y habían seguido río abajo el curso del río de las Arañas con rumbo al oeste, cayendo en rápidos y cataratas hasta que el torrente se torció alejándose de su camino, como si el desierto allá abajo fuera muy extremoso, muy caliente para el agua, y el río se hubiese ido hacia una luz más firme. Una retaguardia de nueve fusileros esperaba su regreso al pie de la sierra. Cuando las aguas se alejaron de los hombres, empezaron a trotar. Eran los hijos de los papigóchic, descendientes en parte de los grandes tarahumaras, y como los tarahumaras, los Tigres podían correr cientos de kilómetros cuando andaban de cacería o en pie de guerra, con sus oscuras carabinas a la espalda con el cañón apuntando para abajo, amarradas con hilo y mecate. En las caderas llevaban machete y cuchillo largo, y cantimploras de piel y para los que requerían comodidades, una cobija para dormir cuando finalmente paraban bajo las estrellas. Sus sandalias tenían suelas de piel suavizada y pintada por inmersión en heces humanas, y estaban amarradas con mecate anudado. Como los yaquis, eran católicos y llevaban toscas cruces alrededor del cuello. Ninguno de ellos había visto nunca un tigre ni sabía de dónde había salido el nombre, pero eso es lo que eran.

Como sus tocayos, eran silenciosos, implacables y mortales. Como católicos que rechazaban a Roma, mantenían una frágil tregua con los nómadas curas mexicanos que seguían un interminable circuito de misas y ceremonias por todo el Norte. Los Tigres eran devotos de un jesuita, muerto hacía tiempo, del cual se decía que volaba sobre los pasos de las montañas, que podía caminar por un largo precipicio de piedra y aparecer a la hora siguiente en el próximo pueblito debajo de las montañas, un hombre que había sido visto en Navojoa y Tomóchic el mismo día y a la misma hora. Los Tigres tomaban y creían historias como si fueran el Evangelio, la medicina de Cristo. Si hubieran visto al supuesto Mesías conocido como el Niño Chepito en su valle de Salsipuedes, lo hubieran acribillado.

Los Tigres rechazaban los modos de los habitantes de las tierras bajas. Estos Tomochitecos eran agricultores y mineros y cazadores y comerciantes que obedecían solamente a un hombre, un guerrero seleccionado por el pueblo que era su pastor y su jefe supremo. Ese hombre, parte chamán y parte sacerdote, interpretaba las escrituras para ellos, guiaba los servicios diarios de la iglesia y aconsejaba a la gente en asuntos grandes y chicos. Era quien dispensaba la ley, juez, líder religioso y guerrero. También comandaba la milicia.

Ese hombre era Cruz Chávez.

Sabía leer y comenzaba las reuniones diarias con una lectura de las Sagradas Escrituras para todos los reunidos. Las mujeres se cubrían la cabeza y los hombres llevaban rifles.

Se esperaba de cada uno que defendieran a su familia, su iglesia, su poblado y sus siembras, en ese orden. Cada ciudadano de Tomóchic podía expresar libremente alguna idea u opinión acerca del versículo del día. Cruz cargaba su Biblia en un pequeño morral de lana. Era un hombre recto, cuyo único vicio era fumar cigarrillos enrollados a mano, aunque en ese lugar eso no era considerado un vicio. Era un gran guerrillero y los ángeles le habían dicho que era el hombre más cercano a Dios en México. Esto lo llevó a anunciar que era el Papa de México y como tal, la autoridad definitiva en todo lo concerniente al país.

Era un hombre alto, de torso fuerte. Usaba una barba negra espesa, portaba un Winchester de repetición a dondequiera que iba. Había aprendido a leer y escribir durante el tiempo que estuvo lejos de las montañas, tiempo que él consideraba perdido, excepto por el aprendizaje. Tenía una pequeña milpa y cazaba venados para el pueblo. Tenía tres hijos. Descendía de españoles, pero la gente de Tomóchic no se lo reprochaba.

Cruz Chávez toleraba al padre Gastélum, aunque lo consideraba grosero. Como no querían enemistarse con Gastélum ni llamar mucho la atención del gobierno, los Tigres lo invitaban a que diera sermones. Gastélum aprovechaba la oportunidad y los azuzaba y flagelaba cada vez que se subía al púlpito, a veces durante más de una hora. Ellos eran como niños, les decía; debían seguir las órdenes de sus padres en la Ciudad de México; debían estar bajo el control de la Madre Iglesia. Consecuentemente, fue su apasionada denuncia de Teresita, una mestiza hereje, enemiga fanática del gran General Díaz y consorte de los aguerridos yaquis, lo que primero llamó la atención de los Tigres.

❅

Cuando salieron del bosque y luego de las montañas y llegaron a la terrible planicie de Sonora, decidieron trotar hasta Cabora. Cruz tomó la delantera y luego Rubén, su fusilero. Después, sin dejar que su enfermedad lo frenara, iba el viejo José Ramírez, con su cuello torcido y violeta debido a un tumor. Le había estado creciendo durante años en la base del cuello y aunque nadie se le quedaba viendo en el pueblo, todos decían que le iba a crecer tanto que un día le iba a romper el cuello y matarlo.

Grupos de guerreros habían consultado con Cruz en su casa, un fortificado lugar al oeste de la iglesia del pueblo. Llegaban sigilosamente y se sentaban en lo oscuro, fumando pipas de barro y de bejuco, con sus armas y sus arcos. Llegaban corredores rarámuris, espías yaquis, algunos chiricahuas y mescaleros. Comerciantes pimas pasaban por Tomóchic y aceptaban sus invitaciones a cenar y hablaban de esta nueva santa de las tierras bajas. Había curado a los enfermos, decían. Y predicaba un nuevo despertar. Un despertar peligroso y hasta guerra. ¿Guerra? ¿Qué santo predica guerra? Ellos la habían escuchado con sus propios oídos, esta muchacha mitad yori, de cara dulce pero fuerte de voluntad, diciéndoles que el mismísimo Dios les había dado sus tierras.

—¿Creen en Dios? ¿Creen en la justicia? —les había preguntado. Y ellos habían murmurado:

—Sí, sí. Dios. Justicia.

—¿De verdad creen? ¡Porque los gobernadores y los soldados, los curas y los presidentes, son arañas, atacándolos y bebiendo de la sangre de sus hijos! ¿Creen? ¿Creen que Dios los puso de pie en esta tierra? ¡Dios les dio la tierra a cada hombre y cada mujer! ¡Es la tierra de ustedes! ¡Esta tierra es sagrada! ¿Lo creen?

—¡Sí! ¡Sí creemos!

—Estos pulpos los estrangulan con sus tentáculos pecaminosos. ¡Codicia! ¡La codicia es uno de los más grandes pecados! ¡Ningún hombre, blanco o café, les puede quitar su tierra! ¡La tierra vino de Dios! ¡El único que se las puede quitar es Dios!

—¡Díganme ahora! ¿USTEDES CREEN?

Gritaron su nombre. Danzaron. Elevaron los brazos y cayeron por tierra. Ella había sonreído.

—Esto no es un grito de guerra —dijo el Papa de México.

Y sus hombres le respondieron:

—Para nosotros sí lo es.

Les llevó dos días corriendo. Por la noche dormían uno enseguida del otro en el duro suelo, con los pies traslapados, cada cuerpo dándole calor al prójimo. Tradicionalmente, el de en medio se cambiaba cada noche de manera que cada uno tuviera por lo menos una noche tibia, pero Cruz y Rubén se pusieron de acuerdo para mantener a José en el medio durante toda esta misión. Cruz le haría a esta santa una prueba simple. Podía o no curar a José, pero si no lo hacía, Tomóchic la denunciaría como una impostora más.

Por la mañana comieron en cuclillas cecina de venado y bayas que llevaban en taleguillas que colgaban de sus cintos. Un trago de agua para cada uno. Una piedrecilla en la boca para producir saliva refrescante. Cruz apuntó hacia el oeste y emprendió la marcha a paso veloz. Los otros lo siguieron.

Cruz encontró el arroyo antes del mediodía y corrieron por la margen. Encontraron la primera de las represas de Aguirre y pararon a ver el agua verde. Llevaban corriendo sólo tres horas y no necesitaban agua todavía, pero les refrescaba mirarla. Pequeños sauces y álamos comenzaban a crecer en la orilla.

Cruz corrió hasta que tuvo la Casa Grande a la vista y luego se fue caminando.

Los tres se pasaron los rifles hacia el frente y caminaron con las armas terciadas sobre el pecho, listos para desaparecer entre los arbustos y balacear a cualquiera que los amenazara.

Pararon en un pequeño campamento a ver a una niña chueca que se retorcía en una camilla. Las rodillas parecían bolas de hueso y las manos formaban garras que arañaban el aire. Estiró la cabeza para verlos y pareció reírse, aunque bien pudo haber sido un grito.

Cruz habló con la mamá:

—Hermana, ¿qué es lo que le pasa a tu hija?

—Nadie sabe, señor. Siempre ha estado así. Es la voluntad de Dios.

Cruz miró a sus compañeros. Era una buena respuesta. Todos aprobaron.

—Y si es la voluntad de Dios, ¿por qué has venido aquí a querer cambiarla?

—Es que puede ser que su voluntad sea ahora sanarla. Alabado sea el Señor.

Cruz se recargó en su rifle.

—¿Tú crees que Dios cambia de opinión?

—Dios hace lo que Dios hace. Yo vengo aquí a pedirle un favor como una hija se lo pide a su padre.

Él asintió. La niña en la camilla estiró su brazo hacia él. Cruz extendió un dedo y le tocó la mano. Ella se lo apretó.

—¿Eres muy bonita, te casas conmigo?

Ella hizo una mueca y gritó algo que sonaba como *¡yot!*

La mamá se rió.

—Dice que no. Eres muy viejo y peludo para ella. Se está riendo.

Cruz inclinó su sombrero hacia la niña y le sonrió.

—¿Cómo se llama?

—Conchita.

Conchita le jaló el dedo e hizo sus sonidos. Suavemente retiró su dedo de la mano. Le guiño un ojo. Ella se llevó las manos a la boca.

—¿Ya vio a la santa?

—No, señor, todavía no.

—¿Por qué?

La mujer extendió las manos.

—Hay muchos peregrinos. Muchos peregrinos.

Una cortina de mezquites obstruía la vista de la casa.

—Si resulta que esta santa es de verdad, nosotros te ayudaremos a llevar a Conchita hasta ella.

—Gracias, señor.

—Adiós, querida, hubiéramos sido muy felices. Me voy con el corazón destrozado.

—*¡Yot!* —se rió—. ¡Feo!

Saludó a la mamá con la cabeza y empezó a caminar. Se paró y se devolvió.

—¿Sabes quién soy?

Ella negó con la cabeza.

—Somos de Tomóchic —dijo José.

Ella no supo de lo que hablaban.

—En la Sierra Madre.

—¡Aah!

Ella le tenía miedo a la Sierra Madre. Era un lugar de abismos, hielo, apaches, lobos. Le dio un escalofrío. Seguramente estos hombres eran guerreros.

—Soy el líder de Tomóchic. Soy Cruz Chávez. Soy el Papa de México.

Conchita suspiró y se rió de nuevo.

—Benditos sean —murmuró su madre.

Cruz hizo la señal de la cruz sobre ellas, se echó el rifle al hombro y empezó a caminar. Sus guerreros lo siguieron, bendecidos por el Señor, santos en este día que Él había hecho y listos para disparar.

Llegaron hasta donde se veía la Casa Grande que brillaba a la luz del sol. Los peregrinos estaban acomodados enfrente de la casa y se esparcían hasta bastante lejos. Polvo y humo. Los Tigres pasaban por los diferentes campamentos, viendo a los enfermos y torcidos, los viejos y los verdaderamente tullidos. Niños ciegos. Bebés exánimes. Algunos de los campamentos tenían cadáveres envueltos en lienzos de pies a cabeza y los subían a las carretas. Y pululaban por los campos los oportunistas vendiendo escapularios de Teresita. Unos hombres vendían fotos de la santa y sus angelitos. Había mujeres vendiendo tacos, pequeñas cruces hechas de hilo negro, elotes, cerveza de maíz fermentado. Un soldado se tropezó con Cruz. Éste le puso el cañón del rifle en el pecho y le dijo:

—Váyase de aquí.

El soldado tragó fuerte y se apresuró a retirarse.

—¿Y esta foto? —le dijo a un vendedor.

—Es la santa. Un peso.

—¡Un peso! ¿Por una foto?

—Sí, pero esta foto puede parar las balas.

Siguieron caminando. Cruz guió a sus hombres a través de la multitud. Empujó a muchos de los que esperaban frente a la puerta y cuando empezaban a protestar les echaba una mirada y ellos se callaban. Cuando llegó al frente de la fila la gente se hizo para atrás para darle cabida. Cruz se quitó el sombrero. Se sentó en cuclillas y se puso el rifle sobre las rodillas. Con el resto de la gente, los enfermos y los curiosos, los sinvergüenzas y las madres, los ciegos y los agonizantes, esperó que ella apareciera.

Cuarenta y siete

TERESITA SALIÓ POR la puerta limpiándose las manos con un trapo.

Cruz la veía moverse, era muy ligera. Fluyó por la puerta casi antes de que se abriera, su oscuro vestido simplemente se materializó desde el espacio interior. Cuando se paraba, sus raíces parecían enterrarse profundamente en el suelo, como si estuviera chupando agua del suelo, como si fuera un delgado álamo brillando en el viento.

Tenía su aprobación.

—Ta bonita —dijo José.

Cruz asintió. Pensaba que no debía mostrar mucho interés en su aspecto, pero lo notaba. Aún así, le advirtió a José:

—Ya párale con eso.

Su cabello estaba recogido y su cara estaba limpia. Era delgada.

Ella sonrió a la multitud y dijo:

—¿Por dónde empezamos?

Gritaban su nombre y extendían los brazos hacia ella, lloraban y cantaban y hacían los mismos sonidos como maullidos que hacen los pordioseros para llamar la atención de los transeúntes. A la derecha de Cruz una mujer levantó a un niño. Estaba envuelto en un pedazo de tela gruesa y tosía y movía los pies. La mujer extendió el niño hacia Teresita.

Como si fuera un pollo, pensó Cruz.

—Déjenme verlo. —Teresita tomó al niño en los brazos y le quito el trapo de la cara. El niño tosió de nuevo, una tos rasposa y como con sangre.

—Consunción —dijo Cruz a sus hombres.

—Es un ángel, señora. Pobrecito —dijo Teresita.

—Sí, mi santa. Sí, Santa Teresa.

—Tiene consunción.

Cruz hizo una señal a sus hombres.

—¿Qué les dije? ¿Qué les dije?

Ellos le palmearon la espalda.

Teresita pasó su mano sobre el niño. Cruz observó sus dedos mientras se movían dibujando extrañas formas en el aire sobre el cuerpo del niño. Luego ella puso su mano sobre el pecho del niño. El niño dejó de toser, pero eso no probaba nada.

Teresita hizo señas a una asistente y le murmuró algo al oído. La chica corrió hacia adentro y después de unos momentos salió con un bulto.

—Haga un cigarro con estas hojas y échele el humo en la cara.

—¿Cada cuánto?

—En la mañana y en la noche.

La mujer besó la mano de Teresita.

—Se va a aliviar —le dijo al devolvérselo.

—¡Gracias, Santa, gracias! —dijo la mujer arrodillándose.

—No, no. No me lo agradezcas, esto viene de arriba.

Más tarde, Cruz la escucharía explicar repetidamente que ella no era santa. Parecía que su dicho preferido era: Soy sólo una mujer.

Esto también lo aprobó.

Un grupo de monjas se abrió paso. Ella les sonrió, tomó las manos de ellas en las suyas y le dijo a la mayor:

—Bendígame, Madre.

Se arrodilló al tiempo que la monja le ponía la mano en la cabeza. Luego se levantó y ellas murmuraron y se rieron y luego se fueron.

Después de haberla observado por unas cuantas horas, Cruz se levantó. Le tronaron las rodillas.

—Tú, Santa —le dijo.

—¿Le dolió? —preguntó ella señalando sus piernas. Sus hombres se rieron. Les echó una mirada molesta.

—Tú, Santa —repitió, pues no supo qué más decir.

Ella lo miró de arriba abajo. Vio su rifle, sus huaraches empolvados.

—Tú, Guerrero.

—Venimos de Tomóchic a verte.

Ella sonrió.

—¿Desde Tomóchic? ¿De veras? ¿De tan lejos?

—¿Has oído hablar de Tomóchic?

—Todo mundo sabe de Tomóchic.

Esto lo hizo erguirse.

—¿Todo mundo?

Ella se acercó y los observó.

—Los Tigres de la Sierra han venido a verme. —Esbozó una sonrisa. Levanto un brazo—. Son buenos luchadores. Grandes seguidores de Dios. —Teresita se rió y flexionó el brazo.

A Cruz se le trabó la lengua. Ella lo miraba con los ojos dentro de los suyos. ¿Se estaría burlando?

—He venido a hacerte una prueba.

Ella se puso las manos en la cintura y lo encaró directamente. A Cruz le molestó el atrevimiento de aquella mirada.

—¿Y cómo me vas a hacer esa prueba, Tigre? ¿Quieres que le tiremos a unos botes? ¿Va a ser una carrera de caballos? ¿O te quieres pelear conmigo a mano limpia? —le dijo levantando los puños.

Cruz se quedó con la boca abierta y dijo:

—¡Uh!

—Se me hace que si te peleas conmigo te gano.

—¿Pelear?

José se adelantó. Se quitó el sombrero de paja.

—Lo que quiere decir, señorita Santa, señorita Teresita, señorita, es que nuestro pueblo tiene esperanzas de hacerla a usté nuestra Santa, nuestra Santa Patrona, ve, y tenemos que ver si usté es de verdad… pues, señorita.

Los nervios lo estaban traicionando.

—¡Yo soy José! —alcanzó a decir.

Ella le extendió la mano. El se la estrechó. Ella le dio un apretoncito. Él le correspondió y se sonrojó.

—Vea eso, Don José, mi mano es de carne y hueso, soy de verdad.

—Sí, señorita.

—Pero no soy una santa.

Ella le soltó la mano.

—La gente dice que soy una santa, pero ya ves, querido José, al igual que tú, soy sólo una sirviente.

—Una sirviente, sí.

De repente estaba aterrado. ¡La Santa de Cabora le estaba hablando!

—Sirviente del Creador —agregó ella.

Eso provocó murmuros religiosos entre La Gente.

—Y sirviente de La Gente —dijo ella.

Teresita se fue al portal.

—Bueno, pero ya estoy cansada. Me tendrán que hacer la prueba mañana, señores.

—Dígame José, solo llámeme José, por favor.

Cruz observaba todo con las cejas levantadas.

Teresita le sonrió al José.

—José, como el padre de Jesús.

José agachó la cabeza y se sonrojó aún más.

—De veras estás igualito a San José.

—¿De veras?

—Sin duda alguna.

Ella le hizo señas de que se acercara.

—Hay que curar esa bola que traes en el cuello.

Él se cubrió el tumor con la mano.

—Pero mañana —le dijo ella.

Se dio la vuelta, pero antes de entrar se volvió a mirar a Cruz.

—Y tú, Tigre, ¿cómo te llamas?

—Cruz Chávez —exclamó, un poco fuerte. Se sorprendió y se puso en posición de firmes. Se aclaró la garganta y se encorvó un poco.

Luego informó solemne:

—Soy el Papa de México.

—¡Híjole!

Teresita se volvió a mirar al José.

—Está un poco loco, ¿no?

José se rió y Cruz le lanzó una mirada de reproche.

—Está bien, La Gente dice que yo también estoy loca.

Se estiró y suspiró y abrió la puerta, pero antes de entrar dijo:

—Me da gusto conocerte, Cruz Chávez. ¡Ya era tiempo de que tuviéramos un Papa mexicano!

La puerta se cerró detrás de ella.

Los tres guerreros se quedaron ahí parados.

—¿Se está burlando de mí?

—Sí —respondieron sus dos hombres.

A la mañana siguiente ahí la estaban esperando. Salió como a las ocho, comiéndose una manzana.

—San José —le dijo extendiéndole su mano libre.

José se apresuró hacia el portal y ella le señalo la puerta. Él se quitó el sombrero y se asomó hacia adentro. Agachó la cabeza, vio a Cruz y a Rubén, soltó una risita y se metió.

—Su santidad. Usted se puede sentar aquí —le dijo a Cruz señalándole el columpio que colgaba de las vigas.

—Yo… —Pero antes de que dijera nada ella ya había cruzado el umbral y había cerrado la puerta.

Irguiéndose, Cruz fue al portal y se sentó en el columpio. Se meció hacia atrás y se levantó sobresaltado. Nunca había visto un columpio. Le ordenó a Rubén que se sentara en él y lo estuvo observando mientras se mecía. Luego lo paró con el pie y se sentó al lado de su pistolero. Rubén sonrió. Cruz permaneció estoico. Casi no había dormido. Su mente estaba que brincaba y echaba chispas con Teresita, con sus ojos, su voz, esas manos que parecían volar. Cuando finalmente se durmió, soñó que pescaban truchas en el río de Tomóchic. Atrapaba una muy grande y ella lo admiraba. En ese momento, Tomás apareció en el portal. Miró hacia la multitud y nomás movió la cabeza. Volteó a ver a los dos del columpio y les preguntó:

—¿Y ustedes quiénes son?

Cruz se levantó y tomó el rifle con las dos manos.

—Yo soy el Papa de México.

Tomás se le quedó viendo.

—¡Dios mío, otro maniático!

Brincó del portal y salió corriendo, abriéndose paso por entre la gente.

Cruz se volvió a sentar y comenzó a mecerse.

—¿Y este qué se trae? —dijo.

※

La puerta se abría a cada rato y las asistentes de Teresita salían a traer uno o dos niños, pero ella no volvió a salir.

Cruz abrió su Biblia y leyó en silencio mientras Rubén roncaba. Las moscas se les paraban en la cara y se iban. Era otro día. Caliente. Seco. Lleno de vaivenes invisibles. El molino de viento apenas se movía y chirriaba, chirriaba, chirriaba. Los peregrinos dormitaban. Chirridos. Chirridos. Un caballo se acomodó pateando el suelo. Las abejas pasaban encima de ellos, oliéndoles el aliento.

Cruz se durmió. Soñó que Teresita estaba cubierta de sangre. "¡Ayúdame!", le pedía. Cuando se levantó, José estaba parado enfrente apretando su rifle.

—¿Qué pasó?

—Ella me tocó.

José lo miró. Ahora que iba a ser el nuevo San José, estaba seguro de que su aspecto adquiriría un brillo de santidad.

—Después de que me tocó, curó a un niño sordo. Fue algo extraordinario, Hermano Cruz. Lo tomó en sus brazos y le susurró algo al oído. Se me hizo raro que le murmurara en el oído tapado, pero el chamaco de repente se sonrió y los dos se rieron como de un chiste. —Se encogió de hombros—. No sé lo que le dijo, pero el papá del niño cayó de rodillas y alabó a Dios. Supo luego luego que el niño ya podía oír.

—Amén —dijo Rubén, sólo por agregar algo.

¿Y después?

—Hubo galletitas.

—¿Cómo que galletitas?

—Sí, galletitas y café.

José sonrió beatíficamente.

—El niño tomó leche. Nosotros café… ¡con miel!

Cruz ponderó aquel reporte por un momento.

José traía un paliacate azul amarrado en el cuello.

—Enséñame el tumor.

Pero antes de que se quitara el pañuelo, se apareció Teresita frente a ellos. Le hizo una caravana a Cruz.

—Su Santidad.

Rubén se rió disimuladamente.

Cruz volteó y le clavo una mirada rencorosa.

Teresita le preguntó a Rubén.

—Tú, ¿cómo te llamas?

—Yo soy Rubén.

—¿Eres guerrero?

—Sí.

—¿Eres matón?

—¿Cómo?

—Que si matas, Rubén, ¿Matas hombres?

Rubén agarró su rifle y se fue de prisa.

—Estás poniendo nerviosos a mis hombres —le dijo Cruz.

Teresita se sentó en el columpio.

—Cruz Chávez, estoy lista para mi prueba. ¿Traigo papel y lápiz?

José le echó una mirada burlona a Cruz.

—¡Vete, José!

—Voy a ir a buscar a Rubén.

Se quedaron solos, si es que estar vigilados desde las ventanas por familiares y sirvientes podía llamarse así; si diez mil ojos atentos a todos sus movimientos fueran una forma de privacidad. Cruz la veía de reojo. La luz que iluminaba a Teresita hacía resplandecer su cabello como con breves relámpagos. Olía a rosas. Ella señaló con la mano al lugar junto a ella, y él se sentó allí. Se mecieron ligeramente. El barullo de los pordioseros y tullidos se había convertido en un ruido sordo, casi no se escuchaba. Se aclaró la garganta, pero no tenía nada que decir. Un niñito corrió hacia ella y le entregó un ramito de flores de trébol. Ella lo abrazó. El niño se regresó a la carrera.

—¿Te gusta la pesca?

—¿Qué qué?

—No, nada.

Se mecieron. El ruido a su alrededor había disminuido. Pedazos de metal brillaban al sol. Todo parecía estar como en un ancho valle. Las abejas que inspeccionaban las flores de la madreselva que trepaba por la pared, sonaban más fuerte que las voces de La Gente.

—Creo que esta es la prueba mas fácil que he pasado, señor.

Él se aclaró la garganta.

—No te preocupes, hasta ahora vas muy bien.

Ella aceptó un mango de un borracho que le tocó la cabeza.

—¿Cómo aguantas?

—¿Qué cosa?

—Todo esto.

—Es mi trabajo. ¿Te pone de nervios?

—Es que son muchos.

—Me imagino que no hay tantos peregrinos en Tomóchic.

Cruz exhaló por entre los labios fruncidos.

—Aquí están viviendo como cuatrocientos o quinientos. Aparte llegan los peregrinos, más o menos diez o veinte cada vez.

—¿Son muchos los que van a que los aconsejes?

—Unos cuantos. No muchos. No como estos.

—Ah bueno, estos.

Cruz suspiró.

—Estos son como nueve o diez mil. No me puse a pensar en ello, Cruz Chávez, pero nunca había visto tanta gente en un mismo lugar. Realmente es muy interesante. —Se quedó viendo a la multitud.

—Yo sí los he visto. Fue en Guaymas y no me gustó. Me regresé de volada a las montañas.

—A mí tampoco me hace mucha gracia.

Se mecieron otro poco.

—¿Le traigo una limonada, Señor Chávez?

—No.

—Bueno.

—¿Pero cómo puedes aguantar todo esto? —insistió él—, ¿Cómo puedes dormir? ¿Cómo puedes comer? Con toda esta gente enferma clamando por ti.

—El que se mete a Redentor, sale crucificado.

Ya había oído eso antes.

—¿No estás aquí para salvarlos?

—Estoy aquí para servir. Pero también para vivir. Le ofrezco mi trabajo a Dios y paro cuando termina el día.

Él la miró por un momento.

—¿Y si alguien se muere mientras duermes?

—Pues entonces ya les tocaba morir. Sólo puedo hacer lo que puedo. Tratar de hacer mas sería un engaño. Mentir es peor que no hacer nada.

—¿Es eso la voluntad de Dios?

—¿La voluntad de Dios? Para ti Dios es una idea, para mí no. Acuérdate, gran Tigre, que yo sí lo he visto.

Él empujó el columpio con su rifle.

—¿Y cómo es Dios?

Ella volteó a verlo y sonrió.

—No es tan serio como tú.

Él asintió.

—Ah.

—Dios no trae pistola.

Se rieron.

—Cruz Chávez. —le dio un codazo. Cruz no sintió ni una descarga eléctrica ni ninguna energía milagrosa—. Dentro de cien años, cuando se acuerden de ti, van a decir que eras muy serio.

El frunció el ceño.

—¿Es una profecía?

Ella movió la cabeza y luego le pego en el brazo.

—Voy a traer limonada para mí y para ti también. Pero no te preocupes, no te la tienes que tomar.

Se levantó de un salto y se fue a la puerta, y en cuanto se movió, las voces se levantaron con ella y su nombre flotó en el aire. La Gente lloraba, rogaba, pedía. Suavemente, como para no ofenderlos, cerró la puerta.

❋

Cruz dejó el vaso mojado en las tablas del portal.

—¿En qué crees que consiste nuestro trabajo aquí en la Tierra? Pues en amar a Dios, en amar a nuestros semejantes. En la reconciliación, el servicio —le picó una costilla—. ¡En la alegría! ¡La alegría! ¿Ves a esos jinetes armados allá? ¿Sabes qué es lo que les causa alegría? Matar a La Gente, cortarles las cabelleras. Eso es lo que los hace felices. ¿Sabías que cuando queman un pueblo, o matan a los hombres y se llevan a las mujeres, siempre se están riendo? Nunca habrás oído tantas risas como cuando esos hombres matan a La Gente.

Ella se cruzó de brazos.

—Yo he oído esas risas.

—No es cierto.

No me conoces, pensó ella. Pero La Huila le había enseñado bien. Los hombres adoptaban ciertas poses y las mujeres inteligentes se los permitían.

—Perforan a los bebés y todavía se ríen. Les cortan la cabeza a las mujeres y se ríen. Eso, es alegría para ellos.

Cuarenta y ocho

Cabora, Sonora.
Este pinchi manicomio.

¡Aguirre, cobarde hijo de puta!
¡Aguirre, cagándote de miedo en Tejas!
¡Pinchi Aguirre, mi querido amigo y maestro!

¡Ay, Cabrón, si pudieras ver esta locura! Esta insensatez. No sé ni cómo, pero mis legendarias aptitudes sexuales han engendrado al Cristo femenino. ¡Por Cristo! Y... ¡Ay Cristo!...

¿Alguna vez has notado, miope visionario, cuántas palabras existen para decir "tonto"? ¡Idiota, simple, baboso, pendejo, mamón, gümey, retrasado, imbécil, bobo, zonzo, bruto, menso! Un millón. ¿Pero cuántas hay que describan el fanatismo religioso? No voy a decir que "santidad", cabrón, porque no puedo alegar que mi hija sea "santa". Pero estos mensos, etc., sólo pueden pensar en una palabra para el loco comportamiento de Teresa, y es el epíteto "¡santa!"

¡Santa!

¡Ah, qué bien! Mi hija ilegítima es una santa. ¿Y ahora qué? ¿Me van a ver como Moisés? ¿Abriré las aguas del Mar de Cortés y caminaré hasta Baja California? Bueno, ahora que lo pienso, eso no estaría tan mal. ¡Sería una mina de oro!

¡Oye! ¡Pon atención a lo que te digo!

Santa Teresa ahora anda predicando sermones antigobiernistas y anticlericales. Sería patético si no fuera tan alarmante. El decoro me indica que no incluya eso en esta carta.

Puedes deducir lo que quieras.

¡Y permite que te dé las gracias, imbécil pedazo de mierda, por inci-

tar esta nueva ola de locura con tu tejano periódico que sólo sirve para envolver pescado! ¿Quién te dijo que estaba bien permitirle a Teresa ponernos a todos en peligro con escritos acerca de los yaquis? ¿Eh? ¡CHINGADO!, Aguirre.

Bueno, ya pronto me tendré que ir.

Los "peregrinos" (jajaja) ya han destruido dos sembradíos de maíz, han matado siete vacas y llenaron todos los viejos excusados de pozo. ¡Tenemos mierda santa inundando los campos!

¿Acaso es una de tus plagas bíblicas?

Que llueva mierda en Egipto.

Todos te extrañamos aquí y espero que ésta te encuentre bien (toma nota de que no dije "rezo porque estés bien", ¿eh?).

Tu amigo cansado y casi loco
Tomás

El Paso, Tejas
Más entrado el año.

Mi querido Santo Tomás, también conocido como "el dudoso".

¡Tú, perro hereje, ranchero corriente, bruto campirano!

Te saludo desde la grandeza metropolitana que es El Paso. Usted no se imagina las sofisticadas delicias de esta fina ciudad. La peste de las vacas, las boñigas de nobles caballos que sueltan bombas de gas al transitar las sucias calles, a punto de morirse de hambre y descuido; el tejano zambo y con los ojos legañosos y sus babas de tabaco manchando todos los postes, esquinas, troncos de árboles y perros callejeros. Mi querido amigo, hay pistoleros a lo largo de las banquetas de madera de esta ciudad y los sherifes con revólveres en las caderas revisan a todo el que llega; ¡Damas con sombrillas le voltean la cara a los mexicanos! ¡El Paso! Ayer, unos idiotas apedrearon a un chino empleado ilegalmente. A los americanos les ofende profundamente que los chinos vengan a su país sin ser invitados. Ah, pero el tendido de vías debe continuar. La industria fomentará la próxima revolución americana, así como las reformas agrarias y los derechos de los indios fomentarán la nuestra.

¡Te conmino, querido amigo de mi corazón, a sobrevivir la triste vida de los desiertos! ¡Apoya la revolución pues seguramente las fuerzas del régimen deberán caer! ¡Los nobles apaches! ¡Los feroces yaquis! ¡Los enojados pápagos y los pacíficos pima! ¡Las masas de los oprimidos campesinos mestizos se levantarán! ¡Abajo Díaz! Debes concordar.

Teresita, el fenómeno de Teresita, es algo de lo que nos encargamos de lejos. En ella está la esperanza, hermano. En ella está el flameante rescoldo de liberación para todos los mexicanos. ¡Levántense!

Por cierto, hoy probé un interesante helado de limón italiano. Cuando vengas te compraré uno.

Lealmente,
En la Revuelta,
Lauro A.

Aguirre:

¿Te has vuelto loco? ¿Has considerado lo que habría ocurrido aquí si el gobierno hubiera interceptado tu carta? Ustedes los revolucionarios no tienen nada de sentido común. ¡No seas pendejo, güey! Modérate. Las cosas ya están bastante mal. ¿Te gustaría cantar las alabanzas de tu santa mientras ella cuelga de un árbol? ¿O es eso lo que quieres? ¿Que nos maten a todos por TU causa? Cálmate, Lauro, por favor.

Enojadamente,
T

Mi querido Tomás:

Bromas aparte, la marea esta cambiando, ¿no lo sientes? En todo el mundo La Gente se une y pelea. Ni el miedo, las dudas o la cobardía los puede detener. No temas al cambio, mi amigo, y si nos sacrifican *a todos, será por algo más grande y mejor. Te conozco y sé lo que te atormenta. Cuando caes en el miedo y las dudas te vuelves como hipnotizado. No ves nada que no seas tú mismo, hermano. Es como si caminaras por un camino viendo siempre a un espejo, caminando hacia ti mismo sin ver el mundo. Ten fe.*

—L. A.

AGUIRRE COMA IDIOTA PUNTO LA ÚNICA FRUTA COLGANDO DE LOS ÁRBOLES SERÁ URREA PUNTO COMERÁS HELADO ITALIANO EN TEJAS Y NOS MATARÁS A TODOS PUNTO HIPÓCRITA PUNTO.

Cuarenta y nueve

LA NOCHE SE EXTENDIÓ sobre la planicie y grupos de gente parecían estar danzando mientras las llamas de sus hogueras se alzaban y se enroscaban. Cruz no encontraba a Rubén ni a San José. No estaban en ninguna de las fiestas de guitarra y tequila en las afueras del campamento. No estaban en el toldo del evangelista donde los locos protestantes gritaban "¡Aleluya!" No estaban cerca de los soldados, o las carretas de tacos, o los grupos familiares. Los buscó durante una hora o más y cuando la oscuridad finalmente lo envolvió, se regresó al campo de la niña chueca, Conchita. Ella estaba dormida y roncando.

Le preguntó a la mamá de ella:

—Doña, ¿puedo dormir aquí?

—Claro que sí, aquí es su casa.

Para cuando tendió su frazada ella ya le había llevado un plato de frijoles con carne deshebrada y tres tortillas encima. Buscó una moneda para pagarle, pero ella negó con la cabeza. Al brillo de las brasas de la fogata ella lucía de nuevo joven. Se comió la comida, vio a la Conchita dormir y casi llora, pero fue sólo un sentimiento pasajero. Se estiró y suspiró profundamente.

Teresita no podía dormir. Daba vueltas y vueltas en su cama. Suspiraba. Se sentaba. Se acostaba de nuevo. Se levantó y caminó por su cuarto. Se estiró para alcanzar las hierbas que colgaban de las vigas y las estrujó entre sus manos, aspirando los aromas que despedían. Fue a la esquina y vertió agua en la palangana. Metió la cara en el agua. Se talló las mejillas. Sacudió la cabeza y regó el agua por todo el cuarto.

Cruz no podía dormir. Se sentó, sacó unas piedritas de debajo de su frazada y se volvió a acostar. Se volteó y trató de dormir boca abajo. Se levantó, sacudió la cobija y se acostó otra vez. Se levantó de nueva cuenta y se fue a los arbustos a orinar. Regresó al pequeño campamento y avivó el fuego. Conchita había pateado su cobijita. La tapó con ella. Se sacó una moneda de cinco pesos de la bolsa y la dejó sobre una piedra plana cerca de la fogata; recogió sus cosas y se fue.

Los guardias caminaban alrededor de la casa grande. Dos hombres, cada uno con su Winchester. Cruz los vio haciendo las rondas. Se cruzaron frente al portal y caminaron hasta el final de la casa, donde se perdieron de vista para hacer la ronda por la parte de atrás. Dejó su rifle en el suelo y se dirigió de prisa hacia los escalones del portal con un puño de piedritas en la mano. Lanzó una a los visillos de la ventana de Teresita. Luego otra. Después como veinte a la vez.

Una voz gruesa le preguntó:

—¿Qué estás haciendo?

Cruz dio la vuelta y se topó con el Segundo, que le apuntaba con su rifle.

—Nomás estaba tirando piedritas.

—¿Por qué?

—Es que necesito hablar con Teresita.

—Tú necesitarás hablar con ella, pero ella necesita dormir.

—Soy el Papa de México.

—Y yo soy el rey de Francia.

Los visillos de Teresita se abrieron por arriba.

—¿Quién es? —llamó.

—Soy yo, el Segundo. Un idiota estaba tratando de despertarte. Vuélvete a dormir.

—¿Qué idiota?

—Yo, Cruz.

—¡Ah!, ése idiota —dijo Teresita riendo.

Cruz masculló algo.

—Deténmelo, Segundo, ay voy para abajo.

El Segundo cargó una bala en la recamara del rifle. Le sonrió a Cruz.

—Si tuviera mi rifle, no estarías sonriendo.

—Pero no lo tienes.

—Te podría freír como un bagre.

—Y yo te podría cocer los huevos.

—Pues yo podría cagarme en tus botas.

—Y yo te podría apalear como perro.

Teresita salió por la puerta.

—¿Qué dijiste?

—Nada —dijo Cruz.

—Nada —masculló el Segundo.

Ella cruzó los brazos.

—¡Muchachos, muchachos!

—¿Despierto a tu papá? —preguntó el Segundo.

—No, yo me encargo de todo.

Teresita empujó el cañón del rifle.

—Ahora yo tengo la custodia del prisionero.

El Segundo se le quedó viendo. También Cruz. El Segundo movió la cabeza. Sabía lo cabezones y mulas que eran estos Urreas, especialmente ésta.

—Me voy a quedar aquí cerca.

—Sí, éste puede ser peligroso —sonrió.

—Hasta la próxima.

—Trae a tus amigos.

—Y tú a los tuyos.

—Los vas a necesitar.

—Hasta mi madre te podría patear el culo.

—Muchachos, muchachos.

—Tráete a tu madre, si es que la puedes sacar del establo.

—¡Ya, muchachos!

Los dos hombres se vieron. El Segundo se apuntó con el dedo al ojo.

—Te voy a estar viendo. —Se fue hasta el final del portal. Cruz recogió su rifle.

—Podría balacearlo.

—¡Cruz Chávez! ¡Compórtate!

—Perdón.

Rascó la madera del piso con la punta del pie.

Grillos, cigarras, vacas, coyotes, tacones de botas, ronquidos.

—¿Por qué me andas molestando a estas horas de la noche?

—No me podía dormir.

—¿Y pensaste que yo tenía que sufrir porque estabas despierto?

—Perdón.

Ella lo tomó del brazo. Él dio un brinco.

—Ven conmigo a la capilla.

—¿Solos? —preguntó, pero ella ya lo iba jalando por los escalones y a la vuelta de la esquina de la casa.

La capilla era redonda, hecha de adobe blanco. La entrada tenía un contraste en azul. Las paredes eran gruesas, toscas. Aunque hiciera mucho calor, la capilla siempre estaba relativamente fresca.

Teresita empujó la puerta y le hizo una señal para que entrara él primero. Se quitó el sombrero y cruzó el umbral. El cuarto era pequeño, tenía sólo nueve bancas. El piso era de mosaico de barro rojo. Las paredes eran curvas, de modo que no había esquinas. Directamente al lado opuesto de la entrada, una cruz de madera oscura colgaba frente a un pequeño altar. Reconoció el vaso de agua pagano en el altar. Eso era muy mexicano, pensó. Incienso, velas. Lámparas de petróleo montadas sobre la pared. Muy tranquilo.

—Me gusta.

—Gracias.

Se sentó en la primera banca y puso las manos sobre el regazo.

—¿No te vas a tapar la cabeza?

—No.

—Pero esta es la casa de Dios.

—La Tierra entera es la casa de Dios. Esta es mi casa. Dios viene a visitarme.

Dejó su rifle y se sentó en el otro extremo de la banca.

—Tu vida es difícil.

—¿Ah sí?

—Y estás sola.

—Sola… —susurró ella.

—Todo mundo viene a verte, pero nadie está contigo.

—Sí, ya lo había pensado.

Él se talló las manos en las rodillas.

—Yo no escogí esta suerte, pero no le daré la espalda. —Se rió—. Aunque no estaría mal ir a un baile aunque fuera una vez.

—Yo no bailo.

—¿Porque eres el Papa?

—¡Porque bailo como burro!

Se rieron.

Afuera, el Segundo escuchaba desde la puerta y frunció el ceño.

—¿Cómo es que lo haces?

—¿La sanación?

—Sí.

—Yo no lo hago, pasa a través de mi. Se siente como agua. O algo... dorado. Viene, lo puedo sentir, viene a mí de allá arriba. Pasa a través de mí, entra por mi cabeza y mi corazón y sale por mis manos.

Sus manos se enroscaron en pequeños puños, las dejó caer a los lados.

—Dios es el que cura, no yo.

—¿Es siempre así?

Se acomodó en el asiento. Se aclaró la garganta.

—No siempre.

—¿No siempre viene de Dios? —preguntó alarmado.

—Siempre viene de Dios. Todo viene de Dios. Pero algunas veces... no sé.

Se volteó para otro lado.

—Dime, Teresita. Por favor.

—A veces puedo hablar con ellos, puedo usar mi voz para calmarlos. A veces... soy yo.

Él asintió.

—¿Qué sientes?

—Es como enamorarse.

Cruz se sonrojó, se miró las manos. Ella se acomodó el pelo, algunos cabellos se habían escapado del chongo y enmarcaban su cara a la anaranjada luz de las velas.

—Los amas, sientes ternura por ellos, una tremenda suavidad en tu corazón. Sientes un cosquilleo en el estomago, sientes como que vas a llorar. Quieres besarlos, pero sabes que no debes.

—¿Por qué no?

—¡Ay Cruz! ¡Porque mi papá no lo permitiría! —Se llevó las manos a la boca y se carcajeó—. ¿Te imaginas a Tomás Urrea permitiéndome besar a los peregrinos? ¡Válgame Dios!

Cruz sonrió.

—O bailar con ellos.

Ella se rió de nuevo.

—¿Te imaginas? ¿Que yo anduviera bailando el vals con un peregrino?

Él agitó la cabeza.

—A veces ni siquiera los tengo que tocar. Puedo ver los colores a su alrededor, la luz que les sale del cuerpo. A veces esa luz se interrumpe. ¿Me entiendes? ¿No? Deja ver… es como si el cuerpo fuera una vela.

Lo tomó de la mano y lo condujo hasta donde estaban las veladoras prendidas.

—La llama es como el alma. ¿Pero ves cómo brilla la cera? La llama ilumina la vela, ¿lo ves?

Cruz observó las velas. Sus formas de cera brillaban bajo las flamas, enrojeciéndolas como si tuvieran sangre adentro.

—Ya veo.

Limpiando una vela, le dijo:

—El hollín en la vela bloquea la luz. Eso mismo hacen las enfermedades. ¿Ves? Las enfermedades hacen como… una sombra. Yo veo esa sombra.

Ella regresó a la banca.

La mano de Cruz, donde la había estrechado ella, se sentía tibia. La frotó en sus pantalones.

—A veces puedo ver la sombra.

Cruz fue hacia la banca y se sentó detrás de ella.

Estaban tan cerca que podían olerse el uno al otro.

—¿Te puedo tocar?

Ella se quedó callada un largo rato.

—Para bendecirte.

—Normalmente soy yo la que bendice.

—Pero ahora yo estoy aquí. ¿Puedo?

—Sí.

Le puso una mano en la espalda. La otra en su cabeza.

—Bendita seas, Teresa.

Luego le puso la frente sobre la espalda. Cerró los ojos.

—A veces —susurró ella—, tomo sus dolores en mi cuerpo. Llevo su enfermedad hasta mí y luego Dios me cura. Es muy difícil, me deja muy cansada. Es la mayor prueba de fe.

Él descansó la cara en la espalda de ella y la olió.

Cuando Cruz se despertó en la banca, ella ya no estaba. Ya era mañana y los ruidos de los trastes de la gente cocinando y desayunando llenaban el ambiente. Era el día en que los Tigres debían regresarse a Tomóchic. Cruz se levantó, hizo una genuflexión y se persignó; recogió su rifle y su sombrero y salió. El sol lo encandiló y se abrió paso entre los cuerpos de los peregrinos. Teresita ya estaba platicando en su portal con un pequeño grupo de peregrinos. Cruz vió a Rubén y a San José parados cerca de los escalones. El Segundo se le quedó viendo, se inclinó sobre el barandal y escupió.

—¿Dónde andaban? —preguntó a sus hombres.

—Durmiendo —dijo Rubén.

San José le sonrió.

—Tuve un milagro.

—¿Ah sí?

A Cruz ya se le había olvidado el tumor en el cuello de José.

—Enséñale —dijo Rubén.

—Mira.

José apartó la vista de Teresita y le vio el cuello. La masa púrpura ya no estaba. Una cicatriz larga quedaba en la parte de atrás del cuello de José donde antes estaba el tumor. Estaba caliente y rasposo como lagartija, pero ya no tenía el tumor.

—¡Se fue! —dijo San José riendo.

Cruz se le quedó mirando a Teresita. Ella alzó la vista y le sonrió.

—Hija de Dios —dijo Cruz.

Cincuenta

LA NOTA ESTABA en el columpio del portal, con una de las recientemente desplazadas piedras de la plazuela encima.

De: Yo, el Papa del México Libre, Pastor Cruz Chávez, líder de Tomó-chic, Capitán de los Tigres de la Sierra.

Para: Usted, Hija de Dios, Teresa Urrea, también conocida como la Santa de Cabora, pero yo prefiero Teresita.

Mi querida Santa. No, tú no quieres que te llamen Santa, ¡y que Dios te bendiga por ello! ¿No dice en el Buen Libro que todos los que creemos somos Santos en Dios? ¡Amén!

Querida Teresa.

¿Te puedo llamar Teresa? La verdad es que gustaría llamarte Teresita, ¿está bien?

Teresita, soy yo, Cruz. El Señor me ha señalado que te informe que pasastes la prueba que te hicimos. ¿Lo dije bien? Perdona mis faltas de ortografía (pensé que te gustaría esta palabra tan larga), pero hago lo que puedo. Amén.

José se alivio cuando lo tocaste. ¡Por el Espíritu Santo! ¡El Espíritu sea glorioso! Amén. Tenemos que regresar. Amén. No te gusta el nombre, pero te pusimos entre nuestros santos y ángeles de la guarda. Tomóchic será siempre parte de tu congregación personal. Esperamos que llegue el día en que vengas a las montañas y prediques tu evangelio.

Hasta ese día, rezaremos por ti. Prenderemos velas en tu honor. Y en nombre de todo lo que es santo, mataremos a todo el que vaya en contra tuya. Amén y Amén.

> *En Dios,*
> *Cruz Chávez*

¡Escríbeme!

¡MANDO ESTA POR MENSAJERO!

Mi querido Papa, su santidad:

Hoy me vi forzada a dejar morir a un hombre. Fue muy triste. (Tal vez recuerdas nuestras conversaciones. ¡Yo las recuerdo!) Sus hijos lo trajeron en una camilla. Era viejo y débil. Sus entrañas estaban ya huecas por el cáncer.

Me pidieron que salvara a su padre. Me arrodillé delante del viejo y le tomé la mano. "No puedo salvarlo", le dije. "¿Me tengo que morir?", preguntó. "Sí". Los hijos empezaron a gritar que yo era una impostora, un demonio. Dijeron que yo no tenía poderes. Traté de calmarlos. Les dije que yo nunca he tenido poderes. "El único poder que existe es el que ustedes tienen. Dios tiene el Poder. Nosotros estamos aquí para servir". Pero estaban muy enojados conmigo.

¡Cruz! ¡Hay mucha gente enojada conmigo! Nunca me ha gustado que me griten, tú lo sabes. Mi tía me gritaba cosas terribles. ¡Ay! ¡Cómo quisiera caerles bien a todos!

¿Alguna vez te sientes así? Ah, tú eres un gran Tigre, no te importa si le caes bien a la gente o no, ¿verdad? ¡Eres muy fiero!

Le susurré al viejo. Le dije lo que nosotros sabemos (del cielo y Dios). Fue él quien calló a sus hijos. ¿Crees? Los llamó y les dijo: "No griten hijos, no se enojen. Ella me ha dado el mejor regalo, algo mejor que aliviarme. Me ha dado paz. Me ha dado una muerte serena. No tengo miedo". Se lo llevaron. Me duele el corazón después de un día como éste.

Me quedé triste cuando vi que ustedes los Tigres se habían ido. Pero me encantó tu carta.

Tu amiga
Teresita
No la "Santa"
de Cabora

P.D. Nada de violencia. No maten a nadie.

Cincuenta y uno

TOMÁS NO PODÍA DORMIR. Aún en las noches en que su deliciosa Gabriela lo envolvía en la tierna fragancia de su sexualidad y hacían el amor ya tarde, permanecía despierto después. Podía sentir la presión de los cuerpos contra la pared. El extraño gorgoreo de la multitud. Toses, llantos, hipos. Estómagos y narices emitían incesantes ruidos horribles, pero eran tan suaves, especialmente mientras dormían, que casi se transformaban en un canto, como el sonido del río en aquel distante día en que habían empezado la jornada en Ocoroni y habían cruzado en la panga. Un pensamiento lo llevaba a otro. El sonido del viento de algún modo lo llevó de nuevo a las tumbas apocalípticas de los indios en el desierto y se los imaginó retorciéndose allí todavía, tratando de cavar la dura tierra con sus cabezas.

La Gabriela dormía a su lado en esa deliciosa nube de siempre. Puso la cara en su cabello y la olió. Después posó sus labios en el estomago desnudo y rozó su ombligo. Jaló la sabana y la tapó. Se sentó en la orilla de la cama y puso los codos sobre las rodillas.

—¡Ay! Demonios —murmuró.

Se levantó, se puso los pantalones con los tirantes colgando. Traía una camiseta blanca. Se lavó la cara y se asentó los cabellos todavía abundantes. ¡No se estaba quedando calvo! Se arregló el bigote. Mejor se iba a la cocina a ver si había algo de comer. Salió descalzo y bajó por la escalera. Checó la puerta de enfrente para asegurarse de que estaba atrancada. Se fue por el largo pasillo a oscuras, apoyándose en la pared. Dobló la esquina que daba a la cocina y encontró a Teresita sentada a la mesa.

—¡Ay! —dijo.

—¡Ay! —se asustó ella.

Había encendido dos velas. Enfrente de ella estaba un plato con una rebanada de calabaza. Un vaso de leche que había pasado por un cedazo, el cual tenía natas y pelos de vaca.

—Papá, me asustaste.

—No me podía dormir.

Ella asintió.

—Pensé que comer algo me ayudaría.

Ella hizo un gesto hacia su calabaza.

—Yo también.

Se quedó parado por un momento, sin saber qué hacer. Finalmente avanzó hacia ella y le puso la mano sobre la cabeza. Le llegó un olor a rosas. Sí, le esencia legendaria. Casi se sorprendió al sentir su cabello suave y su cabeza dura y curva. Por poco le dice asombrado: "¡Eres de verdad!"

—¡Bueno, vamos a ver qué hay!

Se fue a la despensa a grandes zancadas.

—Hay una lata de duraznos.

—Suena bien.

—¿Qué es esto? —preguntó con una lata en la mano.

—Pudín de ciruela.

—¿Y eso qué es?

—No sé. Es de Inglaterra.

Él estudió la lata.

—Dice aquí que tiene ron.

—Bueno, a ti te gusta el ron.

—¡Es cierto!

Llevó la lata a la gran mesa de metal y le ensartó el abrelatas. El rico aroma del pudín de ciruela con ron llenó la cocina.

—¿Tú crees que el café todavía esté caliente? —le preguntó a Teresita.

—Lo dudo. Además, no creo que quieras tomar café a medianoche.

—Tal vez no.

—Toma leche.

—¡Asco!

—¡La leche te cae bien!

—La leche es asquerosa.

En el vaso de ella, la leche se veía aguada y medio azul a la luz de las velas.

—Yo no le veo nada malo.

—Sale de una vaca.

Ella se rió. Tomás vació el pudín en un plato y lo olió. Tomó una lata de crema y le echó al pudín. Se sentó.

—Eso también salió de una vaca —le dijo Teresita.

—Pero no me lo estoy tomando, me lo estoy comiendo. Y el ron le da mejor sabor. Beber leche es como beber sangre.

Ella tomó un trago de leche para pasarse un bocado de calabaza.

—Te has vuelto loco.

—Mira quién habla.

Se rieron.

Tomó una cucharadita de pudín y se la puso en la boca.

—Está muy sabroso.

—Papá —le dijo ella—, no sabía que hubiera cosas que te molestaran.

Él agitó la cuchara.

—Hay un millón de cosas.

—¿Por ejemplo?

—A ver, déjame ver. Si estoy comiendo pescado y muerdo una espina, me enfermo.

—¿De veras?

—O si encuentro una piedra en mis frijoles. ¡De hecho, cualquier cosa inesperada en mi comida me da náuseas!

Ella se rió.

—¡Qué delicado!

—¡Sí, cómo no! ¿Acaso no hay nada que no te guste comer a ti?

—No me gusta la cerveza.

—Pero si la cerveza es como la vida misma.

—Dicho como un verdadero borracho.

—¡Oye!, no me faltes al respeto.

El ron lo estaba haciendo moquear.

Teresita continuó:

—Yo siempre pensé que la cerveza era dulce. Pero es amarga. También pensaba que el tabaco sabía a chocolate.

Tomás agarró la última cucharada de pudín.

—Se me hace que el problema son tus expectativas.

Ella comió más calabaza.

—Puede ser, como nunca he sido realista.

—El idealismo mata. —Y luego—: Todavía tengo hambre.

—Hay jamón en la pared.

El último acto de Aguirre había sido crear una nevera en la pared más lejana de la chimenea. Una cisterna de agua hundida en el adobe rodeaba el sitio donde estaba la nevera e impedía que se calentara. Tomás sacó el jamón, trajo un pedazo de pan y un cuchillo.

—¿Quieres vino?

—La mera verdad no me gusta el vino.

—¡Ah, otra revelación!

Se sirvió un vaso de tinto.

—Bueno, hay algo más que me molesta —le dijo.

—¿Que?

—¿Por qué tienes que oler a rosas?

Teresa se le quedó mirando.

—Puedo oler las rosas en ti.

Ella se olfateó a sí misma.

—Yo ya no lo huelo. ¿Es muy fuerte?

—No mucho.

—Menos mal.

—Siempre me he preguntado… ¿por qué a rosas?

Ella le sonrío.

—Supongo que todos los santos huelen así.

—Ya busqué en mis libros. Algunos olían como tú.

—A Nuestra Señora le gustan las rosas.

—Ah bueno, eso lo explica todo. Nuestra Señora.

—La Virgen de Guadalupe le llevó rosas a Juan Diego.

—Sí, sí, ya sé quién es Nuestra Señora.

—Pero tú no crees.

Le extendió las palmas.

—Lee la historia, querida. Esa loma donde se apareció, Tepeyac, ahí los aztecas habían estado "viendo" a su propia diosa durante años. Tonantzin, ¿no? ¿Una Virgen? Los curas sólo sobrepusieron una historia encima de la otra y usaron el mismo lugar para el mismo tipo de deidad.

Ella entrecerró los ojos.

—El mundo de la razón debe ser un lugar muy solitario.

Eso lo sorprendió.

—Papá, ¿no crees que la madre de Dios es mas vieja que los aztecas? ¿No crees que si se nos apareciera aquí, en este momento, la gente pensaría que era yaqui o mestiza? ¿Que los aztecas sólo podrían comprenderla como una figura azteca? ¿Cómo iban ellos a saber otra cosa que no fuera religión azteca?

—*Touché* —le dijo.

Los dos sentían una suave tibieza en el pecho. Les encantaba discutir. Los dos sonreían.

—Pero estas rosas —continuó como si no la hubiera oído.

—Las rosas son señal de gracia.

—¿Para quién?

—Para Dios, para Nuestra Señora.

—¿Qué te he estado diciendo? Esos son cuentos de hadas.

—¿Este olor es cuento de hadas?

—¿Por qué no madreselva o lavanda?

Ella se encogió de hombros.

—Y yo que pensaba que te gustaban las rosas.

—¿Quién te lo dijo?

—No sé, yo pensaba que le gustaban a todo mundo.

—Pues a mí no.

—¿Nunca te ha gustado?

—No.

—¿Ni siquiera ahora?

—¡Por supuesto que no!

Ella aplaudió y se rió.

—¡Esto es maravilloso!

—Lo siento mucho.

Ella le puso las manos en las mejillas.

—Maravilloso.

Se rieron y comieron.

—¿Viste a los apaches? —le preguntó ella.

—¿Hoy?

Ella asintió.

—A veces vienen a verme algunos apaches.

—¿Y cómo los reconoces?

—Porque me dicen *somos apaches*.

Él sonrió.

—¡Muy chistosa!

—Querían preguntarme por qué los yaquis y La Gente en Cabora se interesaban por Jesús.

—¿Y qué les dijiste?

—Les dije que Jesús resucitó de entre los muertos y volvió a caminar.

—¿Y ellos qué te dijeron?

—¿Y eso es todo? ¡Los chamanes hacen eso todo el tiempo!

—Esos pecadores no aceptaron a tu salvador, ¿eh?

—Me temo que fue mi culpa.

—Vas a tener que confesarte.

—Sí, parece que desperdicié una oportunidad de evangelizar.

—¡Doctrinas peligrosas! ¡Herejías indias!

—Shhh, no todos están despiertos.

El se encogió de hombros.

—¿No estás cansada?

—¿De qué?

—Tú sabes de qué.

—¿De todo esto? —dijo haciendo un gesto con la cuchara.

—Sí, de todo esto. De este desmadre de santos y pecadores. De todo esto, hija.

Se quedó callada por un momento. Jugaba con la cuchara. Se limpió la boca con la servilleta.

—Todos los días.

—Si pudieras, ¿qué harías? ¡Y no me digas que nada!

Ella se quedó pensando, viéndose las manos.

—No sé…

—Anda, dime. Soy tu pobre y viejo papá.

—Ah, me quedaría quieta.

—¿Quieta? Eso no está muy claro. ¿Quieta cómo?

—Pues quieta. Viviría en una casa pequeña y fresca bajo los árboles. Donde nadie me viera. Sembraría hierbabuena, maíz y tomates. También cilantro. Buscaría un hombre bueno y humilde y tendría un hijo y… sería olvidada.

Se quedaron viendo largo rato. Los ojos de Teresita se humedecieron. Tomás extendió su brazo sobre la mesa y le tomó la mano.

—Teresita —susurró.

Ella hizo un gesto con la cabeza.

—Podríamos mandar a todos a su casa.

—No.

—Podríamos parar todo esto. Empezar de nuevo. Nos podríamos cambiar a Álamos y tener una casita allá. O…

—No es mi destino.

—Tú haces tu propio destino.

—Dios hace nuestros destinos.

—¡Dios es un cuento de hadas!

Ella movió la cabeza.

—Se te olvida que he visto a Dios y su mano tocó la mía.

Tomás le soltó la mano, no fuera a haber alguna descarga, algún cosquilleo misterioso. En ese momento no estaba preparado para señales divinas.

—Fue una alucinación —le dijo tiernamente.

Ella volvió sus ojos hacia él con lástima.

—No puedes ganar tu pleito con Dios. Estás enojado. Fuiste huérfano. Tus papás murieron cuando eras apenas un niño. Agitas tu mano hacia Dios y lloras y lo maldices cada noche al irte a dormir. Pero no puedes ganar. En la mañana, Él todavía está ahí, esperándote. Todos los incrédulos son iguales.

—¿Y?

—Y tú siempre pensaste que eso te hacía diferente. Tú siempre te sentiste único, por encima de los tontos que creen en Dios. Pero todos los que dejan de creer piensan que son más inteligentes que los demás. Compiten entre sí, no con Dios. ¿Has visto cómo los niños dicen que no tienen miedo cuando están aterrados? ¿Cómo dicen que son inocentes a pesar de que hay una ventana rota y tienen las piedras en la mano? Pues ustedes los que no creen son así. Son muchachitos tristes.

—¿Por qué crees que sabes esas cosas?

—Si te fijas, es obvio. Puedo ver más que lo que tu crees.

—¿Por ejemplo?

—Como tu aura. Quiere ser dorada y blanca, pero tus corajes la hacen roja y…

Tomás la interrumpió.

—Hija, hija, hija, ya para eso. Hija, me preocupas.

Ella se recargó en la silla.

—Ya sé. Yo también me preocupo.

—¿Quién eres?

—Soy la misma muchacha de siempre.

—No, no me digas eso. Seas lo que seas ahora, ya no eres la misma muchacha. Ya no.

Ella llevó su plato al trastero.

—Tal vez no. No lo sé.

—Si te fijas, es obvio —le dijo burlándose suavemente de ella—. ¿Eso me hace santo a mi también? ¿Ver lo obvio?

—Yo nunca he dicho que sea una santa.

—Pero ellos sí.

—Yo trato de evitarlo.

—Tú has querido ser santa desde que empezaste a hablar.

Ella se le quedó viendo fijamente.

—Dime que me equivoco.

Fue hasta una repisa y halló un pequeño habano. Lo encendió y dio una bocanada.

—¿Sí o no?

Ella suspiró. Si hubiera sido vaquero, hubiera escupido en ese instante.

—Tal vez nunca pensé en ello.

—Por supuesto que sí.

—¿Acaso es delito querer ser buena?

Se sacó el retorcido cigarro de la boca.

—Calma, no te exaltes.

Ella puso la mano sobre su cabeza.

—Ay, no sé. Quería un novio, un perrito, un vestido rosa.

Volteó hacia él y sonrió.

Fue cuando escucharon los toquidos en la puerta. Debía haber comenzado hacía rato pero no lo habían notado.

—¿Y eso qué es? ¿Un ratón? —dijo Tomás.

Ella encogió los hombros.

Él se levantó y fue hasta la puerta, quito la aldaba y la abrió. Ahí, en el escalón de atrás, estaba un chamaquillo apestoso y harapiento. Su olor a enfermedad y basura entró a la cocina.

—¡Ah, cabrón!

Era un niño indio. Sus pies descalzos estaban negros, las uñas partidas y sangrantes. Traía unos pantalones totalmente destrozados, una chaqueta vieja y quemada y no traía camisa. Sus ojos lagrimeaban y su labio superior se encontraba lleno de mocos cristalizados. Tenía el cabello tieso y parado, como si le salieran picos de su cabeza.

—Ví las luces.

Tomás se mareó de la peste.

—Pues claro que viste luces, aquí vivimos.

—Me esperé. La Gente dice que huelo muy feo y no me dejaron venir en el día. No me dejan acercármele. Me esperé a que todos se durmieran para poder venir.

Teresita le abrió los brazos.

—Pasa —le dijo.

Lo agarró de la mano.

Tomás trato de bloquearlo con una rodilla, pero Teresita lo pasó por un lado de su padre. Entró tímidamente, la nube de su peste llenando el cuarto.

—Chamaco, hueles a mierda —le dijo Tomás.

El niño se echó a llorar, se cubrió la cara con las manos y empezó a sollozar. Teresita lo abrazó, manteniendo su propia cabeza lejos de la cabeza de él, pues era ahí que se concentraba el mal olor. Tenía el cabello duro y brillante. La parte de atrás del cuello estaba mojada.

—¿Qué te pasa, muchacho? —le preguntó.

—Disculpe.

—Bueno, bueno, nomás las niñas lloran. ¡Nosotros somos hombres machos!

El cuello del niño estaba tieso. La peste era de carne echada a perder y sangre vieja. Teresita le vio la cabeza; la tenía llena de granos infectados. Traía pus por todo el cráneo y se le había coagulado por todo el cabello. Se le había pegado la tierra y le había formado los picos en la cabeza.

Tomás se agachó y arrugó la nariz.

—¡Carajo! ¿Qué es eso?

—Granos.

De repente Tomás recordó al viejo con los latigazos infectados en la espalda. ¿Cuándo había sido eso? Ya hacía muchos años. No podía recordar el día o el año. Quería decirle a Teresita, pero no hubo tiempo. Ella apartó suavemente el cabello del niño y vio pequeñas criaturas negras ahogándose en pus. Movían sus patitas.

—¡Dios mío! ¿Qué es eso? —preguntó Tomás.

—Son piojos.

—¡Piojos!

—¿Nunca habías visto piojos?

—No, Teresa, ¡nunca había visto piojos! ¿Qué crees que soy, un campesino?

—Difícilmente, papá. Yo tuve piojos.

—¿A poco?

—Todos los que viven fuera de la Casa Grande han tenido piojos.

—¡No te creo!

Ella lo vio y se preguntó qué se sentiría ser tan ignorante del mundo.

—Mira, lo mordieron tanto que se rascó hasta abrirse la piel. Se le infectó, tiene todo podrido.

Tomás fue a la mesa y se sirvió vino. Se lo tomó de un trago y se sirvió más.

—¡Pobre chamaco!

El chiquillo sorbía ruidosamente. Teresita lo sentó en una silla y le quitó la chaqueta llena de pus. Puso unas galletas en un plato y le sirvió parte de su leche.

—¿Cuándo fue la última vez que comiste?

—No sé.

—¿Donde están tus padres?

—Muertos.

—Entonces, ¿quién te cuida?

—Los perros.

Tomás hizo un ruido con la garganta. ¡Perros! Fue hasta un cajón y sacó un pedazo de chocolate. Se lo dio al niño.

—También mis padres están muertos —le dijo.

—¿De veras? —le dijo el niño mirándolo. Le bailaba un ojo. Una liendre le apareció en la ceja. Teresita se la quitó y la mató con las uñas de los pulgares.

—Consígueme unas tijeras.

Tomás buscó por la casa hasta que encontró unas tijerotas en la vieja recamara de La Huila. La habían dejado tal cual todo este tiempo. Nadie tenía corazón para sacar sus cosas.

—Bien. Ahora pon agua a calentar. Tráeme unas pocas de las flores violetas del cuarto de La Huila. Están colgadas en el medio. Agarra un puño y ponlas en el agua mientras le corto el cabello.

Fue de nuevo al cuarto de La Huila y buscó entre los manojos de hierbas colgados del techo hasta que las encontró.

—¿También las hojas?

—No, sólo las flores, por favor.

—Bueno.

Ella se inclinó hacia la cabeza del niño y le empezó a cortar el cabello cuidadosamente.

—Te vas a ver un poco chistoso sin cabello, pero te vamos a quitar todos los piojos.

—Con tal de no apestar, está bien.

—También te vamos a quitar la peste.

Tomás echó las flores secas en el agua.

—¿Y ahora qué?

—Ven.

Fue hasta la silla. Teresita había rapado al plebe y se le veían los piojos por toda la cabeza.

—Sácalos.

—¿Sacar qué?

—Los piojos.

—¿Es broma?

—No estoy bromeando, sácalos y apachúrralos.

—¡Pero me voy a llenar las manos de pus!

—Después te las lavas.

—¡Pero eso es asqueroso!

—No, papá, dejar que sufra un huérfano es asqueroso.

—¡Chingada madre!

Agarró una de las pequeñas bestias y lo tronó entre sus uñas. Fue extrañamente satisfactorio.

—¡Me fregué en él!

—Buen trabajo.

Agarró otro. Era curioso, si olías un buen rato la peste del niño ya no la notabas. Estuvieron matando piojos por tanto tiempo que el chamaco se durmió bajo sus dedos. Tomás se limpió tanta pus en la parte de enfrente de sus pantalones que se le hicieron dos feas manchas. Por primera vez en su vida se sintió… bueno, *santo*.

Inesperadamente, Teresita interrumpió sus pensamientos para decirle:

—¿Jesús lavó pies sucios, sabes?

Fue hasta el cazo con las flores violetas y lo puso a enfriar sobre la mesa. El niño estaba roncando. Cuando el agua estuvo lista, Teresita mojó pedazos de tela y empezó a lavar suavemente las heridas. El chamaco se sobresaltó un poco pero siguió dormido.

—Ni siquiera sabemos cómo se llama —dijo Tomás.

—Esperemos que no sea otro Urrea —le dijo ella sonriendo.

—No me hace gracia.

Lavaron todo el pus de la cabeza. Ella le untó una pomada amarilla en las heridas y le envolvió la cabeza con una venda.

—¿Qué vamos a hacer con él?

—¿Por qué me preguntas a mí?

—Porque tú eres el patrón ¿qué no?

—Yo no estoy a cargo aquí. Ya perdí control de todo.

Ella tomó al chico en sus brazos y lo cargó hasta la sala. Lo acostó en el sofá y se sentó al lado de él, acariciándole el delgado torso.

—Dame una cobija.

Tomás corrió arriba y sacó una cobija del baúl de cedro de su recámara. Cuando regresó, Teresita se había quedado dormida con la cabeza sobre el pecho del chamaco. Tomás la vio dormir por unos instantes. Luego tomó sus pies y los levantó volteándola suavemente para que la cabeza descansara al final del sofá. Los pies de ella quedaron cerca de la cara del niño y los pies de él en las axilas de ella. Bueno, era lo mejor que podía hacer. Los cubrió a los dos con la cobija. Cuando se sentó en el suelo por un momento para meditar acerca de lo sucedido esa noche, se quedó dormido al lado de ellos y así los encontró la Gabriela en la mañana, soñando juntos en el amanecer color naranja.

Libro V

LA OSCURIDAD
DE AFUERA

¿Fue también una ilusa, aquella criatura toda nerviosa, vibrante y dulce, dulce y tenaz, que llevaba en sus ojos una llama turbadora, ya estimulante y fiera como una ración de aguardiente y pólvora, ya benigna y plácida y adormecedora como un humo de opio...?

¡La Santa de Cabora!...

¿Habían inducido aquellos sus ojos elocuentes y fúlgidos —cuya radicación circundaba su rostro con un nimbo que encendía entusiasmos milagrosos en los pobres peregrinos que iban a ella desde lejanas serranías— habían sugestionado a los pueblos montañeses de Sonora, de Sinaloa y de Chihuahua, para que centelleasen aquellas rebeliones y aquellas turbulencias que sólo podían ser aplacadas ahogándolas en llamas y sangre...?

HERIBERTO FRÍAS
Tomóchic

Cincuenta y dos

LAS PRIMERAS SEÑALES de la revuelta parecían tenues. Mexicanos emocionados mezclando tequila y religión. Una piedra rompió la ventana del Presidente Municipal de Navojoa. Un Rural que andaba solo fue expulsado de un pueblillo polvoriento por una bola de abuelas armadas con varejones. Los viejos cuerpos de los dos indios que habían estado colgados durante dos años en un álamo a la vera del camino a Salsipuedes, fueron bajados y enterrados. Sin embargo, pronto las cosas se pusieron más interesantes.

Las patrullas de soldados a menudo eran saludadas con gritos de ";Viva la Santa de Cabora!" El General al mando del destacamento de Fuerte Huachuca en las afueras de Tucsón, notó que los nativos empezaban a usar escapularios de Teresita y lo puso en su reporte a Washington. Un agiotista prusiano fue quemado no muy lejos de Cabora. La Gente local dijo que a su casa le había caído un rayo y el "gran poder de Dios". Los Rurales dijeron que habían visto antorchas chamuscadas en las ruinas.

El Padre Gastélum había estado recorriendo el distrito de Chihuahua durante meses, para escapar del calor de Sonora y de la idiotez de la "Niña Santa" y su chusma. Su difícil recorrido lo había llevado por arriba del barranco de Salsipuedes hasta las sierras y sobre la región Papagóchic, tierra de los tarahumaras y los recalcitrantes tomochitecos. Predicaba en la iglesia de Tomóchic cada dos meses. Se había espantado al encontrar en la capilla una estatua de Teresita tallada en madera. Esos imbéciles le habían encendido velas, le habían colgado milagros de plata a su patético rebozo, un trapo que habían enredado a la estatua. ¡Herejía! Rindió parte al Gobernador Carrillo en la ciudad de Chihuahua y envió un telegrama a la Ciudad de México, así como un incendiario reporte de herejía al

Vaticano. Se prometió a sí mismo parar este movimiento blasfemo, así tuviera que prenderle fuego a Cabora con sus propias manos.

Lauro Aguirre deseaba irse a su casa y deseaba ver de nuevo a Tomás para observar la transformación de Teresita con sus propios ojos. Pero en las actuales circunstancias sabía que podían ponerlo frente al primer pelotón disponible, o peor, colgarlo. Relativamente seguro en El Paso, Tejas, había escrito una interminable serie de artículos, panfletos, editoriales y volantes, ensalzando las virtudes de los yaquis; de las revueltas; de la Santa de Cabora. Criticaba y vilipendiaba a Díaz y ocasionalmente tenía que esconderse en callejones para esquivar a los matones mexicanos enviados de Ciudad Juárez a tratar de silenciarlo. Pero él no callaría. Publicaba su periódico *El Independiente* en un localito en el puro centro de la ciudad. La mayoría de sus empleados eran compañeros refugiados que habían escapado del régimen de Díaz.

Aguirre recortaba artículos de periódicos y revistas gringos, la mayoría de ellos inexactos y llenos de cinismo e intolerancia. Sus amigos le enviaban piezas de la prensa de San Francisco y Nueva York. Compraba regularmente los periódicos de Arizona y Nuevo México, buscando alguna mención de la Niña Santa. Teresita era un fuego que debía ser atizado. Tucsón, Tombstone, Silver City. Aguirre traducía artículos americanos y se los enviaba directamente a Tomás. Tal vez la prensa americana podría convencer a su viejo camarada de que la hora de levantarse en armas se acercaba.

Aguirre publicaba semanalmente asombrosos testimonios de los milagros de Teresita. Por supuesto que Aguirre no creía en milagros, por lo menos no en los que ocurrieran fuera de las sagradas escrituras. Hasta sospechaba que esos milagros no eran más que leyendas y cuentos. Algunas de sus gentes creían que la tumba de Benito Juárez o el retrato del General Santa Ana podían curar a los enfermos o conseguirles fortunas y conquistas románticas. México estaba lleno de "milagros" y "santos".

Pero los mexicanos de las tierras fronterizas creían y eso era emocionante para Aguirre. Los yaquis estaban listos para pelear. Sin embargo, el populacho de las tierras del Norte de México se levantaría en armas más pronto si se les aparecía la Virgen de Guadalupe. Aguirre podía llamar a un levantamiento hasta quedarse sin aliento y lo más que harían sería asentir y decirle: "Sí, amigo, alguien tiene que hacer algo". ¿Pero una santa? ¡Por Dios! Teresita era la diosa de la guerra.

—¡La Santa clama por Tierra y Libertad! —escribía.

"¡Teología de la liberación de la muchacha Santa Yaqui!" era el encabezado de una columna dominical.

¡Dios les dio la tierra, clama la Niña Santa de Cabora! ¡Políticos y oligarcas les han robado su patrimonio, insiste la santa de Sonora!

Sus esperanzas no se desvanecían. Escribía continuamente, sin descanso, enajenadamente, produciendo línea tras línea, con la esperanza de transformar el mundo con sus nobles escritos. Escribió:

En el hombre el sentimiento de justicia es innato:
Ese sentimiento que no se oculta dentro de sí,
Sino que se manifiesta con la mejor intención
En sus acciones, mientras los menos iluminados,
Los individuos menos educados por alguna ley
No escrita de compensación, natural y necesaria
Para la Ley de Responsabilidad Humana en la cual
La Razón encuentra ilustración y las ideas y
Sentimientos se vuelven educados y entonces los
Sentimientos pierden la urgencia instintiva de ser,
Como ideas y sentimientos, ¡guiados por la Razón!

Hasta Tomás, cuando recibía estos volantes, se les quedaba viendo por largo tiempo antes de decir, "¿qué fregados está diciendo?"

Tomás llamó a Teresita una tarde.

—Siéntate —le dijo.

Se sentó frente a él en el estudio, se quitó los zapatos y hundió los dedos en el tapete. El vio los pies descalzos y frunció el ceño.

—Andas descalza.

—Tú también deberías andar así.

Su sonrisa era falsa y apenada.

Ella le dijo:

—Vamos comiendo chocolates.

El masculló y abrió una lata de chocolates franceses y la deslizó hacia ella en la mesita que estaba entre ambos.

—¿Quién inventó el chocolate?

—Los mexicanos, querido papá.

—Correcto. Los nobles aztecas inventaron el chocolate.

—Nosotros le dimos al mundo el chocolate. Y el cacahuatl.

—Ah! El gran cacahuate! —entonó Tomás.

—¡Y aguacatl y guajolotl!, ¡y el maíz!

Se recargó y le sonrió.

—Verdaderamente somos los elegidos.

Ella mordió su bombón y cerro los ojos. Luego se comió otro y gruñó.

—Ése no es el comportamiento de una santa.

—Yo no soy santa.

Se chupó los dedos.

—¡Ah! Eso ya lo sé. Mira, Lauro nos envió otro articulo sobre ti.

—¿Qué dice?

—Locuras. Puras locuras. Este lo escribió él.

Le leyó la columna.

—¿Qué quiso decir?

—No estoy seguro.

—¡Ah que Don Lauro tan complicado!

Tomás se puso los lentes al final de la nariz y entrecerró los ojos.

—A ver, déjame ver… en este otro periódico tú eres la reina de los yaquis. Y tu padre es un viejo borracho. Y gordo.

—¿Y eso qué tiene de malo?

—¡Eres muy viva!

—Los yaquis no tienen reina.

—Aparentemente te tienen a ti.

Ella mordió otro chocolate, pero ya tenía náuseas.

—¿Algo más?

—Sí, tú eres la Juana de Arco mexicana.

Esto la dejo pasmada.

Agarró su bombón con cereza y decidió comérselo.

Algunos peregrinos iban con Aguirre a contarle que habían presenciado los milagros de Teresita. Un día una carreta con rumbo a San Antonio se paró frente a su casa. Salió con una pistola fajada en la espalda y una taza de café en la mano. Un mexicano flaquito, casi negro de sol, estaba sentado en la banca de conductor de una carreta. En la parte de atrás, su familia se asomaba a verlo. Una viejita estaba recargada en una pila de cobijas y le rascaba las orejas a un perro.

—¿Señor Lauro Aguirre? —le preguntó el esquelético mulero desde arriba.

—¿Sí?

—Venimos de Cabora.

—¿Quién estaba enfermo?

—Mi madre —dijo el hombre, señalando a la viejita.

—¿La curaron?

—Sí.

—¿Le puedo preguntar qué padecía?

—Desecho de sangre, de mis entrañas.

Aguirre asintió.

—Aquí abajo —agregó, tocándose entre las piernas.

—Sí, ya entiendo.

El carretero dijo:

—El hombre alto, el de Cabora.

—¿Don Tomás?

—Ése, dijo que usted nos pagaría si le contábamos la historia.

—¿Eso les dijo?

—Le pedimos dinero para regresarnos, pero nos dijo que mejor le vendiéramos la historia para su periódico.

—¡Ese bribón!

La gente de la carreta no dijo nada.

—Bueno, pues entonces vale más que pasen.

Se bajaron de la carreta haciendo mucho ruido.

—Supongo que también les dijo que les daría de comer.

—¡Ah, sí! No hemos comido y tenemos mucha sed.

—Espero que su historia sea buena.

—Sí es —dijo la viejita—. Y yo espero que su dinero sea bueno.

Aguirre nomás se rió.

—Es bueno, anciana, sí que lo es.

La casa era chiquita y amarilla. Detrás de una pared de bloques de cemento, dos perros gordos chacoteaban y ladraban. Había geranios floreciendo en latas viejas. Un rosal. La puerta de tela de alambre estaba chueca, la malla enmohecida y oscura. Las paredes de estuco estaban desteñidas, pero los toques blancos aún brillaban. La reja en la pared de bloques colgaba de resortes que sonaron *yoiiiiiing* cuando Aguirre la abrió. Sus dedos estaban negros de tinta. Los perros trataron de morderle los pies a la viejita, pero ella los pateó y se fueron. Dentro de la casa olía a viejo y a café quemado. A cigarros. Tosían. Sus voces eran viejas y secas como el desierto que los rodeaba.

La anciana estaba casi ciega. Se sentó en una silla anaranjada y aunque hacía calor, pidió una cobija para echársela sobre las rodillas. Su cabello era blanco y muy fino y lo usaba repelado sobre su cabeza. Sus mejillas estaban hundidas y ya no tenía dientes, lo que hacía que sus labios se movieran constantemente. Aguirre pensó en la palabra *molacha*.

Sus ojos estaban azules de cataratas, nublados. Tenía un rosario en el regazo y a su lado, en una pequeña charola, Aguirre había puesto una taza de café que estaba asentada en un charco sobre el plato. Su familia estaba arrinconada, como borregos nerviosos.

—Teresita —dijo la anciana.

—Sí.

La viejita cerró los ojos. Un reloj hacía *tic-tic*. Dos miembros de la familia de la anciana se vieron y rolaron los ojos. Ella extendió la mano.

—Acérquese más, señor.

Él se adelantó.

—Son cinco pesos.

Su familia se atragantó, como si se hubieran quemado la lengua.

—Primero cuénteme.

—Diez pesos.

—Primero su relato.

Aguirre abrió su cuaderno.

—Usted estuvo allá.

—Claro. Claro que sí estuve allá.

Ella tosió, tomó un sorbo de café, dejó la taza inclinada vaciando más café sobre el plato.

—La Santa me tocó una vez y me sanó.

Sonrió.

—Estuve sangrando por trece años, señor, ella me tocó y se acabó la sangre, alabado sea Dios.

Su familia murmuró: "Gracias a Dios, Bendito sea Dios".

—Fue muy amable, la Santa. Tocaba a todos. Caminaba por el campamento. Todos acampamos allá. Era como un día de fiesta. Nosotros dormíamos debajo de la carreta. Ella vino caminando y yo la ví y fui hacia ella y puso su mano en mi mejilla y me dijo: "Hola".

—¿Eso es todo?

—Eso es todo, señor. ¿Qué más quiere? —Se empinó la taza.

—Madre, dígale del caballero.

—¿Caballero? —preguntó Aguirre.

—Don Antonio. Era malo ese muchacho. Guapo. Un yori, hijo de un terrateniente. Dijo que vivía en Álamos —agregó el mulero.

—Pues Don Antonio andaba para Hermosillo en viaje de negocios sabrá Dios de qué. Esos yoris siempre andan aventando pesos en los mostradores y exigiendo.

Todos se rieron.

—Bueno, Don Antonio tenía una esposa. Le voy a decir Meche porque no me acuerdo cómo dijo el hombre que se llamaba. Meche era mucho más joven que Don Antonio y más ladina que un gato. Muy viva esa muchacha, ¿eh? En lugar de casarse con Don Antonio se casó con su dinero, ¿me entiende?

Aguirre asintió.

—Bien. Antonio tampoco era un ángel. Ah, los hombres —resopló con sus labios caídos, disgustada—. Antonio tenía mujeres por todas partes. Así era siempre. Y estoy segura de que tenía mujeres en Hermosillo. Eso es lo que todo mundo decía en Cabora. ¿En qué me quedé?

—Antonio y su esposa.

—¡Qué esposa ni qué ocho cuartos! Antonio andaba cabalgando camino a Álamos. Llegó al Rancho y preguntó: "¿Qué es esto?" "Pues una peregrinación". "¿Qué clase de peregrinación?" "Una peregrinación para ver a Teresa Urrea, ¡la Santa de Cabora!" Bueno, pues Don Antonio conocía a Don Tomás. Todos esos hacendados están cortados con la misma tijera. Como decían los viejos: "Los mismos cactos dan las mismas flores" —se ajustó la cobija en las rodillas—. Eran de los mismos, esos muchachos. Muchas mujeres. ¡Miles!

La mujer chasqueó la lengua y movió la cabeza.

—Y Don Antonio, al escuchar que la hija de Urrea de repente era santa, se rió en nuestras caras. "¿Quéeeee?, ¿la hija de Tomás Urrea es una santa?" Había estado bebiendo, claro. Todos esos hombres beben.

Era arrogante. Insultó a todos los peregrinos. Dijo que cualquier mujer que comía como él y se sentaba en un excusado como él, no era santa.

—Luego el caballero agarró sus tendidos y se fue a dormir.

—¿Y después?

—Bueno, luego todo mundo se despertó. Ya era la mañana.

—¿Qué hizo Teresita?

—¡Ay, ay, ay, estuvo muy bueno lo que hizo ella!

—¿Pues qué fue eso?

—Ah, bien, vino como todos los días. Primero, rezó en su capillita y luego se metió a la casa a comer. Luego vino con nosotros, como todos los días. Ese día, se quedó en el portal y llamó: "¡Don Antonio!" Todo mundo volteó, viendo alrededor. Él estaba ensillando su caballo. "¡Don Antonio!", lo llamó otra vez. A él se le puso la cara pálida. "¿Yo? ¿Es a mí?", preguntó.

La anciana sonrió al recordar.

—Se acercó. Parecía un muchachillo en problemas con su maestro, arrastrando los pies. Todo mundo estaba callado, viéndolo. Cuando llegó al portal, dijo: "Yo soy Antonio". Teresita le dijo: "Señor, quiero que sepa que sólo como fruta y verduras". Dicen que se echó para atrás como si lo hubieran abofeteado. Luego ella le dijo: "Y de lo otro, lo del baño, sobre ese proceso no tengo ningún control. ¡Ah! y otra cosa Don Antonio, su esposa se acuesta con su mejor amigo en Álamos. Ella está en sus brazos ahora mismo y planean sorprenderlo cuando regrese. Fíjese detrás de la puerta, pues lo estará esperando él con un machete y lo matará cuando entre".

—¡Ese Don Antonio salió de ahí como si llevara diablos picándole el culo!

La viejita se rió tanto que empezó a toser. Su hijo se arrimó y le palmeó la espalda.

—¿Sabe? ¡Dicen que llegó temprano a su casa y que halló a su amigo en la recámara con el machete al lado de la cama!

Aguirre les pagó quince pesos.

Publicó la historia de Don Antonio en la segunda página de la edición dominical. Apareció bajo un encabezado que se plagió de sus cartas a Cabora: ¡Como Santo Tomás, ver para creer!

Cincuenta y tres

EL GOBERNADOR DE CHIHUAHUA, el Licenciado Don Lauro Carrillo, había acampado como a tres millas de Tomóchic, en su propiedad Papigochic. Su recua de mulas formaba una bucólica remuda en la ladera, amarradas de una soga colgante entre los pinos. Seis tiendas amarillas como el sebo formaban un cuadro perfecto y los soldados de guardia se sentaban en sillas plegables importadas de Bavaria. En el extremo oriente de la plaza de tiendas de campaña ardía constantemente una fogata. Ahí, Carrillo estaba sentado leyendo sus reportes, bebiendo sus licores finos, debatiendo y presumiendo con su invitado de honor, don Silviano González, jefe político del distrito de Guerrero.

El señor Carrillo andaba en su gira anual por el estado de Chihuahua. Su misión personal para averiguar cómo estaban las cosas. Era la única manera de que un buen gobernador viera por sí mismo la realidad de su estado. Pero también era una gran oportunidad de dejar el Palacio de Gobierno, de hacer a un lado a los funcionarios menores que revoloteaban a su alrededor como mosquitos y además escaparse de su esposa y sus hijos. ¡Que Dios los bendiga y los cuide!

El señor Carrillo montaba sus caballos y bebía cuanto quería. Comía lo que quería, iba a donde quería. Llevaba rifles en estuches de madera de cerezo y mataba lo que quería. Cuando quería mujeres, sus asistentes encontraban putas finas de los pueblos por donde pasaban. A Don Lauro le hubiera gustado andar de gira todo el año.

Don Lauro Carrillo llevó a González del asombro natural a la estupefacción como un loco guía de viaje loco. Mire, mi querido colega, nuestros rojos cañones, nuestros púrpuras paisajes, nuestros atemorizantes abismos, nuestras águilas se remontan, nuestros osos rugen, nuestros leones se desaparecen como humo dorado, nuestros lobos aúllan a la luna. Y solamente la luna de Chihuahua es tan grade en el cielo, ¿no es así? Sólo la luna de Chihuahua es tan anaranjada y tan cercana. ¡La Sierra Madre con el ardiente desierto a sus pies y nieve coronando sus picos es la reina del continente!

Subieron atravesando los terribles niveles de la Sierra Madre por veredas amarillas de polvo sobre el rojo y violeta de las montañas. Recuas de mulas se iban adelgazando hasta ir de una en una cuando bajaban, rozando con su carga las rodillas de los jinetes que las montaban cuando se encontraban en las partes mas angostas del precipicio. Don Silviano se asomaba a menudo y se asustaba al ver los abismos donde se revelaban delgados listones plateados. Listones que seguramente eran ríos kilómetros abajo.

Ahora estaban descansando.

Don Lauro avivó el fuego con una rama pelada. En una pequeña mesa plegable importada de París por el último gobierno que había dejado la ciudad de Chihuahua, tenían licoreras de brandy y tequila. Don Silviano tomaba notas en su diario y las chispas saltaban a su alrededor.

—Gastélum —dijo.

—¡Un cura desagradable! —replicó Don Lauro.

—¿Será capaz de realizar tu plan, amigo?

—¡Tiene que hacerlo, mi querido Don Silviano!

—No tiene alternativa.

—Claro que no.

Se recargaron, extendiendo los pies hacia el fuego. Escucharon un toc-toc-toc a sus espaldas. Don Lauro levantó un dedo.

—¡Un pájaro carpintero!

Don Silviano se inclinó sobre su diario y escribió: *Un festivo pájaro carpintero se escuchó entre los árboles a nuestra espalda, su industrioso martilleo representativo de la madre Naturaleza inclinándose hacia la construc-*

ción de una *Nueva República Mexicana, ¡Dios mismo poniendo a la naturaleza dentro del plan Díaz!*

Don Lauro sirvió una copa de licor ámbar para cada uno.

—Por Gastélum.

—Por Tomóchic —contestó Don Silviano.

✴

Se habían encontrado con Gastélum dos días antes. Le habían mandado decir por correo que acudiera al campamento afuera de Tomóchic. Ahí, habían cenado pavo con papas asadas. El Gobernador había reservado sus más finas botellas de champaña para sus ilustres invitados y había hecho preparar un catre en una tienda individual para el buen cura. Fue la mayor comodidad que el clérigo había disfrutado en varias semanas.

Mientras estaban sentados frente al fuego, disfrutando puros cubanos y calentándose los pies después de cenar, sorbiendo café y ron, Gastélum se había quitado sus botas. Sus calcetines estaban sucios y tan raídos que tenían la consistencia de una gasa. Uno de sus dedos se le había infectado y esperaba que el fuego secara la constante supuración. El Gobernador y el jefe político trataban de contrarrestar el olor rancio del pie de Gastélum aspirando bocanadas de humo de sus cigarros. Pronto encontraron la manera sutil de alejarse del cura. Don Lauro pidió calcetines limpios y un asistente regreso rápidamente con medias de algodón provenientes del baúl del propio gobernador.

—Que el Señor lo bendiga.

Se quitó los calcetines casi podridos y ante los ojos horrorizados de Don Lauro y Don Silviano los arrojó al fuego.

—¡Por Dios! —se le escapó a Don Lauro y Don Silviano anotó en su diario: *Los efluvios nocivos de la carne descompuesta de Gastélum se fueron con el viento, sin duda para asustar a osos y coyotes y si hubiéramos puesto atención ¡es posible que hubiéramos escuchado sus pasos casi volando de pánico!*

Ya con calcetines limpios, habiendo comido, fumado, medio borracho y calentado con buen café, el Padre Gastélum sentía el Espíritu Santo cerca de él. Cuando el Gobernador le habló del plan, le pareció providencial. Seguramente la mano de Dios se mueve a grandes trancos.

Y el plan era realmente simple.

Era bien sabido que en la iglesia de Tomóchic se encontraban piezas artísticas de gran valor. Una serie de doce óleos adornaban el interior de la capilla. Nadie sabía de donde habían salido ni quién los había pintado. Los herejes de Tomóchic creían que los mismos ángeles habían pintado estos lienzos, ya que Tomóchic era la sede de la "religión verdadera", contraria a Roma. ¡El descaro!

La astucia del Gobernador Carrillo había reconocido que el reciente entusiasmo milagroso que había surgido entre las tribus del desierto y las montañas había llamado la atención en la Ciudad de México. También se le había ocurrido que las guerras indias eran muy enconadas y no se terminaban. Y más aún, se le había ocurrido que el mismo gran líder, el General Díaz, que Dios le conceda una larga vida, era un hombre cristiano. Su propuesta fue sucinta y punzante: ¿Acaso no sería en servicio del Señor y del gran estado de Chihuahua que les quitaran estos lienzos a los rebeldes de Tomóchic y se los dieran de regalo al gran líder?

Carrillo les dijo a sus invitados:

—Con este regalo que le presentaremos de mi parte a la esposa del gran líder, me aseguro de que tendré su apoyo y su afecto. ¡Y con eso, podré ser gobernador de por vida!

—Con eso ganará todas las elecciones —dijo Gastélum. Había sido tan claro y tan audaz que los tres hombres habían reído y brindado hasta altas horas de la noche.

❧

Ahora, en Tomóchic, Gastélum se preparaba para su sermón más importante. Después de revisar el estado de la capilla la noche anterior, se había horrorizado al constatar que la estatua de madera de Teresita, la muchacha bruja, todavía estaba ahí; sus ojos pintados de azul tan vacíos como

424 • LUIS ALBERTO URREA

los del mismo demonio. ¡Pintados! Había escuchado que querían instalar ese engendro, pero no esperaba verla en ese nicho obsceno. Había apagado todas las velas que había a los pies de la estatua.

Furioso, había llamado al jefe político del pueblo, Don Gregorio. ¡Como si de veras a alguien en este pueblo se le pudiera llamar don! Gastélum sabía que Don Gregorio era borracho y adúltero, tal vez el único pecador del pueblo. Qué divina ironía de Dios usar a ese hombre para hacer su voluntad.

Don Gregorio se encargaba de los deberes civiles cuando Cruz Chávez andaba ocupado haciéndola de Papa. Al principio se resistió cuando Gastélum le dijo lo del complot, pero Carrillo había mandado una talega de monedas y cuando los hinchados ojos de Gregorio vieron tantas águilas doradas parpadeó rápidamente y asintió con tristeza.

Ahora las campanas de la iglesia llamaban a misa, así que el padre Gastélum fue para allá a esperar a sus feligreses.

※

Tomóchic, julio de 1891

Mi querida Teresita:

La saludo como Papa de las sierras y como su representante ante México y las Tribus del Norte. (Soy yo, Cruz).

Tomóchic, tu casa en las montañas cuando decidas venir, ha sido presa de malas situaciones. Perdona esta carta tan larga. ¡Va a ser más un periódico que una carta! Pero por la Gracia de Dios podrás enterarte de todo y perdonar mi gramática y mi ortografía. ¡El hereje cura Gastélum vino a nuestro pueblo y predicó un sermón lleno de veneno de víbora dirigido a ti! Te pido perdón por reportarte cosas tan desagradables, pero tú debes saber ahora lo que el enemigo dice de ti. ¡Nos levantamos desafiando a ese papista romano! Pero primero te relataré lo mejor que pueda el sermón que predicó:

—El sermón de hoy, Las Prácticas Satánicas de la Señorita Teresa Urrea.

Nos retorcimos en nuestros asientos y algunos de los hombres trataron de levantarse, pero les hice señas de que permanecieran sentados. Vamos a oír lo que este papista diga.

—Esta joven es un aborto del infierno. Es la encarnación de Satán, pues ¿quién mejor podría representar a Satán que una mujer rebelde? Sus prácticas son diabólicas. ¡Sus sanaciones el vacío trabajo del diablo, nada más! La prueba de ello es que ¡predica en contra de las enseñanzas de Jesucristo y sus apóstoles!

Gritamos y gritamos, pero él continuó.

Cosas terribles. Ni siquiera recuerdo todo lo que dijo. Escupió su ponzoña durante una hora o más y los guerreros se quedaron quietos, pues en sus corazones habían resuelto permitirme enfrentar y contradecir a este déspota.

Me paré cuando trató de dejar el púlpito. Mi primer grito lo congeló y me dirigí a él firmemente y le dije:

—Señor cura, por lo que le hemos oído decir (le hablé de usted en señal del ya poco respeto que se merece) hemos visto que ¡no sabe lo que dice! (Se atragantó. Fue como una bofetada). Si usted supiera lo que dice, vería que la Santa de Cabora no predica en contra de las enseñanzas de Jesucristo, sino que ¡nos insta a vivir las enseñanzas de Jesucristo! (La gente que se había agrupado a mi alrededor todos dijeron Amén, ¡te lo aseguro!) Nuestro Señor mismo ha puesto enfrente de nosotros un gran ejemplo, ¡una gran maestra! Si seguimos sus enseñanzas, si vivimos su palabra, entonces iremos tras los pasos del Maestro y de esta manera podremos también ser tan obedientes como Jesús.

Gastélum puso su mano sobre el corazón como si lo hubiéramos apuñalado.

—¡Idiotas! —nos dijo—, ¡Ella sólo los está engañando! Los ha enredado con palabras. ¡Han sido seducidos por una ramera! —(perdóneme, Teresa, pero eso fue lo que dijo)—. Se irán todos al infierno y arderán con los demonios.

—Tal vez —le contesté. Entonces supe que no podría hacernos nada ni a mí ni a mi gente. Gastélum no tenía el poder de Dios consigo.

—Pero si ella es mala ¿por qué todas sus acciones son generosas, de caridad y conmiseración? De amor. Y usted y el resto de sus curas sólo predican odio. ¿Por qué es esto? ¡Ustedes odian a todos los que no son romanos y todo lo que hacen es buscar la manera de quitarnos el dinero!

—¡Diezmos! —gritó.

—¡Ella nunca nos ha pedido nada! —gritó Rubén—. ¡Sólo nos ha dado consuelo!

Yo lo interrumpí:

—¿Nos puede decir por qué Satanás aconsejaría a la gente que amaran a Dios y a sus prójimos mientras ustedes, que son los representantes de Dios, nos aconsejan que odiemos a todos los que no sean de su religión?

¡Empecé a predicar!

—Nosotros, señor Padre, somos muy ignorantes, es cierto. Y tal vez no podemos percibir la diferencia entre los que tienen la razón y los que no. Somos gente sencilla. ¿Habla usted con la verdad? ¿O es la muchacha de Cabora quien lo hace? Lo que le puedo decir es que nuestros corazones nos dicen que es ella la que dice la verdad, señor. Ella es la que nos dice que debemos amar a todos los hombres, sin considerar sus creencias o sus fallas, porque sólo somos hombres a la vera de Dios y por ello todos somos hermanos. Mientras los religiosos nos dicen que aquellos que no son romanos están lejos de Dios y él no los ama. Y ella nos dice que mientras más se alejan los hombres del sendero de Dios, más debemos practicar la bondad y el amor hacia ellos para promover su regreso. Así pues, señor, nuestros corazones nos dicen que Teresita nos habla con la verdad. Nuestra razón nos dice que si ella es la que dice la verdad no puede haber sido enviada por Satanás. Ha sido enviada como hija de Dios, para llevarnos por el buen camino.

El cura gritó:

—¡Blasfemias! ¡Cómo te atreves a contradecir el orden y las reglas que yo les he dado! ¡Son unas víboras! ¡Tontos! ¡Herejes! ¡Ustedes y su demonio deben ser excomulgados para siempre de la iglesia Católica!

Y así sucesivamente. Lo seguimos hasta afuera de la iglesia y ahí comenzó una acalorada sesión de gritos y maldiciones hasta que el buen padre se montó en su caballo y salió corriendo del pueblo, invocando toda clase de maldiciones sobre nuestras cabezas.

No fue sino hasta hoy que descubrimos que alguien entró a nuestra iglesia y separó los cuadros de ángeles de sus marcos y ¡se los robó! ¿Demonios? ¿Romanos? El gobierno. Alguien conspira con Gastélum y no sé a quién odia más, a ti o mí.

Rezo por ti y confío en que tú lo haces por mí.

¿Cómo está el columpio de tu portal?

Tu amigo y sirviente,
Cruz Chávez

❋

La respuesta llegó a Tomóchic en tren de mulas. Había sido llevada hasta el pie de las montañas por un vaquero en camino a la cacería de osos. Le había pagado a un corredor Rarámuri para que la llevara al desierto de Papigochic. Ahí, una recua de mulas se cruzó en el camino del corredor y le dio la carta al segundo arriero, quien era primo de Cruz Chávez. Ya era abril de 1892. Todo mundo quería leer el correo. Cuando Cruz abrió la carta, la leyó en silencio.

Diciembre de 1891

Mi querido Papá Chávez:

Perdona la tardanza de esta carta. La tuya acaba de llegarme y no creo que esta te llegue para año nuevo ¡o siquiera para el día de San Valentín! ¡Ah! ¡Cómo quisiera tener alas y volar! Así podría estar en Tomóchic contigo, mi amigo, lejos de estos espías, peligros y problemas que nos rodean a diario. ¡No dañen a nadie! ¡Ésa es la regla de hierro de Dios, Cruz! A ti te han hecho mucho daño, pero juntos podremos resolver el regreso de tus lienzos y que tu tierra sea bendecida

e inviolable para siempre. Esta es nuestra guerra santa. ¡Justicia para
Tomóchic!

Espero tu próximo mensaje…

Con esperanzas…

Tu amiga siempre,
Teresita

—¿Qué dice? ¿Qué dice? —le preguntaron. La leyó de nuevo, luego la dobló y la puso en su bolsillo. Se aclaró la garganta.

—Teresita dice que está en peligro, que se encuentra rodeada de espías y malvados. Se arremolinaron a su alrededor. Y dice que debemos comenzar una guerra santa para salvar a Tomóchic.

Rubén empezó la gritería.

—¡Viva la Santa de Cabora!

Cincuenta y cuatro

EL SEGUNDO SE HABÍA despertado una mañana de mayo sintiéndose viejo. Lo tomó de sorpresa. Se vio en el espejo y se dio cuenta de que su bigote se había vuelto blanco y sus patillas estaban plateadas. Grises hebras aparecían entreveradas en su cabello. Curiosamente, sus cejas todavía estaban negras.

Le había cedido su casa a Teresita. El gentío que se juntaba enfrente de la casa había formado un cuello de botella y la parte de atrás era difícil de defender. Tomás le había pedido que levantara una buena cerca alrededor de su casa y que se saliera. Decidió que al fin y al cabo un burro no había sido hecho para dormir en cama. Se cambió a la vieja habitación de Teresita en la casa principal.

Para la cerca, sus hombres habían hundido los troncos de tres árboles como puntales a una distancia de treinta metros de las paredes y las puertas de su casa. Había una nueva casita para el guardia en la esquina más lejana, de suerte que un chamaco pudiera vigilar esa área mientras Teresita dormía o cuando atendía enfrente.

La parte del frente de la cerca tenía una ancha reja con una barricada que dos hombres podían manejar para controlar el flujo de gente hacia el portal. Las cruzadas de la cerca eran de fuertes medios troncos de pino de los cerros.

Fue el Segundo quien primero notó que Cabora parecía seguir los humores de Teresita. Si ella estaba feliz, la muchedumbre estaba alegre y llena de risa y canciones. Si estaba enferma, la gente se ponía sombría y decaída. Ella comía en la casa principal. Cuando él bajaba a desayunar, veía que las manos de ella estaban trémulas. Teresita tenía momentos de nerviosismo casi maníaco. Brincaba con cualquier ruido y hasta la más pequeña frustración la enajenaba. Esa mañana se levantó de un salto y dijo bruscamente que ya no podía soportar los huevos y no los comería nunca más y rompió su plato tirándolo al suelo. Se puso las manos en la cara y subió las escaleras llorando.

Tomás, ahora insensible ante cualquier cosa, revolvió su café y se les quedó mirando a los cocineros. El Segundo recogió los pedazos de plato.

—Parece que viene una mañana difícil.

—¿Y por qué habría de ser ella diferente al resto de nosotros?

Cuando el Segundo salió al portal vio que el gentío también estaba nervioso. Se movían y se empujaban. Oyó gritos.

—Va a ser un mal día —predijo.

Al poco rato apareció un contingente de Rurales y caballería en la orilla lejana de la muchedumbre. El abundante latón brillaba al sol. Plumas, banderas. No parecía una patrulla normal.

Abrió la puerta y gritó:

—¡Jefe!

Tomás se le unió.

—¿Qué es esto?

—Problemas.

La Gente se hacía a un lado para dejar pasar a los caballos de los solda-dos, como ganado tratando de evitar los lazos de los vaqueros. De re-pente, cinco soldados se adentraron entre la gente y golpearon a un hombre. Tomás podía ver sus rifles levantándose y cayendo mientras lo aporreaban donde había caído. La Gente saltó y se alejó. Un hombre echó a correr hacia el otro lado. Tomás vio como el oficial montado hizo un gesto. Sus jinetes levantaron los rifles y dispararon. El sonido fue corto y brusco en el calor, como si una ramita se hubiera partido por la mitad. Una nube de polvo se levantó de la camisa del corredor y se echó una maroma al borde del arroyo.

El caballo del oficial se dirigió a la casa. La Gente se hizo a un lado. Re-cularon tratando de dejarle amplio espacio al jinete. Éste se adelantó, guiando otro caballo con un prisionero amarrado a la silla. Era Juan Francisco, el hijo mayor de Tomás. Y el oficial era su viejo amigo, el Ca-pitán Enríquez.

Tomás se acercó.

—¿Qué es esto? —demandó.

—Don Tomás —le dijo Enríquez inclinando su kepí. Juan Francisco traía un ojo morado.

—Encontramos a este bandido en el camino a Álamos. Dice que lo co-noce a usted.

—¡Usted sabe muy bien que es mi hijo!

—¿Ah sí?

Enríquez hizo señas a sus hombres para que soltaran a Juan. El Se-gundo lo ayudó a bajar y se lo llevó hacia adentro de la casa.

—¿Podría ofrecerle un vaso de agua al representante de su gobierno?

—Por supuesto.

Enríquez desmontó. Se quito su kepí. Tomás llamó a las muchachas de la casa para que trajeran un vaso de agua. Enríquez se lo bebió de una y se limpió los labios con la manga de su camisa. Le regresó el vaso a la mu-chacha, quien se fue corriendo hacia la seguridad del interior de la casa.

—Gracias.

Miró hacia la inquieta multitud.

—En Guaymas hemos oído hablar mucho de este rancho.

—¿Qué es lo que oyen?

—Nada bueno.

—No hay nada de malo aquí. Tal vez algo de fanatismo, pero pasará pronto.

—¿De veras?

Enríquez palmeó a su caballo.

—Encontramos a dos rebeldes en su patio, Don Tomás. ¿Cree usted que haya más?

Tomás levantó las manos.

—No esperará que sepa quién está entre este gentío.

—¿Por qué no? ¿Acaso no es su rancho? ¿No está usted a cargo? Y si no está usted a cargo, ¿entonces quién? La caballería podría controlar esta situación si usted no es capaz de cumplir con sus deberes.

—¡Capitán! —dijo Tomás tomándolo de los brazos. Los jinetes de atrás sacaron sus armas. Un Rural se bajó del caballo en un instante y le puso un rifle en la cara a Tomás.

Enríquez levantó una mano apaciguadora.

—Calma —les dijo.

La multitud se iba deslizando más atrás todavía al tiempo que ellos hablaban.

—Se ha hablado mucho de este lugar y me han enviado a advertirle. Esas habladas tienen que parar. Todo esto tiene que parar.

—¿Y cómo?

—Mi viejo amigo, te honraré dándote la oportunidad de reparar este daño en tus propios términos. Busca la manera de terminarlo o nosotros lo terminaremos por ti. ¿Comprendes?

Tomás agachó la cabeza.

—Sí.

—Pero ya.

—Entiendo.

—Tu hijo pudo haber muerto hoy. Podíamos haberlo colgado. Eres muy afortunado. Considérate agraciado y sigue tu vida. —Se montó a su caballo. Le hizo a Tomás un saludo impecable.

—Don Tomás, asegúrese de regresar a sus viejas cosechas o le garantizo que Cabora levantará una cosecha de plomo. —Enríquez espoleó a su caballo y se fue al trote. Sus jinetes también subieron a sus monturas y lo siguieron. El hombre que habían golpeado se encontraba atado de pies y manos y lo atravesaron sobre el caballo de Juan Francisco mientras un pequeño grupo de mujeres lloraban.

—¡Cosecha de plomo! ¡Qué poético! —dijo el Segundo. Tomás entró a la casa. Tenía la cara roja. Nunca se había sentido tan humillado ni tan atemorizado. Abrazó a Juan Francisco.

—¿Donde está Teresa?

—Está arriba, mi amor —le dijo la Gaby.

—¿Dónde?

—En nuestra recámara.

El Segundo se dio un paso al frente.

—No se enoje con ella.

Tomás extendió la mano y desenfundó la pistola del Segundo. Esto fue para el Segundo la prueba final de que estaba tan viejo que ya no servía para nada. ¡Hasta su jefe le podía robar la pistola!

—¡Espere!

Tomás subió las escaleras. Golpeó la puerta de su propia recámara.

—¡Váyase! —gritó Teresita.

Abrió la puerta de un golpe y entró. —¡Tú y tus dramas idiotas! ¡Sal de la cama y mírame!

—¿Papá?

—¡Ya no me hagas escenas ridículas de niñita! ¡El mundo real está aquí, ahora! ¡El mundo real! ¿Me entiendes?

—¿Que qué? No te entiendo.

—Tiene que acabarse ahora.

—¿Qué?

—Ya vinieron, ¿sabías? ¡Ya estuvieron aquí!

—¿Quiénes?

—¿No te lo dijeron los ángeles? ¡Mataron a uno de tus seguidores! Golpearon a uno de tus peregrinos y se lo llevaron para colgarlo. ¿Quién? ¿Todavía me preguntas quién?

Estaba loco de pánico y de rabia. La agarró de los cabellos.

—¡Para esto! ¡Ahora mismo!

—¡No puedo!

—Lo harás. Lo harás. Por Dios que lo harás o moriremos todos.

Ella sollozó:

—Papá, ¡me estás lastimando!

Teresita cayó al suelo.

Tomás súbitamente se dio cuenta de que la pistola estaba en su mano, como si alguien la hubiera puesto ahí en un sueño. Y como en un sueño, la levantó lentamente y la miró. Le accionó el martillo y escuchó el chasquido.

—El ejército —masculló—. El ejército. Casi matan a Juan. Me apuntaron con pistolas. ¡En mi propia casa! Nos han hecho una advertencia, Teresita. Nos matarán a todos. Matarán a tus seguidores.

Se inclinó hacia ella.

—Le disparon a un hombre por la espalda. ¿Y sabes qué? Yo creo que lo hicieron para que viera que es en serio. No creo que fuera rebelde o bandido. Solamente escogieron a alguien que muriera para que yo entendiera. Estos son los enemigos que encaramos.

—¡Papá! ¡Papá!

—Estoy enfermo de todo esto —escupió—. ¡La Santa de Cabora!

—Debemos rezar.

—Las oraciones son pura mierda.

—Tenemos que confiar en el Señor.

—Al Señor no le importa.

—Reza conmigo.

—Las oraciones no paran las balas. Los rezos no son nada.

Le puso la pistola en la cabeza.

—¿Qué haces?

—Voy a acabar con esto ahora.

—¡No!

—Si no te detengo todo estará perdido. ¡Tú me has empujado a hacer esto! ¡Tú y tu maldito orgullo!

Ella se cubrió los ojos. El le jaló el cabello con la otra mano.

—Tengo que hacer esto —dijo, con la voz temblándole en la garganta.

De repente le soltó el cabello, dio la vuelta y disparó a la pared. Abajo todo era gritos y terror en la casa. Tomás arrojó el arma contra la pared y se arrodilló ante ella. Abrazó a su hija. Ella se abrazó a él. Los dos sollozaban.

—Por favor… por favor… ayúdame. Para todo esto. Por favor, Teresa, por favor…

El Segundo entró al cuarto con cautela.

—¡Ay, Jesús! ¡Creí que la había matado!

Se hizo para atrás y salió cerrando la puerta.

Hizo guardia afuera hasta que terminaron de llorar y cuando Tomás salió, permaneció callado.

—Cuídala, ¿no?

—Siempre lo he hecho.

Tomás lo miró a los ojos. Sus propios ojos estaban rojos como carbones. Puso su mano sobre el brazo del Segundo.

—¿Y ahora qué, jefe?

—El fin. El fin de todo. —Se abotonó la chaqueta, enderezó los hombros y bajó lentamente la escalera.

※

La cena estaba casi lista cuando la primera bala entró por la ventana. Todos se echaron al suelo, escondiéndose debajo de la mesa. El Segundo ya iba corriendo hacia la puerta revólver en mano. Tomás, solo, se había quedado sentado a la mesa, alumbrado por un candelabro de plata mientras fumaba. El segundo tiro explotó a través de la madera del marco de la ventana, bañando el cuarto con astillas. La familia gritaba. Los cocineros gritaban al tiempo que gateaban por el suelo.

Tomás se empinó su copa de vino. Se sirvió otra. Una tercera ronda entró por la ya resquebrajada ventana y esparció adobe de la pared del fondo.

—Rifle para búfalos —dijo—, calibre cincuenta. Francotiradores hijos de puta.

Teresita se enderezó despacio y se asomó a su alrededor. Tomás la miró brevemente.

—Te quiero mucho —le dijo. Podían oír el tumulto distante: grandes gritos y maldiciones. Tomás bebió otro sorbo de vino y vio a Gabriela y Juan debajo de la mesa.

—¿Ustedes saben dónde quedó mi cena?

Volvió a ver a su hija. Ella agarró una silla desafiando a las balas y se sentó a su lado. El asintió. Ya sabía lo que tenía que hacer.

Cincuenta y cinco

EL FINAL EMPEZÓ TRANQUILAMENTE. Enríquez, en su tienda de mando más allá del restaurante de Cantúa, sacó su pluma fuente y pergamino. El peregrino que sus hombres habían arrestado colgaba de los álamos, atrayendo cuervos que querían sacarle los ojos. Enríquez había comido un plato de frijoles con puerco asado. Había tomado leche con la comida. Luego se sentó ante su pequeña mesa plegable y escribió el parte sobre las acciones para mantener el orden en Cabora. El número estimado de rebeldes indígenas hostiles lo calculó conservadoramente en dos mil quinientos, de once mil fuerzas partidarias. Recomendó acción inmediata y, de ser posible, clemencia para Tomás Urrea y sus familiares en la subsiguiente campaña.

Selló la carta con cera y se la dio al mensajero, quien salió cabalgando a toda prisa y a su vez la entregó a la patrulla montada que habría de llevarla hasta Navojoa. Ahí se la dieron al telegrafista y el Presidente Díaz leyó su contenido a la hora de la cena del cuarto día. No fue todo lo que leyó. El padre Gastélum había escrito una flamígera carta a Roma exigiendo la excomunión de la hereje Teresa Urrea, su padre y Cruz Chávez, así como su grupo de apóstatas en Tomóchic. Le había dado seguimiento con un telegrama a la capital reportando que se fraguaban un levantamiento en Tomóchic.

A urgencia de Gastélum, el Gobernador Carrillo incluyó un reporte relativo a los lienzos robados. En este reporte, advertía que la revuelta había comenzado a dar frutos entre los indios de Papigochic. Valiosos terrenos madereros y mineros estaban en riesgo si se permitía que surgiera otra guerra con los indios. Peor aun porque sería una guerra de fanáticos, inflamados por la bruja Teresa Urrea de Sonora. Estos reportes llegaron por los mismos días que el telegrama de Enríquez. Díaz respondió rápidamente. Se formó una fuerza de cien jinetes de Chihuahua y Sonora. Se reunieron en el desierto y emprendieron la marcha hacia Cabora para poner fin a la insurrección.

※

Al amanecer, Cruz Chávez y un pequeño grupo de militantes bajaron al trote por las riberas del río de las Arañas y para las ocho ya estaban saliendo de la sierra. Los hombres no se distinguían de la tierra. Tendían sus cuerpos entre las piedras de las laderas, yacían en los senderos de culebras inmóviles, permitiendo que las lagartijas se deslizaran por los cañones de sus armas, sintiendo en sus nudillos las patas de los reptiles que se asoleaban en las culatas de sus Winchesters.

Y se encajaron en los arbustos y las nopaleras, tirándose en lánguidas posiciones que se hacían mas cómodas a medida que se acomodaban entre las ramas y los troncos y dejaban que los parches de sombra les refrescaran las espaldas, los dobleces de sus ropas igualando el paisaje hasta perderse en él. Y se asentaron a lo largo de los álamos y los sauces, de los pinos retorcidos y las salvajes y más apasionadas ramas de los mezquites. Sus rifles, envueltos en trapos desgarrados, con flores y ramas amarradas, yacían a lo largo de sus cuerpos quietos como ramas o leña. Chupaban piedritas y mascaban hierba.

En el camino los indios les habían indicado que este era el lugar más apropiado. Los jinetes del gobierno que buscaban callar el poder de Dios con balas pasarían por aquí. Todos los ejércitos pasaban el cauce de este arroyo casi seco. Ellos eran los Tigres y como tigres esperaron, quietos. Algunos cerraban los ojos, otros observaban. Todos ellos volteaban periódicamente a ver a Cruz Chávez, apostado cerca del camino en un triángulo de piedras como a diez pasos del arroyo que arrojaba gusanos verdes y amarillos de luz sobre las ramas mas bajas de los árboles. Los hombres soñaban mientras esperaban.

—Le mandé una carta —les dijo Chávez—. Ella ya sabe de nuestros problemas. —Los hombres hicieron ruidos de asentimiento, gruñidos, chasquidos.

—Frenaremos a la caballería antes de que puedan hacerle daño a ella o a nuestro pueblo. Luego iremos con ella y nos dará su bendición. Ella conseguirá que nos devuelvan nuestras imágenes. Nos regresará nuestra bendición, ya verán. ¡Y la llevaremos de regreso a Tomóchic! ¡Entonces nadie se animará a entrar en nuestro valle!

—¡Viva Teresa! Bendícenos, Teresita —murmuraron. Cuando Cruz se levantara, todos ellos se levantarían con él y empezarían a disparar.

Les habían dicho que la caballería vendría por ellos. Unos jinetes habían cabalgado hasta Cabora para advertirle a Tomás. Éste corrió hacia la capilla de Teresita y la tomó de los brazos, la llevó de prisa arriba a su viejo cuarto. Ahora olía al Segundo.

—Ya vienen, ya comenzó —le dijo.

—¿Y ahora qué hago?

—Quédate en tu cuarto. Prométeme que no saldrás hasta que venga por ti.

Vio hacia afuera por los visillos.

—No sé qué quiere el ejercito. Si vienen a llevarte, tus fanáticos… perdón, tus seguidores pueden levantarse en armas. Te podrás imaginar el derramamiento de sangre…

Volvió a mirar hacia fuera.

—No quiero que nadie sufra.

—Ya lo sé.

—Ni siquiera el ejército.

—Ya lo sé.

Cerró los visillos de un golpe y les echó aldaba.

Los veintiocho Tigres permanecieron fundidos en el paisaje durante muchas horas. Musitaron plegarias de agradecimiento. Susurraron himnos navideños y soñaron con ganso asado, jamón, sopa, maíz seco. Soñaron con sus esposas. Con los juguetes que tallarían para sus hijos, pensando en el día de los Santos Reyes, cuando todos los niños recibirían regalos junto con el niño Jesús, tan lejos de ellos en tiempo. Se prometieron matar rápido, limpiamente, para poder regresar a sus casas, sus camas, sus familias, su iglesia.

El Buenaventura se apareció en el portal. Traía su vieja cuarenta y cuatro al cinto y un rifle de repetición nuevecito.

—¡Tú! —le dijo Tomás.

—Sí, yo.

—¿Dónde te habías metido?

—Por ay.

—Gracias por venir.

—¡No me van a quitar mi rancho!

Su padre levantó una ceja.

El grupo de seguridad de Tomás estaba completo. El viejo Don Teófano tenía un gesto fiero y su escopeta atravesada sobre las piernas. Estaba sentado en un banco en el postal de la nueva casa de Teresita. Su sobrina estaba en el escalón con un machete, una pistola y un rifle de cacería. Su esposo cuidaba el tejaban de guardia en la esquina. Dos vaqueros estaban en el techo con sus rifles. Juan Francisco estaba detrás de una carreta parada al este de la puerta principal de la casa grande. El Segundo estaba escondido en el lado oeste detrás de la barda. Había tiradores agazapados en el techo de la Casa Grande. Tomás estaba en el portal y el Buenaventura debajo de él. Buscó ciruelas en el arbolito pero no encontró ninguna. Adentro, la Gaby, las criadas y los cocineros, tenían revólveres y estaban tratando de descubrir cómo funcionaban. Tomás vio su reloj de bolsillo.

—Esperen a que lleguen —les dijo.

No tuvieron que esperar mucho.

La caballería apareció en la brillante distancia, una doble columna de caballos, con los estandartes flotando por encima en oleadas violentas de color. Aparecían y se esfumaban en su propia nube de polvo, como fantasmas saliendo del fuego. Sus trompetas resonaban cruzando el llano, con un sonido como de insectos metálicos, perforantes, que se apagaban en el incesante viento ardiente. Cuando se acercaron, el suelo empezó a reverberar, las cuatrocientas patas de los caballos agitando lo guijarros, que se sentían como latidos del corazón atravesando los pies de La Gente.

Los Rurales galoparon para reunirse con sus compañeros. Los peregrinos se alejaron de la casa. Cientos de ellos bajaron hasta el arroyo y se agazaparon temerosos. Muchos más simplemente se fueron más allá de las bardas y adoptaron posiciones de curiosos, poniendo cara de inocentes mientras los soldados pasaban, como si hubieran comprado boletos para una corrida de toros. Los más leales a la Santa de Cabora tomaron sus armas y encararon a la horda. Viejos rifles, pistolas enmohecidas, arcos y flechas, lanzas. Los viejos empuñaban azadones y trinches.

El Buenaventura le dijo a Tomás:

—¿Papá? No me importa morir.

—¿A quién le estás diciendo papá, cabrón? —grito el Juan Francisco.

—Nadie se va a morir ahora —masculló Tomás mientras se subía a su garañón.

—¡No tengo miedo! —gritó el Buenaventura.

—Yo sí —replicó Tomás. Fue hasta los peregrinos y les dijo—: Calma, calma.

El Segundo observaba hacia el final de La Gente. Por lo menos sus ojos todavía le funcionaban. Sus hombres estaban entre los peregrinos. Les hablaban como si fueran caballos asustados o ganado nervioso, calmándolos, apaciguándolos.

—Quietos, no se alboroten.

—No estoy alborotado —contestó el Buenaventura.

—Mentiroso.

Y Tomás continuó hablando con ellos hasta que el líder de la caballería cruzó la reja principal.

—Calma, señores, calma.

Emilio Enríquez venía al frente de la columna. Sus hombres desenfundaron los rifles y traían los dedos en los gatillos. Tomás acomodó su caballo de lado frente a ellos y puso la mano sobre su revólver.

—¡Bienvenido de nuevo, Capitán Enríquez!

Enríquez le sonrió.

—Mayor —le respondió.

—¡No me diga!

El Mayor Enríquez inclinó la cabeza.

—A sus órdenes, Don Tomás.

—¿Un ascenso? Sin duda en honor de este precario deber, ¿no?

Enríquez de nuevo inclinó la cabeza.

Tomás le estrechó la mano.

—¡Muy bien!

—La noticia del ascenso llegó anoche con el mensajero, el Señor Ponce de León.

—¿Ah sí?

—Trajo muchos documento, algunos problemáticos y otros agradables para mi.

—¡Ah!

—Don Tomás, es una linda mañana, ¿no?

—¡Sí que lo es!

—Aunque hay movimientos sediciosos en las colinas.

Tomás vio que los soldados y los Rurales se iban desplegando.

—Sin embargo, a pesar del espíritu rebelde que se extiende por aquí, este rancho es un bastión de lealtad al presidente. ¿O me equivoco?

Tomás no dijo nada.

—¿Es esta una visita social? ¿Gusta pasar a la casa?

El Mayor se quitó el kepí. Se secó la frente con pañuelo blanco.

—Ojala pudiera, señor. El señor Ponce de León me ha entregado una serie de documentos que implican a su hija con los rebeldes de los alrededores.

—¿Rebeldes? ¿Dónde?

—Parece que usted tiene aquí una gran fiesta, nadie se ha ido a su casa.

—Pienso que ellos también están ansiosos de saber cuál es su disposición el día de hoy. Tan luego como lo sepan estoy seguro de que todos se regresaran a sus casas.

—Un encuentro político, ¿eh?

—Es de naturaleza… religiosa.

—La religión es peor que la política.

—Ciertamente.

—Me han dicho que aquí hay herejía. También eso me dijeron anoche. ¡Le digo que el señor Ponce traía una agenda enorme! No más levantamientos.

—¡Como si la iglesia no fuera más que estiércol!

Enríquez volvió la cabeza y miró a la lejanía.

—Eso es debatible, mi amigo. —Hizo un ademán englobando a su alrededor—. ¿Y estos indios?, ¿están aquí por la religión o por la guerra?

—Es su tierra.

—¿De veras? Yo creía que esto era la República Mexicana.

—En donde están parados sus caballos es la República de Urrea.

—Ah bueno, eso lo aclara todo.

El caballo del Mayor agitó su cabeza haciendo ruido con el bocado.

—La sedición, usted lo sabe, es más peligrosa que la herejía.

Hizo girar a su caballo.

—Por ahora usted y su hija están bajo arresto domiciliario. Mis hombres vigilarán. Siéntase en libertad para ordenar a sus asistentes que realicen sus quehaceres usuales… No deberá haber contacto entre la Señorita Urrea y los… peregrinos.

—¿Hasta cuándo?

—Hasta nueva orden —replicó el Mayor. Saludó a Tomás con la cabeza—. Tengo que supervisar la captura de los rebeldes. El trabajo de un oficial no acaba nunca.

—¡Buen día! —lo despidió Tomás, pero el Mayor ni volteó.

Enríquez regresó al día siguiente.

—Mayor, ¿desmontará y se tomará un cafecito con nosotros? —le dijo Tomás con falsa jovialidad.

Enríquez meneó la cabeza.

—Ahorita no.

—Échese una fumada —le dijo Tomás, ofreciéndole un puro negro y delgado.

El mayor espoleó a su caballo y se emparejó con Tomás. Se inclinó, compartiendo el cerillo. Traía polvo en los bigotes.

—Le pido disculpas, Don Tomás. Como usted sabe, fuimos enviados para frenar el desorden aquí. Su hija predica doctrinas liberales. Es de naturaleza Anti-Díaz, ¿no? Y ahora la acusan de andar enredada con rebeldes armados.

—¡Eso es una pendejada! —dijo Tomás en tono de burla.

—Esperaba que se hubiera ido durante la noche.

—¡Pero si estamos bajo arresto domiciliario!

—Pues sí, pero entonces ustedes hubieran sido problema de alguien más y no mío.

El Mayor apuntó a los Rurales, quienes miraban amenazadoramente a

Tomás… Sintió como si los viera por primera vez. Brutos, feos, oscuros, ojos como botones planos, bigotes delgaditos como de chinos en las comisuras de la boca, cicatrices de viejas y horrorosas heridas marcando sus mejillas y quijadas.

—Tenemos tropas que vinieron de Huatabampo para interceptar a los Tigres de la Sierra. Hay gente viniendo de Cócorit, de Hermosillo, de Guaymas y de Guerrero, Chihuahua.

—¿Tigres? —preguntó Tomás.

—Por favor. Tenemos reportes de que andan por aquí, armados. De que han discutido estrategias con su hija. Sabemos que usted platicó con su líder en el portal.

—Yo platico con mucha gente.

—Recibimos un reporte de que iban a regresar para hablar con ella.

—¿De qué?

—Levantamiento en armas, Don Tomás. Levantamiento en armas. Reconocen a su hija como Santa y sólo ella les puede explicar el plan Divino. Vienen a buscar su consejo.

—No sea ridículo. A Teresita no le interesa la política.

—Órdenes son órdenes.

—¿Y cuáles son sus órdenes?

—Debemos parar a los Tigres y a la Señorita Urrea.

—¿Pararla? ¿Cómo?

Enríquez lo miró tristemente.

—Supongo que eso lo decidirá usted. O se muere o se va a la cárcel.

Tomás se le quedó viendo.

Vio a cada uno de los jinetes militares.

—Eso no es aceptable.

—¿Usted cree que tiene otra opción?

Tomás sonrió.

—Un hombre libre siempre tiene opciones, mi querido Mayor Enríquez.

Enríquez echó el humo por la boca.

—¿Le gusta ese cigarro?

—Muy rico.

—Uno tiene que disfrutar los pequeños placeres mientras se puede.

Tomás levantó su mano derecha.

—Por ejemplo, si me dan oportunidad, me encanta disparar mis pistolas.

El Juan Francisco salió de detrás de la carreta, cortando cartucho con su rifle. El Segundo y sus hombres sacaron sus rifles e hicieron lo mismo. Don Teófano hizo lo propio. Su sobrina alzó la pistola. Los soldados aprestaron sus rifles. Los peregrinos salieron corriendo. El Buenaventura preparó su rifle. Era una pequeña sinfonía de sonidos metálicos.

Los soldados saltaron por sus armas. El Mayor levantó su mano.

—¡No disparen! —gritó.

El Apocalipsis se difirió.

—Me está haciendo gritar, esas no son formas.

—Váyase —le respondió Tomás.

Enríquez lo vio de arriba abajo.

—Me está ofendiendo.

Tomás le ofreció un dicho de La Gente:

—Si uno no quiere, dos no pelean.

Enríquez nomás se le quedó viendo.

Tomás escarbó en el bolsillo de su chaleco y sacó una llave.

—Mi querido Mayor, mi hija esta en su recámara, como lo estaría cualquier muchacha decente. Su cuarto esta ahí, en el segundo piso. —apuntó hacia la casa.

El Mayor echó un vistazo a las ventanas con visillos.

—Por supuesto, su puerta está con llave. Aquí hay elementos que no honrarían la seguridad y el respeto de una joven. Estoy seguro de que usted lo comprende.

Tomás le ofreció la llave.

—La puerta de entrada también esta cerrada con llave, en estos días uno nunca sabe. Pero bueno, aquí están las llaves. Entre a mi casa y llévesela de aquí.

El mayor vio las llaves.

—Pero máteme primero. Las cosas podrían ponerse muy serias aquí si usted invadiera mi casa, de modo que le sugiero que trate de matar a mi mano derecha, que está allá —apuntando hacia el Segundo—. Él protege mucho a Teresa. Mátelo primero. Le recomiendo que luego mate a mi hijo, el que está detrás de aquella carreta. Y después, en el portal, puede ver a mi hijastro.

Al Buenaventura se le iluminó la cara. ¿Qué será un hijastro? Le sonó como algo muy elegante. Tomás continuó:

—Asegúrese de matar a este viejo loco de la escopeta. No sé que irán a decir mis vaqueros y no puedo responder por estos condenados peregrinos. Si usted me pregunta, todos están locos. Pero una vez que los haya exterminado, hágame un favor, mate a mi esposa. Tiene una arma y francamente está en un punto en el que puede matar a cualquiera que entre por la puerta.

—Está muy tensa —ofreció el Segundo.

El mayor sonrió. Soltó una carcajada.

—Pinchi Urrea, ¡qué cabrón eres! Tengo que reconocer que eres ladino.

Tomás aspiró una bocanada de humo y entrecerró los ojos.

—Amo a mi hija.

—Yo tengo dos hijas —dijo el Mayor rascándose la barbilla.

—¿Cómo? ¿No tienes hijos?

—Dios no me ha bendecido con varones.

—Debes vivir por mucho tiempo y tener hijos varones.

El Mayor se sacó el cigarro de la boca y miró largamente la brasa.

—Nos divertimos en Los Mochis, ¿no?

—Tomamos mucha cerveza.

El Mayor se volvió en su silla y les hizo señas a sus hombres. Ellos bajaron las armas.

—¿Está bien?

Tomás saludo a su gente y ellos también bajaron los rifles.

Enríquez hizo un ademán con sus brazos hacia la reja principal. Los hombres inclinaron los rifles, hicieron girar a sus caballos y se fueron al trote hacia la salida de Cabora.

—Por los hijos —le dijo a Tomás.

Tomás aventó el cigarro.

—Gracias.

—Comprendo su... situación. Probablemente me cueste la cabeza. Pero le daré algo de tiempo para que... ah... hable con su hija. Acamparemos fuera del rancho, cerca del arroyo. Tendré consejo con mis oficiales pues necesitamos discutir nuestros planes. Y usted... usted podrá hacer lo necesario. Le puedo dar dos o tres horas.

Tomás extendió su mano y el mayor la estrechó.

—Es usted un caballero, mi amigo.

—Soy nada más un soldado.

Hizo recular a su caballo, pero antes de voltearse para cabalgar solo, le dijo:

—Tengan cuidado.

—Lo tendremos.

—Sean rápidos. Felices Pascuas —dijo el Mayor.

—No tuvimos Pascua este año.

—¡Qué lástima!

Y Enríquez cabalgó hacia fuera del rancho, saludando a los peregrinos y a los vaqueros al pasar entre ellos.

Cincuenta y seis

SE LLEVARON MUY POCO. Tomás envolvió algo de comida en una cobija y tomó sus armas. La Gaby lloraba cuando la abrazó.

—No llores, mi amor —le dijo—. Nadie puede alcanzarnos, somos los jinetes más rápidos de las planicies. —La besó febrilmente, con una fuerza que lastimaba sus bocas—. Llevaré a Teresita hasta Aquihuiquichi esta noche. Para la mañana estaremos descansados y prepararé todo para que te vayas. Unas semanas en el campo y luego podremos regresar.

—¿Y si hay problemas?

—Mira, Enríquez es un buen hombre, ya lo viste hoy. Nos escaparemos hacia las montañas. Me llevaré a Teresita a Bayoreca o hasta Chihuahua. ¡Buscaremos refugio allá! Luego me la llevaré a Tejas y se quedará con Aguirre. No llores, estaré de regreso aquí contigo a más tardar en un mes.

La Gaby abrazó a Teresita.

El Segundo ya tenía dos fuertes caballos ensillados esperando. Teresita no se llevó nada. Dejó su rosario. Dejó sus hierbas y sus cruces de madera. Ya estaba más allá de los símbolos religiosos. Lo que tenía de Dios lo llevaba adentro y ya no había tótem que la consolara o le diera fuerzas. Le dio un abrazo a la Gaby.

—Lo siento —le dijo—. Iré a donde estés —le dijo la Gaby—. Te quiero mucho.

—Yo también.

El Segundo le ofreció a Teresita una pequeña pistola de plata. Ella se negó a aceptarla con un movimiento de cabeza.

—Por favor —le rogó.

—No puedo.

Ella le puso la cabeza sobre el pecho. Estaba duro. Los cabellos del pecho le raspaban a través de la camisa.

—Quisiera poder ir contigo —le dijo.

—Tienes que defender el rancho.

—Bendíceme, pues.

Ella lo besó y lo abrazó y le susurró en la vieja lengua:

—*Lios emak weye.*

El Segundo se sorprendió al sentir lágrimas saliendo de sus ojos.

Se apresuraron por el pasillo.

El Buenaventura estaba en los escalones de la entrada. Tomás se paró a su lado.

—Hijo.

El Buenaventura se volvió hacia él.

—Te portaste muy bien hoy, hijo, estoy orgulloso de ti.

El Buenaventura sonrió.

—Ya eres un hombre.

Tomás puso la mano en la espalda de su hijo.

Juan Francisco se unió a ellos.

—Teresita y yo debemos escapar. No podemos llevar a nadie con nosotros, porque nos atrasarían. Tú sabes que tu hermana cabalga como huracán. Creo que puedo hacer lo mismo.

—¿Y el rancho? —preguntó el Buenaventura—. ¿Se quedará el Segundo a cargo?

—¿Segundo? —y luego a los muchachos—: Este es nuestro rancho. Segundo siempre ha sido el capataz. Él acatará las ordenes.

—¿De quién?

Tomás echó la cabeza hacia atrás y fingió asombro.

—¿Ustedes se pueden llevar bien?

Los muchachos asintieron.

—Mis otros hijos están en Álamos. Necesito hombres aquí. Es nuestro rancho, ¡es el rancho de ustedes, muchachos!

—¿Qué?

—Ustedes administren el rancho. Ustedes son los hombres aquí.

—¿Yo? ¿Administrar el rancho? —dijo el Buenaventura.

—Ustedes dos. Los dejo a cargo. Segundo y los vaqueros harán lo que ustedes digan, así que pónganse listos. Y protejan a mi Gaby, ¿oyeron?

—¿Papá? —dijo el Buenaventura.

—Cuiden de todo esto. —Tomás abrazó a los muchachos y los besó en la mejilla.

Cuando se fue, el Buenaventura se sentó en el escalón y miró fijamente al suelo. Juan Francisco permaneció erguido y vio que los confundidos peregrinos lo miraban a él.

※

Tomás cabalgaba en su enorme garañón negro. El Segundo había escogido un palomino muy rápido para Teresita. Ella rasgó sus enaguas con el cuchillo de Tomás y se levantó las faldillas. Salieron despacio al principio, manteniendo la casa entre ellos y el frente de la propiedad. Se fueron alejando por la cocina, bajando por los excusados y por el aplastado jardín de hierbas. Rodearon por un gallinero donde ya no había gallinas y los huevos habían sido robados por los peregrinos. Luego por atrás de la casa del Segundo. Bajaron por la orilla del arroyo, moviéndose alrededor de las turbias aguas del invierno pasado, los cascos de los caballos dejaban lunas profundas en el negro lodo y una estela de mosquitos volaba a su paso. Los álamos se veían suaves con los verdes renuevos, comenzando las frondas de mayo; las puntas de las ramas todavía estaban pelonas y arañaban al cielo como manos esqueléticas que arrancaran rayos de sol de las nubes tormentosas. Había relámpagos en la cima de los cerros. Una densa oscuridad se levantaba sobre el lejano mar, viniendo hacia ellos, desgarrándose en listones blancos y evaporándose sobre el calor del llano. Los tábanos chupaban sangre de los costados de sus monturas, los peregrinos la llamaban a su paso. "Que Dios te bendiga, Teresa".

Con las manos extendidas ella tocaba las puntas de los dedos de los que se estiraban para alcanzarla.

—Vuelve a nosotros, ángel.

Ella tocaba sus cabezas.

—¡Viva Teresa!

—¡Viva la Santa de Cabora!

Tomás volteó a ver su casa por última vez y le hincó la espuela de plata a su caballo. Los caballos arrancaron sobre el río y cruzaron el llano ardiente.

Y La Gente empezó a alejarse. Ahora que su santa se había ido, comenzaron a irse en las cuatro direcciones. Algunos se apuraban. Otros se entretenían. Pero los campamentos empezaron a levantarse en la hora siguiente. Las fogatas se apagaron.

Los yaquis se fueron hacia el norte y los mayos al sur. Los pocos tarahumaras corrieron a sus sierras y los apaches galoparon hacia Arizona. Los pimas se fueron al oeste de Tucsón y los seris caminaron hacia el mar.

Los mestizos corrieron hacia Sinaloa, su sueño de salvación resquebrajado. Los que habían venido de Arizona, Nuevo México y Tejas subieron sus carretas al camino y se fueron al paso, pues el ejército mexicano no se atrevería a atacar caravanas de gringos.

Pero a lo largo del camino la gente los paraba y preguntaba si era verdad que se habían llevado a la Santa. Y esparcieron la noticia. La Santa estaba muerta. Y decían que el ejército había ido a masacrarlos a todos.

En los cerros, los guerreros se juntaban. Murmuraban algo del fuego. Hablaban hasta altas horas de la noche. De rifles, machetes, emboscadas y matanzas. Mientras La Gente se alejaba de Cabora, los guerreros se asomaban y observaban.

Cincuenta y siete

EL SOMBRÍO DEL MEZQUITE tendido sobre el camino a poca distancia de la sombra que se extendía entre las tres piedras, habló y dijo:

—¿Te acuerdas de la niña lisiada allá en Cabora?

—Rubén, sabes muy bien que no debemos hablar —respondió Cruz.

—Nomás estaba pensando.

Cruz se agazapó de nuevo.

Sus veintiocho pistoleros permanecían invisibles. Podía localizar a algunos, pero aún sabiendo dónde se encontraban, no podía verlos a todos.

—Bueno, ¿te acuerdas? —le dijo Rubén.

—Sí me acuerdo.

—Nunca la volvimos a ver.

—Es cierto.

—¿Tú crees que Teresita la curó?

—Por supuesto… y lo sé porque le tengo fe. ¿Acaso no curó al José?"

—Ese viejo chivo.

Se rieron entre dientes.

—Ella nos ha de bendecir. Debemos hacer esto por lealtad a ella. Ella nos cuidara, pero debemos protegerla del mismo modo en que protegemos a nuestras propias esposas.

—¡Amén!

—Ahora estate quieto —le dijo Cruz.

Rubén repitió:

—Sólo estaba pensando en aquella muchacha de Cabora.

—Piensa en los soldados. Piensa en los soldados arrestando a Teresita. Piensa en los soldados entrando a nuestra iglesia y tumbando nuestros santos.

—Estoy pensando en eso.

—Piensa en los soldados en Tomóchic.

—También en eso pienso.

—Piensa en ellos disparándole a Teresa. Disparándole a tu madre. A tu esposa. Lo harán si se los permitimos. ¿La muchacha de Cabora? ¡Piensa mejor en tu hija!

—Estoy pensando en los indios en los árboles, Cruz.

—Pues sí.

—Todos hemos visto indios colgados.

—Sí.

—¡Hijos de puta!

—Sí.

Cruz escuchó cómo Rubén le quitaba el seguro a la pistola.

Desde lejos, allá arriba donde los zopilotes se juntan volando en lentas vueltas, todo el paisaje parecía vibrar en movimiento. Las oleadas de peregrinos vagaban sin rumbo en Cabora, caminando en círculos. Olas de

cuerpos cafés se separaban hacia todos los rumbos, hacia Álamos, hacia
Hermosillo, hacia las sierras, hacia la lejana frontera americana, bajando
por el arroyo y por el río Yaqui hacia Guaymas y el mar. La caballería y los
rurales cortaban ese mar humano, rodeando la casa y desmontando. Y
una columna de jinetes salió a trote rápido por el camino de la montaña,
con la intención de subir a la sierra y someter a los insurgentes en Tomóchic. Polvo como humo y humo como nubes de polvo salía en todas direcciones llevado por el viento. Los guerreros yaquis aparecieron de las
alturas resecas, atraídos por los sucesos de Cabora, listos para pelear contra la caballería; y los ladrones escondidos a lo largo del camino se aprestaron a robar a los peregrinos. El terreno vacío estaba lleno. Caravanas de
carretas, manadas, los ranchos aledaños plenos de ganado, las caravanas
de mineros, forajidos americanos atacando una hilera de caballos, vaqueros. Y dos figuras pequeñas cabalgando a toda prisa entre las colinas, pequeñas y solas en el vasto terreno. Y detrás de ellos, saliendo de los
bosques más allá de Cabora, un grupo de caballos, con sus jinetes inclinados sobre sus cuellos y los estandartes desgarrados ondeando tras ellos,
los atacantes más rápidos de la caballería. Corredores y asesinos, tratando
de cortarles el paso a los fugitivos, localizándolos sobre la marcha, sin ver
todavía Teresita y a su padre, pero cabalgando a todo galope y acortando
la distancia.

La caballería ascendía por el camino hacia los cerros. Los jinetes iban en
formación, cabalgando de dos en fondo, el brillante metal de sus uniformes fulgurando bajo el sol, sus uniformes limpios y sus cascos brillantes.
Sus sillas, rifles, alforjas, espadas, lanzas, espuelas, riendas, trompetas y
herraduras, sonaban y resonaban, haciendo una mezcolanza musical que
podía oírse desde casi un kilómetro. Los botones de latón de los soldados
echaban chispas que casi cegaban.

Delante de ellos, apareció un grupo de viejas. Las mujeres parecían
haber salido del suelo, materializándose, como siempre lo hacen los
indios, de la nada. Iban vestidas de negro, con largos vestidos y rebozos

cubriéndoles las cabezas. El teniente al frente de la columna había sido colocado ahí personalmente por el Mayor Enríquez. Vio a las viejitas y dijo a su asistente: "¿Estarán yendo a misa?" Se estaba riendo. Había levantado sus manos con las palmas hacia fuera, los dedos extendidos y hacia abajo, en un gesto que cualquier mexicano, hasta los Tigres, reconocerían como una señal de asombro, rindiéndose ante un gran misterio. Sus hombros se encogieron exageradamente para completar el gesto.

Se volvió hacia las brujas y les gritó, retándolas:

—¿Viva quién?

—¿Viva quién? —repitió el teniente.

Las mujeres se quedaron mudas.

—Dije ¿viva quién?

Y una voz masculina gritó:

—¡Vivan Santa María, San José y la Santa de Cabora!

Las viejas apartaron sus faldas y en un instante quedó de manifiesto que no eran mujeres. Cruz Chávez, en el centro, sacó el rifle de entre sus faldillas y disparó.

El teniente todavía estaba encogiendo los hombros cuando le explotó la cabeza. Un géiser de sangre de más de un metro se elevó, pedacitos de corazón y de hueso chispearon las caras de los jinetes que estaban detrás. Después los otros Tigres abrieron fuego. Para cuando los de la caballería levantaron sus rifles y empezaron a responder el fuego, tres de sus hombres habían caído. El valle se llenó de humo y de nubes de polvo que levantaban los caballos. Una de las ráfagas del ejército atravesó el pecho de José Chávez, hermano mayor de Cruz.

Los Tigres corrían tan rápido como podían, cargando a José entre ellos. Gritaba y se atragantaba. La sangre que le brotaba le manchó la camisa volviéndola grasienta y fría. Cuando estuvieron seguros de que el ejército ya no los veía, el mismo Cruz le tapó la boca a José para acallar sus gritos de dolor. Rasgaron sus enaguas, haciendo tiras y enrollando y tapando con ellas las heridas de José. Las negras vestiduras que los habían escondido las convirtieron en vendajes.

Cruz puso sus manos sobre la cabeza de su hermano y rezó por él. Los hombres lloraban al oír los horrorosos quejidos de José. Estaba loco de dolor por la pérdida de sangre.

—¿Qué hacemos? ¿Qué hacemos? —le preguntaban a Cruz. Nunca lo habían visto asustado, pero es que era su hermano mayor. Le temblaban las manos al abrazar a José. Su propia camisa se puso pegajosa de sangre.

—Cabora. Debemos llevarlo a Cabora, hermanos. ¡Teresita puede salvarlo!

—¡Amén!

—¡Viva la Santa!

Lo tomaron por los brazos y las piernas y lo cargaron entre ellos. Hicieron un cabestrillo con las enaguas que quedaban y lo usaron para sostener al José por el torso. Y corrieron.

Cincuenta y ocho

PARA CUANDO TOMÁS y Teresita llegaron a Aquihuiquichi estaban tan cansados que todo lo que podían hacer era sentarse. Habían cabalgado como si fueran criaturas escapando del fuego. Saltaron cercas y troncos, pasaron sobre arroyos, desparramaron y asustaron ganado y venados, espantaron cuervos y bandadas de codornices que brincaron al cielo en explosivo terror.

Los caballos se iban cayendo cuando llegaron al pequeño rancho. Las piernas de Teresita temblaban, y al bajarse del caballo le dieron náuseas. Tomás le dio una taza de agua y la sostuvo mientras ella se agitaba.

—Descansa, descansa una hora —le dijo.

—Sólo unos minutos —respondió ella. Pero al entrar a la casa se desplomó en una cama. Para cuando atrancó la puerta y volvió para ver cómo estaba ella, ya se había dormido.

Pero la caballería los seguía. Cuando entraron a Aquihuiquichi, algunos jinetes de la emboscada se les habían unido, calentándolos con historias de cómo las piedras habían cobrado vida, de los indios vestidos de mujeres saliendo de los troncos de los árboles y asesinando a sus compañeros. Cabalgaron hasta la casa disparando sus armas al aire, maldiciendo, llegando en un caos de ruido y deseos de matar.

—¡Teresa Urrea! —gritaron.

Tomás salió a la puerta, calmando a sus ya pocos vaqueros.

—¡Tráigala afuera! —grito el oficial.

—No lo haré.

—¡Pues entonces morirá ahí adentro! —respondió el soldado. Hizo una señal y un jinete se acercó con una rama envuelta en trapos.

—¡Enciéndala!

El jinete encendió un cerillo y prendió la antorcha.

—Se quema —dijo el oficial—. Para matar al piojo, hay que quemar la cama.

—¡Por el amor de Dios, hombre! —grito Tomás.

—¿Dios? ¡Aquí no nos preocupamos por Dios!

—¡En nombre de todo lo que es santo!

—Aquí el único santo soy yo —dijo el oficial—. Ahora yo soy su religión.

Tomás levantó las manos como si con ellas pudiera detener a los caballos.

—Se muere aquí o se muere en la cárcel —dijo el jinete.

La puerta se abrió detrás de Tomás. Olió a Teresita antes de que ella saliera.

—¡Teresita! ¡No! —susurró.

—No quemen la casa —dijo ella.

—¿Teresa Urrea? —le preguntó el oficial.

—Sí.

—¿A la que llaman la Santa de Cabora?

—Soy yo.

El soldado la miró con desprecio y movió la cabeza.

—¿Tú? ¡Tú no eres nada!

Soltó una carcajada. Sus hombres se rieron.

—Ni siquiera está bonita —dijo uno de los hombres.

—¿Edad? —demandó el oficial.

—Diecinueve.

—¿Todo este jaleo por una niñita apestosa? —Estaba molesto con toda la situación, con indios y fanáticos, con Mesías y criminales, con esta niña y su padre histérico—. Mátenla —ordenó el oficial.

Los rifles se alzaron.

—¡Noo! —grito Tomás.

Se paró adelante de ella y extendió aún más los brazos.

—¡No!

—Hágase a un lado.

—¡Dispárenme a mi primero!

—Le estoy diciendo que se haga a un lado, señor.

—Si van a matar a mi hija, dejen que las balas me atraviesen a mí primero.

—Usted no ha sido acusado de nada.

—Mátenme a mí primero.

—Señor.

—Mátenme.

—¡Chingado!

Se le echaron encima, pateándolo y tratando de separarlo de Teresita. Pero el apretó los dientes y aguantó los golpes que le daban en las costillas y la cabeza.

—¡Suéltala, pendejo!

—¡Vas a ver, güey!

Llovieron las maldiciones sobre padre e hija.

—¡Te vamos a dar una madriza, cabrón!

—¡Mátenlos a patadas! —comenzaron a gritar. Querían verlos muertos. Pero uno de los jinetes recapacitó y le dijo al oficial:

—Oye, él es amigo del Mayor Enríquez.

—¿Qué?

—El Mayor ha pasado noches en esta casa —le advirtió el jinete.

—¡En la madre!

El oficial ordenó a sus hombres que pararan, usando sus riendas para azotar las espaldas de los más cercanos.

A Tomás le corría la sangre por una comisura. Teresita y él respiraban como animales cansados. Y aún así no la soltaba.

—¿No se va a hacer a un lado?

—¡Jamás!

—¡Chingada madre!

Tomás tomó a Teresita por sus ropas y la acercó aún más a su cuerpo. Los jinetes se miraban unos a otros. Se encogieron de hombros. Tomás oyó a uno decir:

—Matamos a este y a la perra y luego nos vamos a la casa.

Los caballos se acercaron y los jinetes se consultaron.

—No es más que una bruja, ¡mátenla!

El oficial sacudió la cabeza, mascullando. Volvió su caballo hacia Tomás.

—Me estás haciendo la vida difícil, cabrón. Para llevar a tu hija a la cárcel tenemos que cabalgar hasta Guaymas. Mira lo cansados que estamos. Y allá se va a morir en las crujías. O en el camino. Nos ahorrarías muchos problemas si esto se acaba aquí.

Tomás permaneció firme.

—¡La acompañaré a la cárcel! —proclamó.

—¿Pero bajo qué cargo?

—¿Acaso no estoy impidiendo el cumplimiento de sus deberes? ¿Creen que soy idiota? ¿De veras creen que les voy a permitir que se lleven a mi hija sola?

El oficial suspiró.

—En realidad una bala sería mejor que la soga. Además, tendríamos que confiscar un carretón para transportarla. Y otro para usted. ¡Haga caso, hombre!

—Iremos juntos a la cárcel. Y si la ahorcan, yo colgaré por un lado de ella.

El oficial movió la cabeza y se rió.

—Como usted quiera. Pero si me aburro de ustedes en el camino…
—Les apuntó con el dedo, haciendo con los labios un ruido como de
balazo.

※

Esperaron toda la noche en la casa del rancho. Tomás se lamentaba. De-
berían haber continuado. Deberían haberse perdido entre los cerros.
Pensaba que podía haber preservado algo de su vida, algo de Cabora.
Teresita lo acallaba, pero no había forma de consolarlo.

A media mañana, aparecieron dos burdos carretones de madera. Parecían jaulas para leones abandonadas por algún zoológico. Arrojaron
bruscamente a Tomás dentro de una. A Teresita la levantaron dos soldados. Ella pensó en hacerse pesada para que no la pudieran levantar, pero
no lo hizo por miedo a que le hicieran daño a su papá.

Luego vinieron los días en el camino. Con las manos amarradas. La
pateaban, la maldecían. Cuando tenía que hacer sus necesidades, los
soldados la seguían y se burlaban de ella gritándole obscenidades. Una
vez Tomás trató de defenderla y lo agarraron a culatazos.

—¡Mátalos! —le susurraba a Teresita desde los barrotes de su jaula—.
Tú puedes.

—Papá, por favor.

—¿Te acuerdas cómo le hiciste con Buenaventura? ¡Hazlo otra vez!

—No debo.

—Bueno, no los mates. Nomás paraliza a estos hijos de puta. ¡Hazlo!
¡Ciégalos!

Teresita se volteó para el otro lado.

—Si me quieres, mata a estos cerdos. ¡Mátalos!

—¡No, no, no! —gritó ella.

—¡Cállate! —le gritó a su vez el guardia pateando su jaula.

Los soldados detuvieron el carretón de Teresita cerca de un pequeño
grupo de árboles. El de Tomás siguió su camino.

—¡Teresa! —la llamó—. ¡Teresa! —y así se fue llamándola hasta que
desapareció de su vista.

Ella escuchó el sonido lejano de una trompeta.

—Ay viene —dijo el guardia.

—¿Quién? —preguntó ella. Estaba de rodillas en la jaula, girando para verlo mientras el guardia daba vueltas alrededor del carretón. Frenó su caballo.

—El General —le dijo—. El General Bandala.

Todos se rieron.

—Va a querer echarte un ojo —le dijo el jinete.

—Eso no es todo lo que va a querer —dijo otro.

Se rieron de nuevo y ella vio como se palmeaban en la espalda y en los brazos.

Cabora había sido destruida por segunda vez. Las pasiones habían echado abajo las cercas, habían arrasado los sembradíos. Los jardines habían quedado convertidos en pilas de estiércol. Las ventanas en la casa del Segundo habían sido rotas por los jóvenes que huían de la caballería. En la distancia yacían perros y burros muertos. Un toro herido, con un agujero de bala en la cadera, cojeaba cerca de los panales que habían sido volteados. La Gente, los que habían quedado, se apresuraron hacia El Potrero y se escondieron en sus jacales. Los vaqueros se quedaron, visiblemente aturdidos por los golpes en la cabeza. Era un lugar muerto. Hasta los pocos pollos que cruzaban el camino de Álamos se veían sucios, cubiertos de polvo. Las rejas del patio de la casa principal estaban abiertas. Una de ellas había sido arrancada y colgaba toda chueca.

Los hombres de Tomóchic bajaron a José afuera de las rejas. El arbolito de ciruelas había sido arrancado de cuajo. Cuando Cruz se acercó a la puerta salió corriendo una niña con una charola de plata. Vio a Cruz y se asustó, dejó caer la charola y corrió otra vez para adentro de la casa.

El Segundo salió. Le puso la pistola en la cara a Cruz y le dijo:

—¡Tú!

—¿Qué chingaos pasó aquí? —le preguntó Cruz.

El Segundo jaló el martillo de su arma. Cruz sólo vio la mazorca que daba la vuelta.

—El fin del mundo —le dijo el Segundo.

Cruz miró fijamente la pistola.

—Ni creas que vas a venir aquí a llevarte nada.

—¿Llevarme?

Juan Francisco apareció detrás del Segundo.

—Que Dios nos libre de más amigos —dijo.

Salió, recogió la charola y se volvió a meter.

Cruz se sentó en el escalón y se puso la cabeza en las manos. El Segundo vio que tenía sangre seca en los hombros y en la espalda.

—¿Te hirieron? —le preguntó.

Cruz negó con la cabeza.

—Mi hermano.

Segundo escuchó los quejidos más allá de la barda.

Bajó la pistola.

Fue hasta la barda y se asomó.

—Ese cabrón está grave —dijo.

—Si, mi hermano está muy grave.

El Segundo enfundó su pistola.

—Ya se fregó todo. Todo —dijo Cruz.

El Segundo se metió las manos a los bolsillos.

—Esos malditos peregrinos destruyeron todo.

—¿Y Teresa? —preguntó Cruz.

El Segundo movió la cabeza.

—No está.

—Todo arruinado. Todo arruinado.

Después de unos momentos se levantó. Salió por la reja. El Segundo lo miraba. Se paró en la calle y les dijo a sus hombres:

—Teresita se ha ido. Aquí todo se ha acabado.

El Segundo se sorprendió de ver a los hombres caer de rodillas y llorar como niños. Descansaron hasta el ocaso y se fueron al trote. Cruz, al frente, como siempre, lloró todo el camino hasta las montañas. José, que se había quedado, gimió cuando el Segundo hizo que lo pusieran en el portal.

※

El General Bandala avanzaba en medio de un grupo de hombres bien armados. Cabalgó directamente hasta la jaula de Teresita y se asomó a verla.

—Así que esta es la gran Santa —dijo.

Bebió de una cantimplora y se la ofreció a Teresita por en medio de las barras de la jaula. Ella le dio la espalda. Él le puso el tapón y la colgó de su silla.

—Está bien, está bien. Pronto tendrás sed, pedirás agua y ya veré si estoy de humor para dártela.

Sus hombres rieron.

Desmontó.

Tan pronto como se bajó del caballo, Teresita vio que parecía un sapo. Sus piernas estaban zambas de haber pasado la vida en la silla de montar. Su tronco era corto y estaba gordito, prácticamente sin cuello. Sus labios parecían de hule.

—Sigan adelante —ordenó a sus hombres.

Los jinetes saludaron y salieron al galope.

Dos guardias se apostaron en lo más alto.

El general golpeó las barras de la jaula y le sonrió a Teresita.

—Ahora vamos a ver —dijo—. Ahora vamos a ver.

Destrabó la puerta de la carreta.

—¿Qué está haciendo? —le preguntó ella.

—Pronto lo sabrás.

Estaba sonriendo. Quitó la aldaba y dejó que la puerta se abriera un poco.

—¿Te quieres escapar? —le dijo mientras posaba su mano sobre la brillante funda de su pistola—. Te gustaría correr, ¿verdad? ¿Eh?

—No, me quiero quedar con mi padre.

El General Bandala miró a su alrededor.

—¿Tu padre? —le dijo y soltó una carcajada.

Se metió a la jaula con ella. El carretón se inclinó bajo su peso. La madera crujió. El palo de árbol pegado a las mulas chicoteó y las hizo recular. El metal del bozal y de la brida tintineó como campanita.

—¿Que quiere? —se quejó ella. Lo podía oler.

—Voy a disfrutarte.

Se fue hasta el final de la jaula.

—No, gracias.

—Tú, puta, no tienes alternativa.

Se desabrochó el cinturón con una mano y la agarró de un tobillo con la otra.

Teresita lo pateó en la barbilla.

—¡Ah, cabrón! —exclamó agarrándose el mentón—. ¡Pinchi perra!

—Le recuerdo que es usted un oficial del ejército.

Se desabrochó el botón superior de los pantalones.

Ella lo miró fijamente a los ojos.

—Mira esto —le dijo él.

—No.

—¡Te lo voy a meter!

—Métaselo usted —le contestó ella.

—¿Qué clase de respuesta es esa? ¿Acaso no tienes modales? —le reprendió, profundamente ofendido de oír esos términos en boca de una jovencita.

—Señor, un bandido de los caminos no se atrevería a abusar de mi situación. Pero usted, que dice ser caballero y General del ejército mexicano es más miserable y cobarde que un forajido.

Él se irguió de rodillas.

—Debe usted saber que yo puedo decidir si usted vive o muere. Si me disgusta, la podría poner frente al pelotón. Es usted la que debe escoger entre la vida o la muerte —le dijo molesto.

—Pues entonces máteme. Máteme pero no me ofenda, General.

El General se abrochó los pantalones y se salió del carretón.

—Si lo necesita tanto, haga lo que quiera con mi cadáver.

Él hizo una mueca como si hubiera olido algo rancio.

—Usted esta muy sucia como para tocarla.

Les gritó a sus hombres:

—¡Hey, ustedes! ¡Vengan para acá inmediatamente! ¡Llévense a esta porquería de criatura a Guaymas! ¡A marchas forzadas!

Corrieron hasta el carretón y tomaron las riendas. El General Bandala montó en su caballo y la miró fijamente al tiempo que el carretón se echaba hacia delante. Lentamente, espoleó a su caballo para que se moviera y la siguió, teniendo cuidado de mantenerse fuera de su vista.

En menos de una hora, una patrulla de caballería estaba en el rancho. El Segundo no tenía motivo para proteger estos idiotas. Le entregó al José al Coronel a cargo. Lo arrastraron hasta el mismo arroyo donde había ayudado a emboscar a la caballería y en la mañana lo ataron por el cuello al tronco de un árbol. Estaba tan cerca de morir que no podía pararse. Lo vieron atragantarse por un rato y cuando se aburrieron le dispararon por turnos.

Cincuenta y nueve

GUAYMAS. Nunca había visto el mar y a pesar de sus dolores y su cansancio, Teresita estaba sorprendida al ver un pedazo de mar azul oscuro rizarse a lo largo de la costa en la distancia. Cerró los ojos. Podía oler la sal. Se había desmayado por el calor en el patio, apretujada en su jaula. Parecía que había estado ahí dentro durante horas. Le llegaba la peste de los chiqueros por las ventanas de la celda. Unos hombres gritaban. Una vez, se oyó el ruido tronante de un fusilamiento y una algarabía desde las celdas: maldiciones, tazas golpeando contra los barrotes. Las moscas la encontraron y le picaron los ojos y la nariz. Estaba frenética tratando de espantárselas, pegándose a sí misma, pues llegaron primero en pares y después en cientos hasta que su cara y brazos se veían casi completamente negros. Su carreta se agitó, la aldaba se movió y la puerta se abrió.

—Salga.

El guardia estaba sucio y parecía como si él también fuera un prisionero. Llevaba una fusta y traía una pistola al cinto. Sus mejillas estaban cubiertas de una barba incipiente. Una mosca se le paró en el labio y le sopló. Gateó hacia la parte de atrás de la carreta y cayó afuera. Sus piernas estaban demasiado acalambradas como para pararse o caminar.

—Ayúdeme, por favor —dijo extendiendo su mano.

El hombre la pateó en la cadera.

—¿Eso le ayuda? —le preguntó.

Dos carceleros que estaban más atrás de él se soltaron riendo.

—¿Qué no eres un bruja? ¿Qué no te puedes convertir en chinacate y volar?

Uno de sus amigos le gritó.

—¡Cuidado Pepe, a lo mejor te convierte a ti en chinacate!

—¡No mames, güey!

Teresita se agarró de la orilla de la carreta y se enderezó. Le temblaron las rodillas.

—¿Tiene agua que me de? —preguntó.

—¡Aquí tengo tu agua! —le dijo tocándose la entrepierna.

Sus amigos se carcajearon de nuevo.

—Vámonos —dijo, al tiempo que la empujaba y le daba con el mango del látigo en el costado.

—Si eres una bruja buena no te azotaré.

Ella avanzó tambaleante.

Muchas caras la miraban desde las ventanas de las celdas.

—¡Chula! —le gritó alguien.

—Hey, vieja, regálanos un beso.

Pepe la empujó de nuevo.

—¡Apúrate!

Uno de los prisioneros le gritó a Pepe:

—¡Déjala en paz!

—¡Cállate el hocico! —le respondió Pepe.

La empujó por un patiecito de piedras y hacia un par de puertas muy macizas.

—No te podemos poner con los hombres —le dijo Pepe—, de modo que tendrás que dormir en donde antes estaban los bueyes y los puercos. —Se rió cuando abrió las puertas y la peste llegó a la nariz de Teresita. Ésta vaciló por un momento.

—Ya antes he dormido con puercos. Gracias por su ayuda —le dijo cruzando el umbral.

Pepe se quedó en la puerta sin saber qué responder.

Teresita se sentó en el catrecito que estaba contra la pared.

—Ha sido usted muy amable, rezaré por usted —le dijo. La mirada de ella lo ponía nervioso.

—De nada —le dijo, sólo por decir algo. Y luego—: Hay agua en el balde.

Azotó las puertas y les puso candado. Se quedó un momento parado, escuchando. Cuando se fue, lo hizo de prisa.

❊

Ahora, en su celda, ella temblaba. Hacía calor, pero igual se estremecía. Tosió. Sólo había comido pan seco en toda la jornada y bebido un trago de agua diario. Sus ojos se nublaron. Tomó el balde y bebió del agua turbia. La noche anterior los guardias le habían amarrado las manos. Cuando la desataron en la mañana tenía las muñecas raspadas y sangrando. Uno de los guardias le había puesto las manos en el trasero cuando la empujó para adentro de la carreta.

—¡No toques a mi hija! —le había gritado Tomás. Como respuesta recibió otro golpe en la cabeza.

—No llores por esta bruja —le había respondido el guardia—. Los dos estarán muertos en unos días más y ya no tendrán problemas —se había reído. Todos los que estaban ahí se habían reído. Teresita se acordó de Millán. Se preguntó por qué todos los malvados eran tan felices. Se levantó y acercó el rostro a la rendija de la ventana. Pájaros blancos. Pájaros blancos con las alas extendidas formaban grandes figuras en forma de V en el cielo. Como ángeles, pensó. Se volteó a su celda. Era una caja de piedra, húmeda y caliente. La paja y la tierra del suelo estaban llenas de lodo y el estiércol viejo de los animales. En la parte de atrás, una repisa de piedra con una cobija delgadita hecha bola en un extremo. Agarró la cobija, se la envolvió en los hombros y se sentó en el suelo.

El tiempo se arrastró.

Trató de rezar por su padre, pero no pudo. Se quedó dormida tan pronto como su cabeza tocó la lona del catre. A su alrededor, los bichos empezaron a moverse. Mosquitos, jejenes y moscas entraron por las ventanas. La cobija tenía pulgas y otras le brincaron de entre las piedras. Los piojos buscaron sus cabellos y empezaron a subírsele. Del techo le cayeron arañas. Las garrapatas se metieron por debajo de sus faldas y hundieron las cabezas en sus muslos. Ella no se movió. Y cuando una cucaracha le pasó por la cara presionándole los párpados y bebiéndole las lágrimas, ni se despertó.

¿Cuántos días tuvo que esperar la soga? Perdió la cuenta.

Los guardias le traían platos de metal con frijoles a horas que parecían intempestivas. El primer desayuno tenía gusanos. Se los sacó con las uñas y se comió los frijoles acedos. Algunas veces Pepe le aventaba trozos de pan dulce viejo o le daba una taza de café aguado. Se reía de ella muy seguido, especialmente cuando la insultaba o tocaba su cuerpo cuando la tenía al alcance, o se paraba frente a su puerta frotándose la entrepierna. Ella lo ignoraba.

El cuerpo le escocía y le ardía a todas horas. Tenía piquetes por dondequiera. Traía una plasta rojiza desde el ombligo hasta el pubis que le picaba y le daba comezón al mismo tiempo, pero si se sobaba o rascaba se le desprendían tiras de piel mojada que le llenaban las uñas. Podía arrancarse de las caderas las costras de las picaduras y sentir la espesa agua anaranjada brotar y correr por su piel.

Sufría de escalofríos todo el día, tosía y se arqueaba, producto de alguna fiebre que le trajo la noche o algún mal que tal vez rezumaba por el suelo, o bien algo que le habían inoculado los miles de insectos de los que no se podía escapar. Sus oraciones no habían tenido respuesta o tal vez ya no rezaba. Ya no tenía nada por qué rezar. ¿Estaría vivo su padre? ¿Estaría muerto? ¿Sería él quien gritaba aterradoramente cuando los guardias llevaban a otro hombre a los cuartos de los gritos? ¿Se habría quemado Cabora? ¿Estaría viva la Gaby? ¿Y el Buenaventura? ¿Y el Segundo? ¿Se habría escapado Cruz? Ni siquiera La Huila, en el más allá, respondía cuando la llamaba.

Cuando Pepe abrió su puerta para darle desayuno al comienzo de su quinceavo día en el hoyo, le dijo:

—¿Donde está tu agua?

—Me la eché encima.

Estaba muy pálida y flaca como un esqueleto. A Pepe le parecía que la fiebre ya la había matado. Si la bruja era tan famosa por haber regresado de entre los muertos, tal vez ya estuviera muerta. Se estremeció al acercarse a verla. Olía a sangre y a podrido.

—Estás hecha un desastre, niña, te ves repugnante.

Ella apenas podía hablar, pero hizo un esfuerzo.

—Muchas gracias por su amabilidad, Don Pepe. Realmente Dios le ha dado el don de halagar a las mujeres, es usted un príncipe entre los plebeyos.

Aunque no estaba segura de haberle dicho todo eso. Tal vez sólo había hecho algunos ruidos extraños. Justamente esa mañana creyó ver indios bailando en el cielo. Con la cara pegada a la rendija de la ventana, mirando al pedacito de cielo azul arriba del patio de los establos, estaba segura de haber visto yaquis con cabezas de venados amarradas a las de ellos, apaches con temibles cruces en sus frentes, extraños hombres desnudos y emplumados, y también mujeres, danzando en el cielo, dando vueltas sobre ella. Y entre ellos, había visto a Cruz Chávez con su camisa blanca y sus ondulantes pantalones y ella le había gritado: "¡Cruz, Cruz, aquí estoy!" Pero Cruz había seguido bailando, siguiendo a los guerreros del cielo hacia el mar.

—¿Quieres más agua?

—Sí, más.

Se llevó el balde para afuera y bombeó la manija de la llave. Ella escuchó el agua caer en la cubeta. Se arrastró hasta la puerta abierta y miró hacia el patio soleado. La luz le lastimaba los ojos. Se los cubrió con una mano y extendió el otro brazo para que le diera el sol. Pepe vio las marcas de las rascaduras en sus muñecas y exclamó:

—¡Dios mío!

Trajo el balde a la celda y se le quedó mirando a Teresita.

—Tienes que regresarte padentro.

—Por favor.

Ella yacía con su cara sobre la tibia piedra. El vio cómo se arqueaba su flaca espalda. Sus manos temblaban al extenderlas hacia el sol.

—Por favor, sólo un minuto de sol.

Pepe se rascó la barbilla.

Él volteó a su alrededor.

—¡Chingado! Está bueno, pues.

Fue por un banquito de madera y lo arrastró hasta donde estaba ella y se sentó. Encendió un cigarrillo.

—¿Quieres fumar?

—N-no, gracias.

Vio cómo andaban los piojos sobre la cabeza de Teresita.

—¿De veras eres santa?

—¿Parezco santa?

Pepe se hizo hacia atrás y estiró una de sus piernas.

—Hoy, no —le dijo.

Cuando se acabó el cigarrillo, la empujó hacia adentro con su bota y cerró la puerta.

⁂

¡Mátalos!, oyó que su padre susurraba.

Y cuando los guardias venían con su comida podrida y sus obscenidades, ella supo que podía matarlos. Podía haber abierto la boca y dicho las palabras y todos ellos caerían al suelo y se retorcerían hasta morir.

—¿Qué pasó? —le dijo Pepe en el vigésimo primer día de su encarcelamiento.

Ella movió su cabeza, con hilos de cabellos mojados sobre su cara. Sonrió.

—Que Dios te bendiga, *Lios emak weye* —le dijo Teresita.

Él dejó caer el plato y se salió de la celda a toda prisa.

Ella se quedó riendo.

⁂

Noche.

Finalmente un viento fresco llegó a la cárcel. Venía del mar con olores de olas y pescado, distancia y sal. Pero ella no lo sintió por la fiebre tan alta que tenía. Dormía en el suelo, hecha bolita como perro, tal como hacía un millón de años había dormido bajo la mesa de la tía. Temblaba por la calentura y se acurrucaba. El piso se estremecía y se levantaba, como tapete en el agua balanceándose en las olas. Se despertaba como diez veces en las noches. De repente se despertó, como con miedo. Encogió los pies hacia su cuerpo, como si alguien pudiera jalárselos. Se enderezó y recargó la espalda contra las frías piedras de la pared.

—¿Quién es? —preguntó con voz rasposa.

Se cubrió las rodillas con la falda rasgada. Ya no olía a rosas, sólo tenía olor a carne y sudor. Olía a miedo.

—¿Quién anda ahí?

Una sombra oscura se movió al final de la celda.

Teresita entrecerró los ojos para ver mejor en la oscuridad.

—¿Qué quieres?

Un suspiro.

Se recargó más hacia las piedras, pero no había para dónde hacerse.

La sombra se movió.

—¿Estaré soñando?

La figura se estiró, alta, como un hombre. Y luego caminó hacia ella. Un hilo de luz de luna que entraba por la rendija de la ventana le dio en la cara. El hombre se le quedó mirando por largo rato. Luego sonrió.

—¿Cruz?… ¿Cruz?

Se llevó un dedo a los labios y negó con la cabeza.

—¿Qué estás haciendo aquí?

Se puso de rodillas y extendió los brazos hacia él. Le dio un ligero olor a humo. Le hizo señas para que se quedara donde estaba y apuntando a un ojo con el dedo le hizo señas de que observara. *Mira. Fíjate.* Con su mirada ella siguió la de él, que se posó en la pared del fondo. Las piedras estaban brillando como si hubieran encendido velas en la celda.

—¿Cruz? —repitió.

Él le apuntó a la pared. Ella observó. Los puntos de luz se agrandaron, haciéndose largos y más brillantes. Eran azules, rojos, verdes, blancos. Cafés. Amarillos. Se formaban una y otra vez, anudándose y enrollándose. Y como si fueran nubes creando figuras, los reflejos formaron rápidamente una imagen. Era un valle en las montañas. Un río pasaba por en medio, y había pequeños plantíos de maíz a un lado; y al otro lado del río estaba una gran cueva. Luego fueron apareciendo casas. Y una iglesia. Ella oyó sonar la campana. Supo que esto era Tomóchic.

Cruz y sus guerreros aparecieron, corriendo con sus armas. Las gentes, chiquitas como hormigas, corrían. Corrían por todo el pueblo. Mujeres, niños y ancianos fueron llevados a la iglesia y las grandes puertas de madera se cerraron. Teresita vio la imagen de una estatua de ella.

En los picos de las montañas el fuego apareció. Gotas de fuego y humo. Las casitas enfrente de ella explotaron: bolas de fuego surgieron donde antes estaban las casas y en el centro de estos incendios volaban sillas, perros, mesas y niños.

Vio cómo el ejército mexicano rodeaba el pueblo, tropas surgiendo de los picachos. Cañones cargados de metralla. Dispararon, pero ella sólo podía escuchar jadeos roncos. Y los disparos de los cañones desmembrando Tigres. Las cabezas y los brazos se arrancaban de sus cuerpos. Los cañones disparaban municiones, clavos, monedas. Las paredes iban de blancas a rojas mientras los hombres se evaporaban.

Vio a Cruz y a Rubén en la casa de Chávez; supo que era la casa de Chávez. Ellos disparaban por las ventanas astilladas, disparaban a pesar de estar heridos y hambrientos. La iglesia estaba ardiendo.

El ejército la había incendiado. Los gritos de la gente que se quemaba adentro llegaban a ella como los cantos de aves lejanas. Los soldados corrían hacia las puertas y las abrían a golpes y Teresita creyó que estaban siendo misericordiosos. Pero cuando la gente salió corriendo, algunos ardiendo, unas mujeres cargando niños y comenzando a quemarse, el ejército mexicano abrió fuego con ametralladoras. Sus cañones escupían y tosían y mataban oleada tras oleada de gente… Los cuerpos se retorcían bajo el impacto de las balas, cayéndose y ardiendo ahí mismo.

Y vio como los soldados estaban detrás de Cruz y sus hombres. Se subieron al techo y echaron chapopote ardiendo por el agujero de la chimenea. Adentro de la casa se estaban quemando. Las paredes, los marcos de las ventanas, y las paredes chasqueando y quebrándose con el fuego, Cruz ensangrentado y gritando se paró y cayó en la ventana rota, disparando, disparando, saliéndole humo del cabello.

Y vio cómo los mexicanos enviaban a un hombre con una bandera blanca.

El hombre señalaba la casa ardiendo, les gritaba algo a Cruz y a los hombres adentro. El ejército cesó el fuego. Se hizo un silencio de ecos y crujientes flamas. Y la puerta se abrió y salió una oleada de humo denso. Y ahí estaba Cruz, apoyándose en el hombro de un amigo. Herido, terriblemente herido. Su pierna estaba chueca y le habían disparado en un costado y en la espalda. Un apéndice blanco-amarillento sobresalía de un agujero en su muslo, con astillas de hueso como pica-dientes ensartados en el negro coágulo de sangre en sus ropas.

Los Tigres le ayudaron a Cruz a seguir adelante. El mexicano le sonrió y le estrechó la mano. Le ofreció un cigarrillo. Y cuando Cruz se inclinó para aceptar el cerillo, un soldado se acercó por atrás y le disparó en la cabeza.

—¡No! —gritó Teresita.

Las luces se esfumaron.

Cruz volteó hacia ella.

—¡Estoy condenada, yo te hice esto!

—Nos lo hicimos nosotros mismos, estamos condenados a nuestros destinos —le respondió—. Pero los que te vengarán son fuertes.

—¿Los que me vengarán?

—Tus vengadores se están juntando en los cerros.

—¿Quiénes?

—Ay vienen. Todos los que morirían por ti.

—¡No! ¡No!

Ella vio la sangre extenderse en su cara. Flores negras de sangre surgieron en su camisa, empapada en las costillas; saliendo de su pierna. El mundo estaba ardiendo. Ella quiso alcanzarlo, Cruz Chávez, el único hombre que había puesto su mejilla en la de ella y había escuchado su corazón.

—Sé fuerte, no todo está perdido —dijo él—, adiós.

Y desapareció.

Sesenta

LOS GUARDIAS llegaron hasta la celda de Teresita al amanecer. El muchacho flaco que le llevaba la comida había sido encontrado fuera de la prisión con tres flechas en la espalda. Los agresores le habían cortado las orejas. Nadie había visto nada. Se despertó con el ruido de las botas haciendo eco en el adoquín y entre las paredes de piedra. Se sentó y los oyó venir. Esta vez no arrastraban los pies. Marchaban. Pensó que había llegado su hora. Tal vez Cruz Chávez saldría a su encuentro cuando la soga le rompiera el cuello.

Limpió con saliva las delgadas costras de sangre en su rostro. Se arregló como pudo el cabello en la semioscuridad. Las botas se acercaron. Se preguntó si la ejecutarían al lado de su padre. Los pasos cesaron frente a su puerta. Sonaron unas llaves. El candado chasqueó y la puerta chirrió al abrirse. Tres guardias entraron y le ordenaron ponerse de espaldas. Puso sus manos detrás y espero con la cabeza baja. La esposaron. Volteó y los miró a la cara. Vio que Pepe no estaba entre ellos. Le hicieron señas de que saliera. No sabía desde cuándo no había visto el sol o había caminado. Salió hacia el brillo, con la cabeza alta y parpadeando rápidamente. Aunque estaban en los establos, el aire se sentía fresco y vigoroso. La tomaron de los brazos y la llevaron fuera del patio, alejándose de las galeras.

Entonces iba a ser contra la pared.

—¿Dónde está Pepe? —preguntó.

—Aquí estoy, niña. —Iba detrás de ella.

—Disparen bien, muchachos —les dijo—. Pepe, apúntame al corazón. Pero dejen ir a mi padre.

—Cállate —le dijo Pepe—. ¿Sabes cuál es tu problema? Nunca aprendiste a quedarte callada.

—Apúntenme al corazón.

—¡Te digo que te calles!

La llevaron mas allá de la pared y de nuevo por el patio largo por el que había entrado a la prisión. Había muchas caras en las ventanas, pero los prisioneros no dijeron nada. Se volvió a mirar sobre su hombro. Pasaron una pared manchada y con muchos agujeros.

—Señores, no es ahí donde el pelotón…

—¡Estése quieta!

Al final, a plena luz, vio un grupo reunido y una carreta negra atravesada bloqueando la entrada. Tenía un caballo blanco amarrado.

—¿A dónde me llevan?

—Sigue caminando.

El grupo estaba formado por soldados, Rurales y policías. Se le quedaron viendo mientras se acercaba. Todos ellos habían oído hablar de ella, leído los periódicos. Querían verla en persona. Sus guardias los hicieron a un lado y la empujaron para que pasara por el estrecho espacio entre sus cuerpos, hacia el fondo de la carreta, donde esperaba Tomás.

—¡Papá! —gritó ella.

Su ojo izquierdo estaba negro e inflamado, y tenía una delgada costra de sangre en el mentón. Estaba asqueroso, su camisa a medio fajar y traía el pelo parado en la parte de atrás de la cabeza. Cuando lo vio, estaba encogido contra las puertas de la carreta, con los ojos cerrados y la cara ceniza. Al oír su voz, se enderezó, más alto que los guardias. Le sonrió.

—Teresita.

Ella corrió hacia él y apoyó la cabeza en su hombro.

Él se la acarició con el mentón.

—¿Te lastimaron? —le preguntó.

—No —le dijo ella.

—Estás delgada.

—Es que tengo calentura.

Se hizo un poco para atrás y escudriñó su lastimado rostro.

—¿Y a ti, Papá? ¿Te golpearon?

—Me tropecé con una puerta, eso es todo. No es para preocuparse.

Se puso de puntillas y le besó la mejilla.

—Mentiroso.

—Háganse para atrás —les dijo Pepe mientras abría las puertas del carretón… Les permitió poner las manos al frente y les puso los grilletes. Los agarró por los codos y bruscamente les ayudó a subir el escalón de metal. Una vez sentados dentro de la jaula, azotó las puertas y les puso candado.

—¿A dónde vamos? —preguntó Tomás. Pero nadie le contestó. El látigo tronó y el caballo brincó hacia delante. Cayeron uno contra el otro y batallaron para permanecer derechos mientras el carretón se tambaleaba alejándose de la prisión.

—¿Tienes miedo? —le preguntó Tomás.

—Sí.

—Yo también.

—Ay, Papá.

—¿Tú crees que es malo morirse?

—No tan malo como tú piensas.

—Sí, pero las balas… —dijo él.

Ella se estremeció.

—Eso me da miedo.

—Bueno hijita, por lo menos las balas son rápidas.

La carreta traqueteaba y pegaba contra el adoquín de las calles. Soldados de caballería iban al frente y atrás de ellos. Esa mañana Guaymas estaba tranquilo. La brisa del mar que les había sido negada en la prisión soplaba por los callejones, trayendo el olor a sal. Teresita pegó su cara a los barrotes para olerla, hasta que un tomate pegó en el lado de la carreta y le salpicó la mejilla de jugo. A lo largo del camino la gente se asomaba a verla, le hablaban quedo, le chiflaban. "¡Bruja!" le dijo una mujer. Los hombres se rieron. Dos jinetes se fueron hacia los lados del carretón y empujaron a la gente hacia atrás con la punta de sus botas.

—Y entonces, moriremos —dijo Tomás. Desde la calle se escuchó "¡Viva la Santa de Cabora!" seguido por los ruidos de una riña.

Teresita tomó las manos de su padre.

—Sé fuerte —le dijo.

—Lo seré.

Pasaron por un callejón y llegaron a un soleado boulevard.

—¿Tú dices que morir no es tan malo, verdad?

—No lo es, Papá, es mejor que la cárcel.

El asintió y ella se recostó en su hombro.

—¡Tal vez no nos disparen, tal vez nos cuelguen! —Tomás hubiera querido ser más positivo, pero ser ejecutado era para él una terrible afrenta. No podía contener su furia. Estos idiotas pensaban que eran iguales a él, o peor aún, superiores a él. Quería patear algo—. ¡Cabrones! —exclamó.

—He tenido pesadillas acerca de la soga —le susurró Teresita.

¿Como la podía reconfortar? Finalmente le dijo:

—¡Ah!, pero la soga no está tan mal, si te la ponen bien te rompe el cuello. Lo mas probable es que ni lo sientas.

—Muchas gracias, Papá, es lo mejor que me podrías haber dicho.

Se rieron, ya que ninguno de los dos se permitiría llorar.

※

Teresita nunca había visto un tren, pero supo lo que era en cuanto lo vio. Y a pesar del carretón y las cadenas y los sangrientos piquetes en su rostro y en su cuello y la terrible comezón debajo de sus ropas, se emocionó al ver la gran máquina tendida frente a la estación como una enorme serpiente.

—Mira, Papá, un tren.

—Dios mío, ¿un tren?

Tomás estaba cansado. Muy cansado. Apenas podía mantener los ojos abiertos, pero levantó la cabeza, que podía haber pesado cinco kilos y sonrió.

—Sí. —Los iban a matar contra las paredes de la estación. Habían traído testigos para que dieran fe, seguramente reporteros. Y esposas de militares.

—Parece que vamos a ser el gran espectáculo —dijo.

Era una locomotora de vapor pegada a una larga fila de vagones. Había soldados a todo lo largo y todos escudriñaban su negro carretón. Tomás batallaba para mantener los ojos abiertos, su vista se nublaba. Parecía como si tuviera arena en los ojos. Sus muñecas se veían negras de tantos moretones, sus dedos inflamados y oscuros por la cruel mordida del puño de metal. La carreta se paró. Escucharon a los soldados mascullar afuera. Los guardias se fueron y los dejaron encerrados durante media hora. Cuando finalmente abrieron las puertas y agarraron a Teresita, Tomás estaba dormido, hecho bolita en el asiento como perro. Uno de los soldados lo agarró por los tobillos y lo arrastró hasta afuera; su cabeza golpeó contra el piso.

Tomás abrió los ojos y dijo:

—¡Fíjate, pendejo!

El soldado lo agarró del cuello y lo empujó hacia delante. Tomás aterrizó con la barbilla en el polvo.

—¡Deténganse! —gritó Teresa.

El mismo soldado se volvió hacia ella y la escupió.

—¿O qué?… ¿O qué, bruja?

—¡Te va a convertir en cachora! —le dijo otro de ellos.

—¡Te volverá comida para los yaquis!

Se estaban riendo de ella.

Le ayudó a su padre a enderezarse. Él agitó la cabeza, se sacudió el polvo del cabello.

—¡Hey! Hey! —les dijo Pepe, acercándose apresuradamente—. No hay necesidad de lastimar a los prisioneros.

—¿Cómo me veo? —preguntó Tomás.

—Guapo —le contestó Teresita.

Se sonrieron.

El tren bufaba en las vías cercanas a la estación. Los soldados empujaban a Teresita con los rifles, como si fuera una vaca o una mula. Ella trató de tomar de la mano a su papá, pero le dieron en los dedos con la culata de un rifle. "¡Muévete!", le dijo Pepe; y Teresita caminó. Sus grilletes chirriaban. Se olía a sí misma y olía a su padre. Cabello sucio, sudor. Mantenía su cabeza en alto al caminar.

—Hijos de puta —mascullo Tomás.

Pepe se rió.

—¿A dónde vamos? —preguntó Teresita.

—Al día del juicio —le respondió.

Dejaron atrás el cabús. Había soldados en la negra plataforma. Y luego dos carros de pasajeros. A lo lejos, la locomotora latía como un enorme corazón. Su lánguido ronronear arrojaba un hilo de vapor al aire. *Ruc-ruc, ruc-ruc*. La mayoría de las ventanas de los carros de pasajeros estaban llenas de rostros. Mujeres y niños viéndola fijamente. Sobre los carros había nidos de sacos de arena con soldados y más rifles. Subieron unos escalones a la plataforma de la estación y la cruzaron enfrente de los pasajeros; caminaron hasta el final y bajaron tres escalones a la grava resbalosa a lo largo de las vías. Teresita se tropezó una vez y Tomás la tomó de la mano y la sostuvo, los soldados en su marcha haciendo crujir la grava tras de ellos. Caminaron más allá de los vagones de pasajeros y se emparejaron con un carro plataforma. La superficie del carro estaba llena de sacos de arena y los rifles sobresalían por encima de las cabezas de los soldados y los guardias, que prevenían un ataque de merodeadores yaquis. En el centro del carro, una ametralladora instalada en un gran trípode se erguía amenazadora. Frente al carro-plataforma había otro carro de pasajeros, vacío, con más soldados en el techo. Y más adelante, entre este carro y la máquina, otro carro-plataforma también lleno de soldados.

—Parece que esperan una guerra —dijo Tomás.

El guardia que iba a la cabeza le golpeó la espalda con la culata de su rifle. Tomás se tambaleó contra el costado del carro.

—¡Cállate! —le dijo el guardia.

Había un oficial parado al lado del carro vacío de pasajeros, de espaldas a ellos. Su uniforme se veía almidonado y su kepí estaba perfectamente colocado sobre su cabeza. Volteó y se les quedó mirando fijamente.

—¡Enríquez! —gritó Tomás.

Pepe lo golpeó en la nuca.

Enríquez se volteó hacia un soldado y le pidió su rifle. Se acercó al malicioso Pepe y le dio con la culata en la frente. Pepe dio un grito de sorpresa y cayó de espaldas sobre el polvo.

—Como saco de frijoles —dijo entusiastamente Tomás.

Pepe se atragantó y se retorció.

Tomás se volvió a Teresita y le dijo:

—¡Por Dios, es el Mayor Enríquez!

—Ya no soy Mayor.

—¿Capitán Enríquez?

—No precisamente.

—¿Entonces qué?

—Después de nuestra visita a Cabora ahora soy Teniente de nuevo —dijo Enríquez.

Tronó los dedos y apuntó a los grilletes. Un soldado raso con un aro de llaves pasó sobre Pepe y liberó a Tomás y a Teresita.

—Gracias, señor —le dijo Teresita.

—A sus órdenes.

Dio un taconazo y le hizo una ligera caravana. Luego le dio a Pepe una buena patada. Pepe jadeó y abrió los ojos. Enríquez lo miró furioso y le dijo:

—Usted es un soldado del ejército mexicano. De aquí en adelante compórtese con honor. Se observarán todas las reglas aquí.

Teresita se inclinó hacia Pepe y puso su mano sobre la mancha negra que se extendía sobre su frente. A él le tembló la mirada de miedo y se alejó con rapidez arrastrándose sobre la espalda. Se puso de rodillas y salió corriendo, con el trasero moviéndose de arriba abajo en sus sucios pantalones caquis.

—¡Cerdo! —dijo Tomás.

Entre la comitiva del teniente estaba un muchacho como de doce años, vestido de uniforme, con la cuartelera chueca sobre la cabeza.

—¡Soldado García! —dijo el Teniente.

El muchacho se adelantó y saludó.

—¡Sí, mi Teniente!

—Soldado, vea si puede traer algo de agua para los prisioneros.

—¡Sí señor!

El plebe salió corriendo.

—Sí, sí, tiene usted razón, Teniente. Permítanos morir con dignidad —dijo Tomás.

El soldado García regresó con agua en dos tazas de estaño, cuidando de no derramarla.

—Déselas —dijo el Teniente.

Teresita vio a Tomás. Ninguno de ellos sabía lo que estaba pasando, pero Tomás le señaló al muchacho y ella estiró la mano y el chico le dio una de las tazas. Ella bebió el agua, que estaba tibia y sabía a metal. Tomás extendió la mano y el muchacho le dio la otra taza.

Tomás le sonrió a Teresita.

—Esta bien, estamos en manos de caballeros —le dijo. Le puso la mano en la espalda y se dirigió al Teniente.

—¿Dónde nos tenemos que parar? —le preguntó.

—¿Pararse?

—Sí, quisiera saber. Vamos haciéndolo rápido. Estamos listos.

—¿Listos para qué? —preguntó el Teniente.

—Para el pelotón.

El Teniente se volteó a mirar a sus hombres. Todos se rieron.

—¡El pelotón! —repitió el Teniente.

—A mí no se me hace muy gracioso —dijo Teresita.

—Ah, pero se le va a hacer.

Tomó el documento que le entregó un subordinado. Lo puso enfrente de él y leyó:

—Por decreto presidencial la Señorita Urrea ha sido declarada como la muchacha más peligrosa de México.

—¡Bravo! —gritó Tomás.

El Teniente, alzando las cejas, miró a Teresita.

—¿Usted es todo eso? —le preguntó.

—Pues eso dicen ellos.

—En este momento, lo que sí es usted es la muchacha mas sucia de México.

Ella asintió ligeramente.

Enríquez volvió a leer la declaración.

—Y su padre, Tomás Urrea, ha sido declarado como un enemigo de la patria y un peligro para la sociedad mexicana. Patrocinador político, fiscal y moral de los levantamientos indígenas en los estados de Sonora, Sinaloa y Chihuahua.

Tomás asintió y sonrió.

—Ese soy yo.

—Señor, por favor.

El Teniente continúo la lectura. Se hablaba de herejías y redadas yaquis, de complicidad con los enemigos de la República y de desafíos a las reglas tanto militares como de la Iglesia. Les leyó de sus graves insultos al régimen benevolente de la Ciudad de México y a su noble Jefe de Estado, el Gran Presidente y General Porfirio Díaz. Les leyó que se les había declarado culpables de traición, de fomentar la revolución, y que por su complicidad en el reciente asalto a mano armada a la caballería perpetrado por guerrilleros, encabezados por el bandolero Cruz Chávez, se habían hecho acreedores a la sentencia de muerte por fusilamiento.

Tomás cuadró los hombros.

—Aquí viene lo bueno.

—Yo ya no tengo miedo —le dijo Teresita.

Enríquez continuó.

—Sin embargo, debido a la inmensa generosidad del General Díaz y el gobierno mexicano, la sentencia de muerte queda inmediatamente conmutada por la expulsión.

—¿Cómo dijo? —preguntó Teresita.

—Expulsión.

—¿Expulsión?

—Pues sí, expulsión.

—Enríquez, buen hombre, ¿es una broma? —preguntó Tomás.

Enríquez encogió un hombro.

—Mi querido señor Urrea, se me ocurre que en más de una ocasión, especialmente después de haberme visto involucrado en sus asuntos, mucho de la vida es broma.

—¡Espere!, ¿vamos a ser deportados?

El Teniente hizo un ademán hacia el tren.

—La más nueva línea de vías está a su disposición. Como usted puede ver, es un tren Santa Fe. Ferrocarriles de México se ha asociado con los de Santa Fe y estos vagones nos han llegado de…

—¡Un momento! —dijo Tomás.

—¿Sí?

—¿Exiliados?

—Para no regresar. Yo lo consideraría un buen trato.

—Pero, ¿y mi rancho?

—Lo lamento.

—¿Y mi esposa Loreto?

—Tal vez ella pueda unírsele después.

—¿Y Gabriela?

—¿Otra esposa?

—Su amada —ofreció Teresita.

—¡Ah! Una complicación. Tal vez ella también pueda unírseles.

Tomás se pegó en la frente.

—Considere la alternativa —dijo Enríquez.

—¿No vamos a morirnos? —preguntó Teresita.

La calentura la había palidecido. Sus ojos ardían en su blanca faz, como ojos de loca. Ponía nervioso al Teniente Enríquez.

—Señorita, de seguro se va a morir un día, pero este no es ése día.

Ella se recargó en Tomás.

—¡Espere! —gritó Tomás—, ¡Espere! En lugar de fusilarnos ¿haremos un viaje en tren?

El Teniente miraba sus botas.

—Eso parece —contestó.

El soldado García vino hacia ellos y tocó a Tomás en el brazo.

—¿Señor? Yo creo que la Santa ya se desmayó.

Sesenta y uno

LOS ESPÍAS VIERON A TERESITA marearse y caer en brazos de su padre. Contaron los emplazamientos de armas en los carros del tren. Observaron el enorme trípode con la ametralladora en el carro plataforma. Un jinete Pima llamado Martínez los guiaba, dos yaquis y un muchacho flaquito que insistió en seguirlos se acostaron boca abajo en los matorrales en un cerro a casi un kilómetro del tren. El muchacho dijo: "¡Hay que matarlos ya!" Martínez alzó la mano. Su pañuelo azul estaba cuidadosamente doblado por encima de sus cejas. Ya habían marchado los mensajeros hacia el norte, convocando a los guerreros hacia la prisión. Pero para Martínez era obvio que no habría ataque a Guaymas, aunque los apaches deseaban prender fuego a una ciudad mexicana más, antes de descansar. No, la batalla habría de librarse en las vías. Tenían que parar el tren. Tenían que liberar a Teresita. Tenían que matar a todos. Corrieron, agazapados, por arbustos de maleza, bayas, cactos y hediondilla, hasta que llegaron a un arroyo donde estaban los caballos. Tenían cuatro de los mejores caballos de Cabora, el muchacho yori los había llevado. Martínez corrió arroyo abajo sobre la orilla y se adentró en lo rojo del desierto sin mirar atrás.

Enríquez les ordenó a cuatro soldados llevar a Teresita al vagón vacío al frente del tren. Al principio tenían miedo de tocarla. Cuando la levantaron, uno dijo: "Miren, muchachos, ¡está tan liviana como la paja!" Tomás revoloteaba cerca de ella como timbirichi mientras la llevaban por el pasillo vacío. Escogieron un asiento al azar y la acostaron atravesada. Ella gimió. Sus párpados se movieron. Una de las llagas del cuello se le reventó y le salieron humores amarillos horrorosos.

—Por favor —dijo Tomás—. ¡Tráiganme agua tibia y jabón!

Enríquez, que los había seguido, señaló su autorización con la cabeza. Ellos saludaron y se fueron apuradamente.

—Ella está fuerte, Teniente —murmuró Tomás—. Muy fuerte.

—Bueno —dijo el Teniente—, podría usted rezar por ella.

—Tendría que aprender cómo.

—Nadie tiene que enseñarle a un padre como rezar, señor Urrea —replicó—. Padres y madres saben rezar mejor que los sacerdotes.

Tomás puso la mano sobre Teresita.

—He sido… muy malo —confesó—. ¿Qué Dios escucharía mis ruegos?

Los soldados reaparecieron con un cazo de agua hirviendo y una toalla. Enríquez se inclinó hacia Tomás.

—Mi amigo —le dijo—, yo sé poco de Dios. Pero lo que sí sé es que Dios quiere más a los hijos pródigos.

Palmeó el hombro de Tomás.

—Muchachos —dijo—, vamos a retirarnos y a darle privacidad a esta gente.

Puso un guardia armado en cada extremo del carro. Tomás no sabía ni por dónde empezar, pero abrió la parte de arriba del sucio vestido, humedeció la toalla y limpió cuidadosamente las heridas. Teresita siguió dormida durante su aseo. Ni siquiera se movió cuando Tomás pidió un segundo y luego un tercer viaje con agua. Cuando salió a reunirse con el Teniente Enríquez en el primer carro plataforma, ella ni abrió los ojos.

—¿Pero por qué no nos atacan? —preguntó Tomás a Enríquez.

El Teniente miró a sus hombres y se acercó más.

—Si la matan —dijo—, la convierten en mártir, ¿no lo ves? La Ciudad de México no podría contener a los yaquis si la Señorita Urrea fuera ejecutada. Por lo menos esa es mi opinión.

Tomás asintió con la cabeza.

—Ustedes todavía son prisioneros —le recordó Enríquez—. Y si la Señorita Urrea no se comporta en este viaje, es mi deber matarla. Hasta que lleguemos a Arizona.

—Los Estados Unidos —dijo Tomás—. Dios mío —suspiró—, vamos a ser americanos.

El Teniente sacó una cigarrera de plata y le ofreció uno a Tomás. El lo tomó y aceptó el cerillo encendido y aspiró el humo hacia sus pulmones.

—Mejor gringo que muerto —suspiró el Teniente, arrojando el humo por la nariz.

—¡Apenitas! Pero, ¡sí!

—Es tu día de suerte, Tomás.

Siguieron fumando.

—¿Todos estos guardias sólo por mi hija? —cuestionó Tomás.

—Por los yaquis —respondió el Teniente—. No esperamos dejar México sin que haya pelea. —Sonrió tristemente—. A decir verdad, no sé si alguno de nosotros sobrevivirá este viaje.

—Pero —dijo Tomás mirando a lo largo del tren—, esos carros de pasajeros vienen llenos de civiles.

—Es cierto.

—Me parece extraño que transporte usted civiles a través de una zona de guerra, mi querido Teniente.

Enríquez escupió tabaco sobre la orilla del carro.

—¿De veras es usted tan inocente? —le dijo—, ¿después de todo lo que vio en Cabora?

Tomás le miró a los ojos.

—¿Qué está diciendo, Teniente?

—Señor —le dijo—, considere la ventaja para nuestros líderes si estos salvajes atacan un tren lleno de buenos ciudadanos mexicanos.

—¿Que qué?

—Los civiles vienen aquí por decreto oficial.

Tomás aventó su cigarrillo.

—¡Díaz quiere que los indios ataquen este tren! —exclamó.

El Teniente inclinó la cabeza y no dijo nada.

Voltearon a ver a Teresita a través de la ventana de la puerta.

—Por decreto presidencial —ofreció el Teniente—, mi esposa e hijas vienen en esos carros.

—¡Cabrones! —masculló Tomás.

—Estas cosas —dijo el Teniente—, revelan por qué usted y yo nunca seremos presidentes.

Les silbó a sus hombres para que se subieran y le ayudó a Tomás a cruzar hacia el carro.

—¡Vámonos! —gritó el Teniente Enríquez; el pitido sonó; una campana como la de un yate emitió su sonido metálico tres, cuatro veces; la locomotora se estremeció y se asentó y empezaron a rodar.

❄

Los rieles repicaron. Los carros se balancearon hacia uno y otro lado. Las ruedas cantaron sobre los rieles y estos castañearon. A Tomás los ojos se le pusieron pesados, su cabeza subía y bajaba mientras se mecía hacia adelante y hacia atrás. Suspiró, se talló la cara. La tierra pasaba como mantas amarillas. Los árboles aparecían para desaparecer el mismo instante. Se mecía. Se balanceaba. Bostezaba. Los rieles seguían castañeteando. Su cabeza cayó hacia adelante y empezó a roncar.

Era un movimiento regurgente, un constante jadeo. Podrían haber estado sobre el mar. El tren podría haber tenido vida. El asiento de cuero de Teresita era tan duro como si fuera de palo, pero para ella era suave. Su cabeza rodaba hacia adelante y hacia atrás mientras soñaba. Estaba imaginándose el ciruelo y sus pequeños frutos púrpuras y estaba viendo el lugar sagrado donde La Huila había rezado una vez y estaba caminando con la ya olvidada puerca a través de un valle lleno de flores azules. Soñó que su vieja amiga Josefina estaba desayunando y riéndose. Se rió en su sueño. ¡La buena de la Fina! ¿Qué habría sido de ella? Abrió los ojos. Por un momento no supo dónde estaba. Se sentó. Su padre roncaba en el asiento detrás de ella. El tren. Yendo hacia el norte. Hacia la frontera.

Se hizo el cabello para atrás y se asomó por la ventana. El paisaje cruzaba como en oleadas enrollándose hacia la lejanía como si estuviera dando vueltas en una rueda gigantesca. La tierra se veía anaranjada, roja, café. Había azul pálido y verde y gris y morado pálido. Era blanca.

Volteó a mirar por la ventana del otro lado y el paisaje estaba totalmente inmóvil. Parpadeó. Podía oír el traqueteo de la locomotora, podía sentir el vaivén y oír el castañeo. Pero nada se movía. Volteó otra vez hacia su ventana; ahora ese paisaje también estaba apacible como en una pintura. Se levantó, apoyándose en los respaldos de los asientos y se dirigió al frente. La puerta al final del carro se abrió fácilmente. Salió a la plataforma. El viento le azotaba el cabello contra la cara pero el tren no se movía. Miró hacia la distancia y ahí vio a un cuervote a medio vuelo, atrapado en el aire como si fuera en ámbar. Sus grandes alas estaban extendidas, pero no lo llevaban a ninguna parte. Teresita se volteó a mirar hacia adentro del carro. Dio un grito. Ahí, sentada en uno de los asientos, estaba La Huila. Teresita abrió la puerta del carro y corrió a lo largo del pasillo.

—¿La Huila? —exclamó—. ¿Huila, has regresado?

La Huila echó una mirada a su alrededor.

—Así que esto es un tren —dijo—. No me gusta mucho que digamos.

Teresita tomó las manos de La Huila entre las suyas y besó los viejos nudillos, cayendo de rodillas.

—¡Huila! —le dijo—, te he extrañado tanto.

La Huila palmeó su cabeza.

—Niña —le dijo—, ¿tienes una cerveza? Extraño la cerveza.

Teresita meneó la cabeza y La Huila se levantó y la puso de pie.

—Ven —le dijo.

Dio un paso hacia el pasillo y ya estaban afuera, paradas al pie de una loma.

—¿Te pusistes los zapatos? —le preguntó.

Teresita miró hacia abajo. Andaba descalza.

—Debe habérmelos quitado mi papá —murmuró.

—¿Y cómo se supone que vas a caminar en el desierto si no traes zapatos? —le preguntó La Huila.

¡No es la primera vez que camino descalza!

—Se va a enojar tu papá.

Cuando Teresita trató de responderle, se vio a sí misma caminando en un arroyo azul, sobre azules piedras lisas.

—¿A poco no te gusta? —le preguntó La Huila.

Los tres hombres de Teresita estaban parados sobre una loma a más de un kilómetro de distancia. Los podía ver como tres bolas de nieve. Pensó que en Norteamérica habría nieve.

—Ay tan tus tres cabrones —le dijo La Huila.

Teresita los saludó.

Una chuparrosa merodeó sobre su cabeza. Aleteaba fuertemente.

—Suenas como abeja —le dijo Teresita. La rodeó de nuevo. Ella podía sentir el viento de su aleteo tocándole la piel. Le gorjeó como si le aventara besos y se fue.

—¿En qué dirección? —le preguntó La Huila.

—Para la izquierda —contestó.

—Siempre vuela hacia el corazón, esa cabroncita.

Estaban tomadas de la mano.

Pececillos dorados le hicieron cosquillas a Teresita en los pies.

Subieron por una colina cubierta de flores blancas. El agua las siguió, fluyendo traviésamente contra la gravedad.

—¿Ya había estado aquí? —preguntó Teresita.

—Siempre estuviste aquí.

—¡Ayúdame, ayúdame ahora! Las cosas están horribles. Esto está poniéndose más horrible cada día. Ayúdame a impedirlo —le dijo a La Huila.

—Ah, no niña —le contestó—. Yo estoy de este lado y tú del otro. No puedo interferir.

—¡Ayúdame!

—¿Pos no estoy aquí?

Subieron por un velo de nubes. Teresita empezó a ver. Aquí todo era más brillante. El cielo azul estaba lleno de estrellas.

—Mira —le dijo La Huila.

Las estrellas formaban líneas rectas. Luego las líneas se extendían horizontal y verticalmente creando una red en el cielo que se extendía en todas direcciones, hasta que se hicieron invisibles.

—Mira —repitió La Huila.

Las estrellas se hicieron grandes. Parecían pedazos de hielo derritiéndose en reversa, haciéndose más y más grandes. Eran plateadas. Empezaron a formar globos, un millón, diez millones de brillantes globos plateados sobre ella y a su alrededor.

—Yo no fui muy buena estudiante —dijo La Huila—. Tuve que morir para que Dios me enseñara esto. Pero ahora yo te estoy enseñando a ti. Observa.

Teresita miro fijamente a los globos. Y cada globo contenía una imagen. Volteó a ver el más cercano, el cual no era una estrella distante, estaba tan cerca que se podía tocar. Y en él vio su propio rostro. Y en el siguiente. Y en el siguiente.

—Mira —le dijo La Huila.

En este globo, iba en el tren. En el siguiente, era niña. En el tercero, estaba vestida con ropas muy finas, caminando por una calle citadina. Tenía niños. Estaba embarazada. Estaba riéndose. Estaba llorando. Estaba dormida. Tenía un arma. Estaba desnuda y bañándose. Le hacía el amor a un hombre cuyo rostro no podía distinguir. Era el día de su boda. Iba vestida de luto. Tenía las piernas en alto y un niño naciendo. Algunos globos estaban tan lejos que Teresita apenas podía verse o se veía sólo como una pequeña figura oscura entre otras. Todos se miraban claramente, aunque la mayoría eran muy pequeños como para ser vistos. Ella estaba por todas partes en el cielo. Vio a su alrededor y se vio a sí misma detrás de sí misma, leyendo un libro; cocinado; predicando; poniendo sus manos sobre un niño; cabalgando; durmiendo.

—¿Qué es esto? —preguntó.

—¿A poco no está bonito? —le dijo La Huila.

—Pues sí.

—Eres tú.

—No te entiendo.

—Eres tú. Cada tú, cada tú posible. Desde siempre, has estado rodeada por incontables opciones sobre lo que puedes ser. Estos son tus destinos.

La Huila tocó un globo. Tintineó suavemente, como una campanita. En él, Teresita estaba sentada en el tren.

—Este es tu próximo segundo —dijo La Huila.

Teresita volteó y se le quedó viendo.

—Todos ellos, cada momento de tu vida, cada instante, se ve así. ¿Lo ves? Tú siempre estás en un universo de opciones. Cualquier momento de tu vida puede ir en la dirección que tú elijas.

—¿Pero cómo?

—Tienes que aprender a escoger.

—¿Cómo?

—Aprende a ver. Esta es tu vida, tal como la ve Dios. Cada segundo de cada día.

Teresita pisó el agua y extendió las manos hacia los globos.

—La mayoría de nosotros andamos en línea recta. Todo el día, todos los días, como borregos. Mira hacia adelante. ¿Qué ves?

Teresita miró fijamente dentro del globo que estaba enfrente de ella.

—Mi propio rostro.

—Pasamos nuestras vidas caminando hacia nuestros propios espejos. Todo lo que vemos es a nosotros mismos caminando por el camino.

La Huila extendió los brazos.

—Mira para este lado.

Teresita viró la cabeza y miró por las ventanas del tren. Tomás todavía estaba dormido. La Huila se había marchado.

—¡Huila! —llamó—. ¿Dónde estás?

—A tu lado, donde siempre he estado —oyó la voz de La Huila.

—¡No te vayas!

—Tengo que.

—¡Huila!

—Mira para adelante.

Teresita miró.

Vio a un guerrero yaqui agazapado detrás de un arbusto. Traía un rifle. Estaba mirando el tren.

—¡Despierta! —le dijo La Huila.

Teresita se enderezó. El tren se sacudió. Los rieles castañearon bajo sus pies mientras las ruedas pasaban sobre ellos. Su padre estaba roncando. Buscó a su alrededor, pero no había nadie más en el carro.

—Los he arruinando a todos —dijo al tiempo que despertaba a su padre.

—Es cierto —dijo Tomás—. Nos hubiera ido mejor si no hubieras visto a Dios.

—Perdóname.

Él le respondió con un dicho popular:

—No hay mal que por bien no venga.

—¿En serio crees eso?

—¿Y por qué no?

Extendió el brazo y le palmeó la rodilla.

—Mira dónde andamos, de viaje en este tren tan bonito —le dijo.

—Dice el Teniente que los indios atacarán cuando atardezca —respondió Teresita.

—¡Pues si eso dice él!

—Y que a esa hora estaremos entrando en un cañón.

—El cañón de las emboscadas. ¡Qué nombre tan pintoresco!

—Tendremos que frenar —dijo ella.

—Y entonces vendrá el ataque. Sí, así es. Todo mundo terminará muerto menos tú.

Los soldados les llevaron el almuerzo en ollas. Frijoles, papas. Tortillas, café.

Después de comer, Teresita levantó la cabeza y vio que el Teniente Enríquez la observaba desde la puerta. Le pidió permiso para entrar. Ella asintió.

—Y ahora qué —dijo Tomás.

Enríquez se les acercó.

—Tenemos un niño enfermo —les dijo. Se veía avergonzado.

—¿Ah sí? —dijo ella.

—¿Otra vez? —agregó Tomás.

Enríquez agachó la cabeza.

—Es el hijo de uno de mis hombres. Parece que comió chorizo echado a perder. Está bastante enfermo. Su mamá cree que no aguanta la noche. —Enríquez alzó las manos—. No sé qué hacer. Preguntaron por usted.

—Tráigalo —le dijo ella.

—¿Está usted segura?

—Tráigalo, le digo.

Enríquez se dirigió hacia la parte posterior del carro y salió. Se le podía oír gritando a sus hombres en el carro-plataforma.

—¿Papá? —le preguntó ella a Tomás mientras esperaban—. ¿Disfrutaste algo de todo esto?

—Sí, claro.

—¿Qué parte fue tu favorita?

—El ciruelo —le dijo.

Enríquez regresó con una mujer y un soldado. La mujer traía en sus brazos un pequeño bulto. Se podía oler el vómito y la caca.

La mujer se arrodilló.

—Bendícenos, Teresita —le pidió.

Teresita puso su mano sobre la cabeza de la mujer.

—Déme al niño —le dijo.

La mujer le entregó al niño.

—Está verde —dijo la madre—. ¿Se va a morir?

Enríquez y Tomás se acercaron.

—Usted nada más mire lo que va a pasar —le dijo Tomás, sorprendido de su repentino orgullo por los milagros de Teresita. Teresa abrió el envoltorio y vio la cara contorsionada del niño, quien se incomodó, se quejó y movió sus puñitos.

—Está muy enfermo —dijo Teresita.

Puso su mano sobre la frente del niño. Le abrió su camisita y le recargó la mano sobre el vientre. El niño lloró. Ella pasó su mano sobre él y rezó. Lo abrazó contra su pecho y murmuró algo. El niño se quedó quieto. Ella sonrió.

—Está dormido —les dijo—. Denle té fresco. Té de canela, si tienen.

La mujer lloraba.

Le agarró las manos a Teresita y se las besó.

—¡Viva la Santa de Cabora! —dijo el soldado.

—¡Nomás eso nos faltaba! —exclamó Enríquez.

❧

Los guerreros estaban escondidos a todo lo largo del cañón de las emboscadas Martínez y sus hombres habían logrado reunir más de cien combatientes. La Gente y los mexicanos se ocultaban tras las rocas.

Los fusileros estaban escondidos a los lados de las vías. Había franco-tiradores escondidos en los mezquites. Al final del valle, los jinetes estaban listos para asaltar el tren después de las primeras escaramuzas, prestos para atacar con rapidez y rematar a los soldados que queda-ran vivos.

—No maten a nadie —dijo Teresita.

—Si usted cree que voy a permitir que esos salvajes masacren a la gente de este tren está usted completamente loca —le dijo Enríquez.

—No lo harán.

—Claro que sí.

—No abrirán fuego.

Enríquez se rió.

—Señorita, yo he combatido a los indios toda mi vida. Claro que abrirán fuego. No tendrán compasión y no dejarán vivo a nadie.

—Y yo he sido india toda mi vida. Le digo que no dispararán —le respondió ella.

Enríquez golpeó la pared con el puño.

—¡Señorita! ¡Me pone usted en situación imposible! Le recuerdo que mi propia familia se encuentra en este tren. ¿Pondría usted a mis hijos en peligro de muerte?

—Yo lo salvaré a usted y a sus hijos —le dijo.

—¡Señorita!

—¡Ya está bueno! ¡ya llegué al límite! —gritó Tomás.

—Yo impediré que disparen los guerreros.

—Y yo que pensé que el orgullo era un pecado.

—No es orgullo —le dijo ella—. Póngame afuera, en el carro-plataforma y verá que no abren fuego.

Él meneó la cabeza.

—¡Usted se quiere morir!

—Ya me he muerto. Moriré de nuevo. Le estoy ofreciendo su vida y la de sus hombres. ¡Sólo póngame ahí!

Tomás había encontrado una botella en algún lugar y estaba en la tarea de acabársela.

Enríquez le dijo:

—¿Y usted quién se cree que es? Usted no da las órdenes aquí, soy yo el que las da.

—Yo sé quién soy y lo que soy —le respondió Teresita.

Los ojos de ella lo hicieron mirar para otro lado. Se sentía ligeramente mareado, como si Tomás le hubiera dado a beber de su botella. No sabía qué decirle a esta muchacha andrajosa. No sabía cómo mirarla a la cara. Enríquez apuñó las manos. Se alisó los bigotes. Le apuntó con el dedo y le dijo:

—Mire, le voy a dar una oportunidad. La pondré en el carro-plataforma ya que usted quiere ser mártir. Pero el primer disparo de esos salvajes desatará una tormenta. ¿Me entiende? Los mataremos a todos sin cuartel.

—No dispararán.

—Sólo se necesita una bala.

—De acuerdo. Una bala.

Enríquez movió la cabeza.

—Dame un trago —le dijo a Tomás.

Martínez había pasado la voz. Dejar que el tren se adentrara en el valle. Frenaría en la cuesta. Una vez que el tren estuviera rodeado por las paredes del cañón de las emboscadas abrirían fuego por los dos flancos. Matarían a los soldados primero y luego tirarían a través de las ventanas. No disparar al primer carro porque ahí llevaban a Teresita.

—Frene el tren —ordenó ella.

—Estás loca —replicó Enríquez.

—Hágalo, frene el tren antes de llegar al cañón.

—¿Pero por qué demonios?

—Para que puedan verme.

—Debo estar tan loco como tú.

—Cuando lleguemos a la boca del cañón ordene que paren el tren.

—¿Queeeeé?

—Los guerreros nos quieren dentro del cañón.

Tomás se fue trastabillando hacia la puerta del carro.

—¿Ya estamos muertos? —preguntó.

—Mi papá está borracho —observó ella.

—¿Quién puede culparlo?

Enríquez le mandó decir al maquinista lo que había que hacer. El tren disminuyó la velocidad. Los frenos chillaron y la chimenea echó grandes nubes de humo.

—¡Ay viene! —gritó el centinela apostado en el frente. Un combatiente se irguió brevemente y agitó el brazo sobre su cabeza. Todos apuntaron con sus armas.

Teresita estaba en el centro del carro-plataforma. Enríquez mismo se posicionó tras la ametralladora. Tomás se escondió en el vagón, agazapado entre los asientos. Los soldados se tendieron sobre el techo y se amontonaron detrás de los sacos de arena del carro-plataforma.

—Despacio —dijo Teresita.

—Ya va despacio.

—¡Pare el tren! ¡Ahora!

Enríquez les hizo una señal a sus hombres. El tren frenó y se detuvo. Resopló. El frente quedó en un hueco entre dos paredes de piedra.

—Adelántese despacito —dijo ella.

Enríquez dio la orden. El tren se estremeció. La locomotora pasó el espacio entre las dos paredes. Luego el vagón del carbón. El carro-plataforma llegó al hueco y ella dijo:

—¡Paren!

Enríquez hizo una señal, se metió detrás de la ametralladora y le quitó el seguro.

—¡Calma! —gritó.

—No dispare —dijo ella.

—Calma, muchachos, no disparen.

Teresita podía sentir las miradas de los guerreros sobre ella. Sabía que se encontraban ahí. Los arbustos a su alrededor estaban llenos de sus hermanos, sus amigos, sus seguidores. Elevó las manos y las mantuvo frente a ella. Luego extendió los brazos hacia los lados. Se mantuvo allí, quieta y flaquita y de algún modo atemorizante. Estaban apuntándole al tren. Enríquez vio a un guerrero levantarse y apuntarle a él.

—No abran fuego —ordenó a sus hombres.

—¡No dañen a nadie! —gritó Teresita.

El guerrero bajó su rifle y los miró confundido.

—Calma —dijo Enríquez.

Uno de los de La Gente no se pudo contener más. Dejó escapar un aullido y corrió hacia el tren. Vestía sólo un taparrabos y su cara tenía rayas pintadas en las mejillas.

—¡No le hagan daño a nadie! —gritó Teresita.

El guerrero corrió hacia el tren y lo golpeó con la palma de la mano. Gritó. Lo golpeó de nuevo y corrió de regreso a su arbusto. Se escucharon gritos de hombres. Hombres invisibles. Alguien ulalaba. Enríquez sintió cómo se le erizaba el cabello en la nuca.

Tomás entreabrió la puerta del carro y dijo:

—¡Creo que me mié en los pantalones!

—¡Calma! —dijo Enríquez.

La locomotora bufaba mientras ellos estaban allí expuestos. *Puff-puff. Puff-puff. Puff-puff.*

—Señorita Urrea, creo que nos vamos a morir todos —dijo Enríquez.

Teresita les gritó a los hombres escondidos:

—¡Hermanos! ¡Es mi destino que me vaya! ¡Yo escojo irme! ¡No maten a nadie! ¡No le hagan daño a nadie!

Silencio.

LA HIJA DE LA CHUPARROSA · 497

—Vámonos ya —dijo Teresita.

Enríquez agitó las manos frenéticamente. Sus hombres estaban escondidos en la cabina del maquinista. Finalmente uno de ellos sacó la cabeza y la volvió a meter. La locomotora dio un fuerte bufido y el tren se sacudió de nuevo.

—¡Viva la Santa!

Los gritos provenían de los arbustos y las creosotas.

—¡Viva Teresita!

—¡Viva la Santa de Cabora!

El tren se iba moviendo despacio. Fue una agonía para Enríquez. Ella nunca se movió. Permaneció con sus manos levantadas, con la mirada fija en el cañón. Enríquez no podía creer sus ojos. Diez, treinta, cincuenta, cien guerreros armados se levantaron a su alrededor.

—¡No disparen! ¡No disparen!

El Teniente no sabía si les gritaba a ellos o a él, pero no importaba. Les gritaba a todos. Y los guerreros se acercaban. Corrían hacia los rieles. El tren empezó a acelerar y los guerreros levantaron sus rifles, pero no dispararon. Formaron una línea doble que se extendía hacia la parte delantera del tren y se desvanecía a la vuelta de la curva de los rieles. Cada hombre permaneció silencioso, mirando fijamente a Teresita y cada uno alzó su rifle en saludo silencioso a ella.

Enríquez se levantó y caminó hacia ella. Tomás estaba en el escalón de atrás y se les unió. Los guerreros permanecieron en silenciosa vigilia mientras su Santa pasaba frente a ellos, saliendo de sus vidas. Tomás vio que algunos de ellos estaban llorando. El tren se movía más rápido ahora. El maquinista esparció arena por las ranuras sobre los rieles para hacer tracción y poder ascender. El tren gruñía y bramaba. Y echaba chispas por todos lados y humeaba y el silbato chillaba y los guerreros no se movieron. El tren subía y se aproximaba a la gran curva que salía del cañón y los hombres permanecieron en fila.

—¡Ahí, vean ahí! —gritó Teresita.

Y les apuntó.

Tomás miró: sentado en su caballo en la última cuesta a un lado de las vías, estaba el Buenaventura. Se estaba riendo. Tenía en la mano su viejo sombrero tejano de vaquero. Los saludó alzándolo sobre su cabeza.

Y luego, como si todo hubiera sido un sueño extraño, México, Cabora, las guerras, el presidente Díaz, yaquis y mayos, apaches, pimas, guasavez, seris tarahumaras y tomochitecos se fueron.

Delante de ellos, nada; sólo la noche. La noche y el grande, oscuro Estados Unidos.

NOTA DEL AUTOR

TERESA URREA FUE UN PERSONAJE REAL. Yo crecí creyendo que ella era mi tía. Aparentemente, mi bisabuelo, Seferino Urrea, era primo hermano de Tomás. Ella era sólo una leyenda familiar hasta que Cesar A. González, de la Universidad de San Diego en Mesa, me mostró el primero de cientos de artículos que habría de leer acerca de ella. Aunque podría decir que anduve buscando su historia desde mi niñez, mi investigación formal de su vida comenzó en Boston en 1985.

Los sermones de Teresita, su discusión en la carreta-cárcel con el General Bandala y la acalorada discusión de Cruz Chávez con el Padre Gastélum en Tomóchic, están basadas en las notas de Lauro Aguirre. Aunque son difíciles de encontrar, todavía se pueden rastrear microfilmes de sus escritos si se conoce algún bibliotecario servicial. La historia que la viejita le cuenta a Aguirre casi al final de la novela es la de un testigo presencial, narrada por una curandera de 101 años en Benjamín Hill, Sonora. Fue grabada hace más de diez años por mi hermano, Alberto Urrea. Esta es la primera vez que aparece en alguna fuente.

Las enseñanzas de La Huila tienen su fundamento en la curandera Mayo Maclovia Borbón Moroyoqui de El Júpare, Sonora. Maclovia era la abuela materna y maestra de mi prima Esperanza Urrea. Esperanza fue una de mis guías para aprender algunos de los secretos medicinales enumerados en estas páginas.

Otros dos maestros merecen mencionarse: Elba Urrea, tía y curandera-hechicera, dejó antes de morir un baúl lleno de documentos, cartas, fotos y artículos relacionados con Teresita. El curandero Apache-Chiricawa "Manny", en el Rancho Teresita en Arizona, compartió muchos de sus conocimientos conmigo.

Por favor tomen en cuenta que estas y muchos otras fuentes me pidieron que velara ciertos detalles para los lectores. Me enseñaron que aunque podría ser divertido presumir de los secretos que los curanderos yaqui y mayo me enseñaron, esa presunción estaría mal. Así, he cambiado ciertos detalles y he mantenido en secreto los nombres secretos de las cosas. Las fórmulas escritas son precisas y todos los "milagros" atribuidos a Teresita proceden de los archivos, atestiguados por escrito.

✳

Escribir este libro se llevó veinte años de trabajo de campo, investigación, viajes y entrevistas. Los reconocimientos debidos son extensos y agregarían varias páginas a este texto. Escritores, estudiosos, religiosos, curanderas y chamanes me ayudaron a lo largo del recorrido.

Para aquellos interesados en fuentes y lo relativo a ellas, pueden encontrar una bibliografía completa en mi portal de Internet www.luisurrea .com (bajo el subtítulo "Teresita"). Michelle McDonald brillantemente diseñó y mantiene el sitio.

Algunos libros son valiosos para los estudiosos de Teresita. Todos comienzan en el mismo lugar: *Teresita,* de William Curry Holden. Se trata de un viejo texto fino, rico en detalles. *¡Tomóchic!* (También conocido bajo otros títulos diferentes), de Lauro Aguirre, es interesante, pues sugiere que fue editado, si es que no co-escrito, por la propia Teresita. José Valadés escribió una influyente serie sobre Teresita en diversos periódicos, la misma que apareció con gran fanfarria en el suroeste de Estados Unidos en los años treinta. Ese material se incorporó en su libro *Porfirio Díaz contra el gran poder de Dios.* Para un entendimiento mas profundo de Tomóchic y el papel de Teresita en el desastre, debe comenzarse por *¡Tomóchic!* de Heriberto Frías. Paul Vanderwood escribió la historia definitiva de Tomóchic en su texto *God and Guns Against the Power of Government.* Tal vez Brianda Domecq me perdone si confieso que no he leído lo que sin duda debe ser una fina novela sobre Teresita, *La insólita historia de la Santa de Cabora.* Aparte de darme un epígrafe para la primera sección de este libro, el trabajo de la Señorita Domecq siguió siendo un misterio para mí, ya que no quise que cualquier otra ficción influyera en lo que yo estaba escribiendo. Sin embargo, leí sus excelentes ensayos y notas históricas en lugares como la Sociedad Histórica de Arizona.

Tengo una gran deuda de gratitud con la Fundación Lanna por su generoso apoyo. El premio cubre sólo una pequeña parte.

Finalmente, Geoff Shandler, mi cuidadoso editor, ha ido de acá para allá a lo largo de esta epopeya, podando y dándole forma a un texto indisciplinado. No pude haber puesto mi trabajo en mejores manos. Junto con él, todos en Little, Brown han sido muy gentiles y me han apoyado mientras me quebraba la cabeza con este libro. Gracias a Michael Pietsch, Liz Nagle, Shannon Byrne, Peggy Freudenthal, mi correctora de manuscritos Melissa Clemente, la correctora de pruebas Katie Blatt, entre muchos otros. Todo mundo en la Agencia Sandra Dijkstra me cuida y hacen posible mi carrera; Mike Cendejas en la Agencia Lyne Pleshette, se pelea con Hollywood por mí y hace realidad mis sueños.

Cinderella realizó incansables trabajos en apoyo de la creación de *La hija de la Chuparrosa*. Todo esposo debería decir eso, pero en mi caso es verdad: sin su ayuda, no habría libro.

Más miembros de la familia Urrea de los que puedo nombrar me proporcionaron horas, días, años de su tiempo. Por favor vean el portal de Internet.

Gracias a todos. ¡Y gracias Teresita!

SOBRE EL AUTOR

LUIS ALBERTO URREA nació en Baja California, México, en 1955. Ha recibido el Premio Literario Lannan, el Premio del Libro Americano, el Premio de los Estados Occidentales de los Estados Unidos, y el Premio Cristóbal de la Iglesia Católica. Es miembro de la "Sala de la Fama de Literatura Latina". Su libro anterior, *El camino del diablo* fue finalista para el Premio Pulitzer en 2005. Reside con su familia en Chicago.

Una guía para grupos
de lectura
para

La

HIJA DE LA
CHUPARROSA

Una novela por

LUIS ALBERTO URREA

Una Conversación con Luis Alberto Urrea

¿Cuándo empezaste La hija de la Chuparrosa?

Empezé el trabajo actual en 1984. Eso no quiere decir que pasé los siguientes veinte años sentado en mi escritorio, pero que estuve luchando con los datos integrales. Y estaba tratando de encontrar la forma en que podría comunicarlos.

¿Cuál es tu relación con los Urrea del libro?

Me contaron historias de mi "tía yaqui" cuando era niño en Tijuana. Después de varios años, uno de mis primos se enteró que Tomás Urrea, el padre de Teresita, había sido el primo hermano de mi bisabuelo Don Seferino Urrea. De alguna manera u otra, toda esta locura genética produció esta generación que dice que ella es nuestra tía. Ya saben que en las familias mexicanas, los antepasados todos se conocen como tío y tía. Así que todavía pienso en ella como tía, pero la realidad es que es una prima.

¿Cómo investigaste el libro?

Hay múltiples niveles de investigación. Trataré de simplificarlos. Primero: hay leyendas y testimonios familiares. No diría que esto fue tan formal como una entrevista. Imagínate unas pláticas con cada generación de los Urrea. Segundo: libros. Tercero: archivos. Este era un proceso de irme viajando por miles de millas y varios países, y de estar enterrado en laberintos bajo museos y bibliotecas. En los Estados Unidos y también en México. Parte del libro se reveló en Provence y en París. Cuatro: entrevistas. Busqué a los líderes religiosos, a los profes y a los "eruditos". Quinto: mis investigaciones en el campo, entre La Gente. Alli sí se formó la onda. Pasé diez años soñando y platicando con chamanes, con hechizeros y curanderas. Diría yo que esta etapa fue (y sigue siendo) la parte más misteriosa y fascinante de la experiencia. Me abrió unas puertas escondidas, y se me vino una inundación de gloria y terror. Fantasmas, ángeles, demonios. He pensado que sería interesante escribir un libro que sólamente consistiría en reportajes de este material oculto. Muchas de mis maestras en este mundo de chamanes fueron tías y primas. Muchos de los secretos del libro fueron revelados por las mismas mujeres que los viven.

¿Porqué decidiste escribir una novela? Es decir, ¿porqué cuentas una historia verdadera en forma de ficción?

Bueno… Ahora me referiré a las mujeres misteriosas de mi última respuesta. Una de las formas de la "medicina" sagrada de los yaquis y los mayos se practica por medio de los sueños. Es muy parecido al "tiempo soñado" de los aborígenes de Australia. Muy pronto entendí que uno no puede ponerle una nota a pie de página a un sueño. Pero de esa manera, en los sueños, en los sentidos, en los ensueños, se empezó a presentar el cuento. Solamente en esa manera pude conocer a la persona de Teresita. Últimamente, decidí que la novela era la forma adecuada y correcta —el camino justo para llegar a lo más profundo de su vida.

¿Y la gente de México, todavía se acuerda de Teresita?

Sí. Todavía hay comunidades que la alaban y que la admiran.

¿Cuál parte del libro se te hizo más difícil, o problemática?

Tengo doble respuesta. Técnicamente, la escena más difícil fué la escena en que ella fue asaltada. Las crónicas de esos días son ambiguas. Pero implican claramente qué fue lo que le pasó. Lo difícil para mí, como escritor, fue mantener el sentido de peligro mientras preservaba ese tono ambiguo. Pero en términos emocionales, para mí lo más pesado fué escribir las escenas que revelan lo que tuvo que sufrir en la cárcel.

¿Últimamente, cuál era la historia que querías contar?

Estamos viviendo bajo un bombardeo de eventos y locura. Pero cuentos del alma, de cosas sagradas, parece haber pocos. Cuando me dí cuenta que la historia de Teresita era también un poco picaresca, supe que aquí teníamos una paradigma nueva de santidad para los pecadores como yo.

¿Cómo te has desarollado como escritor a traves de los años?

Aunque no me atrevo a compararme de ninguna manera al maestro Cervantes, a lo mejor este ejemplo les pueda servir como respuesta. Nunca entendí lo que decían mis profesores —que *Don Quixote* era libro de viejos. Que un lector sólamente podría entenderlo a los sesenta años. Ahora lo entiendo un poco mejor. No hubiera podido escribir *La hija* a los veinticuatro años; me parecía posíble acercarme a ciertos eventos a los treinta y cuatro; pero pienso que tuve que cumplir más que cuarenta y cuatro años para empezar el viaje al corazón de la historia. Lo que quiero decir es que he tratado de mantenerme abierto e inocente durante el trayecto. He aprendido algo de la vida. He amado. He sido abandonado. He tenido gran éxito y he sufrido un exilio en que estuve sólo en el desierto de Arizona, lejos de la más pequeña esperanza. Entonces, todo eso —la gloria y el fracaso— se manifestó en mi libro. Todo lo que escribí antes de *La hija* fue mi aprendizaje.

¿Si hubiera un disco para acompañar al libro, cuál sería la música?

Bueno —sería los CDs del conjunto mexicano Tribu. Alli empezaríamos. Tambores. Grillos. Viento. Pero la cantante tendría que ser Lila Downs. (Y, a fuerzas, ¡meteríamos a los maestros de Café Tacuba!)

¿Cómo se hizo la traducción?

El traductor de la obra es mi primo, el embajador mexicano, Enrique Hubbard Urrea. O, como nos encanta decir en nuestros rumbos norteños, El Enrique. Lo que pasó es que escribí el libro en *English* para una editorial norteamericana. Pero traté de capturar el tono y el "sonido" del español de nuestros padres sinaloenses —Alberto Urrea y Carlos R. Hubbard. Me creí muy talentoso, escribiendo algo en *gringeaux* con el sonido de los "chupapiedras" de Sinaloa. Pero cuando llegó la hora de la traducción —¡ay caray! Se me hizo espantoso el asunto. Se lo comenté al amado Emba, y (siendo travieso el vato) se atrevió. Lo que me choca es que su traducción, su enriqueteada, sale mejor que lo que escribí en el inglés.

Para efectuar las curaciones, uno tiene que borrar su mentalidad occidental

Un ensayo por Luis Alberto Urrea

Estaba en ese lugar porque tenía que investigar el libro. Unas curanderas de Cuernavaca habían decidido reunirse conmigo para contarme algunos de los secretos de sus vidas. Ellas vivían en una casa modesta, y durante la noche, me ofrecieron un tazón de gelatina verde. Nada de magia. Nadie encendió ni el copal ni las velas, no me echaron agua bendita, y nadie cantó una mantra.

Nunca las había conocido, y nunca habíamos platicado: el encuentro fue organizado por una intermediaria. Antes de salirme de los Estados Unidos, un chamán de la tribu Lakota (los sioux) que conocí en Dakota del Sur, me dijo que estaba preocupado por mi viaje. Me dijo que no era capaz de ver hasta el fondo de México para saber si estaría sano y salvo. Había decidido mandarme un espíritu guerrero sioux para que viajara conmigo, que se pararía a mi lado para protegerme de cualquier daño. En esos días, para mí, todo esto todavía era simbolismo. Pero muy pronto aprendí que los chamanes te dicen exactamente lo que pretenden.

Cuando entré por primera vez en la casa de las curanderas (ellas practicaban esa forma de ocultismo que se llama "material"), las mujeres pegaron unos gritos de terror. Les salió "carne de gallina" en los brazos. Se tuvieron que sentar. La mayor de ellas, Doña Irma, anunció que un indio estaba parado detrás de mí. Era alto. Tenía el cabello largo y amarrado con cinta de cuero. Y el indio puso su mano sobre mi hombro.

Por supuesto, me di la vuelta para ver este fantasma, y no ví nada. Pero ellas estaban insistiendo que era un "sa-oks. Un sa-oks". Y después de unos momentos, entendí que estaban tratando de decir que era un "sioux". No fué la última vez que escribí una nota asombrada en mi diario de investigación.

Yo ya había estado laborando en esta obra por más de veinte años. Estaba tratando de entender la vida de una mujer llamada "La Santa de Cabora". Ella vivió de 1873 a 1906. Le decían la Juana de Arco mexicana, y la Santa Patrona de los yaquis. Su nombre era Teresita Urrea. Era mi tía —bueno, era una prima lejana, pero en mi familia era nuestra tía Teresita.

Había pasado mi juventud pensando que era un mito, parte del gran ejército de fantasmas y mentiras de los Urrea. Demonios, espantos, apariciones infernales y libertinos eran la población de mis leyendas familiares. Pero, cuando me encontré con la huella de detalles históricos, descubrí reportes cada vez más increíbles, una hojarasca de papeles llenos de datos más insólitos que las mentiras que me contaron en Tijuana. Los periódicos de México, de los Yunaites Estaites y de Europa me entregaron esta mujer que curaba a los enfermos con un paso de sus manos. Y lo hizo todo con el olor de rosas rezumando de su piel.

Entre más profunda mi penetración al mundo chamánico, menos quise escribir lo que aprendí. Un día hice mi confesión a la autora indígena, Linda Hogan. Le conté que mi "mente occidental" no podía resignarse a toda esta locura mística. Ella me contestó:

—Corazón, la mente occidental es sólamente una fiebre. Pasará.

Como muchos niños mexicanos, me crié entre hierberas, cuentistas (es decir chismosos y escandalosos), ocultistas y católicos con mucha fe en los milagros. Fui el primero de mi familia inmediata en graduarse de la universidad, y con seguridad fui el primer carnal que dio clases de escritura en Harvard. ¿Una mente occidental? Me habían puesto una cáscara dura, y ahora tuve que completar un círculo psicológico para llegar de vuelta al jardín de mi madrina, Mamá Chayo. Entendí, por fin, que ella sabía más de la vida que esos arrogantes Doctores de Filosofía.

Un año entre tantos, llegué a Tucsón, Arizona. Quize acercarme a la gente yaqui. La Sociedad de la Historia de Arizona, con sus archivos de los fenómenos del desierto sonorense, también me tenía atraído. En Tucsón, descubrí que unos de mis primos eran apaches. Otros eran yaquis y mayos. Aprendí que palabras que había escuchado por toda mi vida en Tijuana eran palabras cahíta —la lengua de La Gente yaqui y mayo. Como *bichi* en lugar de *encuerado*. Y, como un estudiante de los misterios en un libro de Carlos Castañeda (los yaquis todavía quieren quemarlo vivo porque contó mentiras), conocí a mi maestra. Mi prima Esperanza.

Esperanza es hechicera de descendencia mayo. Su abuela era la hechicera del pueblo mayo de El Júpare, Sonora. Su nombre era Maclovia Borbón Moroyoqui. Ella tenía, como antepasado, el gran líder guerrillero de los mayo, Moroyoqui. Esperanza, entonces, se encontró en la vértice de dos lineas de poder sanguinario: la de Teresita y la de Moroyoqui. Y ella me ofreció mi primera lección: "Los blancos creen que todo esto es magia, y no lo es. Lo que estas estudiando es nuestra ciencia". (Bueno, no dijo "blancos", dijo "yoris cabrones".)

Recordándome de la plática con Linda Hogan, le dije a Esperanza que me sentía nervioso y que no sabía si podía escribir el libro. No quería robarles los secretos a los yaquis, y no supe si era posible que un hombre escribiera una historia tan femenina. Y ella me regaño: "Qué pendejos son los hombres. Si quieren aprender algo sobre la vida de una mujer, ¿por qué no nos preguntan? Y cuando contestamos, ¿por qué no nos escuchan?"

Eso fué lo que traté de hacer. Escuchar y aprender. Me contaron historias de milagros. Los espantos se revelaron. Si llego a conocer un poco mejor a mis lectores, algun día les confesaré lo que viví. Pero entre tanto misterio, nunca observé ninguna curación. No hubo ningún momento en que alguien en silla de ruedas se pusiera de pie y se lanzara en una cha-cha. Pero aprendí algo más profundo. Una curación inexplicable. Tiene algo que ver con la serenidad.

Una de las materias en Cuernavaca me dijo:

—Si tú no quieres ser uno de nosotros, si no quieres compartir en el trabajo de Hermanita Teresita, entonces tendrás que curarnos con tus palabras. Tu medicina está en la palabras. La literatura es medicina.

En ese momento, la banda en el jardín de su vecino empezó a tocar una canción ranchera, y los gallos y los perros unieron sus voces al canto general. Y las curanderas y yo nos sonreímos y nos comimos la rica gelatina verde.

El texto completo de este ensayo fue publicado originalmente en el *Los Angeles Times* el 27 de mayo de 2005. Reproducido con permiso.

Unas preguntas para empezar la plática

1. Muchos han comparado *La hija de la Chuparrosa* a la obra de Gabriel García Márquez. ¿Es apta la comparación? ¿Es *La hija de la Chuparrosa* un ejemplo del realismo mágico? ¿Por qué sí o no?

2. Una reseña del libro nota que *La hija de la Chuparrosa* utiliza técnicas de "santificación católica, mitos occidentales, leyendas de la indígena y los cuentos folklóricos de la familia común". ¿Estás de acuerdo? ¿Se encuentran elementos de estas tradiciones literarias en el libro? ¿Puedes mostrar algunos ejemplos?

3. *La hija de la Chuparrosa* es una novela extravagantemente romántica, pero sin embargo, está basada en la realidad histórica. Luis Alberto Urrea dedicó dos décadas a su investigación, y sabemos que hoy en día La Santa de Cabora es alabada en ciertas partes de México. ¿Cómo pudo el autor manejar el equilibrio entre la realidad de la historia mordaz con una ficción grandiosa?

4. Tomás Urrea tiene la opinión que él es un hombre científico en un mundo lleno de supersticiones. Es más, se siente repugnado por la gente que "ve la cara de Jesucristo o La Virgen de Guadalupe en una tortilla quemada". Pero no encuentra la manera de explicar la resurección de Teresita. ¿Te has, en alguna situación, encontrado con un misterio que no se explica?

5. En comparación a Tomás, Teresita crée que "el mundo de la razón debe ser un lugar aislado". ¿Qué quiere decir? ¿Estás de acuerdo con ella?

6. No obstante que sea el poderoso patrón de una hacienda lujosa, Tomás no escapa del sentido que su vida es un poco monótona. Urrea escribe: "A lo mejor, en el fondo de su corazón, Tomás no quería que nadie fuera un ser silvestre si él mismo no lo pudo ser". ¿Cómo se desarolla la relación entre la vida cotidiana del rancho y la vida más libre de Teresita?

7. Es obvio que los dones de curación de Teresita son tremendos. Pero, al mismo tiempo, atraen el cáos a su vida: la siguen peregrinos, Porfirio Díaz le pone el título de "la muchacha más peligrosa de México". ¿En qué forma se podría considerar a Teresita como la Juana de Arco de México?

8. Huila aparentemente cree que todos los hombres son sonsos y que las mujeres serán las soberanas del mundo. Muchos de los personajes más interesantes del libro son mujeres. *La hija de la Chuparrosa* ¿es una novela feminista?

9. Hay muchos viajes representados en este libro. ¿En qué manera reflejan el viaje moderno de los immigrantes?

10. Luis Alberto Urrea escuchó las historias de su tía Teresita por primera vez en reuniones familiares. ¿Tienes algunos miembros de tu familia que han compartido una vida extraordinaria? ¿Cuáles son sus historias?